JACK LUTZ
London Black

Über den Autor:

Jack Lutz lebt mit Frau und Tochter in London. Seine Heimat-stadt fasziniert ihn, und er liebt es, über sie zu lesen und sie zu erkunden. Die Idee zu *London Black* hatte er beim Umsteigen in einem U-Bahnhof. *London Black* ist sein Debütroman.

JACK LUTZ

LONDON BLACK
WIRST DU ÜBERLEBEN?

THRILLER

Aus dem Englischem von Holger Hanowell

lübbe

Dieser Titel ist auch als Hörbuch und E-Book erschienen.

Die Bastei Lübbe AG verfolgt eine nachhaltige Buchproduktion.
Wir verwenden Papiere aus nachhaltiger Forstwirtschaft und verzichten
darauf, Bücher einzeln in Folie zu verpacken. Wir stellen unsere Bücher
in Deutschland und Europa (EU) her und arbeiten mit den Druckereien
kontinuierlich an einer positiven Ökobilanz.

Deutsche Erstausgabe

Für die Originalausgabe:
Copyright © 2022 by Jack Lutz
Titel der englischen Originalausgabe: »London in Black«
Originalverlag: Pushkin Vertigo
Für die deutschsprachige Ausgabe:
Copyright © 2023 by Bastei Lübbe AG, Köln
Titelillustration: © MT-R/shutterstock
Umschlaggestaltung: Massimo Peter-Bille
Satz: GGP Media GmbH, Pößneck
Gesetzt aus der Garamond
Druck und Verarbeitung: GGP Media GmbH, Pößneck
Printed in Germany
ISBN 978-3-404-19099-7

2 4 5 3 1

Sie finden uns im Internet unter luebbe.de
Bitte beachten Sie auch: lesejury.de

Meiner Frau, meiner Tochter und meiner Mutter

1. KAPITEL

London, 2029

Ich habe gerade einen verdammten Stuhl durch Wilkes' Fenster geworfen.

Lucy blickte auf ihre zitternden Hände. Die roten Schlieren lösten sich allmählich auf. *Atme.* Sie schaute wieder auf, sah sich im Einsatzraum um. Noch sechs weitere Polizisten, nur Männer: billige Anzüge, Dreitagebärte. Alle starrten sie an. Sie sah sechs, wusste aber, dass da noch mehr waren, verborgen in den dunklen Rändern ihres Tunnelblicks.

Ihre Gedanken entluden sich einzeln.

Ich hab gerade, was? Einen scheiß Stuhl? Durch Wilkes' Fenster geworfen?

Ja, hatte sie. Sie konnte den Stuhl sehen. Dort lag er, verdreht im Flur, überzogen von Splittern aus Milchglas. Schwarze Buchstaben hoben sich von dem Fußbodenbelag ab, und für den Bruchteil einer Sekunde überlegte sie, das zu reparieren, alles wieder zusammenzukleben wie ein riesiges Puzzle. Zuerst die Großbuchstaben: LONDON METROPOLITAN POLICE – MORDDEZERNAT – MIT 19, das Murder Investigation Team. Danach die kleinen Buchstaben: Diensthabender Officer, Detective Chief Inspector Marie Wilkes.

Wilkes.

Wilkes' nagelneues Fenster.

Ach du Scheiße.

Sie versuchte nachzudenken, nachzuvollziehen, was sie getan hatte. *Warum? Warum sollte ich …*

Hinter ihr ein Rascheln. Sie wirbelte herum, sah Detective Sergeant Andy Sykes.

Oh.

Sykes.

Sie konnte sich nicht mehr erinnern, was er getan hatte, welchen Knopf er gedrückt hatte. *Hat er mich am Bauch berührt? Nein. Mich in die Enge getrieben? Wohl kaum.* Es war weg, war verschwunden in all dem Rot. Aber er hatte irgendetwas gemacht, um einen ihrer Anfälle zu provozieren. Es konnte nicht anders sein. Sykes wusste, wie man sie triggerte. Tat zwar so, als wüsste er das nicht, aber er wusste es, verdammt. Und jetzt stand er da, achselzuckend, tat erschrocken. Spielte das Opfer.

Der Bastard.

Ein junger Deputy Constable streckte die Hand nach ihr aus – *ist schon okay, Lucy* –, aber Lucy war zu schnell. Sie schlug die Hand fort, floh. Raus aus dem Raum, der ihr wie eine Arrestzelle vorkam, fort von all den Blicken, hinaus auf den Flur. Sie schlug die Metalltür hinter sich zu.

Detective Inspector Lucy Stone, jüngster Detective des Morddezernats der Met, stand in Flammen.

Ihre Hände zitterten, als sie den Korridor hinunterlief. Sie stopfte die Hände in die Taschen ihres weiten Kapuzenpullis und konzentrierte sich auf die Atmung.

Einatmen, ausatmen. Einatmen, ausatmen.

Scheiße, verdammte.

Lucy hatte das Ende des Korridors erreicht, bog um die Ecke. Jetzt konnte sie die glänzende Lobby von New Scotland Yard sehen. Es war spät, schon seit Stunden dunkel, aber in der Lobby war noch was los. Zwei uniformierte Beamte schlenderten in der Halle in ihre Richtung. Sie rannte einfach weiter, stieß beide zur Seite, sodass Kaffeebecher flogen.

Konzentrier dich. Atmen.

Nur ein Anfall. Es ist jetzt. Jetzt, nicht damals, bleib im Jetzt …

Bildfetzen von vor zwei Jahren flammten in ihrem Kopf auf, rasend schnell. Leichenberge, verbrannte Haut, die sich in Streifen löste. Grüne Schutzanzüge. Ein schreiendes Kind, das nackt umherlief. Drohnen.

Die Geißel.

Und dann sah sie – *es.*

Das, was damals geschehen war.

Sie unterdrückte einen Schrei und zwang sich, weiterzulaufen, in Richtung des Ausgangs.

Einatmen, ausatmen.

Lucy wischte eine Träne fort, als sie in die Nacht hinausschoss.

Draußen fühlte sich die kühle Novemberluft angenehm im Gesicht an.

Die Panikattacke ließ nach, als Lucy am Schild von New Scotland Yard vorbeilief und in Richtung Embankment abbog. In einiger Entfernung ragte Big Ben auf, eine riesige Injektionsspritze, die in den Nachthimmel stach. Im Gehen zog sie eine Hand aus der Tasche ihres Hoodies. *Schon besser.* Sie zitterte zwar noch, aber immerhin konnte sie die Buchstaben wieder lesen, die an der Innenseite ihres rechten Handgelenks eintätowiert waren: JACK. Sie rieb darüber und dachte an ihren älteren Bruder.

Oh, Jack, hilf mir. Ich hab's versaut.

Würde Wilkes das persönlich nehmen? Konnte kaum anders sein. Fünfundzwanzig Jahre im Dienst, keine Kinder, das ganze Leben dem Job verschrieben. Letzten Endes bis zum DCI hochgearbeitet, endlich *ihr* Name auf dem Milchglasfenster im Flur. *Ihr* Fenster. Und dann, von jetzt auf gleich: klirr.

Lucys Magen krampfte sich zusammen.

Das wollte ich nicht, Ma'am. Wirklich nicht.

Es war nur so, Sykes hat was gemacht, hat mich getriggert, mich provoziert, ein Anfall. Der verfluchte Sykes …

Der Eingang zur U-Bahn kam in Sichtweite, daneben die gelben Lampen des Carpenter's Arms: Stammkneipe des MIT19. Lucy verlangsamte die Schritte, atmete tief durch. Schaute auf ihr Handy. *Elf. Eine Stunde noch. Gut so. Zeit genug, noch schnell einen zu heben.* Sie zwängte sich an den Gästen vorbei, die auf dem Gehweg rauchten, und schlüpfte durch die Tür.

Das Carpenter's war eigentlich ein scheiß Pub. Düster, verschlissene Teppiche. Muffig. Einige Touristen in roten Anoraks standen dicht am Eingang. Sie wühlte sich durch die Gruppe, kräftige Arme, trainiert vom Boxen. Vorbei an den blinkenden Spielautomaten, direkt in den leeren hinteren Bereich der Bar. Sie setzte sich auf einen Hocker.

Harry, der Barkeeper, sprach sie an.

»Wie immer, Lady?«

Sie sagte nichts, atmete noch einmal tief aus.

»Okay.« Er zapfte ein Glas Coca-Cola, hantierte an der Kaffeemaschine herum und gab noch zwei Schuss Espresso ins Glas. Schob es rüber zu Lucy. »Also wie immer.«

Sie nahm das Glas, ohne aufzuschauen.

Harry ist ein guter Barkeeper. Hätte einen besseren Pub verdient.

Die Touristen weiter vorn lachten über irgendetwas. Lucy schaute auf und sah, dass die Leute die Schachtel mit den künstlichen Ansteckblumen entdeckt hatten. Direkt neben der Kasse stand der kleine Karton mit den Poppies aus schwarzem Papier, und die Touristen warfen nacheinander ein Pfund ein und hefteten sich die Mohnblumen an ihre Goretex-Jacken. Lucy schnappte einige Fetzen auf, als der Reiseleiter auf die Ansteckblumen Bezug nahm: »… zweiter Gedenktag … schlimmster Terrorangriff seit … Drohnen, und alle haben London Black freigesetzt. Ja, ja, genau, ein Nervengas, kein Gegenmittel …«

Einer der Touristen fischte sich ein schwarzes Gummi-armband aus der Schachtel.

Sie kniff die Augen zusammen. Auf einer Seite des Armbänd-chens stand in weißen Lettern *London Strong*, auf der anderen eine Zahl. Die Person stand zu weit von ihr entfernt, um die Ziffern zu erkennen, aber sie wusste trotzdem genau, was da stand: *32956*. Jeder Londoner kannte diese Zahl.

Verflucht. Ein scheiß Armband mit der Zahl der Toten. Was für eine kranke Schei…

Ihr Handy begann zu vibrieren. Sie zog es aus der Tasche ihrer verwaschenen schwarzen Jeans und schaute auf das Dis-play: Eingehender Anruf, DCI Marie Wilkes. Lucy drückte auf den roten Button und donnerte das Handy auf den Tresen. *Bin jetzt nicht in der Stimmung, mir eine Standpauke anzuhören, Ma'am.* Sie nahm einen Schluck aus dem Glas. Kurz darauf ka-men Textnachrichten rein.

Suspendiert.

Pause.

Inoffiziell.

Längere Pause.

Lucy … bitte. Für mich. Wende dich an den Counselor. Nur einmal.

Weitere SMS kamen rein, doch Lucy ignorierte sie. Sie steckte das Handy wieder in ihre Hosentasche und stützte sich mit dem Kopf auf dem Unterarm ab. Holte tief Luft. *Verdammter Mist. Verdammt, verdammt! Suspendiert.* Sie hatte das Gefühl, sich übergeben zu müssen. *Das kann Wilkes nicht machen. Ich muss arbeiten. Sie weiß doch, dass ich arbeiten muss. Was bleibt mir sonst? Wenn ich nicht arbeiten kann, wenn ich kein Bulle bin, wie soll ich dann je die Schuld begleichen? Wie soll ich …*

Ein knarzendes Geräusch, als sich jemand neben ihr auf ei-nen Hocker setzte.

»Langen Tag gehabt?«

Die Stimme eines Mannes. Nicht vertraut. Sie machte sich nicht mal die Mühe aufzuschauen.

»Ist viel los im Moment«, sagte sie in die Armbeuge.

Seh ich so aus, als hätte ich Bock auf so was? Wirklich?

Er wartete einen Moment, versuchte es noch einmal.

»Hab vorhin gesehen, wie Sie reingekommen sind. Sind wir uns nicht schon einmal irgendwo begegnet?«

Verflucht. Ausgerechnet diese Masche. Also gut, Romeo, dann wollen wir mal sehen. Sie hob den Kopf, seufzte, sah dem Mann ins Gesicht. Kniff die Augen leicht zusammen. Spürte, wie die kleinen Rädchen zu arbeiten begannen. Ihr kleiner Partytrick wirkte.

Und … nein.

»Nein«, sagte sie. »Wir sind uns noch nicht begegnet.«

Aus dem Augenwinkel sah sie, dass Harry grinste. *Moment. Harry weiß, dass ich ein Super Recognizer bin?* Sie merkte sich das. Das sollte nicht nach außen dringen, so eine gottverdammte Krankheit. Aber irgendwer vom MIT19 hatte wohl etwas durchsickern lassen. *Wahrscheinlich Sykes. Dieser Wichser.*

»Oh«, machte der Mann. »Okay. Klar. Sorry.«

Sie merkte, dass er ihr Gesicht genauer betrachtete. *Warenbestandsaufnahme, was?* Lucy hatte eine breite Kieferpartie mit spitzem Kinn. Ein niedliches Kinn, wie ihr die Männer bescheinigten. *Aber es ist ein kräftiges Kinn, verdammt. Ein Kinn, das einen Uppercut wegstecken kann.* Haare, dunkel wie Espresso, kurz geschnitten. Große mandelförmige Augen, noch größere Schatten unter den Augen. Schmale Nase, ein Mund wie ein harter Strich. Neunundzwanzig Jahre alt. *Gefällt dir, was du siehst, Kumpel? Zu dumm aber auch. Nicht im Angebot. Die Ware ist gerade nicht mehr im Lager.*

Ein Leuchten kam in seine Augen.

»Oh, sorry … es ist nur, ich denke, ich weiß …«

Sie sah, auf was er hinauswollte. *Verdammte Scheiße. Nicht wieder diese Schauspielerin.*

»Ich meine«, fuhr er fort, »das ist komisch, ich weiß, aber Sie sind nicht zufäll...«

»Nein, bin ich nicht.«

Seit Jahren musste sie sich mindestens einmal pro Woche anhören, sie habe Ähnlichkeit mit dieser Schauspielerin. Jedes Mal ärgerte es sie mehr. *Ja, schon schmeichelhaft, die Schauspielerin ist hübsch, ist sie wirklich. Aber wieso sehen die Leute nicht, dass wir ganz unterschiedlich aussehen? Äpfel und Orangen, Orangen und Äpfel. Und ich bin der verdammte wurmstichige Apfel.*

Sie stand auf, trank die Cola aus, schob das leere Glas zurück in Harrys Richtung.

»Wenn Sie mich dann entschuldigen würden ...«

»Warten Sie doch. Ich wollte nicht ...« Er erhob sich von seinem Hocker, die Hände beschwichtigend ausgestreckt, aber Lucy war schon im Aufbruch. Sie zwängte sich an ihm vorbei. Versuchte, jeglichen Kontakt zu vermeiden, wollte sich wegducken wie bei einem Punch, aber seine Arme waren zu lang.

Sie spürte, wie seine Finger ihren Bauch streiften.

Oh, verdammt!

Nicht schon wieder.

Bilder stürmten auf sie ein.

Den Kopf eingezogen eilte sie zur Tür, zwängte sich energisch vorbei an den lächelnden Touristen mit ihren Ansteckblumen und den verdammten Armbändchen. Inzwischen regnete es. Die Sohlen ihrer schwarzen Sportschuhe quietschten, als sie über die Treppenstufen hinunter in die U-Bahn floh.

Sie hatte sich wieder beruhigt, als der Zug in die Barbican Station einfuhr.

Lucy fiel auf, dass die Station bereits für die London Strong Week hergerichtet war. Banner, Schilder, Plakate, auf denen ernst dreinblickende Londoner zu sehen waren, die einander an den Händen hielten. Ein durchchoreografiertes Event: die Gedenkfeier mit Kranz und Prozession, dann Schweigeminute in ganz London. Überall schwarze Mohnblumen. Während sie mit der Rolltreppe nach oben fuhr, sah sie ein Plakat mit einem hellroten Streifen im oberen Drittel: KANNST DU MICH SEHEN? Sie konnte den Mann nicht sehen – denn sein Kopf war vollkommen entstellt. Irgendjemand hatte Dutzende von runden Stickern oben verteilt, auf denen jeweils ein großes Doppelkreuz abgebildet war. Unten konnte sie immer noch die Fußzeile des Plakats lesen: DIE VEREINIGUNG FÜR DIE RECHTE DER SURVIVOR UNTERSTÜTZT DIE LONDON STRONG WEEK.

Heiden. Auf der fahrenden Rolltreppe versuchte sie, einen der Sticker abzuknibbeln.

Oben angekommen, ging sie durch das Ticket-Drehkreuz und blieb am Cox-Torbogen stehen, um den London-Black-Scan über sich ergehen zu lassen. Ein bernsteinfarbener Lichtstreif wurde sichtbar. Die Detektoren für chemische Substanzen sirrten, während sie ihren Körper abtasteten.

Gott segne Flinders Cox.

Sie versuchte, sich an das letzte Attentat zu erinnern, ein Trittbrettfahrer. Sie glaubte, es sei oben in Harringay gewesen, vor einer Woche, aber vielleicht hatte sie auch einen Vorfall ausgelassen? *Man kann nie wissen. Niemand kündigt sie an, kein Mensch bekennt sich dazu.* Es waren nicht dieselben Terroristen wie bei der Geißel, bei dem schweren Attentat vor zwei Jahren. War ja auch nicht möglich, weil diese Kerle hinter Gittern saßen und in Belmarsh verrotteten. *Aber was war mit den Nachahmern? Wer auch immer dahintersteckt, was auch immer sie erreichen wollen, die Attentate nehmen ihren Lauf, verdammt.* Die Uhr am

Bahnhof zeigte 23:40 an, und Lucy tippte ungeduldig mit der Fußspitze, bis der Scan zu Ende war. Ein klickendes Geräusch, dann grünes Licht. Die Türen des Cox-Torbogens schwangen auf. Sie ging hindurch und verließ die Station, verschmolz mit der Nacht.

Es regnete jetzt stärker. Dicke Tropfen fielen auf ihren Pulli. Lucy setzte die Kapuze auf. Die Straßengeräusche drangen gedämpft an ihre Ohren, ihr Blickfeld war eingeengt. Wie bei einem ihrer Anfälle. Aber keine roten Schlieren, Gott sei Dank, und sie konnte immer noch klar denken, konnte das neue Problem in Angriff nehmen. *Aha. Suspendierung. Scheiße. Aber ... inoffiziell. Das bedeutet ... was, eigentlich?*

Je weiter sie dem Verlauf der Goswell Road in nördlicher Richtung folgte, desto trister wurde das Viertel. Wettbüros, Imbissbuden. Fensterläden aus Metall mit Graffiti drauf. Überwiegend Sprüher-Tags von Jugendlichen, aber einige Symbole waren von der Geißel übrig geblieben, wenn man wusste, wo man suchen musste. Ein paar rote »X«. Evakuierungspfeile. Und in silberfarbener Schrift an der Mauer eines Ladens an der Ecke: *Wir JetzT aLLe tot, WeH, WeH.*

Lucy zog an den Bändern ihrer Kapuze.

Schätze, es ist nur eine Warnung. Die ungeschriebenen Warnungen, die sind eine Sache für sich. Fühl mich immer noch ziemlich beschissen wegen des Vorfalls. Sorry, Ma'am. Aber ... vielleicht ist's nicht so schlimm, oder? Wenn ich noch arbeiten kann, die Schuld begleichen kann – das ist, was zählt.

Sie kam an einer Nische mit einem Geldautomaten vorbei. Dort hatte sich jemand unter einer roten Plane zum Schlafen hingelegt. Sein Pappschild war nass vom Regen, und der Schriftzug verlaufen, aber sie konnte die Worte trotzdem lesen:

ICH HABE † LONDON BLACK ÜBERLEBT † GOTT SEI DANK

Sie blieb stehen, suchte in der Hosentasche nach Münzen, warf ein Pfund in den verbeulten Costa-Becher. Der Mann regte sich. Ein pfeifendes Atemgeräusch: »Gott segne Sie.« Er zog die Plane weg. Lucy wandte sich wieder ab, aber nicht schnell genug. Eine dünne Gazemaske bedeckte das Gesicht des Mannes, aber durch einen Schlitz konnte sie immer noch seine Augen sehen.

Schwarz.

Seine Augen waren vollkommen schwarz.

Sie ging weiter. Seufzte. Kam sich schlecht vor, weil sie weggeschaut hatte. Wusste, dass es unhöflich und grausam war. Aber wenn man in die Gesichter der Survivor sah, wurde das schlechte Gewissen umso schlimmer. Die Schuld erschien noch größer. *Als wäre sie nicht schon groß genug.*

Fünf Minuten später verließ Lucy die Goswell Road und erreichte ihr Zuhause, einen hässlichen Apartmentblock. Als Studentin hatte sie sich die Wohnung kaum leisten können; die Sorgen, die Miete nicht zusammenkratzen zu können, hatten erst aufgehört, als Simon bei ihr eingezogen war. Das war kurz bevor er ihr einen Antrag gemacht hatte. Sie schloss die Tür zur Lobby auf – obwohl, eigentlich konnte man das nicht als Lobby bezeichnen, denn es war nur ein verdammt enges Treppenhaus mit ein paar Postkästen. Sie ging die Treppe hinauf in den dritten Stock und betrat den Hausflur. Letzte Tür auf der linken Seite: verbeultes Metall, die kirschrote Farbe hatte Risse und blätterte ab.

Lucy stampfte dreimal mit den Schuhen auf der schmutzigen Fußmatte auf und trat ein.

Die Wohnung war klein. Spartanisch eingerichtet. Ein winziges Schlafzimmer, fast nichts drin. Sie hatte die Wände schwarz gestrichen. Die Decke auch. Ein abgewetzter Schreibtisch aus Holz an der gegenüberliegenden Wand war das einzige richtige Möbelstück. Es gab noch einen Schrank mit Spiegel. Auf dem

Fußboden verteilt standen drei Lampen, und Lucy drehte die kleine Runde und knipste sie alle an. In einer Zimmerecke stand eine Klimmzugstange.

Ein Bett gab es nicht.

Sie entledigte sich der Turnschuhe, zog den Kapuzenpulli aus, unter dem ein schwarzes Unterhemd zum Vorschein kam. An einer der Stehlampen hing ein Kleiderbügel. Sie nahm ihn ab, hängte den Pulli daran auf, strich mit den Händen über den feuchten Stoff. Mit einem Finger zeichnete sie den eingestickten Namen »Jack« nach, der auf der linken Seite zu sehen war. Sie dachte an Jack. An Simon. Daran, wie seltsam es war, dass die beiden einander nie begegnet waren.

Ihr Wecker im Handy begann zu piepsen.

Mitternacht. Perfekt.

Lucy ging ins Bad. Es gab keine Tür. Sie hatte sie aus den Angeln gehoben und zu einem Müllcontainer hinter dem Wohnblock geschleift, wo sie jetzt vor sich hin rottete. Ihre erste Tat vor zwei Jahren, als alles vorüber war. Die Tür hatte sie noch vor dem Bett ausrangiert, bevor sie die Wände gestrichen hatte. Jetzt setzte sie sich auf den Klodeckel und zog sich das Unterhemd über den Kopf aus.

Ihr ganzer Bauch war überzogen von rötlich verfärbten Schwellungen.

Großflächige, hässliche dunkelrot verfärbte Blutergüsse. Es sah übel aus, als hätte sie einen ganzen Kampf lang harte Treffer kassiert, einen nach dem anderen. In der Mitte jeder Prellung: das kleine Mal einer Injektionsnadel. Links von ihrem Bauchnabel haftete eine kleine Scheibe aus Keramik auf ihrer Haut, mit dem Cox-Labs-Logo. Sie bewegte ihr Handy vor dieser Scheibe, und im Display erschien eine Zahl: 7,4.

Okay. Zeit fürs Boostern.

Auf dem Waschbecken stand eine weiße Schachtel, unter einem gesprungenen Spiegel. Lucy griff in die Box. Holte eine Spritze raus. Sie war riesig, die Kanüle hätte zu einem Pferd gepasst. Auf dem Etikett der Spritze stand: COX LABS – ELEMIDOX© – 30 ml. Sie drehte die Spritze mit den Fingern.

Gott segne Flinders Cox, dachte sie wieder.

Mechanisch schob sie den Gedanken hinterher: *Ich bin dankbar für diesen Booster.*

Sie fasste wieder in die Schachtel. Diesmal holte sie ein kleines weißes Tütchen hervor. Riss es mit den Zähnen auf, zog den mit Alkohol getränkten Tupfer heraus und rieb damit über die Bauchdecke. Die dunkelrot verfärbte Haut glänzte. Dann nahm sie die schwarze Verschlusskappe von der Spritze und steckte sie in ihre Jeanstasche. Sie bereitete die riesige Spritze vor. Holte tief Luft.

Jetzt denk dran.

Denk über das nach, was du getan hast.

Lucy jagte sich die Nadel direkt in einen der Blutergüsse.

Die Flüssigkeit war zäh; der Druckkolben der Spritze bewegte sich nur langsam. Ihre Hand zitterte, erst leicht, dann stärker. *Scheiße.* Das Zittern ging auf ihren Arm über. Sie starrte auf ihr gesprungenes Spiegelbild. Die Spritze war erst halb leer. *Oh Gott, das tut verdammt weh.* Während der Rest der Flüssigkeit in ihren Körper sickerte, sprach sie die drei Lucys an, die leicht versetzt im gesprungenen Spiegelglas zu sehen waren. Jedes Wort kam stoßweise:

»Du. Hast. Es. Nicht. Anders. Verdient.«

Du hast diesen Schmerz verdient.

Sie schloss die Augen und blieb einen Moment sitzen, der Arm zuckte noch. Sie zwang sich, sich in lebhaften Bildern vorzustellen, was damals passiert war, vor zwei Jahren. Was sie getan hatte. Alles, von Anfang bis zum Ende, bis zu der Sache. Eine Träne fiel auf die Fliesen. Dann stand sie wieder auf, atmete tief durch, warf die Kanüle in die gelbe Box und bewegte das Handy erneut vor dem Keramiksensor.

8,7.

Lucy zog die Stirn in Falten. Sie wiederholte die Bewegung. *8,7.*

Nicht 9? Seltsam.

Sie zuckte mit den Schultern – *das muss ein Messfehler sein –*, ehe sie zum Schreibtisch ging. *Okay, es ist wieder so weit. Die Arbeit ruft.* Ihr Laptop stand genau in der Mitte der Tischplatte. Lucy klappte den Rechner auf und setzte sich. *Wilkes hat bestimmt nicht daran gedacht, den externen Zugang zu blockieren. Außerdem: inoffizielle Suspendierung, war's nicht so? Okay. Das müsste funktionieren. Es muss einfach.* Sie klickte auf das Login Icon, gab ihre ID bei der Met und das Passwort ein. Drückte die Entertaste. *Kreuzte die Finger.*

›Zugang verweigert‹ ploppte auf.

Diese verdammte Bitch! Und dieser scheiß Wichser!

»Wie blöd!«, sagte sie laut.

Sie versuchte es ein zweites Mal. Wieder nichts.

Lucy rückte mit dem Stuhl vom Schreibtisch ab, fuhr sich mit unlackierten Fingernägeln über das kurze Haar. *Was mache ich jetzt bloß, verdammt? Wie begleiche ich jetzt die Schuld?*

Die Schuld war furchtbar. Grässlich. Sie spürte sie ständig. Keine herkömmlichen Schulden, es ging nicht um Geld, sondern um ein pechschwarzes Schuldgefühl tief in ihrem Innern, das sie belastete, sie überwältigte, sie auszulöschen drohte. Die Schuld war wie eine drückende Last, die sie überall mit sich herumschleppte. Das tat sie seit zwei Jahren, seitdem die Sache passiert war und die Schuld das Licht der Welt erblickt hatte. Das Schlimmste an dieser Schuld war, dass Lucy nicht wusste, wie viel sie begleichen musste, bis das Schuldgefühl von ihr abfiel. Falls es von ihr abfiel. Arbeit half, so viel wusste sie. Jeder

Mord, den sie aufklärte, fühlte sich wie eine kleine Ratenzahlung an. Aber keine Arbeit zu haben bedeutete, dass sie nichts zurückzahlen konnte. Und dann würde die Schuld größer werden, bis in den Himmel ragen, wie ein riesiger schwarzer Berg, der in sich zusammenfiel und sie plattmachte – ein für alle Mal.

Ach, Scheiße.

Und dann war da das Problem mit der Zeit.

Sie warf einen Blick aufs Handy. Beinahe halb eins.

Was mache ich bloß in den nächsten Stunden?

Jede Nacht wurde in Lucys kleinem Apartment ein Boxkampf ausgetragen, über zehn Runden, bis zum K. o. In der einen Ecke Lucy Stone, Ladys und Gentlemen, in der gegenüberliegenden Ecke ihr Dauergegner: der Schlaf.

Sie hasste den Schlaf. Fürchtete sich davor. Schlaf brachte die Träume mit sich, die Schrei-Träume, bei denen sie aufwachte, zitternd, die Wangen feucht von Tränen. Die Arbeit half ihr, den Schlaf abzuwehren. Meistens hielt sie bis vier Uhr morgens durch, brütete über Fallakten, plante neue Maßnahmen. Gelegentliche Abstecher in die Küche, wo sie sich Drinks mixte: Sie machte eine Dose mit doppeltem Espresso auf und gab die schwarze Flüssigkeit in eine Flasche mit Cola. *Ein Lucy Stone,* so nannte Harry den Drink manchmal, wenn er ihn ihr im Carpenter's mixte. *Hier kommt der Lucy Stone.* Manchmal trank sie drei oder vier in der Nacht. Es gab kein Bett, das sie hätte in Versuchung führen können – das hatte sie nämlich auch zum Müllcontainer gebracht, nur die Matratze und Stücke des Rahmens standen links neben dem Eingang zum Badezimmer. Daher arbeitete sie, bis sie an ihrem Schreibtisch einnickte.

Doch jetzt hatte sie keine Arbeit mehr.

Und Bücher, Filme, Fernsehprogramm – das waren alles Dinge für die alte Lucy. Nicht für sie, nicht bei der Schuld.

Also …

Sie warf einen Blick auf die freistehende Klimmzugstange.

Das Einzige, was übrig geblieben war.

Lucy legte das Handy beiseite und ging zu der Stange. Schaute hinauf.

Vor der Geißel hatte sie an Simons Stange nur einen einzigen Klimmzug geschafft. Jetzt schaffte sie hundert. Zweihundert vielleicht sogar. Sie hatte nicht mitgezählt. Konnte sie auch nicht. Denn es schmerzte einfach zu sehr. Sie zog die Klimmzüge also bloß durch, immer und immer wieder, bis ihr die Tränen über die Wangen liefen und in ihrem Kopf die Erinnerung brannte an die Sache, die geschehen war. Letzten Endes ließ sie sich zu Boden sinken, keuchend und am ganzen Leib zitternd, aber irgendwie fühlte sie sich leichter. Denn auch die Klimmzüge beglichen einen Teil der Schuld.

Sie atmete tief ein, sprang hoch und packte die Stange.

Das Handy vibrierte auf dem Tisch.

Wilkes? Möglich. Also gut, okay, Ma'am. Zeit für Ihre Standpauke.

Lucy ließ die Stange los, ging zum Schreibtisch. Schaute aufs Display: Eingehender Anruf, nerviger Journalist Nr. 2. *Also doch nicht Wilkes.* Sie zog die Stirn in Falten. Drückte auf den grünen Button.

»DI Stone.«

»Und, suspendiert, Lucy?« Der Journalist sprach mit geschliffenem Akzent. Sie wunderte sich immer, warum im Ressort Verbrechen stets irgendwelche aufgeblasenen Schnösel auf die Berichterstattung angesetzt wurden. *Irgendein Nervenkitzel, unten beim einfachen Volk?* Ein paar von den Typen hatte sie in ihren Kontakten gespeichert, falls sie einmal einen Gefallen von der Presse benötigen sollte. Sie hatte sich keine Mühe gemacht, die Namen auswendig zu lernen. Es war sowieso immer wieder jemand anders.

»Ich bin nicht suspendier…«

»Da habe ich aber was anderes gehört.« Eine nervige Satzmelodie.

»Dann sind Sie falsch informiert.«

Sie hörte Geräusche im Hintergrund. Stimmengewirr. Eine Polizeisirene.

Worum geht es hier jetzt, verflucht?

»Okay«, sagte er. »Klar. Wenn Sie's sagen. War ein bisschen überrascht, Sie hier nicht zu sehen. Hab daraufhin etwas rumgefragt. Die Gerüchte gehört. Dachte nur, Sie würden sich über ein paar Infos freuen. Aber wenn Sie das sowieso schon wissen, dann, hey …«

Sie wollen, dass ich Ihnen einen Gefallen schuldig bin. Aber worum geht es?

Was können Sie wissen, was ich nicht weiß?

»Warten Sie«, sagte sie. »Moment. Wo sind Sie?«

»Dann haben Sie also doch nicht davon gehört?«

Sie seufzte, war dieses Spielchen leid. »Was habe ich noch nicht gehört?« *Jetzt spuck's schon aus, Nigel oder Basil oder wie auch immer du heißt, verdammt.*

»Tja …« Er zögerte, gab sich plötzlich scheu. »Bin mir nicht sicher, ob ich überhaupt darüber sprechen darf …«

»Soll ich es für Sie sagen? Okay, Sie haben was gut bei mir. Jetzt heraus mit der Sprache!«

Schweigen am anderen Ende.

Dann unvermittelt:

»Flinders Cox ist heute Nacht ermordet worden.«

2. KAPITEL

Lucy drückte ein drittes Mal auf den Klingelknopf.

Es schüttete. Kleine, harte Tropfen prasselten auf das Kopfsteinpflaster, sprangen hoch, fielen zu Boden. Lucy klebte das Haar am Kopf. Auf dem Weg von der Overground Station hatte sie sich gar nicht erst die Mühe gemacht, die Kapuze aufzusetzen. Hatte den Regen kaum wahrgenommen. Im Grunde hatte sie kaum etwas wahrgenommen, weder die Kälte noch die Dunkelheit, auch nicht die betrunkenen Typen, die ihr hinterherpfiffen. Sie hatte nur einen Gedanken: *Ich brauche diesen verdammten Fall.*

Brauche ihn mehr als alles andere. Und da kann ich nicht zulassen, dass Sie mir im Weg stehen, Ma'am.

Als sie gerade ein viertes Mal klingeln wollte, ging die Tür mit einem Klicken auf. Über der Sicherheitskette war der Kopf einer Frau zu erahnen. Ende vierzig, groß, gepflegtes Äußeres. Volles kastanienbraunes Haar, für die Nacht hochgesteckt. Eine hübsche Frau.

»Lucy?« DCI Marie Wilkes musterte ihren regennassen Schützling.

Lucy schwieg, hielt den Blicken ihrer Vorgesetzten stand. Ein Funkeln lag in ihren Augen. *Wie konnten Sie nur? Okay, der Stuhl, die zerbrochene Scheibe, klar, verstehe. Die böse Lucy. Aber ... Flinders Cox? Flinders Cox, verdammt? Ausgerechnet er, Ma'am? Flinders Cox ist ermordet worden, und Sie verwehren mir den Fall?*

Wilkes setzte erneut an. »Lucy, was um alles in der Welt machen Sie hier mitten ...«

»Flinders Cox, Ma'am.«

Schweigen, nur der prasselnde Regen.

Wie konnten Sie nur?

Ein leises Klirren, als Wilkes die Kette löste und die Tür weit öffnete.

»Okay, Sie kommen besser rein. Wir können uns ja wohl schlecht draußen unterhalten, oder?«

Lucy säuberte die Schuhsohlen auf der Fußmatte und trat ein.

Die Wohnung war elegant. Ein umgebautes Lagerhaus: klare Linien, hohe Decken. Wilkes' seidenes Nachthemd glitt über die harten Holzdielen, als sie Lucy in den Eingangsbereich führte und bei einer Kommode stehen blieb. Aus einer Vase im Shabby Chic-Stil ragten pinke Nelken.

Sie wirkte verunsichert.

Was ist los, Ma'am? Haben Sie Angst, ich könnte wieder was kaputtschlagen? Dass ich Ihre schicke Bude auf links ziehe?

»Möchten Sie etwas trinken, Lucy? Einen Tee oder Kaffee?«

Lucy schüttelte den Kopf. Wasser tröpfelte von ihrer Kapuze. Allmählich bildete sich auf dem Dielenboden eine kleine Lache. Das Holz sah hochwertig aus – vermutlich Buche, aber Lucy war sich nicht sicher, hatte immer nur halb zugehört, wenn Wilkes wieder einmal über die Inneneinrichtung ihrer Wohnung sprach. *Bitte geben Sie mir, was ich brauche, dann tropfe ich Ihnen auch nicht länger Ihren verdammten, auf alt gemachten Dielenboden voll.*

Wilkes seufzte. »Ich wollte es Ihnen morgen früh erzählen«, sagte sie. »Ich hatte eigentlich gehofft, Sie würden schlafen.«

Oh, Ma'am. Bitte. Sie wissen doch, wie es bei mir ist.

»Der Anruf kam unmittelbar nach Ihrem kleinen Abgang«, sagte Wilkes. »Sie wissen ja, wie das ist. Wie im Irrenhaus. Alles geht drunter und drüber.« Sie fummelte an ihrer goldenen Armbanduhr. »Aber es tut ja sowieso nichts zur Sache. Sie sind suspendiert. Von Rechts wegen müssten Sie vor mir auf dem Bauch kriechen, um Ihren Job zu retten. Beschädigung von Eigentum der Met? Das könnte Sie den Job kosten. Fertig, aus. Wenn Sie also glauben, ich würde es mir noch einmal anders überlegen, nur weil es gerade einen aktuellen Fall gibt ...«

Lucy funkelte sie an. *Ein aktueller Fall? Es ist also nur so ein Fall?*

»Flinders Cox«, sagte sie. Eine lange Pause. In eisigem Ton schob sie nach: »Ma'am.«

Wilkes machte eine fahrige Handbewegung.

»Lucy, es ist ein Uhr morgens, verdammt. Sie können nicht einfach vorbeikommen, mich aus dem Bett klingeln und dauernd ›Flinders Cox‹ zu mir sagen, als wären Sie nicht ganz richtig im Kopf.«

Also gut. Sprechen wir darüber. Lucy straffte die Schultern, reckte leicht das Kinn vor. Richtete sich zu ihrer vollen Größe auf. Eins fünfundsechzig. *Ich bin bereit für den Kampf.* »Ich muss an diesem Fall arbeiten«, sagte sie. »Wirklich, ich *brauche* das.«

»Tja, das hätten Sie sich früher überlegen sollen, ehe Sie mein Büro neu dekoriert haben.«

»Aber Sykes ...«

Wilkes gab ein Schnauben von sich. »Ja, Sykes ist ein Arsch. Ich weiß es, das können Sie mir glauben. Bevor Sie bei uns einstiegen, hatte ich schon zehn Jahre mit ihm zu tun. Und wenn ich der Ansicht gewesen wäre, dass er wirklich begriffen hat, was er zu Ihnen sagte ...«

Ein flüchtiger Gedanke: *Er hat also etwas Bestimmtes gesagt?*

»... und was es *bedeutete*, dann wäre auch er suspendiert worden. Offiziell. Aber es geht doch gar nicht um Sykes, nicht wahr?«

»Eigentlich doch, Ma'am, denn ...«

»Nein. Und das wissen Sie. Es geht um mehr. Und es tut mir leid, aber die Antwort lautet Nein.«

Es tut Ihnen leid? Wirklich? Das ist es dann? Lucy runzelte die Stirn. Griff mit einer Hand in den linken Ärmel ihres Hoodies, holte eine Spritze aus der innen eingenähten Tasche: ihr Notfall-Booster. Sie legte die Spritze neben die Vase mit den Nelken, drehte sie so, dass das Etikett zu lesen war: Cox Labs. Sie schaute auf zu Wilkes.

»Ja«, meinte Wilkes. »Das weiß ich.«

Ist das etwa nicht genug?

Sie fasste unter ihr Unterhemd und ertastete den Überwachungssensor. *Wie wäre es dann hiermit?* Langsam zog sie ihn von der Haut, legte die Scheibe neben die Spritze. Kleine Blutstropfen glänzten an den drei Sensornadeln. Sie drehte die Scheibe so, dass das Logo von Cox Labs zu Wilkes zeigte. Verschränkte die Arme.

Ein Seufzen. »Ich weiß, Lucy. Ich war dabei, schon vergessen? Ich weiß das alles. Sie gehören zu den Vulnerablen. Sie sind eine der zweiundsechzig. Ohne die Booster von Cox wären Sie bereits seit zwei Jahren tot – oder ein Survivor. Glauben Sie mir, ich weiß, was das alles für Sie bedeutet.«

Nein. Nein, das wissen Sie nicht. Denn Sie wissen nicht, was ich getan habe. Niemand weiß das.

Zumindest niemand, der noch am Leben ist.

»Bitte, Ma'am. Ein Gefallen, um den ich Sie bitte.«

»Lucy …«

»Ma'am, ich …«

Wilkes erhob die Stimme. »Nein, Lucy, Sie hören mir jetzt zu …«

»Aber ich brauche das, wirklich, und Sie können nicht einfach …«

»DI Stone, halten Sie den Mund!«

Schweigen. Die beiden Frauen starrten einander an.

»Hören Sie«, begann Wilkes erneut. Ihre Stimme klang streng. »Sie wissen, dass ich Sie sehr schätze. Ich habe mich dreimal für Ihre Beförderung eingesetzt, richtig? Sie sind DI mit gerade einmal neunundzwanzig, das hat es so noch nicht gegeben. Sie haben Talent. Ein einzigartiges Talent.«

Lassen Sie den Partytrick außen vor.

»Und Sie haben noch mehr zu bieten. Sie sind clever. Haben den richtigen Riecher. Sie arbeiten hart – und damit meine ich nicht nur jetzt, sondern auch im Verlauf der beiden letzten Jahre, während Ihrer schweren Stunden. Sie waren *immer* präsent. Nicht wie Sykes und seinesgleichen, die sich sofort in den Pub verdrücken, wenn ich gerade mal nicht genau hinsehe.« Ein höhnischer Zug erschien um ihren Mund bei diesem Gedanken. »Ich habe das erkannt. Habe Ihnen geholfen. Das *wissen* Sie.«

Lucy schaute weg. Ihr Blick ruhte auf den Nelken. Erinnerungen blitzten auf, Momentaufnahmen einer Shopping-Tour: Marie Wilkes nimmt eine motivierte Constable Stone mit in Klamottenläden. Hochpreisige Sachen, die Art von Designerklamotten, um die Lucy immer einen weiten Bogen gemacht hat. Jigsaw, Hobbs, Max Mara. Spätabends noch Gespräche darüber, wie wichtig es ist, sich zu präsentieren, professionell zu wirken. Wie schwer das vielen fällt.

»Aber dieser Fall …« Wilkes seufzte. Ihre Stimme klang weicher. »Das ist zu wichtig. Sorry, aber das ist so. Alle gucken uns auf die Finger. Nicht nur die da oben. Die ganze Welt. Und ich kann das Risiko nicht eingehen.«

Das Risiko? Scheiß aufs Risiko. Wenn ich das hier aufkläre …

»Ma'am …«

»Sie sagen, Sie brauchen das, Lucy? Nein. *Nein.*« Eine Pause. »Sie wissen, was Sie *wirklich* brauchen.«

Lucy sagte dazu nichts. Starrte sie nur an.

Sagen Sie das jetzt nicht, Ma'am.

Sprechen Sie nicht von einer Therapie.

So etwas ist für Leute, die es verdient haben, dass es ihnen besser geht. Das ist nichts für mich, noch nicht. Ich muss erst noch eine Schuld begleichen.

»Sie sollten jetzt besser nach Hause gehen«, sagte Wilkes. »Und etwas schlafen.«

Und dann fingerte sie wieder an ihrer Uhr herum.

Lucy runzelte die Stirn.

Moment.

Das ist mir schon mal aufgefallen.

Eine Erinnerung: Simon, der an seinem Handy herumfummelt. Vor Jahren, ehe er ihr den Antrag machte. Er war bei ihr eingezogen, hielt aber noch seine alte Wohnung, in die er immer ging, wenn es abends bei der Arbeit zu spät wurde. Sie saßen beide auf Lucys Bett, aßen zu Abend, hatten es sich auf der großen flauschigen Tagesdecke bequem gemacht. Take-away-Curry, sein Lieblingsgericht. Aber er schenkte seinem vegetarischen Korma keine Beachtung, spielte stattdessen mit dem Handy, ließ es in der Handinnenfläche kreisen. Die Stirn in Falten gezogen, genau wie jetzt bei Wilkes. Lucy hatte da so eine Ahnung gehabt. Fragte ihn. Und er hatte es zugegeben. Beichtete es auf der Stelle. Melanie, seine Ex, sie hatten getrunken, es war nur einmal passiert. Wird nicht wieder vorkommen, Luce. Versprochen. Ich werde dich nicht wieder enttäuschen. Eher würde ich sterben. Das schwöre ich.

Und jetzt Wilkes, die auf die gleiche Weise an ihrer Uhr herumfummelte.

Schlechtes Gewissen.

Sie fühlt sich schuldig.

Lucy begann, die Punkte zu verbinden.

Fühlt sich schuldig, weil …? Die Uhr ist neu. Neue Uhr, neue

Wohnung. Bonuszahlung. Aha, schlechtes Gewissen wegen der Beförderung. Ihre Gedanken überschlugen sich, als sie den Durchblick hatte. *Schuldgefühle wegen der Beförderung, wegen mir. Weil meine Fälle ihr geholfen haben, weil sie als meine Vorgesetzte davon profitiert hat, die Lorbeeren geerntet hat.*

Und …

Sie strich sich mit den Fingern durchs nasse Haar und dachte an die Broschüren. An all diese verdammten Broschüren, die Wilkes so auffällig unauffällig auf ihrem Schreibtisch herumliegen ließ. Titel wie *PTBS: Anzeichen und Symptome* und *Sie sind nicht allein* oder *Reaktionen auf traumatische Erlebnisse verstehen.* Jene Broschüren, die Lucy zerknüllte und wegwarf, weil die für andere Leute gedacht waren, nicht für sie, noch nicht jedenfalls.

Und sie denkt, sie müsste eigentlich mehr tun, als Broschüren liegen zu lassen. Sie hat Bedenken, zu sehr zu profitieren.

Sie fühlt sich schuldig.

Oh, Ma'am.

Sie starrte ihre Mentorin an. Das Licht der Strahler an der Decke betonte die Sorgenfalten in Wilkes' Gesicht. Lucy überlegte, wog alles ab, traf eine Entscheidung.

Tut mir leid. Echt. Es ist unfair.

Aber ich brauche das.

Also …

»Eine schöne Uhr, die Sie da haben, Ma'am«, sagte sie betont langsam. »Welche Marke? Gucci?«

»Hm.« Wilkes schaute nicht auf. Versuchte, die Uhr unter dem Ärmel ihres Morgenmantels verschwinden zu lassen.

»Ist die neu?«

Ein Nicken.

»Wirklich hübsch. Nun, ein Grund zum Feiern, oder? Glückwunsch noch einmal. Wohlverdient.« Trotz des Kompliments hatte ihre Stimme einen harten Klang. »Und dann diese Wohnung …« Sie schaute sich übertrieben interessiert um. Ihr Blick wanderte zu den hohen Decken, zum Dielenboden, wo die Lache bereits so groß wie ein Handabdruck war. »Sehr geschmackvoll. Wie in einem Ihrer Magazine.«

Wilkes sagte kein Wort. Trat unruhig von einem Fuß auf den anderen.

»Und Sie wollten ja sowieso schon lange nach Wapping ziehen, nicht wahr? Unten am Flussufer? Ich kann mich erinnern, dass Sie so was sagten. Wette, Sie haben einen tollen Blick auf den Fluss. Da ist wohl ein Traum für Sie in Erfüllung gegangen, was?« Lucy strich mit einem Finger über die Vase im Shabby-Chic-Stil. »Alles, was Sie immer schon haben wollten …«

Deshalb sind Sie mir was schuldig, Ma'am.

Wilkes seufzte vernehmlich. Bedachte sie mit einem Blick, in dem Enttäuschung lag.

Lucy hielt diesem Blick stand.

Sie schulden mir Flinders Cox.

Eine Pause. Dann: »Also gut, Lucy.«

Lucy schwieg, nickte nur.

Tut mir leid. Die Masche mit den Schuldgefühlen, das ist nicht fair, weiß ich. Aber es ging nicht anders.

»DI King wird das Sagen bei dem Fall Cox haben.«

»King?«

»Ist neu bei uns. Kommt aus Birmingham. Seinen Einstand haben Sie natürlich verpasst. Scheint ein netter Kerl zu sein.« Sie zögerte, ehe sie es aussprach: »Und sieht nebenbei auch ganz gut aus.«

»Verstehe.« *Solange er keine schlechte Kopie von Sykes ist.*

»Ich werde ihn benachrichtigen, ihn auf den neusten Stand bringen. Sie können an dem Fall arbeiten, aber Sie müssen *mit* ihm arbeiten.«

Bin ich jetzt ein Schatten? Okay. Wie auch immer. »Ja, Ma'am.«

»Nicht, dass ich das hinterher bereue, DI Stone.«

»Bestimmt nicht, Ma'am. Und danke.«

Ein leichtes Nicken.

Lucy erwiderte das Nicken, wandte sich von Wilkes ab und ging durch die Eingangshalle zur Tür. Öffnete sie.

»Lucy?«

Sie blieb stehen. Drehte sich um. Sah Wilkes in die Augen. Bemerkte, wie ihre Vorgesetzte ihren Blick über den Kapuzen-pulli und die verwaschene Jeans wandern ließ, bis zu den abge-wetzten, vollkommen durchnässten Sportschuhen.

»Ich musste gerade dran denken. Haben Sie es noch?« Weh-mut schwang in ihren Worten mit. »Das Kostüm? Von Max Mara?«

»Nein«, antwortete Lucy leise. »Das habe ich verbrannt, Ma'am.«

3. KAPITEL

Schicker Ort für einen Mord.

Lucy schaute hinauf zu der eindrucksvollen Stadtvilla von Flinders Cox in Mayfair. Der rote Teppich war noch ausgerollt, wie ihr auffiel, aber die Pförtner mit Zylindern waren fort. *Es waren doch bestimmt Pförtner mit Zylindern, oder nicht? Großer Bahnhof, an so einem Ort wie diesem? Bestimmt ...* Stattdessen stand dort nur ein Polizeibeamter mit einer wasserdichten Warnweste. Der Mann gähnte, als sie die Stufen hinaufging.

»Ist gerade mal halb zwei«, sagte sie zu ihm.

Sie ging durch die Haustür und betrat die Eingangshalle. Es war umwerfend. Spiegel, Kronleuchter, Parkett. Im hinteren Bereich eine breite Treppe. Lucy blickte sich um, war beeindruckt. *Verdammt. Das müsste sich Wilkes unbedingt ansehen. Würde ihr gefallen.* In der Eingangshalle wimmelte es von Polizisten: die halbe Mannschaft vom MIT19, außerdem Forensiker, Fotografen, Pressesprecher der Abteilung. Zu ihrer Rechten schaute man durch eine zweiflügelige Tür in einen Ballsaal, in dem mehrere runde Tische standen. Sie warf kurz einen Blick hinein und erkannte, dass hier ein Empfang stattgefunden hatte. Reste von Drinks und Kanapees. Halb leere Champagnerflaschen. An einem Ende des Saals eine ganze Bar voller Gläser und Flaschen, am gegenüberliegenden Ende ein erhöhtes Vortragspult. Drei Forensiker wuselten durch den Raum und nahmen Proben. *Keine Leiche, kein Absperrband. Dies ist nicht der Tatort.*

Sie kehrte zurück in die Eingangshalle, schnappte sich einen Beamten, der an ihr vorbeiwollte.

»Wo ist der Tatort?«

Er zeigte die Treppe hinauf. Sie nickte und bahnte sich einen Weg durch die Menge der Polizisten. Am Fuß der Treppe entdeckte sie Sykes. Er unterhielt sich gerade mit einem großen Mann in einer olivgrünen Regenjacke. Die beiden standen mit dem Rücken zu Lucy, aber Sykes war nicht zu übersehen mit seinem grauen Fedora. Er trug diesen Filzhut an jedem Tatort über seinem schütteren Haar, für den Fall, dass eine Journalistin vor Ort war. *Als wäre er Humphrey Bogart. Was für ein Widerling.* Sie genoss es, dass die Reporter ihn ignorierten.

Er deutete an, etwas zu werfen, während sie sich von hinten näherte.

»… die verrückte Schlampe«, beendete er den Satz.

»Ich kann Sie hören, Sykes.«

Er zuckte zusammen. Drehte sich um. »Stone.« Ein Hüsteln. »Also. Hab gehört, Wilkes hat Sie vom Haken gelassen. Typisch.«

Der große Mann rückte einen halben Schritt von Sykes ab. Er war bestimmt eins neunzig groß. Massig. Nicht dick, stämmig. Unter der Regenjacke spannte sich ein blaues Jackett über dem Brustkorb, und die Krawatte hing locker um den Stiernacken. Ein Schwergewichtler. Lucy betrachtete sein Gesicht. Kräftiges Kinn, Bartstoppeln. Breite flache Nase. Auffallend grüne Augen.

Oh. Sie. Ich erkenne Sie wieder.

»Ed King«, sagte der stämmige Mann. Er schenkte ihr ein Lächeln, streckte ihr eine Pranke hin. »Wir kennen uns, glaube ich, noch nicht.«

»Da irren Sie sich«, meinte Sykes. Er bedachte Lucy mit einem Anflug eines höhnischen Lächelns.

Sykes, hören Sie auf damit.

»Wie bitte?« King sah verdutzt aus.

»Ach, nichts«, sagte sie. Schüttelte ihm die Hand. »Stone, Lucy. Der Tatort ist also oben?« Sie machte einen Bogen um

Sykes und ging die ersten Stufen hinauf. »Ich schaue mir das dann oben mal an ...«

»Oh, nicht so bescheiden, Stone«, meinte Sykes. Zu King gewandt sagte er: »Ist Ihnen das nicht aufgefallen? Als sie Sie eben angesehen hat? Sie hat Sie wiedererkannt. Das ist ihr kleines Talent. Stones ... ›Besonderheit‹.«

Wie bei einem Freak, deutete sein Tonfall an.

Lucy blieb stehen. Warf Sykes einen bösen Blick zu. Er wusste, dass sie es hasste, wenn über diesen Partytrick gesprochen wurde, insbesondere im Beisein eines Menschen, den sie nicht näher kannte. Sie hatte es, ja. Ein Talent. Gut. Aber es war so unglaublich seltsam. Machte alle paranoid. *Außerdem bin ich mehr als dieser Partytrick. Ich bin ein verdammt guter Bulle, Sykes. Und du bist ein saufauler Scheißkerl.*

King sah von Lucy zu Sykes. »Ich verstehe nicht richtig ...«

Sykes redete einfach weiter. »Stone hier ist das, was man einen ›Super Recognizer‹ nennt. Die Met rekrutiert diese Leute seit einigen Jahren, nachdem irgendein Schnösel aus Oxford herausgefunden hat, dass es solche Leute gibt.«

»Okay ...«, machte King.

»Hat mit dem Gehirn dieser Leute zu tun. Nicht normal.«

»Der Gyrus fusiformis, der Teil des Gehirns, den man für die Gesichtserkennung braucht und ...«, ergänzte Lucy. »Ach, vergessen Sie's. Es gibt jetzt Wichtigeres.« *Sehr viel Wichtigeres. Komm schon, Ed. Packen wir's an.*

Doch Sykes genoss, dass ihr die Sache unangenehm war. »Es ist so«, fuhr er fort. »Ein Normalo erinnert sich an vielleicht fünf Prozent der Gesichter, die er gesehen hat. Und ein guter Bulle, der das trainiert? Vielleicht an mehr. Aber eine wie sie hier?« Er rümpfte die Nase, während er das sagte. »Achtzig Prozent. Und Stone ist die Königin dieser Disziplin. Sie erinnert sich ... wie lautete gleich noch die Zahl, Stone?«

»Das wissen Sie genau.«

»An dreiundneunzig Prozent. Dreiundneunzig Prozent der Gesichter, die sie je gesehen hat. Egal wann.«

King starrte sie an. Es war aber kein unangenehmer Blick, fand sie. Weder neidisch noch einschüchternd. Einfach nur fasziniert.

Er sieht fast ein bisschen wie Jack aus.

»Wir sind uns also schon mal begegnet? Ist das wahr?«

Sie nickte.

»Wo denn?«

Ein Seufzen. *Also gut, wenn du's tatsächlich wissen willst …*

»In Bristol«, sagte sie. »Vor drei Jahren. Training. Anti-Diskriminierung war, glaube ich, das Thema.« Sie sah, wie sich seine Stirn in Falten legte, als er sich zu erinnern versuchte. »Bei der Aufteilung in verschiedene Gruppen. Sie standen zwei Leute vor mir in der Schlange beim Kaffeeautomaten. Von dort kenne ich Sie.«

»Großer Gott!« Er lachte kurz, zeigte gerade weiße Zähne. »Wirklich?«

»Jep.«

»Sie haben mich für zehn Sekunden gesehen, vor drei Jahren, und können sich noch an mich erinnern? Beeindruckend!«

»Abgefahren ist das, sonst nichts«, spöttelte Sykes. Er wirkte verärgert, dass King nicht angewidert war.

»Und Sie *behalten* diese Leute einfach im Gedächtnis? Sie vergessen sie nicht mit der Zeit?«

»Im Ernst? Bei einigen wünschte ich, ich könnte sie vergessen.« Sie starrte Sykes an. »Könnte ich dann jetzt loslegen?« Sie zupfte an den Schnüren ihres Hoodies. *Genug von diesem Scheißmist. Ich hab einen Mord aufzuklären.* »Hier rauf, ja?«

»Ich zeige es Ihnen«, bot sich King an. »Andy, Sie kümmern sich um die Tochter.« Er ging hinter ihr die Treppe hoch, bewegte sich trotz seiner massigen Erscheinung geschmeidig. »Er liegt in einem kleinen Zimmer gegenüber dem Herrenschlafzimmer. Eine Art Arbeitszimmer. Und Lucy ... machen Sie sich auf was gefasst.«

Flinders Cox lag rücklings auf dem Boden seines Arbeitszimmers.

Blut aus einer klaffenden Wunde am Hals sammelte sich um seinen Kopf, verklebte das silbergraue Haar. Sein langer Bart war dunkelrot verschmiert. Ein Ausdruck der Überraschung beherrschte die starre Miene des Toten: offener Mund, Arme ausgebreitet.

In die rechte Augenhöhle hatte ihm jemand ein hölzernes Kruzifix gerammt.

»Du liebe Güte«, entfuhr es Lucy.

King stand neben ihr. »Dabei war das nicht einmal die Tatwaffe«, erklärte er.

Sie schaute zu ihm auf. »Ach, nein?«

Er schüttelte den Kopf. »Die Forensiker haben einen ersten Durchgang gemacht. Der Mörder hat ein Messer benutzt. Ein Jagdmesser, vielleicht auch ein Nahkampfmesser. Da sind wir uns noch nicht ganz sicher. Aber eine richtige Klinge. Das da geschah danach.«

Sie beugte sich ein wenig über den Toten, starrte ihm in das offene linke Auge. Seufzte.

Ich wollte mich immer noch bei Ihnen bedanken, Mr Cox.

»Das Kreuz stammt übrigens von dort«, fuhr King fort. Er deutete auf einen Nagel an der gegenüberliegenden Wand. »Die einzige Dekoration im Zimmer.«

Lucy richtete sich wieder auf. Schaute sich um. Das kleine Zimmer wies kein Fenster auf und war so gut wie leer. Weißgekälkte Wände. Ein kleines Schreibpult, darauf dicke rote Bücher,

obenauf ein Bilderrahmen. Gefliester Fußboden, Schachbrett-
muster. Kein Teppich. An einer Wand stand ein unbequem aussehendes Feldbett.

»Merkwürdig, nicht wahr?«, fragte King. »Inmitten all des
Luxus?« Er rümpfte verächtlich die Nase. »Bereitet mir ein mul-
miges Gefühl, wenn ich ehrlich bin, eine Villa wie diese. Seine
Frau hat ein Zimmer allein für ihre Schuhe, das größer ist als
dieses hier. Und er verbringt seine Zeit *hier drin*.« Ein Kopfschütteln. »Wie in einer Klosterzelle.«

Sie nickte. Cox war ein gläubiger Mensch, wie sie wusste.
Katholisch. Das wusste jeder. Hatte vor zwei Jahren drei Millionen für die Sanierung von Westminster Cathedral gespendet,
nachdem die Kathedrale bei den Ausschreitungen wegen des Ab-
transports der Leichen beschädigt worden war. Lucy war selbst
nicht religiös, kreuzte ›Church of England‹ auf offiziellen For-
mularen an und liebte Christmas Carols. Aber sie empfand Be-
wunderung für diese Geste. *All das Gute, das er getan hat … Che-
mie, Philanthropie. Rechte der Survivor. Alles für das hier.
Furchtbar, verdammt.* Sie holte tief Atem. *Ich muss das aufklären.
Nicht nur für mich, Mr Cox. Nicht bloß wegen der Schuld. Für Sie.*

»Also gut«, meinte sie. »Wie ist denn der Stand der Dinge?«

»Kurze Zusammenfassung gefällig?« King zog ein kleines
blaues Notizbuch aus seiner Regenjacke und schlug es auf. »Was
unten war, haben Sie schon gesehen? Kleines Beisammensein.
Kommt vorbei und genehmigt euch ein paar, so ist es hier in
Mayfair Sitte. Champagner, Kanapees. Cox sollte gegen Ende
eine kleine Ansprache halten.« Ein Forensiker mit einer Kamera
steckte den Kopf zur Tür rein; Lucy bedeutete ihm mit einer
Hand, sich wieder zu verdrücken. »Ein paar Sätze zum Abschluss, so nehme ich jedenfalls an. Die Gäste bestens bewirtet,
Flinders kommt herunter, äußert ein paar heitere Worte und
entlässt die lächelnden Gäste hinaus in die Nacht.«

»So der Plan?«

»So der Plan. Hatte nur einen Haken, die ganze Sache.«

»Wie man sieht.« Lucy ging einmal langsam durch das Zimmer, überprüfte verschiedene Perspektiven, nahm den Tatort in sich auf. *Womit haben wir es hier zu tun? Da muss es doch etwas geben.* Sie zog an den Bändern ihrer Kapuze.

»Cox verbrachte den Abend oben, probte für seine Ansprache. Frau und Tochter machten sich auf den Weg, um die Gästeschar zu unterhalten. Offenbar machte Reden halten zu müssen ihn nervös.« Er zuckte mit den Schultern. »Ich selbst hasse Pressekonferenzen. Komme mir dann wie ein Affe vor, der in die Kamera grinst.« Er sah quer durch das Zimmer zu Lucy herüber. »Und bei Ihnen?«

Gott, Pressekonferenzen. Eigentlich hatte sie etwas dafür übrig. Fühlte sich stark, hatte alles unter Kontrolle. War bereit für alle Fragen. Aber seit fast einem Jahr hatte Wilkes sie nicht mal mehr in die Nähe einer Pressekonferenz gelassen. Sie hatte Bedenken, Lucy könnte vor laufender Kamera unter die Decke gehen. *Außerdem mache ich mich wohl im Fernsehen nicht so gut im Hoodie, oder, Ma'am?*

»Ich gebe in letzter Zeit selten welche«, ließ sie ihn wissen.

»Glück für Sie. Egal, er kam nicht nach unten. Die Tochter ging rauf, um nach ihm zu schauen. Fand dieses Chaos hier vor, die arme Frau.«

Arme Frau? Oder eine Verdächtige? »Haben Sie schon mit ihr gesprochen?«

Er schüttelte den Kopf. »Hab kurz reingeschaut, aber der Arzt meinte, sie sei noch nicht so weit. Der Schock. Sykes sagt uns dann Bescheid.«

Der verdammte Sykes. »Er betreut also die Angehörigen?«

King nickte. »Sie scheinen dicke miteinander zu sein, nebenbei bemerkt.«

Sie runzelte die Stirn. Sagte dazu nichts.

»Tja, denken Sie dran, ich bin der Neue. Begegne allen mit Wohlwollen. Absolut neutral. Die Schweiz sozusagen.« Ein Augenzwinkern. »Aber er ist schon ein kleiner Wichser, oder?«

Lucy musste lachen, zum ersten Mal seit langer Zeit. Sah hinüber zu King, sein kräftiges Kinn, das breite Lächeln. *Ich mag diesen Typen*, dachte sie. Und dann: eine Welle aus Schuldgefühlen, wie ein Schlag in die Magengrube. Sie wandte sich ab. Schloss die Augen, hoffte, King bemerkte das nicht.

Tat er auch nicht. Denn er redete weiter. »Aber was Sie ja vermutlich wirklich wissen möchten: irgendwelche Spuren? Antwort: Kann man vergessen. Wir haben die Gästeliste. Ehefrau, Tochter. Zwei Dutzend Gäste, die meisten davon Angestellte aus Cox' Labor. Geoffrey Hurst, der CEO. Ein paar Aktivisten für die Rechte der Survivor schauten kurz rein. Eine Hand voll Journalisten. Ein Dutzend Leute Cateringpersonal, alles Survivor.«

»Tatsächlich alle?«

»Jep. Ein Unternehmen von Survivorn geführt. Das war Cox' Sache, oder nicht? Selbst die beiden Pförtner sind Survivor.«

»Hm.« *Wusste ich doch, dass es Pförtner gab. Fünf Pfund, dass sie Zylinder trugen.*

»Bei keiner Person Blutspuren, zumindest keine offensichtlichen. Die Forensiker müssen das noch bestätigen. Keine Waffe. Niemand kann sich erinnern, etwas gesehen zu haben. Und es gibt eine Hintertür. Es hätte also jemand einfach von der Straße reinspazieren können, soweit wir das bisher wissen.«

»Okay.« Sie ging auf die Knie, sah unter dem Feldbett nach. Nichts.

»Die Zeugenvernehmungen gibt's morgen – gleich morgen früh. Drei DC stehen bereit, Hicks, Evens. Den Namen des dritten Constable habe ich vergessen.«

Sie ging zu dem Schreibpult, wobei sie achtgab, nicht in die Blutlache zu treten. »Müsste Salford sein. Ein bisschen eingebildet, aber er arbeitet hart.« Sie sah sich die Titel der Bücher an, das gerahmte Foto: ein lächelnder Mann, unter dreißig. Daneben ein Schreibblock von Cox Labs, vollgekritzelt. Drei billige Kugelschreiber, alle am Ende angenagt. *Seltsam. Man sollte meinen, ein Milliardär könne sich einen anständigen Füller leisten.*

»Salford. Das war der Name. Hat einen Scheißgeschmack, was die Krawatten betrifft, meinte Wilkes?«

Lucy quittierte das mit einem Achselzucken. *Wie auch immer. Immer noch besser als der Fedora-Hut von Sykes.* Ein kleiner Stapel pinkfarbener Karteikarten in einer Ecke des Pults. »Ed?« Sie zeigte auf die Karten. »Was ist das hier?«

»Notizen für die Ansprache. Ausschließlich seine Fingerabdrücke. Haben wir überprüft. Werfen Sie einen Blick drauf, wenn Sie mögen.«

Sie nahm die Karteikarten, schaute sich Vorder- und Rückseiten an. Cox' Handschrift war grauenhaft.

»›Vor zwei Jahren‹«, las sie laut vor, »›regnete der Tod auf Londons Straßen. Die Geißel. Tage voller Entsetzen … haben sich für immer in unser Gedächtnis eingebrannt.‹«

»Wie ich sagte, ein paar Worte zur Erheiterung.« Ein uniformierter Beamter kam herein, reichte King ein Klemmbrett mit einem Dienstplan und ging wieder.

Lucy nahm sich die nächste Karte vor. Las laut: »›Überleben, genetisches Roulette. Für neun von zehn von uns hatte es keine Bewandtnis, London Black ausgesetzt zu sein. Ein bisschen Übelkeit. Augenjucken.‹« Ihre heisere Stimme hallte von den kargen Wänden wider. »›Aber für das eine Zehntel von uns, für die Vulnerablen … bedeutete es den Tod, mit dem Gas in Berührung zu kommen, sofern es keinen Booster gab, der sie schützte. Ein furchtbarer, ein schmerzvoller Tod. Aber auch – für einige wenige – ein neues Leben. Ein anderes Leben. Voller Herausforderungen, voller Schmerz. Die Survivor.‹«

Hingekritzelt: *Die 62 erwähnen?*

Ihr versagte die Stimme, sie hörte abrupt auf zu lesen.

Das bin ich. Die zweiundsechzig.

Flinders Cox dachte dabei an mich.

Sie atmete hörbar ein. War schon bei der nächsten Karte, las diesmal leise.

Aber der heutige Abend, meine Freunde, markiert einen Neuanfang. Eine neue Ära. Eine Zeit ohne Furcht.

Und dann, unten auf der Karte, eine Notiz:

Spritze von U zeigen.

Ein Prickeln lief Lucy über den Rücken.

»Ed?«

Er schaute von dem Dienstplan auf. »Hm?«

»Hat jemand überprüft, worum es in der Ansprache gehen sollte?«

»Klar. Hab ich selbst gemacht. Cox tat so, als wäre es ein großes Geheimnis, aber alle wussten es. Jedenfalls alle Angestellten von Cox Labs. Ein Booster der nächsten Generation. Die klinischen Tests waren in vollem Gange, alles sollte in einem Jahr einsatzbereit sein. Er nannte den Wirkstoff Elemidox Ultra.«

»Ultra? Mit einem U?«

»Was sonst?«

»Also nur ein aktueller Booster? Im Grunde wie die London-Black-Prophylaxe für die Vulnerablen? Einmal rund um die Uhr Schutz gegen Attacken von Trittbrettfahrern, ein Piks, ehe man der Substanz ausgesetzt ist?«

»Hörte sich jedenfalls so an. Die beiden Typen, mit denen ich gesprochen habe, waren ein bisschen aufgeblasen. Einer von ihnen sprach davon, man werde …«, er warf einen Blick in seine Notizen, »mit reduzierter Enzymaufnahme helfen.«

Ein Schulterzucken. »Sollte wohl schmerzlos sein. Aber klar, im Grunde ging es wohl um einen etwas besseren Booster. Wieso fragen Sie?«

»Nun ja …« Sie ging auf ihn zu. Hielt ihm eine Karte hin, deutete auf die Notiz. »Was ist das für ein Buchstabe? Dieser dort. ›Soll ich Spritze zeigen von‹ … was?«

Er betrachtete die Notiz. »Sieht für mich nach einem kleinen a aus. Warum?«

»Also kein U?«

Langsames Kopfschütteln. »Ich meine … beschwören könnt ich's nicht. Die Handschrift ist furchtbar. Aber der Kringel ist oben fast geschlossen. Würde sagen ein A.«

Lucy strich sich durchs Haar. Dachte an Cox. Erinnerte sich, dass sie seine Rede damals verfolgt hatte, kurz nach der Entwarnung nach dem letzten Attentat. Sie erinnerte sich, was er versprochen hatte. Gelobt hatte, wobei er in die Kameras schaute und einer Stadt unmittelbar ins Gesicht sah, die seit der größten Tragödie in Jahrhunderten ins Taumeln geraten war. Mit dem linken Daumen berührte sie ihr Tattoo. *Bitte mach, dass es das ist. Das muss es sein. Es muss einfach.*

Antidot!

A steht für Antidot.

»Ein Gegenmittel? Ich weiß nicht, Lucy«, sagte King.

Sie standen am oberen Treppenabsatz. Lucy blickte hinunter auf den Fußboden in der Eingangshalle. Ihr war schwindelig. Sie fühlte sich fast ein bisschen benommen, wie früher als kleines Mädchen, wenn Jack ihr auf dem Karussell auf dem Spielplatz Schwung gab. Dann ging es gefühlt über Stunden rund und rund, nur weil sie es liebte und er sie glücklich machen wollte. Und wenn er das nicht tat, wer dann, verdammt?

Sie atmete tief ein. Konzentrierte sich.

Ein Antidot.

Wenn es ein Antidot gibt, wenn Cox es tatsächlich geschafft haben sollte ... und es gestohlen wurde, und ich es finde ...

Es fühlte sich an wie eine Traumsequenz. Aus einem guten Traum, nicht die Schrei-Träume.

Wenn es mir gelingt, ein Antidot gegen London Black aufzutreiben, das wär's. Schuld beglichen. Reingewaschen. Es muss klappen.

Was bedeutet, dass ich das hier mehr als alles andere brauche. Ich will es nicht nur.

Ich brauche es.

King musterte sie. Zog die Stirn in Falten. »Nur, dass niemand von einem Antidot gesprochen hat, richtig?« Er breitete seine prankenartigen Hände aus. »Niemand. Jedenfalls keiner der Typen aus den Cox Labs. Nicht einmal Hurst, und er ist der verdammte CEO.«

»Vielleicht versuchen sie, es vor den Medien geheim zu halten.«

»Aber wenn Cox im Begriff war, das Gegenmittel anzukündigen ...?«

»Vielleicht ist es ein Geheimnis. Vielleicht wissen sie es nicht.« Sie runzelte die Stirn, dachte an den Tatort oben, an das kleine Zimmer. *Also, warum das Kreuz? Wer würde so was machen? Und es ausgerechnet Flinders Cox antun? Der Mann ist praktisch ein Heiliger, verdammt. Trotzdem, es muss um ein Antidot gehen. Ich weiß es.*

King gab sich ratlos. »Es erscheint unwahrscheinlich, mehr auch nicht. Ockhams Rasiermesser. Vermutlich nur ein U.«

Lucy sah ihn an. Er sah müde aus.

Ich brauche dich an Bord, Ed.

»Denken wir nach«, sagte sie. »Die Forensiker haben das Arbeitszimmer untersucht, ja? Und niemand hat eine Spritze gefunden? Kein Glasröhrchen, nichts in der Art?«

Er schüttelte den Kopf. »Nur das Übliche. Brieftasche, Schlüssel. Handy.«

»Sicher?«

»Ich habe die Auflistung selbst unterschrieben. War dabei, als alles ins Labor ging.«

»Okay. Was ist dann mit der Karteikarte? Da steht ›Spritze zeigen‹. Es muss also irgendetwas gegeben haben, das er hochhalten wollte, richtig? Wo ist dieser Gegenstand dann geblieben?« Ein knappes Zupfen an den Schnüren ihrer Kapuze. »Niemand würde Cox töten, um etwas in die Hände zu bekommen, das sich schon in der klinischen Testphase befindet. Aber ein geheimes Gegenmittel …«

Wieder Achselzucken. »Vielleicht sollte ihm jemand eine Spritze mit dem Ultra-Zeug reichen, ehe er mit dem Vortrag fortfuhr? Wer weiß? Das können wir bei den Vernehmungen fragen. Eine ganze Liste mit Namen.« Er schob den Ärmel seiner Jacke ein wenig hoch, warf einen Blick auf seine Uhr. Eine billige Uhr, wie Lucy auffiel. Zerkratztes Glas, das Metall abgerieben. »Fast drei. Sollen wir dann Schluss machen? Und uns morgen wieder treffen?« Ohne eine Antwort abzuwarten, ging er die Treppe langsam nach unten. »Wir lassen die Forensiker noch mal antanzen«, sagte er über die Schulter. »Und fangen an, genau bei Cox nachzubohren. Gegner. Geschäftliches, Persönliches, die ganze Chose.«

Lucy schaute ihm einen Moment hinterher – *bewegt sich geschmeidig, leichtfüßig für einen so massigen Kerl* –, ehe sie ihm nachkam. Nach unten in die Eingangshalle, vorbei an der Flügeltür zum Ballsaal. Die Forensiker waren fort, aber auf den Tischen standen noch die halb vollen Gläser.

Sie holte ihn an der Eingangstür ein.

»Ed, ich muss mich darauf verlassen können, dass Sie diese Möglichkeit ernst nehmen.«

King blieb stehen. Seufzte. »Als ich mit Wilkes sprach …«

Oh, Mist. Weiß Gott, was sie ihm alles erzählt hat.

»Ja, zusammenarbeiten, richtig, ich weiß …«

»Nein, hören Sie zu.« Er legte eine Pause ein. »Ich sollte Ihnen das vielleicht nicht sagen, aber ich bin für Transparenz. Offenheit. Kommunikation. Also …« Tiefes Luftholen. »Ja, Wilkes hat mir gesagt, dass ich ein Auge auf Sie haben soll. Sie macht sich Sorgen. Sie hat aber auch gesagt, dass ich schön dumm wäre, wenn ich nicht auf Ihre Intuition höre. Wilkes hat mir eine Menge über Sie erzählt. Und wissen Sie was? Ich denke, Sie könnte durchaus richtigliegen.« Er schenkte ihr ein Lächeln. »Sie sind eine interessante Person, DI Stone.«

Sie sah ihm in die Augen, wandte dann den Blick ab. Simons Gesicht flammte kurz in ihrem Gedächtnis auf.

»Also«, fuhr er fort. »Sollen wir dann sagen, wir treffen uns gegen acht Uhr?«

In fünf Stunden? Sie dachte an die nächsten Schritte, nickte dann. »In Ordnung. Haben Sie ein Auto?«

»Jep. Einen Toyota. Sonderzulage.«

»Okay.« Sie holte ihr Handy hervor, schickte ihm eine SMS. »Wir sehen uns hier.«

Er las die Nachricht. »Sie leben in Brompton?«

Ein Teil von mir, ja. »Um acht«, sagte sie nur. Drückte die Eingangstür auf, trat hinaus ins Freie. Es regnete immer noch. Der gähnende Beamte hatte sich verzogen, wie sie sah. Als sie den Gehweg betraten, war eine schrille Stimme zu hören.

»DI Stone? Lucy?« Nerviger Journalist Nr. 2 kam hinter einer Telefonbox zum Vorschein.

Verdammt noch eins. Muss das jetzt sein?

Er kam auf sie zu, die Sohlen seiner Schuhe klackten auf dem nassen Gehweg.

»Was hat das zu bedeuten?«, wollte King wissen.

»Ach, nichts«, meinte sie. Zum Journalisten gewandt, sagte sie: »Ich lege ein gutes Wort bei unserer Pressestelle ein, okay?«

»Nun, ich hatte gehofft …«

Sie wandte sich bereits ab, ging einfach weiter. King folgte ihr. Der Journalist beschleunigte seine Schritte, überholte sie. »Ich hatte gehofft, Sie hätten ein bisschen Zeit für mich.«

»Nein.« Sie wich ihm elegant aus. »Halten Sie sich an den offiziellen Pressetermin.«

»Aber Lucy …« Er erhob die Stimme. »Ich möchte Ihre Sichtweise hören. Das ist brillant, verstehen Sie nicht? Überlegen Sie nur. Eine der zweiundsechzig auf der Jagd nach Cox' Mörder.«

King blieb stehen. Drehte sich um.

»*Was* haben Sie da gerade gesagt?«

Der Journalist gab sich unbeteiligt. »Wie? Ich meinte nur …«

King sah zu Lucy, dann wieder zum Journalisten. Seine Miene verfinsterte sich. »Sie …«, sagte er dann und zeigte mit ausgestrecktem Zeigefinger auf den Mann. »Sie verpissen sich jetzt! Und zwar auf der Stelle. Wenn nicht, dann schwöre ich, dass das beschissene *Time Out Magazine* noch vor Ihnen Hinweise bekommt.«

Der Journalist starrte ihn mit offenem Mund an. Schien einen Moment zu überlegen, verdrückte sich dann.

»Und Sie.« King kam einen Schritt auf Lucy zu. »Hat er gerade gesagt, Sie gehören zu den zweiundsechzig?«

Lucy erwiderte darauf nichts, reckte einfach nur das Kinn vor. *Und wenn schon?*

»Wow.« Er lachte leise. »*Wow*. Okay. Damit hatte ich jetzt nicht gerechnet. Was ist es also? Der reiche Vater? Haben Sie sich ein bisschen den Mockney-Akzent zugelegt, um zur Abwechslung einmal im wahren Leben mitzumischen? Wahrscheinlich arbeiten Sie deshalb in Mayfair? Fühlen sich hier ganz wie zu

Hause? Ich nehme an, Sie haben Ihren verdammten Maybach hier irgendwo um die Ecke geparkt?«

»Es ist nicht so, wie Sie denken.« Sie schüttelte den Kopf. *Ganz ruhig, Ed.*

»Oh, ist es also nicht?« Ein sarkastisches Lachen, aber sie spürte, dass er sich verletzt fühlte. Da war ein Verlustschmerz. »Wie haben Sie es dann geschafft? Hm? Sagen Sie's mir.« Seine Stimme war lauter geworden. »Wie kommt es, verdammt noch mal, dass Sie, ein nicht-reicher Bulle aus einer nicht-reichen Familie, zu den zweiundsechzig Vulnerablen gehören, die die Attentate lebend und unversehrt überstanden haben?« Seine Stimme hallte von den Fassaden der anderen Villen wider. »Die zweiundsechzig hatten *alle* Booster vom Schwarzmarkt. Jeder Einzelne von ihnen, verdammt. Wie haben Sie das also geschafft? Als Booster Goldstaub waren, zehntausend Pfund für einen Piks? Erklären Sie mir *das* bitte!«

Lucy starrte ihn an. Ihr strengster Blick, jener Blick, den sie ihrem Dad zugeworfen hatte, als es mit ihm kaum noch auszuhalten gewesen war. King hielt dem Blick stand, und einen Moment lang musste sie an zwei angeschlagene Boxer in den letzten Runden denken, die einander lauernd beobachten, mit heftigen Cuts und halb zugeschwollenen Augen: Schmerz erkennt den Schmerz.

Sorry, Ed. Aber du wirst nicht erfahren, was geschehen ist.
Du wirst mir bloß dabei helfen, dieses Antidot aufzutreiben.

»Um acht Uhr«, sagte sie. Machte auf dem Absatz kehrt. Stolzierte davon.

Als sie um die Ecke bog, hörte sie, dass er ihr etwas nachrief:

»Verdammt, wie haben Sie nur überleben können, Lucy Stone?«

4. KAPITEL

London, 2027

Ich hab's geschafft!

Lucy verspürte einen Anflug von Stolz, als sie mit dem Kinn die Klimmstange streifte. Sie strahlte über das ganze Gesicht und ließ sich langsam zurück auf den Teppich sinken. *Warte, bis ich Si davon erzähle.* Die ganze Zeit hatte sie versucht, einen Klimmzug zu machen – einen richtigen, ohne hochspringen, kein Schummeln –, und zwar seitdem er das Klimmzugset vor einem Monat auf dem Fußboden ausgebreitet hatte. Es war das große Finale des Umzugs; den ganzen Tag war er mit dem Lieferwagen hin- und hergependelt, und seither hatte sie ihm unbedingt beweisen wollen, dass ihre Boxmuskeln auch perfekte Muskeln für Klimmzüge waren.

Er glaubt's mir sonst nicht.

Sie spannte die Armmuskeln vor dem Spiegel an der Schranktür – *nett!* – und grinste.

Jacks alter schwarzer Box-Kapuzenpulli lag auf der blauen Tagesdecke auf dem Bett. Sie schnappte ihn sich, zog ihn über den Sport-BH und blickte sich um.

Die Wohnung war im Chaos versunken. So ging das schon seit Tagen. Was erwartete sie auch, wenn sich zwei Leute in einen so engen Ort zwängten? Aber tat's was zur Sache? Die zerknüllten T-Shirts auf dem Boden oder die Bücher für Simons Touristentouren, die sich neben dem Schreibtisch stapelten, waren ihr egal. Das war jetzt ihr gemeinsames Zuhause, und sie liebte es. *Unsere Wohnung. Für uns beide.*

Sie ließ den Blick über die gerahmten Schnappschüsse gleiten, die an den frischen geweißten Wänden hingen. Immer dasselbe Motiv: Lucy und Simon, Simon und Lucy. Selfies. Ein paar Urlaubsfotos aus der Woche Barcelona. Auch ein paar neuere Fotos, von dem frechen Wochenende in Paris, das gerade mal zehn Tage zurücklag. Unter einem Regenschirm am Eiffelturm, lachend im Regen. Flanierend auf der Avenue des Champs-Élysées. Dann das beste Foto von allen, für das er einem Kellner heimlich zehn Euro zugesteckt hatte, damit er es schoss: Simon, der auf Knien die kleine Box mit dem Ring aufklappt, während Lucy beinahe über ihrer *soupe à l'oignon* in Ohnmacht gefallen wäre.

Sie sah auf ihren Finger. Der Ring glitzerte. Lucy lächelte wieder.

Bin so glücklich.

Jetzt aber – wo sind meine Handschuhe hin? Zeit für einen Sparring-Abend, ist schon ewig her …

Sie ging auf die Knie, sah unter dem Bett nach. Zwei schwarze Boxhandschuhe lagen halb versteckt hinter einem Stapel Bücher über die Geschichte Londons. *Noch mehr verfluchte London-Bücher, Si? Du hast Glück, dass du niedlich bist.* Als sie den Stapel beiseiteschob, hörte sie das Klicken im Schloss der Wohnungstür.

»Si?«

Sie bekam den einen der beiden Handschuhe zu fassen, tauchte wieder auf und sah quer durchs Zimmer.

Simon stand im Durchgang. Er trug immer noch den weißen Kittel des Apothekers, wie ihr auffiel, den mit dem Monogramm, den sie ihm zu Weihnachten geschenkt hatte. Sie warf ihm ein kurzes Lächeln zu, tauchte wieder ab. »Bin auf dem Weg zum Sparring-Abend«, ließ sie ihn wissen, während sie nach dem zweiten Handschuh griff. »Ich dachte, du arbeitest heute spät?«

Sie streifte den Handschuh nur mit den Fingerspitzen. *Verdammtes Ding.* Sie probierte es noch einmal, ließ es schließlich sein und richtete sich wieder auf. »Egal … du kommst nie drauf, was deine knallharte Verlobte gerade gemacht hat.«

Er sah sie ratlos an.

Simon war ein gut aussehender Mann. Groß, schlank. Römische Nase, starke Wangenknochen, himmelblaue Augen. Aber jetzt gerade waren die Augen größer als sonst, und der Windsor-Knoten seiner orangenen Seidenkrawatte saß viel zu locker – was untypisch für jemanden wie Simon war.

»Alles okay, Babe?«, fragte sie.

»Ich … äh, kann ich mal deinen Finger sehen, Luce?«

Sie zog die Stirn in Falten. *Stimmt was nicht mit dem Ring?*

»Warum? Irgendwas nicht in Ordnung?«

Er schüttelte den Kopf. »Will nur kurz draufschauen.«

Seltsam. Er wirkt … gestresst. Fast ängstlich. Aber wieso? Er hatte geschworen, er könne sich das leisten. Und der Juwelier war ein Freund der Familie, tatsächlich ein alter Kumpel von Jack, deshalb wusste sie, dass der Ring keine Fälschung war. »Du kannst ihn jetzt nicht wiederhaben, Romeo«, sagte sie und ging auf Socken über den Teppich. »Ich will ihn nicht abnehmen, nicht mal am Sparring-Abend. Aber ich schätze, dass ich dir einen kurzen Blick erlaube …« Sie küsste ihn. Hielt ihm den Ringfinger zur Begutachtung hin.

Er nahm ihre Hand in seine, schaute dann auf. Seine Augen stellten sich auf etwas ein, das sie nicht sehen konnte, über ihrer Schulter.

»Lucy … was ist *das*, verdammt?«

Er zeigte auf etwas hinter ihr.

»Was denn? Ich weiß nicht, was …«

Als sie sich umdrehte, hatte er schon eine kleine Nadel aus der Kitteltasche geholt und pikste in Lucys Finger.

»*Hey!*«

Ein Tropfen Blut kam zum Vorschein. Lucy sah erschrocken zu, als Simon einen blauen Teststreifen aus Kunststoff aus seiner Tasche fischte. Erinnerte sie an einen Schwangerschaftstest. *Wie nach der Zeit in Barcelona. Aber ... Blut? Wofür soll das sein? HIV? Unmöglich. Okay?* Sie runzelte die Stirn, während er das Ende des Streifens an den Blutstropfen hielt.

»Si? Was, um Himmels willen ...?«

»Sorry«, sagte er und nahm den Teststreifen an sich. »Du und Nadeln. Du weißt schon. Du wärst ja fast ohnmächtig geworden, als du das bekommen hast.« Er deutete auf das Tattoo an ihrem Handgelenk. »Ich dachte, so wär's einfacher.«

»Du hättest auch ein Wort *sagen* können.« Sie zog den Finger zurück, sog wütend daran. »Mir geht's gut, wenn ich wegschaue. Aber was sollte das eben?« Eine Pause. »Gibt es da etwas, das du mir sagen musst?«

»Pscht. Warte einen Augenblick ...«

Ihre Augen blitzten auf – *hast du da gerade ›Pscht‹ zu mir gemacht, Simon Baker?* –, aber sie ließ das so stehen. Sein Schweigen machte ihr Angst. Simon war nämlich nie schweigsam. Er war ein frecher Australier, der immer wieder auf die ›Ashes‹ anspielte, auf den Cricket-Länderkampf zwischen England und Australien. Dauernd musste er betonen, wie beschissen Londoner Kaffee schmeckte. Ein Mann, der davon träumte, nebenberuflich als Touristenführer zu jobben. Er stand im Mittelpunkt jeder Party. Ein echter Scherzkeks. *Wo ist jetzt hierbei der Scherz, Si? Was ist los?*

Er starrte auf den Teststreifen. Sie merkte, dass er den Atem anhielt.

Das rechteckige Fenster in der Mitte des Streifens verwandelte sich von Weiß zu Gelb.

»Okay«, flüsterte er. »Okay, jetzt warten.«

Schweigen.

Gelb veränderte sich zu Schwarz.

»Fuck. Fuck. Fuck. Fuck.« Er hielt sich eine Hand vor den Mund, runzelte die Stirn, dann erst sah er Lucy an. »Wir müssen hier weg. Jetzt.« Er streckte die Hand nach der Türklinke aus. »Bist du so weit? Komm schon.«

»Warte. Wohin gehen wir …?

»Wieder zur Arbeit. Meiner Arbeit. Zur Apotheke. St Thomas. Ich erklär's dir unterwegs.«

Sie schaute auf ihre weißen Baumwollsocken. »Ich brauche noch Schuhe …«

»Oh, klar … okay. Hast du deinen Dienstausweis? Gut. Ich warte draußen. Ich schau nur schnell …«

Seine Stimme verlor sich auf dem Hausflur.

Lucy sah, wie die Tür ins Schloss fiel. Fuhr sich durchs Haar. *Das gefällt mir nicht.* Sie schnappte sich ihre neuen schwarzen Sportschuhe aus der Ecke und zog sie an. Für den Bruchteil einer Sekunde dachte sie an den einsamen Boxhandschuh unter dem Bett – *du hast es noch nie gemocht, wenn ich zum Sparring-Abend gehe, stimmt's, Si?* –, und schon hatte auch sie die Wohnung verlassen.

Dunkel, dachte sie, als sie ins Freie trat.

Es war erst halb vier, aber der Winterhimmel über ihnen war schon schwarz. Scheinwerferlicht erfasste sie für einen Moment. Simon wartete auf dem Gehweg und starrte auf den Straßenverkehr in der Goswell Road.

»Okay, also los«, sagte sie und packte ihn am Ellenbogen. »Zur U-Bahn geht's hier lang, schon vergessen?«

Er schüttelte den Kopf. »Taxi.«

»Ein schwarzes Londoner Taxi? Im Ernst?« Sie zog die Stirn in Falten. »Ein bisschen teuer …«

»Keine U-Bahn. Nicht jetzt. Vertrau mir.« Er entdeckte ein Taxi mit einem bernsteinfarbenen Licht. Sprang halb auf die Straße, fuchtelte mit dem Arm herum, hinderte das Taxi an der Weiterfahrt. Der Fahrer wurde langsamer und kurbelte die Scheibe herunter. »St. Thomas' Hospital«, sagte Simon.

Ein Nicken. »Springen Sie rein, Mann.«

Lucy öffnete die Tür und rutschte auf der Rückbank zur anderen Seite. Simon nahm neben ihr Platz.

»Waterloo ist ein Albtraum«, meinte der Fahrer. Er hatte einen grauen Bart und war ziemlich dick. Lucy erkannte ihn nicht – *keiner von Dads Taxifahrerfreunden aus dem Pub, mit dem bin ich noch nicht gefahren* –, aber sie kannte den Typ Fahrer. Einer, der gern schwatzt. »Ich sag Ihnen was, Mann. Verdammte Unglücksgegend hier.«

»Okay«, sagte Simon. Er zog die Tür zu. Das Taxi fädelte sich wieder in den Verkehr ein.

»Jetzt mal ehrlich, glaubt man's? Seit zwei Tagen kein Durchkommen an der Waterloo Station wegen *Tränengas*, verdammt? Ich meine …«

Lucy hörte über das Geplänkel des Fahrers hinweg. »Im Ernst, Si – was ist eigentlich los?«

Simon schaute nach vorn, in Fahrtrichtung. An der Trennwand aus Plexiglas zwischen Fahrer und Kunden klebten Notizen – Bargeld bevorzugt. Kein Essen während der Fahrt. Unterstützt unsere Veteranen –, aber die Schiebetür zur Fahrerkabine fehlte.

»Später«, wisperte er.

»Wenn Sie mich fragen«, fuhr der Fahrer fort, »der Bürgermeister ist schlimmer als der verfluchte Terrorist.« Ein Lufterfrischer in Form des Union Jack baumelte vom Rückspiegel. »Ich mein, okay, ich hab mal bei einer Demo Gas abgekriegt, nichts für schwache Nerven. Aber wenn es darum geht, wie man einen verdammten Verkehrskollaps herbeiführt, verzeihen Sie meine deutlichen Worte, ich mein ...«

Das Taxi fuhr am Smithfield Market vorbei.

Aus dem Augenwinkel sah Lucy die riesigen Bögen der Gusseisenhallen: der Fleischmarkt aus viktorianischer Zeit. Dort streifte ihr Dad immer vor Sonnenaufgang herum, wandelte zwischen den hängenden Tierkörpern und Schweineköpfen und blutbespritzten Schürzen, auf der Suche nach dem passenden Deal. Sie war nie dort gewesen. Er hatte immer Jack mitgenommen, nie sie. Auch nicht später, als nur noch sie beide übrig waren, aneinandergekettet, und sich in grimmigem Schweigen beim Abendessen anstarrten, ehe er sich wieder eine Bierdose aufmachte und es sich in seinem hässlichen orangenen Sessel bequem machte, um sich *Fight Night* anzusehen.

Der Fleischmarkt verschwand aus dem Blickfeld.

Sie fixierte ihren Verlobten mit einem anklagenden Blick. »Du sagst mir jetzt, was los ist, oder ich halte das Taxi an.«

Ich tue es wirklich. Das weißt du.

Ein Seufzen. »Also gut.« Er beugte sich zu ihr, senkte die Stimme. »Hör zu. Heute Morgen traf eine seltsame Lieferung in der Apotheke ein. Riesenmenge von einem Medikament. Elemidox heißt das. Ging gleich alles in die Isolierstation. Dort, wo sie alle von der Waterloo Station versorgen.«

»Was – du meinst jetzt die Opfer des Tränengases? Die sind immer noch im Krankenhaus?«

Er ging nicht darauf ein, redete weiter. »Ich bin los, um mir das anzusehen. Niemand hielt mich auf. Hätte aber jemand machen müssen, schätze ich. Egal. Den meisten Leuten, die das Attentat erlebt haben, scheint es gut zu gehen. Nur ein bisschen Übelkeit. Aber die anderen, vielleicht ein Dutzend, die werden ›Vulnerable‹ genannt ...«

Er atmete tief ein.

»Luce, das ist *furchtbar*.«

Sie sah das Entsetzen in seinen hellblauen Augen.

»Ich verstehe das nicht. Was denn? Was ist so furchtbar daran, an Tränengas?«

Simon sagte nichts. Schüttelte den Kopf. Sie merkte, dass der Taxifahrer aufgehört hatte zu schwatzen. Seine Augen waren im Rückspiegel zu sehen; er schaute weg, als sie aufschaute. Schweigen. Das Taxi fuhr über die Blackfriars Bridge. Neon-Leuchtreklamen an den Fassaden dunkler Gebäude: das Sea Containers House an der Themse, der OXO Tower.

»Was ist jetzt?« *Komm schon, Si, heraus damit. Ich will es wissen. Du machst mir Angst.*

Er zog einen Rezeptblock und Stift aus der Brusttasche. Kritzelte etwas aufs Papier und zeigte es ihr. Sie konnte es gerade so lesen bei den Lichtverhältnissen:

DAS WAR KEIN TRÄNENGAS.

»Ach, Unsinn.« Sie schob die Notiz von sich. »Wir hatten ein Briefing. Direkt von oben, vom Chief Superintendent. Ein Mann mit roter Gasmaske hat Pendler vom Retail Balcony aus mit Tränengas besprüht. Er wurde gefasst, als er sich in einer WH-Smith-Filiale verstecken wollte. Die Opfer wurden vorsichtshalber versorgt. Das war's. Punkt.«

Sie merkte, dass der Fahrer sie wieder im Spiegel beobachtete.

Noch mehr Gekritzel. Eine zweite Notiz, zweimal unterstrichen: SPÄTER.

Nein, Si. Jetzt. Als sie im Begriff war, ihm ins Gewissen zu reden, hielt das Taxi an einer roten Ampel.

»Schauen Sie sich diesen Unfug an«, sagte der Fahrer.

Zu ihrer Linken war eine ganze Straße blockiert. Gelbes Flatterband, leere Polizeieinsatzwagen. Drei Ü-Wagen von verschiedenen Sendern, überall Kameraleute und Reporter. Lucy kniff die Augen zusammen. Weiter zurück, vor dem Eingang zur

Waterloo Station, sah sie einen Soldaten. Er hielt eine Maschinenpistole in Händen.

Ein Schauer lief ihr über den Rücken.

»Schätze, das ist irgendein Komplott«, sagte der Fahrer. Er nickte wissend. »Warten Sie's nur ab.« Die Ampel sprang um, und sie fuhren weiter. »In einer Woche entfernen die das gelbe Band und auf einmal: noch mehr von diesen verfluchten Fahrradspuren ...«

Sie schaute durchs Heckfenster auf die Waterloo Station. Irgendetwas stimmte da nicht. Der Chief Superintendent hatte nichts von einem Einsatz der Armee gesagt. Und wo war die Polizei? Ein autorisierter Feuerwaffen-Officer durfte eine Maschinenpistole tragen. Diese Leute hatten eigentlich immer eine, wie sie wusste: an Flughäfen, beim Begleitschutz, bei Prozessen mit Kronzeugenschutz. *Aber warum trug der Typ dann eine Uniform in Tarnfarben?*

Das Taxi fuhr wieder langsamer. »Verdammte Scheiße.« Der Fahrer gestikulierte. Zwei schwarze Vans standen in der Mitte der Straße, versperrten den Weg. »Schauen Sie sich diesen Mist an. Moment.« Der Lufterfrischer pendelte, als der Fahrer in eine Seitenstraße einbog und vor dem London Eye anhielt. »Was dagegen, wenn ich Sie hier rauslasse? Ist schneller. Nur schön am Fluss entlang, zwei Minuten.« Er musterte Simons weißen Kittel. »Schätze, Sie kennen den Weg. Oh, übrigens, haben Sie Bargeld dabei?«

Während Simon bezahlte, öffnete Lucy die Tür und stieg aus. Die Luft war kalt. Sie schob die Hände in die Taschen des Kapuzenpullis, schaute hinauf zum Eye. Der rotierende Kranz aus Kabinen zeichnete sich gegen den Nachthimmel ab: eine starrende, pechschwarze Pupille.

Gefällt mir nicht. Kein Stück. Aber jetzt will ich wissen, was eigentlich los ist.

Simon steckte das Wechselgeld ein, und sie gingen gemeinsam los.

»Hier.« Er griff in seine Tasche, holte zwei Paar blaue OP-Handschuhe hervor. Reichte ihr ein Paar. »Hab ich aus dem Vorrat geklaut.« Er zog seine an. Sah sie an. »Na los. Zieh deine an.«

Wirklich? Sie zuckte mit den Schultern, zog die Handschuhe an. Ihr Ring zeichnete sich unter dem Gummi ab.

»Und jetzt erzähl mir, was los ist«, meinte sie. »Was hat es mit dem Tränengas auf sich?«

Er legte ihr einen Arm um die Taille. Beugte sich zu Lucy.

»Das war kein Tränengas, Luce. Die wollen nur nicht, dass Panik ausbricht.«

Er holte tief Luft, wartete, ehe er es aussprach:

»Das war ein Nervengas.«

Was?

»Und sie schätzen, dass es zu weiteren Attentaten kommt«, fügte er hinzu.

»Du meine Güte«, sagte sie. *Ein Nervengas? Hier?* Bilder von einer Fernsehsendung, die sie auf BBC Four gesehen hatte, tauchten vor ihrem inneren Auge auf: Ein Terroranschlag in der Metro von Tokio, Schulmädchen mit Atemschutzmasken starren traurig in die Kamera. »Und was jetzt? Ein Gegenmittel? Die werden Riesenvorräte davon haben, denke ich. Sind wir desweg ...«

Er unterbrach sie. »Es gibt kein Gegenmittel.«

Ein Mann ging an ihnen vorbei. Simon hörte auf zu reden, wartete, bis der Passant außer Hörweite war.

»Das ist ein neuartiges Gift«, sagte er. »Ganz neu. Gegenmittel kannst du vergessen; die haben alle herkömmlichen längst ausprobiert: Atropin, Pralidoxim, Obidoximchlorid. Nichts. Genauso gut könnte man Weihrauch verbrennen oder einen Glücksbringer um den Hals tragen.«

Gott. Sie sah ihn verwundert an. *Okay, also was dann …?*

»Und es kommt *überallhin.* Hängt über Stunden in der Luft, schwebt, legt sich auf Oberflächen. Bei allen, die gestern in Waterloo waren, haftet es immer noch auf der Kleidung. Könnte sogar hier in der Luft sein, nah genug dran wären wir, deshalb …« Er hielt eine behandschuhte Hand hoch. »Die armen Kerle auf der Isolierstation gelten jetzt als toxisch. Sie atmen ständig Partikel von dem Zeug aus. Gefährden die Ärzte, furchtbar. Scheint, als hätten sie das denkbar schlimmste Zeug genommen, irgendeinen waffenfähigen Stoff, der aus einem Militärprojekt aus dem Kalten Krieg stammt. Und dieses Zeug haben sie dann noch tödlicher gemacht.« Er hielt inne. »Luce … was es den Leuten *antut* …«

Er hörte auf zu reden, als sie die Stufen zur Westminster Bridge nahmen. Auf der Brücke herrschte Gedränge. Horden von Touristen, die Hütchenspielern mit ihren drei Bechern und einer Kugel zusahen. Kartenverkäufer für Bus-Touren, Handkarren mit heißen Maronen. Sie bahnten sich einen Weg durch die Menge der Selfiesüchtigen und Daunenjacken, erreichten den Gehweg, überquerten die Straße. Vor ihnen ragte der Nordflügel des St Thomas' Hospital auf.

Lucy runzelte die Stirn. »Babe? Si?« In ihrem Kopf arbeitete es. »Du hast gesagt, die meisten Leute sind keine Vulnerablen …« Dachte an den Teststreifen, an das schmale Rechteck, das sich von Gelb nach Schwarz verfärbte. Sie dachte an den Ausdruck in seinen Augen. Verband die einzelnen Punkte miteinander. »Dann gehöre also … ich dazu?«

Er schaute weg.

Oh.

Verstehe.

Sie gelangten zum Eingang des Krankenhauses.

»Und was ist mit dir?«

Er blieb stehen, griff in seine Tasche. Zog zwei Teststreifen heraus. Hielt sie ihr beide in der offenen behandschuhten Hand hin.

Beide rechteckigen Fenster waren schwarz.

Die Klinik war voller Leute.

Lucy folgte Simon über einen hell erleuchteten Gang, vorbei an Kindern in Kinderwagen und Patienten mit Koffern. In der Luft hing der Geruch von Desinfektionsmittel.

»Also«, sagte sie, während sie einem Pfleger auswich, der einen Rollwagen zur ambulanten Orthopädie schob, »was machen wir dann *hier?*«

»Elemidox.« Sie bogen um eine Ecke. Vor ihnen war das Schild für die krankenhausinterne Apotheke zu sehen. »Das Zeug, das heute Morgen eingetroffen ist. Eigentlich gedacht für Vergiftungen mit Pestiziden, aber irgendein heller Kopf hat erkannt, dass es zum gewünschten Ergebnis führt, solange du es dir spritzt, ehe du dem Gift ausgesetzt bist. Es muss vorher passieren. Prophylaktisch. Egal, ich werde uns was davon besorgen. Vielleicht brauche ich deinen Dienstausweis, um das Zeug für dich zu bekommen.«

Er verlangsamte seine Schritte, als sie die Doppeltür zur Medikamentenausgabe erreichten.

»Ist wohl besser, wenn du jetzt hier wartest. Vielleicht brauche ich dich gleich, aber warten wir's ab.«

Lucy nickte. Sah zu, wie er sein Portmonee gegen einen Kartenleser hielt und durch die Flügeltür verschwand. *Okay. Ich bleibe ... also hier.* Sie blickte sich um. Bilder des Fernsehbeitrags kehrten immer wieder in ihre Erinnerung zurück: Männer in orangenen Schutzanzügen, notdürftige Krankenhauszelte. Sie versuchte, diese Eindrücke beiseitezuschieben, sich zu beruhigen. *Si weiß, was zu tun ist. Er ist inzwischen verschreibender*

Apotheker, fast schon so wie ein Arzt. Sie schaute an sich herab, merkte, dass sie über ihr Tattoo rieb. *Keine Sorge, Jack. Mir geht's gut.*

Eine drahtige Frau mit vollen roten Locken humpelte an Krücken vorbei. Lucy lächelte sie an. *Die ist aus der Take-away-Pizzeria am Barmy Park. Steht an der Kasse.* Die Frau wirkte zuerst verdutzt, dann argwöhnisch. Ging weiter. Lucy sah der Frau nach, bis sie um die Ecke verschwand.

Muss toll sein, wenn man Gesichter vergisst.

Als sie einen Blick auf ihr Handy warf – *gibt's was Neues auf dem Revier?* –, schwang die Doppeltür wieder auf. Zwei jüngere Angestellte der Ausgabe kamen heraus, grüne Krankenhausarmbänder an den Handgelenken. Lucy konnte Simon zwar nicht sehen, dafür hörte sie aber, als er die Stimme erhob: »Um Gottes willen, Mel …!«

Melanie?

Moment mal …

Sie zwängte sich durch die Tür, die langsam wieder zuging, und folgte dem Verlauf des Gangs. Durch ein Schiebefenster konnte man einen Bereich der Medikamentenausgabe sehen. Blaue Kunststoffbehälter stapelten sich an der gegenüberliegenden Wand. Auf einem Monitor wurden Bestellnummern angezeigt. Simon stand mit dem Rücken zu Lucy und hatte einen Wortwechsel mit einer dünnen platinblonden Frau.

Lucy klopfte an die Plexiglasscheibe. Die Blondine sah sie, schaute aber sofort weg.

Nur zu, Melanie, versteck dich.

Simon drehte sich um. Sein Gesicht war gerötet. Er fluchte vor sich hin, trat dann ans Fenster und schob es auf.

»Luce …«

»*Deshalb* sollte ich wohl draußen warten?« Sie verschränkte die Arme vor der Brust.

Er seufzte. »Ich kann auch nichts dafür. Ich kann zwar das Rezept ausfüllen, aber es muss von einer zweiten Person gegengezeichnet werden, okay? So lauten die Vorschriften. Und jetzt hat gerade sie Schicht. Ich Glückspilz.«

Lucy sagte dazu nichts, hatte die Stirn in Falten gezogen.

Er steckte den Arm durchs Fenster und berührte Lucy am Unterarm. »Sieh mich an.« Ein Flehen in seinen hellblauen Augen. »Es war nur das eine Mal. Das schwöre ich bei allem, was mir heilig ist. Außerdem – wir haben uns ja eben gestritten, oder nicht?«

Stimmt. Also schön, es gibt wichtigere Dinge, über die wir uns Gedanken machen sollten.

Und trotzdem, Si, du weißt, was ich über sie denke ...

»Warte einfach hier«, sagte er. »Ich werd' die Medikamente besorgen.« Er tätschelte ihren Arm, ging wieder weg.

Weiter hinten lehnte Melanie an dem Tresen. *Du bist ganz schön aufgetakelt,* dachte Lucy. Nachgezogene Brauen, korallenroter Lippenstift. Riesige glänzende Ohrringe, die ihr von gedehnten Ohrläppchen hingen. *Wusstest du, dass er heute Abend wiederkommen würde? Willst du es wieder drauf anlegen?*

Melanie nahm all ihren Mut zusammen, sah zu Lucy herüber.

Lucy hielt diesem Blick stand. Zog den Handschuh aus, hielt die Hand hoch. *Ein Ring.*

Simon tauchte wieder auf, trug sechs weiße Pappkartons. Er stellte sie auf den Tresen neben eine Rolle mit Etiketten und fing an, die Barcodes einzuscannen.

»Jeder nur eine«, ließ Melanie ihn wissen.

Er hielt beim Scannen inne. Sah sie an.

»Was?«

»Jeder eine Box«, wiederholte sie. Grinste Lucy über seine Schulter an.

»Nein, Mel. Sie ist Ersthelferin. Luce, du hast doch deinen Dienstausweis dabei …«

Oh, sie weiß es. Nur wieder eines ihrer Spielchen. Also wirklich, Si, wie konntest du nur?

»Tut nichts zur Sache«, kam es von Melanie. »Die sind rationiert. Kapiert?« Sie nahm einen Zettel von einem Tisch, legte ihm den Zettel vor die Nase. Tippte mit pinkem Fingernagel darauf.

Simon nahm den Zettel. Runzelte die Stirn beim Lesen.

»*Rationiert?* Was soll das, verdammter Mist? Sind wir im Zweiten Weltkrieg? Bezugsscheine für Seife?«

»So will es die Vorschrift. Irgendjemand von ganz oben hat den stellvertretenden Manager angerufen. Wir haben die ganze Lieferung. Der Hersteller braucht drei Wochen, um mehr davon zu produzieren.«

Wieder ein hämisches Grinsen in Lucys Richtung.

»Na schön«, seufzte Simon. »Also gut, zwei Schachteln müssen reichen.« Er schob den Zettel weg, scannte die Barcodes zu Ende und kritzelte etwas auf ein Klemmbrett. »Hier.« Er reichte Lucy die Schachteln durchs Schiebefenster. »Nimm sie. Bin gleich bei dir. Keine Sorge, Luce, alles okay. Versprochen.«

Sie schaute auf die Schachteln. Las den Aufdruck: COX LABS – ELEMIDOX © – 30 ml. Öffnete eine Box. Die Injektionskanülen darin waren riesig, als entstammten sie einem Cartoon. Ihr Magen krampfte sich zusammen. Sie musste an den Soldaten denken und an die schwarzen Vans und Melanies pinken Fingernagel, der auf den Zettel mit den Rationierungen tippte.

Keine Sorge, Luce.

Okay.

Sie sollte ihm vertrauen, das wusste sie. Simon war clever, findig. Der Beste seines Jahrgangs an der Uni. Er kannte sich mit den Medikamenten aus, und er kannte das System. Der perfekte Mann in ihrer Ecke, wenn es um solche Sachen ging.

Also ...

Sie zupfte an den Bändern der Kapuze.

Warum hab ich dann so eine Scheißangst?

5. KAPITEL

London, 2029

Nicht aufschauen.

Das Glöckchen an der Tür des Cafés in Brompton klingelte. Lucy blickte auf ihren Teller. Das Übliche: Ei, Bohnen, Tomate, Pilze, heller Toast. Sie wusste, ohne aufzuschauen, dass es King war. Er musste es sein. Es war acht Uhr. Das hatten sie so vereinbart, und abgesagt hatte er nicht. Sie hörte seine Schritte auf dem schwarz-weiß gefliesten Boden. *Nicht aufschauen*, dachte sie. *Ignorier ihn einfach. Wenn du aufschaust, sieht er Schwäche. So wäre es jedenfalls bei Sykes. Und selbst wenn er kein Sykes-Typ ist, kein kompletter verdammter Wichser, so könnte er sich trotzdem entschuldigen, verflucht, nachdem er sich so scheiße benommen hat …*

»Es tut mir leid«, sagte King.

Er setzte sich gegenüber von ihr an den Tisch. Seufzte.

»Das hätte ich nicht tun sollen. Es war nur so … Das hat mich geärgert. Wegen dieser Sache. Ich …« Seine Stimme verlor sich. »Ach, ein andermal. Fakt ist, es geht mich gar nichts an. Sorry, ehrlich. Wird nicht wieder vorkommen.«

Besser wär's, verdammt. Sie spießte einen Pilz mit der Gabel auf, schob ihn sich in den Mund. Erst da schaute sie auf. *Er sah müde aus*, dachte sie. Sein Bart war noch stoppeliger. Seine Augen hatten immer noch dieses Grün, auffallend.

»Ist versprochen, Lucy.«

Sie nickte. Hörte auf zu kauen. Dachte nach. *Okay. Du hast jemanden verloren. Verstehe.*

Okay.

»Er war Metzger«, sagte sie nur.

King sah sie verdutzt an. »Sorry, was sagen Sie?«

»Mein Dad. Er war Metzger. In der Bethnal Green Road.« Sie biss ein Stück von dem Toast ab. »Gestern Abend haben Sie mich gefragt. ›Reicher Daddy?‹ Wissen Sie noch? Tja, sein Job war Metzger.«

Ich hab mir den Zugang während der Geißel nicht erkauft, Ed. Nicht wie die anderen der zweiundsechzig.

Jetzt weißt du es.

»Okay, verstehe.« Seine Miene blieb neutral, aber Lucy wusste, dass er insgeheim froh war. »Tja, wie gesagt, geht mich nichts an.« Er sah ihr zu, wie sie eine Tomate aß. Ein Lächeln trat in seine Züge. Er versuchte, weiterhin unbeteiligt zu schauen, doch das gelang ihm nicht. »Was Vegetarisches aufgebraten, wie? Lustiges Frühstück für die Tochter eines Metzgers.«

Ach ja?

Sie dachte an Dad. Joe Stone jr. hinter seiner Theke, mit grimmiger Miene und blutbefleckter Schürze. Der alte Laden hatte früher seinem Vater gehört. Sägespäne auf dem Fußboden, die Queen gerahmt an der Wand. Dads gefurchte Stirn. *Was darf es heute sein?* Gut, klack, klack, klack, rauf auf die Waage. *Ist's so recht? Hier Ihr Wechselgeld, und jetzt verschwinden Sie wieder.* Keine Zeit für kleine Späßchen. Von ihm kam da nichts, von den Kunden auch nicht. Und bestimmt nicht von dem »verdammten Überrest seiner Tochter«. Das waren seine Worte gewesen.

»Kommt ganz auf den Metzger an«, erwiderte sie.

Aber genug jetzt von dem Mist. Wir haben Arbeit vor uns.

Sie legte die Gabel auf den Tisch, schob den halb vollen Teller beiseite. »Können wir?«

Er nickte. »Der Wagen steht bereit.«

»Schön.« Sie stand auf, sah auf ihr leeres Glas. Sie war noch nicht ganz bei sich. *Vielleicht noch einen für unterwegs.* »Augenblick noch«, ließ sie King wissen. Ging zur Kasse. Sprach den Mann in der schmierigen Schürze an. »Einen noch. Getrennt. Ich mix es selbst, okay?« Sie nahm die Colaflasche. Während der Espresso durchlief, nickte sie dem gepflegten älteren Herrn in der Ecke zu, der ein Schinkensandwich aß. *Ihn habe ich schon einmal hier gesehen. Wird sich wohl kaum an mich erinnern.* Sie nahm den Pappbecher vom Tresen, folgte King nach draußen.

Um diese Uhrzeit war es noch nicht richtig hell. Neblig.

»Scheiß Winter«, meinte King. »Zumindest regnet es nicht.« Er ging voraus zu einem grauen zivilen Toyota.

»Noch nicht«, sagte Lucy. Sie nahm auf dem Beifahrersitz Platz. Machte die Cola auf, trank etwa die Hälfte, genau bis zur Mitte des Etiketts. King sah zu, wie sie den Espresso langsam in die Flasche laufen ließ. »Muss auf die Kohlensäure aufpassen, sonst läuft mir gleich alles über«, ließ sie ihn wissen. Nahm einen Schluck.

Er starrte sie an, die Nase gerümpft.

Was denn? Solltest du auch mal probieren, Ed.

Ein bisschen Kohlensäure sprudelte über den Rand des Flaschenhalses.

»Ach, wie blöd.« Sie wischte sich die Hand sauber, die Stirn in Falten gelegt.

King lachte leise. »Haben Sie da gerade ›Ach, wie blöd‹ gesagt? Kommen Sie, Stone. Sie sind Polizistin. Wir Bullen fluchen, was das Zeug hält, verdammt noch mal.«

»Ich nicht.«

Mum hat Jack beigebracht, nicht zu fluchen, und Jack hat es mir beigebracht.

Also, leck mich, Ed.

»Hm«, brummte er. Blinzelte. »Okay. Gut, wie geht's dann weiter? Die Leute aus dem Team führen den ganzen Tag die Zeugenvernehmungen durch. Wir können dazustoßen, falls nötig. Ich würde mich an die Tochter halten wollen, keine Frage. War die Letzte, die ihn gesehen hat. Die Ehefrau ist auch wichtig.« Er schnallte sich an. Lucy nicht, sie sah aus dem Fenster, während er redete. »Einer sollte die Leute vom Catering überprüfen, damit wir sie ausschließen können. Danach sollten wir uns daranmachen, die Alibis der Gäste zu kontrollieren, um zu sehen, ob wir da etwas entdecken, solange wir noch auf die Ergebnisse aus der Forensik warten.« Er steckte den Schlüssel ins Zündschloss. »Ergibt doch Sinn, oder?«

»Nein.« Sie nahm wieder einen Schluck aus der Flasche. »Wir sollten uns auf das Antidot konzentrieren.«

Ein müdes Lächeln. »Ja, genau, das Antidot. Tja, ich habe dem Team gesagt, dass sie das bei den Vernehmungen ansprechen sollen. Das habe ich nicht vergessen. Versprochen. Aber ich denke, wenn wir uns darauf konzentrieren, wer wann wen sah, dann könnten wir …«

Sie schüttelte den Kopf. »Es war ein Umtrunk. Die Alibis können wir abhaken. Wer erinnert sich schon während eines Empfangs genau, was er wann gemacht hat?«

»Also gut. Dann fragen wir bei den Vernehmungen eben nach dem Antidot.«

Lucy seufzte. Das war ermüdend. Sie dachte an Wilkes. *Sie hätten es ahnen können, Ma'am. Er behandelt mich wie einen verdammten DC.* »Wir haben bereits Vernehmungsprotokolle von gestern Abend, richtig? Vom CEO, vom leitenden Geschäftsführer, von allen hohen Tieren. Ein Antidot gegen London Black würde einem nicht einfach so entfallen. Entweder wissen die Leute nichts davon oder sie lügen. Dann werden sie auch ein zweites Mal lügen.«

»Oder es gibt kein Gegenmittel«, sagte King.

Sie sah ihn an.

Natürlich gibt es eins. Es muss eines geben. Bitte, Gott! Also, komm mit an Bord, Ed.

»Was wir *eigentlich* machen müssen«, sagte sie, »ist, herausfinden, wo das Antidot hergestellt wurde. Wenn wir das tun, kommen wir auch dahinter, wer noch davon wusste. Das muss unser Ausgangspunkt sein.« Sie nahm noch einen Schluck, schraubte den Deckel auf die Flasche.

»Cox Labs ist draußen in Stepney.«

Nein, dort nicht.

Überall, aber nicht da, dahin will ich nicht.

Erinnerungen von vor zwei Jahren brodelten hoch, aber sie kontrollierte ihre Atmung, schob die Bilder beiseite. Schüttelte den Kopf. »Nein, da bestimmt nicht. Jeder würde davon wissen. Wir auch. Es muss woanders sein. In einem anderen Labor. Ein geheimes.«

Er lachte. Nicht sarkastisch, bloß erschöpft. »Okay, gut. Und was genau schlagen Sie jetzt vor, wie wir …«

»Schätze, ich hab's gefunden.«

»Sie haben *was?*« Er nahm die Hand vom Schlüssel. »Jetzt schon? Wie denn?«

Lucy griff in die Tasche ihres Hoodies, holte etwas Kleines hervor. Legte es auf das Armaturenbrett: eine Büroklammer, das eine Ende gerade gebogen. »Damit.« Sie lehnte sich zurück, sah King an. Sah, wie er die Stirn runzelte, wie seine Rädchen arbeiteten. *Ob er darauf kommt?*

»Sein Handy?«

Gut gemacht, Ed.

»Aber … das gehört zu den Beweisstücken«, sagte er. »Moment. Warten Sie. Sie sind zurück aufs Revier? Um vier Uhr morgens? Sie haben die SIM-Karte aus seinem Handy genommen, sind die ganze Nacht wach geblieben und haben sich die Standortdaten angesehen?« Er zeigte auf die Flasche. Gluckste. »Kein Wunder, dass Sie das Zeug da trinken.«

Hey, lass den Drink außen vor!

Sie holte ihr Handy aus der Jeanstasche. Tippte ein paar Sachen ein, legte das Gerät dann neben die Büroklammer. Auf dem Display war eine Karte von London zu sehen. »Schauen Sie«, sagte sie. Und drückte einen Button. Rote Punkte wurden sichtbar, wie Pickel im Gesicht der Stadt. »Das sind die letzten beiden Monate. Alle Orte, die Cox aufgesucht hat.«

King kniff die Augen zusammen.

Ein Muster bildete sich heraus. Die Punkte konzentrierten sich an drei verschiedenen Orten und bildeten ein Dreieck.

Lucy zeigte auf eine der Ansammlungen von Punkten. »Sein Zuhause.« Die zweite Ansammlung, weiter östlich. »Cox Labs.«

»Und die Punkte dort? Was haben wir da?«, wollte King wissen. Er deutete auf einen Punkthaufen in Southwark, am Südufer der Themse.

»Genau das müssen wir herausfinden«, sagte sie.

Sie war auf der Goswell Road.

Es war damals. Zur Zeit der Geißel. Die Straße war leer. Fensterläden aus Metall, Türen mit rotem X darauf. Nebel. Flinders Cox war weiter vorn, einen Straßenzug entfernt. Blutiger Bart, Haare verklebt, das Kruzifix in der rechten Hand. In seiner Linken – eine Spritze, die golden leuchtete, und sie wusste es, sie wusste, um was es sich handeln musste: A für Antidot. Sie ging schneller. Ich muss ihn einholen, muss es schaffen. Sie bog um eine Hausecke. Ein Entsorgungsteam: grüne Schutzanzüge, ein Sprühwagen, ein Leichenwagen. Forscher mit weißen Teststäben, ein frisches X an einer Haustür. An einem Fenster eine Frau, die schrie: »Oh! Tot, tot, tot.«

Sie rannte los.

Lief auf Cox zu, vorbei an den Soldaten und dem Leichenwagen und der schreienden Frau. Er hielt die Spritze hoch, schwenkte sie hin und her, wie ein Leuchtfeuer. Sie brauchte sie. Musste an sie herankommen. Sie lief schneller, sprintete, aber sie war wieder auf der Brücke, der Westminster Bridge, Big Ben ragte in den Himmel, und überall Leute, Massen von Leuten, und sie waren alle dem Mittel ausgesetzt, sie alle miteinander, gerötete Augen, schwarze Augen, die Haut von Blasen überzogen. Sie zwängte sich an den Leuten vorbei, drückte mit aller Macht vorwärts, aber sie wurde aufgehalten. Hände griffen nach ihr, Gesichter, die Haut löste sich in Streifen, und sie kam nicht vorwärts. Und dann … Oh, Gott, ihr Gesicht im Spiegel, schreiend, schreiend, es war die Sache, das, was damals geschah, sie sah es wieder und …

»Lucy!«

Sie schlug die Augen auf und schubste King von sich.

Oh Gott, wo, zum Teufel …

»Alles okay«, sagte er. »Alles in Ordnung, Lucy.« Seine Stimme war tief, beruhigend. »Sie sind nicht in Gefahr.«

Lucy blinzelte. Blickte sich um. *Das Auto. King. Okay.* Sie atmete bewusst ein und aus. *Muss eingeschlafen sein. Ein Schrei-Traum.*

»Wir sind da«, sagte er. »In Southwark. Cox' Dreieck, wissen Sie noch? Ihr geheimes Labor?«

Sie nickte. Tastete nach ihrem Handy, zog es aus dem Spalt neben dem Beifahrersitz. Überprüfte die Uhrzeit.

»Halb neun? Schon?« Sie war angeschlagen, was ihre Stimme noch heiserer klingen ließ.

»Verkehrstechnisch tut sich was. Heute Morgen findet der Marsch für die Rechte der Survivor statt, bis zum New Monument. Embankment ist abgesperrt, London Bridge ist geschlossen.« Er sah, wie sie einen Schluck von ihrem Getränk nahm, ehe sie einmal über ihren Pulli strich. »Und als wir hier ankamen, musste ich sowieso Wilkes anrufen, daher bin ich ausgestiegen. Wollte Sie nicht wecken. Ich stand dort drüben, Handy am Ohr.« Er deutete auf eine Stelle, gut dreißig Fuß vom Toyota entfernt. »Lucy …« Er hielt inne, führte den Satz aber doch zu Ende. »Ich habe von *dort drüben* Ihre Schreie gehört.«

Willkommen in meiner Welt, Ed.

»Ja«, sagte sie. Wischte Tränen unter ihren Augen fort. »Tja. Kommt manchmal vor.«

Dauernd, eigentlich.

»Wenn Sie darüber sprechen wollen … Ich meine, mir hilft es immer, wenn …«

Sie funkelte ihn an.

»Okay, schon verstanden«, sagte er. »Nun, das Angebot steht.«

Lucy atmete tief durch, strich sich einmal durchs Haar. Sie wünschte, er hätte das nicht mitbekommen, nicht einen dieser totalen Schrei-Träume. Nicht, weil es seltsam war – wen kümmert's wirklich, verdammt? –, sondern weil es was Privates war. Teilte man sich jemandem mit, war das wie eine Therapie, zumindest so etwas in der Art, und Therapie war nichts für sie, noch nicht jedenfalls. *Meine Schuld. Mein verdammtes Kreuz, das ich zu tragen habe.* Sie öffnete die Beifahrertür. »Gehen wir.«

King nickte.

Er hatte eine Straße versetzt von der Adresse geparkt, die sie ihm genannt hatte. Eine ruhige Straße. Lagerhäuser aus bröckelnden gelben Backsteinen auf der einen Seite, lange Geländer aus Gusseisen auf der anderen. Abschnitte der Geländer waren mit Schleifen, Trockenblumen und von der Sonne gebleichten Notizzetteln verziert. Er warf einen Blick auf die Zettel, als sie vorbeigingen.

»Das ist keine … ist das ein …?« Seine Stimme verlor sich.

Eine Stelle, wo sie verbrannt wurden? Ist schon okay, das kann man ruhig aussprechen.

»Nein.« Sie schüttelte den Kopf. »Die waren weiter draußen. Meistens alte Keksmanufakturen.« Keksmanufakturen, weil es da große Öfen gab. Sie hatte es damals im Fernsehen gesehen: Leichentransporter auf dem Newham Way, rauchende Schlote im Hintergrund. Seither hatte sie keinen einzigen Keks mehr gegessen.

»Ah so.«

»Das hier ist älter. Viel älter.« Simon hatte ihr diesen Ort gezeigt, vor Jahren, während einem ihrer Spaziergänge. »Ein Friedhof. Ungeweiht. Für Sexarbeiter.« *Wieder eine andere Art von Tragödie.* »Die Leute lassen Schleifen hier. Jedenfalls war das bisher so. Der Stadtrat versucht nämlich die ganze Zeit, hier einen Parkplatz zu bauen.«

Sie kamen an einem Pub vorbei, der noch geschlossen hatte. Lucy nahm den Geruch von schalem Bier und Pisse wahr. Sie holte das Handy aus der Tasche ihres Pullis. Sie hatte Cox' Bewegungsprofil in die App ihrer Karte geladen; ihr blauer Punkt befand sich fast oberhalb der dritten Punktansammlung. »Dort hinten«, sagte sie. Sie zeigte voraus, zu einem Eisenbahnbogen aus Backstein, wo die Bahnstrecke quer über eine Straße verlief.

»Wo? *In* dem Bogen da?«

Sie zuckte mit den Schultern. »Sieht so aus, wie?«

Unter dem Brückenbogen war es dunkel. Klamm. Die Geräusche eines Zuges über ihnen hallten von den Backsteinmauern wider. In dem Eisenbahnbogen befand sich eine unscheinbare rostige Tür. Keine Schilder, nicht einmal eine Hausnummer. Jemand hatte die Tür aufgehebelt, mit einem Stück Metallrohr.

»Sie meinen hier?« King wirkte unschlüssig.

Sie warf erneut einen Blick auf ihr Display. Der blaue Punkt war exakt über dem Cluster der Standortbestimmung.

Lucy nickte.

Das muss es sein.

Der dritte Punkt von Cox' Dreieck.

»Hier ist jemand«, sagte sie und wies King auf einen behelfsmäßigen Türstopper hin. Ein Prickeln lief über ihre Haut. *Wenn ich recht habe – wenn das wirklich Cox' geheimes Labor ist, und wenn er an einem Antidot gearbeitet hat –, dann könnte jeder, der von diesem Ort weiß, der Mörder sein ...*

Sie klopfte an die Tür. Keine Reaktion. Klopfte noch einmal.

»Polizei!«, rief sie laut.

Stille.

Okay, packen wir's an.

»Kommen Sie«, sagte sie zu King. Schob die Tür langsam auf, trat ein.

Innen waren keine Fenster. Es war stockdunkel, abgesehen von dem schmalen Streif Tageslicht hinter ihr. Sie tastete nach einem Lichtschalter. Während sich ihre Augen an das Dunkel gewöhnten, nahm sie eine ihr vertraute Form wahr: einen Cox-Torbogen. Er stand an einer Wand, nicht angeschlossen.

Vielversprechend.

Sie fand den Schalter und machte das Licht an. Neonröhren surrten. Sie standen in einem weitläufigen Gewölbe. Decke und Mauern waren schmutzig, geschwärzter Backstein: die Unterseite des Eisenbahnbogens, verwittert und ohne Putz. Die rückwärtige Wand bestand aus Mauerwerk, aber die gewölbten Seitenwände links und rechts wiesen Stahltüren auf.

»Polizei«, sagte sie wieder, mit lauter Stimme. »Ist hier jemand?«

Nichts.

Sie sog die Luft ein. Roch Desinfektionsmittel.

Über ihren Köpfen rumpelte ein Zug über die Brücke.

»Also gut.« Lucy ging zu der Tür rechter Hand, King blieb

dicht hinter ihr. Sie probierte den Knauf: abgeschlossen. Sie spähte durch das schmale Fenster in der Tür. Ein kleiner Raum, leere Holzregale entlang der Wände, in der Mitte ein Tisch, ebenfalls leer. In einer Ecke ein schwarzes Ledersofa. Gegenüber davon ein Waschbecken und etwas, das wie eine große, freistehende Feuerstelle aussah.

»Ein Brennofen fürs Töpfern«, sagte King. Er stand neben ihr, überragte sie um Längen.

Sie wandte sich ihm überrascht halb zu. *Dass du so was weißt …*

»Meine Frau hat getöpfert«, erklärte er.

Frau? Sie schielte auf seine Hand, wusste es aber schon: kein Ring. Offenbar hatte sie das bereits überprüft, als sie sich das erste Mal trafen. Rein als Info natürlich. *Aha, eine Frau? Die du verloren hast, Ed? War sie zu Besuch in London? Oder wieder die alte traurige Story, von Bullen und ihren beschissenen Ehen? Ich frage mich …* Aber sie verdrängte den Gedanken. *Stopp. Hier könnte jemand sein. Bleib bei der Sache.*

Das ist wichtig für dich.

Die andere Tür hatte kein Fenster, war aber nicht verschlossen. Durch sie gelangte man direkt in einen kleinen Raum kaum größer als eine Garderobe. An der hinteren Wand stand eine Apparatur, die auf den ersten Blick wie eine helle gelbe Telefonzelle aussah, nur, dass davon ausgehend silberne Rohrleitungen hinauf zur Decke verliefen. Lucy erkannte sofort, um was es sich handelte. Sie hatte so etwas schon einmal gesehen. War sogar einmal dort drin gewesen. Ihre Haut begann bei dieser Erinnerung zu jucken. Chemisches Desinfektionsmittel regnete von oben herab, brannte auf den bloßen Schultern, auf den Armen, dem Rücken; dann Wasser, das über ihren Körper lief und sich mit den Tränen vermischte.

»Was das ist, wissen Sie, oder?«, fragte sie ihn.

King nickte. »Eine Dekontaminationsdusche.«

»Ja, genau.« Sie blickte sich um. Unter einer kleinen Bank stand ein Paar schwarze Stiefel. Auf der Bank lagen ein Gesichtsschutz aus Kunststoff und eine Box mit OP-Handschuhen. In der Ecke hing ein grüner Schutzanzug an einem freistehenden Kleiderständer. Abgetragen. Risse im Anzug waren mit Isolierband geflickt. Sie ging zu dem Ständer, berührte das Gewebe des Schutzanzugs: trocken. *In letzter Zeit nicht benutzt …*

»Abfluss ist trocken«, bemerkte King, der den Kopf in die Duschkabine gesteckt hatte. Er kam wieder heraus. »Aber das würde sowieso rasch trocknen. Möglich, dass sie kürzlich benutzt wurde, vielleicht aber auch nicht. Wie dem auch sei, das hier wollen Sie sich bestimmt ansehen.« Er schob die Tür der Duschkabine beiseite, zeigte es ihr. Eine Stahltür. Auf die Tür hatte man ein hellgelbes Schild geschraubt, auf dem ein Zeichen in Schwarz prangte: vier konzentrische Kreise und ein Ring. In der Mitte des Symbols die Buchstaben *LB*.

Chemiewaffen. London Black.

Die Tür stand offen.

Verdammt. Sie wandte sich ab, blieb mit dem Rücken an der Wand. *Oh, fuck. Was, wenn meine Werte sinken …?* Sie holte das Handy hervor. Schob es unter ihren Pulli. Tippte die verborgene Keramikscheibe am Bauch an, holte das Handy wieder hervor. Eine Zahl war zu sehen: 7,8.

Puh.

»Alles in Ordnung?«, fragte King.

Sie nickte. Holte Luft. »Sieben Komma acht. Ich muss über fünf bleiben.« Simons Stimme in ihrem Kopf: *Fünf heißt Leben, Luce. Vergiss das nicht. Fünf heißt Leben.* »Das ist die Schwelle, fünf. Also alles gut.«

Aber um halb neun morgens sollte der Wert eigentlich deutlich über acht liegen …

King sah nicht überzeugt aus. »Also, vielleicht mache ich schnell allein einen Erkundungsgang. Nur, um sicherzugehen …«

Lucy sah ihn stirnrunzelnd an. *Als ob ich da nicht reingehe, verdammt, Ed.* Sie schob ihn beiseite, ging durch die Dekontaminationsdusche hindurch. Und …

Bingo.

Keine Frage.

Sie stand in einem Labor für chemische Kampfstoffe.

»Lucy«, sagte King, »wir müssen ein paar Anrufe tätigen.«

Er stand neben ihr, und beide blickten voller Ehrfurcht auf die Einrichtung. Das Labor war größer als ihre ganze Wohnung. In der Mitte befand sich ein Raum in einem Raum: ein hermetisch abgeriegelter Arbeitsplatz, auf drei Seiten von Glas eingefasst. Überall Warnschilder. Ein lautes Brummen lag in der Luft.

Das muss es sein. Hier hat Cox das Antidot hergestellt.

»Das ist genial«, entfuhr es ihr.

»Das hier kann unmöglich legal sein.«

Und wenn schon? Sie trat tiefer in den Raum, die Augen vor Staunen geweitet. Der innere Arbeitsbereich verfügte über eine Tür mit Luftschleuse, die mit einer weiteren Dekontaminationsdusche verbunden war. Der Raum war bestens ausgestattet. Mikroskope, Abwurfbehälter für Spritzen und Kanülen, klobige graue Apparaturen mit blinkenden Displays mit Digitalanzeigen. Von einem Abluftventilator an der Decke hingen geballt rote Luftschläuche herab, die aussahen wie riesige Slinky-Treppenläufer. Weiter hinten hatte man eine Abzugshaube in die Wand eingelassen, und durch das Glasfenster konnte sie blaue Kunststoffständer sehen, voller Reagenzgläser, Glasröhrchen und Flaschen.

»Schauen Sie.« Sie zeigte hinauf zum Abluftschacht, der zur Decke führte. »Unterdruck. Wie in einer Isolierstation.« Auch das hatte sie schon einmal gesehen. Erinnerungen an grimmig dreinblickende Krankenschwestern, stirnrunzelnde Ärzte mit Klemmbrettern in den Händen. Ein Pfleger stieß sie zurück, dicke Arme, kratzige Stimme: *Wird Zeit zu verschwinden, Miss, gehen Sie mir nicht auf die Nerven …* Sie zog an den Schnüren ihres Hoodies, atmete bewusster. Konzentrierte sich.

Lächelte.

Das ist gut. Gut? Besser als nur gut. Genial, verdammt. Adrenalin durchströmte sie, als sie verarbeitete, was das alles bedeutete. *Könnte sogar noch mehr Antidot vorhanden sein, oder? Was, wenn es nicht nur eine Spritze war? Ich brauche hier schleunigst Spezialisten, um das zu klären. Könnten auch Aufzeichnungen irgendwo sein, vielleicht genauso gut. Gott, wenn das stimmt? Wäre das zu glauben? Keine Booster mehr, keine Nachahmer mit Attentaten, keine Detektoren oder Torbögen mehr –*

»Aber was, zum Teufel, hat das alles ausgerechnet *hier* zu suchen?«, fragte King.

Sie sah ihn an. Achselzucken. Gute Frage.

Warum haben Sie das hier gemacht, Mr Cox? Und warum geheim?

Vor wem hatten Sie Angst?

Lucy warf einen letzten bewundernden Blick ins Labor – *so verflucht genial* –, doch dann fing sie an, pragmatisch zu denken. *Nächster Schritt.* »Hier war jemand«, sagte sie. »Also weiß jemand davon. Perfekt. Wir überprüfen, ob Überwachungskameras was eingefangen haben. Gehen von Tür zu Tür, falls nötig. Wir finden diese Person, und dann …«

»Pst«, machte King.

Sie starrte ihn an. *Hast du da gerade Pst gemacht, Ed King? Ich werde dir gleich –*

»Hören Sie das?«, flüsterte er.

Lucy zog die Stirn kraus. Lauschte.

Sie hörte das Rauschen des Luftabzugs, sonst aber nichts. *Oh, Moment. Meinst du das?* In dem isolierten Arbeitsbereich standen zwei Tiefkühlschränke an einer Wand, fixiert mit schweren Ketten. Die Tür des einen stand offen, und Lucy konnte ein leises Alarmpiepen hören.

»Ja, die Klappe der Gefriertruhe dort?«

»Nein, nein, ich meine was anderes.« Er ging zurück zur Tür, streckte die Hand nach dem Knauf aus. »Hörte sich gerade an, als ob ...«

KRACK!

Eine Faust schnellte hervor, erwischte ihn hart am Kinn, schickte ihn rücklings zu Boden.

Verdammter Mist!

Sie sah den Mann für den Bruchteil einer Sekunde – schwarzer Pullover, Maske der Survivor –, und schon war er fort.

»*Hey!*«

Sie rannte ihm nach. Sprang über King. Stürmte durch die Dekontaminationskammer, durch den kleinen Vorraum, zur Tür hinaus. Lief ins matte Tageslicht.

Scheiße, verdammte.

Sie blickte nach links. Nach rechts.

Wo ist der hin, verflucht ...

Aus dem Augenwinkel nahm sie eine Bewegung wahr: etwas Schwarzes, verschwommen.

Da.

Sie rannte die Straße hinunter. Gelangte an eine Kreuzung, blieb nicht stehen, rannte einfach weiter, wich einem Taxi aus – *oh, aufpassen* –, lief weiter. *Nicht nachlassen, nicht nachlassen, nicht nachlassen ...*

Er trug orangene Turnschuhe. Auf die konzentrierte sie sich. Nur darauf. Trieb sich selbst weiter an. Gab Gas. Keuchte.

Komm ... zurück ... verdammt ...

Aber der Kerl war schnell. Schneller als sie. Er raste eine Gasse hinunter, und sie verlor an Boden, er war schnell, zu schnell, entwischte ihr ...

Gott verdammt ...

Sie bog um eine Kurve. Undeutliche Verkehrsschilder, Leute, Autos. *Verdammt, schneller, lauf schneller ...*

Plötzlich:

Fuck.

Borough.

Vor ihr ragten die großen grünen Bögen des Borough Market auf. Londons größter Lebensmittelmarkt, voller Menschen an einem Montagmorgen. Der Kerl tauchte in der Menge unter. Sie lief ihm hinterher, stieß wahllos Leute beiseite. Touristen, die Fotos schossen, Leute aus dem Viertel beim Gemüsekauf. Sie stürmte einfach zwischen all diesen Menschen hindurch.

»Polizei!«, schrie sie. »Zur Seite, Platz da, schnell ...«

Du darfst ihn nicht aus den Augen verlieren.

Zwischendurch reckte sie den Hals, sprang immer wieder hoch, um in dem Meer aus Marktbesuchern nicht die Orientierung zu verlieren. *Da.* Sie sah, wie er linker Hand abbog, vorbei an einer Reihe von Ständen. *Und da wieder.* Im Rennen holte sie das Handy heraus, drückte auf den Code Zero Button an der Seite. Keuchend: »Brauche Verstärkung. Stone. Bin am Borough Market. Verdächtiger um die dreißig, männlich, maskiert ...«

Sie schlitterte um eine Ecke, lief gegen einen Mann, der einen Korb mit Milchprodukten bei sich hatte. Käse flogen in hohem Bogen auf das Pflaster, rollten weiter.

»Hey, Sie!«, rief er. »Was soll das, verdammt!«

Lucy prallte von ihm ab, taumelte. Rannte weiter. *Lass mich mit deinem scheiß Käse in Ruhe.* Sie blickte sich um, keuchte wie verrückt. *Ist er weg? Hab ich ihn verloren? Wohin ist ...*

... verdammt ...

... gottverdammt ...

... da ist er! Sie entdeckte ihn, als er gerade auf eine Treppe zulief, beim Gedränge eines Wagens, der Lebensmittel verkaufte. Lucy senkte die Schulter, pflügte durch die Menschenmenge. *Kam näher.* Ihre Gedanken überschlugen sich. *Diese Treppe ... die führt zur London Bridge ...*

Sie begriff: *Er will zu dem Marsch.*

Tausende von Leuten.

Alle mit Masken.

Sie blickte nach vorn. Er steckte immer noch in dem Gewühl aus Leuten, versuchte sich hindurchzuzwängen, ruderte mit den Armen.

Bin fast bei ihm ...

Er erreichte die Treppe einen Augenblick vor ihr, aber sie hatte inzwischen ordentlich Fahrt aufgenommen. Stürmte ihm nach, bekam seinen Pullover zu fassen. Er trat nach ihr. Sie ließ ihn wieder los, wich aus, blieb dicht hinter ihm. Gemeinsam kamen sie oben an. *Hab ich dich, du Scheißkerl.* Packte ihn am Handgelenk.

Dann sah sie das Messer.

Oh, verflucht ...

Er drehte sich zu ihr um. Die Klinge blitzte auf. Traf sie an der Brust.

Oh ...

Durch den Stoß wurde sie zurückgetrieben, strauchelte, fiel rücklings die Stufen hinunter, schlug auf, und der Himmel über ihr begann sich zu drehen. Hilflos und unter Schmerzen nahm sie noch die orangenen Sportschuhe wahr, die mit der Menge verschmolzen.

6. KAPITEL

Ich hab ihn entkommen lassen.

»… man muss aber auch ehrlich sagen, dass man nicht mit einem Messer rechnen konnte«, sagte King dazu. Er war wenige Minuten nach dem Zweikampf zur Stelle gewesen, hatte Lucy an einem Stand mit Salt-Beef-Bageln vorgefunden, vor dem sie kauerte: Benommen, mit gerunzelter Stirn, rieb sie über ihr Tattoo. Er untersuchte sie sofort, aber sie meinte, sie sei okay. Die stichfeste Weste hatte die Klinge abgehalten, beim Sturz die Treppe hinunter hatte sie sich allerdings eine Beule am Kopf zugezogen. Eine Weile lauschten sie beide den Stimmen aus dem Funkgerät, bis die Hoffnung starb. Orangener Turnschuh war entwischt. Verschwunden. Hatte sich in Luft aufgelöst.

Während sie beide zurück zum Toyota gingen – diesmal machten sie einen Bogen um den großen Markt –, blendete Lucy Kings Stimme aus.

Ich habe ihn entkommen lassen. Sie hatte ein schlechtes Gewissen, weil sie es vermasselt hatte. *Ich hatte ihn doch. Am Handgelenk. So einen Schlag kannst du wegstecken, dich drauf einstellen. Aber verdammt noch mal, lass den Kerl nicht los. Ich hätte die Sache klären können, ein für alle Mal. Hätte die Schuld beglichen. Alles. Und jetzt? Jetzt wird er auf der Hut sein. Er weiß, dass wir ihn kennen.*

Was für eine Scheiße.

»Ich meine«, plauderte King weiter, »erst der Punch, dann türmt er … und dann, *blamm*, ein Messer? Das er wie aus dem Nichts in der Hand hatte?«

Lucy zuckte mit den Schultern. Berührte den Riss an ihrem

Pulli. *Soll ich das so lassen? Oder besser nähen?* Dann überlegte sie, ob sie überhaupt je versucht hatte, irgendetwas zu nähen.

»Ich wäre ganz schön am Arsch gewesen«, meinte King. »Hiermit?« Er zupfte an seiner olivgrünen Regenjacke herum. »Der hätte Hackfleisch aus mir gemacht. Ein Bulle als Nadelkissen.«

»Hm.« Sie zog am Reißverschluss des Kapuzenpullis, besah sich, was durch das Messer beschädigt worden war. *Jetzt brauche ich eine neue stichfeste Weste.* Es war ihre eigene, nicht von der Met. Hatte sie online gekauft, ultraleicht. Passte perfekt unter den Hoodie, behinderte den Cox-Sensor nicht. *Und jetzt ist sie hin. Der verdammte Wichser mit den orangenen Schuhen.*

»Tragen Sie immer eine Weste da drunter?«

Sie nickte. *Danke, Jack.*

Der Markt war noch voller als zuvor. Sie blieben an den Rändern, in einigem Abstand zu den Ständen, an denen teures Biobrot verkauft wurde, Hartwurst vom Kontinent, kleine gelbgrüne Flaschen mit Trüffelöl. Lucy ließ den Zusammenstoß noch einmal gedanklich Revue passieren. Musste immer wieder daran denken, dass sie ihn hatte, ja, sie hatte ihn *gehabt*, sie hätte eigentlich nur …

Moment.

Ein Erinnerungsfetzen. *War das nützlich?* Sie versuchte, sich zu konzentrieren, aber ihr Kopf schmerzte noch von dem Aufprall. Ein dumpfer Schmerz, wie einmal, als sie den Mundschutz vergessen und trotzdem die Sparring-Runde gemacht hatte. Frustriert zog sie an den Bändern ihrer Kapuze.

Komm schon. Denk nach.

»Wir sollten die Überwachungskameras checken«, sagte sie zu King, während sie einem Touristen auswich, der Fotos von Macarons machte. »Er trug eine Maske, aber vielleicht haben wir Glück. Oder wir können ein Auto identifizieren?« Sie dachte an das Labor. »Diese offene Gefriertruhe ... wenn er etwas rausgenommen hat, dann muss er es irgendwo hingebracht haben. Schätze, ein Auto. Ein Van vielleicht?« Sie holte ihr Handy heraus. »Ich rufe Salford an. Um das anzuleiern.«

Er grinste. »Schon geschehen.«

Oh? »Okay, gut. Tja, wir müssen noch ein Team in das Labor schicken. Es könnte ja sein, dass man dort immer noch etwas von dem Antidot findet ...«

»Wir können nicht sicher sein, ob dieses Labor tatsächlich existiert, nicht wahr?«

Sie blieb stehen, starrte ihn an. *Also wirklich, Ed! Verdammt, ist das dein Ernst?* »Sie haben es doch mit eigenen Augen gesehen.«

Ein Achselzucken. »Ein Team vom Gesundheitsamt ist unterwegs, warten wir's ab. Wir sollen uns vorerst zurückhalten. Sicherheitsvorschriften. Wilkes.«

Verflucht, Ma'am ...

»Und die Forensiker tun ihr Möglichstes«, fuhr er fort. »Erste Ergebnisse müssten heute Abend vorliegen. Wir könnten uns noch einmal ein paar der Vernehmungen anschauen, aber nach Ihrem Sturz ...« Er sah auf seine zersplitterte Uhr, grinste. »Ich dachte, wie wäre es vielleicht mit einem Pint auf die Schnelle?« Er schaute sich um, über das Gedränge hinweg, in der Hoffnung, einen Pub zu entdecken. »Das heißt, wenn so früh schon einer geöffnet hat?«

Lucy räusperte sich.

»Was, zu früh für ... oh. *Fuck*, sorry.« Er schien es ernst zu meinen. »Hatte ich schon vergessen. Sie dürfen nichts trinken, stimmt's?«

Sie schüttelte den Kopf. »Das Elemidox. Richtet so einiges an. Aber vielleicht ...« Sie entdeckte einen Handwagen, an dem Kaffee verkauft wurde. Zeigte darauf. »Wie wär's?« Sie trat an den Wagen, bestellte einen Doppelten, runzelte dann die Stirn, als sie sah, dass sie keine Cola im Angebot hatten. *Schmeckt nicht ohne. Merk dir das, hipper Kaffeeverkäufer vom Borough Market.*

King bestellte einen Filterkaffee, schwarz. Er wollte für sie mitbezahlen – »Kommen Sie, Sie haben es verdient« –, ließ es aber sein, als Lucy eine Fünf-Pfund-Note hinlegte.

Niemand spendiert mir was, Ed. Habe schon genug Schulden.

Sie zeigte ihm einen Seitenausgang auf dem Marktgelände, und so gingen sie schweigend zurück zum Auto. Der Kaffee tat ihrem Kopf gut. King schlürfte seine schwarze Brühe, und erst da sah sie, dass seine linke Gesichtshälfte langsam anschwoll. *Hatte ich gar nicht mehr dran gedacht. Er ist ja zu Boden gegangen. Fieser verdeckter Schlag. Verdammter Orangener Turnschuh.*

»Wie geht's dem Kiefer?«

Er rieb sich das Stoppelkinn. Verzog das Gesicht. »Wird schon wieder. Pocht noch etwas. Aber ich ärgere mich hauptsächlich, dass ich nicht ausgewichen bin.« Ein Auflachen. »Ich war tatsächlich mal so was wie ein Boxer.«

Wusste ich's doch!

»Ich auch«, sagte sie, und ihre Augen leuchteten trotz der dunklen Tränensäcke. »Sehen Sie?« Sie zeigte mit dem Daumen auf den Rücken ihres Pullis, wo die Buchstaben *BGBC* zu sehen waren. »Bethnal Green Box Club. Da war mein Bruder auch. Hat das als Profi gemacht. Hat Preise gewonnen.« Ein Anflug von Stolz in der Stimme.

»Ihr Bruder, ja?«

»Jep.« Sie warf den Espressobecher in einen Abfalleimer. »War brillant mit der Linken.«

King überlegte einen Moment.

»Also …« Er zeigte auf die eingestickten Buchstaben. »Ist er dann der geheimnisvolle Jack?« Ein bisschen Anspannung in seiner Stimme, dachte sie. Hoffte er tatsächlich, sie würde nicht sagen, oh, nein, das ist mein Freund. *Oder bilde ich mir das nur ein? Hm. Nun ja, er ist wirklich ganz …*

Sie hörte damit auf. Verdrängte solche Gedanken. *Das geht nicht.*

Sie sagte nur: »Jep. Das ist sein Hoodie.«

»Verstehe.« Seine grünen Augen schillerten. »Und, steigt er noch in den Ring?«

Oh, klar.

Sie schaute weg.

Das weißt du ja nicht.

Lucy holte hörbar Luft. *Okay. Alles in Ordnung. Wir können über Jack sprechen. Das ist alles lange her. Hat nichts mit der Schuld zu tun. Also, ja, scheiß drauf, sprechen wir doch ein bisschen über Jack.*

Sie atmete lange aus.

»Er ist tot.«

Sie sagte das wie beiläufig. Als Tatsache. Die Tatsache, dass ihr älterer Bruder, ihr Idol, der sanfte Hüne, der sie immer mitnahm und ihr Dinge beibrachte, tot war. Er war der Einzige gewesen, dem es scheißegal gewesen war, dass sie die kleine Lucy war. Aber er war tot und begraben. Eines Abends, vor einer Imbissbude, drei Jungs, zwei Messer. Und *warum* das alles? Es gab keinen Grund, verdammt. Nichts. Nur *tschak, tschak, tschak.* Und Jack war nicht mehr.

Eine verfluchte Tatsache.

»Das tut mir sehr leid«, sagte King.

»Jack wurde niedergestochen, als ich fünfzehn war.«

Er schwieg. Sie spürte seine Blicke. *Seine freundlichen Blicke.*

»Wirklich, Lucy, das tut mir sehr leid.«

Sie seufzte. »Tja. Die Insel der Messerdelikte, richtig?«

»Hm.« Er trank seinen Kaffee auf, zerdrückte den Becher in seiner großen Hand. »Und deshalb auch die Weste.«

»Jep.« *Danke noch mal, Jack.*

Sie bogen um eine Häuserecke, überquerten eine Seiten-straße. Sie konnte bereits den Eisenbahnbogen sehen. Zwei Vans mit gelben Streifen und der Aufschrift Unfalleinsatzfahrzeug standen vor dem Eingang. Ein Mann in grünem Schutzanzug hantierte an der Bordsteinkante mit seiner Ausrüstung.

Lucy beschleunigte ihre Schritte. »Muss nur kurz einen Blick drauf werfen.« Sie griff nach ihrem Dienstausweis.

»Lucy.« Er streckte die Hand nach ihr aus, berührte sie an der Schulter. »Wilkes hat sich klar ausgedrückt. Wir bleiben außen vor. Sie ganz besonders.« Durchtriebenes Grinsen. »Denn sonst macht sie uns beide fertig, und Ihr Kumpel Sykes wird als Hand-langer dienen.«

Sie blieb stehen.

Blickte angestrengt hinüber zur Tür hinter dem gelben Ab-sperrband. Sie zog die Stirn kraus, strich sich einmal durchs Haar. *Ich will was tun. Will irgendwas TUN, verdammt. Nicht nur rum-stehen und auf die Forensiker warten, oder den Barkeeper in Cox' Villa vernehmen, der nichts gesehen hat, der natürlich nichts gesehen hat, weil er die ganze Zeit Manhattans gemixt hat, oder nicht? Ich will das hier aufklären. Der Mörder, das Antidot, alles zusammen, denn wenn mir das gelingt, dann könnte ich vielleicht …*

Und dann, plötzlich, erinnerte sie sich.

Erinnerte sich an das, was der Sturz losgetreten hatte, was sie gesehen hatte, als sie Orangener Turnschuh am Haken hatte. Unmittelbar bevor die Klinge sie traf, war ihr aufgefallen: Er hatte ein Tattoo.

Eins, das sie schon einmal gesehen hatte: ein Doppelkreuz. *Genial.*

Sie wandte sich King zu. Lächelte.

»Ich weiß, wohin wir müssen«, sagte Lucy.

Lucy blickte hinauf zu dem größten der drei Schädel.

»Bisschen makaber«, meinte King.

Der Eingang zum Friedhof hatte etwas Düsteres. Drei höhnisch grinsende Schädel aus Stein über einem Torbogen, Totenköpfe, eingefasst von ehernen Zacken. Und in den Ecken zwei weitere aufgespießte Schädel, wie Lucy auffiel. *Aus Spaß an der Freud.*

»Wie das wohl ist, wenn man hier jeden Sonntag durchgeht?«, wollte er wissen.

Sie zuckte mit den Schultern, sagte nichts. *Hab schon Schlimmeres gesehen, Ed.*

»Schätze, das Ganze hier war der letzte Schrei …« Er warf einen Blick auf die Inschrift am Eingang, »… im Jahr 1652?«

Wieder nur Achselzucken. *Wann auch immer.* Jahreszahlen waren eher Simons Ding gewesen. Sie öffnete das gusseiserne Tor, betrat den Friedhof. King folgte ihr. Die Kirche vor ihnen war klein. Gedrungen, aus Feldsteinen, auf seltsame Weise mittelalterlich hier im Schatten solch moderner Gebäude wie The Gherkin und The Scalpel oder dem Rest des heutigen Londons. Sie war schon einmal an diesem Ort gewesen. Simons Stimme in ihrem Kopf: *Weißt du, auf was du hier wandelst, Luce?*

Hoffe, sie sind noch drin.

Sie checkte ihr Handy. Es war schon ein Uhr. Leichter Nieselregen, eher düster. Lucy runzelte die Stirn, als sie auf die schweren Holztüren der Kirche zuhielt.

Wäre schlecht, wenn ich die verpasst habe.

Es hatte sie drei Anrufe und einen Gefallen gekostet, den genauen Ort auszumachen. Die ›Hand Gottes‹ machte nicht gerade Werbung für ihre Treffpunkte. Hoffe, du bringst jede Menge Verstärkung mit, hatte ihre letzte Kontaktperson ihr gesagt. Es heißt, die sind gefährlich. Fanatiker. Welche von der harten Sorte.

Lucy schaute auf zu King. »Das könnte gleich ein bisschen skurril werden«, ließ sie ihn wissen. »Besser, Sie bleiben direkt hinter mir, okay?«

Sie drückte die Flügeltür auf. Trat ein.

Die Kirche war brechend voll. Menschen in wallenden weißen Gewändern hatten die Bänke in beiden Seitenschiffen in Beschlag genommen und drängten sich auch im Mittelgang. Frauen kreischten. Männer stöhnten. Alle dort Versammelten schwankten leicht, zitterten am ganzen Leib, wanden sich wie in Trance. Lucy und King blieben am Eingang stehen; er hatte die kräftigen Arme vor der Brust verschränkt, sie stellte sich auf Zehenspitzen, um besser sehen zu können. Vorn beim Altar stand ein dürrer Mann in weißer Soutane, auf der ein Doppelkreuz prangte, und predigte vor einem Mikrofonständer.

»Und so, meine Kinder«, rief der Prediger, »hat uns der Große Vater der Nationen die Geißel geschickt! Seine göttlichen Pfeile, die aus den Höhen des Himmels fielen! Der uralte Hammerschlag von Deber und Reschef, die schädliche Heimsuchung, die die Sünder quält, aber Seine geliebten Kinder verschont. Er, der uns Schirm und Schild ist, meine Kinder. Unser Ort der Sicherheit und unsere Burg …«

»Das dort ist unser Mann«, ließ sie King wissen. Zeigte auf den hageren Mann am Mikro. »Enoch Clapham.«

»Hm. Gefällt mir nicht, der Kerl.«

Inzwischen hatte er seine Zuhörer geradezu aufgepeitscht, schrie ihnen Fragen entgegen, schwelgte in dem Singsang der Antworten, die von dem mittelalterlichen Mauerwerk widerhallten.

CLAPHAM: *Kann es noch Zweifel geben? Haben wir es nicht kommen sehen? Haben wir nicht Augen im Kopf, meine Kinder?*

MENGE: *Haben wir, haben wir, haben wir …*

Lucy achtete auf die Frauen, die sich vor ihr hin und her wiegten, runzelte dann die Stirn. *Moment mal. Warte einen Augenblick.* Sie ging in die Ecke am Eingang, stellte sich auf den Sockel einer Säule. *Könnte das tatsächlich …?* Sie spürte, wie es in ihrem Kopf zu arbeiten begann, während sie den Blick über die verzückte Menge schweifen ließ. *Ja. Verflucht.* Sie sprang von dem Sockel, kehrte zu King zurück.

»Kommen Sie«, meinte sie. »Genug davon.«

Sie stürzte sich mitten in die wogende Menge.

CLAPHAM: *Die Haut der Verdammten – voller Blasen löst sie sich in Streifen! Die sengende Hitze des Höllenfeuers! Satan, der die Seinen brandmarkt, damit es alle sehen! Waren wir nicht Zeugen? Sagt mir, meine Kinder! Sahen wir es nicht alle?*
MENGE: *Wir sahen es, wir sahen es, wir sahen es …*

Lucy zwängte sich an klagenden Frauen vorbei. Stieß bebende Männer zur Seite.

Das ist ganz schön heftiger Scheißdreck.

King hatte Mühe mitzuhalten.

CLAPHAM: *Und ihre Augen? Schwarz, abscheulich, Gottes eigene Zeichen der Verdammnis, war es nicht so?*
MENGE: *So war es, so war es, so war es.*

Sie gelangte zur ersten Reihe. Ein massiger Mann, noch größer als King und deutlich schwerer, versperrte ihr den Weg. Lucy biss die Zähne zusammen, schob den Mann beiseite, blieb stehen und starrte den Prediger an. Er schrie seine Anhänger an, die Hände ausgestreckt, die Augen wie Feuer.

CLAPHAM: *Und dann – diejenigen, die ihr beim Namen ›Survivor‹ nennen sollt. Oh, nein, es sind keine Überlebenden, niemals, sondern … Teufel! Seht doch, ihre Gesichter, oh, meine Kinder, erkennt ihr denn nicht, was sie sind? Teufel, die auf Erden wandeln, mitten unter uns! Sie sind die Verdammten! Sie sind die … Schuldigen!*

MENGE: *Die Schuldigen, die Schuldigen, die Schuldigen …*

Lucy drehte sich um und schaute hinauf zur Empore.

Und sah genau das, was sie dort erwartet hatte.

Ich hab keine Zeit mehr für diesen Mist hier.

Lucy löste sich aus der Menge. Ging direkt auf Clapham zu. Legte eine Hand auf das Mikro.

»Hören Sie auf mit diesem Mist«, sagte sie.

Hinter ihr klagte und jammerte der weißgewandete Mob. Clapham funkelte sie an. Seine Augen glühten vor Zorn. »Wer sind Sie?«, schrie er, »dass Sie es wagen, dem heiligen Gesandten unseres Vaters von …

Sie zog ihren Dienstausweis, hielt ihn ihm direkt unter die Nase. »Sofort.«

King packte sie am Ellenbogen. »Das ist ein Gottesdienst, Lucy …«

»Nein, ist es nicht.« Zum Prediger gewandt fügte sie hinzu: »Hören Sie auf, das Ganze zu filmen.« Sie drehte sich halb King zu, nickte in Richtung der Empore. »Sehen Sie die Kamera dort oben? Diese Menge hier – das sind alles *Schauspieler*. Verdammte Schauspieler. Ich habe die Hälfte von ihnen wiedererkannt von dem Sockel der Säule dort hinten. Schauen Sie nur.« Sie zeigte auf einen schlanken Rotschopf, der sich Doppelkreuze auf die Wangen gemalt hatte. »Volvo-Werbung, vor ein paar Jahren.« Sie deutete auf eine kleine blonde Frau, die immer noch kreischte und schwankte. »Kleine Rolle in *Spooks – Im Visier des MI5*. Und *der* dort …« Sie machte eine fahrige Handbewegung in Richtung des Hünen in der ersten Reihe. Er gab einen knurrenden Laut von sich. »Der da … aber sehen Sie selbst.«

Sie tippte auf das Display ihres Handys, reichte ihm das Gerät. Auf dem Display: Der Hüne, das Haar brav gescheitelt, strahlt über das ganze Gesicht und hält eine Flasche mit Salatdressing vor die Kamera.

»Ja«, sagte sie. »Er ist das Gesicht eines verdammten Gewürzmittel-Unternehmens.«

Clapham ergriff das Wort, doch sie unterbrach ihn sofort wieder.

»Haben Sie überhaupt eine Lizenz zum Filmen? Ich wette, nicht.«

Soll ich dich einbuchten? Na, komm schon, versuch's doch mal.

In der ersten Reihe hörte der Hüne mit diesen kehligen Lauten auf. »Hey!«, rief er mit unerwartet hoher Stimme, »was soll das Ganze hier? Davon war beim Casting nicht die Rede …«

Lucy schnappte sich das Mikro.

»Du da. Salatsoße.« Sie sah ihn wütend an. »Beruhig dich.« Zur Menge gewandt, in der inzwischen alle verdutzt durcheinanderredeten: »Und ihr alle. Macht mal 'ne Pause. Und zwar jetzt sofort.«

Sie wandte sich wieder Clapham zu.

»Und nun zu *Ihnen*.« *Sie elender Wichser, verdammt.* »Wir werden uns mal ein bisschen mit Ihnen unterhalten.«

Sie standen in einer Ecke des Kirchfriedhofs, wo das Moos am dichtesten wuchs.

Der Nieselregen hatte aufgehört, aber die einsame Holzbank war immer noch nass. Clapham lehnte an einem alten Grabstein. Er war ein kleiner Mann, gerade einmal etwas größer als Lucy. Blasse Haut, fast wächsern. Schütteres braunes Haar. Unter der Soutane trug er einen Anzug, wie ihr auffiel. Sah teuer aus. Slipper mit Quasten, aus Krokodilleder. Schien abseits der Kanzel ein ganz anderer Mensch zu sein: ruhig, gefasst. Um den Hals trug er ein Medaillon mit einem Kreuz, ein Doppelkreuz wie das auf seiner Soutane, und im Augenblick strich er mit den Fingerspitzen darüber.

»Wie kann ich Ihnen behilflich sein?«, fragte er, sprach Lucy direkt an. »Natürlich, wenn ich geahnt hätte, wer Sie sind …«

Wenn du geahnt hättest, wer ich bin? Was ich getan habe?

Du wärst getürmt, verdammt.

»Also«, sagte sie. Ihre Stimme klang hart. »Das sind alles Schauspieler.«

Clapham tat das mit einem Schulterzucken ab. »Eine notwendige Scharade.« Ohne das Mikrofon klang seine Stimme dünn. »Die ›Hand Gottes‹ ist ein Online-Gottesdienst. Meine Kirche ist dort, wo meine Kinder sind. Sie sind zu Hause und in ihren Autos, sitzen an ihren Laptops, Tablets, Smartphones. Dies hier …« Er deutete vage in Richtung der Kirche. »Das ist bloß ein Werkzeug, ein Hilfsmittel, um Gottes Wahrheit zu verkünden.«

Gottes Wahrheit. Verflucht noch mal.

Sie schüttelte den Kopf. »Ich meine nicht nur diese Schauspieler. Ich meine Sie. Auch Sie sind ein Schauspieler.« Sie holte ihr Handy heraus. Las vom Display ab: »Enoch Clapham. Richtiger Name Gavin Morley. Geboren 1967, in Ealing. Ehemaliger Mietmakler. Hat in Pentonville gesessen wegen Steuerhinterziehung. Und jetzt führt er diesen Unsinn hier auf.« Sie schnaubte. »Die ›Hand Gottes‹.«

»Oh«, meinte Clapham, »die ›Hand Gottes‹ ist wohl kaum ein Spiel, Officer …?«

Sie sagte darauf nichts, starrte ihn nur an. *Du beendest deinen verdammten Satz nicht. Willst du wissen, wie ich heiße? Na los, frag nur.*

Es schien ihn dann doch nicht zu kümmern. »Unser Streaming-Kanal hat über fünfunddreißigtausend Follower und eine Viertelmillion Klicks.« Ein kleines Lächeln. »Meine Herde wächst und wächst.«

King stand nicht weit entfernt, stützte sich mit dem Ellenbogen auf einer Statue ab. Er hatte die Augen verengt, den Kopf leicht zur Seite geneigt. Lucy hatte den Eindruck, dass er gar nicht richtig auf den Inhalt der Predigt geachtet hatte und nun versuchte, sich einen Überblick zu verschaffen. *Der Typ ist furchtbar, Ed. Punkt.*

»Tatsache ist«, fuhr Clapham fort, »der Herrgott offenbarte sich mir mit seiner Botschaft, als ich im Gefängnis war. Übrigens gehören einige von Ihren Kollegen bei der Polizei zu den ersten Gläubigen der ›Hand Gottes‹.«

Sie musste an Sykes denken. *Ja, das kann ich mir vorstellen.*

Der Regen setzte wieder ein, ein kaltes Nieseln. Clapham richtete sich auf und wollte zurück zur Kirche. Lucy gab ihm mit frostigem Blick zu verstehen, sich nicht von der Stelle zu rühren. *Bin noch nicht fertig mit dir.* Sie beugte sich leicht vor, betrachtete das Doppelkreuz, das auf seine Soutane gestickt war. Am oberen Querbalken waren einzelne Buchstaben eingestickt, unterbrochen von winzigen Kreuzen: ‡ Z ‡ D I A I:I S ‡ B I Z ‡ S A B ‡ Z M R A ‡ H G F ‡ B F R S ‡

Genial. Genau wie bei dem Tattoo.

»Dieses Kreuz.« Sie deutete mit dem Handy darauf. »Diese Buchstaben …«

»Der Zachariassegen.«

Was auch immer. »Das ist Ihr Symbol, richtig?«

»Das ist ein sehr altes Symbol. Eine Art Amulett. Aber, ja, die ›Hand Gottes‹ hat das übernommen.«

»Genau. Und das tragt ihr alle? Auf T-Shirts, Mützen?« Sie dachte an das Poster für die Rechte der Survivor, das sie in der

U-Bahn gesehen hatte, auf dem das Gesicht entstellt gewesen war. »Ihr habt auch kleine runde Sticker?«

»Wir betreiben ein Online-Shopping-Portal, ja.«

Das glaub ich dir gern. »Wie sieht's aus bei Tattoos?«

Clapham zuckte mit den Schultern. »Mag sein. Nicht, dass ich wüsste. Wie gesagt, ich bin im Geiste bei meinen Kindern, körperlich ist das schon schwieriger. Meine Kinder verteilen sich auf …«

»Zeigen Sie mir Ihre Handgelenke.«

Ein Ausdruck des Erstaunens in seinem Gesicht, dann wieder ein Achselzucken. Er schob die Ärmel hoch. Seine Handgelenke waren unauffällig.

Klar, ich wusste, dass du nicht Orangener Turnschuh bist. Aber eines von deinen kleinen Kindern ist es. So viel ist klar.

Er sah sie an, mit mildem Blick.

Lucy musterte ihn, forschend. *Ich weiß nicht. Wirklich nicht. Woher auch? Bist du jetzt bloß ein Fake? Ein Scharlatan, mit einer bestimmten Masche, der sich auf die denkbar schlechteste Seite der Leute stürzt? Oder glaubst du wirklich an all den Müll, den du hier verzapfst?* Sie fuhr sich durchs Haar. *Ehrlich, ich weiß nicht mal, was schlimmer wäre …*

Der Regen wurde stärker. Clapham fröstelte. »Dürfte ich vorschlagen …«, begann er.

Sie schüttelte den Kopf.

Was immer du auch bist, du bist der Schlüssel zu dem, was ich wissen will. Schauen wir also, wie viel du weißt.

»Gestern Abend wurde Flinders Cox ermordet.«

Sie passte genau auf, wie er reagieren würde. Keine Reaktion. *Hattest du damit gerechnet? Oder interessiert es dich einen Scheißdreck?*

Schließlich sagte er: »Ein gottesfürchtiger Mann, wie ich hörte. Es stimmt mich traurig.«

»Sie sind also traurig.« Sie hielt inne. Musterte ihn wieder. »Ich weiß, was Sie predigen, Clapham. Dass die Leute, die an London Black gestorben sind, es nicht anders verdient haben. Es war ihre eigene Schuld. Stimmt's?«

Aus dem Augenwinkel bemerkte sie, dass sich Kings Kieferpartie verspannte.

Siehst du, Ed? Widerlich, nicht wahr?

Clapham nickte. »London Black befällt jene, die Gott dazu ausersehen hat. Es ist Gottes Pfeil, und Er lenkt ihn auf den Sünder. Auf die Verderbten.« Er lächelte sie in einer Weise an, die Lucy bis kurz davor brachte, alle Regeln zu vergessen und ihn an Ort und Stelle zu Boden zu schicken. *Das möchte ich mir eigentlich nicht entgehen lassen.* Sie atmete tief ein. Und wieder aus.

Aber ich muss die Schuld begleichen.

»Das Ding ist«, sagte sie, »Flinders Cox hat an einem Antidot gearbeitet. Und wenn er eins gefunden hat, dann seid ihr alle am Arsch, nicht wahr? Die Trittbrettfahrer-Attentate hören auf. Keine Pfeile mehr, vor denen sich Ihre kostbaren Kinder fürchten müssten. Kein Grund mehr, T-Shirts von der ›Hand Gottes‹ zu kaufen. Sie hätten allen Grund, ihn fortzuwünschen.«

Und ich will, dass du es bist. Du, mit deinem widerwärtigen Kult, der die Opfer beleidigt. Ich will, dass du es bist, damit ich dich einbuchten kann, Enoch Clapham oder Gavin Morley oder wie du dich auch immer nennen magst, verdammt.

Er fing an, leise zu kichern. Fast irre.

»Es wird nie ein Antidot für London Black geben, Officer. Es ist Gottes Wille, der offen zutage tritt. Geht, wohin ihr wollt, Seine Hand wird euch finden. Warum einen Menschen töten, für etwas, das er nie wird tun können? Nein, Sie sollten sich um *diese Leute* dort kümmern.«

Clapham deutete in Richtung der Straße jenseits des Friedhofs. Drei Männer mit Masken der Survivor gingen vorüber.

Einer von ihnen trug ein selbst gebasteltes Banner der Vereinigung für die Rechte der Survivor.

»Was glauben Sie, wer steckt hinter den Nachahmungs-Anschlägen?«, fuhr er fort. »Diese Leute verfolgen das Ziel, andere nach ihrem Bilde zu erschaffen, um eine ganze Rasse von Teufeln zu kreieren. Erinnern Sie sich nicht mehr an die Geschichten, die man sich rund um die Geißel erzählte? Von den Sterbenden, die absichtlich die Gesunden angeatmet haben, um auch sie dem Gift auszusetzen?«

Lucy starrte ihn böse an.

An diese Storys glaube ich nicht. Hab nie dran geglaubt. Und du irrst dich. Die Toten haben es nicht verdient zu sterben. Und diejenigen, die überlebten? Die haben es, verdammt noch mal, auch nicht alle verdient.

Sieh doch nur mich an.

»Aber Gott beschützt Seine Kinder«, sagte er. »Nur die Sünder, die verderbten Kreaturen …«

»Hey, Clapham.«

Zum ersten Mal ergriff King im Freien das Wort. Seine Stimme glich einem Grollen. Er ging auf den Prediger zu. Nahm die Hände aus den Taschen seiner Regenjacke, ließ die Handknöchel knacken. Eine kleine Stimme meldete sich in Lucys Kopf: *kein Ring*.

»Vor zwei Jahren habe ich etwas über London Black gelernt«, sagte er.

Ein Knöchel knackte.

Clapham verfolgte jede von Kings Bewegungen. Lucy fiel auf, dass der Prediger nervös mit dem Fuß wippte.

»Die meisten Nervengifte – Sarin, VX, was auch immer – wenn sie einen umbringen, dann schnell. Binnen Minuten, Sekunden. Es ist ratzfatz vorüber.«

Knöchelknacken.

»Aber London Black? Oh, nein. Das dauert Tage. Und man ist die ganze Zeit wach. *Bei Bewusstsein.* Man verliert nicht mal seinen Appetit.« King stand nun unmittelbar vor dem Prediger, überragte ihn. »Man weiß *genau*, was um einen herum passiert. All die Auswirkungen. Die Zuckungen, die Krämpfe. Die Haut löst sich in Streifen, die Augen sind blutunterlaufen, der Mund zersetzt sich, verflucht. All das.«

Knöchelknacken.

»Man sieht sich selbst in einem Albtraum, der Wirklichkeit ist. Ist darin gefangen, bis zur verdammten letzten Sekunde. Und jetzt kommen Sie und wollen mir erzählen, dass all diese Leute das *verdient* haben?«

»Sünder müssen für ihre Sünden bezahlen.«

King beugte sich vor und brachte sein Gesicht unmittelbar vor Claphams. Starrte ihm in die Augen.

»Auch meine neunjährige *Tochter?*«

Schweigen.

Gott, dachte Lucy. *Oh, Ed.*

Einen Moment lang dachte sie, er würde ihn umbringen. Dass er den Prediger packen und ihm mit seinen bloßen, kräftigen Händen das Genick brechen würde, wie ein Jagdhund, der seine Beute schüttelt.

Aber er wandte sich ab.

Stieß seine Hände wieder in die Taschen. Ging hinüber zu der Skulptur. Stand dort, blickte zu Boden, auf eine alte Grabplatte, die halb im feuchten Gras verborgen war.

Keiner sagte ein Wort.

Dann, unter Lucys Kapuzenpulli: ein leises Piepen.

Jetzt schon?

Sie sah Clapham an, die Stirn gefurcht. »Wir unterhalten uns ein andermal«, sagte sie. Dann gab sie ihm mit einem knappen Nicken zu verstehen, dass er gehen durfte. Für einen Moment sah sie ihm hinterher, als er zurück zur Kirche schlurfte, doch dann wandte sie sich ab und hielt ihr Handy gegen die Sensorscheibe unter ihrem Pullover.

7,0.

Lucy spürte, wie sich ihr die Nackenhaare sträubten.

Sieben? Echt jetzt? Schon so früh?

Oh, verdammt.

»Alles okay?« King hatte die Fassung wiedererlangt und stand neben Lucy.

Sie nickte. Sah, dass seine Augen schillerten. »Ed …«

Er machte eine abwehrende Geste. »Schauen Sie, es geht nicht nur darum, dass sie starb, nicht einmal darum, wie. Da ist noch mehr.« Er seufzte. Warf einen Blick auf seine Uhr. »Halb eins. Wir sollten zurück. Vielleicht erzähle ich es Ihnen später, falls Sie Zeit haben?«

»Ich möchte mich aber nicht aufdrängen …«

»Nein, das tun Sie nicht. Es hilft, glauben Sie mir. Wirklich. Ich habe vor einem Jahr angefangen, darüber zu reden. Habe es jedem erzählt, habe mit einer Therapie begonnen. Sonst …« Er nickte in Richtung des Predigers. »Sonst wäre das gerade anders ausgegangen. Viel schlimmer. Für ihn. Und auch für mich.«

Lucy sah ihn an. Dachte an Wilkes' Broschüren.

Vielleicht eines Tages, Ma'am.

»Wie dem auch sei«, meinte er, »ich habe Überwachung angefordert. Schauen wir mal, was er alles so treibt. Was denken Sie über unseren neuen Kumpel?«

Sie dachte einen Augenblick nach.

»Das Kruzifix«, antwortete sie. »Es passt. Lassen wir diese demütige, milde Seite an ihm. Als Clapham vor den Menschen stand, habe ich seine Augen gesehen.« Sie nickte, wie zur Bestätigung. »Das waren die Augen eines Mannes, der einem Toten ein Kruzifix in die Augenhöhle rammen könnte.«

Was bedeutet, dass ich auf der richtigen Fährte bin. Jetzt muss ich sie nur weiterverfolgen.

Es begann zu schütten.

»Okay«, sagte sie. Setzte die Kapuze auf. »Ich ruf Sie in einer Stunde an. Muss nur noch kurz was erledigen.«

King sah sie überrascht an, aber sie ging bereits los. Überquerte das alte Friedhofsgelände, ging durch das Tor mit den Totenschädeln.

Ich muss dafür sorgen, dass ich am Leben bleibe.

7. KAPITEL

Lucy konnte den Blick nicht von den Augen des verängstigten Kindes abwenden.

Schrecklich, damit klarzukommen. Selbst beim Arzt.

Das Poster hing an der Wand, genau gegenüber der Untersuchungsliege, auf der sie saß. Hellroter Schriftzug oben:

FRÜHE SYMPTOME BEI KONTAKT MIT WIRKSTOFF
A-267 (LONDON BLACK)

Dicke schwarze Pfeile zeigten auf unterschiedliche Körperpartien des Mädchens – auf den Bauch (**Übelkeit**), die Augen (**verengte Pupillen**), den Mund (**verstärkter Speichelfluss**). In der unteren rechten Ecke des Posters war ein Cox-Labs-Logo zu sehen. Lucy zupfte an den Schnüren ihrer Kapuze. Verspürte aufsteigende Übelkeit. *Dieses Kind starb. Drei Tage nach dem Foto. Zwei Tage, falls es Glück hatte. Und jetzt hängt es auf ewig an einer Wand. Starrt uns an. Verängstigt. Allein.*

Sie musste durchatmen.

Dachte an das piepende Kontrollgerät. An ihre Widerstandsfähigkeit, die seltsam abgenommen hatte.

Was passiert nur mit mir, verflucht?

»Also dann. Lucy.« Dr. Hodges hörte auf, etwas an seinem PC einzutippen. Wandte sich ihr zu, setzte die Brille wieder auf. »Sieben Komma null nach, was sagten Sie, dreizehn Stunden?«

»Nach dreizehneinhalb.«

»Hm.«

Sie konnte selbst auf diese Entfernung den Alkohol in seinem Atem riechen.

Kann ich ihm wohl kaum verübeln, oder? Nach allem, was er durchgemacht hat. Damals hatte sie Hodges in Aktion erlebt. Er hatte Dienst gehabt im schlimmsten Abschnitt des Isolationszentrums, mittendrin in all dem Blut, den Hautfetzen und dem Sterben. Sie erinnerte sich an sein Gesicht: oval, gebogene Nase, weit auseinanderstehende Augen. Erinnerte sich an seine Verzweiflung. Später, nach all den Ereignissen, hatte sie ihn konsultiert, als sie einen Arzt brauchte. Dass sie ihn schon einmal gesehen hatte, erwähnte sie mit keinem Wort.

»Und unmittelbar nach der Injektion?«, erkundigte er sich. »Wie sah der Wert da aus?«

»Acht Komma sieben.«

»Hm. Würden Sie einmal das Hemd hochziehen, nur unten ein wenig. Ich möchte den Sensor überprüfen.«

Hodges kam und beugte sich vor.

Wein. Süßlich. Riecht wie der, den Oma zu Weihnachten gemacht hat.

Er drückte direkt auf den Sensor. Runzelte die Stirn. Achtete genau darauf, nicht ihre Bauchdecke zu berühren. Er wusste, was auf dem Spiel stand. Einen ihrer ersten Anfälle hatte sie genau hier gehabt, in diesem Untersuchungszimmer. Ihr erster Arztbesuch. Hodges hatte sie am Bauch berührt – war nur darübergestrichen, aber das hatte schon gereicht. Keine roten Schlieren, Gott sei Dank, sie hatte nichts durch die Gegend geworfen, keinen Tisch umgestoßen, nichts dergleichen. Sie war bloß in eine Ecke getaumelt und dort zusammengebrochen. Hatte geweint. Zu Tode verängstigt.

»Es liegt nicht am Sensor«, meinte er. Erneut Stirnrunzeln. Er setzte sich wieder auf seinen Drehstuhl, kreuzte die Beine. »Das macht mir Sorgen. Ich denke, das Elemidox verliert allmählich an Wirkung. Das ist mir schon zu Ohren gekommen. Gesehen hab ich es selbst noch nicht. Aber das würde zumindest Sinn ergeben, wenn es sich zuerst bei den Patienten zeigt, die das Medikament am längsten anwenden.« Die Finger seiner Hände berührten sich. »Lucy, das ist gar nicht gut.«

Wie, nicht gut? In dem Sinne, dass ich jetzt zwei Booster am Tag brauche? Okay, scheiß drauf, schreiben Sie mir ein Rezept. Ich mache meine Arbeit weiter, und Sie können wieder zu der Flasche Sherry greifen, die Sie in der Schublade Ihres Schreibtischs aufbewahren. »Und was mache ich jetzt? Öfter boostern? Wird das helfen?«

Er schüttelte den Kopf. »So funktioniert das nicht, fürchte ich. Das würde Ihren Kreislauf nicht entschlacken. Einmal, zweimal oder zehnmal pro Tag – das würde nichts bringen. Alles jenseits des ersten Boosters am Morgen ist wirkungslos.«

Moment. Was?

»Cox Labs arbeitet gerade an einem Projekt«, fuhr er fort. »Sie nennen es Elemidox Ultra.«

Ultra. Mit U, nicht mit A.

»Schon von gehört«, sagte sie.

Hodges wirkte erstaunt. »Wirklich? Tja, die Sache ist, die haben mit klinischen Testreihen begonnen, aber es dürfte noch, sagen wir, ein Jahr dauern, bis das Mittel tatsächlich auf den Markt kommt. Wenn es gut läuft, vielleicht ein Dreivierteljahr.«

»Und wie viel Zeit bleibt mir noch? Bis die Booster ihre Wirkungen verlieren?«

Ein Schulterzucken. »Das weiß niemand. Könnten Wochen sein. Könnte schon morgen sein.«

Oh …

Lucys Finger krallten sich in ihr Tattoo.

»Bis das neue Medikament auf den Markt kommt, sind Sie in Gefahr. All diese Nachahmungstäter. Ist ja fast jeden Tag, so kommt es mir jedenfalls vor. Und Sie wissen ja, wie schnell sich der Stoff in der Luft verteilt.«

Sie nickte.

Eine Erinnerung von vor zwei Jahren: Sie lag mit Simon im Bett, kuschelig unter der flauschigen blauen Decke, und schaute sich auf dem miesen kleinen Fernseher eine Geschichtsdoku an. Irgendetwas über Charles I. Oder den Zweiten, wer behält da schon den Überblick? Sie war nicht ganz bei der Sache, wollte lieber *Fight Night* gucken, aber so wichtig war es ihr dann auch wieder nicht. Sie war zufrieden. Die Welt draußen machte ihr Angst, ja: weitere Anschläge, noch mehr Leute mit roten Gasmasken, die irgendetwas in die Luft sprühten. Aber sie und Simon, sie hatten immer noch eine Box mit Boostern. Sollte reichen, und bald gäbe es mehr davon. Alles würde sich wieder einrenken …

Und dann war es plötzlich nichts mehr mit der Geschichtsdoku.

Auf der Mattscheibe eine Eilmeldung, ein ernst dreinblickender Mann mit walisischem Akzent und einer gelben Krawatte. Er war live aus dem Studio zugeschaltet und teilte den Zuschauern mit, dass die Terroristen inzwischen Drohnen verwendeten. Zwei seien über Brixton gesichtet worden, die privaten Häuser dort könnten nicht mehr als sicher bezeichnet werden: »Ich wiederhole, die privaten Häuser sind nicht mehr sicher. Bitte wenden Sie sich bei Fragen an die Isolierzentren oder besuchen Sie unsere Website …«

Lucy sah Hodges fragend an.

Ja. Klar weiß ich, wie leicht sich der Stoff verteilt.

Hodges stellte beide Beine wieder nebeneinander, beugte sich vor. Eingeübte, vertrauliche Haltung.

»Vorerst sollten Sie London meiden. Ich würde sagen, Städte sind im Augenblick tabu, zu viele Anschläge. Im weiteren Umkreis? Schwer zu sagen, wenn ich ehrlich bin. Es gibt inzwischen einige ganz patente Isoliercamps. Eins befindet sich in Lappland, davon hört man nur Gutes. Schöne Landschaft dort oben in Lappland. Haben Sie es schon einmal mit Skilanglauf probiert? Das Camp ist zwar teuer, aber für ein paar Monate, wer weiß …?«

Lucy sah ihn unverwandt an.

Sie verstehen das nicht, Doc.

Ich muss meine Schuld begleichen. Ich muss diesen Fall lösen. Cox. Das Antidot. Clapham. All das. Kann einen Mord wohl schlecht von der Arktis aus aufklären, oder?

Sie schüttelte den Kopf.

»Ich muss in London bleiben.«

»Davon rate ich Ihnen entschieden ab.«

Dann sind wir eben unterschiedlicher Meinung. Sie hüpfte von der Untersuchungsliege, strebte zur Tür. *Nur keine Zeit verlieren, am besten fahre ich zurück zum Revier …*

»Lucy.«

Sie drehte sich um, zum Schreibtisch.

»Wenn Sie diesen Stoffen ausgesetzt sind …« Er hielt inne. »Sie wissen ja, wie das enden wird.«

Klar weiß ich das.

»Schätze, ich muss es drauf ankommen lassen.«

Ihre Gedanken überschlugen sich, während sie das Sprechzimmer verließ und an der Rezeption vorbeiging. Sie versuchte, ruhig zu bleiben, doch sie hatte Angst. Kam sich hilflos vor. Sie fragte sich, ob es das nun gewesen war, ob sie jetzt von allem eingeholt wurde. War das nun der krönende Abschluss? Seit zwei Jahren gelitten, und dann, als das Ende in Sicht kommt, *zack*, wird ihr der Boden unter den Füßen weggezogen. *Hattest du wirklich geglaubt, du würdest London Black entkommen, Lucy? Ich habe es verdient, es passt und … nein.*

Nein.

Eine andere Stimme in ihrem Kopf. Lauter. Sie blieb stehen. Holte tief Luft. Atmete wieder aus.

Nein, nein, nein. Ich werde jetzt nicht einfach sterben, verdammt. Nicht, bevor ich die Schuld beglichen habe.

Dann schauen wir weiter.

Sie blickte sich um. Fand sich im Wartezimmer wieder. Grässliche braungraue Tapete, künstliche Palmen. Niemand da. *Okay, gut.* Sie zog ihr Handy aus der Jeanstasche. Wählte Kings Namen aus, tippte den Anruf-Button.

Er ging beim dritten Ton ran. »Lucy?« Er klang gestresst.

»Sind Sie schon im Revier? Bin unterwegs. Müsste in zwanzig Minuten bei Ihnen sein, in etwa.«

»Nein, ich bin wieder beim Eisenbahnbogen. In Cox' geheimem Labor.«

Oh?

Laute Hintergrundgeräusche: Leute riefen irgendetwas, Pieptöne eines rückwärtssetzenden Fahrzeugs.

»Die Jungs vom Gesundheitsamt rücken ab«, sagte er. »Sie haben ihre Untersuchungen abgeschlossen.«

Schon so schnell? Sie spürte, dass sich ihr Puls beschleunigte.

»Und? Was ist mit dem Antidot? Haben sie es gefunden?«

Bitte sag ja. Bitte, Gott, ja …

»Nein.«

Das Wort traf sie wie ein Schlag. *Verdammt.* Aber sie steckte das weg und kam mit Wucht zurück. »Okay, also gut, aber irgendetwas fehlte doch, nicht wahr? Etwas aus der Gefriertruhe, fürs Erste. Sonst noch was? Unterlagen, ein Laptop? Orangener Turnschuh muss das alles eingesackt und irgendwo versteckt haben, ehe wir ankamen …«

King seufzte. »Sie haben Spuren von Elemidox Ultra gefunden. Jetzt denken sie, dass Cox in seiner freien Zeit daran gearbeitet hat. Aber hören Sie, Lucy.« Ein seltsamer Unterton in seiner Stimme. »Das ist nicht alles, was sie gefunden haben.«

Eine Welle der Hoffnung. *Wusste ich's doch. Ich wusste es, verdammt.*

»Dann vielleicht so was *wie* ein Antidot? Oder einen Booster, der lange anhält? Ist es vielleicht …«

Er unterbrach sie.

»Lucy, die haben einen menschlichen Fuß gefunden.«

8. KAPITEL

Lucy steckte den Kopf in den Brennofen.

»Das würde ich nicht machen«, meinte King. »Könnte noch menschliche Asche drin sein.«

Ja, klar, du bist ja kein Londoner, Ed. Sie zog den Kopf zurück, hustete. Erinnerte sich an das Ende der Geißel, als selbst die Keksmanufakturen überlastet waren und die Toten an Ort und Stelle verbrannt wurden, ganz gleich, wo sie lagen. *Wette, bei dir in Birmingham gab es nie Leichen, die auf den Straßen verbrannt wurden.*

Sie wischte sich die Hände an der verwaschenen schwarzen Jeans ab, blickte sich um.

King stand mit verschränkten Armen ziemlich genau in der Mitte der Töpferwerkstatt und rieb sich das geschwollene Kinn. *Sieht gestresst aus.* Der Mann von der Gesundheitsabteilung neben ihm trug immer noch den blauen Schutzanzug, den Gesichtsschutz hatte er allerdings hochgeklappt. Dichter schwarzer Bart, hervorstehende Wangenknochen, haselnussbraune Augen. Lucy kannte ihn nicht. Sie fragte sich, ob er zu einem der Teams gehört hatte, die damals die Leichen entsorgten. Den Gerüchten zufolge waren diese Leute bestechlich gewesen. Ein paar tausend Pfund, und die Leiche wurde heimlich abgeholt; mitten in der Nacht, kein rotes X an der Tür, keine Fragen.

»Er lag weiter hinten«, erklärte der Bärtige. »Unter einem Haufen Asche. Ein Stück vom Mittelfußknochen.«

»Bin erstaunt, dass Sie überhaupt nachgesehen haben«, sagte Lucy.

»Ein geheimes London-Black-Labor mitten in London?« Er lachte kurz auf. »Da überprüfen wir alles.«

Verständlich.

»Wie lange mag er dort gelegen haben?«, wollte sie dann wissen.

Der Mann zuckte mit den Schultern. »Das müssten die Jungs von der Forensik beantworten. Aber dieser Brennofen ist schon ein Jahr nicht mehr befeuert worden. Vielleicht sogar zwei.« Er deutete mit der behandschuhten Hand auf eine Kiste in der Ecke. »Wird mit Holz in Gang gesetzt. Und das Holz da verrottet allmählich.«

Sie nickte. *Okay. Vor zwei Jahren zuletzt. Zeit der Geißel. Die Frage ist also, besteht da ein Zusammenhang?* Sie warf einen Blick auf den Ofen. Er hatte die Größe eines Küchenofens. *Kleines Ding eigentlich. Da passt niemals eine Leiche rein, zumindest nicht in einem Stück. Man muss sie zerhackt haben.* Sie rief sich noch einmal Cox' Leiche mit dem aus der Augenhöhle ragenden Kruzifix vor Augen. Strich sich durchs Haar. *Weiß auch nicht. Das hier sieht nach kaltblütiger Tat aus. Bei Cox geschah es vielleicht im Affekt. Aber es könnte trotzdem eine Spur sein.*

Sie ging wieder zur Tür der Werkstatt. Schaute erneut auf den blanken Boden, auf die leeren Regale. Runzelte die Stirn. Dachte an Kunstunterricht in der Schule, an ihre versiffte Grundschule, in der es Buntstiftstummel gab, und feuchte Flecken an den Decken der Klassenzimmer. Manchmal hatten sie mit Ton gearbeitet. Sie hatte eine kleine Schale für Jack geformt, hatte mit dem Ende einer Büroklammer einen Boxhandschuh in den noch weichen Ton geritzt. Schiefes kleines Teil, man wusste kaum, was es sein sollte, aber er hatte es geliebt. Nahm sie in den Arm, *genial, Luce,* stellte die Schale auf das Regal, direkt neben das Aftershave und das Foto von Mum.

Töpfern ist eine Schmiererei. Eimer mit Wasser und alles glitschig und so weiter. Nichts davon hier zu sehen.

Hm.

»Es ging nicht nur um einzelne Körperteile«, sagte King. »Hier hat jemand seinen Spaß gehabt.« Er nahm einen durchsichtigen Beweisbeutel vom Couchtisch, reichte ihn ihr. Darin befanden sich Stauschläuche, ein schmutziger Löffel und eine Spritze. »Nicht unbedingt Elemidox.«

»Ich werd' verrückt«, sagte sie.

»Und jede Menge Flecken auf dem Sofa«, ergänzte er. Sah sie an, schaute dann weg. »Sperma.«

»Jede Menge davon«, sagte der Mann von der Gesundheitsabteilung.

Ihr wollt mich auf den Arm nehmen. Sie dachte an Cox' klosterartige Zelle in Mayfair. An den Fürsprecher für die Rechte der Survivor, an den Mann, der sein Geld für den Erhalt von Kathedralen und an kirchliche Organisationen spendete. *Hört sich irgendwie gar nicht nach Ihnen an, Mr Cox, oder?*

»Gehörte die Werkstatt Cox?«, fragte sie.

King nickte. »Ja. Werkraum, Labor, alles hier. Hab im Grundbuchamt nachgefragt. Er hat diesen Besitz vor zehn Jahren gekauft.«

»Hat sonst noch jemand diese Räume benutzt?«

Ein Schulterzucken.

Aus dem Augenwinkel, durch das Fenster der Tür zur Werkstatt, nahm sie etwas Orangenes wahr. Drüben im Eingangsbereich zog ein Mann in einem fluoreszierenden Schutzanzug die schwere Stahltür zum Labor zu. Er holte eine Rolle gelbes Absperrband aus der Tasche, drückte die Tür fest zu. Über das Band zog sich in fetten großen Lettern: GIFTIG – TÖDLICH – GIFTIG. Als er damit fertig war, wandte er sich zur Eingangstür.

»Augenblick«, rief sie, verließ den Werkraum und eilte dem Mann im Schutzanzug hinterher. Holte ihn ein, als er gerade bei seinem Einsatzfahrzeug ankam. Draußen war es kalt, und es regnete immer noch, aber unter dem Bogen der Eisenbahnüberführung standen sie zumindest im Trockenen. »Eine Gefriertruhe stand offen«, sagte sie zu dem Mann. »Haben Sie in der Truhe nach Spuren gesucht?«

Er wirkte verdrießlich. Bückte sich, zog erst den einen, dann den anderen orangenen Stiefel aus. Sie waren nass, wie ihr auffiel. Dann nahm er das Atemschutzgerät ab, legte den Gesichtsschutz beiseite. Ein schmales Gesicht. Zusammengekniffene Augen. Graues Haar, kurz geschnitten.

»Stone, richtig?« Yorkshire Akzent.

Sie runzelte die Stirn. *Kennen wir uns?* Nickte kaum merklich.

»Dachte ich mir.« Er machte die Heckklappe des Vans auf, fing an, seine Ausrüstung in gelben Kunststoffbehältern zu verstauen. »Ja, DI Stone. Natürlich. Wir haben überall Proben genommen. Mussten sicherstellen, dass Sie nicht eine Mini-Geißel ausgelöst haben, als Sie das Labor verließen, ohne die Dekontaminationsdusche zu benutzen.«

Oh, Mist.

»Huch …«

»Und alles, was wir gefunden haben, haben wir an DI King weitergegeben.« Er machte den Reißverschluss des Anzugs auf. »Wie es das Protokoll verlangt. Und das«, betonte er, »haben wir bis ins kleinste Detail befolgt.«

Lucy sah ihn angestrengt an. *Ich habe »Huch« gesagt.*

Er stieg aus dem Schutzanzug. Stand in Unterhose und verschwitztem Hemd da. Schien ihn nicht groß zu kümmern, dass sie ihm dabei zusah. Er bewegte sich langsam, mit Bedacht. Hatte das schon tausendmal gemacht, das wusste sie, trotzdem nahm er jeden Schritt sehr ernst. *Schätze, Sie haben nie Schmiergeld angenommen. Und falls doch, haben Sie's bereut.*

»Nun gut«, sagte sie, »dann wurde in diesem Labor also nur an Elemidox Ultra gearbeitet?«

»Das habe ich nicht gesagt.« Er faltete seinen Schutzanzug zusammen. »Das ist nicht das, was wir King gesagt haben. Es ist nur das Einzige, was wir *gefunden* haben. Das ist ein Unterschied. Ob da noch etwas war, weiß ich nicht. Das halbe Labor ist gesäubert worden.«

»Gesäubert?«

»Während der letzten vierundzwanzig Stunden. Mit einer Lösung aus Natriumhydroxid. Sehr wirkungsvoll.«

Orangener Turnschuh, verdammt. Ich mach dich fertig. Aber das bedeutet ja dann …

»Es hätte also noch etwas anderes im Labor gewesen sein können? Sagen wir … ein Antidot?«

Er hielt beim Auffalten inne. Sah sie an.

»Alles ist denkbar, DI Stone. Sogar ein Wunder.« Sie nickte, wollte sich schon abwenden, doch er redete weiter: »Ein Rat vielleicht noch. King erwähnte, dass Sie zu den Vulnerablen gehören.«

Oh, das hat er also gesagt?

»Sie haben Glück«, sprach er weiter. »Sie sind da reingegangen? Unglaublich gefährlich. Hätte ein neuer chemischer Stoff sein können, etwas, das direkt durch Ihren Booster kracht, wie eine Kugel durch ein nasses Küchenhandtuch.« Er legte den Anzug in den Behälter, machte die Heckklappe des Vans zu. »Glauben Sie mir. Sobald Sie Schutzanzüge sehen, sollten Sie sich verdrücken, so schnell Sie können.«

Sie sah ihn immer noch unentwegt an. »Ich komme schon klar.« *Und jetzt zieh dir was an, ehe du dir noch was einfängst.*

Als sie wieder durch die Tür ins Innere des Eisenbahnbogens ging, lächelte sie in sich hinein.

Gesäubert. Hast du nicht erwähnt, Ed.

Könnte also immer noch ein Antidot sein.

Und wer hat eigentlich die ganze Zeit dort rumgevögelt? Schätze, die müssten was gesehen haben. Was bedeutet, dass ich diese Leute finden muss. Und zwar schleunigst, verdammt.

Sie öffnete die Tür zum Werkraum, trat ein. King stand allein neben dem Couchtisch. Er hielt ein verstaubtes Stück Keramik in der Hand, eine Schüssel, die er in seinen riesigen Händen drehte und betrachtete. Er sah weg, als sie eintrat, aber nicht schnell genug: Sie hatte die Träne gesehen.

Seine Frau hat getöpfert. Armer Ed. Ist sie auch gestorben? Wie dein kleines Mädchen … Einen Moment lang überlegte sie, zu ihm zu gehen und ihn in den Arm zu nehmen. Sie merkte, dass es keine aufwallende Schuld gab. *Gut. Nur Mitgefühl also. Belassen wir es dabei.*

»Hab ich hinten bei einem der Regale zum Auskühlen entdeckt«, sagte er und stellte die Schüssel ab. Sie war schön gearbeitet. Am Rand ein Band aus blauen und gelben Blumen, ein ganzer Strauß in der Mitte des Schalenbodens. »Zinnglasur. Unüblich.«

Sie nickte. Dachte über die Worte nach.

Zinnglasur. Hört sich speziell an. Ich frage mich …

Sie holte ihr Handy heraus, tippte etwas ein. Kurz darauf schaute sie auf.

»Cox' Tochter. Die ihn gefunden hat. Wie heißt sie noch gleich?«

»Veronica«, antwortete er, ohne zu zögern.

Sie lächelte. Zeigte ihm das Display. Die Liste einer Galerie, von vor fünf Jahren, irgendein hipper Ort in Chelsea. Und dort, versteckt bei den unteren Einträgen: *Traditionelle Töpferwaren mit Zinnglasur.*

Von Veronica Cox.

Ich will's gar nicht sehen. Weiß ich jetzt schon. Aber ich muss.

Sie standen in der strahlenden Lobby eines Bürokomplexes

in Fitzrovia. Draußen war es stockdunkel. Und das schon die ganze Zeit, schon seitdem sie den Eisenbahnbogen um halb vier verlassen hatten, und inzwischen war es nach fünf. Während der Fahrt hatten sie geschwiegen; King sagte nur was, wenn er sich über irgendeinen Passanten aufregte, Lucy starrte aus dem Fenster. *Müsste mich eigentlich freuen*, redete sie sich ein, *denn das Antidot ist noch im Spiel, Clapham ist eine heiße Spur, jetzt das hier* ... Aber seitdem King ihr gesagt hatte, womit Veronica Cox ihren Lebensunterhalt verdiente und wo genau sie arbeitete und wohin sie fuhren, hatte dieses Ziehen in ihrem Bauch nicht aufgehört.

»Aber es ergibt doch Sinn, oder nicht?«, meinte er und drückte auf den Knopf beim Fahrstuhl. »Bei ihrem Vater, bei allem, was er für die Leute getan hat. Da ist es doch nur natürlich, dass aus ihr eine Aktivistin für die Rechte der Survivor wurde, wie?« Er deutete vage auf den Marmorboden und die Ledersessel. »Schätze, all das hier wurde mit Cox' Geld finanziert.«

Sie nickte. Schaute auf das Schild an der Wand. Es war klein. Kryptisch. Keine Hochglanz-Poster, keine knallroten Dreiecke. Bloß schlichte schwarze Buchstaben: SRA Charitable Trust Pty Ltd. – eine Wohltätigkeitsorganisation.

»Die halten den Ball flach«, sagte er, schien ihre Gedanken zu lesen. »Bestimmt Security. Nicht jeder findet die Survivor toll. Was, wenn die Durchgeknallten von Enoch Clapham an diesem Ort aufschlagen? Könnte hässlich enden.«

Der Fahrstuhl piepte.

Als sie eintraten, musterte King sie. Runzelte die Stirn.

»Alles okay bei Ihnen, Lucy?«

Ist je was okay?

Sie zog an den Bändern der Kapuze, atmete aus. Dachte daran, wie es war, Survivor zu sehen, überlegte, warum das so schrecklich für sie war. Nicht, weil es ekelhaft war, darum ging es nicht. *Ein Gesicht ist ein Gesicht, wir sehen alle verschieden aus.* Und es war kein echter Trigger, Gott sei Dank. Das dürfte keinen heftigen Anfall bei ihr auslösen, wie sonst, wenn jemand sie am Bauch berührte, oder was Sykes auch immer gesagt haben mochte, verdammt. Aber bei dem Anblick der Survivor kehrten Erinnerungen zurück. Schmerzhafte. Sie riefen ihr nämlich in Erinnerung, was sie getan hatte. Erinnerten sie an die Schuld.

»Es ist nur …« Ein Seufzen. *Will jetzt nicht darüber reden.* »Es ist hart. Die Leute zu sehen, meine ich.«

Er nickte.

»Kann ich mir vorstellen. Ein bisschen jedenfalls. Es hätte ja auch mich erwischen können, nicht wahr?«

Der Aufzug wurde langsamer. Hielt an. Lucy wappnete sich. Die Türen gingen auf, und dort an der Rezeption saß – DC Andy Sykes.

Der verfluchte Sykes.

»Abend«, grüßte King.

Oh, vergessen. Sykes betreut ja offiziell die Angehörigen. Klar, dass er hier ist.

Sie sah ihn fragend an.

»Wurde auch langsam Zeit, dass Sie hier aufkreuzen«, sagte Sykes. Er rutschte von der Rezeption, kam übertrieben lässig näher. »Irgendwie vertrackt. Ich hatte gedacht, ich würde den Nachmittag mit Veronica Fox plaudern.« Zwinkerte King zu. *Natürlich, er hat seinen scheiß Fedora dabei.* »Stattdessen hat sie sich in ihr Büro verzogen, die Tür geschlossen und macht weiß der Teufel, was. Und ich musste die ganze Zeit mein Ohr einem widerlichen Fleisch …«

Lucy stand plötzlich direkt vor ihm. Die Hände zu Fäusten geballt starrte sie Sykes an.

»Dieses Wort benutzen wir nicht, Sykes.«

Das Fleisch-Wort? Tatsächlich? Was stimmt mit dir nicht, verdammt?

Er grinste, schien sich insgeheim zu freuen, dass er sie auf hundertachtzig gebracht hatte. »Oh, war mir nicht bewusst, dass wir hier alle so hübsch politisch korrekt sind. Es ist doch nur ein *Wort*, Stone. Nicht gleich wieder einen Stuhl werfen.«

Sie wollte ihm an den Kragen, aber King war zu schnell. Er packte sie an der Schulter, zog Lucy zurück.

»Ruhig, Lucy.«

Ich schlag dich zu Boden, verdammt, Sykes. Sie starrte ihn weiterhin an, atmete dann aber tief durch. Ließ die Atemluft langsam entweichen. Er war es nicht wert, das wusste sie. Nicht jetzt, da sie dem Antidot und allem auf der Spur war. Nicht bei der Schuld.

Aber verdammt, es würde sich gut anfühlen.

Sie fokussierte sich auf ihre Atmung, wandte sich ab, schaute sich in der Lobby um. Modern, stylish. Irgendwie skandinavisch, dachte sie. *Wie so 'n richtig hippes Ikea.* Von der Decke hingen Banner mit der Aufschrift ›London Strong‹. An der Rezeption stand eine Schachtel mit schwarzen Mohnblumen, daneben Ansteckradeln. Keine Armbänder mit der Zahl der Opfer, wie ihr auffiel.

King wechselte das Thema. »War der Mann schon hier, der das Catering übernommen hatte? Hätte längst kommen müssen, denke ich.«

»Ich habe mich mit ihm unterhalten, ja«, antwortete Sykes. »Schien wirklich den Tränen nahe zu sein. Wär ich an seiner Stelle auch, klar. Wahrscheinlich war Cox sein einziger Kunde. Und, die Bedienung an dem Abend schon vernommen?«

King nickte. »Alle überprüft. Sind auf freiem Fuß, alle zwölf. Keine Verbindungen zu Cox, nicht der Hauch eines Motivs.«

»Haben die Masken getragen?«, fragte Lucy.

Er schüttelte den Kopf. »Nein. Schon überprüft. Hatte was mit Stolz zu tun. Sie wollten sich nicht verhüllen.«

»Aha.« *Okay, gut. Nur so ein Gedanke.*

»Verdammt«, sagte Sykes. »Kann man sich das vorstellen? Einer von den Kellnern geht mit einem Tablett Fingerfood nach oben? ›Steak Tartar, Sir? Oder lieber ein Beef Wellington?‹« Er lachte. Sah King an, weil er wissen wollte, wie sein Scherz ankam, aber der massige Detective runzelte nur die Stirn und schüttelte den Kopf.

Danke, Ed. »Sie sind geschmacklos«, sagte sie zu Sykes.

»Und Sie durchgeknallt, verdammt.« Höhnisches Grinsen. »Und auch wenn Wilkes die Hand über Sie hält, das wird nicht von Dauer sein.« Er setzte sich den Fedora auf, lehnte an der Rezeption. »Gehen Sie ruhig zu ihr, wenn Sie möchten. Ihre Mutter ist gerade bei ihr, aber sie hat einen Gehilfen dabei, mit dem Sie ein bisschen plaudern können. Können ihn nicht verfehlen. Genau Ihr Typ, Stone.«

Warte nur. Eines Tages …

»Gehen wir«, sagte King.

Lucy nickte. Funkelte Sykes böse an, drehte sich um und folgte King. Ihr Magen verkrampfte sich, als sie um die Ecke bogen. Sie blieb hinter King, wollte, dass er mit seinem Körper ihre Sichtachse unterbrach. Nach wenigen Schritten hörte sie, dass jemand beim Aufstehen einen Stuhl zurückschob. Ein schabendes Geräusch.

»Abend zusammen.«

Die Stimme des Mannes klang heiser mit kehligen Untertönen, was typisch war für jemanden, dessen Kehlkopf von London Black in Mitleidenschaft gezogen worden war.

»Marv Clarke«, stellte er sich vor. »Veronicas persönlicher Assistent.«

»Abend«, erwiderte King den Gruß.

Du musst hinsehen, schwor sich Lucy darauf ein. *Tu es. Sei nicht unhöflich.*

Ist schon okay, sieh einfach hin.

Sein Gesicht war ein Geflecht aus Narbengewebe. Nase, Wangen, Kinn, Kopfhaut – alles war rötlich-pink gesprenkelt mit wulstigen Narben. Glänzend, fast strahlend. Sie versuchte, nicht darüber nachzudenken, versuchte, nicht die Parallele zu ziehen, aber es war zu schwer, so etwas zu ignorieren. Es war einfach nicht möglich, es nicht zu sehen.

Hackfleisch. Sein Gesicht sah aus wie rohes, gewürztes Hackfleisch.

Zwei schwarze Augen starrten sie abwartend an.

Sie spürte die Woge der Schuld, aber sie ging dagegen an, wehrte sie ab. *Nicht jetzt. Ja, ich bin es dir schuldig, glaub mir, ich weiß das, aber nicht jetzt, verdammt. Du bist nicht wie Sykes, bist nicht grob und fies und verletzend, außerdem brauchst du das, es könnte noch nützlich sein für den Fall, und verdammt noch eins, reiß dich einmal am Riemen.*

Die Woge ebbte ab.

»Nett, Sie kennenzulernen«, sagte sie. Lächelte. Schüttelte ihm die Hand.

Du hast es geschafft.

»Was für eine Tragödie«, sagte Clarke. »Mr Cox. Die ganze Community der Survivor befindet sich in Schockstarre.«

»Ein großartiger Mensch«, sagte King dazu.

Clarke deutete auf die geschlossene Bürotür. »Sie ist am Boden zerstört. Veronica. Aber tapfer. Macht weiter. Mit Volldampf.« Er lächelte in sich hinein. »So war sie immer schon. Sie ist die Erste, die kommt, arbeitet rund um die Uhr, geht als Letzte. Wenn überhaupt. Ein paar Mal fand ich sie schlafend auf dem Sofa in der Lobby. Wirklich, sie ist eine clevere, engagierte und motivierte Frau, ein wirklich *wundervoller* Mensch.«

Lucy fing kurz Kings Blick ein.

In ihrem Kopf hallte die Stimme des Mannes vom Gesundheitsamt nach: *Jede Menge davon.*

Schätze, sie braucht ab und an ein Ventil?

»Sie wird all das hier mit ihrem Vater in Verbindung bringen«, sagte King. »Wahrscheinlich hat er sie auf die Idee gebracht mit der Wohltätigkeitsarbeit für SRA …«

Clarke schüttelte den Kopf. »Flinders hatte tatsächlich nichts damit zu tun. Man glaubt es kaum, aber es stimmt. Veronica war früher Rettungssanitäterin. Verstehen Sie?« Er zeigte auf ein gerahmtes Zertifikat an der Wand. »Zwangsrekrutiert für die Isolierzentren. Sie hat wirklich Schlimmes gesehen. Die düsteren Krankenstationen.« Lucy merkte, dass seine Hände leicht zitterten. »Die Hälfte der Zeit konnte man dort keine Ärzte auftreiben, aber es gab ja noch Veronica, die unermüdlich ihre Runden machte.«

Lucy nickte. Sie hatte eine dieser Stationen gesehen. *Es war wie in der Hölle.*

»Sie arbeitete auch nach der Geißel noch weiter, aber eines Tages …« Er zuckte mit den Schultern. »Sie hatte einfach zu viel mit ansehen müssen. Eine Tragödie zu viel. Daher folgte sie ihrem Herzen und wechselte zur Wohltätigkeitsarbeit. Zu uns.« Er nickte. »Wir können uns glücklich schätzen.«

»Ganz bestimmt«, sagte King.

Lucy lächelte. Fühlte sich gut. *So schlimm war's gar nicht. Du hast es für dich geklärt. Und jetzt wirst du den Fall aufklären.* Sie fing an, über die Spuren nachzudenken, die sie bereits hatten. *Jetzt Daumen drücken: Veronica bringt uns einen Schritt weiter bei dem Labor. Oder bei dem Fuß. Danach checken wir die Überwachungskameras und versuchen, Orangener Turnschuh festzunageln, und dann beschattet einer Clapham. Müsste sich auszahlen … wenn dann noch die Forensiker …*

Die Tür zu Cox' Büro flog auf.

Eine Frau mittleren Alters stürmte heraus. Pelzmantel, Zobel. Sah echt aus. Schwarzes Hütchen, Handschuhe, dicke Perlenkette über schwarzem Kleid. Riesige Designer-Sonnenbrille. Lucy sah, wie die Frau auf sie zukam. *Echt vornehm.*

»Guten Abend, Ma'am«, sagte Clarke.

»Guten Abend, Mrs Cox«, grüßte King.

Helen Cox bedachte sie mit einem kurzen Blick, rümpfte die Nase und schritt weiter. Ihre Absätze klackten auf dem Marmor, als sie um die Ecke bog und Lucys Blicken entschwand.

War nett, Sie kennenzulernen.

Aus dem Büro eine müde Stimme. »Schick sie rein, Clarkey.«

Okay. Los geht's. Dann wollen wir mal sehen, was du uns erzählen kannst, Veronica.

Sie betraten das Büro. Veronica Cox erhob sich von ihrem Sessel, schenkte ihnen ein Lächeln. Sie war hübsch. Blonde Haare, ausgeprägte Wangenknochen, schlanker Hals …

Lucys Augen weiteten sich.

Oh, verdammt.

Sie!

Lucy machte kehrt. Rannte los.

Oh, scheiße, scheiße, scheiße …

»Lucy!«, rief King ihr hinterher, »Hey, was ist …?«

Dann traten die Geräusche in den Hintergrund. Was blieb, war ein Summen.

Einatmen. Ausatmen.

Zur Tür hinaus, vorbei an der Rezeption, den Flur hinunter.

Clarke sprang von seinem Platz auf. Er sagte irgendetwas, seine Lippen bewegten sich.

Oh, scheiße.

Sie lief weiter.

Blickte nach unten. Ihre Hände zitterten. Sie schmeckte Asche.

Bilder blitzten auf: Plopp, plopp, plopp, Schläge bei einem Kampf. Furchtbare Dinge, brennende Körper, aufplatzende Haut, schreiende Mütter.

Veronica Cox, die hübsche Blondine mit dem Schwanenhals.

Sie, sie war es, sie war dort, bei dem, was damals geschah …

Und von jetzt auf gleich war es wieder damals. Ein Film in ihrem Kopf. Aber nein, es war real, sie war dort, rannte jetzt, rannte aber auch damals, die Straße hinunter. Wich Autos aus, rannte schnell, *verdammt* schnell, dabei wusste sie, dass es falsch war, und wie, zum Teufel, konnte sie das nur tun, und bitte, Gott, und …

Atme, Lucy. Atme.

Einatmen. Ausatmen.

Aber sie konnte dem Ganzen keinen Einhalt gebieten. Die Bilder liefen ab. Sie rannte immer noch, immer weiter, bog um die Ecke und sah sie, oh Gott, oh Jesus, eine Sanitäterin, eine hübsche Blondine mit schlankem Hals …

Nein, nein, NEIN. Sie schüttelte den Kopf. Rief etwas.

Der Film hörte auf.

Atme.

Ich muss zurück. Zurück ins Büro.

Aber sie konnte es nicht. Wollte es, musste zurück, aber es war ihr zu viel.

Ausgerechnet sie.

Sie stürmte durch die Lobby, die Sohlen ihrer Sportschuhe quietschten auf dem Marmor. Lief unter dem Banner her, vorbei an dem Sofa.

»Lucy? Suchen Sie die Toilette, Lucy?«

King. Gedämpft, aber sie hörte ihn. Er holte sie ein, war neben ihr, führte sie, seine große Hand auf ihrer Schulter. Versuchte, ihr zu helfen. Kantiges Kinn, grüne Augen. *Sieht aus wie Jack.* »Lucy? Lucy, wenn ich irgendetwas für …«

Nein. Sie schüttelte den Kopf. Stieß ihn von sich. Stülpte die Kapuze über. Rannte weiter. »Ist okay. Es geht mir gut. Brauche nur …« *Lass mich. Lass mich in Ruhe, verdammt. Geh zurück. Erledige den Job.* »Veronica. Gehen Sie zu …«

WC-Schild. Sie stürmte durch die Tür.

Blieb stehen. Keuchend. Starrte vor sich hin.

Sah ihr Gesicht im Spiegel.

Ein Bild blitzte auf: Ihr Gesicht im Spiegel, schreiend, schreiend …

Lucy schrie.

Und sie schrie auch jetzt, wie sie schon damals geschrien hatte, und es war damals und jetzt, und sie rief laut *oh Gott, oh Jesus*, und sie sah es, denn es war die Sache, das, was damals geschah, was jetzt geschieht, und sie stürzte, kalter Fußboden, hart, kroch zu der Kabine, auf Ellenbogen und Knien, zog die Tür auf, schleppte sich hinein, schloss die Tür.

Mach, dass es aufhört.

Sie hockte am Boden, Arme um die Knie geschlagen, wippte vor und zurück. Zitterte. Rieb über das Tattoo.

Dann ihr Sensor: *piep piep piep.*

Und sie weinte.

Weinte, weil es alles zu viel war, die Schuld und die Sache damals und die Booster, und sie wollte nur, dass das alles endlich aufhörte. *Verdammt, Jack, bitte hilf mir! Jack, bitte mach, dass es aufhört.*

Lucy weinte, ganz allein.

9. KAPITEL

Steh auf, Champ.

Ihre Augen waren geschlossen.

Sie war wieder bei ihrem ersten Fight, als sie gerade einmal dreizehn war. Ranzige Trainingshalle, scheiß Beleuchtung. Türsteher von Stripclubs dünsteten billigen Fusel aus, während sie abgewetzte Boxsäcke traktierten, twack, twack. Es roch nach miefigen Socken. Nach Zwiebeln. Das andere Mädchen war älter, fitter als Lucy. Hatte die längere Reichweite. Schickte Lucy nach einer Minute zu Boden, wo sie benommen aufschlug, ausgepowert. Sie starrte auf das ausgefranste blaue Leinen in ihrer Ecke, das nur wenige Zoll von ihren Augen entfernt war. Sie überlegte, am Boden zu bleiben, vielleicht hatte Dad doch recht, das war nichts für sie. Und dann hörte sie Jack rufen, aus der Ecke: »Steh auf, Champ. Steh auf.«

Steh auf, verdammt.

Lucy öffnete ein Auge.

Es gibt jede Menge zu tun.

Sie rappelte sich vom Fußboden der Toilettenkabine auf. Stand aufrecht, schwankte. Atmete ein, drückte die Kabinentür auf, ging zum Spiegel. *Sieh hin. Jetzt. Tu es, verdammt.* Starrte auf ihr Spiegelbild. *Kein Schreien. Siehst du? Das ist hier und jetzt. Nicht damals.* Sie sprenkelte sich Wasser ins Gesicht, schob die Kapuze vom Kopf. Atmete lange aus. *Geh wieder rein, Champ.*

Und du hast diesen Kampf gewonnen, schon vergessen?

Sie erinnerte sich.

Dann verließ sie die Toilette. Mit leicht gesenktem Kopf, den Blick trotzdem geradeaus, *los geht's.* King saß auf der Sofalehne.

Er sagte nichts, sondern reichte ihr eine knallrote Wasserflasche aus Plastik. Darauf stand: *Kannst Du Mich Sehen?*

»Danke.« Sie nahm die Flasche, trank einen Schluck.

»Clarke hat mir eine Cola organisiert. Gibt aber nur Filterkaffee dazu.«

Sie nickte, nahm noch einen Schluck. *Wirkt.* »Genial.«

»Und dies hier ist von Veronica.« Er reichte ihr ein Sandwich: Cheese and Pickle auf Malzbrot. Lucy fiel auf, dass er den Namen leise aussprach; wohl aus Angst, das könnte einen weiteren Anfall auslösen. »Sie meinte, Sie könnten das vielleicht gebrauchen. Ich sagte ihr, dass Sie eine Wimper an der Kontaktlinse hatten, aber ...« Anflug eines Lächelns. »Sie hat so ziemlich alles gesehen, diese Frau.«

Lucy sah ihn stumm an.

Das war dann alles? Keine Beschwerden, von der Tochter des Opfers? Nichts in der Richtung »die verrückte DI flippt in unserer Toilette total aus, das geht an die Presse«? Nur ein Sandwich? Das ist ... erstaunlich. Sie drehte die Packung mit dem Sandwich in der Hand. »Von Waitrose, wie? Schick.« Ein kleines Grinsen.

Er wies mit dem Daumen in Richtung Tür. »Sollen wir dann?«

Sie nickte.

Im Aufzug sagten beide kein Wort. Lucy beobachtete ihn aus dem Augenwinkel, hoffte, er würde keine Fragen stellen, keine dummen Ratschläge erteilen. Doch er starrte auch nur auf die Fahrstuhltür. Rieb sich das Stoppelkinn. Immer noch geschwollen, wie sie sah. *Das musst du mit Eis kühlen, Ed.*

Draußen hatten sie die Straße praktisch für sich allein, nur die gewöhnlichen Büroangestellten gingen in Richtung der U-Bahn Goodge Street. Es war fast sieben. Der Regen hatte wieder angefangen. King setzte sich die Kapuze seiner olivgrünen Regenjacke auf. Lucy ignorierte die Tropfen, die auf ihre kurzen

Haare fielen. Sie wartete noch ein paar Schritte ab, bis sie das Gebäude hinter sich gelassen hatten, dann erst stellte sie ihm die Fragen.

»Und, irgendwas Neues? Erzählen Sie.«

»Das waren nicht Veronicas Drogen. Sie war zum letzten Mal in der Werkstatt, bevor die Geißel kam.«

»Hm.« Sie versuchte, nicht mehr an das Gesicht von Veronica Cox zu denken. *Hat nichts mit dem Fall zu tun, hat nichts mit den Dingen hier und jetzt zu tun. Nur ein Zufall.* Sie beschwor wahllos ein Gesicht aus Kindheitstagen herauf: breiter Kiefer, Hängebacken, eng stehende Augen, das dürfte klappen, perfekt. Ihre alte Schulkrankenschwester, deren Namen sie nicht einmal mehr kannte. Der passende Ersatz. *Schwester Hängebacke, ich geben Ihnen hiermit den Namen Veronica Cox.*

»Ich denke, ich glaube ihr«, meinte King.

»Warum?«

Sie bogen um eine Häuserecke, und der graue Toyota kam in Sichtweite. Stand dicht am Bordstein. Lucy nahm einen Schluck aus der Wasserflasche. Das Sandwich hob sie sich für später auf.

»Erstens, sie trug eine kurzärmelige Bluse. Ich konnte ihre Handgelenke sehen. Keine Einstiche.«

Jetzt im Ernst? Komm schon, Ed. »Gibt noch ein paar andere Stellen, wo man eine Nadel ansetzen kann, oder?«

»Stimmt, aber es ist ja nicht nur das. Ich musste sie ein bisschen in die Enge treiben, aber sie hat mir gesagt, wer es war.«

Achselzucken. »Sie könnte lügen.«

»Könnte sie. Wär dann aber eine dreiste Lüge.«

Ach ja? Sie sah ihn an. *Spuck's aus.* »Wer war es?«

Ein Büroangestellter schlitterte vorbei, eine Zeitung überm Kopf, um möglichst nicht nass zu werden. King wartete, bis der Mann um die nächste Ecke verschwunden war. »Ihre Mutter.«

Lucy starrte ihn an.

Das gibt's doch nicht, verdammt.

Helen Cox? Die nerztragende, bis zum Gehtnichtmehr schicke High-Society-Gastgeberin? Unter einer Eisenbahnbrücke? Spritzt sich Heroin?

Willst du mich verscheißern, oder was?

»Ich werd' verrückt«, sagte sie.

»Veronica schwört es. Wie ich schon sagte, es wäre eine verdammt dreiste Lüge.«

Stimmt.

»Und was ist mit dem Sex dort?«, fragte sie. »Also sie und Flinders? Zwischen zwei Experimenten kommt er einfach auf einen Quickie rüber?«

King schüttelte den Kopf.

»Eine Affäre. Ich denke, dass Veronica deshalb bereit gewesen ist zu reden. Sie ist sauer auf ihre Mum, weil sie sich Dad gegenüber schäbig verhalten hat.«

Ich denke, du hast dich verscheißern lassen, Ed. Oder aber Veronica Cox. »Praktisch neben dem Labor ihres Mannes? Wieso? Warum kein Hotel? Oder bei dem Typen zu Hause?« Sie nahm einen Schluck. »Wer ist denn eigentlich der Typ?«

King zuckte ratlos mit den Schultern.

»Wollte sie mir nicht sagen. Bin mir nicht sicher, ob sie das überhaupt weiß. Aber in einem war sie sich sicher. Es war *nicht* ihr Vater.«

Sie hatten den Toyota erreicht. Lucy wischte den Regen von ihrer Kapuze, stieg ein. Sah, wie King sich anschnallte, dann schaute sie aus dem Fenster, dachte nach. *Sie hatte eine Affäre, nicht er. Gut. Aber wieso ihn dann umbringen? Er kommt dahinter, droht mit Scheidung? Es geht um viel Geld. Vielleicht. Aber wieso betrügt sie ihn direkt vor seiner Nase? Und warum sollte sie ihn vergangene Nacht umgebracht haben? Warum nicht zu einem anderen Zeitpunkt; ein Unfall, Gift? Haben sie möglicherweise gestritten?*

Warum das Kruzifix?

Und wieso sollte Helen Cox überhaupt je ein London-Black-Antidot klauen?

Die Regentropfen an ihrem Fenster verschwammen. Mit einem Mal fühlte sie sich vollkommen ausgelaugt. Müde. Ein dumpfer Schmerz in den Knochen, so war es manchmal nach den Anfällen. *Kämpf dagegen an. Du musst dich dagegenstemmen.* Als King den Motor anließ, leerte sie die Flasche. Erinnerte sich, dass sie am Morgen eine halb volle Colaflasche im Auto gelassen hatte. Suchte danach, fand sie unten im Fußraum.

Das ergibt doch alles keinen Sinn.

Sie schraubte die Flasche auf, nahm einen großen Schluck.

»Sie hatten übrigens recht«, sagte King, als er losfuhr. »Die Alibis taugen alle nichts. Die Gäste waren den ganzen Abend so gut wie überall. Nur eine Person nicht – Helen Cox. *Sie* stand den ganzen Abend an der Tür und begrüßte die illustren Gäste. Das bestätigen zwei Pförtner und ein Barkeeper.«

Okay. Hätte uns sowieso nicht groß weitergebracht. »Aber sie könnte trotzdem was wissen.«

»Könnte sie. Und deshalb fahren wir jetzt auch nach Mayfair.«

Er bog in die Regent Street, das Lenkrad wirkte klein in seinen Händen. Über ihnen spannten sich die Banner der ›London Strong Week‹. Überall schwarze Mohnblumen: auf Postern, am Kühlergrill der Busse, auf Einkaufstaschen. Papierblumen als Deko in den Schaufenstern. Lucy sah die geschmackvoll feierlichen Verkaufsschilder. *Ehrt die Toten, kauft einen Pullover.*

Ihr Keramiksensor piepte wieder.

King schaute herüber. Sagte nichts, sah aber erschrocken aus.

»Ist bloß die Batterie.« Sie drehte sich auf dem Beifahrersitz zum Fenster, bewegte das Handy über den Sensor, sah sich das Resultat an.

6,7.

Verdammt. Schon unter 7.

»Alles okay«, sagte sie zu ihm. Dachte an Hodges, wie er die Fingerspitzen aneinandergelegt hatte. Versuchte sich an das letzte Nachahmungsattentat zu erinnern. Musste eine Woche her sein, dachte sie. Vielleicht auch länger. *Aber jetzt ist die ›London Strong Week‹. Letztes Jahr war schlimm, ein Dutzend Anschläge. Könnte dieses Jahr noch schlimmer werden.*

Während sie noch überlegte, wann der Wert wohl unter 5 fiel, klingelte Kings Handy.

Er ging ran. Hörte zu. »Verstanden.« Beendete das Gespräch. Seufzte.

»Planänderung«, sagte er.

Was? Nein, Ed. Jetzt keine verdammte Planänderung. Der Plan ist doch gut.

»Wir müssen mit Helen Cox sprechen«, sagte sie. »Alibi oder nicht, sie weiß was. Vielleicht über das Antidot. Oder zumindest, wer davon wissen könnte. Außerdem wäre da noch der Fuß ...«

Begeisterung in ihren Augen. »Ed, sie muss noch einmal vernommen werden. Ausführlich. Und zwar jetzt.«

Ein langsames Nicken. »Wird sie auch.« Er schaute zu ihr rüber. »Von mir.«

Und?

Was ist mit mir?

»Sie, Lucy, werden sich mit DCI Wilkes unterhalten.«

Lucy beobachtete, wie Flinders Cox sich den Bart strich.

»Natürlich weiß ich noch, was ich damals gedacht habe«, sagte er. »Ich dachte, oh, Gott, wie kannst du das nur zulassen?«

Auf der anderen Seite des MIT19-Einsatzraums starrte ein junger DC, der eine angeschlagene Tasse in der Hand hielt,

127

hinauf zum Fernsehbildschirm. Er spielte mit seinem Teebeutel, während das alte Interview lief. Lucy hatte fast schon Mitleid mit dem jungen Kollegen. Altes Videomaterial durchgehen zu müssen war ein echter Albtraum. Nichts passierte, nichts Aufregendes. Nur stundenlanges Starren auf den Bildschirm, man schlurft seinen PG-Tips-Tee, geht noch einmal alles durch. *Und niemand tötet je jemanden, den man im Fernsehen sehen will.*

Sie schaute hinüber zu Wilkes' Tür. Immer noch zu. *Verflucht, Ma'am. Ich warte schon eine Stunde. Hab auch noch was anderes zu tun.* Sie nahm einen Bissen von Veronica Cox' Sandwich, schaute wieder zum Bildschirm hoch.

»… ja, danke, Dr. Cox«, sagte die Frau, die das Interview führte. Sie sprach mit amerikanischem Akzent. Am unteren Bildschirmrand wurde eingeblendet: *Cox Interview_CNN_Feb2028.* »Ich denke, es wäre *sehr* hilfreich für unsere Zuschauer hier in den Vereinigten Staaten, wenn Sie uns etwas mehr über das Nervengift erzählen würden, das bei den Anschlägen eingesetzt wurde.«

Cox beugte sich auf seinem Ohrensessel aus Leder vor. *Ihm war damals unbehaglich zumute*, dachte Lucy. Er sah aus, als wäre sein Jackett zu eng, als würden seine Socken kratzen. »Gut. Nun, ja. London Black ist ein Stoff, den wir als Acetylcholinesterase-Hemmer bezeichnen. Wie bei Sarin oder VX. Dieser Hemmer verhindert, dass der Körper ein Enzym namens Acetylcholin abbaut, was wiederum … schauen Sie, ich werde es Ihnen demonstrieren.« Er ballte seine Hände zu Fäusten. »Das ist jetzt eine Muskelzelle.« Er hielt die linke Faust hoch. »Wenn das Neuron den Muskel anregen will, schüttet es Acetylcholin aus, und dieser Stoff überquert den Spalt und sagt dem Muskel: anspannen.« Er fing an, die linke Faust zu öffnen und wieder zu ballen. »Können Sie mir folgen?«

Die Frau, die das Interview durchführte, nickte. Der junge DC gähnte. Lucy biss noch einmal in das Cheese and Pickle Sandwich.

»Nervengifte verhindern, dass der Körper das Acetylcholin abbaut. Daher steigt die Acetylcholin-Konzentration immer weiter an, und irgendwann wissen die Muskeln nicht mehr, wann sie aufhören sollen. Sie spannen sich immer weiter an.« Seine Handbewegung wurde schneller: Er öffnete die Faust, schloss sie, öffnete sie, schloss sie. »Das Opfer zuckt, verkrampft, hat Krampfanfälle.« Die Hand bewegte sich so schnell, sie verschwamm. »Der Körper kollabiert. Man erstickt am eigenen Schleim.« Er ließ die Hand sinken. Nahm eine andere Sitzposition ein. »Schrecklich.«

»Aber das Gift, das bei den Anschlägen in London zum Einsatz kam, war anders, wenn ich das richtig verstanden habe. Weil ...«

»Ja, ganz recht. Bei den meisten chemischen Kampfstoffen geht es darum, die Menschen zu töten, so schnell wie möglich. Denn sie werden ja auf dem Schlachtfeld eingesetzt. Ganz anders bei London Black. London Black ist von Terroristen hergestellt worden, und Terroristen wollen Angst und Schrecken verbreiten. Maximalen Schrecken. Und deshalb hält die Wirkung tagelang an.« Eine Pause. »Es ist irreversibel. Es gibt kein Gegenmittel. Neunzig Prozent der Menschen sterben. Aber sie sehen dem Tod über Tage ins Gesicht. Schmerzvolle, furchtbare Tage.«

Er lehnte sich in seinem Sessel zurück, strich sich erneut über den Bart.

Der DC schlürfte weiter seinen Tee.

Lucy runzelte die Stirn. Sie dachte an Cox' blutüberströmte Leiche auf dem Fußboden seines kleinen Arbeitszimmers. *Es war ja nicht nur ein Arbeitszimmer, oder? Da stand ein Bett. In dem jemand geschlafen hat. Warum? Warum hat er das gemacht, warum dort geschlafen? Was ging da vor sich?*

Einen Moment lang dachte sie an ihre eigene Wohnung. Schwarze Wände, schwarze Decke, kein Bett, nichts.

Hatten Sie auch Schuldgefühle, Mr Cox?

Hatte das mit Ihrer Frau zu tun? Oder mit dem Fuß in der Werkstatt?

Standen Sie in jemandes Schuld?

»Aber das war nicht alles«, sagte er auf dem Bildschirm. »Es gibt da noch etwas, das Phosgenoxim genannt wird. Ein Hautkampfstoff, wie Senfgas. Korrosiv. Verursacht Gewebeschäden, Verätzungen. Und die Art und Weise, wie London Black hergestellt wurde, lässt den Schluss zu, dass das Phosgenoxim in den Blutkreislauf gelangt, wenn der Stoff zerfällt.«

»Lucy?«

Wilkes stand auf der Schwelle zum Büro, die Hände in die Seiten gestemmt.

Mist. Lucy schnappte sich das angebissene Sandwich und ging in Wilkes' Büro. *Hände in die Seiten gestemmt? Dann ist sie ja mächtig sauer. Aber wieso? Was hab ich denn jetzt schon wieder gemacht, verflucht?*

»Setzen Sie sich.«

Sie nahm Platz.

»Ma'am?«

»Ich habe von Ihrem Anfall gehört.«

Lucy sah sie unverwandt an. *Wie das? Wer hat Ihnen das erzählt?* Sie dachte an Veronica Cox, die inzwischen zu einer Schulkrankenschwester mittleren Alters geworden war. *Warum, zum Teufel, hast du das gemacht, Veronica? Erst überlässt du mir ein nettes Sandwich, und dann fällst du mir in den Rücken? Was ist das für eine Art, verdammt?* Sie hielt die Packung hoch. »Aber … sie hat mir ein Sandwich gegeben, Ma'am …«

130

»*Nicht* von Miss Cox. Gott sei Dank.«

Wenn sie es nicht von Veronica weiß, und natürlich nicht von King, von wem …

Oh.

Klar. Der verdammte Sykes.

»Es war Sykes, Ma'am, richtig?«

Dachte, der hätte sich längst verpisst gehabt. Doch er muss noch da gewesen sein. Hat sich wohl kaputtgelacht, als ich schreiend vorbeigelaufen bin. Wenn ich jetzt wegen diesem Mistkerl den Fall verliere, dann schwöre ich …

»Es tut nichts zur Sache, von wem ich das weiß«, stellte Wilkes klar. »Das ist unerheblich.«

»Ja, nun …«

»Wichtig ist – geht es Ihnen gut?«

Lucy ließ die Hand mit der Sandwichpackung sinken.

Wie? Nur darum geht es hier? Bloß darum?

»Ihr Gesundheitszustand liegt mir am Herzen, Lucy. Und nicht nur, weil ich Ihre Vorgesetzte bin. Geht es Ihnen gut?«

Eigentlich nicht, aber …

»Ja, Ma'am. Danke.« Sie zwang sich zu einem Lächeln. *Sehen Sie?* »Wenn das dann alles war, ich würde gern …« Sie erhob sich.

»*Setzen* Sie sich, Lucy.«

Sie nahm wieder Platz. Ein trotziges Hinsetzen.

»Da ist noch mehr. Heute Nachmittag musste ich zum Chief Superintendent. Ziemlich unangenehm.« Wilkes beugte sich vor, stützte sich mit den Ellenbogen auf dem Schreibtisch ab, die Hände verschränkt. Wartete auf die Beichte.

Lucy sah sie stumm an.

»Ma'am?« Fast hätte sie gesagt: *Ich hab keinen Schimmer, verdammt, was hier los ist, aber ich würde mich jetzt wirklich lieber daranmachen, einen Mord aufzuklären, der oberste Priorität hat,*

*und ein Antidot finden, das Leben rettet. Besten Dank. Und wenn
Sie endlich damit aufhören könnten, um den heißen Brei herumzu-
reden, und mir endlich sagen würden, was ich angeblich gemacht
haben soll, dann wäre das echt nett, verdammt. Ma'am.*

Wilkes seufzte. »Wie es aussieht, war einer meiner DI heute
töricht genug, einen Gottesdienst zu unterbrechen.«

Oh, verdammt.

Clapham.

»Nein, Ma'am«, sagte sie. »Das war *kein* Gottesdienst. Das
war eine reine Publicity-Veranstaltung. Die haben das gefilmt,
und …«

»Sie haben die Kirchgänger verängstigt …«

Die Kirchgänger? Wen, etwa den Salatsoßen-Typen?

»… haben sich mit einem ordinierten Pfarrer angelegt …«

*Einem Pfarrer, Trickbetrüger und Verdächtigen in einem Mord-
fall …*

»… haben ihm gedroht …«

Die Strafpredigt ging weiter. Sie verschränkte die Hände, öffnete sie wieder, machte eine Geste, verschränkte sie wieder. Es
war das Übliche: Befehlskette, Vorgehensweise innerhalb der
Abteilung, bla, bla, bla. Lucy klinkte sich aus, ließ den Blick
durch Wilkes' neues Büro schweifen. Stylish, dachte sie. Aufge-
räumter Schreibtisch, Vase mit Nelken. Ihr fiel ein Foto auf, das
an der Pinnwand hing. Schnappschuss von einer Sommerparty,
vor drei Jahren. Eines dieser gestellten Picknicks, jeder hat irgendeine Requisite in der Hand. Wilkes mit Elfenhut, Salford
mit Groucho-Marx-Brille und fluoreszierender Krawatte, Salfords unfassbar besoffene Freundin knutscht einen Plastikfisch.
Lucy, über beide Ohren strahlend. Und dort, im Hintergrund,
mit seinem Windsorknoten und dem perfekten Lächeln: Simon.
Lucy starrte auf sein Gesicht. Einen Moment lang war sie wieder
dort, in dem komischen Pub, den sie gemietet hatten, und ver-

folgte gespannt, wie er alle mit seinem Charme verzauberte. Der Mittelpunkt der Party, so interessant, so *niedlich*, und in der Damentoilette meinte Wilkes zu ihr: Definitiv großartig, ich meine, er weiß das zwar, aber trotzdem, gut gemacht, Lucy ...

»Was sagen *Sie* dazu, Lucy?«

Wilkes beugte sich weiter vor.

Ich vermisse ihn.

Ein Klopfen an der Tür.

King steckte den Kopf rein. »Sorry, Marie«, sagte er. Zeigte auf Lucy. »Könnte ich kurz mit Stone sprechen? Wir haben da was.«

Wilkes zog die Stirn kraus, nickte aber. »Ich gehe davon aus, dass ich mich deutlich genug ausgedrückt habe?«

»Ja, Ma'am.« Sie warf einen letzten Blick auf Simon, dann folgte sie King in die leere Küche.

Hast du gerade versucht, mich zu retten, Ed? Ich brauche niemanden, der mich rettet.

»Sah aus, als hätten Sie Spaß«, meinte er. Auf einer Herdplatte stand eine halb volle Kanne Filterkaffee. King nahm sie, füllte Kaffee in einen Pappbecher, schob ihr den Becher über die Anrichte. »Zwar keine Cola, aber ...«

»Danke.« Sie nahm den Becher. »Irgendwas bei Helen Cox erreicht?«

Achselzucken.

»Ganz sicher ihr Heroin. Hatte Pupillen wie Stecknadeln. Hab nicht viel aus ihr rausbekommen. Sie kommt morgen aufs Revier.« Er schenkte sich auch Kaffee ein. »Aber wissen Sie was? Unser Freund Enoch Clapham ...«

»Hm«, sagte Lucy beim Trinken. Schluckte. »Weiß ich. Hat gute Verbindungen nach ganz oben. Hat sich beim Chief Superintendent beschwert.« Sie deutete in Richtung von Wilkes' Büro. »Muss total ausgeflippt sein.«

King starrte sie an.

»Aber das ist es ja gerade«, sagte er. »Enoch Clapham ist von der Bildfläche verschwunden.«

Eine Stunde später fuhr Lucy nach Hause.

King hatte vor ihr das Revier verlassen, immer noch mit geschwollenem Kiefer. Er sah erschöpft aus. Sie dachte über seine Worte nach, als sie Westminster Station betrat. Clapham hatte den Mann abgeschüttelt, der ihn beschattet hatte, wusste King zu berichten. Er war in ein indisches Restaurant gegangen und durch die Hintertür verschwunden. Hatte sich in Luft aufgelöst. Der älteste Trick, den man sich denken konnte. King hatte es nicht fassen können. Der DC, der Clapham beschatten sollte, war für weitere Aufgaben gestorben. Aber so war es nun mal gelaufen.

Dacht ich mir schon.

Verdammt gerissener Typ, unser Priester.

Es war schon nach zehn, aber die U-Bahn war immer noch voll. Meistens Touristen. Ein paar Leute aus Whitehall, mit schwarzen Mohnblumen in den Knopflöchern ihrer langen Kaschmirmäntel. Zwei Deutsche Schäferhunde hatten Lucy im Blick, als sie durch den Cox-Torbogen ging. Verwundert sah sie die Tiere an. *Seltsam. Habe hier noch nie Spürhunde gesehen. Manchmal bei Events. Bei Konzerten und so. Aber nicht in der U-Bahn.* Die Nase so eines Hundes war besser als die Chemiedetektoren in den Bögen, das wusste sie. Tausendmal besser, es sei denn, der Anti-Terror-Beamte, der vor zwei Jahren das Briefing abgehalten hatte, hatte sie alle verarscht. Egal, Spürhunde waren selten, eigentlich Spezialeinsätzen vorbehalten.

Warum sind sie also heute Abend hier?

Zwei Polizisten der British Transport Police standen in der Nähe, in voller Montur, Maschinenpistolen vor der Brust. Lucy ging zu den beiden Beamten, zückte ihren Dienstausweis. Nickte in Richtung der Hunde.

»Ist was passiert?«

Der Größere der beiden schüttelte den Kopf. »Zur Abschreckung. ›London Strong Week‹, da sind alle etwas nervös. Wir wollen keine weiteren Nachahmungstäter.« Er sah ihr nicht in die Augen, während er mit ihr sprach, sondern hatte weiterhin die vorübergehenden Menschen im Blick. Ihr fiel auf, dass er mit dem Fuß auf und ab wippte. »Nichts Besonderes, keine Sorge.«

»Okay«, meinte Lucy. Sie fragte sich, ob er ihr nur irgendeinen Mist erzählte, ob nicht doch etwas passiert war. Vielleicht sollte sie besser sofort kehrtmachen und zurück zu New Scotland Yard fahren. Immerhin könnte sie genauso gut dort arbeiten. Aber spätabends herrschte bei MIT19 immer so eine Schützengraben-Kameradschaft, so ein Gefühl von Wir-sitzen-alle-im-selben-Boot-aber-morgen-heben-wir-einen-zusammen. Früher hatte sie das gemocht. Davor. Jetzt fühlte es sich nicht richtig an. *Nicht nach allem, was ich getan habe.* Nachts hatte sie in ihrer Wohnung zu sein, allein, kahle schwarze Wände, nur die Schuld und sie.

Sie ging weiter.

Bei der Westminster Station musste sie immer an ein Filmset für einen düsteren, dystopischen Thriller denken. Raue Betonwände. Riesige Rolltreppen, von denen man auf beiden Seiten an die hundert Fuß in die Tiefe schaute, in der Höhe quer verlaufende Stahlträger. Trostlos. Lucy gefiel das. Fühlte sich gut an. Während sie oben auf die fahrende Rolltreppe zuging, kehrte sie in Gedanken zu Clapham zurück.

Ist er also unser Killer? Oder eines seiner kleinen Kinder?

Niemand von den Gästen hatte Verbindungen zur ›Hand Gottes‹. Soweit sie das wusste, und das hieß auch noch lange nichts. Der Dienstboteneingang der Villa war den ganzen Abend über offen gewesen. Keine Überwachungskamera, niemand, der auf diesen Eingang geachtet hätte. Jeder, der bereit gewesen wäre, das Risiko einzugehen, hätte einfach so das Haus betreten, Cox umbringen und wieder gehen können.

So viele verdammte Fragen, dachte sie. Und betrat die Rolltreppe. *Orangener Turnschuh wusste von dem geheimen Labor. Arbeitete er für Clapham? Wie haben diese Leute von dem Labor erfahren? Über Helen Cox? Vögelte sie mit einem von denen? War das die Affäre? Und ja, wen kennt Clapham bei der Met? Definitiv jemanden von ganz oben. Kann nicht anders sein, weil Wilkes Schiss hatte, und sie hat nicht schnell Schiss und wer …*

Ein Schlag: hart. Traf sie von hinten, gegen den Kopf, verdammt? Und ein Mann packte sie, hatte sie im Griff, stieß sie zum Handlauf. Sie schlug nach ihm, aber zu spät, sie war schon über den Handlauf, drohte abzustürzen. *Gott!* Sie griff hinter sich. *Fuck, fuck, fuck …*

Bekam den Handlauf zu fassen.

Mit einer Hand.

Spürte, wie ihre Beine baumelten, unter den Sportschuhen gut dreißig Meter Luft.

Oh Gott.

Ihre Schulter brannte wie Feuer. Ihre Hand glitt langsam ab. Rutschte.

Muss die … andere Hand hochkriegen …

Sie schwang den anderen Arm hoch, mit den Fingerspitzen kratzte sie über den Handlauf, rutschte ab.

Komm schon …

Versuchte es noch einmal. Verfehlte den Lauf.

Ein Klimmzug, nur ein Klimmzug, mit einer Hand, tu es, verdammt …

Sie zog sich hoch. Ein stechender Schmerz in ihrer Schulter. Der Arm zitterte. Sie spürte, wie der Griff schwächer wurde.

Fuck! Versuchte sich festzuhalten, aber es war zu viel, sie glitt ab, ganz langsam. *Oh Gott, oh Jack.* Sie hatte fast den Halt verloren, sie konnte sich nicht mehr festhalten, schaffte es nicht mehr. *Nein, nein, nein, FUCK …*

Und dann fand sie wieder Halt.

Mit der anderen Hand packte sie den Lauf, biss die Zähne zusammen, zog sich hoch, zurück auf die fahrende Rolltreppe. Ihr Herz schlug wie wild, die Schulter stand in Flammen, sie war kurz davor, sich zu übergeben.

Sie war am Leben.

Ein Tourist mit einem London-Sweatshirt sprach sie an: »Sind Sie okay, Miss?«

Sie ignorierte ihn. Schaute nach unten. Entdeckte Orangener Turnschuh ganz unten an der Rolltreppe. Er trug eine Maske und rannte zur Plattform der Jubilee Line. *Komm zurück.* Sie stieß den Touristen zur Seite, stürmte die Rolltreppe nach unten. Sie erreichte das Ende, rannte zum Bahnsteig, schrie: »Polizei, halt, halt!« Aber die Türen des Zuges gingen vor ihrer Nase zu. Keuchend stand sie da, als die U-Bahn anfuhr.

10. KAPITEL

Ich werd' dich finden, verdammt.

In einer Ecke des MIT19-Einsatzraums standen sieben PC-Bildschirme auf einem Tisch. Grobkörnige Mitschnitte der Überwachungskameras flimmerten über die Monitore. Lucy drückte sich eine halb aufgetaute Packung Pommes frites gegen die lädierte Schulter und verfolgte die Aufnahmen. Sie dachte an Orangener Turnschuh. *Du bist dort irgendwo. Eine der Kameras hat dich erwischt. Es kann nicht anders sein. Und ich muss dich finden.*

Ich WERDE *dich finden.*

Der Abend vom Vortag war ihr nur unscharf in Erinnerung. Sie hatte dem Zug hinterhergeschaut, mit dem der Typ weggefahren war, ehe sie zu New Scotland Yard zurückkehrte. Der Einsatzraum war wie ein Friedhof gewesen. Wilkes fort, King war gegangen. Nicht einmal Salford war noch da, nur der einsame DC, der bei der Durchsicht des Videomaterials mit der Teetasse in der Hand eingeschlafen war. Lucy war es egal, dann würde sie es eben allein machen. Sie fing an, kabellose PC-Monitore aus dem Technikerraum am anderen Ende des Korridors zu holen. Sie nahm alle verfügbaren Bildschirme mit und suchte weitere in den Besprechungszimmern.

Gegen Mitternacht piepte ihr Alarm: Boosterzeit. Sie holte ihr Notfall-Set aus der wattierten Innentasche, verabreichte sich das Zeug in einer Kabine der verwaisten Damentoilette. Kein Spiegel, in den man starren konnte, kein steriler Tupfer. Nur Medikament aufschrauben, Spritze aufziehen, reinjagen. *Oh Gott, wie das wehtut, verdammt.*

Du hast es nicht anders verdient, Lucy.
Du hast den Schmerz verdient.

Inzwischen hatte sie damit aufgehört, Bildschirme aufzutreiben. Sieben mussten reichen. Das Brennen in der Schulter ignorierte sie zunächst, aber als sie den Arm nicht mehr anheben konnte, schickte sie den jungen DC runter zum 24-Stunden-Shop, um eine Tüte mit tiefgefrorenen Erbsen zu holen. Er kam zurück und hatte zwei Sachen zur Auswahl mitgebracht: »Pommes frites oder Yorkshire Pudding, DI Stone, Ma'am?« Lucy erklärte ihm, er solle das »Ma'am« weglassen, schließlich sei sie ja nur eine aus dem Team beim MIT19. Sie entschied sich für die Pommes frites – vegetarisch, gar nicht schlecht – und baute dann alles weiter auf.

Gegen drei Uhr rief sie die DCs zu Hause an, einen nach dem anderen.

Salford war als Erster eingetroffen, hatte sich die Augen gerieben, seine Krawatte hatte die Farbe eines tropischen Drinks. Jetzt, um acht Uhr morgens, hatte sie sechs Leute beisammen. Alles Männer in Anzügen. Und alle starrten sie auf die PC-Monitore, seit Stunden. Strikte Anweisungen von Lucy: Keiner redet, keiner albert rum. Sollte einer von ihnen Orangener Turnschuh entdecken – sie würde hundert Pfund an der Bar im Carpenter's spendieren.

Und wenn ich dich kriege, Orangener Turnschuh, du verfluchter—

»Morgen, Lucy.«

Sie nahm den Duft von Aftershave wahr. Drehte sich um. King ragte hinter ihr auf.

»Alles okay?«, erkundigte er sich. Sah die tiefgefrorenen Pommes frites. »Hab schon gehört von gestern Abend.«

Sie zuckte mit der gesunden Schulter. »Wir bleiben am Ball.« Sie musterte ihn. Anzug, frisches weißes Oberhemd, aber der

Knoten seiner dunkelblauen Krawatte saß schief. Blutunterlaufene Augen. Kinnpartie immer noch leicht geschwollen, wie ihr auffiel. *Da sind noch ein paar gefrorene Yorkshire-Puddings für dich, Ed.* Der Dreitagebart war schon fast ein richtiger Bart, vielleicht tat es zu weh, sich zu rasieren. *Aber woher dann der Duft?* Sie schnupperte. Es roch wie etwas, das Jack freitagabends aufgetragen hatte. *Gib nicht zu viel drauf,* beschloss sie. *Er mag es eben, wenn er nach dem Gang für Männerdüfte im Drogeriemarkt riecht. Ist ja seine Sache, verdammt.*

»Und was hat es jetzt damit auf sich?« King nickte den sechs müde dreinblickenden DCs zu.

»Überwachungskameras. Wir finden ihn, verfolgen seinen Weg zurück. Vielleicht nimmt er seine Maske ab.«

»Okay.« Er schaute mit zusammengekniffenen Augen auf die Monitore. »Das da ist aber nicht die U-Bahn-Station?«

Lucy schüttelte den Kopf. »Ist beim Eisenbahnbogen. Aufnahmen von der U-Bahn sind noch unterwegs. Die British Transport Police lässt sich ganz schön Zeit damit, sie uns zu schicken. Aber dafür haben wir vier Kameras im Umkreis des geheimen Labors, und er muss vorher schon mal dort gewesen sein und – *hey!*« Sie erwischte den Tee trinkenden DC dabei, wie ihm der Kopf auf die Brust sank. Sah ihn böse an. *Ich hab dich im Auge, Kumpel.* Zu King gewandt: »Und sobald uns die BTP die Bänder von gestern Abend schickt, sehen wir uns auch die an.«

Sie nahm einen Schluck aus einem roten Plastikbecher, auf dem die Kanone des FC Arsenal zu sehen war.

»Bestens«, meinte er. Zeigte auf den Becher. »Fan von Arsenal, wie?«

Lucy schnaubte. *Eine Sportart, bei der die Jungs absichtlich hinfallen? Da scheiß ich drauf.* Sie hatte einen doppelten Espresso gebraucht, um die Nacht zu überstehen. Hatte zwei Flaschen Cola aus dem Kühlschrank der kleinen Küche geklaut, hatte dem DC eine Zehn-Pfund-Note in die Hand gedrückt, auf dass er zum Costa Coffee lief und den Espresso holte. Der verblichene Arsenal-Souvenirbecher war der einzige Behälter, der groß genug für die Cola und den Espresso war. Bei jedem Schluck dachte sie, sie trinke Batteriesäure, aber scheiß drauf, sie war wach.

»Was haben Sie da?«, wollte sie wissen. King hatte einen dicken Ordner unterm Arm.

»Aus der Forensik, das meiste jedenfalls. Haben Sie einen Augenblick?«

Sie bedachte die DCs mit einem mahnenden Blick – *ich bin gleich zurück, Jungs, nicht, dass ihr euch verzieht* – und legte die Packung mit den Pommes frites auf einen Tisch. Dann folgte sie King den Korridor hinunter. Beim MIT19 war Leben in der Bude. Uniformierte unterhielten sich. Telefone klingelten. Lucy sah Sykes, der sich einen Tee zubereitete, und ging mit gerunzelter Stirn an ihm vorbei. *Du bist also gleich schön zu Wilkes gelaufen, wie? Du Scheißkerl.*

Er sah sie und grinste höhnisch.

»Nicht allzu viel am Tatort«, sagte King, als sie um eine Ecke bogen. »Kein Blut an den Gästen. Bei einer Tat wie dieser hätte sich der Mörder mit Blut vollgekleckert. Sieht ganz danach aus, als wäre da noch jemand plötzlich bei der Party aufgekreuzt.«

Lucy nickte. Malte sich aus, wie Enoch Clapham sich in Cox' Villa schlich. *Oder war es Orangener Turnschuh?*

»Es gab allerdings eine interessante Entwicklung«, fuhr King fort.

»Schießen Sie los.«

»Der Fuß«, sagte er. »Aus der Töpfereiwerkstatt. Wer auch immer das war, seine Füße waren London Black ausgesetzt. Und er war ein Vulnerabler.«

Oh. Das verändert die Sachlage.

»Da ist sich die Forensik sicher?«

Er nickte. »Sie glauben, es könnte ein alter VSS sein.«

Ein VSS? Ihr wurde leicht schwindelig. Sie nahm noch einen Schluck aus dem Becher. Zum ersten Mal hatte sie aus Simons Mund von VSS gehört, spätabends in ihrer Wohnung, als sie schon im Bett lagen.

»Die Leute tun das wirklich«, hatte er ihr erzählt. »Sie vertrauen der Regierung nicht mehr, nicht seit den letzten Anschlägen mit Drohnen. All die Storys, was dort draußen in den Keksfabriken abgeht? Die Behälter, die Ascheberge? Grässlich, verdammt. Die Leute wollen die Überreste zurückhaben. Sie wollen Omas Asche in dem Park verstreuen, den sie liebte, wollen Tante Beatrice in der Urne auf den Kaminsims stellen. Also machen sie es selbst, Luce. Im Kamin, in Feuerstellen im Garten. Sie klauen Ölfässer aus Werkshallen, Streichhölzer. Sie nennen das VSS«, sagte er.

Verbrenn sie selbst.

»Tja«, sagte sie. »Das ist vorgekommen.«

»Ja, bestimmt. Aber wenn der Fuß von einer VSS-Aktion stammt, dann hat das wahrscheinlich nichts mit unserem Fall zu tun. Trotzdem, wir müssen der Sache auf den Grund gehen. Da wir gerade dabei sind.« Er sah angestrengt auf das zerkratzte Ziffernblatt seiner Armbanduhr. »Helen Cox soll heute kommen. Müsste jeden Augenblick hier sein. Sollen wir?«

Sie trank den Becher aus, während sie zur Rezeption gingen. Ihre Schulter schmerzte noch.

»Ist Helen Cox schon da?«, fragte King die Blondine an der Rezeption.

Ein Nicken. »Zimmer drei.«

»Gucken wir sie uns erst mal an«, sagte Lucy. »Für den ersten Eindruck.« Sie führte King den Korridor hinunter zu den Verhörräumen. Drückte eine Tür ohne Nummer auf, hinter der ein dunkler Beobachtungsraum mit Einwegspiegel lag. Zwei PC-Monitore liefen. »Dann wollen wir mal.«

Auf der anderen Seite des Venezianischen Spiegels saß Helen Cox an einem Metalltisch. Lucy beobachtete die Frau eingehend durch die Trennwand aus Glas. Der gleiche Nerzmantel. Wieder Perlenkette. Riesige Sonnenbrillengläser, vielleicht Versace. Wilkes würde so etwas wissen. Dunkelroter Lippenstift auf einem harten, verkniffenen Mund. *Sieht ausgelaugt aus. Schläft uns fast ein.*

»Was für ein Mantel«, entfuhr es King. »Muss verdammt heiß sein in so einem Teil.«

Wollen Sie Einstiche verbergen, Mrs Cox?

Neben ihr saß ein Mann in einem Nadelstreifenanzug, der mit einem goldenen Füllfederhalter auf eine ledergebundene Mappe tippte.

»Der Mann heißt Facer«, erklärte ihr King und zeigte auf ihn. »Jeremy Facer. Familienanwalt im Hause Cox, schätze ich. Vermutlich schreibt er den ganzen Tag irgendwelche Testamente.«

Lucy betrachtete das Gesicht des Anwalts. Breites Kinn, spitze Nase, Augen ein klein wenig zu eng beieinander. *Ich hab dich schon mal gesehen.* Schüttelte den Kopf. »Glaube ich nicht«, meinte sie. »Er kommt viel rum. Hat mit Fällen vor Gericht zu tun. Kann nicht anders sein. Ich hab ihn schon mal im Old Bailey gesehen.« *Aber er sieht jetzt irgendwie anders aus ...*

Helen Cox beugte sich ein wenig zu Facer herüber und flüsterte ihm etwas zu. Lucy entging nicht, dass er seiner Klientin eine Hand auf den Oberschenkel legte ... dass Helen ihre Hand auf seine legte. Die Hand drückte.

»Und, Ed«, sagte sie. »Ich denke, sie vögelt mit ihm.«

King platzte einfach so in den Verhörraum.

Keine einleitenden Worte, keine verdammten Förmlichkeiten. Nicht einmal ein »Tut mir leid, die Sache mit Ihrem Mann,

Ma'am, er war wirklich ein großartiger Mensch«. Er spazierte einfach in den Raum, zog eine Fotografie aus seiner Aktenmappe, knallte das Foto auf den Metalltisch. Ein zweites Foto. Ein drittes. Schob alle drei zu Facer. »Das sind Zubehör und Besteck Ihrer Mandantin«, sagte er nur. Er sah Helen Cox nicht einmal an, fixierte nur den Anwalt mit strengem Blick. »Alles ihr Zeug. Stauschlauch, Löffel. Überall Fingerabdrücke auf der verdammten Spritze. Sagen Sie mir, ob ich da verdammt noch mal falschliege, Facer.«

Holla, dachte Lucy. *Ruhig Blut, Champ.*

Sie blieb im hinteren Bereich des Verhörraums stehen, lehnte sich mit dem Rücken gegen die schmuddelige Betonwand und nahm Kings Wut wahr. *Was ist nur in dich gefahren, Ed?* Als sie ihm gesagt hatte, sie sei davon überzeugt, dass Facer und Helen es miteinander trieben, hatte er geschwiegen, bloß das Stoppelkinn vorgereckt und war dann so schnell über den Korridor gestapft, dass sie kaum Schritt halten konnte. Jetzt ragte er groß vor Facer auf, die kräftigen Unterarme verschränkt, ein auf unerklärliche Weise äußerst mies gelaunter Bulle, der gut hundert Kilo auf die Waage brachte.

Facer nahm die Fotos von der Tischplatte. Murmelte etwas vor sich hin, zupfte eine Brille mit Goldrand aus seiner Brusttasche. Setzte sie auf. Betrachtete angestrengt die Fotos, die spitze Nase gerümpft, als wäre er mit seinen sündhaft teuren Herrenschuhen in Hundescheiße getreten, und sah sich den Schaden an. Schließlich ließ er verlauten: »Das ist Unsinn.«

»Das ist Heroin.« Kings Stimme glich einem tiefen Grollen. »Black Tar. Überreste auf der Nadel.«

Ein Achselzucken von Facer. »Und?«

»Und? Und Heroin ist illegal. Und Ihre Mandantin sollte bald anfangen zu kooperieren, verdammt.«

Der Anwalt gab ein Schnauben von sich. »Meine Mandantin«,

sagte er, »hat vielleicht einmal eine leere Spritze angefasst. *Vielleicht*, möchte ich betonen. Weiß Gott, wo, weiß Gott, wann. Aber danach? Was mit der Spritze passiert ist? Was sich darin befand? Pfff.« Er warf die Fotos zurück auf den Tisch. »Was also ist jetzt Sinn und Zweck dieses Unsinns?«

Lucy sah, wie Kings Stiernacken gegen den Hemdkragen drückte. Er lief rot im Gesicht an.

»Sinn und Zweck«, sagte er mit lauterer Stimme, »ist, dass wir eine weitere Leiche haben. Überreste. Einen Fuß. Wir haben ihn in dem kleinen Rückzugswinkel Ihrer Mandantin gefunden. Gestern Abend haben wir sie dazu befragt, aber sie …«

»Sie war *in Trauer*.«

»Sie hatte nicht mehr alle Sinne beisammen, verdammt, das war es.«

Verdammt, Ed, dachte Lucy. *Du machst mich fertig*. Sah ihn stirnrunzelnd an. *Geh doch mal ein bisschen geschickter vor. Vielleicht mal auf* eine *Sache konzentrieren? Du kannst hier nicht die direkte Konfrontation suchen und Streubomben schmeißen. Nicht bei einem Anwalt*. Sie sah Facer an, schaute von seinem zurückgegelten silbergrauen Haar zu dem sarkastischen Grinsen. *Zumindest nicht bei diesem Anwalt. Ich mag ihn nicht*, beschloss sie für sich. Sie war schon vielen Strafverteidigern begegnet, kannte all die unterschiedlichen Typen. Der hier war kein idealistischer Pflichtanwalt, der vom jeweiligen Gericht gestellt wurde, auch kein sauberer, anständiger Firmenanwalt. Nein, Facer gehörte in eine andere Kategorie: gerissen. Verdammt gerissen, wenn man es genau nahm. Das sah sie ihm schon an seinem feisten Grinsen an oder an der Goldbrille, die er wahrscheinlich gar nicht wirklich nötig hatte. *Er tippt mit seinem goldenen Füller auf den Tisch, als ob ihm das Ganze hier gehört, verdammt*. Er war von der Sorte Anwalt, der seinem Mandanten dazu riet, sich aus dem Staub zu machen; doch erst, nachdem er sein Honorar kassiert hatte. *Aber bist du derjenige, den ich will, Facer? Hast du von dem Antidot erfahren, als du Helen Cox in der Töpferwerkstatt gebumst hast? Hast du irgendjemandem davon erzählt? Vielleicht Enoch Clapham? Oder Orangener Turnschuh?*

Oder bist du nur so 'n einfacher schmieriger Opportunist, der seine verheiratete Mandantin vögelt?

Sie nahm einen Schluck aus dem nachgefüllten Arsenal-Becher. Ihre Schulter pochte.

Inzwischen hatte King Facer vom Haken gelassen und wandte sich Helen zu. »Wollen *Sie* mir vielleicht etwas dazu sagen?«

Helen schwieg, stumm hinter ihrer riesigen Sonnenbrille.

»Helfen Sie uns hierbei.« King breitete seine großen Hände aus, Handflächen nach oben. »Kommen Sie. Denn ansonsten sehen wir uns gezwungen, noch einmal Ihre schicke Stadtvilla zu durchsuchen, um sicherzugehen, dass wir nichts übersehen haben. Vielleicht kleine Beutel mit Black Tar in Ihrer Sockenschublade?« Er machte bewusst eine Pause. »War das ein VSS? In dem Ofen? Wir sind hier nicht von der Gesundheitsbehörde, es liegt uns fern, Sie für einen VSS zu belangen …«

Facer mischte sich ein. »Ein VSS? Wie alt ist die Leiche genau?«

»Wieso?« King runzelte die Stirn.

»Weil meine Mandanten während der Geißel getrennt lebten.«

Ah, interessant. Lucy merkte sich das für später.

Aber King wollte es nicht dabei belassen. »Also?« Er funkelte Facer an. »Sie hatte einen Schlüssel, oder nicht?«

»Sie hat ihn zurückgegeben.«

»Schwachsinn.«

Gott, Ed, was ist los mit dir, verflucht? Komm mal runter …

»Das ist doch lächerlich«, sagte Facer. »Vollkommen unprofessionell.«

146

»Sie sind es, der hier unprofessionell ist, Sie schmieriger, verdammter …«

»Das war's dann«, gab Facer schroff zurück. »Die Sache ist gelaufen. Wir sind hier fertig.« Er stand auf, strich sich über den Anzug, steckte den goldenen Füllfederhalter zurück in die ledergebundene Mappe. »Wir gehen, Helen. Kommen Sie.« Er bedeutete ihr, ihm zu folgen.

Lucy zog die Stirn in Falten.

Oh, nein, das werden Sie nicht tun, verdammt.

Jetzt bin ich an der Reihe.

Sie meldete sich von weiter hinten zu Wort. »Sie vögeln sie, Facer.«

Er hielt in seinen Bewegungen inne.

Damit habe ich deine Aufmerksamkeit, was?

Sie ging an King vorbei zum Tisch, an dem Facer wie erstarrt stehen geblieben war. »Sie«, sagte sie. Dann nahm sie einen langen Schluck aus dem Arsenal-Becher, wobei sie den Blick keine Sekunde von dem Anwalt abwandte. »Mit ihr.« Nickte in Richtung Helen. »Ihr beide treibt es miteinander. Richtig?«

Facer runzelte die Stirn. Blies die Backen auf, schuldbewusst, ein Stirnrunzeln wie bei einem Politiker, der mit einer Edelnutte erwischt wird.

Ja, genau das tut ihr beide.

Er begann zu poltern. »Das Privatleben meiner Mandantin tut hier nichts zur Sach…«

»Sie irren sich«, erwiderte Lucy kühl. Nahm noch einen Schluck. »Ihr Ehemann wurde ermordet? Eine Affäre? Seien Sie nicht blöd. Natürlich ist das relevant.« Sie stellte den Becher auf den Tisch, beugte sich leicht vor. »Wir wissen davon. Sie vögelten sie ständig. In der Töpferwerkstatt, auf dem kleinen schwarzen Sofa.«

Lucy und Facer fixierten einander.

Und dann entdeckte sie es: Überraschung. Ein kleines Aufflackern, hinter Facers Brille mit Goldrand.

Moment. Warte mal.

Lucy trat einen halben Schritt zurück. Zog an den Bändern der Kapuze. Sie wusste, dass sie recht hatte mit dem Bumsen, definitiv. *Aber das Sofa hat ihn irgendwie aus dem Konzept gebracht. Das heißt also ...? Da war jemand anders mit ihr in der Werkstatt? Zwei Affären?* Sie sah hinüber zu Helen Cox; eine Mischung aus Zobelpelz, Perlen und bleiernem Schweigen. *Ist es das, Mrs C? Da ist jemand anders mit im Spiel, und Facer weiß noch nicht einmal davon?*

Tja, er wird es wohl bald erfahren.

»Wie ich bereits sagte«, begann Facer, »das ist persönlich, und dass wir überhaupt darüber sprechen, ist schon eine Riesen...«

»Oh, wir haben Riesenflecken gefunden«, meinte Lucy. »Wichse auf dem Sofa. Jede Menge davon.«

Facer zuckte leicht zusammen. Warf einen Blick auf Helen. Einen ganz kurzen Blick, der Lucy dennoch nicht entging.

Jetzt willst du mehr erfahren. Perfekt. Sollen wir der Sache gemeinsam auf den Grund gehen?

Sie schnappte sich einen leeren Stuhl. Zog ihn um den Tisch herum, die Metallbeine schabten über den Betonboden, bis sie genau neben dem Fenster standen. Sie setzte sich. Sah Mrs Cox unverwandt an, starrte in die Tiefen der schwarzen Brillengläser, Armani oder Versace oder was auch sonst für eine Scheißmarke. Lucy wusste es immer noch nicht. »Mit wem haben Sie in der Töpferwerkstatt gevögelt, Mrs Cox?«

Helen Cox sprach zum ersten Mal.

»Verpissen Sie sich.« Es klang undeutlich, als wäre sie stockbesoffen.

Gott, dachte Lucy. *Die ist high. Und das um acht Uhr morgens.*

»Ich muss das wissen. Es ist wichtig.«

»Wieso?« Helens Stimme klang kratzig. Nicht der vornehme Akzent, mit dem Lucy gerechnet hatte: Sie könnte aus Essex sein, aber schwer zu sagen bei der schleppenden Aussprache während des Trips. Facer streckte beschützend einen Arm nach ihr aus, doch Helen stieß ihn von sich. »Flinders kümmerte es nicht«, sagte sie. »Es hat ihn nie gekümmert. Warum sollte es also Sie interessieren?«

King meldete sich vom Ringplatz aus zu Wort. »Es kümmerte ihn nicht? Hatte er denn eine andere? Lag es daran?«

»Flinders eine andere?« Ein hohles Lachen. »Flinders hat sich nicht für seine Mitmenschen interessiert. Es ging ihm immer nur um seine wertvollen kleinen Chemikalien.«

»Für unsere Ermittlungen ist es relevant«, sagte Lucy. »Sagen Sie es mir. Mit wem waren Sie zusammen?«

Helen schüttelte den Kopf.

»Sie selbst sind nicht in Schwierigkeiten, vergessen Sie die Drogen, sagen Sie es mir nur einfach.«

Erneutes leichtes Kopfschütteln.

Verdammt noch mal ...

Lucy suchte Kings Blick. *Irgendeine Idee?* Schulterzucken.

»Geben Sie uns einen Augenblick«, sagte sie zu Helen. »Sie bleiben hier«, fügte sie zu Facer gewandt hinzu.

Sie packte King am Ellenbogen und verließ den Raum. Führte ihn den Korridor hinunter, zurück in den Einsatzraum. Fünf DCs setzten sich aufrecht hin, als die beiden eintraten. Der junge Medien-DC lag sozusagen auf der Matte, reif fürs Anzählen – er war eingedöst, den Kopf auf dem Schreibtisch, daneben ein feuchter Haufen benutzter Teebeutel. Im Hintergrund liefen die Aufzeichnungen der Überwachungskameras.

»Noch haben wir nichts«, meldete Salford. Der Knoten seiner scheußlichen Krawatte saß locker, die Ärmel hatte er aufgerollt. »Aber wir müssen noch ein paar Kameras checken.

Wenn nichts auftaucht, mache ich einen zweiten Durchgang, nur um sicher zu sein. Und ich kümmere mich ums Material der BTP.«

Lucy nickte. *Gute Arbeit, Salford.* »Machen Sie das.« Dann war King an der Reihe. »Was sollte das, zum Teufel?«, wollte sie von ihm wissen.

»Was denn?«

»Sie muss mir sagen, wer mit ihr in dieser Werkstatt war. Aber Sie zielen auf die Drogen ab. Machen ihr Angst. Jetzt ist sie stumm wie ein Fisch.«

»Ja, nun.« Ein Achselzucken. »Sorry.«

Lucy runzelte die Stirn. Schloss die Augen, seufzte. Mit einem Mal fühlte sie sich ausgelaugt. Sie war wacklig auf den Beinen, als würde sie jeden Moment fallen und ausgerechnet dort auf den Boden des Einsatzraums stürzen. *Fuck.* Ihre Schulter brannte, ein feuriges Stechen, und es war die Schuld, die sich auf diese Weise meldete, die sie anstieß, *hast du mich schon vergessen?* Sie *musste* das klarstellen, musste es herausbekommen und das Antidot finden …

Fokussier dich.

Sie öffnete die Augen. Atmete aus. Zwang sich nachzudenken.

Wir könnten sie hierbehalten. Vierundzwanzig Stunden in einer Zelle, kalter Entzug? Wir würden Namen hören, Daten. Vielleicht, wer welche Stellung innehat. Aber Facer wird das abblocken. Wird zu Wilkes laufen, sich beschweren. Was dann? Was machen wir also? Was können *wir tun?*

Sie fuhr sich mit einer Hand durchs Haar. Schaute sich im Einsatzraum um, sah die schmutzigen Tische, die Stühle der Nachteulen, die sich dort die halbe Nacht um die Ohren geschlagen hatten. Blickte in die müden Gesichter der DCs, die immer noch auf Monitore starrten.

Plötzlich sah sie etwas.

Moment mal …

Sie verspürte einen Schuss Adrenalin, während sich die Rädchen in ihrem Kopf zu drehen begannen: Der Partytrick machte sich mal wieder auf wundersame Weise bemerkbar. »Stopp«, rief sie. »Stopp. Jetzt. *Anhalten*.« Sie trat zu den Tischen, zwängte sich an den erschrockenen DCs vorbei. Zeigte auf einen der Monitore. »Der hier. Genau hier. Zurückspulen.«

Salford tippte etwas in den Laptop. Die Aufnahme lief rückwärts.

»Da«, sagte sie. »Stopp. Sehen Sie.«

Undeutlich waren ein Mann und eine Frau zu erkennen, die nebeneinandergingen, eine Straße entfernt vom Labor unter dem Eisenbahnbogen. Das Gesicht der Frau war nicht zu sehen, aber sie trug einen langen Pelzmantel. Aus Zobelfell. Er hatte ihr den Arm um die Taille gelegt. Großer Mann, fortgeschrittenes Alter. Kräftiges Kinn, Knollennase, grau meliertes Haar. *Ich kenne dich*, dachte sie. Die Aufnahmen waren grobkörnig, aber sie war sich sicher. Sie kannte diesen Mann aus den Fallakten. Ihr Partytrick verriet ihr, dass sie ihn schon einmal woanders gesehen hatte, vor vielen Jahren. Aber sie konnte das zeitlich nicht genau zuordnen, und im Augenblick tat es auch nichts zur Sache. Denn:

»Das ist Geoffrey Hurst«, sagte sie.

King pfiff durch die Zähne. »Verdammt. Der CEO von Cox Labs.«

Lucy nickte.

»Helen Cox vögelte auch noch mit dem Partner ihres Mannes.«

»Das ist doch eine verdammte Scheißparade!«, schimpfte King.

Der Verkehr auf den Straßen am Embankment hatte sich im

Verlauf der letzten zwanzig Minuten kaum vorwärtsbewegt. Lucy sah aus dem Beifahrerfenster des grauen Toyota. Trank aus der frischen Colaflasche, sah zu, wie die Demonstranten nicht weit entfernt vorbeizogen, auf ihrem Weg zur Großveranstaltung auf dem Parliament Square. Die Leute strömten vom Gehweg auf die Straße, eine endlose Parade aus Masken der Survivor. Alle Farbschattierungen: Rot, Blau, Schwarz, Regenbogenfarben. Einige waren maßgeschneidert. Sie entdeckte einen mit einem Spurs-Logo, eine andere Person mit chemischen Symbolen auf den Wangen. Sie dachte zurück an den Tag unmittelbar nach dem Anschlag, als die Masken noch allesamt aus den Krankenhäusern stammten: schlichte Dinger aus Gaze, mit groben Schlitzen für die Augen und den Mund. Ursprünglich waren sie nur für Opfer mit Verbrennungen gedacht, aber das war damals alles, was sie hatten, und es würde schon irgendwie heilen, oder? Schlicht und weiß waren die ersten Masken gewesen. *Sie sahen aus wie Gespenster. Wie wandelnde, rastlose Geister. Wütende Geister. Die den Lebenden Angst einjagten.*

Die uns verfolgten.

King betätigte die Hupe. »Warum geht das da vorn nicht weiter, verdammt?« Seufzen. »Zumindest sind wir in östlicher Richtung unterwegs«, meinte er. »Westminster wird eine Katastrophe sein. Diesen Mob bekommen die nicht in den Griff.« Er schaute auf seine ramponierte Uhr. »Eine halbe Stunde brauchen wir bis zu The Gherkin, ehe Hurst sich wieder auf den Weg macht. Glauben Sie, wir schaffen das?«

Lucy zuckte mit den Schultern, sagte nichts.

Willkommen im Londoner Verkehr, Ed. Ich hab's dir ja gesagt. Wir hätten die U-Bahn nehmen sollen.

»Ach, verdammt.« Er rieb sich die platte Nase. »Ich hasse es, alles neu planen zu müssen. Hursts Assistent ... oh Mann. War das nervig. Schwafelte ununterbrochen von Terminen und

Medieninterviews und ›Sie müssen entschuldigen, Officer, aber Mr Hurst ist ein vielbeschäftigter Mann‹.« Er gab ein Schnauben von sich. »Ich hatte schon das Gefühl, wir würden versuchen, eine Audienz beim Papst zu erhalten.«

»Dann müssen wir ihn vorladen«, meinte Lucy.

King warf ihr kurz einen Blick zu. »Sie wissen schon, dass Hurst mit dem Chief Superintendent zur Schule gegangen ist, oder? Alte Seilschaften. Vorsicht also.«

Was kümmert's mich, verdammt? Wir schleppen ihn mit Handschellen rein, wenn's sein muss. Wär doch nur eine Strafpredigt mehr.

Ein Demonstrant kam in Sichtweite, der eine große Trommel schlug, auf der das Abziehbild einer schwarzen Mohnblume klebte. Durch das geschlossene Fenster hörte Lucy Gesänge. Sie konnte die Worte nicht verstehen, nur den gleichbleibenden Rhythmus wütender Stimmen.

»Na endlich«, meinte King, als sie ein Stück weit fahren konnten.

Einige Autolängen voraus gelangten sie an die Stelle, die den Grund für den Rückstau lieferte: Zwei Gruppen Demonstranten schrien Zeter und Mordio, beschimpften einander aufs Übelste über die Schultern der Polizeibeamten hinweg, die versuchten, die Gruppen voneinander getrennt zu halten. Die eine Gruppe bestand aus Survivorn. Sie sahen hartgesotten aus: khakifarben und Camouflage-Kleidung, Tattoos der SRA, Banner. Keine Masken. Ihr Anführer schwenkte ein handgeschriebenes Schild. Lucy kniff die Augen zusammen, versuchte die Schrift zu entziffern.

DIE MLF KOMMT

Sie runzelte die Stirn.

MLF? Nie von gehört …

»Sehen Sie?«, fragte King. »Da vorn. Claphams durchgeknallte

153

Anhänger.« Er deutete auf die zweite Gruppe. Sie trugen aufeinander abgestimmte T-Shirts, weiß mit einem Doppelkreuz vorn und auf der Rückseite. Die meisten waren Männer, hier und da auch ein paar Frauen. Diese Leute schienen noch aufgebrachter zu sein als die Survivor. Gesichter verzerrt und rot vor Zorn, schreiende Münder; der pure Hass. »Was für eine Horde Wichser.«

»Da Sie's gerade erwähnen«, meinte Lucy. »Schon irgendwas von ihm gehört? Von Clapham?«

»Nichts, verdammt. Ist wie vom Erdboden verschluckt.« Er sah sie an, grinste. »Ich weiß, was Sie denken. Aber ich verspreche, ich habe ihn nicht um die Ecke gebracht.«

Sie erinnerte sich an den Moment, als King auf dem Friedhof vor Clapham stand und ihn wütend anstarrte, mit blitzenden grünen Augen, kurz davor auszurasten. *Gut zu wissen, Ed. Bin froh, dass ich mich auf dich verlassen kann.* »Der taucht schon wieder auf«, meinte sie. »Abwarten.«

»Na, hoffen wir's.«

Der taucht wieder auf. Und wenn ich diesen dürren Scheißkerl selbst zur Strecke bringen müsste …

Der Verkehr floss wieder besser. Als sie unter der Fußgängerbrücke beim Embankment durchfuhren – den Namen konnte Lucy sich nie merken; es war die Brücke mit den dreieckigen Eisengitterträgern, die wie große Segel aussahen –, vibrierte ihr Handy. Sie nahm es aus der Tasche des Kapuzenpullis. Schaute aufs Display. Eine SMS von Salford: »Warten immer noch.« *Verdammter Mist.* »Diese verfluchte BTP«, ärgerte sie sich. »Kostet einen den letzten Nerv. Dabei sind es doch nur ein paar Aufnahmen der Überwachungskameras …«

»Die haben wahrscheinlich alle Hände voll zu tun, denken Sie nicht?«

Sie sah ihn verwundert an.

»Wie? Haben Sie noch gar nichts davon gehört? Von gestern Nacht?«

Lucy schüttelte den Kopf. Gestern Nacht? Letzte Nacht gab es nur PC-Bildschirme und einen Beutel tiefgefrorene Pommes frites.

»Wieder ein Nachahmungstäter«, sagte er. »An der London Bridge Station. Er hatte ein Aerosol dabei, sah von außen aus wie eine Dose mit Rasierschaum. Ein Hund hat es gerochen, aber erst nachdem etwas von dem Zeug in der Luft war.«

Bei der London Bridge? Sie dachte an ihren Weg nach Hause, an den Moment, als Orangener Turnschuh zugeschlagen hatte. *Er dürfte dort umgestiegen sein, London Bridge, Jubilee Line Richtung Northern Line ...*

»Der Attentäter entwischte. Es wird immer noch alles gereinigt. Niemand ist ernsthaft krank. Bei den Leuten, die dem Zeug ausgesetzt waren, handelte es sich um Nicht-Vulnerable oder Personen, die Booster hatten.«

»Oha«, sagte sie. Und dachte: *Fuck, verdammt.* Vor einer halben Stunde hatte sie ihr kleines Gerät überprüft, als sie New Scotland Yard verließen. Nicht einmal Mittag, und schon runter auf 7,1. Doktor Hodges' Stimme in ihrem Kopf: »Lucy, das ist gar nicht gut.« Sie sah angestrengt an King vorbei aus dem Fenster. Über den Fluss, wo das London Eye langsam rotierte. *Ich muss das zu Ende bringen. Muss das Antidot finden. Jetzt am besten, verdammt. Aber Clapham vom Erdboden verschluckt, Orangener Turnschuh ist uns entwischt, Helen Cox hat ein Alibi. Und was ist mit Hurst? Er würde wohl kaum das Gegenmittel klauen, ist ja praktisch seins, und außerdem ... das Kruzifix? Macht ein CEO so etwas? Fühlt sich irgendwie nicht richtig an.*

Aber vielleicht weiß er doch was?

Ein Taxi hupte. Der Toyota musste langsamer fahren, blieb stehen.

»Gott verdammt«, kam es von King. »Noch mehr Verkehr.«

Lucy sah wieder aus dem Beifahrerfenster. Sie waren auf gleicher Höhe mit den Bauwerken, die an Salz- und Pfefferstreuer erinnerten: das alte Monument, daneben das neue; beide ragten in den Himmel. Die alte dorische Säule aus Kalkstein, gräulich im Morgenlicht, sah blass gegenüber ihrer Zwillingsschwester aus schwarzem Granit aus. Lucy erinnerte sich, wie sie einmal mit Simon aufs Old Monument gestiegen war, früher, als es noch Monument geheißen hatte. All die Treppenstufen, für sie kein Problem, aber für ihn schon – *habe dich nie dafür begeistern können, mehr zu trainieren, was, Si?* –, hinauf bis auf die vergitterte Plattform unterhalb der goldenen Flamme, die nur ein Fake war. Von dort oben hatten sie auf die Stadt unter ihnen geblickt. »Unsere Stadt«, hatte er zu ihr gesagt. Sie hatte ihn geküsst. Jetzt konnte man nicht mehr hinaufsteigen, zu riskant, zu dicht bei der echten Flamme auf dem New Monument, die Tag und Nacht brannte: als ewige Mahnung für die Londoner. *Diese Flamme ist uns eine Mahnung, uns, die wir keine Mahnung nötig haben.*

King seufzte.

Er sieht todmüde aus, dachte sie und rieb sich die eigenen, aufgequollenen Augen. *Gestern sah er auch schon müde aus, heute noch schlimmer.* »Alles okay?«, fragte sie. *Du darfst jetzt nicht schlappmachen, Ed.*

»Ja, alles klar.« Ein kurzer Blick in ihre Richtung, dann schaute er hinüber zum Eingang einer alten Kirche. »Konnte nur nicht richtig schlafen. Tja, vielleicht nur eine Stunde oder so, aber dann träumte ich von ihr. Von meiner Tochter. Tina.« Wieder ein Seufzen. Halb zu sich sprach er weiter: »Furchtbarer Traum. Sie war erwachsen. Sah aus, wie sie wohl ausgesehen hätte, wenn sie nur nicht … nun, ja. Auf ihrer Stirn trug sie dieses rote X, als hätte es ihr jemand mit einem Messer in die

Haut geritzt. Schrecklich war das.« Er zuckte mit den Schultern. »Danach konnte ich nicht mehr schlafen. Lag wahrscheinlich an der Begegnung mit Clapham, dass ich wieder an sie denken musste.«

Wette, du denkst jede Nacht an sie, was, Ed? Armer Kerl.

Sie bot ihm einen Schluck aus ihrer Colaflasche an.

King lehnte ab. Fing an, mit den Daumen auf das Lenkrad zu klopfen. Zwei Autos weiter voraus gestikulierte ein Taxifahrer, den Arm aus dem Fenster, Handfläche nach oben: Was war da schon wieder los, verdammt? King schaute noch einmal auf seine Uhr. »Unfassbar. Wir können nicht mal wenden. Das schaffen wir nie.« Er atmete lange aus. Sah Lucy an. »Da haben wir's«, meinte er. »Wir sitzen fest. Und ich hab Ihnen ja gesagt, dass ich es Ihnen erzählen würde. Das mit meiner Tochter. Ist das okay für Sie? Es ist … manchmal hilft es mir. Wenn ich darüber reden kann.«

Sie gab sich unbeteiligt. Er sah ziemlich fertig aus. »Klar, verstehe.«

Mach, wie du meinst, Ed. Aber erwarte hier nicht, dass ich eine Story erzähle. Das hier ist kein verdammtes Tausendundeine-Nacht-Ding.

»Okay, ja, danke.« Er mied ihren Blick, schaute wieder zur Kirche. Atmete tief durch, ehe er anfing: »Also, es war früh am Morgen. Kurz nach Waterloo. Tina lebte in London bei meiner Frau. In Bromley, bei den Eltern meiner Frau. Wir lebten damals getrennt. Egal. Sie machten den Test. Tinas Streifen wurde schwarz. Ich sagte meiner Frau, dass ich kommen würde, um Tina zu holen, damit sie in Sicherheit war. Davon wollte sie nichts wissen: ›Red keinen Unsinn, uns geht's gut, Ed.‹ Ich wusste, dass sie nicht nachgeben würde. Also beschloss ich, einen Booster für Tina zu kaufen. Es gab aber keine mehr, jedenfalls nicht in den Apotheken. Aber es hieß, man könne die Tests auf der Straße bekommen, wenn man wusste, wo man fragen musste. Viertausend für eine Injektion, so hieß es. Das war anfangs so, später musste man schon zehntausend hinlegen oder so was in der Art. Aber trotzdem … verdammt viel Kohle für einen Bullen.«

Lucy nickte. *Verdammt viel, ja.* Sie dachte an ihre eigene Box mit Boostern, die Box, die Melanie bestückt hatte.

»Bin gleich am nächsten Tag zur Bank. Habe das Geld abgehoben. 3743 Pfund und sechzehn Pence. Ich dachte, das würde reichen. Ich bat die Angestellte, das Geld in eine alte schwarze Aktentasche zu legen, Münzen und alles. Ich weiß noch, dass ich dachte: *Wie gut, dass du die sechzehn Pence hast, die werden den Ausschlag geben, oder?*«

Er lachte. Ein trockenes Lachen. Der Verkehr kam ein Stück voran, ehe alle wieder standen.

»Dann bin ich den ganzen Tag rumgefahren«, erzählte er weiter. »Zu den üblichen Verdächtigen. Dealer, zwielichtige Massage-Salons, ein paar Typen waren mir noch einen Gefallen schuldig. Ich folgte jedem verdammten Hinweis, war überall. Nichts. Es war einfach nichts mehr da. Birmingham war vollkommen blank. Ich konnte nirgends einen Booster kaufen, für kein Geld der Welt. Unten in London vielleicht, aber bei uns in Birmingham waren wir am Arsch.«

Ja, wir hatten aber auch unsere Probleme hier unten, Ed. Glaub mir.

»Das Ding ist«, sagte er, »da gab es diesen einen Moment. Unten am Fluss bin ich zu diesem miesen Haus gefahren, wo man unter der Hand Stoff kriegt. Jemand hatte mir gesagt, vielleicht klappt es dort. Also bin ich hin. Ging zum Fluss runter. Hatte die Aktentasche dabei. Hatte sie in der Hand. Und plötzlich gucke ich auf die Tasche, und für den Bruchteil einer Sekunde – verdammt! – kam mir dieser Gedanke. Dieser schreckliche Gedanke, verflucht noch mal. Ich dachte …« Er atmete aus. Schaute aus dem Fenster. Lucy merkte, dass seine Hände zitterten. »Ich dachte … *ist es das wert?* Bin ich nicht mehr ganz bei Trost? Denn es war ja eine Menge Geld. Alles Bargeld, mit drei Pfund, sechzig Pence in Münzen. Dann verdrängte ich die Zweifel, sagte zu mir: *Ja, Gott, ja doch, natürlich ist es das wert.* Ich wollte das Zeug sofort kaufen, ich brauchte nur die verdammte Gelegenheit dazu.« Er hielt inne. »Aber das ist es ja gerade, diese Gelegenheit bekam ich nie. Am nächsten Tag gab es einen Anschlag. Mit Drohnen über Bromley.«

Eine Träne lief ihm über die Wange.

»Woher soll ich also wissen, ob es geklappt hätte?«

Lucy sah ihn an, sah seine müden grünen Augen, das kräftige Kinn, das sie so an Jack erinnerte. Sie nahm einen Hauch Aftershave wahr. *Ist schon okay. Du bist gut, Ed. Tief in deinem Innern bist du gut, das weiß ich. Anders als ich.* Sie überlegte, was sie sagen könnte. »Oh«, sagte sie nur, »verstehe.« Sie spürte, dass sich etwas in ihr regte, vielleicht war es nur Mitgefühl, aber nein, da war dieses Ziehen in ihrem Bauch. Da war noch mehr. Sie ignorierte es. *Das geht nicht.* »Ed.«

Sein Handy klingelte.

»King«, meldete er sich. »Aha.« Ein Schniefen, dann hatte er wieder den Geschäftston drauf. »Oh, gut. Ja. Stepney, richtig? Gut. So schnell wie möglich. Bis dann.«

Stepney?

»Was ist passiert?«, wollte sie wissen, aber sie kannte die Antwort schon.

Wir müssen nach Stepney.

Müssen genau dorthin.

»Der verdammte Hurst«, sagte King. »Hat mitbekommen, dass die Kollegen für die Vernehmungen zur Zentrale von Cox Labs fahren, weil sie ein paar Angestellte befragen wollen. Also beschließt er, auch rüberzufahren, verdammter Mist. Macht 'ne große Sache draus. Und wir dürfen jetzt schön nach Stepney gurken.«

»Also dann«, sagte sie. »Auf nach Stepney.« Sie sah aus dem Fenster, aber ihr Blick war starr. *Ist schon okay*, sagte sie zu sich. *Alles gut. Du kannst das.*

»Müssten schnell da sein«, meinte er.

»Hm.«

Ich wusste, dass es so weit kommen würde, früher oder später. Also ihre Firmenzentrale. Natürlich musst du dahin. Geht ja gar nicht anders.

Sie fuhren schneller. Lucy fing an, über ihr Tattoo zu reiben. Sah den Tower vorbeiziehen, Tower Bridge mit der riesigen schwarzen Mohnblume in der Mitte, genau dort, wo damals die olympischen Ringe zu sehen waren, vor all den Jahren. Sie fuhren an Pubs vorbei, deren Fenster zugenagelt waren, an heruntergekommenen Sozialwohnungen. Brachliegende Grundstücke voller Schutt, Gebäude, die während der Aufstände rund um die Bergung der Leichen in Flammen aufgegangen waren. Sie setzte sich die Kapuze auf, es war ihr egal, was King dazu dachte, sie machte es einfach, zog an den Schnüren, schirmte sich vor der Welt ab. Und die ganze Zeit dachte sie: *Ist schon okay. Ist nur ein Gebäude. Ein verdammter Parkplatz. Dir passiert schon nichts. Du schaffst das.*

Doch dann stürmten die Gedanken heftiger auf sie ein: *Ich schaff das nicht. Scheiße. Ich schaff es einfach nicht.*

Sie bogen ab. Sie schloss die Augen. Spürte, wie ihre Hände zu zittern begannen, schob sie abrupt in die Taschen des Pullis. *Einatmen, ausatmen.* Ihr Magen brannte: Cola und Kaffee, da kommt einem die Magensäure hoch.

Hurst weiß vielleicht was, sagte sie zu sich. *Das müssen wir rausfinden.*

Tu es für die Schuld.

Du musst es tun.

Sie merkte, dass der Toyota langsamer fuhr, wusste, dass sie angekommen waren.

»Lucy?« Kings Stimme drang gedämpft bis unter die Kapuze. »Alles okay, Lucy? Stone?«

Du musst es tun. Tu es.

Schau nur.

Sie holte tief Luft. Öffnete die Augen, schlug die Kapuze zurück.

Lucy drehte den Kopf zum Fenster der Beifahrertür und sah ein großes Backsteingebäude mit fünf Schornsteinen.

11. KAPITEL

London, 2027

Lucy blickte aus dem Fenster des Taxis auf ein großes Backsteingebäude mit fünf Schornsteinen.

»Näher komm ich nicht«, sagte der Taxifahrer. Er hielt am Rand des Parkplatzes an, deutete auf den Eingang zum Isolierzentrum. »Von hier ist es nicht mehr weit zu Fuß.« Er musterte sie im Rückspiegel, während Simon fünfzig Pfund aus seinem Portmonee nahm: Sonderpreis, im Vorhinein vereinbart. Gefahrenzulage. »Hab gehört, es soll die Hölle sein, da drin.«

Sie zuckte mit den Schultern, öffnete die Tür. Stieg aus.

Dann gehe ich wohl in die Hölle.

»Endlich«, sagte Simon, als das Taxi wegfuhr. »Hat ja ewig gedauert.«

Lucy nickte. Goswell Road hatten sie zwei Stunden zuvor verlassen. Ein Taxi nach dem anderen war gekommen, die Fahrer hatten die Scheibe runtergekurbelt, hatten gehört, wohin die beiden wollten, und waren gleich weitergefahren. *Sorry, Kumpel, bin auf dem Weg nach Hause, liegt nicht auf meiner Strecke.* Einer hatte sogar zu ihnen gesagt: *Zum Iso-Zentrum? Das Todeshaus in Stepney? Wie das bei St Dunstan's? Ach du Scheiße, dahin fahr ich nicht, Junge.* Und als sie endlich einen Fahrer fanden, war das halbe East End verstopft. Die Aufstände wegen der Leichen in Hackney waren schlimm gewesen, ebenso in Shadwell und Whitechapel. Leichenwagen waren attackiert worden. Ganze Straßenzüge brannten. In der Luft hing immer noch Dunst; es war ihr aufgefallen, während sie sich durch das Wirrwarr aus

Militärfahrzeugen und Schuttbergen schlängelten. Der Taxifahrer fuhr durch Bethnal Green, und sie wandte sich ab, als sie an Dads Laden vorbeikamen. Sie konnte den Anblick nicht ertragen, das große rote X an der Haustür. Sie hatte ihn gewarnt, dass es so kommen würde, ein Todesurteil. Konnte er denn nicht wenigstens einmal *vernünftig* sein und die verdammten Medikamente nehmen? Aber nein. Nicht der starrsinnige Joe Stone. *Und jetzt werde ich dich in der Hölle sehen. Verdammte Scheiße, Dad.*

Sie musste erst einmal durchatmen. Blickte auf das Isolierzentrum, auf die fünf Schornsteine aus Ziegeln.

»Ich muss da rein«, sagte sie knapp zu Simon. »Bleib hier.«

Sie überquerte den Parkplatz in Richtung Besucher-Checkpoint. Stopfte die Hände in die Taschen, wünschte, sie hätte eine Jacke über den Anzug von Max Mara angezogen. Überall Leute. Soldaten in Uniform, Krankenschwestern in OP-Kitteln. Familienangehörige, die sich weinend in den Armen lagen. Alle paar Sekunden stolperte jemand mit starren Augen und leerem Blick aus dem Besucherausgang.

Lucy bahnte sich einen Weg durch die Menge, näherte sich der Zaunabsperrung, die trichterförmig zur Warteschlange am Eingang führte. Alle hundert Schritte hing ein Schild am Zaun:

Alle Besucher des Isolierzentrums müssen den Nachweis erbringen, dass sie zu den Nicht-Vulnerablen gehören.

Darunter stand in Großbuchstaben:

KEINE VULNERABLEN BESUCHER

Sie fingerte an dem gefälschten Zertifikat in ihrer Tasche herum. Betete, dass es funktionierte. Sie hatte es bei einem fetten Typen gekauft, den sie aus Camden Town kannte, einem gerissenen Box-Promoter, der sich aufs Fälschen verstand. Er war einer von Jacks alten Kumpeln. »Dass ich das richtig verstehe«, hatte er gesagt, als sie erklärte, was sie vorhatte, »eine Vulnerable, die versucht, IN ein Todeshaus zu kommen?« Es hatte sie hundert Pfund gekostet, allein schon aus dem Grund, dass die Sache vollkommen verrückt war.

Sie hörte, dass Simon etwas hinter ihr herrief. »Warte, Luce.«

Verdammt noch mal, Si. Darüber haben wir doch gesprochen.

»Ich will mitkommen«, sagte er, als er sich ihrem Tempo anpasste. »Wirklich. Ich bestehe darauf. Bitte.«

»Nein.« Sie schüttelte den Kopf. Beschleunigte die Schritte. »Zu riskant.«

»Aber wenn *du* das kannst …« Sie hatte sich im Taxi einen Booster verpasst, eine Extradosis, für alle Fälle. Sie versuchte, den Gedanken auszublenden, dass ein Booster ein ganzes Monatsgehalt kostete, vielleicht sogar mehr. Verrückte Welt. »Schau doch«, sagte er und streckte die Hand nach ihrer Schulter aus, »ich habe mein Notfall-Set, richtig? Ich verschwinde nur kurz um die Ecke und spritze mir das Zeug. Warte nur einen Moment, und dann …«

Sie blieb stehen. Drehte sich um, mit blitzenden Augen. Im Flüsterton: »Das Risiko bleibt bestehen. Bei so viel Black in der Luft? Wir können da nicht sicher sein. Du auch nicht, niemand. Und jetzt *warte* hier.«

»Ich gehe das Risiko ein.« Er deutete auf ihren Ring. »Ich bin schließlich dein Verlobter.«

Wenige Schritte entfernt verlangsamte ein kleinerer Soldat, der eine große Nase und zotteligen Bartflaum hatte, seine Schritte und schaute zu ihnen herüber.

Gott verdammt, Si, leise! Du reißt mich da in was rein.

Sie packte ihn am Handgelenk, zog ihn durch die Menge bis zum Gehweg. »Ich muss das tun«, schärfte sie ihm ein. »Lass mich das jetzt machen. Es ist sowieso schon schlimm genug.«

Ein Schmollmund. »Ich möchte für dich da sein.«

Hör auf, die Sache mit Melanie wiedergutzumachen. Einen verdammten Märtyrer kann ich nicht gebrauchen. Sie fuhr sich nervös durchs Haar, runzelte die Stirn. Dad war schwierig, das war er seit Jacks Tod ständig. Aber wenn jetzt auch noch Simon dazukäme? Was für ein Albtraum. Die beiden würden sich nie verstehen: Metzger und Vegetarier, so unterschiedlich wie Tag und Nacht. Das würde schiefgehen, und das wusste Simon so gut wie sie. »Bitte, Si. Du weißt, was passieren würde.«

»Ja, schon … aber trotzdem …«

Verdammt noch mal. »Simon.« Sie starrte ihn an. Ihr strengster Blick, bohrend, jener Blick, bei dem er manchmal sagte ›Gott, Luce‹ und dann den Raum verließ. »Ich muss mich von ihm verabschieden. Warte hier. Okay?«

»Luce …«

Sie wandte ihm den Rücken zu, ließ Simon einfach stehen.

Als sie sich wieder der Schlange am Checkpoint anschloss, merkte sie, dass der kleinere Soldat sie erneut musterte. Sie schaute bewusst woandershin, hoffte, dass er vielleicht nur ein Auge auf sie geworfen hatte. *Ich muss da rein.* Sie hatte Angst davor, wusste, dass es schlimm sein würde, aber sie musste es tun, das war sie Dad schuldig. Seufzte. *Ich hätte ihn dazu zwingen sollen, sich zu boostern, hätte ihm selbst die Spritze verpassen sollen, hätte jeden Tag zu ihm fahren müssen. Klar, er hätte sich widersetzt, aber wieso hab ich's nicht versucht. Vielleicht wenn ich nur mehr Druck ausgeübt hätte …*

Die Schlange rückte langsam weiter vorwärts. Vorn hielt ein Soldat ein Zertifikat gegen das Licht und begutachtete mit zusammengekniffenen Augen das Hologramm.

Ihr Magen krampfte sich zusammen.

Mist. Wenn das jetzt nicht klappt. Mit einer Fälschung erwischt werden? Gott verdammt! Kostet mich den Dienstausweis. Die Vorschriften sind klar. Mir droht eine Geldstrafe, vielleicht sogar Gefängnis, ich wäre so richtig am Arsch …

Ein Isolier-Einsatzwagen fuhr mit Blaulicht und Sirene auf den Parkplatz. Sie sah, wie der Wagen mit quietschenden Reifen zum Stehen kam. Stellte sich vor, ihr Dad wäre dort drin. Versuchte, den Gedanken loszuwerden, schaffte es nicht. Sie hatten ihn sedieren müssen. Das hatte ihr Benny erzählt, als sie anrief, der Junge, der im Laden aushalf. Man hatte Dad auf dem Smithfield Market aufgegabelt, einen Tag nach dem Drohnen-Attentat im East End. Er kaufte gerade Black Pudding und ließ es auf einen Streit ankommen. Konnte kein Zertifikat vorweisen. LB-Test an Ort und Stelle: Positiv. Er schimpfte, sie sollten sich verpissen. Dann geriet die Sache außer Kontrolle, hatte ihr die Aushilfe gesagt. *Das war ja klar. Verdammt, Dad …*

Erboste Stimmen weiter vorn. Ein Mann mit einem kleinen Mädchen, das eine schmutzige pinke Jacke trug, schrie einen der Soldaten an. Lucy schnappte nur Fetzen auf: »… und *ich* sage, sie ist keine Vulnerable … habe die Papiere, alles.« Er hielt ein kleines Plastik-Portmonee hoch, pink, mit einem glitzernden Einhorn. »Sehen Sie, hier … ihr Zertifikat …«

Der Soldat zeigte auf einen Anschlag beim Checkpoint:

Keine Besucher unter zehn Jahren

»Aber … da drin ist ihre Mutter. Um Gottes willen …«

Das Mädchen fing an zu weinen. Es war noch klein, vielleicht drei Jahre alt. Der Mann schaute auf die Kleine herab, zurück zum Soldaten, dann fluchte er und ging mit ihr weg. Lucy hörte sie jammern, als sie mit ihrem Vater in der Menge auf dem Parkplatz verschwand. Eine Erinnerung blitzte auf: ein Blumengeschäft in Bethnal, der Laden, in dem Mum gearbeitet hatte. Plötzlich wollte sie den beiden nachlaufen, etwas unternehmen; das arme Mädchen, die Mutter ...

Vorn rief ein Soldat: »Nächster.«

Sie war an der Reihe.

Gedanklich löste sie sich von dem kleinen Mädchen, atmete bewusst ein. Dann ging sie auf den Soldaten zu, zog das Zertifikat aus der Tasche. Händigte es ihm aus.

Bitte. Bitte, das muss klappen, verdammt.

Der Soldat nahm das Dokument, ohne aufzuschauen. »Arsenal-Fan, wie?« Der fette Box-Promoter hatte das Zertifikat in eine Hülle für Arsenal-Dauerkarten geschoben. Sie hatte das so belassen. »Bin für United.« Er warf einen Blick auf das Foto, sah dann sie an. Runzelte die Stirn. Warf noch einmal einen prüfenden Blick auf das Dokument. Wandte sich an seinen Kameraden. Deutete auf das Zertifikat, auf Lucy. Leise Stimmen.

Fuck.

Sie ließ sich äußerlich nichts anmerken, aber ihr war speiübel.

Fuck, verdammt ...

Der Soldat räusperte sich.

»Witzig«, sagte er dann. Hielt inne. »Sie sehen aus wie ...«

Oh, Gott sei Dank. Wie diese Schauspielerin? Sie nickte, rang sich ein Lächeln ab. »Bekomme ich manchmal zu hören.« *Aber ich bin's ja nur, DC Lucy Stone, die extrem pflichtbewusste Besitzerin eines extrem nicht gefälschten Zertifikats für Nicht-Vulnerable. Da gibt es nichts zu beanstanden.*

P. S.: Ich sehe ihr nicht ähnlich.

Er warf einen letzten Blick drauf. Zuckte mit den Schultern und winkte sie durch.

Sie ließ das Dokument wieder in der Tasche verschwinden, ging durch das Tor am Checkpointund atmete tief und lange aus, um sich zu beruhigen.

Geschafft.

Pfeile am Boden gaben die Laufrichtung vor, es ging um eine Ecke. Sie folgte den Zeichen, überlegte derweil, was sie ihrem Dad überhaupt sagen sollte. Ob sie ihm Vorwürfe machen müsste, weil er die verdammten Medikamente nicht genommen hatte. Sie ging um die Ecke. Schaute auf.

Blieb stehen.

Ein riesiges Gefahrenschild prangte über einer Stahltür. Gelb und schwarz, sechs Fuß hoch, rote Streifen an den Kanten. In Großbuchstaben stand dort:

GEFAHRENZONE – LEBENSGEFAHR

Ihre Haut prickelte. Sie dachte an Simon, der ihr auf der Rückbank des fahrenden Taxis die Injektion verpasst hatte, während sie aus dem Fenster sah, auf den Stacheldraht und die zerbrochenen Fensterscheiben, auf den blutverschmierten Schutzanzug, der von einem Verkehrsschild baumelte.

Hatte ihre eigene Stimme im Kopf, von eben: *Das Risiko bleibt bestehen. Bei so viel Black in der Luft?*

Sie schloss die Augen. Dachte an Jack. Überlegte, was Jack jetzt getan hätte.

Ach, scheiß drauf.

Sie öffnete die Augen, ging auf die Tür zu, drückte sie auf und trat hindurch.

Ihr entfuhr ein Keuchen.

Der Taxifahrer hatte recht.

Sie war in der Hölle.

Oh, Gott im Himmel.

Die Lobby war ein Trümmerfeld. Dreckig. Voller Dunst. Geruch von Chemikalien in der Luft: Desinfektionsmittel, so penetrant, man konnte es förmlich schmecken. Sie rieb sich die Augen, hustete. Schaute sich nach einer Schwester um, nach irgendjemandem, der hier Bescheid wusste und ihr sagen könnte, wohin sie gehen musste. Sie sah niemanden. Nur Familien, Besucher, einige Leute waren zu Boden gesackt, lagen teils sogar reglos da. Irgendwo in dem dunstigen Vorraum die klagende Stimme einer Frau: *Oh Gott, oh Gott, oh Gott.* Es war ein Albtraum. Eine Sterbebegleitung, eine Totenwache. Sie alle wussten das. Genauso gut hätte an den Wänden ein Schild mit Großbuchstaben hängen können: NIEMAND GEHT IN EIN STERBEHAUS, UM SICH ZU ERHOLEN.

Gott verdammt, Dad.

Verflucht seist du, dass ich hierherkommen muss. Dass du so ein starrsinniger alter Bastard bist.

Sie entdeckte eine Tür auf der anderen Seite der Lobby, auf der *Eingänge* stand, und ging darauf zu, blieb dicht an der Wand mit Fenstern linker Hand, weil sie die vielen Menschen meiden wollte. Jemand hatte Sperrholzplatten gegen die Fenster gelehnt, damit man nicht in die Räume auf der anderen Seite schauen konnte. *Sieht beschissen aus*, dachte sie. Dilettantisch gemacht, aber es hatte ja schließlich alles bei Nacht und Nebel auf die Schnelle hergerichtet werden müssen: Sie hatten die geeigneten Gebäude gesucht, Wände eingerissen, hatten Stationen eingerichtet, Betten und Einrichtung organisiert. Nicht nur in Stepney. Es gab noch so ein Zentrum am Vincent Square. In Soho. Ein besser ausgestattetes in Marylebone. Da waren noch mehr, sie hatte nur vergessen, wo sie lagen. Man konnte sich das nicht alles merken, alles ging so schnell. *Zwei Wochen. Zwei verdammte Wochen. Gerade einmal zwei Wochen waren ver-*

gangen seit Waterloo, als die Anschläge begannen und das Militär
angerückt war. Dann die Notgesetze für die Isolier-Zentren und
die Drohnen und –

OH, SCHEISSE.

Sie wich erschrocken zurück.

Durch die Lücke zwischen zwei Sperrholzplatten: ein Gesicht. Verzerrt. Platt an die Glasscheibe gedrückt, Mund offen,
um Hilfe schreiend. Ein Mann, Augen weit aufgerissen, rot un-
terlaufen: nicht vom Weinen, vom Blut. Die Haut warf Blasen.
Löste sich ab. Er hämmerte mit der Faust gegen die Scheibe,
bamm bamm bamm, wandte sich ab, stieß einen Pfleger zur
Seite. Durch die Scheibe sah sie, wie er von zwei weiteren Pfle-
gern zu Boden gerissen wurde, wie er sich wehrte und wand, sie
hörte seine Schreie, als die Pfleger ihn in Richtung einer Station
schleiften.

»Patientenaufnahme«, sagte ein Mann neben ihr. »Habe gerade gestern die Sperrholzplatten angebracht.«

Sie nickte nur, atmete aus. Rieb über das Tattoo.

Gott …

Sie ließ die Wand hinter sich, bahnte sich einen Weg durch
die Menschenmenge in Richtung Eingangstüren. Es gab zwei
Eingänge, getrennt nach Geschlechtern, und sie folgte dem
Frauensymbol bis zu einer notdürftigen Umkleide: verschrammte
Metallspinde, Bänke. Hinter einer Art Tresen stand eine unter-
setzte Krankenschwester, die Einmal-OP-Kittel und hässliche
Slipper aus Stoff austeilte. Lucy fiel auf, dass es hier nicht mehr
so voll war. Fast leer, nur eine alte Frau, die Haare feucht von der
Dekontaminationsdusche. Sie zwängte sich wieder in ihr schwarzes Kleid. *All die Leute da draußen, sie wollen nah heran, aber*
niemand will es tatsächlich mit eigenen Augen sehen … Sie
schnappte sich einen OP-Kittel, ging zu einem Spind, steckte
eine Pfundmünze in den Schlitz. Dachte an das Risiko, als sie

ihre Kleidung auszog. *So viele Patienten. Alle toxisch, alle verteilen sie kleinste Partikel von dem Zeug in der Luft, wenn sie atmen. Was, wenn der Extra-Booster nicht ausreicht? Niemand weiß es, man hat es ja nicht testen können. Ich könnte dort drin liegen. Es könnte mein Gesicht sein. Ich kriege es, dann kriegt Simon es, und dann sind wir dran. Blut und Haut, und wir sterben an diesem verfluchten Ort …*

Sie schüttelte den Kopf.

Konzentrier dich. Du musst jetzt an Dad denken. Armer Dad …

Sie ging durch einen Ausgang, auf dem ZU DEN STATIONEN stand, gelangte auf einen langen Korridor. Wände aus Backsteinen, auf einer Seite graue Metalltüren. Über den Türen hatte jemand DIN-A4-Blätter mit Klebestreifen befestigt. Nummern darauf, handgeschrieben. Es war kalt auf dem Korridor, sie fror in dem dünnen Kittel. Sie hielt sich die Arme gegen die Brust, als sie sich umschaute.

Wohin jetzt …?

Eine Krankenschwester kam vorbei, der blaue Kittel blutgetränkt. Starrer Blick.

»Entschuldigung«, begann Lucy, aber die Schwester ignorierte sie. Ging einfach weiter, als hätte Lucy kein Wort gesagt, als wäre sie gar nicht da.

Gott. Selbst die Schwestern stehen hier unter Schock.

Eine der Metalltüren öffnete sich. Ein großer Mann in grünem OP-Kittel trat auf den Gang. Ovales Gesicht, gekrümmte Nase, Stoppelkinn. Weit auseinanderstehende Augen, dunkle Augenringe. Sie warf einen Blick auf sein Schild: Dr. Hodges. »Doktor …« Er wollte einfach an ihr vorbei, aber sie heftete sich an seine Fersen, passte sich seinen Schritten an. »Ich suche hier jemanden. Meinen Dad. Könnten Sie mir vielleicht …?«

»Postleitzahl?«

Wie?

Hodges blieb stehen. »Woher stammt er? Wie lautet seine Adresse?« Er schwankte leicht, wie ihr auffiel. »Zuerst haben wir es mit Triage versucht. Frühes Stadium, Spätstadium. Reine Zeitverschwendung. Sie starben alle.« Er sagte es rundheraus, knallte ihr die Fakten um die Ohren. »Sind dann auf Postleitzahlen umgeschwenkt. Ist einfacher.«

Sie nickte. »Bethnal Green. E2.«

»Fünf. Versuchen Sie es auf Station fünf.« Er zeigte auf eine Tür, ließ Lucy stehen.

Okay.

Lucy ging zu der grauen Metalltür. Ging hindurch, trat auf einen kleinen Gang. Über ihrem Kopf surrte ein Abluftventilator. Am anderen Ende des Gangs eine Tür, diesmal leuchtend orange, wieder mit einem Schild:

VOR DEM EINTRETEN ÄUSSERE TÜR SCHLIESSEN

Sie ließ die graue Tür ins Schloss fallen. Hörte gedämpfte Stimmen von der Krankenstation, es klang nach weinenden Menschen.

Niemand will das hier mit eigenen Augen sehen …

Sie holte tief Luft. Wappnete sich.

Du bist Bulle bei der Mordkommission. Hast jeden Tag mit dem Tod zu tun. Was für ein Scheiß. Aber du kommst klar, oder?

Dann mach dich auf den Weg zu Dad.

Sie drückte die andere Tür auf.

Es war schrecklich.

Der Raum dahinter war riesig. Orangene Entlüftungskästen an der Decke, die Wände mit Kunststoff ausgekleidet. Hundert Betten, vielleicht mehr, eine Reihe nach der anderen, alle belegt. Patienten schrien sich gegenseitig an, beschimpften die Schwestern, schrien zur Decke hinauf. Manche fuchtelten mit blutigen Armen, rissen an ihrem Tropf. Überall Blut, die Bettlaken saugten sich voll, es tropfte auf den Fußboden. Es stank nach Blut und Scheiße und Tod.

Verzweifelt fuhr sie sich durchs Haar. Blickte sich um. *Fuck. So viele.* Sie bewegte sich langsam vorbei an dem Wirrwarr aus Betten, sah prüfend in die Gesichter, suchte nach Dad. Das kleine Räderwerk in ihrem Kopf setzte sich in Bewegung, während sie ein Gesicht nach dem anderen durchging. Der Partytrick war immer abrufbereit, ob sie es nun wollte oder nicht. Sogar hier, sogar bei all den Gesichtern, die eigentlich keine Gesichter mehr waren, sondern nur noch aus pechschwarzen Augen und blutigen Brandblasen und abpellender Haut bestanden. *Der da ist Barista. Der Kellner. Postbote.* Sie wollte, dass das aufhörte, sie wollte sich übergeben, wegrennen, so schnell sie nur konnte, weg von diesem Ort, von dieser verdammten Hölle auf Erden. Aber: *Dad … wo bist du, Dad.*

Er sah sie, ehe sie ihn entdeckte.

»Was, zum Teufel, machst du hier?«

Um sein Gesicht stand es gar nicht so schlimm: Die Augen sonderten gerade erst etwas Blut ab, bislang nur rote Punkte auf der Haut. Frühstadium. Sie sah ihn wütend an, dachte: *Du bist WÜTEND?* Sie hätte ihm am liebsten eine geknallt. Hätte ihn gern gedrückt und gleichzeitig geschlagen.

»Dad … ich hab von der Sache gehört, Benny hat angerufen. Es tut mir so leid, Dad …«

»Scher dich fort«, sagte er. »Ich will dich hier nicht sehen. Geh. Jetzt!« Er sagte das, wie er auch sonst immer im Alltag redete: Das ist meine Meinung, fertig, es lohnt sich nicht, zu diskutieren. *Oberschale vom Rind ist im Angebot. Der Kerl kann nicht kämpfen. Ich will dich nicht an meinem Sterbebett sehen, Lucy.* »Geh wieder.«

Sie verschränkte die Arme. *Ich riskiere hier mein Leben, verdammt, und du willst mich nicht sehen?* »Dad—«

»Na, mach schon. Geh.« Er sprach lauter. »Jetzt. Ich will dich hier nicht sehen. Hörst du, Lucy?«

Lucy rührte sich nicht von der Stelle.

Bin extra wegen dir gekommen, den ganzen Weg, und es ist genau wie immer, als wäre ich nicht einmal deine Tochter ...

»*Geh endlich.*« Er wollte sich aufrichten, konnte es nicht. »Los, geh. Gott verflucht, geh zurück zu deiner Uni und deiner Met, zu deinen teuren kleinen Anzügen ...« Er hustete, redete trotzdem weiter, sprach mit erstickter Stimme. »*Geh.* Jetzt. Verpiss dich.«

Eine Träne. Sie wischte sie fort. »Nein.«

Nicht auf diese Weise, Dad ... bitte ... freu dich wenigstens einmal, mich zu sehen, nur einmal ...

»Hörst du nicht, was ich sage?« Er starrte sie an, die Stirn zerfurcht, außer sich vor Wut. »Was muss ich erst sagen? Ich wünschte ... ich wünschte, Jack wäre hier.« Er schrie jetzt regelrecht, kratzig-raue Stimme von dem Blut im Rachen. »Ich wünschte, er wäre jetzt hier, nicht du, kapierst du? Geh einfach, hau ab, jetzt, lass dich hier nicht mehr blicken, verdammt.«

Oh, Dad ...

Aber sie ging nicht, blieb einfach stehen, versuchte, nicht in Tränen auszubrechen.

»Gott verdammt!«, rief er. »Willst du, dass ich es ausspreche? Ich tu's, wenn's sein muss. Wenn du nicht gehen willst.« Er hielt inne.

Dann:

»Du hättest sterben sollen, nicht er.«

Fick dich.

Fick. Dich. Dad.

Sie starrte ihn entgeistert an, zitterte. Sah Verbitterung in seinen Augen, den Schmerz, wie sonst auch. So war es schon ihr ganzes Leben gewesen. Sie wusste, dass er an Jack dachte, an Mum, aber nicht an sie. Nie an sie, nie an Lucy, die für ihn wie Überreste an der Fleischtheke war. *Fick dich, Dad, und ich haue wirklich ab, verdammt noch mal. Dann verblute doch, nur zu, soll sich doch das Laken mit deinem Blut vollsaugen, mir ist's scheiß-egal …*

Lucy lief weg, die Slipper hinterließen blutige Abdrücke auf dem kalten Fußboden der Krankenstation.

Inzwischen war sie nackt.

Nackt, allein in der Dekontaminationsdusche, und weinte. Zitterte am ganzen Leib. Um sie herum ein dichter gelblicher Nebel: Chemikalien, die herabregneten, auf der bloßen Haut brannten. Ihre Augen brannten. Sie rieb sie wie verrückt. Hielt sich die Hände vors Gesicht. Atmete tief ein und aus, versuchte, die Fassung wiederzuerlangen. Wollte, dass es aufhörte. Aber es tat weh, es tat so weh, verdammt. Warum sagte er so was, ver-flucht? Konnte man es überhaupt glauben? *Klar kann ich, natür-lich. Derselbe alte Scheiß wie sonst auch, nur, dass er es diesmal ausgesprochen hat. Ich sollte mich vielleicht freuen, dass er es endlich einmal gesagt hat, denn jetzt weißt du's. Du weißt, was du immer schon geahnt hast, was du tief in deinem Innern wusstest.* Sie hatte Wut im Bauch, hatte das Gefühl, jeden Augenblick zu explodie-ren, in abertausend Stücke der verdammten Lucy Stone. *Gott verdammt, du elender, schrecklicher alter Mann …*

Endlich Wasser. Kalt. Es lief ihr über den Körper, spülte die Chemikalien fort, die Tränen. Sie hatte die Arme um den Ober-körper geschlungen. Atmete aus. *Atme!* Stierte auf den Boden, beobachtete, wie sich das Wasser um ihre Füße sammelte. Verfiel wieder in ihre alten Fantasien: *Er ist gar nicht mein Dad, war es nie. Es war jemand anders, irgendein Fremder, und deshalb ist er so, deshalb hasst du mich, deshalb kannst du es nicht ertragen, mich anzusehen. Ist aber nicht meine Schuld, nein, ist nicht meine Schuld, also fahr zur Hölle.*

Zur Hölle mit dir.

Das Wasser hörte auf.

Sie atmete tief durch. Noch einmal. Ein drittes Mal.

Raus hier jetzt.

Sie schüttelte die Tropfen aus dem Haar, ging zum Ausgang der Dusche. Nahm ein papierdünnes Handtuch von der stämmigen Krankenschwester entgegen. Machte den Spind auf. Die Pfundmünze kullerte raus, fiel zu Boden, rollte weiter. *Aber vergiss sie, verdammt. Mach, dass du hier wegkommst, verdammt.* Sie zog sich wieder an, den teuren Anzug, ja, er war teuer gewesen, aber was ist daran auszusetzen? Er gefiel ihr eben. Stieg in die Schuhe, auch die waren hübsch. Schau nur, selbst ihre Vorgesetzte mochte sie leiden, ging mit ihr shoppen, also kann sie ja wohl kaum nicht liebenswert sein. *Ich bin sogar sehr liebenswert, habe jetzt sogar einen Verlobten, einen Mann, der mich liebt, der auch noch gut aussieht. Vielleicht ist er nicht perfekt, aber er liebt mich …*

Sie verließ die Umkleidekabine und trat hinaus in die Lobby.

Sah Simon.

Oh, verdammt noch mal, Si …

Er stand bei dem Spalt zwischen den Sperrholzplatten. Sah vollkommen entsetzt aus: blass, die himmelblauen Augen weit aufgerissen. Sie zwängte sich durch die Menge zu ihm, ihre Absätze klackten auf dem Fußboden. Er sah sie kommen, wandte sich ihr zu.

»Luce …«

»Komm mit«, sagte sie. »Wir gehen. Sofort.« Sie packte ihn am Ellenbogen, zog ihn mit sich, als sie in Richtung Ausgang eilte.

»Es tut mir leid ...«

Ach ja? Was tut dir leid? Dass du doch gekommen bist, obwohl ich dir gesagt hab, du sollst draußen warten? Dich praktisch angefleht habe? Oder tut es dir leid, weil mein Dad ein gehässiger alter Bastard ist, und du weißt es, hast schon geahnt, was er von sich geben würde?

Sie ging weiter, den Kopf gesenkt, achtete nicht auf seine Entschuldigungen. Es war noch voller als zuvor. Eine Gruppe großer Männer in Trainingsanzügen versperrte ihr den Weg, aber sie zwängte sich an ihnen vorbei, gelangte zum Ausgang, trat hinaus in die kalte Luft.

Es war schon fast dunkel.

Ihre Augen gewöhnten sich an die Lichtverhältnisse, als sie am Checkpoint vorbeikam, vorbei an den Leuten, die mit ihren Zertifikaten herumwedelten, vorbei an den müden Soldaten. Sie entdeckte den Typ mit dem Flaumbart, der immer noch entlang des Zauns patrouillierte, die Maschinenpistole vor der Brust. Simon folgte ihr unmittelbar, atmete schwer.

»Luce«, sagte er, als sie den Parkplatz erreichten. »Warte doch mal.«

Sie blieb stehen. Atmete ein, wandte sich zu ihm um.

»Was ist?«

»Du hast ihn also gesehen?«

Lucy nickte. Sagte nichts, wandte den Blick von ihm.

»Oh«, machte er. »Okay. Klar. Es tut mir so leid, Babe.«

Braucht es nicht. Er ist ein Arsch. War reine Zeitverschwendung, die ganze Chose.

»Hör zu, ich kann mir vorstellen, wie du dich fühlst ...«

Sie sah ihn stirnrunzelnd an. *Ach wirklich?*

»Und du solltest kein schlechtes Gewissen haben«, fuhr er fort. »Glaub mir. Du hast es versucht. Ich war dabei. Du hast alles versucht, was möglich war. Hast versucht, ihm die Hälfte deiner Booster anzubieten, das war … beeindruckend, wirklich, wie eine Szene aus einem alten Streifen. Wirklich, Luce. Mach dir keinen Kopf.«

»Ja«, sagte sie. »Danke.« Sie ging weiter, überquerte den Parkplatz in Richtung Straße. Sie wollte das alles von sich schieben, den Sinn fürs Praktische zurückerlangen. *Wie kommen wir jetzt nach Hause? Ein schwarzes Taxi finden wir nie. Keine U-Bahn, keine Mitfahrgelegenheit.*

»Also«, sagte er, während sie weitergingen. »Ich habe gehört, dass … äh, dass Leute das auch überleben.«

Sie hörte nur halb hin. »Ja?« *Wird ein langer Weg zu Fuß, geht aber. Bloß nicht durch das verdammte Bethnal …*

»Hat mir vorhin ein Typ erzählt, der da arbeitet. Sie fangen an, sich einen Überblick zu verschaffen. Inzwischen schätzen sie, dass fünf oder sogar zehn Prozent von ihnen durchkommen. Er meinte, sie sähen immer noch schlimm aus, also ihre Gesichter, alles vernarbt, grässlich …« Ihm schauderte. Als er merkte, was er da erzählte, fuhr er fort. »Aber egal, Hauptsache ist doch, dass die Chance besteht.«

»Hm.«

Hörst du das, Dad?

Du hast eine Chance. Großartig. Hoffe, du schaffst es. Ich weiß auch nicht, warum, aber ich mache mir Sorgen um dich, obwohl ich dir einen Scheißdreck bedeute. Du willst mich ums Verrecken nicht sehen, willst nicht, dass ich …

Sie blieb stehen.

Moment mal.

Sie dachte an seine Worte. Überlegte, was genau er gesagt hatte. Der genaue Wortlaut.

Ich will dich … hier nicht sehen.

Geh weg … lass dich … hier nicht mehr blicken.

Hier.

Dann wurde ihr klar: Er wusste es. Er wusste von dem Risiko, wusste, was für einem Risiko sie sich aussetzte, natürlich wusste er davon. Er wusste von ihren Boostern. Wusste, dass sie diesen Stoffen ausgesetzt sein könnte. Das war also seine Absicht gewesen. Er hatte versucht, ihr beizubringen, diesen Ort möglichst schnell zu verlassen, raus aus der Gefahrenzone. Er hatte alles darangesetzt, selbst wenn er ihr damit wehtat.

Auf seine ganz eigene beschissene Art hatte Dad sie beschützen wollen.

Sie, seine verdammte vulnerable Tochter, die nicht mehr war als Überreste an der Fleischtheke.

Oh Gott. Dad.

Sie machte kehrt, lief zurück über das Parkplatzgelände, zurück zu ihm. Weinte. Wischte sich die Tränen fort, aber sie strömten ihr nur so über die Wangen. Sie vergoss all diese Tränen und rannte …

Dad … warte …

Und dann explodierte das Gebäude.

12. KAPITEL

London 2029

Sie atmete bewusst durch. Stieg aus dem Toyota, betrat den Parkplatz. Hinein in die Vergangenheit.

Es ist wieder damals, damals ist jetzt. Ich sehe das grelle Aufblitzen, und wir liegen alle am Boden. Alle liegen sie irgendwo, ich schürfe mir die Hände am Schotter auf dem Parkplatz auf, dann diese Hitzewelle, die über meinen Rücken hinwegfegt, und ich schaue auf. Das Gebäude brennt. Flammen. Feuersäulen schießen in die Höhe, Rauch, Dunstschleier. Ich rappele mich auf, Simon kommt auf die Beine. Es ist der hintere Teil, sagt er, zeigt in die Richtung. Schau doch, der hintere Bereich des Gebäudes brennt, und oh Gott, Dad, ich komme, Dad, ich komme zu dir …

Sie machte einen Schritt. Noch einen.

Bewegte sich auf das Backsteingebäude zu. Beschleunigter Atem, am ganzen Leib zitternd.

Sie redete sich ein, dass sie es schaffen würde. Sie musste es tun.

… und dann all die Leute, Massen von Menschen, die Besucher, Familien, sie alle rennen auf mich zu, vorbei an dem Absperrzaun, vorbei an den Soldaten. Sie überrennen mich, schreien, ein Knäuel aus Fliehenden. Ich kämpfe mich durch die Menge, schiebe mich vorwärts, drücke mit aller Macht. Sie drängen mich zurück, aber ich halte durch, stemme mich gegen die Flut. Nur nicht aufhören, darf nicht nachlassen, ich komme, Dad. Und ich bin durch …

Halbe Strecke bis zur Eingangstür.

Sie wollte stehen bleiben. Wollte sich verkriechen, wegrennen, nur nicht das hier, verdammt.

Sie rieb über das Tattoo. Spürte, wie die Schuld über sie hereinbrach.

Ging weiter.

… dann die Patienten. So viele, Hunderte, Tausende, blutüberströmt, schreiend. Sie rannten, rannten weg von dem Feuer, und überall Blut und Gesichter, schreiende Gesichter, die Haut in Fetzen, Blut. Und sie gelangen bis zu mir, überrennen mich, eine Wand aus Menschen. Fühlt sich an, als müsste ich Hunderte von Treffern gleichzeitig kassieren, und ich gehe zu Boden, bin am Boden, harter Schotter. Moment noch, Dad, ich komme, Dad, aber die Menschen sind überall, und ich komme nicht auf die Beine und …

Sie zitterte. Nur noch ein paar Schritte.

Geh … einfach weiter … verdammt.

… dann der Lärm, ich höre es, das rat-tat-tat, rat-tat-tat, und ich schaue auf und sehe die Soldaten. Die schießen, sie schießen, verdammt, und oh Gott, verdammt, hilf mir, Jack, sie feuern auf die verdammten Patienten. Patienten gehen zu Boden, und ich sehe mit an, wie sie fallen, mit offenen Mündern, aufgerissenen Augen, das Blut fließt. Und ich schreie, schreie nach Dad. Warum habe ich es nur nicht kapiert, was er eigentlich beabsichtigt hat, warum bin ich bloß weggelaufen, und wo bist du jetzt, Dad? Überall Tote, und eine schmutzige pinke Jacke, und alle sterben, alle krepieren hier, verdammt, schreien und sterben und …

Sie gelangte zur Tür. Umfasste den Griff, zog die Tür auf. Ging hinein.

Atmete bewusst aus.

Und war plötzlich wieder im Hier und Jetzt.

Geschafft, dachte sie.

Ich hab's geschafft, verdammt.

Lucy stand in der Lobby von Cox Labs, mit Tränen in den Augen, schwer atmend. Strich sich fahrig durchs Haar. Fühlte sich ausgelaugt, ausgepowert, so wie damals, als sie zum ersten

Mal an Jacks Trainingseinheiten teilnahm und letzten Endes mit dem Kopf über einem Eimer hing und in der Ecke des ranzigen Boxschuppens kotzte. *Aber ich stand wieder auf, brachte es zu Ende. Ich hab es geschafft. Und ich habe es auch jetzt geschafft, bin durch einen verdammten Albtraum gegangen, also zieht euch warm an, Orangener Turnschuh, auch du, Clapham und wer auch immer dahintersteckt. Denn hier bin ich, verflucht.*

»Ist alles in Ordnung bei Ihnen, Miss?«, fragte die Rezeptionistin.

Lucy schaute auf. Tiefes Luftholen. Lächelte. *Geht mir eigentlich ausgezeichnet.* Wischte eine Träne fort, dann zückte sie den Dienstausweis. »Ich bin hier, um eine Vernehmung durchzuführen«, sagte sie. »Geoffrey Hurst.«

Als die Frau an der Rezeption zum Hörer griff, schaute sich Lucy in der Lobby um. Es sah ganz anders aus. Nicht wiederzuerkennen. Alles komplett saniert, nirgends billiges Sperrholz oder hässliche Bänke aus Plastik. Alles glänzte: schwarzer Granit, Marmor, Chrom. Eine Gedenktafel an der gegenüberliegenden Wand, Namen in Stein gemeißelt, Hunderte und Aberhunderte Namen. Oben große goldene Lettern:

Wir gedenken der Opfer des Bombenattentats auf das Stepney-Isolierzentrum. 19. November 2027.

Sie trat näher heran und ließ den Blick über die Namen gleiten, und da war er.

Da stand es: *Joseph Stone jr.*

Geschafft, Dad.

»Lucy?« King kam um eine Ecke, ging auf Lucy zu. »Alles okay? Ich dachte, wir hätten besprochen, dass Sie zurückfahren?« Er sah besorgt aus, aber sie wusste nicht recht, ob er nur um sie besorgt war oder ob er befürchtete, es könnte gleich wieder so eine Veronica-Cox-Szene geben. »Sie haben ganz schön gezittert vorhin im Auto.«

Sie tat das gleichgültig ab. Hielt eine Hand hoch: nur ein leichtes Zittern. »Alles bestens.«

Bin nur heilfroh, dass ich wieder im Hier und Jetzt bin, Ed.

»Also gut«, meinte er. »Großartig. Tja, wir sind hier gleich um die Ecke. Legen jetzt los. Fangen mit Hurst an. Salford hat fünf andere DCs mitgebracht, die die Vernehmungen mit den Angestellten führen werden.« Er machte eine Pause. »Sind Sie sicher, dass alles okay ist?«

Lucy nickte.

Hör auf zu fragen. Lass uns das hier durchziehen.

Sie folgte ihm durch die Lobby, die Sohlen ihrer schmutzigen Sportschuhe quietschten auf dem blanken Boden. Sie bogen in einen kurzen Gang, vorbei an einem riesigen gerahmten Foto von Flinders Cox, und betraten einen holzgetäfelten Konferenzraum. Ein paar der Angestellten von Cox Labs standen und warteten, fingerten an ihren Namensschildchen herum. In einer Ecke des Raums hielt ein großer Mann in Nadelstreifenanzug und knallroter Krawatte unter einer bronzenen Gedenktafel für die Ersthelfer des Bombenattentats Hof. Salford und die anderen DCs hatten sich um den großen Mann geschart, nickten und hingen ihm an den Lippen. Rote Krawatte, sah auf eine schroffe, kantige Art gut aus: kräftiges Kinn, streng gescheiteltes, grau meliertes Haar, große weiße Zähne, die das sonnengebräunte Gesicht noch stärker zur Geltung brachten. Charmantes Lächeln.

Hallo, Geoff Hurst, dachte Lucy.

Sie musterte ihn mit zusammengekniffenen Augen, merkte, wie das kleine Räderwerk zu arbeiten begann.

Und ich bin davon überzeugt, dass ich auch dich schon einmal irgendwo gesehen habe. Ich weiß es. Aber wo?

»Jetzt nur unter uns«, sagte Hurst in die Runde seiner Zuhörer, »das war *wirklich* genial ausgeklügelt.« Ein freches Grinsen. Die DCs grinsten ihrerseits, stupsten einander an: *Der verdient sich dumm und dämlich, Kollege, aber hier steht er und plaudert mit uns, als wären wir Kumpel.* »Terroristen sprengen den hinteren Bereich in die Luft, die toxischen Patienten geraten in Panik und fliehen Hals über Kopf. Sie laufen in Massen vorn über den Parkplatz, und Bingo – schon hat man eine schmutzige biologische Bombe, aus Menschen. Genial.« Ein leises Lachen. »Die Soldaten haben blitzschnell reagiert, haben das Feuer eröffnet, damit sich das Gift nicht weiter verbreiten konnte ...«

Lucys Augen blitzten auf.

Ich schick dich zu Boden, verdammt ...

Schon wollte sie sich an den DCs vorbeizwängen, aber King war schneller. Er packte sie an der Schulter, hielt Lucy zurück. »Nein«, wisperte er. Sah streng auf sie herab, ein mahnender Blick: *Gott verdammt, Lucy, cool bleiben.*

Sie erwiderte diesen Blick, funkelte King an. *Oh, jetzt bist du Mr Cool? Und was war da los bei Facer? Aber scheiß drauf. Klar, Ed. Ich kann warten.* Sie entzog sich seiner Hand, glättete ihre Kapuze. *Aber dich kann ich nicht ab, Geoff Hurst. Überhaupt nicht.*

Also, gib acht.

»Oh, hallo«, rief Hurst, der Lucy erst jetzt bemerkt hatte. Breites Lächeln. »Geoff Hurst. Und Sie sind?« Er streckte ihr die Hand entgegen, vorbei an den DCs. Goldene Ringe funkelten.

Sie verschränkte die Arme vor der Brust. Zog die Stirn in Falten. »DI Stone.«

Hurst ließ sich nichts anmerken. »Nun, willkommen bei Cox Labs, DI Stone.« Wieder ein breites Grinsen, und ...

War das da gerade ein Augenzwinkern, verdammt?

Wichser.

»Wie ich Ihren Kollegen hier soeben erklärt habe«, fuhr Hurst fort, »sind wir sehr stolz auf unser neues Hauptquartier. Ich mag den Gedanken, dass wir hier arbeiten, an einer historischen Stelle, denn das symbolisiert, dass London über London Black triumphiert hat.« *Schätze, das hast du schon ein paar tausend Mal gesagt,* dachte Lucy. »Wir haben einen Raum extra für die Vernehmungen vorbereitet, aber ehe wir damit beginnen, was halten Sie von einem kleinen Rundgang durch unsere Labore?«

Kann ja nicht schaden. Dann sieht man, woher all diese Booster stammen.

Ein schlaksiger braunhaariger Mann mit grüner Krawatte räusperte sich.

»Ah«, machte Hurst. »Sorry. Anwälte. Der Leiter unserer Rechtsabteilung erinnert mich daran … ich gehe davon aus, dass hier niemand zu den Vulnerablen gehört?«

Sie dachte an das gefälschte Dokument in der kleinen Hülle für die Arsenal-Dauerkarten. Das Ding war futsch, irgendwo dort draußen auf dem Parkplatz verbrannt. Anordnung des Einsatzteams: Alles musste vernichtet werden. Ein Mann in einem blauen Schutzanzug hatte ihr eine Tüte hingehalten, und sie hatte das Dokument hineingeworfen, oben auf den Max-Mara-Anzug. Sie hatte sich nackt in eine Rettungsdecke gehüllt, hatte vom gelben Notfall-Dekontaminationszelt aus zugesehen, wie die Männer mit den Flammenwerfern angerückt waren.

»Und?«, hakte der schlaksige Anwalt nach. »Irgendjemand von ihnen?«

King sah sie von der Seite an. Sie sagte nichts, blickte stumpf geradeaus.

Da gibt's nix zu gucken.

»Ausgezeichnet. Dann benötigen wir nur kurz einen Tropfen Blut aus der Fingerkuppe, um das zu bestätigen. Wenn Sie mir folgen würden …«

King stupste sie mit dem Ellenbogen an. Sie zuckte mit den Schultern – *was ist, Ed? Einen Versuch ist es wert* – und hob die Hand. »Ich gehöre dazu«, sagte sie. »Aber ich habe das hier bei mir.« Sie zückte ihren Dienstausweis und hielt ihn dem Anwalt unter die Nase. *Willst du das stattdessen testen?*

»Es tut mir schrecklich leid«, erwiderte er, »aber bei allem Respekt, wir dürfen Sie nicht in die Spezialbereiche lassen. Wir würden gegen unsere Lizenz der Gesundheitsbehörde verstoßen, ganz zu schweigen von unseren Versicherungspolicen. Es sei denn, Sie haben einen Durchsuchungsbefehl dabei, der speziell auf Sie ausgestellt ist, DI Stone …?«

»Ist schon okay«, sagte King zu ihm. Nahm Lucy beiseite. »Wir treffen uns dann im Vernehmungsraum.«

Sie runzelte die Stirn. »Fangen Sie bei ihm aber bitte nicht ohne mich mit der Befragung an, okay?«

»Klar. Natürlich nicht.« Ein Achselzucken. »Nur die Ruhe.«

Ich bin nicht durch diesen Albtraum gegangen, um es jetzt ruhig angehen zu lassen, Ed.

Hurst strebte bereits zur Tür. »Gentlemen«, sagte er, »hier entlang.« Die DCs hefteten sich an seine Fersen, tuschelten immer noch untereinander: *milliardenschwer, der Typ, und wir mittendrin.* King sah ihr in die Augen, nickte kaum merklich – *nur keine Sorge, Lucy* – und folgte den anderen.

»DI Stone?« Der Anwalt machte sich mit einer Geste bemerkbar. »Ich zeige Ihnen dann das Zimmer für die Vernehmungen.«

Lucy folgte ihm durch nicht enden wollende Gänge, alle mit Teppich ausgelegt, vorbei an fensterlosen Büros, Kopiermaschinen, Zimmerpflanzen. Von der Decke hingen Überwachungskameras. Sie versuchte sich vorzustellen, wo sie sich eigentlich befanden, verglichen mit den Bauplänen des alten Isolierzentrums, aber damit war sie überfordert. *Sieht jetzt alles so anders aus. Alles blitzsauber. Damals hat hier nichts geglänzt.*

Sie bogen um eine Ecke, kamen an einem vollen Besprechungsraum vorbei: sechs Männer in weißen Hemden, die Akten durchgingen. Weiter zurück stand ein kahlköpfiger Mann mit buschigen Augenbrauen und einer gelben Lederweste und sah den Männern bei der Arbeit zu, die Arme vor der Brust verschränkt. Er schaute auf, als Lucy vorbeiging. Folgte ihr mit seinem strengen Blick.

Okay. Ein bisschen creepy ist das schon.

Zwei Minuten später hatten sie ihr Ziel erreicht. Der Anwalt führte sie in einen großen Konferenzraum. Am anderen Ende fiel mattes Tageslicht durch ein bodenlanges Fenster. In der Mitte des Raums lagen Schreibblöcke und Kugelschreiber auf einem Tisch aus Mahagoni. »Dort gibt es Tee und Kaffee«, sagte er und deutete auf einen Servierwagen. »Softdrinks …«

Lucy achtete nicht weiter auf ihn. Sie ging an dem Tisch vorbei durch den Raum. Blieb vor dem Fenster stehen, die Arme verschränkt, und blickte auf eine alte Kirche, die von einem weitläufigen Friedhofsgelände umgeben war.

»St Dunstan«, sagte der Anwalt. »Das war der Ort, an dem die Einsatzkräfte nach dem Bombenanschlag …«

»Ich weiß«, sagte sie. *Das können Sie mir glauben.* Sie erinnerte sich, dass sie in dem mittelalterlichen Kirchenschiff gestanden und sich mit beiden Händen an einen Pappbecher Tee geklammert hatte, dankbar für das bisschen Wärme. Sie war wie benommen gewesen, hatte immer noch gezittert. Hatte überlegt, ob Dad noch lebte, ob er eine Chance gehabt hatte. Doch tief in ihrem Innern hatte sie gewusst, dass es nicht so war. *Wahrscheinlich ist er längst verbrannt worden. Ein weiterer Haufen Asche auf dem Grund der riesigen Grube, in der die Leichen verbrannt werden. Jetzt liegt er dort draußen, unter dem Kirchhof, er und all die anderen, Hunderte, Tausende …*

Hinter ihr fiel die Tür leise ins Schloss. Der Anwalt hatte den Raum verlassen.

Sie blieb einen Moment am Fenster stehen. Ließ zu, dass ihr eine Träne über die Wange lief. *Du hast mir tatsächlich das Leben gerettet, Dad. Zwar nicht auf die Weise, wie du dachtest, aber du hast es getan.* Sie senkte den Kopf, dachte an all das, was sich nach dem Bombenattentat ereignet hatte, nach der Geißel. An all das dachte sie, auch an die Sache, die damals geschah.

Und sieh dir nur an, was ich daraus gemacht habe.

Dann atmete sie wieder ruhiger, ging zu dem Servierwagen mit den Getränken, schnappte sich eine Cola und die Kanne Filterkaffee, die auf einer Warmhalteplatte stand. Mixte sich einen Drink. *Konzentrier dich.* Sie richtete ihre Gedanken auf die Kollegen, die sich gerade die Labore ansahen.

Ist schon komisch, irgendwie.

Fünf DCs, plus Salford, macht sechs. King als DI.

Kein Commissioner, kein Assistent Commissioner, kein Chief Superintendent. Nicht einmal Wilkes.

Was bezweckst du also damit, Hurst? Der CEO eines milliardenschweren Unternehmens lässt alles stehen und liegen, um ein paar Jungs von der Mordkommission die Labore zu zeigen? Was soll das, zum Teufel?

Sie nahm einen Schluck von ihrem Mixgetränk. Fühlte sich erschöpft. Merkte, dass sie seit drei Tagen nicht mehr richtig geschlafen hatte.

Da muss es etwas geben, was dir Sorgen bereitet, Hurst. Etwas, das du uns vorenthalten willst. Gerissen bist du. Genau wie Clapham und Facer, wie Helen Cox und Orangener Turnschuh, und verdammt, bin fix und fertig. Muss dagegen ankämpfen, muss durchhalten, aber fuck, bin so verdammt müde …

Ihr Handy vibrierte. Sie blinzelte. Zog es aus der Tasche ihrer Jeans.

Eine SMS von King.

»Bleiben Sie, wo Sie sind. Nicht den Raum verlassen. Vertrauen Sie mir.«

Was, zum Teufel, hat DAS jetzt wieder zu bedeuten, Ed? Was ist los, verdammt?

Während Lucy noch auf das Display ihres Handys schaute, hörte sie, dass die Tür zum Konferenzraum aufging. Ein Angestellter von Cox Labs mit gelber Krawatte steckte den Kopf durch den Türspalt, lächelte. »Hier herein, Gentlemen«, sagte er. Hinter ihm erschienen die DCs, munter plaudernd: *Ist das zu glauben? Hat uns erzählt, dass er überlegt, ein Team aus der Premier League zu kaufen, und fragt uns, was wir davon halten? Als wären wir Kumpel.* »Bitte, meine Herren, bedienen Sie sich«, sagte der Angestellte. »Ich schicke Ihnen dann den ersten Kollegen, den Sie vernehmen möchten.«

Lucy schnappte sich Salford.

»Was geht hier vor?«, fragte sie ihn.

Salford zuckte mit den Schultern und schielte zum Servierwagen. »Haben die Tour beendet. Sie haben nicht viel verpasst. Reagenzgläser, Chemikalien in großen Glaskolben. Jede Menge Wissenschaftler in Laborkitteln, die irgendwas von Medikamenten schwafeln, alles ein bisschen zu technisch.« Er nahm sich eine Coladose, machte sie auf. »Hurst hat erzählt, er will einen Fußballverein kaufen. Also wenn Sie mich fragen, der Zeitpunkt dafür ist nicht so günstig, aber …«

»Aber kein Notfall oder so was? Nichts … weiß auch nicht … nichts aus Versehen kaputtgegangen?«

Verdutzter Blick. »Ich … nein, ich denke nicht, wieso? Fühlen Sie sich nicht gut, Lucy?«

Wonach sieht's denn aus, Salford?

Was geht hier vor, zum Teufel?

»Wo steckt King? Und wo bleibt Hurst, verdammt?«

Salford nahm einen Schluck aus der Coladose, zuckte wieder nur mit den Schultern. »Die sind zusammen los. Zurück in Hursts Büro, denke ich. Ich glaube, der mag King. Wollte ihm was zeigen.« Strich sich über die Krawatte, schaute sich dann um, die Stirn gerunzelt. »Was, keine Kekse?«

Gott verdammt, Ed.

Sie wandte sich von Salford ab, tippte eine SMS an King: *?!?!?*
>:(

Drückte auf Senden.

Eine Minute verstrich. Noch eine. Keine Antwort.

Lucy seufzte, setzte sich in einen Sessel. Zupfte an den Bändern ihrer Kapuze. Fragte sich, was King vorhatte, warum er sich Hurst geschnappt und sich dann verdrückt hatte. Scheiß drauf, Lucy, viel Spaß beim Rumhängen mit sechs DCs. Musst du eben gucken, wie du dir die Zeit vertreibst. *Ich soll dir vertrauen, Ed? Warum? Du vertraust mir ja auch nicht. Denkst du, ich kann mich im Beisein dieses Wichsers Hurst nicht benehmen? Denkst du, ich vergesse mich und reiße das Maul wieder zu weit auf? Gott verdammt. Ich will dabei sein! Will Hurst persönlich auf den Zahn fühlen. Er ist eine heiße Spur, das darf ich nicht vermasseln, außerdem brauche ich das, gottverdammt …* Sie atmete ruhiger aus. »Ach, wie blöd«, sagte sie laut.

Die Tür ging auf.

»Guten Tag.« Ein junger Mann Anfang zwanzig mit blondem Schopf und Pickeln im Gesicht trat ein und stahl sich auf einen Stuhl. Er trug Jeans und einen dunklen Pullover mit Reißverschluss. »Ich bin Richard Banks. Vizepräsident Marktforschung. Schätze, ich bin Ihr erstes Opfer.«

Sein Grinsen schwand, als ihn sieben Polizisten anstarrten.

»Das erste Opfer«, stellte ein beleibter DC klar, »war Flinders Cox. Gibt es da noch welche, über die wir Bescheid wissen sollten?«

Zwei Stunden vergingen.

Ein Cox-Labs-Angestellter nach dem anderen trudelte ein, wusste absolut nichts Interessantes zu berichten und ging wieder.

Lucy blieb auf ihrem Platz, schaute immer wieder stirnrunzelnd auf ihr Handy und wünschte, es gäbe mehr Cola. Salford hatte sich die letzte geschnappt. Ganz schön dreist von ihm, zumal er wusste, dass sie die Cola haben wollte. *Was sollte das, Salford, verdammt?* Sie war zu Kaffee übergegangen, pur, schenkte sich nach, wann immer sich wieder ein Angestellter einfand und setzte. Der eine war wie der andere, sie verschwammen, waren austauschbar:

Kaffee Nr. 1: Flinders Cox war wirklich ein toller Mann. Alle hier bewunderten ihn …

Kaffee Nr. 2: … und waren stolz, für seine Firma arbeiten zu dürfen. Er war ein brillanter …

Kaffee Nr. 3: … Biochemiker, und sein Tod ist ein herber Verlust für die Forschung von London Black …

Kaffee Nr. 4: … weltweit. Was sagten Sie? Ein Antidot? Nein, davon sind wir Jahre entfernt, fürchte ich. Aber …

Kaffee Nr. 5: … in der Zwischenzeit arbeiten wir an etwas, das Elemidox Ultra heißt …

Kaffee Nr. 6: … und das dürfte in ungefähr einem Jahr auf den Markt kommen. Wir klopfen auf Holz.

Sie dachte an ihren kleinen Sensor. Hatte ihn nach Kings SMS überprüft: schon runter auf 6,7.

Was für ein Mist. Ich muss dieses Antidot finden. Und zwar sofort, verdammt.

Nicht nur für die Schuld, für mich.

Es war fast drei Uhr. Lucy schaute aus dem Fenster. Trübe, nur ein paar gelbe Lichter in den Fenstern der alten Kirche. Sie sah wieder aufs Handy. Die BTP war immer noch damit beschäftigt, die Aufnahmen bereitzustellen, auf denen Orangener Turnschuh hoffentlich zu sehen war. Von King kein Wort. Sie schickte ihm eine zweite SMS: *grrr.* Dachte: *Warte, bis ich dich in die Finger kriege, Ed.*

»Übrigens«, sagte Kaffeemann Nr. 6, als er aufstand. »Der Kaffee hier ist Mist. Unten in der Straße ist ein Nero, ich würde jemanden dorthin schicken, wenn ich Sie wäre …«

Lucy sah, wie er sich erhob. Beschloss für sich: *Zur Hölle mit dieser Warterei.*

Bei all diesem Unsinn sollte ich vielleicht noch was rausholen.

»Moment«, sagte sie. »Wir sind noch nicht fertig.« Sie nahm einen letzten Schluck aus der Kaffeetasse, während Kaffeemann Nr. 6 sich wieder setzte. »Geoff Hurst«, begann sie. »Ihr CEO.« Gewichtige Pause. »Wie ist der eigentlich so?«

Die DCs drehten die Köpfe zu ihr, starrten sie unisono an. *Hurst? Der ist 'ne Legende! Kauft vielleicht einen Club …*

»Mr Hurst?« Kaffeemann Nr. 6 rutschte auf seinem Stuhl hin und her. »Er ist … äh, eine Führungspersönlichkeit.«

Lucy sagte dazu nichts. Zog nur eine Braue hoch.

»Er ist sehr … inspirierend«, fuhr er fort. »Wir sind in den besten Händen, wirklich.«

Sie beugte sich über den Tisch. »Lügen Sie mich an?«, sagte sie leise.

Er fummelte am Reißverschluss seines dunkelblauen Pullovers herum.

Sie merkte, dass Salford ihr einen Blick zuwarf: *Lucy, verdammt, was soll das?*

Lucy ignorierte ihn. *Zieh Leine, Coladieb.* Kaffeemann Nr. 6 tippte nervös mit dem Fuß auf den Boden, wie ihr auffiel. *Na, komm schon, heraus mit der Sprache.* »Eine Lüge ist keine gute Idee«, sagte sie zu ihm. »Wirklich. Wenn Sie jemanden aus der Mordkommission anlügen, ist das nicht gerade clever. Damit brocken Sie sich ganz schön was ein.« Sie verschränkte bedeutungsvoll die Arme. »Möchten Sie es vielleicht noch einmal versuchen?«

Er runzelte die Stirn. Dachte nach. Ein Schulterzucken, ehe er sagte: »Ein Albtraum ist das. Ein verdammter Albtraum. Ständig Anweisungen, die sich widersprechen. Entlassungen, all das. Er hat keinen Schimmer von Toxikologie, nicht mal von den Grundlagen. Könnte ein Antidot nicht von seiner Tante Vera unterscheiden.« *Schätze, den mögen sie ganz besonders drüben im Labor*, dachte Lucy. »Alle hassen ihn.«

»Ach ja?«

Kaffeemann Nr. 6 nickte heftig, sodass sein lockiges feuerrotes Haar wippte. »Eine Angestellte aus der Geschäftsleitung hat er so gemobbt, dass sie in der Klinik behandelt werden musste. Kreislaufkollaps.«

Hatte mir so was schon gedacht. Sie sah hinüber zu den DCs. *Da habt ihr euren neuen Kumpel, Jungs.*

»Wie kommt es dann, dass er der CEO ist?«, fragte sie.

Wieder ein Schulterzucken. »Er und Mr Cox waren alte Schulfreunde. Mr Cox ging es immer nur um die Wissenschaft. Er brauchte jemanden, der das Geschäftliche regelte. Hurst war wohl der Beste, den er finden konnte, schätze ich. Und da Mr Cox praktisch ein Heiliger war, kann Hurst machen, was er will. Aber vor fünf Jahren, da leitete dieser Mann noch irgendeine miese Vermietungsagentur in Shadwell.«

»Verstehe«, meinte Lucy.

Sie warf einen letzten Blick auf ihr Handy: immer noch nichts von King. Sie fasste einen Entschluss.

Genug davon. Ich spiele dein kleines Scheißspiel nicht mit, Ed. Los geht's.

»Sie kommen mit«, ließ sie Kaffeemann Nr. 6 wissen, stand auf und ging zur Tür. Salford wollte ebenfalls aufstehen, doch sie gab ihm mit einem strengen Blick zu verstehen, dass er sitzen bleiben sollte. *Genieß die Softdrinks, Salford. Ich mache jetzt allein weiter.* Kaffeemann Nr. 6 folgte ihr auf den Korridor. Kaum war die Tür ins Schloss gefallen, als Lucy fragte: »Wo liegt Geoff Hursts Büro?«

Er deutete den Gang hinunter. »Dahinten um die Ecke. Links halten, dann rechter Hand. Gehen Sie einfach in diese Richtung, Sie können es nicht verfehlen.«

Sie nickte. Ging los, die Hände in den Taschen ihres Hoodies.

Nach der ersten Biegung des Gangs kam sie an dem Raum vorbei, in dem sie den Glatzkopf gesehen hatte. Die Jalousien waren heruntergelassen. Sie ging weiter, an Büroräumen und WCs entlang, kam an einer verwaisten Teeküche vorbei. Praktisch überall Überwachungskameras, und wie ihr auffiel, saß in jedem fünften Element der Deckenverkleidung eine Kamera mit rotem Blinklicht. *Ein bisschen viele, oder nicht?* Im nächsten Korridorabschnitt war niemand zu sehen, nichts als leere Büros und Zimmerpflanzen. Sie folgte dem Verlauf des Gangs bis zum Ende und blieb dann stehen. Blickte sich um.

Kaffeemann Nr. 6 hatte recht. Man konnte es nicht übersehen.

Hursts Büro hatte die Ausmaße ihrer Wohnung. War sogar noch größer. Die Wand zum Flur bestand aus Glas, deshalb konnte sie das ganze Büro einsehen: zwei Chesterfield-Sofas, Kunst an den Wänden, vergoldete Rahmen. Dunkles Holz, Leder. Der Schreibtischstuhl sah aus, als hätte man ihn aus einem Ferrari ausgebaut. *Verdammt noch mal. Man kann wohl noch schlimmere Leute kennen als Tante Vera.*

Das Licht im Büro war aus.

Lucy seufzte. Zog eine Hand aus der Tasche des Pullis, fuhr sich durchs Haar. Dachte an Kings SMS: so kryptisch, so verdammt ärgerlich. *Wohin habt ihr euch verzogen, Ed? Hier seid ihr nicht, wo steckst du also? Und wieso durfte ich nicht dabei sein?*

Sie machte kehrt, ging zurück in Richtung des Konferenzraums. Als sie wieder am Raum des Glatzkopfs vorbeikam, sah sie, dass die Jalousien hochgezogen waren. Sie blieb stehen und schaute kurz ins Büro. Niemand da: keine Angestellten mit Krawatte, kein Glatzkopf. Nicht einmal die gelbe Lederweste war irgendwo zu sehen, nur ein Stapel Aktenboxen türmte sich an einer Wand auf. *Hast du schon um drei Feierabend gemacht? Ein bisschen früh, um sich aus dem Staub zu machen, das würde ja nicht mal Sykes …*

Ihr kleines Kontrollgerät piepte.

Schon wieder?

Sie nahm ihr Handy, ließ es unter dem Pulli verschwinden. 6,0.

Verdammt. Der Wert sinkt so schnell.

Sie dachte an die Labore auf der anderen Seite des Gebäudes. An das ganze London Black, das dort in der Luft hing. Erinnerte sich an die Station im Isolierzentrum, an die entstellten Gesichter. An das Blut. Doch dann beschloss sie, dass sie es nicht so weit kommen lassen wollte, genauso gut konnte sie eine Extradosis nehmen. Aber dann hörte sie wieder Dr. Hodges' Stimme in ihrem Kopf: *Alles jenseits des ersten Boosters am Morgen ist wirkungslos.*

Lucy runzelte die Stirn.

Dann wollen wir diese Theorie doch mal auf die Probe stellen.

Kann ja nicht schaden. Außerdem kostet ein Booster heute nur, wie war das, fünf Pfund?

Sie hielt auf die Toilettenräume zu. Dachte auf dem Weg dorthin an den schlaksigen Anwalt der Cox Labs. *Er wollte mich also nicht reinlassen, weil es vielleicht nicht sicher ist, ja? Die testen es, es kann nicht anders sein, schätze, alles läuft wie geplant. Ande-*

rerseits, was hatte es dann mit Kings SMS auf sich? Was, wenn es doch ein Leck gab, von dem Salford vielleicht nichts wusste? Was, wenn das Zeug schon in der Luft ist? Sie beschleunigte ihre Schritte, folgte dem Verlauf des Gangs. Die Damentoilette befand sich auf der linken Seite. Sie öffnete die Tür, trat ein, stahl sich in eine der Kabinen. Setzte sich. Griff in ihre spezielle Innentasche im Pulli.

Fuck.

Sie war leer.

Jetzt erinnerte sie sich wieder. Den Notfall-Booster hatte sie letzte Nacht verbraucht. Als sie allein in der Toilette des MIT 19 hockte, mit schmerzender Schulter, immer noch voller Wut wegen des Angriffs von Orangener Turnschuh. *Okay. Also, hier sitzen wir an der Quelle, jede Menge Booster. Dann müsste es doch auch einen Weg geben, eine Box mit Boostern aufzutreiben, oder nicht? Schätze, Kaffeemann Nr. 6 weiß, wie das läuft.* Sie stand auf, stieß die Tür zur Kabine auf, sah im Spiegel den Glatzkopf und *halt, Moment …*

Spürte seine Hand auf ihrem Mund.

»Pst!«, machte der Glatzkopf.

Sie runzelte die Stirn.

Und dann …

Packte sie sein Handgelenk, verdrehte es. *Bastard.* Jetzt stand sie hinter ihm, riss seinen Arm hoch, fester, *noch fester. Was denkst du dir dabei, verdammt, mich anzufassen?* Drängte ihn zur Wand, stieß ihn mit dem Gesicht gegen die Wand. Noch einmal. *Du Wichser.* Wieder mit dem Gesicht zuerst. Dann drehte sie ihn um, eine Hand um seinen Hals, die andere zur Faust geballt.

»Ich hasse es, wenn mir einer sagt, ich soll leise sein!«, fuhr Lucy ihn an.

Sie sah, wie ihm das Blut aus der Nase lief.

»Bitte«, keuchte der Glatzkopf. »Lassen … Sie …«

Sie warf einen Blick auf sein Handgelenk: kein Tattoo.

Es war nicht Orangener Turnschuh.

Was sollte das dann, verflucht? Was hast du hier zu suchen, was grapschst du mich hier in der Damentoilette an?

Lucy ließ die Faust nicht sinken. »Reden Sie.«

»Kriege … keine …«

In Sekundenschnelle ging sie die Situation durch. Beschloss, dass sie locker mit ihm fertig würde, falls er irgendwelche Mätzchen machte. Sie ließ ihn los, stieß ihn von sich, trat einen Schritt zurück. Sie hatte immer noch die Hände zu Fäusten geballt, war auf alles gefasst. *Du solltest dich besser benehmen, Freundchen.*

»Fuck«, keuchte er. Hustete. Fasste sich an die Nase, starrte auf das Blut. »Sorry. Tut mir leid, ich bin kein … ich wollte nicht …« Er musste erst einmal zu Atem kommen. »Ich wollte Ihnen keine Angst einjagen … Ich dachte bloß, Sie würden sofort schreien, wenn Sie mich hier sähen …«

Schreien? Ich? Ich hätte dich sofort zu Boden geschickt. Punkt.

»Und weiter?«, meinte sie.

»Nun … Sie sind doch Polizistin, richtig?«

Ihre Augen verengten sich. *Heißt?*

»Ich bin Rechnungsprüfer«, sagte er. »Bilanzbuchhalter.«

Lucy sah auf die gelbe Lederweste, die jetzt mit Blut besprenkelt war. Musterte seine schwarze Jeans und die großen schwarzen Boots. Sie runzelte die Stirn. *Dass ich nicht lache, verdammt.* »Was, in diesem Aufzug? Wollen Sie mich verarschen?«

»Wir dürfen uns leger kleiden«, sagte er. Zuckte mit den Schultern. »Was ist? Sie sehen ja auch nicht aus wie eine …« Er führte den Satz nicht zu Ende, sondern deutete mit dem Kinn auf ihren ausgeleierten schwarzen Kapuzenpulli.

Wo er recht hat …

»Noch mal, warum fallen Sie in der Damentoilette über mich her?«

Das Blut aus seiner Nase tropfte auf die Bodenfliesen. »Ich hatte mitbekommen, dass Sie im Haus sind, und wollte Sie dringend sprechen. Aber man darf mich nicht mit Ihnen zusammen sehen. Zu riskant. Die Damentoilette war der einzige Ort, der mir einfiel. Draußen gibt es überall Überwachungskameras.«

Sie dachte an all die blinkenden Lichtpunkte in der Deckenverkleidung. *Stimmt.*

Der Glatzkopf versuchte, das Blut mit der hohlen Hand aufzufangen. Dann deutete er auf eine Schachtel mit Tüchern beim Waschbecken. »Dürfte ich?« Er wartete auf ihr zustimmendes Nicken, trat dann ans Waschbecken, zog ein Papiertuch aus der Box und fing an, sich sauber zu machen. »Vor einem Monat«, sagte er und stopfte sich etwas Papier ins linke Nasenloch, »ordnete Flinders Cox eine gesonderte Buchprüfung für die Firma an. Er beauftragte externe Wirtschaftsprüfer. Uns. Er hatte ein ungutes Gefühl wegen einiger Wohltätigkeitsspenden, dachte, das wäre vielleicht nicht ganz sauber.« Er räusperte sich, spuckte Blut ins Waschbecken.

»Und weiter?«

»Die Spenden hatten wir schnell überprüft, aber wir entdeckten etwas viel Größeres. Irgendjemand sahnt hier ab. Zahlungen von einer Zweigstelle von Cox Labs auf Mauritius werden zu einer Briefkastenfirma in Panama umgeleitet.« Er stopfte sich ein Stück Papier ins andere Nasenloch. »Gefälschte Rechnungen, zwielichtige Bankkonten. Steuerhinterziehung im großen Stil.« Er schwieg einen Moment. »Es geht um Millionen.«

Lucy dachte über seine Worte nach, während er sich die Hände wusch. *Okay, also Veruntreuung. Interessant. Ist das das Motiv? Der Betrüger würde wohl kaum wollen, dass Mr Cox dahinterkommt, so viel ist klar. Aber der Mord hat ja nichts geändert, hat*

diesen Wirtschaftsprüfer mit Nasenbluten hier nicht von der Arbeit
abgehalten ... Im Ernst jetzt, fällst in der Damentoilette über mich
her, verdammt. Was hast du dir nur dabei gedacht, Mann? Schlechte
Idee, verflucht. Aber egal, die Frage ist doch vielmehr ...

»Wer steckt dahinter?«, wollte sie wissen.

»Wir sind noch an der Sache dran. Aber was den Mord betrifft ...« Seine Stimme sank zu einem Flüstern. »Nur sehr wenige haben den Zugang und die Berechtigung. Einer der Geschäftsführer, der Finanzdirektor, noch ein paar. Aber nur einer
würde von dem Mord an Cox profitieren. Sehen Sie, wenn man
sich die Geschäftsordnung der Firma anschaut ...«

Kommen wir auf den Punkt. Es ist der Wichser, richtig?

»Wir reden hier von Geoff Hurst?«

Der Glatzkopf atmete tief aus. Nickte. »Ich denke, ja. Nur
der Vorstandsvorsitzende könnte eine externe Wirtschaftsprü-
fung absagen. Das war Flinders. Jetzt ist es Hurst. Für alle anderen würde dieser Mord nicht viel ändern. Aber wenn es Hurst
war? Jetzt kann er alles abblasen. Wenn er das zu hastig anordnet,
würde es auffallen. Doch nächste Woche findet eine Aufsichts-
ratssitzung statt. Ich schätze, dass er das dann zur Sprache bringen wird, unter irgendeinem Vorwand.«

Wie ich's mir gedacht hatte. Der Wichser.

»Weiß er, dass Sie Wind von der Sache bekommen haben?«

Er schüttelte den Kopf. »Ich habe ihm gesagt, dass wir noch
Wochen brauchen. Das war natürlich gelogen. Wir sind heute
fertig, spätestens morgen. Wir warten nur noch auf Nachricht
von den Behörden aus Panama. Aber wenn Hurst rauskriegt,
dass ich geredet habe ... Ich meine, wenn man bedenkt, was er
Flinders angetan hat ...«

Entspann dich, Blutiger Nasenpfropfen.

»Ihnen wird nichts geschehen«, versicherte sie ihm. »Sobald
alles in trockenen Tüchern ist, rufen Sie mich an. Sofort. Hier.«

Sie holte ihr Handy hervor, zeigte ihm ihre Kontaktdaten. »Und Sie?«

Ein Schniefen. Die Papierpfropfen hatten sich dunkelrot gefärbt. »Hier, bitte.« Er fasste in die Brusttasche der gelben Lederjacke, zog eine Visitenkarte hervor. Fester Karton, elfenbeinfarben. Er reichte ihr die Karte. Darauf stand: *Bartholomew L. Huffington-Burleigh. Financial Analyst.*

Ich nenne ihn trotzdem weiterhin Blutiger Pfropfen.

»Okay«, sagte sie und ließ die Karte in der gefütterten Tasche ihres Hoodies verschwinden. »Ich gehe zuerst. Geben Sie mir einen Moment, dann gehen auch Sie.« Sie nickte ihm aufmunternd zu, ging zur Tür. Über die Schulter sagte sie: »Und halten Sie sich von der Damentoilette fern, okay?«

Was für eine blödsinnige Idee. Aber deine Jacke gefällt mir irgendwie.

Lucy lief den Korridor entlang in Richtung Vernehmungsraum; den Kopf leicht gesenkt, in Gedanken versunken. Es fühlte sich gut an, absolut, das war definitiv eine Spur, keine Frage. Nachvollziehbares Motiv. Trotzdem: Es gab noch jede Menge für sie zu tun. Sie dachte über die Forensiker nach. Hurst hatte kein Blut an der Kleidung, das galt es noch einmal zu klären. *Und dann wäre da noch das Antidot. Es muss irgendwie mit dem Gegenmittel zu tun haben. Ich weiß, dass es existiert, es kann nicht anders sein. Ich brauche es, um die Schuld zu begleichen, oder nicht? Und die Suche danach müsste …*

»Lucy?«

Sie schaute auf. King rannte auf sie zu.

»Da sind Sie ja«, sagte er, keuchend. »Verdammt noch mal, wir suchen Sie schon überall. Salford, alle. Wo waren Sie, verdammt?«

Willst du mich verarschen, Ed?

»Auf der Toilette«, sagte sie. Starrte ihn wütend an. »Und was ist mit …«

»Kommen Sie.« Er wandte sich ab, ging in die entgegenge-setzte Richtung davon, zurück zur Lobby.

»Warten Sie«, rief sie und holte ihn ein. »Moment. Wo ist er? Hurst?«

King zuckte mit den Schultern. »Weg.«

Wie, Hurst ist weg? Gottverdammte Scheiße …

»Wir müssen mit ihm reden«, sagte sie. »Ich jedenfalls. Halt, Ed, hören Sie …«

»Erzählen Sie mir das unterwegs. Enoch Clapham hat sich gemeldet. Er will mit uns reden.«

13. KAPITEL

»Ich sag ja nur, wer macht so was, verflucht?«, fragte King. »Einfach abhauen und nicht wiederkommen.«

Lucy sah ihn vom Beifahrersitz aus finster an.

Sie hatte ihm von Blutiger Pfropfen erzählt, sobald sie im Freien gewesen waren, froh, endlich das Gebäude verlassen zu können. Gott sei Dank. Die Sache mit den Handgreiflichkeiten hatte sie verschwiegen. Dafür erzählte sie King, dass jemand illegal Gelder abzweigte. Dass Hurst ein Motiv hatte, ein echtes. Und dass sie ihm auf den Zahn fühlen müsse, und zwar unverzüglich, was aber ein bisschen schwierig sei, wenn *jemand* sie im Konferenzraum zurückließ – ohne Cola – und dieser Jemand dann auch noch den verdammten Verdächtigen aus den Augen verlor. *Er hat dich mitgenommen, um dir seinen scheiß Wagen zu zeigen, Ed. Hat dir gesagt, du sollst einen Moment warten, weil er jemanden anrufen müsse. Und du hast einfach gewartet? Hast unten auf dem Parkplatz gestanden und den Lamborghini oder Maybach angestarrt oder was es sonst war, verdammt, während ich oben festsaß und mir das Gelaber von Kaffee Nr. 1 bis Nr. 6 anhören musste. Und überhaupt, ich hätte dabei sein müssen, das hast nicht du allein zu entscheiden. Was für ein Scheiß, Mann ...* Sie schnaubte, sah wieder aus dem Fenster der Beifahrertür.

Er fuhr langsamer, weil er an einer roten Ampel halten musste. Die Sonne ging schon unter. Linker Hand ein Schild:

Hinweis auf kommende Straßensperrung. Gedenkfeier mit Kranz und Prozession

An den Straßenlaternen flatterten die Banner der ›London Strong Week‹.

»Wichtig ist doch«, sagte er und beschleunigte wieder, »dass ich ihm alle Fragen gestellt habe. Helen Cox? Gab er unumwunden zu – sie haben sich ein paar Mal getroffen, sie hatte es gewollt, wieso also nicht? Es war ihm egal, was Flinders dachte. Ein geheimes Labor? War ihm nicht aufgefallen. Ein Antidot? Vollkommen neu für ihn. Aber wenn es existiert, ist es Firmeneigentum, also sollte man es möglichst schnell finden.«

»Trotzdem.« Lucy sah ihn wieder an, die Augen verengt. »Es war *nicht in Ordnung.*«

King seufzte.

»Ich habe es Ihnen ja schon gesagt«, erwiderte er. »Kaum waren Sie weg, da fing er an, über Sie zu reden. Männerkram. Was er alles mit Ihnen anstellen würde, all das. Schmutziges Zeug. Glauben Sie mir. Er meinte, er würde sie sofort rumkriegen, er bräuchte nur die Hand auszustrecken und Sie sich *schnappen*, er hätte es gleich im Konferenzraum gemacht, und …«

»Da vorn links«, sagte sie. Zeigte dorthin. »Bei der Kirche.«

Ich brauche deinen verdammten Schutz nicht, Ed. Frag Blutiger Pfropfen.

»Danke.« Er verließ The Highway, in Richtung Wapping. »Wie dem auch sei, wir finden ihn schon wieder. In der Zwischenzeit hören wir uns an, was unser Freund Clapham so Wichtiges zu sagen hat.« Sie fuhren über eine rote Metallbrücke. Aufblitzende Lichter von Wolkenkratzern auf beiden Seiten: links Canary Wharf, rechts die City. King fuhr langsamer, hielt dann vor einem uralt aussehenden Pub an, der über drei Stockwerke ging. »Da wären wir.«

Sie stiegen aus.

»Schöne alte Kneipe«, meinte King. Er schaute zu einem Schild hinauf, das an der gelben Backsteinfassade angebracht war: *Londons ältestes Wirtshaus am Flussufer, ca. 1520.* »Waren Sie schon mal hier?«

Lucy nickte, als sie die Tür aufdrückte. Innen düster. Fühlte sich auch alt an: abgewetzter Steinfußboden, dunkle Vertäfelung, Deckenbalken. Krimskrams auf Regalen, Modellschiffe und alte Flaschen. Sie erinnerte sich, dass sie Simon einmal hierhergeschleppt hatte, in der Zeit vor den Boostern, als sie nach zwei Schluck Bier schon mit dem Kopf über der Toilettenschüssel gehangen hatte. *Wieder so ein Ort wie geschaffen für Si. Redete noch Tage lang davon: »Die Geschichte, Luce.« Mag ja sein, Si, aber das Lagerbier in einem Spoons ist auch flüssig und ein Pfund billiger, okay?* »Nur einmal«, antwortete sie. »Hat Clapham gesagt, wo er hier wartet?«

Er schüttelte den Kopf. »Nur, dass wir uns beeilen sollen.«

Und schon kommen wir angelaufen. Hm.

Sie gingen durchs Erdgeschoss, sahen in die Gesichter der Gäste. Es war nicht viel los, sogar für einen Dienstag Flaute. Ein paar Touristen. Eine hübsche Frau in einer Kunstlederjacke lachte über den Scherz eines früh ergrauten Typen. *Die hab ich schon mal gesehen, muss eine Klasse unter mir gewesen sein.* Von Clapham keine Spur.

»Also, ich sehe ihn nirgends«, meinte King.

»Oben ist auch noch eine Etage«, sagte sie. Sie machten kehrt, stiegen eine knarrende Holztreppe hinauf. Oben bogen sie rechts ab, gelangten in einen kleinen rechteckigen Raum. Tische mit Gästen, die sich leise unterhielten. Sie konnte sich an diesen Ort erinnern. Hatte Simons Baritonstimme mit dem australischen Akzent im Ohr: *Hier fanden früher Boxkämpfe mit bloßen Fäusten statt. Dachte, das könnte dir gefallen, Luce.* Sie schaute sich um.

Hinter ihr eine schwache Stimme. »Officers?«

Clapham saß an einem Ecktisch und trank ein Ale. Er sah

noch hagerer aus als zuvor: Haut und Knochen, ein Skelett mit einem Pint. Keine Spur von der Soutane mit dem Doppelkreuz, er trug einen Anzug und die Schuhe aus Krokodilleder. Lucy sah ihn stirnrunzelnd an.

Da steckst du also.

Sie ging zu dem Tisch, nahm Platz. King tat es ihr gleich.

»Diesen Pub mag ich ganz besonders«, sagte Clapham und nahm einen Schluck. »Habe früher mal hier in der Gegend gearbeitet.« Er erhob sein Glas, lächelte King an. »Trinken Sie ein Pint mit mir, Officer?« Zu Lucy gewandt: »Oder einen Softdrink?«

Wie niedlich. Schätze, du hast deine Hausaufgaben gemacht, was mich betrifft, wie?

Du weißt ja nicht mal die Hälfte.

»Legen Sie los«, sagte sie. »Wieso sind wir hier?«

»Wohin sind Sie gestern Abend gegangen?«, kam es zur gleichen Zeit aus Kings Mund.

Verdammt, Ed, jetzt überlass mir mal das Reden. Will nicht, dass du auch das hier noch versaust.

Clapham sah von einem DI zum anderen. Wieder ein Lächeln. Er griff in eine Ledertasche zu seinen Füßen, holte eine Mappe hervor, auf die vorn jemand mit krakeliger Handschrift *MLF* geschrieben hatte. Er schob die Mappe über den Tisch zu Lucy. »Ich bringe Geschenke mit«, sagte er und sah zu, wie sie die Mappe aufschlug und zu blättern begann.

Es war ein Dossier: eine Liste mit Namen, Kurzbiografien, Passbilder. Alles Survivor. Sie nahm wahllos ein Blatt heraus, fing an, laut vorzulesen. »John Johnson.« Das Foto, das oben an das Blatt Papier geheftet war, war kaum zu erkennen, nur ein rotes ovales Gesicht und zwei schwarze Augen. »Gründer der …« Sie sah die nächsten Worte, hörte auf zu sprechen.

Gründer der Meat Liberation Force.

Die Fleischbefreiungsfront. Sie dachte an das Schild, das sie gesehen hatte, als sie beim Embankment im Stau steckten: *DIE MLF KOMMT.* Der Survivor mit dem Schild hatte einen Mann angebrüllt, der ein ›Hand Gottes‹-T-Shirt trug. Hätte man die Streithähne gelassen, hätten sie sich gegenseitig in Stücke gerissen.

»Sie haben davon vielleicht noch nicht gehört«, sagte Clapham.
»Noch nicht.«

King schaute sich kurz um. »Von wem?«

»Teufel sind das«, sagte Clapham. »Eine Bande von Teufeln. Nennen sich die MLF. Das ist ein paramilitärischer Arm der SRA. Radikale allesamt. Gewaltbereit. Gefährlich.«

Lucy beobachtete, wie er noch einen Schluck von seinem Pint nahm. *Komisch. Genau das habe ich auch über deine Leute gehört.*

»Was hat es jetzt damit auf sich?«, wollte King wissen.

Clapham wandte sich an Lucy. »Sie sagten doch, Flinders Cox habe an einem Antidot gearbeitet, richtig?«

Sie nickte. Sah, dass er unter dem weißen Oberhemd eine Kette aus Metall um den Hals trug. *Wahrscheinlich dieses Medaillon, von dem du gestern nicht die Finger lassen konntest. Mit all den Buchstaben darauf. Sieht so aus wie das Tattoo von Orangener Turnschuh.*

»Diese Leute hier«, er tippte auf die Mappe, »diese Leute sind eingeschworene Feinde Gottes *und* der Menschen. Und sie wollen stärker werden. Sie wollen, dass die Welt ihnen auf ihrem Pfad der Sünde folgt, wollen, dass jeder so aussieht, wie sie aussehen, so leidet, wie sie leiden müssen.« Er hielt kurz inne. »Ein Antidot für London Black? Für die MLF wäre das eine Katastrophe.«

»Für Sie auch«, sagte Lucy.

Clapham gluckste. »Für mich? Nein. Ich kenne die Wahrheit, Officer.«

Irgendetwas wissen Sie, ja. Da bin ich mir verdammt sicher.

»Ach ja? Dann sagen Sie sie mir.«

Der Prediger beugte sich vor. »Die Wahrheit lautet: London Black ist Gottes Pfeil. Und kein Antidot vermag seine Bogensehne zu schwächen.« Lange Finger krochen zu seiner Brust, zu dem Kruzifix unter dem Hemd. »Wir begraben die Vergangenheit in einem Mausoleum des Vergessens, aber wir vergessen auf eigene Gefahr. Eines Tages werden Seine Pfeile erneut durch die Luft sirren, wie sie es immer schon taten. Noch mehr Leichen, noch mehr Gruben, Asche und …«

»Genug davon«, sagte Lucy. Starrte ihn wütend an.

Ich hab jetzt keine Zeit für diesen Scheiß.

»Ich komme nicht ganz mit, Clapham.« King blätterte in dem Dossier. »Warum zeigen Sie uns das hier? Warum ausgerechnet jetzt?«

»Zumal Sie ja gerade gestern Beschwerde eingereicht haben«, ergänzte Lucy.

Clapham sah sie an. Runzelte die Stirn. »Da lügt wohl jemand«, sagte er. »Ich habe mich nicht beschwert.« Wandte sich King zu. »Zu Ihrer Frage, dies ist nicht das erste Mal. Dreimal bin ich zur Polizei gegangen und habe meine Bedenken geäußert bezüglich der MLF. Habe genau diese Mappe hier mitgebracht.« Ein Achselzucken. »Meine Bedenken wurden ignoriert. Aber Sie …« Er sah Lucy an. »Ich dachte, wenigstens Sie würden das verstehen.«

Sie hielt seinem Blick stand.

Jetzt gibst du dich so zahm, Clapham. Sie erinnerte sich, wie er in der alten Kirche ausgesehen hatte, vor seinen Anhängern: bebend, kreischend, mit blitzenden Augen. *Regelrecht beängstigend.*

»Nun«, meinte er und zuckte mit den Schultern. »Da habe ich mich wohl geirrt.« Er nahm einen letzten Schluck von dem Ale, stellte das leere Glas auf den Tisch. »Ich fürchte, ich muss dann wieder los. Meine Bestimmung erfordert vollen Einsatz, und meine Kinder brauchen mich. Danke, dass Sie sich die Zeit genommen haben, Officers.« Er erhob sich, nahm einen schwarzen Filzmantel von der Stuhllehne und zog ihn an.

Noch nicht, Clapham.

»Geoff Hurst«, sagte Lucy. »Was wissen Sie über ihn?«

Sie sah, wie er in seinen Bewegungen innehielt.

»Wer?« Ein Stirnrunzeln. »Sorry, Officer, ich fürchte, diesen Namen habe ich noch nicht gehört …«

Oh doch, hast du, verdammt.

»Er ist der CEO von Cox Labs«, sagte King.

Clapham schüttelte den Kopf. Knöpfte den Mantel zu, nahm seine Ledertasche. »Vielleicht wenn ich sein Gesicht sehe. Wünsche einen guten Abend.«

Lucy drehte sich nicht um, als er an ihr vorbeiging. Sie blieb einfach sitzen, starrte die Wand an, hörte Claphams Schritte auf den alten Holzdielen. Plötzlich war ihr heiß. Es war stickig hier oben. Alte Bücher auf Regalen. Wichtig aussehende Herren mit großen Perücken blickten streng aus verschnörkelten Bilderrahmen auf sie herab: auch wieder was nach Simons Geschmack. *Ich brauche frische Luft.* Sie stand auf, ging vorbei an Tischen zu einer Tür, die auf einen Balkon führte. Sie gelangte ins Freie, stand auf dem kleinen Balkon aus Holz mit Blick auf die Themse. Sog die kalte Nachtluft ein.

Schon besser.

Doch während sie dort stand und zusah, wie die Sonne über dem Fluss unterging, überfiel sie eine Woge schlechten Gewissens.

Die Schuld stieg in ihr empor.

Ich bin so nah dran. Ich weiß es. Sie fuhr sich durchs Haar. Atmete bewusst aus. Dachte an Hurst, an sein anzügliches Grinsen. Es konnte nur er sein, es musste so sein. Perfektes Motiv, außerdem hatte er das Zeug dazu. Andererseits, wieso sollte er das Antidot an sich nehmen? Und keine Blutspuren bei ihm, das wusste sie. King hatte es ihr mitgeteilt. Aus der Forensik. *Also hast du jemanden beauftragt, was? Ist es das? Du erzählst Clapham davon, Clapham schickt Orangener Turnschuh ins Rennen, und während der Cox umbringt, entdeckt er ein Antidot, von dem du gar nichts weißt. Klaut es.*

Ja. So könnte es sein.

Aber was für eine Verbindung besteht zwischen Hurst und Clapham?

King öffnete die Tür, trat hinaus zu ihr auf den Balkon. »Was für ein Wichser«, sagte er. Winkte mit der Mappe. »Reine Zeitverschwendung. Lacht sich wahrscheinlich gerade schlapp über uns. Meine zahmen Polizisten, kommen gleich angerannt, wenn ich niese.«

»Er ist wichtig«, sagte Lucy. »Wir müssen nur eine Verbindung zu Hurst herstellen.«

»Zu Hurst? Wieso?«

»Das Antidot.«

King schüttelte kaum merklich den Kopf. »Es gibt kein Antidot, Lucy«, sagte er leise.

Sie schaute zur Seite, in Richtung Fluss.

Es muss ein Gegenmittel geben, Ed. Ich brauche es. Das Antidot begleicht die Schuld.

Ich muss die Schuld begleichen.

Denn sonst …

Einen Moment lang dachte sie an ihr kleines Gerät. An Dr. Hodges, wie er die Fingerspitzen zusammenlegte.

Oder willst du es nur für dich allein haben, Lucy?

»Vergessen Sie das Antidot«, meinte er. »Bitte. Konzentrieren Sie sich auf den Mord.«

Sie zog an den Schnüren ihrer Kapuze, starrte hinab in die

dunklen Wasser. *Es könnte zusammenpassen. Hurst und Clapham, wir brauchen sie beide. Zwei Teile ein und desselben Puzzles. Wir müssen nur die Verbindung herstellen, herausfinden, wie der eine zum anderen passt, und dann ...*

Und dann erinnerte sie sich an etwas, das Kaffeemann Nr. 6 gesagt hatte.

Das ist es.

Das ist es, verdammt.

»Ed? Clapham hat doch eben gesagt, dass er mal hier in der Gegend gearbeitet hat, stimmt's?«

King nickte.

»Aber da hieß er noch nicht Clapham. Sondern Morley. Gavin Morley, der gerissene Zimmervermittler.«

Wieder ein Nicken. »Und?«

Ihre Stimme wurde lauter. »Wussten Sie, wer eine Vermittlungsagentur in Shadwell leitete? Genau gegenüber von The Highway?« Sie holte ihr Handy aus der Tasche ihres Pullis und tippte aufs Display. Lächelte, als Bilder über ihr Display huschten. »Schauen Sie«, sagte sie, »alles noch im Cache.« Sie hielt King das Handy unter die Nase: eine alte Kurzbiografie, Claphams hageres Gesicht oben. Darunter stand:

Gavin Morley, Makler. Hurst Immobilien GmbH.

»Es passt alles zusammen«, sagte sie. »Clapham, Hurst. Das Antidot, der Mord. Wir brauchen Geoff Hurst. Und zwar jetzt. Seine persönliche Assistentin. Rufen Sie sie an ...«

Sie tippte ungeduldig mit der Fußspitze auf, während King die Nummer eingab, etwas sagte, das Gespräch wieder beendete.

Er wandte sich ihr zu, die Augen geweitet.

»Hurst geht jeden Moment an Bord seines Privatjets am City Airport.«

Und deshalb hat Clapham uns kommen lassen.

Eine Ablenkung.

»Der will abhauen«, sagte Lucy.

Schneller, Ed. Fahr schneller, verdammt.

Lucy trommelte mit dem Daumen gegen das Fenster der Beifahrertür. *Na los, mach schon, mach schon.* Der Toyota fuhr mit Blaulicht und Sirene durch den dichten Verkehr in Richtung City Airport. King saß angespannt hinterm Lenkrad und schaute finster auf die Rücklichter vor ihnen.

»Sieh sich einer das an, verdammt!«, rief er. Gestikulierte mit seiner großen Hand. »Der Verkehr in dieser Stadt …« Zum Van der Malerfirma vor ihnen rief er: »Siehst du das Blaulicht, Mann? Das siehst du doch, oder? Dann mach Platz, verflucht noch mal …«

Das Navi in der Konsole gab die geschätzte Ankunftszeit an: zwanzig Minuten.

Sie warf einen Blick auf ihr Handy. Es war zwanzig nach vier. Hursts Flieger sollte um halb fünf abheben.

Also in zehn Minuten.

Uns bleiben zehn verdammte Minuten.

Bei all diesem Verkehr …

»Gott verdammt!«, schimpfte King. »Jetzt *fahr!*« Er hupte.

»Das ist die Prozession mit Kranz«, informierte sie ihn. »Die A13 ist komplett dicht, Verkehr wird umgeleitet.« Sie deutete auf die Beschilderung voraus. »Sehen Sie?«

Er nickte.

Sie sah, wie der Van der Malerfirma weiter links fuhr. Runzelte die Stirn. Sie erinnerte sich an die Prozession im Jahr zuvor. Sie hatte sich in der Küche Kaffee gemacht und hin und wieder die Übertragung im Fernsehen verfolgt. Luftaufnahmen: Große dunkle Autos, alle hintereinander, fuhren über die leere A13, raus zu den Gedenkstätten der Leichenverbrennungen. Sonnenuntergang. Menschenmengen. Kinder mit Bannern. Sie hatte sich das nicht länger angesehen. Ein Haufen Nicht-Vulnerable mit schwarzen Mohnblumen: Wem half das jetzt noch, verdammt? *Niemandem. Scheiß auf alles. Und jetzt? Jetzt muss ich unbedingt zum Flughafen, schaffe es aber nicht. Alles am Arsch. Und nur damit die Royals schön winken können und der Premierminister in die Kamera lächeln und irgendeine Scheißrede halten kann. Nur noch neun Minuten, Gott verdammt, Ed, fahr schneller, schneller, verflucht ...*

Ihr Handy klingelte.

Sie schaute aufs Display: Wilkes.

Bitte, Ma'am, sagen Sie mir, dass Sie ihn gezwungen haben, am Boden zu bleiben.

Sie drückte auf den Lautsprecherbutton. Hielt das Handy so, dass King mithören konnte.

»Ma'am?«

Schweigen. Dann: »Ich habe alles versucht, Lucy.«

Fuck.

»Bitte, Ma'am«, sagte sie. »Er darf nicht abheben. Er wird sich absetzen. Ich weiß es.«

Wilkes seufzte. »Die Flughafenpolizei wird ihn nicht aufhalten. Keine Terrorgefahr, kein Schmuggel. Sie sagen, dass sie nicht in den Flugablauf eingreifen werden, nur damit wir eine Vernehmung durchführen können.«

Eine Vernehmung?

»Es geht um eine Festnahme, Ma'am. Ich werde ihn festnehmen.«

Wieder Seufzen. »Was das betrifft. Das können Sie nicht. Sorry. Wir haben nicht genug in der Hand.«

»Aber ...«

»Nein.« Pause. »Anweisung vom Chief Superintendent.«

Der Chief Super?

*Was zum Teufel, Ma'am? Sie haben das dem Chief Super er-
zählt? Das ist Hursts alter Schulkumpel. Natürlich lehnt er ab.
Keine Chance, null. Aber warum MACHEN Sie das?*

Sie schaute auf die Uhr im Armaturenbrett.

Noch acht Minuten.

King, zum Handy: »Marie? Ich bin's, Ed.« Er fuhr um einen
kleinen Lieferwagen herum. »Der Verkehr ist zu dicht. Furchtbar. Können wir wirklich nichts machen?«

»In fünf Minuten habe ich Interpol in der Leitung. Wenn wir
Beweise haben sollten, sobald er landet – stichhaltige, wasser-
dichte Beweise –, werden die Behörden in Monaco ihn festnehmen.«

*Behörden in Monaco? Echt? Ma'am, wenn er in Monaco landet,
ist er weg. Damit hat sich die Sache.*

»Okay«, sagte King.

Lucy schwieg. Beendete die Verbindung, spürte ihren eigenen Herzschlag. *Nein, Ed, das ist nicht okay. Wir müssen was unternehmen. Und zwar jetzt, verdammt.* »Eine Umleitung«, meinte
sie. »Wir müssen eine andere Route finden, eine Nebenstrecke,
irgendwas in der Art …« Ihr Daumen klopfte weiter gegen die
Scheibe, *tock, tock, tock, tock.*

Er warf einen Blick auf das Navi. Achselzucken. »Nichts zu
sehen. Schauen Sie. Da kommt uns ein Fluss in die Quere.«

Sie zwängten sich an einem Bus vorbei. Die Sirene heulte.

So schaffen wir das nicht.

Fuck.

Sie zupfte an den Bändern der Kapuze. Schaute wieder aufs
Navi. Sah, dass King recht hatte. Das war's dann also. Und ohne
die A13 mussten sie auf dieser Straße bleiben oder bis nach Bow
fahren, und das wäre noch eine Viertelstunde, Gott verdammt.
*Er entkommt uns, kann fliehen, und ich brauche das. Ich muss ihn
aufhalten, denn sonst ist er futsch. Was für ein Scheiß, und …«*

Und dann war es ihr klar:

Die A13.

Die A13 war doch frei.

»*Dort*«, sagte sie zu King. Deutete auf die Straßensperrung. »Biegen Sie dort ab.«

»Nein, das geht nicht, das ist die Strecke der Prozession ... sehen Sie ...« Ein Polizeiwagen am Straßenrand, daneben ein Beamter, der Kaffee schlürfte.

Noch sieben Minuten.

»Abbiegen. *Dahinten.*«

»Wir können nicht einfach auf die gesperrte Bahn der Prozession fahren, das ist verrückt, außerdem ...«

»Ed, sehen Sie mich an.«

Er warf ihr einen Blick zu. Sie sah ihm in die Augen. Dunkle Augenringe, kaum Schlaf. Schmerzen.

»Ich *brauche* das«, sagte sie. »Tun Sie es. *Jetzt.*«

Tu's für mich, Ed.

Eine Pause.

Und dann holte er Luft, fluchte, änderte abrupt die Fahrtrichtung. Der Beamte ließ den Kaffeebecher fallen, als sie an ihm vorbeirasten und die Autobahnauffahrt nahmen. Um eine Straßensperre herumfuhren, dann auf die A13. Kein Auto. Vierspurig, kein Verkehr, nur Menschenmassen hinter Absperrungen, überall schwarze Mohnblumen aus Papier.

Danke, Ed.

Und jetzt fahr einfach.

Er trat aufs Gaspedal, und sie rasten über die Bahn.

Beeilung.

Der Toyota flog nur so dahin. Alles verschwommen. Bäume, Verkehrsschilder, Häuser zischten vorbei, alles verschwommen, während sie in die zunehmende Dunkelheit rasten, so schnell ...

Noch sechs Minuten.

Na komm, mach schon …

Vor ihnen tauchte eine Ansammlung dunkler Autos auf.

Sie hatten das Ende der Prozession erreicht.

»Fuck«, fluchte King. »Was jetzt?«

Knacken in ihrem Funkgerät. Eine Frauenstimme: »An alle Einheiten. Warten Sie auf weitere Informationen. Betrifft London Motorway A13, möglicher Vorfall. Over.«

King schaute zu ihr rüber. »Die wissen schon, dass wir Bullen sind, oder? Das Blaulicht …«

Sie runzelte die Stirn.

Dachte an die bewaffneten Beamten bei der Westminster Station: *›London Strong Week‹, da sind alle etwas nervös.*

»So eine Lichtanlage kann sich jeder kaufen«, meinte sie.

Vor ihnen scherte ein Begleitfahrzeug aus, ließ sich zurückfallen. Bewegungen im hinteren Bereich: ein bewaffneter Beamter. Er beobachtete sie.

Durch die Visiervorrichtung.

Ach du Scheiße …

Lucy schnappte sich ihr Handy, drückte den Button der internen Polizeikommunikation. »Stone. Sind auf dem London Motorway A13. Richtung Ost. Grauer Toyota. Hinweis, wir sind Polizei. Over.«

Statisches Rauschen.

»Wiederhole. Hier spricht Stone. Sind auf der A13. Over.«

»Nicht auf uns schießen, verdammt«, schrie King.

Noch mehr statisches Knacken. Dann: »Stone. Geben Sie erneut Ihre Position durch. Over.«

Sie waren fast auf einer Höhe mit dem Begleitfahrzeug. Sie konnte den Gewehrlauf sehen, der immer auf den Toyota gerichtet war.

Einatmen, ausatmen.

Noch fünf Minuten.

»Lucy?« Kings große Knöchel wurden weiß. »Schätze, wir müssen uns zurückfallen lassen.«

Sie schüttelte den Kopf. »Nein.«

Er warf ihr einen knappen Blick zu, doch sie blickte geradeaus.

Die Mündung des Gewehrs zielte genau auf sie. Der rote Punkt der Laserzielerfassung huschte über ihren Kapuzenpulli.

»Ed?«

»Ja?«

Sie spürte die Schuld, die in ihr hochstieg, immer höher.

»Gib Gas«, sagte sie.

Und dann flogen sie dahin. *Oh Gott, oh Jack.* Sie hielt den Atem an, als sie an dem Begleitfahrzeug vorbeijagten, vorbei an den dunklen Autos und den Kränzen. *Guten Abend, Majestät.* Vorbei. *Endlich freie Bahn, verdammt.* Dann schneller und immer schneller, bis sie die nächste Ausfahrt nahmen, vorbei an der Straßensperre, mit quietschenden Reifen, heulender Sirene.

In der Ferne: der Flughafen.

King fluchte, während sie über die Zufahrtsstraße donnerten, sich an Taxis, Autos, Lieferwagen vorbeischlängelten.

Bitte, Gott. Mach, dass er noch da ist.

Einatmen, ausatmen.

Sie sah, wie ein Jet abhob. *Zu groß, nicht Hurst, unmöglich, aber verdammt noch mal, Beeilung.*

Noch vier Minuten.

Sie nahmen eine Kurve in voller Fahrt. Sahen das Hinweisschild: *Privater Terminal.* Kamen an einen Kreisverkehr, an eine Ausfahrt, *weiter*, an noch eine Ausfahrt, *fast geschafft*, folgten einem geraden Streckenverlauf, bogen ab und ...

Ein dünner Metallzaun.

Niemand bei dem Wachposten.

Fuck, wir haben keine Zeit mehr, gottverdammt ...

»Moment«, sagte King.

Gab Vollgas.

Oh, Scheiße ...

Ein kreischendes Geräusch, als das Auto durch den Metallzaun brach.

Lucy spürte, wie der Sicherheitsgurt an ihrem Hals drückte. Lächelte.

Gut gemacht, Ed.

Sie rasten auf das fast dunkle Vorfeld des Flugplatzes. Sie ließ den Blick über die große Asphaltfläche schweifen. Sah Gepäcktransporter, Zugmaschinen, Dollys: alles in Bewegung, überall Fahrzeuge. Bodenpersonal in Leuchtwesten. Jets in Warteposition, Tanklastzüge, Flieger bereit zum Rollen. Chaos.

Wo steckst du jetzt, Hurst?

Hinter ihnen ein Geheul von Sirenen. Blaue Lichter blitzten auf, als ein Fahrzeug der Flughafenpolizei seinen Posten verließ und auf sie zuraste. King gab wieder Gas, vorbei an einem Trolley, fuhr weiter.

»Wohin jetzt, Lucy?« Blick in den Rückspiegel. »Wohin soll ich fahren? *Lucy?*«

»Ich guck ja schon.« Sie schaute sich verzweifelt um. *Er muss doch irgendwo sein.*

Die Sirene der Flughafenpolizei heulte.

»Stone?«

»*Ich* GUCKE!« Sie runzelte die Stirn. So viele Jets, zu viele. Verdammt. *Wo ...*

... zum Teufel ...

... ZUM TEUFEL ...

»Da!« Sie zeigte auf das Ende des Vorfelds. Hurst stieg gerade die Stufen zu einem kleinen grauen Jet hinauf, die Reisetasche aus Leder lässig über der Schulter. »Sehen Sie ihn?«

King nickte. Drückte das Gaspedal platt. Sie donnerten über den Asphalt, hielten auf das kleine Privatflugzeug zu, vorbei an Bodenpersonal, Passagieren. Alle wichen zurück. Überall Gepäckstücke. *Achtung, Hurst, hier kommen wir, verdammt ...*

Mit quietschenden Reifen hielten sie vor dem Jet.

Hurst blieb auf der Treppe stehen. Schaute auf sie herab.

Lucy starrte ihn durch die Windschutzscheibe des Toyota an. *Jetzt gehörst du mir.*

Sie öffnete die Tür. Stieg aus. Ihr Handy klingelte: Wilkes. Sie warf King das Handy zu. »Würden Sie vielleicht? Und ... übernehmen Sie auch die dort?« Sie deutete auf die Beamten der Flughafensicherheit, die gerade aus den Fahrzeugen sprangen, die Waffen im Anschlag. »Danke.« *Ich habe nämlich was zu erledigen.* Sie ging über den Asphalt, Kinn leicht gesenkt, Blick geradeaus. Gelangte zum Fuß der Treppe. Schaute hinauf.

Hurst grinste.

»Ach, Sie sind das«, meinte er. Aufblitzende Zähne, übertrieben weiß. »Ich hatte schon gehofft, Sie wiederzusehen.« Zu King gewandt sagte er: »Hey, Ed. Ich sagte Ihnen ja, dass sie was für mich übrighat.« Er blickte herab auf Lucy. »Bin auf dem Weg nach Monaco. Möchten Sie mich vielleicht begleiten?«

Hinter ihm verschwand die Sonne hinter dem Horizont.

»Sie werden eingebuchtet«, sagte sie. »Für den Mord an Flinders Cox.«

Er lachte.

Nur zu. Lach ruhig, du Wichser. Aber ich habe dich, und du wirst mich zu dem Antidot führen.

»Ich hätte es gern«, sagte er. »Dass Sie mitkommen, meine ich. Wirklich. Die Yacht wartet schon.«

Sie ignorierte ihn. Fing an, den Text abzuspulen: »Sie sind nicht verpflichtet, etwas zu sagen ...«

»Halten Sie sich nur nicht mit Kofferpacken auf.«

»… aber es könnte hinterher gegen Sie verwendet werden …«

»Kleidung ist optional.«

Sie hörte auf zu sprechen. Funkelte Hurst an. Musste daran denken, dass er bewundernd von den Attentätern des Isolierzentrums gesprochen hatte. Dachte an Flinders Cox, mit aufgeschnittener Kehle, das Kruzifix in der Augenhöhle. An die Schuld. *Ich kann dich nicht leiden, Geoff Hurst. Und das ist problematisch für dich, sehr sogar, weil ich dich auseinandernehmen werde, dich fertigmachen werde. Tatsache ist, wenn ich erst mit dir fertig bin, dann wirst du …*

»Lucy?«

King lief zu ihr, schwenkte das Handy.

Jetzt nicht, Ed.

»Sagen Sie Wilkes …«, setzte sie an.

»Das ist nicht Wilkes«, erwiderte er. »Huffington-Burleigh.«

Sie legte die Stirn in Falten. *Huffington was …?*

Ach so, ja. Blutiger Pfropfen.

Sie nahm das Handy entgegen.

»Stone.«

Blutiger Pfropfens Stimme war leise. Er sagte etwas, aber die Jets waren zu laut. Jedes dritte Wort ging unter. Lucy blickte angestrengt drein, hielt sich die Hand auf das freie Ohr. »… habe die … aus Panama, und … stellt sich raus … es *nicht* Hurst …«

Moment … warte mal.

Dann: »… Helen Cox.«

»*Was?*« Sie starrte auf das Handy. Hatte das Gefühl, als würde die Welt einstürzen. Als würde die Schuld höhnisch lachen, während sie himmelaufwärts stieg.

»Helen Cox«, wiederholte Blutiger Pfropfen. »Und irgendein Anwalt. Die haben abgesahnt. Sie waren …«

Lucy schaute auf. Hurst kam die Stufen wieder herunter, kam auf sie zu. Feixend.

Aber ... ich weiß, dass du es bist ... Ich war mir so sicher ...

Er stand einen Schritt entfernt vor ihr. Sie konnte sein Cologne riechen. Roch nach Whiskey.

»Also, was ist nun mit Monaco?« Wieder ein Grinsen. Seine Sonnenbrillengläser waren große schwarze Kreise: Augen wie bei einem Survivor, aber bedrohlich, furchterregend. Sonnengebräunte Haut, perfekt gestyltes Haar. Unter seiner Manschette lugte ein schwarzes ›London Strong‹-Armband hervor. »Ich weiß doch, dass Sie mitkommen wollen ...«, raunte er ihr zu.

Er streckte die Hand nach ihr aus.

Sie wollte sich dieser Hand entziehen, ihm ausweichen, aber sein Arm war zu lang. Seine Finger strichen über ihre Bauchdecke.

Bilder blitzten auf. Der Tunnelblick setzte ein. Dann Rot. Rote Schlieren, die alles verdeckten. Sie sah, dass er die Lippen bewegte, hörte aber nicht, was er sagte, sah nur, dass er höhnisch grinste und wieder die Hand nach ihr ausstreckte. Sie lief nicht weg, blieb einfach stehen, fixierte ihn mit düsterem Blick, ihre Hände ballten sich zu Fäusten, und *rot, rot, alles rot ...*

Und dann ...

... schickte Lucy ihn mit einem Schlag zu Boden.

14. KAPITEL

Die Schrei-Träume werden heute Nacht schlimm sein.

Lucy warf die leere Booster-Spritze in den Behälter für die Kanülen. Atmete aus. Stand auf, starrte auf den gesprungenen Spiegel in ihrem Badezimmer. Die Wunde am Kiefer schmerzte noch. Sie berührte die Stelle, verspürte einen stechenden Schmerz. Sie überlegte, welcher der Flughafen-Bullen sie angegriffen hatte. *Der dicke? Der große? Schätze, es war der große. Der dicke war zu langsam, dem wär ich entwischt, muss also der große gewesen sein.* Sie versuchte sich zu erinnern, was eigentlich passiert war, nachdem sie Hurst eine verpasst hatte. Aber alles war in Rot getaucht, übrig blieben nur einige Erinnerungsfetzen: schmutziger Asphalt, nur wenige Zoll vor ihrer Nase; der Geruch von Kerosin; das Knie eines Airport-Bullen in ihrem Rücken, das sie runterdrückte. Es war nicht Kings Knie, das wusste sie. *Weil ich mich erinnere, was du gemacht hast, Ed. Du hast die Bullen weggezogen. Kurz war dein Stoppelbart in meinem Blickfeld, ein Hauch von Aftershave. Daran erinner ich mich.*

Als sich die roten Schlieren schließlich verflüchtigten, war sie wieder in der Abteilung beim MIT19. In Wilkes Büro. Eine Strafpredigt. Ihr Gehör hatte wieder funktioniert, deshalb hatte sie jedes Wort verstanden, hatte die Enttäuschung in Wilkes' Stimme wahrgenommen: *Suspendierung. Ja, diesmal offiziell. Anhörung wegen Fehlverhaltens. Rechnen Sie damit, dass Sie den Dienst quittieren müssen, Lucy.* Es hatte keinen Sinn zu diskutieren. Sie hatte ihr Abzeichen und ihren Dienstausweis aus der Tasche ihres Kapuzenpullis genommen und über den Tisch geschoben. Sah, wie Wilkes sie mit Kopfschütteln bedachte.

War nicht meine Absicht, Ma'am.

Nun ja … ein bisschen schon. Der verfluchte Hurst, der übergriffige Wichser …

Aber was mache ich jetzt nur?

Sie hatte ein schwarzes Taxi nach Hause genommen. Auf ihrem Schoß ein Pappkarton, mit Krimskrams aus ihrem miesen kleinen Schreibtisch. War Wilkes' Vorschlag gewesen: Man weiß ja schließlich nie, was alles passieren kann, wenn andere deinen Schreibtisch leerräumen. Während das Taxi durch die dunklen Straßen fuhr, hatte sie aus dem Fenster in das Schwarz gestarrt und sich gefragt, was jetzt wohl passieren würde, wie sie nun die Schuld begleichen sollte, wie sie jetzt klarkommen sollte.

Und nun war sie hier.

In ihrem Badezimmer. Nach Mitternacht. Am Boden zerstört.

Und überlegte immer noch.

Stirnrunzelnd betrachtete sie die Lucys im Spiegel. Berührte noch einmal die Wunde. Schmerz. Dachte: *Scheiß drauf, soll es doch wehtun. Musste Schlimmeres im Ring einstecken, ja, und es ist sowieso egal. Ist wie bei den Boostern, dieselbe Geschichte eigentlich. Du hast es verdient, Lucy. Wirklich. Booster, Schulter, das hier. Für das, was du vor zwei Jahren getan hast?*

Sie rieb über die Wunde, fest. Spürte das Brennen.

Doch, du hast diesen verdammten Schmerz verdient.

Sie holte noch einmal tief Luft, verließ dann das Bad, ging zu ihrem Schreibtisch. Griff zum Handy. Das hatten sie ihr zum Glück gelassen, Gott sei Dank. Sie fuhr damit langsam über ihren Bauch. Las die Zahl auf dem Display.

8,2.

8,2, direkt nach dem Boostern?

Fuck!

Vielleicht habe ich auch das verdient.

In ihrem Kopf begann sich alles zu drehen. Müde. *So verdammt müde.* Sie ging in die Küche, mit bloßen Füßen auf den kalten Fliesen. Machte sich nicht einmal die Mühe, Licht anzumachen. Öffnete den Kühlschrank, aber sie wusste es schon: kein Kaffee mehr, keine Cola. Sagte »Wie blöd«, aber es tat eigentlich nichts zur Sache. Sie hatte circa sechzig Stunden nicht geschlafen. Auch Koffein gelangte irgendwann an seine Grenzen.

Die Schrei-Träume werden heute Nacht schlimm sein. Ich weiß es.

Und daran kann ich, verdammt noch mal, nichts ändern.

Lucy machte den Kühlschrank wieder zu. Starrte aus dem schmutzigen Küchenfenster, hinunter auf den leeren Parkplatz hinter dem Wohnblock. Überall Müll. Ein Obdachloser campte nahe beim Müllcontainer. Sie fuhr sich durchs Haar, dachte an die Zeit vor zwei Jahren. Als sie an diesem Parkplatz vorbeigelaufen war, die Goswell Road hinunter, in die Dunkelheit. Keuchend. Und jemanden verfolgt hatte.

Sie hatte überlegt, die Waffe zu benutzen.

Und dann dachte sie an all das, was danach passiert war, eine Reihe pechschwarzer Dominosteine, die umfielen, einer nach dem anderen – *klack, klack, klack* –, den ganzen Weg bis zum Ende, bis zu der Sache damals. Das, was damals geschah, was die Schuld auslöste, die Schuld, die sie nie begleichen könnte. Nicht länger, denn jetzt war sie ja nicht mal mehr ein richtiger Bulle, *fuck.*

In ihrem Kopf Enoch Claphams Stimme: »Wir vergessen es auf unsere eigene Gefahr hin.«

Tja, wir erinnern uns auch auf unsere eigene Gefahr hin ...

Ihr fielen die Lider zu. Sie zwang sich, die Augen offen zu halten, aber inzwischen war ihr schwindelig. Leicht übel. Der Schlaf kündigte sich an. Hatte sie fast übermannt. Sie wusste es, kannte all die Tricks des Schlafs; jedes Antäuschen, jeden Dip, jeden Jab. Sie schüttelte den Kopf. *Noch nicht.* Sie tappte zurück ins Schlafzimmer, vorbei an dem Stapel leerer Getränkedosen und der Klimmstange, trat in die Mitte des Zimmers, zu jener Stelle, wo einst das Bett gestanden hatte. Im Schneidersitz setzte sie sich auf den verschlissenen Teppich. Starrte auf die schwarze Wand vor sich. Spürte, wie ihr Geist sich verselbständigte. Doch sie zog das Kinn leicht an, biss die Zähne aufeinander.

So leicht lasse ich mich nicht unterkriegen.

Sie zwang sich, dagegen anzukämpfen, zwang sich zum Denken – wollte an etwas denken, an irgendetwas.

Denk an den Fall. Den darfst du nicht vergessen. Begleiche die Schuld, das ist deine einzige Chance.

Ein tiefes Luftholen.

Denk über Orangener Turnschuh nach. Der ist dort draußen. Und ich finde dich, verdammt.

Ihr Kopf sackte ihr auf die Brust.

Clapham. Du gemeiner Hund. Ich weiß, dass du da mit drinsteckst. Verdammt gerissen bist du, aber ich komme dahinter …

Sie überlegte angestrengt.

Mr Cox. Er fand ein Antidot und … ich werde es finden und …

Ihre Augen waren zu Schlitzen verengt, aber sie kämpfte dagegen an, konzentrierte sich auf Cox, auf Cox' Leiche. *Blut. Blut auf dem Boden, die Arme ausgebreitet, kleines Zimmer, ein Zimmer wie dieses, kahle Wände …* Fast glitt sie hinüber in den Schlaf. *Bett. Schreibtisch, Bücher. Rote Bücher, ein Foto …* Die Augen fielen ihr zu. *Ein Foto? Seltsam, etwas … ist seltsam. Ein Foto. Eins. Und … nicht Veronica darauf. Nein. Nicht Helen …*

So merkwürdig …

Das Foto eines Mannes … so …

Lucy sank nach vorn, mit dem Kopf zuerst auf den Teppich, die Augen geschlossen. Schwärze. Letzter Gedanke:

Wer?

Und dann fingen die Schrei-Träume an.

Lucy saß im Café in Brompton und stierte auf ihren halb vollen Teller mit vegetarischem Essen.

Sie nahm einen Schluck von ihrem Getränk. Rieb sich die Augen. Sie hatte recht gehabt. Die Albträume vergangene Nacht waren furchtbar gewesen. Als der letzte endete und sie sich ins Wachsein schrie, stellte sie fest, dass sie sich in der kleinen Höhle unter ihrem Schreibtisch verkrochen hatte. Dort lag sie, die Knie an die Brust gezogen, vor- und zurückwippend. Keuchend. Schweißgebadet, die Wangen feucht von Tränen.

Ihr erster Gedanke: *Ich bin in der Hölle.*

Die Erinnerung an Cox' Foto hatte sich unter der Dusche wieder eingestellt. Es kam ihr schlagartig in den Sinn, als sie sich das Haar ausspülte, und Sekunden später war sie raus aus der Dusche, schnappte sich ihr Handy. Das Wasser tropfte auf die Fliesen, während sie eine SMS an King eintippte: »Müssen sprechen. So schnell wie möglich. Spur. Café. Kommen Sie. Akten mitbringen. P. S.: Handy fast platt.«

Ein kleines schlechtes Gewissen beim letzten Satz. Das war eine Lüge: Ihr Handy war aufgeladen.

Aber ich brauche dich hier, Ed. Muss dir gegenübersitzen. Ein Anruf allein reicht da nicht. Sonst folgst du der Spur und lässt mich allein zurück: Danke, Lucy, gut gemacht, aber jetzt verpiss dich. Und du würdest mich doch nicht einfach hier zurücklassen, mit plattem Handy, oder, Ed?

Oder doch?

Lucy schob einen kalten Pilz auf ihrem Teller hin und her. Inzwischen war es neun Uhr. Die Wohnung hatte sie Viertel vor sechs verlassen, saß seit sieben im Café. King hatte die SMS gegen acht gelesen, hatte angefangen, etwas einzutippen, doch dann verschwanden die Punkte wieder. Keine Antwort bislang. Sie zog das Handy aus der Tasche des Hoodies, warf zum dreißigsten Mal einen Blick aufs Display. Immer noch nichts. Sie holte tief Luft. *Er wird kommen. Ganz sicher. Er braucht eine Spur. Und ich muss im Geschäft bleiben, muss helfen, denn sonst zählt es irgendwie nicht richtig beim Begleichen der Schuld, oder? Und außerdem glaubt er nicht an das Antidot. Wirklich, niemand glaubt daran. Wenn ich also nicht dabei bin …*

Ein Klingeln, als die Tür zum Café aufschwang. King kam herein. Olivfarbene Regenjacke, über der Schulter einen schlichten schwarzen Rucksack. Er nahm gegenüber von ihr Platz. Zog die Stirn kraus.

»Sie sind verdammt radioaktiv«, meinte er. »Das wissen Sie schon, oder?«

Und auch dir einen guten Morgen.

Sie gab sich davon unbeeindruckt. »Wilkes war gestern Abend ziemlich sauer, aber ich schätze …«

»Wilkes? Es geht nicht nur um Wilkes, Lucy.« Er stützte sich mit den kräftigen Unterarmen auf der Tischplatte ab, beugte sich leicht vor. »Ich habe versucht, es Ihnen zu sagen. Hören Sie zu. Die Tour zum Labor. Dann die Sache gestern, schon vergessen?«

Ein Kopfschütteln. *Natürlich habe ich das nicht vergessen, Ed. War ja erst gestern. Soll das eine Strafpredigt werden? Denn eigentlich fängt nur Ma'am damit an …*

»Also gut«, sagte er. »Okay, ich habe Hurst unter die Lupe genommen. Sorgfältig. Eigentlich ist er ganz charmant, auf seine Alpha-Tier-was-bin-ich-doch-für-ein-gerissener-Fuchs-Tour, aber etwas an ihm kam mir dann doch merkwürdig vor. Kleinigkeiten. Er übernahm die Verantwortung für *alles*: für den Wissenschaftskram, für all das Zeug, von dem er selbst keine Ahnung zu haben schien. Sobald jemand anders das Wort ergreifen wollte, bremste er ihn aus. Einmal versuchte so ein Kittel aus dem Labor, ihn zu verbessern, und Hurst hätte dem armen Kerl fast den Kopf abgebissen. Die DCs hingen ihm an den Lippen, aber ich wusste sofort, was Sache war. Ich wusste, was das für ein Typ ist.« Er machte eine Pause. »Der Mann ist ein verdammter Narzisst.«

Was du nicht sagst.

»Sicher …«

»Genau, ›sicher‹, okay. Aber ich meine jetzt klinisch betrachtet. Ich bin da ganz sicher. Einmal hatte ich mit einem DCI zu tun, selber Fall. Ein verdammter Albtraum war das. Er kümmerte sich einen Scheißdreck um andere. Das Problem war nur, dass Hurst ein Auge auf Sie geworfen hatte. Das habe ich Ihnen ja gesagt. Und als er Sie wiedersah, wusste ich, dass er es erneut versuchen würde. Und natürlich haben Sie ihm gesagt, dass er sich verpissen soll.«

Und du wolltest mich beschützen, ich weiß, und ich brauche das nicht, verdammt, deshalb …

King redete weiter. »Also gut. Soll er's ruhig versuchen. Sie kommen schon klar, was? Nicht, dass Sie Schutz nötig hätten; ich denke, das war ziemlich klar, noch bevor Sie dem Mann den Kiefer gebrochen haben.«

Oh.

»Die Sache ist die«, sagte er. »Ein Typ wie der? Ein echter Narzisst? Tief drinnen ist er unsicher. Sie sagen Nein, und das bringt seine kleine Blase zum Platzen. Deshalb muss er Sie vernichten. Muss Sie in Stücke reißen, muss beweisen, dass Sie Müll sind und dass er Sie sowieso nie wollte. Nicht gerade die beste Atmosphäre für Vernehmungen, richtig? Und genau deshalb habe ich ja auch versucht, Sie von ihm getrennt zu halten.« Er seufzte. Rieb sich das Kinn. »Und so wäre das schon gewesen, wenn Sie ihn bloß normal hätten abblitzen lassen.«

Oh, fuck.

»Und wenn ich ihn also niederschlage?«

»Schauen Sie selbst«, meinte er. »Darf ich?« Er deutete auf ihr Handy. Sie nickte, schob es zu ihm über den Tisch. »Hier«, sagte er und tippte etwas ein. »Wenn Sie ihn niederschlagen, Lucy, dann kriegen Sie *das hier*.« Er hielt ihr das Display hin.

Die Schlagzeile des Artikels lautete: *Cox-CEO macht »infame« Met nieder.*

Sie fing an zu lesen. Hielt inne, schaute auf, mit großen Augen. »Er hat sich an den *Commissioner* gewandt?«

»Lesen Sie nur weiter. Auch an den Bürgermeister. Und er twittert. Ganz schön gemeine Sachen. Bis heute fünf Tweets.«

Fuck, fuck, fuck.

»Wie blöd«, meinte sie.

»Ja. Ganz schön blöd. Was Sie betrifft? Sie sind eine Aussätzige.«

Er lehnte sich zurück. Verschränkte die Arme.

Fuck.

Geoff Hurst, du bist ja vielleicht kein Killer, aber dafür bist du ein echter Wichser.

Und was dich betrifft, Ed …

Sie legte das Handy zur Seite. Atmete aus. Starrte King über den Tisch hinweg an, sah seinen Stoppelbart, die grünen Augen. Eine Sekunde lang wollte sie es ihm erzählen. Alles, von der Sache, die damals geschehen war, von der Schuld und von ihrem Sensor, auf dem die Zahl immer weiter abfiel. Sie wollte ihm erzählen, warum sie das brauchte, und er würde es verstehen. Sie wusste, dass er verstehen würde. *Aber ich kann nicht. Kann es mit niemandem teilen. So läuft das nicht für mich. Dann wiederum … ich brauche das wirklich.*

Und du brauchst meine Spur.

Also …

Fürchte, das wird jetzt unangenehm für dich, Ed.

»Mag ja sein, dass ich eine Aussätzige bin«, sagte sie. Machte eine Pause. »Aber ich bin eine Aussätzige mit einer Spur.«

»Das sagten Sie schon. Und hier bin ich. Erzählen Sie mal.«

Sie verneinte mit einem Kopfschütteln. »So einfach ist das nicht. Ich muss am Ball bleiben.«

»Verdammt.« Er lachte leise. »Habe ich das Ihnen nicht schon gesagt? Dass Sie radioaktiv sind? Schon wieder vergessen? Können Sie sich vorstellen, was passiert, wenn Wilkes Wind davon bekommt? Was sie dann denkt? Oder der Chief Super?«

Lucy schob den Teller zur Seite. Beugte sich vor, starrte ihn an. »Aber was denken *Sie*, Ed?«

Kommen Sie. Ich brauche Sie an Bord.

Und Sie brauchen mich.

Er wandte den Blick von ihr. Sie sah, wie er die Augenbrauen zusammenzog und auf die schmierige Tapete des Cafés starrte. Ihr fiel auf, dass er an diesem Tag kein Aftershave aufgetragen hatte. Sie fragte sich, woran das wohl liegen mochte, ehe sie überlegte, warum sie enttäuscht war. Sie spürte die Welle des Schuldgefühls. *Stopp. Komm schon, Lucy. Fokussier dich.*

King holte hörbar Luft und sagte dann:

»Was ich denke? Dass Hurst ein Wichser ist und es nicht anders verdient hat. Netter Cross übrigens.« Ein Anflug eines Grinsens, dann war er wieder ernst. »Und ich denke, dass Sie Hilfe brauchen, Lucy. Professionelle Hilfe. Genau wie ich damals. Dafür braucht man sich nicht zu schämen.«

Sie runzelte die Stirn. *Keine Vorträge bitte.*

»Und ich brauche eine Spur.«

Ja, Ed, genau, die brauchst du.

»Aber«, sagte er, »am wichtigsten: Ich denke, Sie sind verdammt störrisch und werden sowieso machen, was Sie wollen. Was bedeutet, ich gebe klein bei oder ich lege Ihnen Handschellen an. Und ich möchte keinen Schlag abkriegen, deshalb ... ja.

Ach, scheiß drauf. Sie bleiben am Ball. *Inoffiziell.*« Eine Pause. »Und jetzt erzählen Sie mir, was für eine Spur Sie haben.«

Tja ... Sie zog an den Bändern der Kapuze. *Treibst du ein Spielchen mit mir, Ed?* Sie wollte ihm glauben, aber sie kannte ihn ja kaum, musste sich absichern. »Beweisen Sie es mir«, sagte sie.

Er lachte. »Verdammt, Sie sind ... ich würde Sie nicht anlügen, Lucy. Ich glaube an offenes Spiel, schon vergessen?« Er dachte nach, tippte zweimal auf den Tisch und stand auf. »Gut. Ich werde es beweisen. Warten Sie einen Moment. Übrigens: Ihr Akku ist geladen.«

Ooops.

Sie veränderte ihre Sitzposition so, dass sie sehen konnte, wie er zur Kasse ging. Er bestellte etwas bei dem Mann in der fettigen Schürze, bezahlte. Augenblicke später kehrte er wieder auf seinen Platz zurück und brachte ein großes Glas mit sprudelnder brauner Flüssigkeit mit. »Ihr Drink«, sagte er. »Cheers.« Er nahm einen großen Schluck. Hustete.

Lucy schenkte ihm ein Lächeln. *Nicht schlecht, was?*

Wieder ein Husten. »Okay. Nun. Brennt ein bisschen, aber tatsächlich nicht übel.«

Sagte ich ja.

»Also«, meinte er, »glauben Sie mir jetzt? Ich bin auf Ihrer Seite. Halte Sie auf dem Laufenden, so gut ich es kann. Okay?«

Sie dachte darüber nach.

Mir bleibt keine andere Wahl, oder? Also gut.

Packen wir's.

»Cox hatte ein gerahmtes Foto auf seinem Schreibtisch«, ließ sie ihn wissen. »Ein Mann, ungefähr Mitte zwanzig. Braunes Haar, blaue Augen, ausgeprägte Wangenknochen.«

Er verdrehte die Augen. »Ich hab *das hier* für diese Info getrunken?«

Lucy runzelte die Stirn. *Du hast gesagt, dir schmeckt es. Und überhaupt, verstehst du denn nicht?* »In dem Zimmer war sonst nichts, ja? Eine kleine Klosterzelle. Das waren Ihre Worte. So ein Zimmer? Jede Kleinigkeit darin muss eine Bedeutung für ihn gehabt haben. Es kann nicht anders sein.«

Ein Achselzucken. »Wenn Sie es sagen.«

»Ja, ich sage es.« *Vertrau mir, Ed, ich weiß alles über kahle, spartanische Zimmer.* »Wieso also *dieses* Foto? Nicht Helen. Nicht Veronica. Um ehrlich zu sein, zuerst habe ich mir darüber keine Gedanken gemacht. Schätzte, es war ein Sohn. Vielleicht ein Bruder. Aber Cox hatte weder einen Sohn noch einen Bruder. Hab ich überprüft.« Ein Leuchten lag in ihren Augen. »Wer ist das also auf dem Foto?«

»Ich weiß es nicht«, sagte King. »Sagen Sie es mir. Wer?«

»Ich weiß es auch nicht. Aber das müssen wir herausfinden. Hören Sie zu. Cox hat ein Antidot entwickelt ...«

»Nein, Lucy ...«

»Doch, hat er. Ich weiß es. Und er hat das geheim gehalten. Aber *jemand* muss davon gewusst haben. Nur wer? Wie wäre es mit diesem Mann? Mit dem Mann, der Cox so verdammt wichtig war, dass er ein Foto von ihm aufgestellt hat – nur von ihm –, in einem kleinen, kahlen Zimmer wie seinem?« Sie lächelte King an. *Gib es zu, Ed. Das ist eine Spur.* »Warten Sie, ich zeige es Ihnen. Sie haben die Akten dabei? Auch die Fotos vom Tatort?«

Er nickte. Griff in den schwarzen Rucksack zu seinen Füßen, holte eine Mappe daraus hervor. »Also gut. Dann legen Sie mal los.« Er schob ihr die Unterlagen über den Tisch.

Perfekt. Lucy ging die Mappe durch, zog ein Foto aus dem Stapel hervor. Legte es genau neben ihren Teller. »Okay, genau ...« Sie runzelte die Stirn. »Moment.« Sie nahm ein zweites Foto zur Hand. Wieder Stirnrunzeln. »Das verstehe ich nicht«, meinte sie. Dann begann sie, den ganzen Stapel durchzublättern.

»Was ist?«, fragte King.

Lucy schaute auf, sah ihn an.

»Das Foto«, sagte sie. »Das, was ich gesehen habe. Es ist nicht mehr da.«

»Das ist doch verrückt, verdammt noch mal!«, rief King. »Das wissen Sie schon, oder?«

Der Toyota parkte in einer schmutzigen Seitenstraße in Westminster. Es regnete. Lucy nahm einen Schluck aus ihrer Colaflasche und starrte aus dem Fenster auf das Gebäude auf der anderen Straßenseite. Drei Stockwerke, Backstein, schmutziges helles Schild mit kleinen schwarzen Lettern, leicht zu übersehen:

METROPOLITAN POLICE, SPECIAL IDENTIFICATION
UNIT

Eine große Stahltür.

Sie hasste diese Tür.

Hatte es gehasst hindurchzugehen, als das noch ihre Einheit war; ihre erste, bevor sie zu Wilkes und dem Morddezernat und zum MIT19 wechselte. Damals, als Arbeit nichts anderes bedeutete, als den lieben langen Tag vor einem Bildschirm zu hocken und auf Gesichter zu starren. Sie erinnerte sich, wie sich die kleinen Rädchen in ihrem Kopf drehten und drehten, bis ihr die Augen wehtaten und sie Kopfschmerzen bekam. *Als ich nichts weiter war als der Partytrick. Und jetzt bin ich wieder da, willkommen zu Hause, Lucy, und scheiße, aber ich bin eine Aussätzige und offiziell suspendiert, und was ich jetzt am nötigsten brauche auf der ganzen verdammten Welt, ist, wieder jenseits dieser gottverdammten Tür zu sein.* Sie atmete tief durch. »Es ist die einzige Möglichkeit«, sagte sie.

»Sind Sie sicher?«

232

Ein Nicken. *Wenn du noch eine Datenbank mit 40 Millionen Gesichtern kennst, dann könnten wir auch die nehmen.*

King zog die Stirn in Falten. Nahm einen Schluck Kaffee, ehe er auf seine billige Uhr schaute.

Es war halb zehn. Sie hatten noch eine Stunde im Café gesessen, King hatte mit dem Handy telefoniert, Lucy hatte nur zugehört. Sie hatten es bei Veronica Cox versucht: *Ein Foto? In Dads Arbeitszimmer? Da bin ich nie reingegangen, sorry.* Salford wurde losgeschickt, um Helen zu befragen. Nichts. King fand heraus, dass es ein Zeitfenster von einer Stunde gab, als sie Cox' Leiche zurückgelassen und die Techniker die Fotos am Tatort gemacht hatten. Während dieser Zeitspanne hatte der uniformierte Beamte seinen Posten vor dem Zimmer verlassen. Jeder hätte das Foto vom Schreibtisch entwenden können. *Hätte ein Bulle sein können*, hatte King gesagt. *Hätte auch der Killer sein können*, erwiderte Lucy. *Er ist vielleicht extra deswegen zurückgekommen. Vielleicht war es ja sogar sein Foto? Ich hab das Gesicht gesehen. Könnte dem Gesicht einen Namen zuordnen, kein Problem, ich muss bloß wissen, wo ich suchen muss.*

Und jetzt waren sie hier.

King seufzte. »Es ist nur so, da drin wimmelt es nur so von Leuten mit Ihrer … Sie wissen schon.«

Mit dem abnormen fusiformen Gesichtsareal?

»Es heißt Super Recognizer«, sagte sie.

»Ah ja, Super Recognizer. Eine ganze verdammte Einheit davon. Müssen an die zwanzig sein, oder? Vielleicht sogar dreißig?« Er zerquetschte den leeren Costa-Becher in seiner prankenartigen Hand. »Und jeder Einzelne von denen kann einen auf Anhieb identifizieren? Gott verdammt.« Ein Seufzen. »Und man darf uns nicht zusammen sehen, weil Sie …«

»Weil ich radioaktiv bin?« *Das hast du jetzt schon fünfmal gesagt, Ed. Möchtest du es noch ein sechstes Mal loswerden? Nein?*

Sie setzte die Kapuze auf.

Dann sollten wir mal loslegen.

Lucy öffnete die Beifahrertür und stieg aus. Es regnete stark. Große Tropfen durchnässten ihre Kapuze, während sie die Seitenstraße in Richtung des Backsteingebäudes entlangging. King war neben ihr, seine Stimme drang nur gedämpft an ihre Ohren. »Vergessen Sie nicht, wenn die Sie kriegen, sind Sie erledigt. Entlassung, ohne Vorwarnung. Weg vom Fenster.«

Entspann dich, Ed, wird schon klappen. Hoffe ich jedenfalls.

Sie gelangten zu der großen Stahltür. Sie umfasste den Türknauf, warf einen Blick auf King. »Machen Sie einfach, was ich Ihnen gesagt habe, okay?« Sie sah, wie er nickte. *Okay. Los geht's.* Sie atmete tief durch.

Sie betraten das Gebäude.

In der Lobby der Special Investigation Unit herrschte Stille. Keine Sitzgelegenheiten, nackte weiße Wände. Ein elektronisches Tor hinderte sie am Weitergehen. Daneben saß eine Rezeptionistin mit Nickelbrille stirnrunzelnd über ihrem Sudoku. Lucy wandte sich halb ab. Die Leute an der Rezeption waren normalerweise keine Super Recognizer, zumindest früher nicht, aber sie wollte kein Risiko eingehen. Sie hielt den Atem an und hörte, wie King vortrat. *Komm schon, Ed. Wie ich's dir gesagt habe. Zück deinen Ausweis, kritzel deinen Namen in das kleine schwarze Buch, nick mir zu und sag …*

»Sie ist die Schwester eines Mordopfers.« King sprach gelassen. »Sie konnte den Ermittlern helfen, die Täter zu überführen. Anzeichen von Hochbegabung. Ich bringe sie für einen Testdurchgang.« Eine Pause, dann: »Besten Dank.«

Das Tor ging auf.

Siehst du, Ed? Ich sagte dir ja, dass es klappt.

»Das ging ja ganz gut«, wisperte er, als sie das Tor passierten. »Aber der nächste Schritt …«

Sie ignorierte ihn. Schaute zu Boden, konzentrierte sich auf ihre schmutzigen schwarzen Turnschuhe, deren Sohlen auf dem Korridor quietschten. Eigentlich war es simpel. Riskant, aber simpel. Auf dem Weg von Brompton hatte sie ihm alles erzählt: *Wenn ein Super Recognizer mich direkt von vorn sieht? Bang. Sofort identifiziert. Aber im Profil? Schon anders. Im Profil funktioniert das nicht so einfach. Weiß auch nicht, warum ich ehrlich sein soll. Es stimmt einfach. Wenn ich also meine Kapuze aufsetze und auf den Boden starre, dann müssten wir durchkommen. Ich darf nur nicht aufschauen.*

Aber was ist, wenn es jemandem auffällt?, hatte er gefragt, *und uns jemand aufhält?*

Sie hatte mit den Schultern gezuckt. *Dann hauen wir ab, verdammt.*

Sie bogen rechts ab. Noch ein Korridor, diesmal voller Leute, alles Super Recognizer, die quatschten. Überall Stimmen. Lucy vergrub die Hände in den Taschen des Pullis, spürte ihren schnellen Puls. *Ruhig bleiben. Du musst die Ruhe bewahren.* Sie zwang sich, über die Spur nachzudenken. Eine gute Spur, großartig, sie sollte sich darüber freuen. Immerhin könnte es ja der Killer sein, oder? *Nur darf uns jetzt niemand in die Quere kommen. Bitte.*

»So weit, so gut«, sagte King leise. »Wir sind fast da.«

Sie hielt den Kopf gesenkt. Versuchte sich vorzustellen, wo sie sich im Augenblick auf der Karte befanden, die sie im Auto für ihn angefertigt hatte. *Genau, das müsste dann die grottige kleine Küche sein, stinkt immer noch nach Kohl. Was bedeutet, jetzt biegen wir links ab. Vorbei an den Testräumen, mit all diesen verfluchten Tests. Wieder links. Dann durch eine Tür; genial, dann geht es geradeaus weiter und wird immer dunkler und dann –*

»Oh, fuck«, entfuhr es King.

Da wären wir also.

Sie brauchte nicht aufzuschauen. Sah es vor ihrem geistigen Auge: einen riesigen Raum, das Licht gedimmt. Keine Fenster. Reihen über Reihen von Schreibtischen; an die hundert oder mehr und auf jedem Tisch zwei Monitore. Und an jedem einzelnen hockte ein Super Recognizer und starrte auf die grobkörnigen Aufnahmen von Überwachungskameras, die über seinen Bildschirm flimmerten. Lucy schnupperte. Es roch nach Augentropfen. *Gott verdammt, wie ich diesen Ort gehasst habe.*

»So viele«, wisperte er. »Sie hatten nicht gesagt …«

Tja, dann hättest du dich nicht darauf eingelassen, oder doch? Und ich brauche das. Konzentrier dich also, Ed.

Sie gingen weiter. Sie hielt den Atem an. Wusste, dass sie nun mittendrin waren, dass einer der hundert Super Recognizer sie jeden Moment anstarren könnte. Vielleicht kam er oder sie auf sie zu, tippte ihr auf die Schulter, und dann wäre alles vorüber. Game over.

Beeilung, Ed. Bitte?

Sie hörte seine Regenjacke rascheln, als er sich in dem Raum umsah. Sie hatte ihm genau gesagt, wonach sie suchten: eine große Nische im hinteren Bereich, hohe Wände, abseits der Schreibtische. *Sieht aus wie eine riesige schwarze Telefonzelle, keine Fenster, man kann es nicht verfehlen. Wieso findest du diese Stelle dann nicht, Ed? Ed? Komm schon, wie, zum Teufel, solltest du …*

»Dort«, sagte er.

Endlich. Sie folgte ihm, während er sich an all den Schreibtischen vorbeischlängelte, vorbei an einem Super Recognizer nach dem anderen, bis die Mausklicks schwächer wurden. Sie bogen rechts ab, und da war er: der LFR-Terminal. Ein alter Monitor, ein mieses Keyboard. Vierzig Millionen gespeicherte Gesichter. Und niemand konnte ihnen bei der Arbeit auf die Finger gucken.

»Perfekt«, raunte sie. Ließ sich auf den Stuhl gleiten, klickte mit der Maus. Der Monitor ging an. Am oberen Bildschirmrand: PND Live Facial Recognition Database. Lucy lächelte.

King stand hinter ihr, genau vor der Kabine. »Wie lange wird das etwa dauern?«

»Oh, tja …« Sie atmete tief durch und begann, Zahlen im Kopf zu jonglieren. *Filtern nach Geschlecht, Ethnie, Augen, Haar, Survivor. Dann die Gesichtsquoten, Nasentypen, all das. Vielleicht bis zu … dreitausend? Dann zwei pro Sekunde, so schnell ich es eben schaffe, das dürfte dann wie lange dauern?* »Halbe Stunde?«

»Gut«, meinte er. »Ich warte einfach dort drüben und –«

Plötzlich, irgendwo aus dem großen Raum eine Stimme: »Oh, King? Sind Sie das?«

Fuck.

Sie kannte diese Stimme.

Der verdammte Sykes. Hier?

»Ich kümmer mich um den«, flüsterte King. »Beeilung.«

Beeilung? Lucy klickte sich in die Datenbank und fing an, etwas zu tippen. Sie konnte King sprechen hören. Er hatte Sykes abgefangen, aber die beiden waren nicht weiter entfernt als zwanzig Schritte. *Beschäftige ihn, Ed. Irgendwie.* Sie war damit fertig, die Maske auszufüllen, blinzelte schnell, drückte Enter. Gesichter huschten über den Bildschirm, zwei pro Sekunde. Sie spürte, wie der Partytrick zu arbeiten begann: *Du nicht. Du nicht. Du auch nicht.*

In der Zwischenzeit hörte sie im Hintergrund die Stimmen der beiden:

King: »Andy? Was machen Sie denn hier?«

Sykes: »BTP hat das Material aus der U-Bahn geschickt. Wir haben sechs von diesen Freaks hier, die uns helfen.«

King: »Aufnahmen aus der U-Bahn? Dachte, da wäre Salford dran?«

Sykes: »Nun ja …«

237

Sie versuchte, Sykes' Stimme auszublenden, wollte sich auf die Gesichter konzentrieren, die über den Monitor huschten – *du nicht, du nicht, du auch nicht* –, aber einzelne Wörter drangen bis zu ihr durch: »Sehen Sie … das Vögelchen dort in der Ecke … letzte Weihnachten … Blowjob in der Toilette … dachte, vielleicht …« Die Stimmen wurden lauter, kamen näher. *Fuck. Haut ab.* Wieder Sykes: »Zeitverschwendung … Fleischklumpen bleibt Fleischklumpen, sehen alle gleich aus …« Sie zupfte an den Schnüren der Kapuze, starrte auf den Bildschirm. *Ich muss schneller vorgehen …*

Sie klickte mit der Maus: *Fünf pro Sekunde.*

Die Gesichter kamen in noch schnellerer Folge.

Nein. Nein. Nein. Nein. Nein.

Sykes: »Und? Was haben Sie inzwischen?«

King: »Nichts. Eine Spur. Sieht scheiße aus …«

    Hau ab, Sykes.

    Nein. Nein. Nein. Nein.

Sykes: »Eine Spur? Was denn, noch mehr Aufnahmematerial?«

King: »Nee, ist scheiße, wirklich …«

Sykes: »Was dagegen, wenn ich mal …«

    Fuck. Sie klickte wieder. Schneller.

    Nein, nein, nein, nein, nein …

Sykes: »Kommen Sie, nur ein kurzer Blick …«

King: »Reine Zeitverschwendung …«

    Ihre Augen brannten. Der Bildschirm verschwamm.

    Nein, nein, nein, nein, nein …

Sykes: »Was soll der Mist, Ed? Ich will ja nur mal …«

    Nein, nein, nein, nein, nein …

King: »Nein, hören Sie, halt … Andy … lassen Sie …«

    Nein, nein, nein, nein, nein … MOMENT.

    DORT.

Ein Mausklick. *Zurückspulen, komm schon, komm schon.* Und da, auf dem Bildschirm: das Gesicht. *Hab ich dich! Aber ... wenn Sykes mich sieht, bin ich am Arsch ...* Sie hörte, wie die beiden immer näher und näher kamen. *Kann nicht weg hier, fuck.* Sykes lauter. *Sitze in der Klemme.* Er war fast bei ihr. *Oh fuck oh fuck.* Und dann:

King: »Andy, kommen Sie, wie wär's mit einem auf die Schnelle?«

Eine Pause.

Dann hörte sie Sykes lachen, und King sagte etwas, das sie nicht verstand, und ihre Stimmen wurden leiser. Sie atmete tief ein. Atmete aus. *Nette Idee, Ed.* Sie setzte sich wieder gerade hin, schaute wieder auf das Gesicht auf dem Bildschirm. Und lächelte.

Du. Du bist es.

Das Gesicht von dem Foto.

Ein Mann von etwa Mitte zwanzig starrte sie aus dem Monitor an. Braunes Haar, blaue Augen, ausgeprägte Wangenknochen. *Das bist definitiv du. Ich erkenne dieses Gesicht. Aber wer BIST du, zum Teufel?* Ihre Augen huschten zum unteren Bildschirmrand. Robert Jordan Cates, geb. am 13.05.99. *Okay, grüße dich, Rob. Vor Kurzem jemanden ermordet?* Sie überprüfte sein Arbeitsumfeld: Cox Laboratories Pty Ltd. *Aha, interessant. Sehr interessant.* Doch dann runzelte sie die Stirn. Schob sich die Kapuze vom Kopf, strich sich mit einer Hand durch ihr kurzes braunes Haar.

Oh.

Rob Cates war nicht der Mörder.

Er war nicht Orangener Turnschuh, und er hatte auch das Foto nicht verschwinden lassen.

Rob Cates war tot.

15. KAPITEL

»Das funktioniert«, sagte Lucy eine Stunde später zu King. »Konzentrieren Sie sich nur auf Ihren Part und ... Oh, genial, hier ist er.«

Sie beendete das Gespräch und sah, wie Kaffeemann Nr. 6 in das Café Nero eilte. Er war vollkommen durchnässt. Machte keine Anstalten, die Schuhe auf der Matte abzutreten, marschierte einfach ans Ende der Schlange und blieb dort stehen, wo er keuchend mit den Fingern am Reißverschluss seiner nassen Regenjacke herumfummelte. *Sieht aufgebracht aus*, dachte sie. *Verständlich. Jemand meldet sich, sagt, sie ist die Barista in deinem Café. Sagt, sie hat dein Portmonee gefunden, und natürlich ist es deins, Kumpel, sei nicht albern. Acht Kreditkarten auf deinen Namen und deine Kontaktdaten.*

Aber dein Portmonee ist in deiner Tasche.

Schätze, da ist es nur natürlich, dass man ein bisschen nervös wird, oder?

Er war inzwischen der Erste in der Schlange. Setzte gerade an, ehe die Barista ihn unterbrach. Sie zeigte quer durch das Lokal, auf den Platz in der Ecke, an dem Lucy saß und an ihrem Getränk nippte.

Sie winkte mit der Colaflasche.

Hi! Na, Kaffeemann Nr. 6?

Ein Stirnrunzeln, dann erkannte er sie. Kam an ihren Tisch. Sie gab ihm mit einem Nicken zu verstehen, sich zu ihr zu setzen, und er nahm Platz, die Regenjacke noch an, das Wasser lief ihm aus dem Wust aus lockigem roten Haar. »Officer?«, sagte er. »Was, Sie hier? Ich verstehe nicht ganz ...« Seine Finger tasteten sich wieder zum Reißverschluss. »Hören Sie, jemand hat sich bei mir gemeldet. Vor zwanzig Minuten sagte mir die Barista, sie hätte …«

»Es gibt keine Brieftasche.«

Er starrte sie ratlos an.

»Es geht um Rob Cates«, fuhr sie fort. »Er arbeitete doch bei Cox Labs? Erinnern Sie sich an ihn?«

»Cates, ja, klar …« Wieder Stirnrunzeln. »Sorry, haben Sie da gerade gesagt, es gibt kein Portmonee? Denn ich bin sozusagen vom Labor bis hierher gerannt. Meiner Mum wurde letztes Jahr ihr Pass geklaut, blöde Sache, so was. Sie wird immer noch ständig angerufen von irgendwelchen Inkasso-Firmen, die auf Russisch fluchen. Und da dachte ich …«

Konzentrier dich, Kaffeemann Nr. 6.

»Nein«, meinte sie. »Sorry. Ich brauchte Sie hier, und zwar auf der Stelle. Weil es wichtig ist.«

»Wichtig?« Er atmete immer noch schwer. »Okay, also gut, aber … Schauen Sie, ich versteh das alles nicht. Was sollte das mit dem Portmonee? Sie können mich doch anrufen und fragen. Oder im Labor vorbeischauen, aber warum jagen Sie mir so einen Schrecken ein? Sodass ich zum Café Nero sprinte, obwohl es schüttet und … *oh.* Oh. Warten Sie, Moment. Denke, ich kapiere.« Die Andeutung eines Grinsens. »Ja. Das ist genial.« Er klopfte auf die Tischplatte, lachte laut. »Verdammt genial. Das waren *Sie*, stimmt's?«

Hm.

»Ich habe Sie angerufen, ja. Nicht das Café.«

Doch ein bisschen schwerer von Begriff, als ich dachte.

»Nein, nein. Ich meine, ja, klar, aber … Ich weiß jetzt, warum Sie nicht einfach so ins Labor gekommen sind. Das *konnten* Sie nicht. Durften Sie nicht, richtig? Denn Sie sind die Polizistin, die Geoff Hurst zu Boden geschickt hat.«

Lucy setzte sich aufrechter hin. Hurst hatte in den Medien nicht direkt von dem Punch gesprochen. Von Fehlverhalten der Polizei, das schon. Wahrlich schrecklich, skandalös, die Met solle sich schämen. Aber von einer Frau ausgeknockt zu werden? Darüber hatte er kein Wort verloren? Das war wohl etwas, das er nicht unbedingt unter die Leute bringen wollte.

Woher weißt DU also davon, Kaffeemann Nr. 6?

»Hursts persönlicher Assistent«, sagte er und schien ihren Blick zu deuten. »Hat vom Fenster des Jets aus zugesehen. Natürlich hasst er ihn. Er hat's der Assistentin der Geschäftsleitung erzählt, der Frau, die all die Nervenzusammenbrüche hatte. Und *die* hat's brühwarm dem halben Labor erzählt. Hat sich in Windeseile rumgesprochen – irgendeine kleine Polizistin hat den verdammten Geoff Hurst mit nur einem Punch niedergeschlagen? Beste Story *ever*.«

Kleine Polizistin?

»Erzählen Sie mir etwas über Cates«, sagte sie.

»Nun.« Er stützte sich mit den Ellenbogen auf dem Tisch ab. »Das Ding ist, gerade heute Morgen hat unser Rechtsvorstand eine Rundmail geschrieben. Alle polizeilichen Fragen gehen über ihn, keine Ausnahme. Aber für Sie? Für die Frau, die Hurst gefällt hat?« Ein Kichern. »Klar, sicher, ja. Scheiß drauf. Rob Cates. Was könnte ich Ihnen da erzählen?«

Schon besser.

»Was wissen Sie?«, fragte sie.

»Über Cates? Tja …«

Die Frau am Tisch nebenan hustete.

Er sah zu ihr rüber. Zog die Stirn in Falten. Griff dann in die Tasche seiner Jacke und holte ein Fläschchen mit Desinfektionsmittel hervor. Während er seine Handflächen benetzte, hustete die Frau erneut. »Vielleicht könnten wir …«, begann er. Schaute sich nach einem anderen Tisch um, aber der Coffee Shop war voll. »Sorry«, meinte er schließlich, »aber würde es Ihnen etwas ausmachen, wenn wir draußen ein paar Schritte gingen?«

Wieder ein Husten.

Lucy zuckte mit den Schultern. »Okay.« Sie sah, wie er die Handflächen gegeneinanderrieb. *Du arbeitest in einem Labor, in dem es genügend Nervengifte gibt, um jeden Vulnerablen in London dreimal zu töten. Und da hast du Schiss vor einer Erkältung?* Sie trank ihre Cola aus, sah hinüber zu den Espressomaschinen. »Ist nur so ein Tick eigentlich. Möchten Sie noch etwas?«

Fünf Minuten später gingen sie in nördlicher Richtung über den Friedhof von St Dunstan's.

Es regnete immer noch, aber nicht mehr so stark. Ein Nieseln. Sie konnte die fünf Schornsteine des Cox-Labs-Hauptquartiers in der Ferne sehen, die die alte Steinkirche überragten. Diesmal näherte sie sich dem Gebäudekomplex von der Rückseite, also kein Parkplatz, Gott sei Dank, keine Anfälle oder Flashbacks. Trotzdem: Erinnerungen flackerten auf. Lucy wünschte, sie könnte die Kapuze aufsetzen.

Neben ihr entschuldigte sich Kaffeemann Nr. 6.

»Ich weiß, dass ich Ihnen wie ein Spinner vorkommen muss«, meinte er. »Aber es passiert nun mal. In meinem Arbeitsumfeld gar nicht unüblich. Man liest einen epidemiologischen Artikel zu viel in den einschlägigen Fachzeitschriften für Biochemie, und wenn dann plötzlich jemand hustet, dann denkst du … *Oh Gott.*« Voller Entsetzen sah er zu, wie Lucy sich ihren Drink mixte. »Echt jetzt? Sie müssen ja einen Magen aus Stahl haben.«

Sie ließ die sprudelnden Bläschen oben in die Flasche steigen. Warf den leeren Pappbecher fort, nahm dann einen Schluck. »Eigentlich eher einen empfindlichen Magen.« *Frag deinen Boss.* »Also: Cates. Legen Sie los.«

»Richtig.« Er machte eine Pause, und einige Schritte gingen sie schweigend nebeneinanderher. »Sorry, ich versuche nur, mich an alles zu erinnern. Ist eine Weile her, das Ganze. Er verließ das Labor vor ein paar Jahren. Verschwand irgendwie. Sah ihm allerdings ähnlich.«

»Es sah ihm ähnlich? Inwiefern?«

»Er tat ein bisschen geheimnisvoll, will ich damit sagen. Ein komischer Vogel, dieser Cates. Einzelgänger, all das. Absolut. Aber ein kluger Kopf. So erzählte man es sich zumindest im Labor. Er war jung, Ende zwanzig, gerade einmal ein paar Jahre aus der Hochschule raus. War so was wie Flinders' kleiner Schützling.«

Schützling? Hm. Reicht Schützling als Umschreibung, um das Foto auf dem Schreibtisch zu erklären?

»Und was genau hat er nun gemacht?«

Ein Achselzucken. »Da bin ich mir, ehrlich gesagt, nicht sicher. Hab nie mit ihm zusammengearbeitet. Das tat eigentlich niemand. Er hatte sein eigenes kleines Labor, kommunizierte immer direkt mit Flinders. Rob Cates, der Direktor der Spezial-Projekte. Ich erinnere mich an diesen Titel, weil das für Streit sorgte. Direktor mit gerade mal Ende zwanzig? Da waren einige gar nicht begeistert, das können Sie mir glauben.«

Sie nickte. *Versuch mal, DI mit Ende zwanzig zu werden.* »Fallen Ihnen da bestimmte Leute ein, die davon nicht erbaut waren?«

»Nun ja …« Er schien darüber nachzudenken. »Nein, keine bestimmten Leute. Hier und da wurde ein bisschen genörgelt.«

Lucy merkte sich diese Details: Rob Cates hatte Feinde.

Interessant.

»Also«, sagte sie, »wer bei Cox Labs wusste womöglich noch, woran Cates gearbeitet hat?«

»Im Grunde niemand. Er arbeitete komplett auf sich gestellt. Hatte nicht einmal Laboranten.«

»Keine Berichte, Rundmails, nichts in der Art?«

Er schüttelte den Kopf. Tropfen liefen ihm über die Stirn. »Ich glaube nicht. Nichts, was mir unter die Augen gekommen wäre. Passt auch nicht zur Firma. Bis vor zwei Jahren war das noch ein ziemlich kleiner Laden, wissen Sie? Flinders mochte es, alles wie in einem wissenschaftlichen Labor laufen zu lassen. Gruppentreffen liefen nach dem Motto ab: ›Kommt, wir setzen uns alle an einen Tisch und bringen uns auf den neusten Stand.‹« Ein Achselzucken. »Und Cates sagte nie ein Wort.«

Sie kamen an ein paar alten Grabsteinen vorbei, auf denen die Inschriften verwittert waren. Lucy nahm einen Schluck von ihrem Mixgetränk.

Cates hat also ein geheimes Labor. Und dann, hey, ist er plötzlich tot.

Mr Cox hat ein geheimes Labor. Auch er tot.

Das kann doch kein Zufall sein …

»Okay«, sagte Kaffeemann Nr. 6, als sie die Kirche erreichten. »Ich fürchte, das ist alles, was ich über Rob Cates weiß.« Er deutete vage in Richtung des Cox-Labs- Gebäudekomplexes. »Und meine Mittagspause ist längst um. Also … was dagegen, wenn ich zurückgehe?« Er wartete auf ein zustimmendes Nicken von ihr. Sie atmete hörbar aus. Davon war sie nicht gerade begeistert, aber was sollte sie tun? Schließlich nickte sie. »Danke«, rief er. »Und, hey, netter Punch. Muss immer wieder dran denken …«

Lucy schaute ihm hinterher.

Fuck.

Sie zupfte an den Bändern des Hoodies, dachte an ihren Überwachungssensor: Der Wert war runter auf 6,9, als sie ihn auf der schäbigen Toilette im Café Nero überprüft hatte. Dabei war es gerade einmal Mittag, verdammt beängstigend. *Schon bald wirken die Booster vielleicht nicht mehr. Könnte jeden Tag passieren. Jeden Moment im Grunde, was weiß ich, wann.* Sie atmete gleichmäßig ein und aus. Sammelte sich. *Aber Cates ist*

*trotzdem eine gute Spur. Geheimes Labor? Genial! Dort könnte er
an allen möglichen Sachen gearbeitet haben, könnte nach einem
Antidot geforscht haben, etwas, das eine Verbindung herstellt. Aber
wie finde ich heraus, um was es ging? Keine Berichte. Cox ist tot.
Cates ist tot. Alle sind tot, verflucht. Und solange ich nicht dahin-
terkomme, habe ich die nächste verdammte Sackgasse und ...*

Kaffeemann Nr. 6 blieb stehen.

Er drehte sich um, kam zurück. Lächelte sie an.

»Die Notizbücher im Labor«, sagte er.

Ja! Genial. Perfekt.

Und die sind alle ...?

»Wir führen Notizbücher«, erklärte er ihr. »Macht jeder, man
muss das tun. Auf diese Weise dokumentiert man die eigenen
Experimente. Selbst Cates muss das so gehandhabt haben. Es
gibt da einen ganzen Raum mit diesen Aufzeichnungen. Sie reichen zurück zu den Anfängen der Firma, in eine Zeit, als wir nur
über Pestizide forschten. Ich kann Sie schlecht mitnehmen,
fürchte ich, aber ich kann reinschauen. Geben Sie mir nur ein
paar Tage.«

Sie zog die Stirn in Falten. »So viel Zeit habe ich nicht.«

»Nun, okay, aber ...«

»Jetzt. So muss es sein. Und ich will mir das selbst ansehen.«

*Das kann ich eigentlich nicht riskieren. Wenn du es dir anders
überlegst und zu Hurst rennst, bin ich am Arsch.*

Er schüttelte den Kopf. »Das geht nicht. Schauen Sie, es tut
mir leid, aber wenn Hurst Sie sieht oder sonst jemand ...«

»Wer wüsste denn überhaupt, dass ich Bulle bin?«

»Trotzdem, sorry. Nein. Nicht mal für den Hurst-Punch.«

Sie zog ihr Handy aus der Tasche. Seufzte. *Das wollte ich eigentlich nicht machen, scheint ein netter Typ zu sein.* Dann dachte
sie an Dad, an seine Asche in der Grube ganz in der Nähe.
Dachte an all die Vulnerablen, die hier begraben waren, zu Hun-

246

derten, Tausenden. *Es gibt ein Antidot. Ich weiß es. Und das bedeutet, keine weiteren Todesfälle, keine Nachahmungstäter mehr. Verdammt, London Black, aber die Uhr tickt, also alles Ausflüchte, Kaffeemann Nr. 6. Was sein muss, muss sein.* Sie tippte etwas ins Handy, fing dann an, laut vorzulesen:

»Ein Albtraum ist das. Ein verdammter Albtraum ... er hat keinen Schimmer von Toxikologie ... ah, hier kommt der beste Part. Könnte ein Antidot nicht von seiner Tante Vera unterscheiden.« Sie unterbrach sich. Sah ihn an. »Schon vergessen?«

Weißt du noch, was du da alles von dir gegeben hast?

Er zuckte mit den Schultern – *ja, nicht wahr?* –, dann kapierte er es. »Nein. Nein, das können Sie nicht machen.« Er starrte sie an: schockiert, angewidert. »Das würden Sie doch nicht tun. Ich glaub es einfach nicht.« Er wandte sich ab, wollte schnell weggehen, aber sie holte ihn ein. »Das habe ich Ihnen im Vertrauen gesagt«, meinte er. »Ich habe Ihnen geholfen, wissen Sie nicht mehr? Und jetzt würden Sie also *was* tun? Es Hurst unter die Nase reiben? Alles petzen? Sie erzählen das diesem Wichser, und der schmeißt mich dann raus? Und nur weil ich meinen Job nicht aufs Spiel setzen will, verdammte Scheiße? Das *kann* doch nicht legal sein ...«

Lucy packte ihn am Arm. Sah ihm in die Augen.

Ich brauche das.

»So machen wir es«, sagte sie. »Also kommen Sie schon. Wir müssen uns beeilen.«

Geh auf. Komm schon. Geh auf, VERDAMMT.

Lucy sah die rote Metalltür finster an. Sie stand draußen vor dem Gebäude von Cox Labs, an einem Seiteneingang: schäbiger kleiner Innenhof, überall Kippen, nicht geleerte Mülleimer. Es roch nach Chemikalien; sie wusste nicht genau, wonach. *Si würde das jetzt wissen.* Niemand zu sehen. Sie warf einen Blick auf ihr Handy. Zwei Uhr. Eine halbe Stunde war es her, dass Kaffeemann Nr. 6 gegangen war, um sie hereinzulassen.

Du solltest mich besser nicht verpetzen, Kaffeemann Nr. 6.

Sie hatte King längst zurückgerufen. Hatte ihm erzählt, dass sie eine Spur hatte, eine gute. War er schon dahintergekommen, wie Cates gestorben war? *Gab nicht viel dazu*, hatte er gesagt. *Komme schlecht voran.* Hatte geseufzt. *Cates starb während der Geißel, so viel weiß ich inzwischen. Sein Tod wurde eingetragen, aber nicht die Ursache. Die Aufzeichnungen kann man total vergessen. Nutzlos, verdammt. Damals war das System einfach überlastet.* Wieder ein Seufzen; Lucy hatte sich vorgestellt, wie er im Toyota saß und die Fingerknöchel knacken ließ. *Könnte London Black gewesen sein, aber er steht nicht auf der Gedenkliste. Dasselbe mit den Unterlagen aus dem Isolierzentrum. Ich denke, Lucy, wenn man damals jemanden umbringen wollte, dann war die Geißel gar kein so schlechter Zeitpunkt dafür …*

Sie hatte ihm zugestimmt, hatte auch schon daran gedacht, die Frage war nur: *Warum?* Warum Rob Cates umbringen? Sie sagte ihm, der Schlüssel müsse Cates' Arbeit mit Cox gewesen sein, da war sie sich absolut sicher. Jetzt mussten sie nur noch herausfinden, um was für eine Art von Arbeit es sich genau gehandelt hatte.

Und jetzt war sie hier. Bei den Cox Labs.

Bereit, der Sache auf den Grund zu gehen.

Wenn doch diese Scheißtür endlich –

Die Tür öffnete sich einen Spalt breit.

Kaffeemann Nr. 6 steckte seinen Kopf durch den Spalt. »Kommen Sie.«

Lucy trat ein, zog die Tür hinter sich zu. Starrte ihn böse an: *Wurde aber auch Zeit, dachte schon, du hättest dich verpisst.* Sie schaute sich um. Sie standen am Ende eines kurzen Korridors, wenige Schritte entfernt nichts als große Metalltüren. Im Innern war es kalt, Klimaanlage im Winter. Sie vergrub die Hände in den Taschen des Kapuzenpullis, ehe sie ihrem Helfer folgte. *Hast du keine Angst, dir eine Erkältung zu holen, Kaffeemann Nr. 6?*

Sie erreichten die Metalltüren. »Hier«, sagte er. »Nehmen Sie das.« Er reichte ihr eine Karte, die man sich umhängen konnte. Auf der Karte stand: BESUCHER. »Hatte noch eine in meinem Schreibtisch, müsste eigentlich klappen.«

Sie hängte sich die Karte um den Hals.

»Und falls jemand Sie anspricht«, forderte er, »dann sagen Sie nichts. Gar nichts. Man verhaspelt sich zu schnell. Sehen Sie einfach mich an, ich regle das dann schon.« Er unterbrach sich. »Sie sind stumm, okay?«

Lucy nickte.

Wie gut, dass du mir das sagst. Ich neige ja dazu, eine Laberta- sche zu sein …

Die Türen führten in eine kleine Lobby. Sie folgte ihm, als er rechter Hand in einen vollen Gang abbog, dann im Eiltempo drei Treppen eines internen Treppenaufgangs nahm. Oben ange- kommen, ging es links weiter, noch einmal links, dann wieder rechts. Alles in Weiß hier: Boden, Wände, Decke. Makellos. Überwachungskameras überall, wie ihr auffiel. Sie machte keine Anstalten, sich wegzudrehen, blickte einfach stur geradeaus, konzentrierte sich auf die Leute, die ihnen entgegenkamen. *Un- wahrscheinlich, dass mich jemand in einem Videoraum erkennt. Aber jemand, dem ich gestern begegnet bin? Da möchte ich lieber sofort sehen, mit wem ich es vielleicht zu tun kriege.*

»Wir sind fast da«, sagte Kaffeemann Nr. 6 leise, als sie an einer kleinen Küche vorbeihasteten. »Gleich dort um die Ecke ist eine Tür. Abgeschlossen. Ihr Ausweis wird da nichts nützen, aber ich bringe uns schon durch. Bleiben Sie dicht hinter mir.« Er nickte im Vorübergehen einem Laboranten zu. »Hi, Bill.« Leise zu ihr gewandt sagte er: »Ist so konzipiert, dass immer nur einer passieren kann, und das System ist tricky. Nicht, dass Ihnen die Tür vor der Nase zugeht.«

»Verstanden.«

Fast da. Genial. Sie dachte an das Notizbuch von Rob Cates, als sie der Biegung des Gangs folgten. Sie war aufgeregt, denn in dem Buch konnte alles Mögliche stehen: frühe Aufzeichnungen über das Antidot, Formeln. Alles. *Und sobald ich weiß, an was er gearbeitet hat, komme ich auch dahinter, wer das Foto geklaut haben könnte, und von da aus brauche ich eigentlich nur noch—*

Oh, fuck.

Bei der Tür vor ihnen handelte es sich um eine Luftschleuse. Alles in Großbuchstaben:

TOXISCHER BEREICH – LONDON BLACK – LEBENSGEFAHR

»Eine Abkürzung durch die heiße Zone, wenn Sie so wollen«, meinte er. »Aber so vermeiden wir den Korridor, wo Hurst sein Büro hat.«

Sie holte hörbar Luft. *Okay, also gut.* Sie versuchte zu schätzen, wie ihre Werte aussahen. Seit der Toilette im Coffee Shop hatte sie nicht mehr nachgesehen. *Also, draußen habe ich drei Pieptöne gehört, das wäre dann 6,5. Aber runter bis auf 6 ist es noch nicht – das dauert, bis es auf 5 absinkt. Schätze, ich komme klar. Das klappt schon, es muss einfach.*

»Schön hinter mir bleiben«, meinte er. Er schaute sich um, zog dann eine ID-Karte aus der Hosentasche. Hielt sie gegen einen grauen Sensor direkt neben der Tür. Grünes Licht leuchtete auf. Ein Klicken: Die Tür öffnete sich. Er schlüpfte hindurch, drehte sich zu ihr um und winkte sie herein. »Schnell. Bevor das jemand mitkriegt.«

Lucy fuhr sich mit den Fingern durchs Haar. Dachte an Cox. An die Schuld. Das Antidot.

Und beschloss: *Scheiß drauf.*

Sie passierte die Tür.

Wieder ein Klicken, als die Tür der Luftschleuse hinter ihr zuging.

Wird schon klappen. Sie atmete aus, rieb über das Tattoo. *Pass bitte auf mich auf, Jack.*

»Kommen Sie«, mahnte Kaffeemann Nr. 6. Sie befanden sich jetzt in einem langen Gang, große Fenster auf der einen Seite, weiß getünchtes Mauerwerk auf der anderen. Er zeigte auf eines der Fenster. »Werfen Sie mal einen Blick nach unten.«

Lucy trat vor das Fenster. Sah durch das dicke Glas, hinunter in einen riesigen Raum, der an die fünfzig Fuß unter ihnen lag. Hohe Glaswände unterteilten die Fläche in eine Ansammlung von abgeschotteten Arbeitsbereichen, fünf insgesamt, jeweils mittels Luftschleusen voneinander getrennt. Fünf toxikologische Labore, jedes einzelne mit blinkenden Apparaturen, Chemikalien, Dutzenden von Wissenschaftlern in grünen Schutzanzügen und Gesichtsschutz. Von orangenen Deckenventilatoren hingen rote Luftschläuche herab.

»Das sind unsere großen Forschungslabore.«

»Oh«, entfuhr es ihr, ehe sie erstarrte. Und erkannte: *Ich kenne diesen Ort.* Sie kannte ihn von vor zwei Jahren. Als die Wände mit Plastik versehen waren, und Reihen um Reihen Betten dort unten gestanden hatten mit schreienden Patienten, die am Tropf hingen. Überall Blut. Sie sah sich selbst dort unten, wegrennend, voller Wut, blutige Fußspuren hinterlassend, als sie sich hastig von ihrem Dad entfernte.

Station fünf.

Eine Träne schillerte in ihrem Auge. Lucy wandte sich halb ab, wischte sie fort. Atmete durch. Konzentrierte sich.

»Genial«, sagte sie nur.

Ihm entging, dass ihre Stimme leicht belegt klang. Er redete einfach weiter, als sie ihren Weg fortsetzten. »Dort wurden die Torbögen von Cox erfunden«, erklärte er ihr und deutete vage auf ein Labor mit orangenem Fußboden. Jedes Labor wies eine andere Fußbodenfarbe auf, wie sie jetzt sah: Orange ganz rechts außen, dann Grün, Blau, Grau, Schwarz. »Die drei Areale dort sind für die Ultra-Forschung. Wir haben ein paar Angestellte, die jetzt Ultra-Prototypen verwenden, wir hoffen, das hilft dabei, das Produkt schneller auf den Markt zu bringen.«

Sie nickte.

U für Ultra. Beeilung, Jungs.

»Und das dort«, sagte er und zeigte auf das Labor mit dem schwarzen Fußbodenbelag, »ist das Schwarze Labor. Wir nennen es auch den Schwarzen Labrador. Nur, dass der nicht freundlich ist. Das Team dort unten arbeitet mit neuen LB-Komplexmedien, mit Nährmedien zur Kultivierung von Bakterien«, ergänzte er für sie. »Hässliches Zeug. Furchtbar. Den anderen immer eine Nasenlänge voraus, wie man so sagt. Man weiß ja nie, was Terroristen als Nächstes zusammenbrauen, aber es dürfte kaum angenehm sein.«

Wieder ein Nicken. Sie dachte an Simon, der auf seinen Rezeptblock kritzelte: Das ist *kein* Tränengas.

Sie gingen weiter.

»Wie sieht es mit Gegenmitteln aus?«, wollte sie wissen. »Wird daran im orangenen Bereich geforscht oder …?«

Kaffeemann Nr. 6 zuckte mit den Schultern. »Keines unserer Kerngeschäfte, um ehrlich zu sein«, sagte er. »Jede Menge Wissenschaftler konzentrieren sich auf Gegenmittel, aber nicht sehr viele im industriellen Sektor. Alle sind noch Jahre davon entfernt, jedenfalls soweit ich das in der Fachliteratur überschaue. Im Augenblick konzentrieren wir uns auf Prophylaktika und das

Aufspüren von Stoffen. Das sind die Schwerpunkte der Forschung, aber …«

DRRRRRRRING.

Ein Alarm ertönte. Lampen leuchteten auf.

Sie blieb stehen. Schaute sich hektisch um, die Augen weit aufgerissen.

Mist, verdammter. Die verfluchten Kameras. Sie haben mich entdeckt.

Kann mich hier nicht schnappen lassen. Das darf nicht sein. Los, wir müssen hier weg, verdammt …

DRRRRRRRING.

Als sie weglaufen wollte, packte Kaffeemann Nr. 6 sie am Arm.

»*Nein!*«, zischte er. »Halt.«

Was, zum Teufel, soll das?

Eine Falle? Du stellst mir eine Falle?

Sie entzog sich ihm, drückte ihn von sich, machte kehrt, um wegzulaufen, bis ihr einfiel:

Die Tür war ja verschlossen.

Fuck, fuck, fuck.

Sie starrte Kaffeemann Nr. 6 finster an.

»*Halt!*«, wiederholte er, lauter diesmal.

Er hat einen Schlüssel. Ich könnte ihn an mich nehmen, muss es sogar. Das ist die einzige Möglichkeit, also los jetzt …

DRRRRRRRING.

Sie ballte die Hände zu Fäusten. Zog das Kinn leicht ein, bewegte sich auf ihn zu.

»Schauen Sie«, rief er. »Schauen Sie doch nur.«

Er deutete auf den riesigen Raum unter ihnen. Sie warf einen kurzen Blick durch eines der Fenster – *Noch eine Falle? Willst du mich verarschen?* –, dann blieb sie stehen. Sie begriff, was dort vor sich ging. Holte tief Luft, ließ die Fäuste sinken.

»Sehen Sie?«

Sie sah es. Unter ihnen gingen riesige Stahltore zu, eins nach dem anderen. Sie blockierten die Luftschleusen und sonderten die einzelnen Labore voneinander ab. Die Wissenschaftler in den Schutzanzügen arbeiteten einfach weiter und ignorierten das Chaos.

»Verdammt noch mal.« Er keuchte. »Beruhigen Sie sich. Das ist nur ein verdammter Test. Das Lockdown-System, für den Fall, dass wir ein Leck haben. Wir proben das jeden Tag.«

Oh.

Der Alarm hörte auf.

»Okay«, sagte sie.

»Gott«, entfuhr es Kaffeemann Nr. 6, »Sie wollten wirklich über mich herfallen, oder nicht?« Er schüttelte den Kopf, und eine Locke seines feuerroten Haars fiel ihm über ein Auge. »Sie wollen, dass ich gefeuert werde, und mich dann noch zusammenschlagen? Pfft. Allmählich sehe ich das Ganze aus Hursts Blickwinkel.«

Lucy sah ihn stirnrunzelnd an.

Kein Grund, gleich sarkastisch zu werden.

»Wenn man mich hier erwischt«, ließ sie ihn wissen, »wäre das äußerst schlecht.«

»Ja, klar, für mich wäre das auch nicht so toll. Bringen wir es also hinter uns, verdammt.«

Hätte ich selbst nicht besser ausdrücken können.

Am Ende des Korridors gelangte man in einen kleinen Raum, der viele Ausgänge aufwies. Sie lächelte in sich hinein, als er eine weitere Luftschleuse aktivierte, hinüber auf die kalte Seite. *Schon besser.* Das Dekor änderte sich, als sie weitergingen: Es wirkte weniger wie ein Labor, ähnelte mehr der Firmenzentrale, die sie am Vortag gesehen hatte. Büroräume, Kopierer, Teppichboden. Als sie an einem Besprechungszimmer vorbeikamen, entdeckte sie Kaffeemann Nr. 2 – *lange Nase, flache Wangenknochen, spitzes Kinn –*, wandte sich aber ab, ehe er sie sehen konnte.

Zwei Minuten später blieb Kaffeemann Nr. 6 vor einer Holztür stehen.

»Da wären wir«, meinte er.

Deckenlampen gingen automatisch an, als Lucy und ihr Begleiter eintraten. Sie befanden sich in einem kleinen, stickigen Raum: Durchgang an der rückwärtigen Wand, in der Mitte ein niedriger Holztisch, entlang der Wände rechts und links Bücherregale. In einem der Regale standen sauber aufgereiht Ordner mit Ledereinbänden. Die Regalbretter des anderen Bücherschranks bogen sich unter dem Gewicht von Hunderten Notizbüchern mit Glanzpappencover.

»Firmenaufzeichnungen«, sagte Kaffeemann Nr. 6 und zeigte auf die ledergebundenen Ordner. Dann trat er an das Regal mit den Notizbüchern, ging in die Hocke. »Und nach *diesen* hier suchen wir. Laboraufzeichnungen. Heutzutage alles im PC, aber vor zwei Jahren wurde noch Papier benutzt.« Er zog ein Buch aus dem Regal, starrte auf den Einband. Schob es zurück. »Chronologisch geordnet. Also, was haben wir hier? Cates … sagen wir, Mitte 2027 …« Er zog ein weiteres Buch aus dem Regal, warf einen Blick drauf, schob es zurück. »Hm. Ein bisschen später …«

Lucy sah ihm bei der Suche zu.

Irgendwo in diesem Bücherregal ist der Schlüssel zu diesem Fall …

»Aha«, machte er. »Hier.«

Sie lächelte.

Er zog ein Notizbuch hervor, drehte sich zu ihr um, legte es auf den Holztisch. »Also gut. Dann wollen wir mal schauen.« Er schlug es auf. »Müsste weiter hinten stehen …« Lucy trat zu ihm, sah zu, wie er in dem Buch blätterte. Eine Seite nach der anderen aus Karopapier war voller Zahlen, Tabellen und Grafen.

Kaffeemann Nr. 6 murmelte etwas vor sich hin, während er die Seiten überflog. Dann meinte er: »Das ist seltsam.« Er tippte mit einem Finger auf eine grafische Darstellung. »Sehen Sie das hier? Dazu müssen Sie wissen …« Er unterbrach sich. Schaute auf, über ihre Schulter hinweg.

Lucy drehte sich um.

Oh, fuck.

Der juristische Vorstand von Cox Labs stand auf der Türschwelle.

Bitte erkenn mich nicht. Bitte, Gott, mach, dass er mich nicht erkennt.

Lucy hielt den Atem an, während der Vorstand sie mit prüfendem Blick musterte. Er legte den Kopf leicht schräg. Zog die Stirn in Falten.

»Warten Sie«, meinte er. »Sind Sie nicht …?«

Mist.

Kaffeemann Nr. 6 stand stramm. »Sie ist Besucherin«, sagte er. »Studentin, vom University College London.«

Ihr Gegenüber ignorierte die Erklärung. Starrte Lucy an. »Nein«, sagte er, »ich erinnere mich an Sie. Erst gestern habe ich Sie zu dem Zimmer geführt, stimmt's? Sie sind Polizistin. Sind zwar nicht so gekleidet, aber Sie sind von der Polizei, verdammt.« Ein schnaubendes Geräusch. »Unglaublich. Habe ich mich heute Morgen im Beisein des Chief Superintendent nicht klar genug ausgedrückt? Ich denke, schon. Verdammt klar und deutlich, würde ich sagen.« Seine Stimme wurde lauter. »Von jetzt an laufen sämtliche polizeilichen Anfragen über mich. Persönlich und *in schriftlicher Form.* Und das bezieht sich auch auf das, was Sie hier im Augenblick veranstalten, zum Teufel.«

Sie sagte dazu nichts.

Machte bloß einen halben Schritt zurück, zum Tisch. Noch einen Schritt. Sie warf einen Blick auf das Notizbuch.

Da steht was drin.

»Sie müssen leider gehen, Officer. Und zwar auf der Stelle. Ich bestehe darauf. Aber warten Sie einen Augenblick …«

Etwas Wichtiges. Ich weiß es.

»… nein, Sie bleiben besser. Warten Sie. Nicht weggehen. Ich rufe die Security. Sie bleiben hier.« Er zeigte auf einen Stuhl. »Genau dort, und bewegen sich nicht von der Stelle.« Er machte auf dem Absatz kehrt und verließ den Raum.

Noch ein Blick auf das Notizbuch.

Wenn ich jetzt nicht weitermache, spricht sich das herum, und der Mörder erfährt davon. Dann verschwindet dieses Buch. Ist futsch.

Dazu darf ich es nicht kommen lassen.

»So ein verdammter Mist«, jammerte Kaffeemann Nr. 6. »Ich bin so was von am Arsch.«

Lucy sah ihn an.

Tut mir leid, Nr. 6. Wirklich.

Aber …«

Sie streckte die Hand aus, schnappte sich das Buch.

»Warten Sie!«, rief er, doch da war sie bereits fort. Sie rannte aus dem Raum, den Korridor hinunter, vorbei an Bürotüren, Leuten. Suchend blickte sie sich um.

Ein Ausgang, ich brauche einen Ausgang. Wo ist hier der nächste Ausgang, verdammt …?

Sie gelangte an eine Stelle, an der sich zwei Gänge kreuzten. Schaute nach links. Nach rechts.

Irgendwo hinter ihr eine Stimme: »Halt!«

Fuck …

Sie entdeckte ein Exit-Schild.

Da entlang.

Sie rannte in die angegebene Richtung. Stürmte durch eine Tür, erreichte einen Treppenaufgang. Rannte drei Absätze eine Wendeltreppe runter, auf der ihre Schritte nachhallten: *klank, klank, klank.* Rufe über ihr, als sie unten ankam, durch eine weitere Tür lief, hinein in den nächsten Gang. Dort blieb sie stehen.

Wieder zwei Gänge. Keine Beschilderung.

Rechts? Links? Doch rechts?

Sie entschied sich für links.

Rannte um eine Ecke. Vor ihr: die Lobby. Glänzend. Alles Granit, Chrom. Sie beschleunigte ihre Schritte.

Fast geschafft ...

»Hey! Sie da!«

Sie sah zwei Security-Leute, die auf sie zuliefen.

Scheiße.

Sie machte kehrt, rannte zurück durch den Korridor. Ein weiterer Wachmann tauchte auf der Treppe auf, aber sie wich ihm aus, lief weiter ... *Wo ist hier der Ausgang, verdammt?* ... Bog links ab, *scheiße*, rechts, *verdammtes Labyrinth*, wieder ein langer Gang ...

Vor ihr tauchten weitere Wachleute auf.

Der Weg ist versperrt.

Sie warf einen Blick zurück. Zwei Security-Leute hinter ihr.

Stecke in der Falle.

Rechter Hand ein Piepen: Eine Luftschleuse öffnete sich. Ein Laborant kam heraus. Sie rannte dorthin, zwängte sich an ihm vorbei – *Danke!* –, passierte die Tür und rannte weiter. Schnell, *schneller*, alles wie im Fluge, vorbei an Schildern, Schutzanzügen, Gesichtsschutz. *Hier muss es doch einen Ausgang geben*, um eine Ecke ...

Schlitternd kam sie zum Stehen.

Oh, Mist.

Die Labore.

Über dem Eingang zu einer Dekontaminationsdusche hing ein riesiges Gefahrenschild: Chemische Kampfstoffe. Überall Warnhinweise, gelb-schwarz. Auf der anderen Seite einer Glaswand wurde ein Wissenschaftler in blauem Schutzanzug auf sie aufmerksam. Er runzelte die Stirn hinter dem Gesichtsschutz. Schüttelte den Kopf. Sagte irgendetwas.

Eine Sekunde lang starrten die beiden einander an.

Dann wandte sie sich ab, aber es war zu spät. Schritte wurden lauter, eilten in ihre Richtung. Sie hörte jemanden rennen, er näherte sich ihr. *Fuck, fuck, fuck …*

Und:

Es war Kaffeemann Nr. 6.

»Hey!«, rief er. »Kommen Sie.«

Nr. 6? Sie?

»*Beeilung!*« Er winkte verzweifelt.

Sie nickte, rannte zu ihm.

»Hier entlang.« Er lief voraus, Lucy folgte ihm dicht auf den Fersen. Sie passierten einen Durchgang, dann noch einen, folgten einem verschlungenen Korridor nach dem anderen. Als sie um eine Ecke bogen, tauchten Metalltüren vor ihnen auf. *Da wären wir.* Sie drückte die Tür auf, lief hindurch, kam an eine letzte rote Tür und war endlich im Freien, im Regen.

Gott sei Dank.

Sie ließ das Notizbuch unter ihrem Pulli verschwinden. Atmete tief ein, ehe sie die Straße hinunterrannte, in östlicher Richtung, vorbei an Reihenhäusern, großen Wohnblocks, einer Schule. Sie warf einen Blick über die Schulter: Nichts, keine Wachleute, nur Kaffeemann Nr. 6, der Mühe hatte mitzuhalten. Zwei Minuten später gelangte sie an eine kleine Brücke über einen Kanal und nahm das Tempo raus. Immer noch keine Security-Leute. Sie wartete einen Moment, bis Kaffeemann Nr. 6 etwas aufholte, verließ dann die Straße und nahm einen Trampelpfad hinunter zum Kanal. Dort lief sie in den Schutz der Brücke. Wartete.

Sicher.

Kurz darauf schloss er zu ihr auf, und dann standen sie beide vornübergebeugt, die Hände auf die Knie gestützt, und rangen nach Luft.

Er sprach zuerst. »Das lief ja ganz gut.«

Seine Stimme wurde von den mit Graffiti übersäten Mauern zurückgeworfen. Ein Boot glitt auf dem Kanal vorbei.

Lucy atmete aus. Strich sich durchs Haar. Dachte an das Gesicht des Rechtsvorstands, an seinen Ausdruck von Wut. Sie ahnte, dass er den Chief Super darüber informieren und sie beschreiben würde – *weiblich, Kapuzenpulli, sieht ein bisschen so aus wie …* – und das wäre es dann. Sie wäre am Ende, ein für alle Mal. *Auf Wiedersehen, DI Stone. Leben Sie wohl. Von jetzt an nur Lucy. Ach, scheiße. Aber … zumindest habe ich das hier.* Sie fasste unter den Pullover, zog das Notizbuch hervor. Es war abgegriffen, der schwarze Einband war verschlissen. Sie drehte das Buch in den Händen, gab es dann Kaffeemann Nr. 6.

»Zeigen Sie es mir«, forderte sie ihn auf. »Deswegen haben Sie mir doch geholfen, oder nicht?«

Es ist wichtig. Ich weiß es. Ein Antidot?

Sag mir, dass es um ein Gegenmittel geht.

Er nickte. »Ich habe es auf einen Blick erkannt.« Er nahm das Notizbuch entgegen, blätterte darin. »Schauen Sie«, meinte er. »Sehen Sie das hier?« Er zeigte ihr eine Seite voller Symbole und Pfeile. »Wissen Sie, was das ist?«

Lucy zuckte mit den Schultern.

Sag es mir, Nr. 6.

»Das ist die Synthese für Elemidox. Seine Zusammensetzung. Alle Schritte, der ganze Herstellungsprozess, vom Anfang bis zum Ende. Aber das ist nicht die ursprüngliche Version.« Er schüttelte den Kopf. »Die ursprüngliche Synthese, also diejenige, die Flinders Cox vor drei Jahren entwickelte, stützte sich auf ein anderes Reagens, und zwar genau hier.« Er deutete auf ein rotes Pfeilsymbol. »Allein für diesen Schritt brauchte man fünfunddreißig Tage. Deshalb kam es während der Geißel zu diesem Mangel an Elemidox. Wir waren einfach nicht in der Lage, die Booster so schnell herzustellen.«

Sie nickte. *Ein Pfeilsymbol. All diese Leben …*

»Aber das hier?« Er tippte auf die Seite des Notizbuchs. »Das ist die verbesserte Synthese. Sie wurde später entwickelt. Die Herstellungszeit verkürzte sich dadurch von circa vierzig Tagen auf nur mehr zwei Tage.«

Okay, das heißt also …

»Und jetzt schauen Sie sich das Datum an«, sagte er. Er zeigte oben auf die Seite.

In krakeliger Schrift: *7. Nov. 2027.*

Lucy runzelte die Stirn. »Das ist ja …«

»Genau«, meinte er. »Drei Tage nach Waterloo. Und schauen Sie hier. Derselbe Tag, der letzte Eintrag im Notizbuch.« Er las laut vor. »*Ich habe mit FC gesprochen. Lobte die Resultate. Riet zu einer sofortigen Adaption eines neuen Reagens.*« Er hielt inne. »Doch dazu kam es nicht. Wochenlang nicht. Erst, nachdem die Geißel vorüber war.« Er sah Lucy an, mit großen Augen unter seinen buschigen feuerroten Brauen. »Ist Ihnen klar, was das bedeutet?«

Oh Gott.

Sie nickte.

Sie rief sich Flinders Cox in Erinnerung, wie er lang ausgestreckt auf dem Fußboden seines kleinen Arbeitszimmers lag, blutüberströmt. Ein spartanisch eingerichteter Raum, kahle Wände, billiges Mobiliar. Sie wusste, was ein Raum wie dieser bedeutete. Er bedeutete Schuld. Schuld, die aufstieg, die ihn niederdrückte, genau wie sie selbst davon niedergedrückt wurde. Eine schwarze Flutwelle, die immer wieder anbrandete, mit neuer Wucht, bis irgendwann jemand aufgetaucht war, der ihm ein verdammtes Kruzifix in die Augenhöhle rammte. Und jetzt wusste sie auch, warum.

Oh, gottverdammt.

Sie schloss die Augen.

Der Mangel an Boostern war künstlich herbeigeführt worden.

Sie erinnerte sich, wie die Preise in die Höhe schossen, Tag um Tag. Eine Injektion kostete Tausende Pfund, dann das Zehnfache.

Und irgendjemand ist sehr, sehr reich geworden.

Sie öffnete die Augen wieder.

»Das bedeutet, dass Flinders Cox kein Heiliger war«, sagte sie.

Er war ein verdammtes Ungeheuer.

16. KAPITEL

»Sie hätten nur was zu sagen brauchen«, meinte King. »Die hätten Ihnen auch ein Curry gemacht, wenn Sie gewollt hätten.«

Lucy zuckte mit den Schultern. Blickte auf ihr orangenes Kunststofftablett, auf dem die Pommes frites standen.

Was? Magst du keine Pommes, Ed?

Sie standen in einer Pommesbude hinter der Station Angel. Richtig alte Frittenbude, ganz ohne Dekor. Gesprungene Fliesen am Boden, ein Glas mit Soleiern. Fettgeruch. Plastikuhr an der Wand: halb sechs. Sie hatte King vor Stunden angerufen, als sie noch unter der Brücke stand. Hatte ihm von Cox erzählt, musste die nächsten Schritte planen, fragte, wann sie sich treffen könnten. *Bin noch eine Weile im Hauptquartier beschäftigt*, hatte er gesagt. *Aber so gegen sechs? Beim Essen? Mir egal, was es gibt, ich überlasse Ihnen die Wahl.*

Sie hatte sich für Pommes frites entschieden.

»Also«, begann King, als er dem Mann hinter der Kasse eine Zwanzig-Pfund-Note gab, »Sie essen keinen Fisch? Streng vegetarisch?« Nahm das Wechselgeld entgegen. Sie hatte ihr Essen schon mit einer zerknitterten Fünf-Pfund-Note bezahlt, die sie aus der feuchten Tasche ihrer Jeans gezogen hatte.

»Nein, kein Fisch«, sagte Lucy. Verteilte eine bräunliche Soße auf den Pommes. Anflug eines Lächelns. Pommes waren ihr Leibgericht, so war es schon immer gewesen. Sie hatte sie gemeinsam mit Jack gegessen, es war Teil ihrer kleinen Tradition gewesen; etwas Besonderes, am Tag nach einem Kampf. Sie erinnerte sich, wie er immer gegrinst und ihr durchs Haar gewuschelt hatte. »Wir können ja nicht die ganze Zeit trainieren, was,

Luce? Ab und zu brauchen wir eine Portion Pommes, oder?«
Zum Beispiel dann, wenn du herausfindest, was es mit deinem Helden Flinders Cox auf sich hat, richtig? Der eigentlich ein hundsgemeiner Schurke ist, der fieseste der Welt. Und wie sich herausstellt, ist oben unten, und schwarz ist weiß, und weiß ist schwarz, verdammt.

Und genau in solchen Momenten brauchst du Pommes.

King nahm seine Box mit Fisch. Blickte sich um. Kein Tisch frei, nur ein Sims, auf dem man sitzen konnte. Er deutete auf zwei Hocker. »Okay?« Sie nickte, schnappte sich ihre Pommes und die Dose Cola und nahm Platz. Er legte seinen schwarzen Rucksack auf den Sims, ließ sich auf den Hocker neben ihr plumpsen. Lockerte die Krawatte an seinem Stiernacken. Atmete aus. »So.«

»So«, wiederholte sie. »Die nächsten Schritte.«

»Richtig.« Er spießte eine Fritte auf, die unter dem Fisch lag. »Nein, warten Sie.« Er warf ihr einen Blick zu. Ließ ein freches Grinsen folgen. »Hören Sie. Wie wär's, wenn wir erst essen? Die Fachgespräche können warten, okay?« Pause. »Hatte heute viel um die Ohren und muss ein bisschen durchatmen, mehr nicht.«

Lucy zog die Stirn in Falten. Sah, wie er sie musterte.

Du brauchst eine Verschnaufpause, ja? Oder denkst du, dass ich eine nötig habe? So ist es aber nicht, Ed.

Ich muss nur das verdammte Antidot finden.

»Kommen Sie, Stone, bauen Sie mich auf. Ein normales Gespräch, wenigstens für ein paar Minuten.« Er spießte wieder eine Pommes auf, verspeiste sie. »Also ... ich weiß ja, dass Sie auch boxen. Wer ist denn Ihr Lieblings-Fighter?«

Ihre Antwort war ein Achselzucken.

Lassen wir das doch, Ed. Wir haben zu arbeiten.

Er ließ nicht locker. »Kommen Sie. Das ist doch eine einfache Frage. Welchen Boxer finden Sie am besten, Sie müssen doch einen Favoriten haben. Den hat jeder Boxer. Oder ...« Ein Blitzen in seinen Augen. »Vielleicht liege ich bei Ihnen auch falsch? Das Boxen ist Ihnen eigentlich gar nicht so wichtig. Es ist nur eine gute Art, um sich fit zu halten? Vielleicht machen Sie ja auch anstrengende Yoga-Übungen? Oder Pilates, ist ja sehr angesagt. Oder klassisches Ballett od...«

Ach, vergiss es.

»Lennox Lewis«, sagte sie.

Jetzt ist es raus.

»Aha.« Er grinste. Nahm einen Schluck von seinem Irn-Bru-Softdrink. »Der Löwe. Ein Schwergewicht. Verstehe.« Er schnitt ein Stück von dem Fisch ab. Die Holzgabel wirkte klein in seiner großen Pranke. »Warum gerade der ›Pugilist Specialist‹?«

Lucy aß ihre Pommes. Dachte über die Frage nach, dachte an das alte Poster: Lennox Lewis, die Handschuhe oben, Big Ben im Hintergrund. Das Poster hing an der Wand ihres alten Zimmers, das sie sich mit Jack teilte. Jack war ein Riesenfan von Lennox Lewis, daher fand sie ihn auch toll, natürlich fand sie ihn toll. Sie liebte es, wenn Jack ihr alte Kämpfe im Netz zeigte, ihr alles erklärte, die Haltungen, die Schläge. *Damals war ich glücklich.* Sie zuckte mit den Schultern. »Er hatte einen fantastischen Punch, war großartig gegen Gegner, die größer als er waren.«

Er kicherte. »Es hieß, er hatte ein schwaches Kinn.«

»*Was?* Wegen McCall? Blödsinn.« Eine wegwerfende Geste mit ihrer Holzgabel. »Er ist wieder aufgestanden, oder nicht? Nur, dass der Ringrichter den Kampf vorzeitig abbrach. *Wirklich.* Ich meine, Lennox war der Champ, oder etwa nicht? Man hätte ihm mehr Zeit geben müssen, und außerdem hatte er seine Revanche, stimmt's?« Es lag Feuer in ihren Augen. »McCall bekam im Ring einen Heulkrampf, um Himmels willen. Und er hat auch Rahman im zweiten Kampf besiegt, schickte sie beide zu Boden und ... Was ist?«

King lachte.

»Ach, nichts«, meinte er. »Nur ... dass Sie tatsächlich mal lächeln.«

Tja ...

Vielleicht ein bisschen.

»Kann vorkommen«, meinte sie. Verdrückte noch eine Pommes. *Die schmecken so gut, die Fritten.* »Wer ist Ihr Lieblingsboxer?«

»Einer der ganz alten Riege. Kid Berg. Boxte in den Dreißigern. Als ich klein war, erzählte mir mein Opa von Berg. Sein Spitzname war ...«

»Whitechapel Windmill«, sagte Lucy. Sie grinste ihn an.

King ließ erstaunt die Gabel sinken.

»Sie kennen Kid Berg? Wow, da habe ich ja eine richtige Box-Expertin vor mir. Wie steht's mit Jimmy Wilde?«

Komm schon, Ed. Jetzt im Ernst?

»Klar kenne ich den. Eine Legende. Bester Boxer im Fliegengewicht. Bekannt als Mighty Atom. Brachte gerade mal hundert Pfund auf die Waage, aber er hat Gegner im Bantamgewicht ausgeknockt, stimmt's? Natürlich kenne ich Jimmy Wilde, verdammt.«

»Natürlich.« Wieder Lachen. »Wie war das? Haben Sie als Jugendliche über diese Jungs gelesen?«

Lucy zuckte mit den Schultern. Eine aufblitzende Erinnerung: gerahmte Schwarz-Weiß-Fotos von Boxern, ganze Reihen davon, die an der Wand in Dads Laden hingen. Simon stand neben ihr, und sie versuchte, ihm all diese Fotos zu erklären – *das wird dir gefallen, Si, ist auch Geschichte, so in der Art jedenfalls –*, aber er hatte nur gelangweilt genickt. Sie musterte King. Er lächelte, ein großes, breites Lächeln. Sie erwiderte es. *Interessant.*

Sie verspürte eine Art Ziehen, ein leichtes Gefühl, fühlte sich nett an. *Ich mag diesen Typen.* Doch dann schlug die Schuld zu, mit hartem Punch, genau in die Magengrube, und sie runzelte die Stirn, wandte den Kopf zur Seite. Schaute weg. Tiefes Luftholen.

Genug davon.

Es reicht jetzt.

Sie stülpte den Pappdeckel über ihre Box mit Pommes frites. Stand auf, ging zum Abfalleimer, stopfte alles hinein. *Keine Pommes mehr. Jetzt nicht, nicht für dich. Du bist jemandem noch etwas schuldig, Lucy, und du musst diese Schuld begleichen.*

King starrte sie an.

»Die Pause ist vorüber«, ließ sie ihn wissen. Nickte in Richtung Tür. »Kommen Sie, wir gehen.«

Inzwischen hatte es aufgehört zu regnen.

Der Toyota stand bei Islington Green, fünf Minuten Fußweg entfernt. Sie gingen in Richtung des Autos, King nippte an seinem Irn-Bru, Lucy war an seiner Seite, die Hände in den Taschen des Pullis vergraben. Es war dunkel. Noch nicht einmal sieben Uhr: Stille in den Restaurants, die Pubs voller Leute. Lucy ließ sich von King auf den neusten Stand bringen, während sie sich einen Weg durch die Gäste der Pubs bahnten, die draußen auf den Gehwegen rauchten.

»Das Material von den U-Bahn-Kameras ist endlich da«, sagte er. »BTP hat alles an Salford geschickt. Übrigens, die Krawatte, die er heute trägt, erinnert an den Deckel der Quality-Street-Dosen. Gott verdammt. Egal, er hat ein Team darauf angesetzt, Ihren Freund mit den orangenen Turnschuhen zu finden. Sie überprüfen die Aufnahmen aller Stationen, da wollen wir mal sehen, ob wir ihn nicht doch entdecken. Sie haben Super Recognizer auf ihn angesetzt.«

Sie nickte. »Hat Sykes ja gesagt. Bei der Special Investigation Unit, schon vergessen?« *Der alte Wichser.*

»Klar. Glatt vergessen. Gott, dieser Sykes. Hab ich Ihnen das schon erzählt? Er hat das Pint getrunken, das ich ihm spendiert habe, und ist dann einfach auf und davon. Der Bastard, hat mir nicht mal angeboten, mir ein Pint zu bestellen.« Verächtliches Schnauben. »Nicht, dass ich scharf drauf gewesen wäre, aber es geht ums Prinzip. Und das Schlimmste daran ist …«

Bleib bei der Sache, Ed.

»Gibt's noch was Neues zu Cates' Tod?«

Er zuckte mit den Schultern. »Nichts. Die Aufzeichnungen aus der Zeit der Geißel kann man vergessen. Damals ging alles drunter und drüber.« Er leerte seinen Softdrink, warf die Dose in einen Abfalleimer am Gehweg. »Ein paar DCs sind an der Sache dran, vielleicht haben wir ja doch Glück. Aber wenn ich ehrlich bin: Was Sie herausgefunden haben, ist besser. Sehr viel besser. Halb London hätte ein Motiv gehabt. Die Frage ist aber doch, wer wusste sonst noch davon? Genau *das* müssen wir rauskriegen.«

»Nein.« *Komm schon, Ed, denk nach …* Als sie den Kopf schüttelte, merkte sie, dass ihr leicht schwindelig war. Sie versuchte, sich an das letzte Mixgetränk zu erinnern, an das mit Espresso, nicht nur Cola. *Ich brauche Nachschub.* Auf der anderen Straßenseite entdeckte sie einen Starbucks und hielt darauf zu. King blieb hinter ihr, während sie die Straße überquerten. »Nein«, wiederholte sie, als sie die Filiale betrat, »darum geht es nicht. Der Mörder wusste *nicht*, was Cox getan hat. So kann es nicht gewesen sein. Denn sonst hätte er es herausposaunt. Warum hätte er das geheim halten sollen?« Sie schnappte sich eine Cola aus dem Kühlschrank, bestellte, bezahlte. Zu King gewandt sagte sie: »Es geht um Cates.«

»Ja, gut, aber denken Sie nur, was Cox getan hat und was Sie herausgefunden haben …«

Verstehst du es nicht?

»Flinders Cox hat Rob Cates umgebracht.«

Er starrte sie an. »Glauben Sie?«

Lucy nickte. Griff sich den Espresso – *danke* –, kippte ihn in die Colaflasche, nahm einen großen Schluck. Seufzte. *Schon besser.* »Cates wusste, was Cox getan hatte, richtig? Und Cox konnte nicht zulassen, dass Cates plauderte. Deshalb hat er ihn umgebracht. Und die Leiche verbrannt. Der Fuß in dem Brennofen, das muss Cates' Fuß gewesen sein.« Sie nahm wieder einen Schluck und verließ mit King den Starbucks. »Aber jemand hat Wind von der Sache bekommen.«

»Also Rache.«

»Genau.« Sie dachte wieder an Cox' Leiche. An das Kruzifix. »Auge um Auge.«

Verstehst du, Ed?

Sie kamen in Islington Green an: Ein kleines grasbewachsenes Areal, hier und da standen ein paar kahle Platanen. »Auf der anderen Seite«, sagte King. Sie überquerten die Grasfläche. Ihr fiel ein Mann mit einer schmutzigen weißen Survivor-Maske auf, der auf einer Bank übernachtete. Sie beugte sich zu ihm herab und warf eine Pfundmünze in seinen Becher. »Und?«, meinte King und ließ eine eigene Münze folgen. »Was machen wir nun?«

Gute Frage.

»Ich habe nachgedacht«, ließ sie ihn wissen. »Sie haben gesagt, dass Cates' Tod eingetragen war. Als Toter kann man sich ja schlecht selbst eintragen, nicht wahr? Es kann kein Krankenhaus und auch kein Coroner gewesen sein, denn dann hätte man die Todesursache vermerkt. Aber irgendjemand muss es gemeldet haben. Jemand wusste, dass Cates tot war, und diesem Jemand lag etwas daran, das zu melden. Also … wer kann das gewesen sein?« Sie zeigte auf Kings Rucksack. »Haben Sie den Totenschein da drin?«

»Nein, aber …« Er holte sein Handy raus, tippte etwas ein. »Ich habe das alles in meinem Posteingang, Moment.«

»Da müsste eigentlich stehen, wer den Todesfall gemeldet hat. Schauen Sie nach, wer der Informant war.«

Sie sah, wie er scrollte.

Komm schon …

»Hier«, sagte er. »Name des Informanten … John Johnson.«

Johnson? Wo hab ich noch gleich …

Sie runzelte die Stirn, doch dann fiel es ihr ein.

Genial.

»Die Mappe«, sagte sie. »Die Clapham uns gezeigt hat. Im Pub, wissen Sie noch? Haben Sie die noch?«

King machte den Reißverschluss am Rucksack auf, suchte nach der Mappe, zog sie heraus. »Klar, hier …«

»Perfekt.« Sie schlug sie auf, blätterte darin. »John Johnson. Schauen Sie.« Sie zeigte auf einen Eintrag. »Gründer der MLF. Wohnort unbekannt. Irgendeine Verbindung gibt es also zu Rob Cates.« Lucy betrachtete angestrengt das Foto oben in der Ecke der Seite. Zwei schwarze Augen starrten sie an. »Wissen Sie noch, was Enoch Clapham über diese Leute gesagt hat?« Sie sah ihn an. »Dass sie gewalttätig und gefährlich sind?«

»Clapham ist ein Arsch.«

Hör zu, was ich sage, Ed.

»Ja, schon klar. Aber er hat auch gesagt, dass die Mitglieder der MLF ein Gegenmittel hassen würden. Was, wenn er damit recht hat?« Sie sprach ungewollt lauter. »Dann wäre alles ganz einfach, oder? Johnson erfährt, dass Cox Cates umgebracht hat, will Rache, ermordet Cox, findet das Antidot und klaut es … Damit hat sich die Sache.« Sie sah King in die Augen. Lächelte.

Das passt alles zusammen. Es passt, verdammt, ich weiß, dass es stimmt. So muss es gewesen sein. Jetzt muss ich nur diesen Johnson

270

finden. Und wenn ich das alles Wilkes erzähle, hört sie mir vielleicht zu. Und hilft mir. Sie hat mir doch immer geholfen …

»Ed«, sagte sie, »ich denke, wir sollten das Wilkes erzählen.«

»Hm.« Stirnrunzeln. »Was das betrifft …«

Was was betrifft?

»Ich wollte es Ihnen längst sagen«, meinte er. Schob die Hände in die Hosentaschen. »Dieses ganze Tohuwabohu wegen Hurst, all diese Pressemitteilungen … Es heißt, Wilkes soll degradiert werden. Sie soll wieder DI werden. Es wird dann wohl einen neuen DCI geben.«

Oh, Mist, nein.

Lucy fuhr sich durchs Haar. Diese verdammten Machtspielchen der Met. Wie sie das hasste, was für ein Irrsinn. Sie hatte nicht richtig zugehört, als Wilkes versucht hatte, das zur Sprache zu bringen. Das war noch schlimmer, als über Inneneinrichtung zu sprechen, verdammt. *Aber Sie lieben das, Ma'am. Sind gut darin. Und jetzt setzt Ihnen jemand zu, irgendein Depp will Ihr Dienstzimmerfenster und denkt, klar, da ist diese ganze Sache mit Hurst, und Wilkes ist geschwächt. Da wird es Zeit zuzugreifen.* »Wer soll es sein? Wer ist im Gespräch?«

»Tja, die Sache ist die …« Er sah auf seine Schuhe. Atmete tief durch. »Ist ein bisschen unangenehm …«

Du?

Du bist im Gespräch, Ed? Echt jetzt? So bist du also gestrickt? Kommst einfach so aus Birmingham, hi, Leute, laberst etwas von Offenheit und gegenseitigem Vertrauen, hast so schöne grüne Augen, dabei bist du eine verdammte Schlange? Fällst Ma'am einfach so in den Rücken und …

»Andy Sykes.«

Oh.

Oh Gott, dieser verfluchte Scheißwichser.

»Wie blöd«, sagte sie nur. Stampfte mit dem Fuß auf. »Nein.

271

Nein, nein, *nein*.« Scheiße, verdammte. »Sykes? Der verdammte *Sykes*? Wie kann das *sein*? Dieser stinkfaule Idiot mit seinem Fedora, dieser dämliche … *Scheißkerl* …«

Er schüttelte traurig den Kopf. »Dieser stinkfaule Scheißkerl findet offenbar ein offenes Ohr beim Chief Superintendent.«

Oh, so ein verdammter Mist!

Sie zog an den Bändern der Kapuze, hätte am liebsten mit der Faust irgendwo gegengeschlagen. Der verdammte Sykes, *natürlich* er, gottverdammt. *Und das ist alles meine Schuld, weil ich Hurst zu Boden geschlagen habe. Und dann die ganze Presse, und jetzt ist Ma'am raus aus der Sache und …*

Nein.

Sie holte hörbar Luft. Atmete gleichmäßig ein und aus. Reckte leicht das Kinn vor.

Nein. Nein, das kann ich nicht zulassen. Es muss eine andere Möglichkeit geben.

»Aber das ist alles noch nicht offiziell, oder?«, hakte sie nach.

»Nun ja …«

Sein Handy klingelte. Ein schriller Ton: Code Zero, dringende Nachricht.

»Was soll das, zum Teufel?« Er schaute aufs Display, runzelte die Stirn. »Verdammt.« Sah Lucy an, die Augen geweitet. »Nachahmungstäter«, sagte er. »Irgendwelche Typen versprühen Aerosole. In der Innenstadt. In Soho, Barbican, Mayfair. Einer ist vor dem Tower.« Er las weiter. »Heute Abend ist mit weiteren Anschlägen zu rechnen. Könnte ein ganzes Dutzend sein.«

Oh Mann.

Sie holte ihr Handy hervor. Wandte sich von King ab, ließ das Handy über den Sensor fahren.

5,2.

Scheiße.

»Ich muss los«, sagte sie. »Sofort.« Sie setzte die Kapuze auf. »Ich rufe Sie an. Wir müssen noch über Wilkes sprechen. Schicken Sie mir eine Kopie von dieser Akte Johnson, ja?« Sie wandte sich zum Gehen.

»Lucy!«, rief er ihr nach. »Hey, warten Sie. Ich nehme Sie mit. Sie können jetzt nicht die U-Bahn nehmen, ist nicht sicher. Nicht auf der Strecke nach Brompton.«

Ich habe nie gesagt, dass ich in Brompton lebe, Ed.

»Nein.« Sie schüttelte den Kopf. Goswell Road war nur zehn Minuten entfernt, wenn man schnell ging. Niemand betrat ihre Wohnung. Das war verboten. Dort gab es nur sie und die Schuld und vier schwarze Wände. Und bestimmt keinen Ed King. »Ich komme schon klar«, rief sie über die Schulter.

Hoffe ich jedenfalls.

Lucy verschwand in der Dunkelheit.

Der Regen setzte wieder ein, als sie die Goswell Road erreichte.

Es schüttete richtig. Die Kapuze schützte sie. Dicke Tropfen prasselten auf ihre Schultern, plopp, plopp, plopp. Aber das spürte sie kaum, denn sie war in Gedanken zu sehr mit den Nachahmungstätern beschäftigt. *Mayfair, Soho und ... wo war das noch gleich? Barbican? Mist. So nah.* Sie redete sich ein, dass sie sich keine Sorgen zu machen brauchte. Der Wert war noch über 5, also alles gut, trotzdem war sie verspannt. Fühlte sich schwindelig. War nervös, fast so wie damals, als es jeden Tag irgendein Attentat gegeben hatte. Klar, sie hatten jetzt Booster, zwei ganze Schachteln, aber eine Drohne konnte plötzlich überall auftauchen – irgendwo, verdammt, und man wusste nie genau ...

Aber es ist nicht wie damals.

Es ist jetzt. Und dir geht es gut. Du hast eine Spur. John Johnson, genial.

Geh einfach nach Hause.

Lucy wechselte die Straßenseite. Augen auf, aufpassen. Sie ging an drei Männern vorbei, die vor einem Pub rauchten, dicht gedrängt unter einer Markise. Halb ausgetrunkene Pintgläser. Ihr fiel auf, dass die drei Survivor-Masken unters Kinn geschoben hatten. Aber sie waren keine echten Survivor. Normale Augen, keine Narben. Sie trugen die Masken aus Solidarität. Oder weil es Mode war. Vermutlich das. Sie wusste, dass so etwas aktuell angesagt war: nannte sich Survivor Chic. *Und wir können kein Lager-Bier trinken, auf dem unsere Mode-Statements stehen, stimmt's?*

Einer der drei trug ein schwarzes Armband. Er beobachtete sie, als sie an ihm vorbeiging, sagte etwas.

Sorry, Kumpel.

Fürchte, ich bin kein offiziell lizenziertes London Strong Week Accessoire.

Sie war fast zu Hause, nur noch zwei Straßen entfernt. Die Hälfte der Läden in diesem Bezirk war mit Brettern vernagelt, Opfer der Zeit nach den Attentaten: Konjunkturrückgang, Dollarbindung, die Entwertung, all das. Hier war es ruhiger. Unwahrscheinlich, dass es hier zu einem Attentat kam. Sie atmete lange aus, ließ die Schultern kreisen, war in Gedanken wieder bei Flinders Cox, schlug sich mit derselben Frage herum, die sie bereits den ganzen Nachmittag beschäftigt hatte. Sie war auf dem Rückweg von Stepney gewesen, scheiß Regen, zwei Stunden zu Fuß auf dem Pfad entlang des Kanals. Sie hatte den Kopf gesenkt, die Kapuze auf und dachte nach. Furchen auf der Stirn, während sie überlegte: Wenn Flinders Cox wirklich so ein Monster war, und das *war* er ja, er war ein hundsgemeiner Schurke, was ... hatte es dann mit dem Antidot auf sich? Konnte ein Mensch, der so verdorben war, noch etwas Gutes tun? Oder lag sie falsch und A bedeutete doch U? *Nein, nein, ich habe mich nicht geirrt.*

Sie verließ die Goswell Road, erreichte ihre Seitenstraße.

Cox verspürt Schuldgefühle. Ich weiß, dass es so war. Dieses Zimmer? Komm schon, er hatte Gewissensbisse, da bin ich mir absolut sicher. Und die Sache ist doch die …

Sie kam an der Eckkneipe vorbei, geschlossen. Alles still.

… eine Schuld wie diese lässt sich nicht einfach mit ein paar SRA-Wohltätigkeits-Dinner-Partys begleichen.

Sie erreichte die Straße, die zu dem dreckigen Parkplatz der Sackgasse führte.

Auch nicht mit den drei Millionen für den Wiederaufbau der Kathedrale. Aber ein Gegenmittel? Cox war vielleicht der Ansicht, die Schuld mit einem Antidot begleichen zu können. Womöglich war es so. Ich schätze, so sah er es, obwohl er sich nicht sicher sein konnte. Das ist das Problem mit einer Schuld wie dieser. Aber nehmen wir mal an, er hat es trotzdem versucht. Das ist alles, was er tun kann, und das bedeutet –

KRACK!

Ein Schlag. Ein harter Schlag gegen den Hinterkopf, verdammt. Und dann spürte sie, wie ihr jemand eine Hand auf den Mund drückte, grob. Jemand packte sie. Sie schüttelte den Kopf, wand sich in dem Griff, aber der andere war zu kräftig. *Ich krieg ihn nicht abgeschüttelt, verdammt.* Sie schlug mit dem Ellenbogen nach ihm – *du Wichser –*, aber er hielt ihren Arm gepackt, verdrehte ihn immer stärker. *Das tut weh, verdammt.* Er schob sie vor sich her, drängte sie zurück in die enge Gasse, zum Parkplatz. *Oh fuck, da ist niemand, fuck, fuck, fuck …*

Sie erhaschte einen Blick auf seine Schuhe. Orange.

Du bist das …

Sie holte tief Luft, versuchte es erneut mit dem Ellenbogen, noch einmal, versuchte es immer wieder. *Du Scheißkerl, du.* Und dann: ein Treffer. Er keuchte schwer. Lockerte seinen Griff. Sie schüttelte ihn ab, kam frei und rannte los, stolperte – *nur weg hier –*, ein Schritt, noch ein Schritt. *Lauf, verdammt!* Sie sprintete los, erkannte dann aber: *falsche Richtung.*

Sie war auf dem Parkplatz. Eine Sackgasse.

Sie wirbelte herum, und da war er: Orangener Turnschuh. Schwarzer Pullover, Survivor-Maske. Er kam auf sie zu, mit gezücktem Messer, grollend.

Und mein Messer ist kaputt, Mist, verdammter …

Nein. Atme. Das ist nicht neu für dich, dafür wurdest du ausgebildet. Sie zog den Hoodie aus – *schnell jetzt –*, wickelte ihn sich um die linke Hand, hielt einen Ärmel in der rechten Hand. *Da kommt er …* Er stach zu, aber sie wehrte den Vorstoß ab, schlang den Ärmel um das Handgelenk des Gegners, *perfekt*, zog, machte eine Drehbewegung. *Bitte, das muss klappen!*

Das Messer flog ihm aus der Hand, blieb scheppernd unter einem Müllcontainer liegen.

Sie stieß ihn zurück, und er strauchelte. Fing sich wieder. Stand aufrecht.

Einen Moment lang starrten sie einander an.

»Johnson?«, rief sie ihm entgegen. »John Johnson.«

Der bist du doch, oder? Es kann nicht anders sein …

Er sagte nichts. Schweigen. Regen. Hinter ihr der Parkplatz, vor ihr die Gasse: alles still.

»Polizei.« Sie sprach mit fester Stimme, so gut es eben ging. »Ich buchte Sie ein. Wegen Körperverletzung. Wegen Mordes. Sie brauchen nichts zu sagen …«

Er kam auf sie zu.

Okay, also gut.

Sie ballte die Hände zu Fäusten, nahm die Grundstellung beim Boxen ein. Zog das Kinn leicht ein.

Tragen wir's aus.

Er schlug nach ihr, doch sie tauchte ab, landete einen Jab. Noch einen. Schnell hatte sie ihre Reichweite gefunden. Sie tänzelte, schlug mit der Führhand, hielt ihn auf Distanz. *Ich darf ihn nicht rankommen lassen, er ist zu groß.* Er versuchte wieder, bis zu ihr vorzudringen, und sie konzentrierte sich weiter auf ihre Führhand, wehrte ihn ab. Links, links, antäuschen, rechts.

Einatmen, ausatmen. Einatmen, ausatmen.

Achtung, er kommt …

Er schlug zu, hart. Sie wich aus, landete einen Körpertreffer – *gut gemacht* – in den Rippenbogen. *Na, schmeckt dir das?* Er brüllte vor Schmerz. Taumelte zurück, stierte sie an. *Schwarze Augen.* Er holte zu einem echten Schwinger aus, aber sie wich auch diesmal aus. *Perfekt.* Dann schnellte sie vor und – *gut zugucken, Jack –*

Der Jab, ein Cross.

HAKEN!

Sie landete noch einen Cross, und Orangener Turnschuh war am Boden. Lag lang auf dem Rücken, die Arme von sich gestreckt, hatte die Maske noch auf, aber die Augen waren zu. Fertig. Erledigt. Sie stand über ihm, schwer atmend, triumphierend.

Das gefällt dir, ja?

Klatsch, klatsch, klatsch.

Was, zum Teuf…«

Jemand von hinten. Stülpte ihr eine Art Sack über den Kopf, alles dunkel. Sie riss den Kopf zurück – *krieg keine Luft –*, versuchte zu schreien, aber ihre Stimme war gedämpft, sie keuchte. Noch ein Schlag: gegen die Schläfe. Sie sah Sterne. Spürte, wie sie zu Boden ging. Schlug auf dem Pflaster auf, benommen. Sie merkte noch, dass jemand ihren Arm packte, daran zog. Metall um ihr Handgelenk, eine Handschelle. Sie hörte das Klicken.

Nein …

Sie tastete nach ihrem Kapuzenpulli. *Der Booster.* Fingernägel kratzten über den nassen Gehweg, sie renkte sich fast den Arm aus, die Hand wie eine Klaue. *Ich brauche den Booster, der Booster ist im Pulli, ich brauche das!* Doch dann hatte er auch das andere Handgelenk gepackt. *Nein, nein, Mist, verdammter ...* Sie drehte sich auf den Rücken, trat blindlings zu, doch er kreuzte mit einem Ruck ihre Handgelenke. Kaltes Metall. Ein Klicken.

Fuck, fuck, FUCK ...

Und jetzt zogen sie sie, gemeinsam. Schleiften sie einmal quer über den Parkplatz. Sie hörte, wie ein Motor ansprang, dass eine Kofferraumklappe aufging. *Nein, ich brauche den Booster, ich brauche das, verdammt noch mal ...* Sie trat wie verrückt zu, so fest sie nur konnte, aber sie ließen sie nicht los. Hievten sie hoch, verpassten ihr einen Schlag in die Magengrube, warfen sie in den Kofferraum – *nein, nein, nein* –, noch ein Schlag, und dann ging die Klappe zu.

Sie saß in der Falle.

Oh Gott, nein ...

In der Falle, wie damals. Sie fühlte, dass es wieder so wie damals war, denn damals ...«

Fokussier dich. Du musst einen klaren Kopf behalten. Jetzt ist jetzt. Du musst dich konzentrieren, bleib im Jetzt, verdammt. Bleib im Jetzt ...

Hiergeblieben ...

Bitte, Gott, wartet ...

17. KAPITEL

London, 2027

»Alles wird gut, Luce«, sagte Simon zu ihr. »Keine Panik.«

Panik?

Sie zog die Stirn kraus, als sie ein Glas mit Gewürzgurken aus dem Regal nahm.

Ich gerate nicht schnell in Panik. Es heißt doch immer, wie vernünftig ich bin.

Der grottige kleine Laden an der Ecke der Goswell Road war fast leer. Nur sie beide und der bärtige Typ hinter der Kasse, der etwas las, sah nach einem Manga aus. Lucy ließ den Blick über die Regale schweifen. Seltsam, dass so vieles fehlte. Kein Mineralwasser, keine Suppen, keine Produkte von HP. Nur noch diese blöden Sorten Chips, die nicht schmeckten. In ganz London horteten die Vulnerablen Lebensmittel, bunkerten einfach alles. Sie hoffte, dass die Geschichten nicht stimmten, die Geschichten, wie schnell London Black in die Ventilationssysteme gelangte, unter den Türen in die Häuser drang, durch Spalten in den Fenstern. All diese Storys legten nahe, dass man nirgends mehr sicher war. *Aber sie sind ja wahr. Es ist die schreckliche Wahrheit. Und deshalb müssen wir London verlassen, und zwar sofort.* Sie nahm einen Cheddar-Käse aus dem Kühlfach.

»Es ist jetzt vier Tage her«, sagte Simon. Mit volltönender Stimme, als wäre er auf einer seiner Touristen-Rundgänge, mit Mottos wie »Jack the Ripper« oder »Gruseliges London« oder so was in der Art. Und sie war sein Publikum, das normalerweise aus fünfzehn Amis in Outdoor-Hosen bestand, die Reißverschlüsse an den Knien hatten. Nicht, dass es dieser Tage irgendwelche Touren gab. »Seit vier Tagen keine Drohnen mehr. Nichts. Und im *Guardian* steht, dass es wohl vorbei ist …«

Zumindest gab es Brot. Sie schnappte sich einen Laib.

»… vielleicht noch ein Attentat oder zwei, schlimmstenfalls …«

Schlimmstenfalls?

»… und wir haben immer noch eine ganze Schachtel übrig.«

»*Si!*«, zischte sie ihm zu. Gestikulierte: *Leise, verdammt.* Sie blickte sich um, aber es war niemand in Hörweite, nur der Manga-Typ, der nicht weiter auf sie achtete und las. *Trotzdem, verflucht.* Man musste vorsichtig sein. Bei den Boostern wusste man nie, woran man war, wie viel es noch davon gab. Man konnte sich schon glücklich schätzen, wenn man eine Spritze besaß. »Später, ja?«

Er verdrehte die blauen Augen: *Hier ist doch sonst keiner, Luce.*

Hinter ihnen erklang eine elektrische Klingel. Die Ladentür ging auf. Ihr Blick huschte zum Eingang.

Oh, verdammt.

Ein Vulnerabler.

Der Mann, der hereinkam, war groß und dünn. Mehr konnte sie nicht über ihn sagen, denn er war vollkommen vermummt. Um den Hals trug er eine Gasmaske, ein Schutzschild bedeckte Mund und Nase. Die falsche Maske, wie sie sah. Gedacht für Graffiti oder gegen Tränengas, aber während eines Drohnenangriffs vollkommen unbrauchbar. Der Mann trug eine gewachste Jacke, dazu einen Blaumann und olivgrüne Gummistiefel. Der Blaumann hatte hinten Risse. *Wird wohl nur diesen einen haben. Hat ohnehin keine große Wahl, wenn alles ausverkauft ist und jeden Moment der Tod auf einen herabregnen könnte, wann immer man sich auf den Weg macht, um eine Dose Bohnen zu ergattern.*

280

Sie stupste Simon an.

Siehst du?

Sag diesem Typen mal, er soll nicht in Panik geraten.

Der Mann sagte nichts. Ging einfach geradewegs zur Kasse, zog drei Zwanzig-Pfund-Noten aus der Jackentasche und legte sie gut sichtbar auf den Tresen. Gummihandschuhe aus Butylwachs, wie ihr auffiel. Er hatte sich offenbar schon früh ein Paar davon gesichert. Der Manga-Typ schaute auf. Nickte, ging dann hinter der Kasse in die Hocke. Tauchte wieder auf, mit einer Rolle durchsichtiger Kunststofffolie. Er hielt sie dem Mann hin.

»Nein«, kam es von dem Kunden, die Stimme gedämpft. »Wir waren uns doch einig. Die dicke Sorte. Sechs Millimeter.«

Bedeutungsvoll legte er eine behandschuhte Hand auf die Zwanzig-Pfund-Noten.

Der Manga-Typ zuckte mit den Schultern. Holte noch eine Rolle Folie unter der Theke hervor, diesmal die schwarze Sorte. Der Mann nickte, nahm die Folie, ging zur Tür. Lucy sah, wie sein gerissener Blaumann in der Dunkelheit verschwand.

Wir müssen schleunigst von hier verschwinden.

Fünf Minuten später gingen sie die Goswell Road hinunter nach Hause, Lucy hatte sich den Rucksack mit Lebensmitteln über eine Schulter gehängt. Halb zehn, dunkel. Nieselregen. Eine Weile liefen sie schweigend nebeneinanderher, dann ergriff Simon das Wort.

»Ich sage ja bloß, ja, es macht einem schon Angst, aber es wird aufhören.«

Es macht einem Angst?

Es ist der blanke Horror, Si. Verdammt.

»Jetzt nicht«, raunte sie ihm zu. »Wir sind gleich zu Hause.«

Sie bogen in ihre Seitenstraße ein. Weiter die Straße hinunter sah sie eine Ansammlung von Leuten. Sie überlegte. *Komisch eigentlich.* Dann sah sie das Blaulicht hinter der Gruppe und begriff: Das war ein Team, das einen Toten für die Keksfabrik abholte. Irgendein armes Opfer des Anschlags, das im eigenen Bett gestorben und nun für die Aschegruben bestimmt war. Die Menge bezog vor dem Lieferwagen Stellung, wollte dem Fahrzeug den Weg versperren. Die Leute hämmerten gegen die Autoscheiben, auf die Motorhaube, riefen etwas, schrien. Irgendwo in der Menge jammerte eine Frau: *Oh! Er ist tot, tot, tot.*

Lucy verspürte ein Prickeln am ganzen Körper.

Könnte hässlich werden.

Sie packte Simon am Ellenbogen. »Zur Hintertür. Schnell.« Sie führte ihn durch die Gasse, auf den Parkplatz. Ein Hauch von Pisse in der Luft, als sie an dem überquellenden Müllcontainer vorbeikamen. Sie schloss die Tür auf, joggte die drei Stockwerke die Metalltreppe hoch und stand dann am Ende des Korridors, während Simon Mühe hatte, Schritt zu halten.

In der Ferne Sirenen.

Könnte ziemlich hässlich werden. Wieder Unruhen wegen der Bergung der Leichen.

Sie schob das verschmierte Fenster im Hausflur auf und schaute hinaus. Reckte den Hals, aber von dort aus konnte man die Straße nicht einsehen, nur den Parkplatz und den Container. Sie dachte an den Mob da draußen. Sie glaubte, jemanden erkannt zu haben, einen Mann, der in der Reinigung unten an der Ecke arbeitete. Er hatte auf die Seite des Vans eingedroschen, schreiend. Sah danach aus, als würde er jeden Moment die Tür aufreißen, den Fahrer vom Sitz zerren, ihm den Schutzanzug vom Leib reißen, den verdammten Mistkerl töten.

Als wäre der Fahrer an allem schuld. Als hätte er London Black erfunden.

In ihrer Wohnung war es kühl: Der Gasvorrat im Gebäude war niedrig. Sie ließ die Kapuze auf. Ging um einen Stapel von Simons Büchern herum, betrat die Küche. Er lehnte an der Arbeitsplatte, während Lucy anfing, die Einkäufe aus dem Rucksack zu holen.

»Wie ich schon sagte«, meinte er, »es ist so gut wie vorüber. Bald ist alles gut. Glaub mir.«

Ich soll dir glauben?

Sie nahm das Glas mit den eingelegten Gurken heraus, stellte es auf den Tisch. Sah Simon an. Erinnerte sich, wie viel Angst er an jenem ersten Abend gehabt hatte. Das war gerade einmal drei Wochen her, verdammt. Und dann erhielten sie diese beiden kostbaren Schachteln, und danach hieß es immer nur: »Keine Sorge, Luce, es ist alles geregelt.« *Wieso hast du jetzt nicht mehr Angst, Si?*

»Wir sollten weg von hier«, sagte sie. »Das meine ich ernst.«

»Es ist alles in Ordnung, wirklich.«

Es ist nicht in Ordnung, Si, es ist noch lange nicht in Ordnung, verdammt. Und deshalb verstehe ich nicht …

Ihr Handy sandte ein Wecksignal.

Mist. Ist es schon wieder so weit?

Lucy holte das Gerät aus der Tasche, wandte sich von Simon ab. Sie hatte niemandem bei der Met erzählt, dass sie eine Vulnerable war; nicht einmal Wilkes. Sie wollte keine Fragen beantworten müssen. Nicht, weil es unangenehm wäre. Sie wollte einfach kein Risiko eingehen. Womöglich kämen sie dahinter, dass sie Booster besaß, und wer vermochte schon zu sagen, was irgendein dahergelaufener DC für so viel Knete machen würde? *Ich muss es ihnen sagen, wenn wir London verlassen. Ich habe noch jede Menge Urlaub, den ich nehmen könnte. Wilkes wird das verstehen. Aber ich kann jetzt noch nicht los, nicht in diesem Moment. Ich muss hierbleiben, muss Simon überzeugen, und das alles regeln.*

Sie seufzte.

Verschwand im Schlafzimmer. Wählte Wilkes' Nummer: keine Antwort. Dachte an Salford. Er hatte ihr schon einmal geholfen: an *jenem* Tag, als sie nach Stepney gefahren war, um ihren Dad zu sehen. *Und er ist ganz in Ordnung, dieser Salford. Irgendwie ehrgeizig. Sie wählte seine Nummer, sagte ihm, dass sie im Augenblick keine Zeit hatte, sorry, persönliche Gründe, ein wenig außer der Reihe. Ob er noch einmal für sie einspringen könne?* Während sie telefonierte, kam Simon herein und betrachtete sich im Spiegel des Kleiderschranks. Adrett wie immer: dunkelblaues Hemd, Chinos, teure Halbschuhe. Der Designer-Ledergürtel, mit der großen Schnalle aus Metall. Sie sah zu, wie er aus dem Stand fünf Klimmzüge machte, ehe er im Badezimmer verschwand. In der Zwischenzeit erzählte Salford ihr, sie solle sich keine Sorgen machen, er sei an der Sache dran, sie solle ihm nur irgendwann ein Pint spendieren, okay? Bis dann.

Als sie das Gespräch beendete, kam Simon aus dem Bad. »Siehst du?« Er hatte die Schachtel Booster in der Hand. »Sie sind hier. Und es ist so gut wie vorüber. Alles gut.«

Hör auf, das immer wieder zu sagen.

»Komm schon, Luce. Du bist doch die Britin. Stoische Haltung wie während des ›Blitz‹, oder nicht? Ruhe bewahren. Und selbst die Leute, die anfangs geflohen sind, kommen nun wieder zurück, deshalb verstehe ich nicht, warum ...«

Verdammt.

Sie fixierte ihn mit ihrem strengsten Blick.

»Wenn wir zu wenig haben«, sagte sie, »und sei es nur ein Tag, könnten wir tot sein. Ein Tag ohne Booster reicht schon.« Sie verschränkte die Arme. »Ich verlasse mich nicht auf einen verdammten Artikel im *Guardian*. Die Terroristen sind immer noch irgendwo da draußen. Und sie hören nicht auf, nie. Oder erst, wenn das totale Chaos herrscht und alle tot sind und London nur noch eine schwelende Ruine ist.«

»Komm schon, Luce, das ist jetzt aber übertrieben.«

Ein finsterer Blick.

Verstehst du denn nicht, Si?

Begreifst du nicht?

»Ich bin wegen Dad geblieben«, erklärte sie. »Das war der Grund. Und jetzt ist Dad nicht mehr da. Alle sind fort, nichts ist mehr da, nur noch Asche in einem verdammten Kirchhof.« Sie spürte Tränen in den Augen, achtete nicht groß darauf. »Was also jetzt? Jetzt machen wir uns auf. Wir packen unsere Sachen, kaufen uns ein Zugticket. Fahren nach Cornwall oder Devon oder sonst wohin. Ganz egal, wir fahren einfach, nur wir beide, und zwar jetzt, wir verlassen die Stadt und …«

KRACK.

Die Haustür flog auf.

Auf der Schwelle stand der Manga-Typ und zielte mit einer Kanone auf ihren Kopf.

»Rühr dich nicht vom Fleck, verdammt!«, rief Manga.

Dann betrat er die Wohnung, die Waffe im Anschlag. Zielte immer noch auf Lucy. Ein zweiter Mann tauchte hinter ihm auf: hässlich, bärtig, eine Spurs-Cap auf dem Kopf. Keine Waffe. Spurs-Cap drückte die Tür zu. »Die Booster«, sagte Manga. Russischer Akzent, ziemlich ausgeprägt. »Wo sind die? *Wo?*«

Lucy starrte ihn nur an.

Sie spürte, wie ihr Puls in die Höhe schoss. Sie bekam Panik – *fuck* –, doch dann kämpfte sie dagegen an. Blieb ruhig. Starrte nur finster.

Fick dich, Manga.

»Booster?« Simon hatte die Hände erhoben. »Hey, Kumpel, ich glaube, da liegt ein Miss…«

»Nein.« Manga wandte sich ihm zu, zielte mit der Pistole auf Simons Kopf. Trat einen Schritt näher an ihn heran. »Kein Missverständnis. Hab gehört, was du gesagt hast. Du hast eine ganze verdammte Schachtel voll von dem Zeug.« Lucy bemerkte, dass er sich im Zimmer umsah. Die Booster lagen auf dem Fensterbrett, hinter Simons Rücken, nicht sichtbar für den Typen. Sie starrte auf die Waffe, während Manga das Bett durchsuchte, dann den Schreibtisch, den Fußboden. Sie versuchte, die Lage einzuschätzen: Wenn sie jetzt einen Satz nach vorn machte und sein Handgelenk zu fassen bekäme, im richtigen Moment …? *Nein. Er ist zu weit weg. Fuck.*

Spurs-Cap trat gegen einen Stapel Bücher, alles Stadtführer Londons.

Simon mimte immer noch den Unwissenden: »Leute, kommt schon …«

»*Wo ist das Zeug?*« Manga durchquerte das Zimmer, die Waffe immer noch im Anschlag, hielt den Ellenbogen abgewinkelt. Er drückte den Lauf gegen Simons Stirn. »Keine verdammten Spielchen, Aussie. Wo, zum Teufel, ist das Zeug?«

»Ich weiß nicht …«, stammelte Simon. »Ich …«

Ruhig Blut, Si.

Vielleicht kann ich ihn an den Knien erwischen … Nein …

»Raus damit, verdammt!«, schrie Manga. »Sofort.«

Geräusche aus dem Badezimmer, wo Spurs-Cap die Schränke durchwühlte. Sie hörte ihn fluchen: Londoner Akzent. Sah, wie er zurück in den Wohnraum stürmte und anfing, wahllos Schubladen aufzuziehen und den Inhalt auf dem Boden zu verteilen. Alles flog durch die Gegend: Stifte, Zettel, ein Textmarker.

Pack ihn dir, er ist wie ein Schild, dann … nein, geht nicht, denn dann erschießt Manga Simon …

Ein krachendes Geräusch, als Spurs-Cap die letzte Schublade auskippte. Er sah zu Manga auf, zuckte mit den Schultern, blieb dann stehen. Seine Augen weiteten sich. »Hey, Kumpel!«, rief er und zeigte auf den Fenstersims. »Da, hinter ihm. Siehst du?«

Oh, Mist.

Manga bedeutete Simon mit der Waffe, zur Seite zu gehen.

Und grinste breit. Lucy sah, wie er sich die Schachtel schnappte und unter den Arm klemmte. Dann bewegte er sich in Richtung Tür, zielte immer noch mit der Waffe. Zu Spurs-Cap: »Komm, los.«

Fuck, fuck, fuck.

Spurs-Cap nickte, folgte seinem Kumpel zur Tür, blieb dann aber stehen. Er sah Lucy an, als würde er sie erst jetzt bemerken. Ein hinterhältiges, kleines Grinsen. Sie spürte, wie er sie mit seinen Blicken auszog. Wusste, was ihm durch den Kopf ging, denn so einen Blick hatte sie schon einmal gesehen. Als sie dreizehn war, noch spät unterwegs in der Stadt, irgendein Schläger, den sie aber hatte abwehren können. Sie ballte die Hände zu Fäusten. *Ich bring dich um. Du Scheißkerl mit deiner verdammten Knarre, versuch's doch, und ich werde einen Weg finden, und dann …*

»Los jetzt, Mann!«, drängte Manga. »Komm mit.«

Spurs-Cap zuckte mit den Schultern. »Ach, scheiß drauf.« Er spuckte dicke Rotze auf den Teppich, wandte sich zur Tür und verschwand im Hausflur. Manga folgte ihm, aber er bewegte sich bedächtiger in Richtung Tür und nahm auch die Waffe nicht runter. Lucy sah, wie der Lauf der Pistole langsam im Durchgang zum Hausflur verschwand.

Und dann waren die beiden fort.

Mit den Boostern.

Was für ein Mist.

Sie sah hinüber zu Simon. Er stand leicht gebückt da, mit hängendem Kopf. Hatte die Hände auf den Knien, zitterte.

Ich brauche die Booster.

Wenn Si London nicht verlassen will, wenn wir also bleiben, dann brauchen wir das Zeug auch.

Lucy rieb über das Tattoo.

Tiefes Luftholen.

Also …

Sie stürmte los. Hörte noch, wie Simon rief – »Nein, warte, Luce, nicht!« –, aber keine Chance, sie war fort. Zur Haustür hinaus, in den Korridor. *Hier komme ich, verdammt.* Sie wusste, dass die beiden die Hintertreppe nehmen würden, daher hielt sie sich linker Hand, nahm das Haupttreppenhaus, sprang die Stufen nach unten, nahm drei auf einmal, manchmal vier, kam unten an und stürmte durch die Eingangstür hinaus auf die Straße.

Dunkel. Stille.

Dann in der Ferne: eine Sirene.

Wo stecken die?

Keine Spur von ihnen.

Okay, wahrscheinlich war ich schneller als sie, kann nicht anders sein, also tauchen sie jeden Moment dort auf …

Sie rannte in Richtung der Gasse.

Da.

Vor ihr: Spurs-Cap und Manga verließen hastig das Gebäude. Sie schauten sich nicht einmal um, liefen die Gasse in Richtung Goswell Road hinunter. *Perfekt.* Sie beschleunigte ihre Schritte. Lief schneller, flog dahin. Wusste, dass Manga alles hatte: die Waffe, die Booster. Sie näherte sich ihm von hinten, ihre Schritte waren nicht zu hören. *Nur nicht umdrehen, dreh dich jetzt nicht um.* Sie war fast bei ihm, wappnete sich und sprang ihn von hinten an.

WUMMS!

Sie schlug fest zu. Sie gingen beide in einem Knäuel zu Boden, er lag unter ihr, sie auf ihm, und sie hörte, wie die Pistole auf das Pflaster fiel. Sie war wieder auf den Beinen – *ich brauche diese Booster –*, aber da war es schon zu spät. Spurs-Cap hatte sich die Packung geschnappt und rannte in Richtung Goswell Road davon.

Komm zurück!

Sie bückte sich, hob die Waffe auf. Schon heftete sie sich an seine Fersen und ...

Was, zum Teufel ...?

Manga packte sie am Fußknöchel, und sie stolperte, fiel hin, landete unsanft auf der regennassen Straße. Sie spürte, wie ihr Knöchel verdreht wurde. *Fuck.* Ein stechender Schmerz, doch sie befreite sich aus dem Griff – *fick dich* – und kam wieder auf die Beine. Sie hatte noch die Waffe, aber Spurs-Cap hatte einen großen Vorsprung, bog gerade um die Ecke. Verschwand.

Verdammt ...

Sie biss die Zähne zusammen, rannte ihm hinterher. Bog in die andere Straße ab, folgte dem Verlauf, während sich alles in ihrem Kopf überschlug.

Lauf weiter, immer weiter ...

Aber er war verdammt schnell, und ihr Knöchel schmerzte.

Schneller, na los ...

Schneller ...

Sein Vorsprung vergrößerte sich. Ein stechender Schmerz in ihrem Knöchel. *Verdammt, tut das weh.*

Sie lief um eine Häuserecke.

Mist.

Vor ihr: eine Menge Leute.

Unruhen. Der Leichenwagen von vorhin versuchte immer noch, sich einen Weg durch die Menge zu bahnen. Aber inzwischen hatten sich noch mehr Leute zusammengerottet, bildeten jetzt einen richtigen Mob. Sie schüttelten das Auto, versuchten, es am Weiterfahren zu hindern, wollten es umkippen. Hunderte Leute. Sie kamen aus den Seitengassen, aus den Wohnblocks, aus vernagelten Läden und Pubs, die schon lange geschlossen waren. Überall wutentbrannte Leute.

Spurs-Cap lief in Richtung des Mobs.

Er entwischt mir ...

Sie setzte alles daran, ihn zu verfolgen, aber ihr Knöchel stand in Flammen.

Ich krieg ihn nicht, Scheiße, verdammte. Es geht nicht.

Sie hatte ihn fast aus den Augen verloren.

Bleibt mir nur noch eins.

Sie blieb stehen. Zielte mit der Pistole.

Letzte Chance …

Sie biss die Zähne zusammen, zielte noch einmal, und dann …

Das geht nicht.

Das kann ich nicht machen.

Lucy ließ die Waffe wieder sinken.

Fuck, fuck, FUCK …

Sie humpelte weiter, aber es war zu spät. Er war fort. Verschwunden.

Und dann hörte sie in der Ferne ein Geräusch: das Sirren einer Drohne.

Lucy stürmte durch die beschädigte Tür ihrer Wohnung.

Alles durcheinander. Überall Kram. Mangas saurer Schweißgeruch hing noch in der Luft. Simon kniete auf dem Teppich, durchwühlte das Zeug, das in den Schubladen gelegen hatte. Er schaute auf, als er sie kommen hörte. »Oh, Luce, Gott sei Dank …«

»Drohnen!«, rief sie. »Ich hab sie gehört. Wir müssen weg. Jetzt!«

Er schüttelte den Kopf. Wühlte weiter in dem Zettelkram.

Lucy blickte finster auf ihn herab.

Was machst du da, verdammt, Si?

»Simon!« Sie legte die Waffe zur Seite, humpelte zu ihm, um das Bett herum. »Hör mir jetzt zu. Wir haben noch den Booster von heute. Es ist elf Uhr. Noch eine Stunde.« Sie streckte die

Hand nach ihm aus, umfasste seine Schulter. »Wir können uns beeilen, hauen ab von hier und nehmen eine Dekontaminationsdusche, ehe die Wirkung nachlässt. Aber wir müssen jetzt los, und zwar genau jetzt …«

Er holte sein Handy hervor, hielt es ihr hin. »Schau mal.«

Sie nahm das Gerät. Auf dem Display eine Karte von London: ein aktuelles Update der Attacken in London.

Überall Drohnen-Symbole.

Das Display war voll davon. Überall kleine Punkte, die sich über das ganze Stadtbild verteilten: von Wembley bis nach Stratford, von Enfield bis nach Croydon. Wohin sie auch sah, vom Himmel regnete es London Black.

»Sechzig«, hörte sie ihn sagen. »Vielleicht noch mehr. Ein ganzer Schwarm. Wir können nirgends hin.«

Oh, scheiße.

Bilder blitzten in ihrem Kopf auf: das Isolierzentrum. Dads Station. Wacklige Feldbetten aus Metall, ganze Reihen davon, alle belegt. Die Leute schrien, waren zu Tode verängstigt, mussten entsetzt mit ansehen, wie sich die Haut in Streifen löste. Blut. Tod. Ihre Finger krochen zu ihrem Tattoo.

Nicht auf diese Art. Oh Gott, bitte mach, dass es nicht wieder so wird.

Simon fegte ein Stück abgesplittertes Holz zur Seite. »Also, wo, zum Teufel, habe ich …«

Sie ließ das Handy zu Boden fallen.

Holte tief Luft.

Okay.

Dann bleiben wir also hier? Sie blickte sich um. *Das geht nicht. Unmöglich.* Sie brauchten etwas, um die Fenster abzudichten, brauchten Masken, Nahrungsmittel. Und selbst dann würde es nicht klappen, irgendetwas würde schieflaufen. Es gab immer ein Loch in der Plastikfolie oder einen Riss in der Kleidung, oder

der Filter der Maske versagte. Früher oder später erwischte London Black einen. Immer. *Der Kerl im Geschäft? Im Blaumann? Der war so gut wie tot, der würde es nie und nimmer schaffen. Nicht ohne Booster.*

Und wir stehen jetzt auch ohne da. Haben nichts mehr.

Was bedeutet …

»Wir sind so gut wie tot.« Sie zog heftig an den Schnüren des Kapuzenpullis, dann ging ihr Blick zu Simon.

Er lächelte.

»Ich muss kurz los«, sagte er. Verwirrt sah sie, wie er aufstand, nach seinem Mantel griff, ihn überwarf. »Mir passiert schon nichts. Versprochen. Du musst hierbleiben. Vertrau mir, alles wird gut.«

Gut? Dafür hatte sie nur Kopfschütteln übrig. »Simon?« Er war bereits im Begriff, die Wohnung zu verlassen, wollte sich an ihr vorbeistehlen, doch sie war zu schnell, packte ihn am Handgelenk, hielt ihn zurück. »Was ist los, Si? *Was?* Sag es mir.«

»Nein, Moment, ich muss nur kurz …«

»Simon …«

»Luce.« Ein Seufzer. »Also gut. Reg dich nicht auf«, meinte er. »Da sind noch mehr.«

Noch mehr?

Moment, was sagst du da?

»Noch vier Schachteln. Ich … Hör zu, weißt du noch, als ich versuchte, all die Schachteln zu besorgen, aber Mel wollte, dass ich vier davon zurücklege? Tja, das habe ich nicht gemacht. Nicht genau jedenfalls.« Ein Leuchten in seinen blauen Augen. »Ich habe sie versteckt. Hab sie in einer staubigen Ecke verstaut, hinter den Medikamenten, die sowieso keinen interessieren. Und dann, am nächsten Tag, wurde die Klinik evakuiert.«

Sie sah ihn an, mit offenem Mund.

Heilige Scheiße.

»Ich wollte kein Risiko eingehen, solange wir unsere Schachtel hatten, aber sie liegen immer noch da. Ganz bestimmt.«

Sie schüttelte den Kopf, versuchte, das alles auf die Reihe zu kriegen. Am liebsten hätte sie ihn geküsst, dann wollte sie ihm eine knallen, beides gleichzeitig. *Genial. Das ist einfach genial, dann nichts wie los, sofort. Aber – du hortest das Zeug? Lässt es in einem Lagerraum liegen, während andere Leute sterben? Gott, Si …*

»Wie dem auch sei«, meinte er. »Ich hole sie.« Er hielt ihr seinen Ausweis der Klinik vor die Nase. »Genau den habe ich gesucht, aber gerade erst gefunden, also …«

Er wollte endlich fort, doch sie ließ sein Handgelenk nicht los.

»Ich komme mit.«

»Luce …«

Glaubst du, ich lasse dich das allein machen, verdammt?

»Das ist zu gefährlich«, sagte er. »Und die Stadt ist im Ausnahmezustand, schon vergessen? Soldaten überall. Ich schätze, ich kann mich durchschlagen. Ich gehör ja immerhin zum Klinikpersonal. Aber du …«

Lucy schüttelte energisch den Kopf. »Ich komme mit. Ich bin Bulle. Das wird mir helfen.«

»Nein, Luce.«

Wenn Blicke töten könnten. »Doch.« Sie suchte ihr Handy. Begriff, dass es weg war. Es musste ihr wohl aus der Tasche gefallen sein, als sie Manga von hinten angefallen hatte. »Uns bleibt noch eine Stunde.« *Eine Stunde, bis die Wirkung der Booster nachlässt, wir festsitzen und dem Gift ausgesetzt sein werden. Also machen wir, dass wir hier wegkommen und …* Sie machte einen Schritt in Richtung Tür. Spürte einen heftigen Schmerz. *Dieser verfluchte Knöchel.* »Warte einen Augenblick«, sagte sie. Nickte in Richtung Toilette. »Sekunde.« Sie runzelte die Stirn. »Und wehe, du gehst ohne mich!«

Sie tat ihr Bestes, um das Humpeln zu kaschieren, während sie ins Bad ging.

Chaos, schlimmer als im Schlafzimmer. Spurs-Cap hatte alles aus den Schränken gerissen und weggeworfen, hatte sogar noch den Spiegel zerschlagen als zusätzliches *Ich-scheiß-auf-euch*. Sie blickte sich um. Irgendwo musste ein Wickel liegen, eine große Rolle Mullbinde, die sie manchmal benutzte, wenn sie den Boxsack traktierte. *Wo ist das Zeug, verflucht ...* Sie suchte im Schränkchen unter dem Waschbecken, schob kleine Seifen und Zahnseide beiseite. *Blödes Zeug.* Bückte sich, schaute unter den Schrank. Fegte eine Packung Pflaster weg und ein halbes Dutzend Lemsip-Erkältungsmittel, dann sah sie es endlich: versteckt in einer Ecke hinter der Kloschüssel. *Aha, da!* Sie nahm die Rolle Mullbinde, setzte sich, zog den Schuh aus und ...

Die Tür wurde zugeschlagen.

Ach, zum Teufel, verdammt!

»Si? Simon?«

»Sorry, Babe.« Seine Stimme klang gedämpft hinter der Tür. »Ich kann nicht zulassen, dass du dieses Risiko eingehst.«

Gott verdammt, was soll das, Si? Sie rüttelte am Türknauf. Abgeschlossen. *Scheiße.* Sie hörte ein schabendes Geräusch, Metall auf Holz. Und begriff: Er verbarrikadierte das Bad. *Oh Gott, um Himmels willen. Nein, das tust du nicht, verdammt!* Sie hämmerte gegen die Badezimmertür. »Simon? Lass mich raus. Hörst du mich? Lass mich raus, jetzt!«

»Geht nicht ...«

Dann breche ich die verdammte Tür auf ...

Sie nutzte den kurzen Anlauf, den sie hatte, und rammte mit der Schulter von innen gegen die Tür. Bamm! Sie prallte zurück. Versuchte es ein zweites Mal. Bamm! »Si?« Ihre Stimme war laut, verzweifelt. »Si, ich stecke hier fest ... Hab kein Handy ... Wenn du nicht zurückkommst ... Tu mir das nicht an, Si, bitte ...«

»Keine Sorge.«

»Das Gift wird reinkommen, ich bin dem Zeug ausgesetzt, *bitte* …«

»Alles wird gut.« Seine Stimme wurde leiser. »Ich komme mit den Boostern zurück. Alles in Ordnung dann …«

Oh Gott. Ich bin eingesperrt. Sitze hier fest, verdammt, in der Falle, das darf nicht wahr sein. So ein Mist. Sie taumelte zurück, warf sich erneut mit voller Wucht gegen die Tür, rammte immer und immer wieder mit der Schulter dagegen, hämmerte mit den Fäusten gegen das Holz, voller Wut. *Fuck, fuck, fuck …*

Die Haustür fiel zu.

Ich sitze in der Falle …

Lucy schrie.

18. KAPITEL

London, 2029

Es geschieht jetzt. Bleib ruhig.
 Bleib ruhig, verdammt.
 Sie atmete in den Sack über ihrem Kopf. Er bestand aus grobem Tuch, vielleicht Jute. Es kratzte. Roch, dass einem schlecht wurde. Ihr Atem wärmte ihr Gesicht. Sie wünschte, sie könnte sich was überziehen, lag aber mit bloßen Armen da, weil sie den Pulli nicht mehr trug. Es war kalt hier drin, wo auch immer sie sich befand, verdammt. Immer noch London, das wusste sie. Es konnte nicht anders sein. Sie hatte nur kurz im Kofferraum gelegen, hatte um sich getreten, in der Dunkelheit geschrien, ehe das Auto hielt und man sie herauszog, aufrecht hinstellte und zwang, ein Gebäude zu betreten. Ein Kinnhaken – *diese Wichser –*, dann hatten sie sie in einen Raum bugsiert. In diesen Raum. Hatten die Tür zugeworfen. Sie allein zurückgelassen, mit dem Sack über dem Kopf und den Handschellen, und ihr Gerät piepte. Ihr Atem beschleunigte sich. Sie hatte schreckliche Angst.
 Konzentrier dich. Du musst dich konzentrieren.
 Sie werden schon zurückkommen.
 Ihr Körper schmerzte: Rippen, Schulter, Kinn. Tat alles verdammt weh. Aber das war okay so. Sie kannte diesen Schmerz – *hi, Kumpel –*, es fühlte sich an wie nach einem Fight. Schmerz war immer noch besser als die Dunkelheit. Viel besser. Diese Schwärze, das war am schlimmsten. Sie brachte einen um den Verstand. *Dieser verfluchte Sack. Gott verdammt, dieser Scheiß-*

sack. Sie schüttelte den Kopf, zog mit den gefesselten Händen an dem rauen Gewebe, aber er war an ihrem Hinterkopf festgezurrt, und deshalb bekam sie ihn nicht ab. Kein Licht mehr, nur Schwarz. Nur dieser verdammte grobe Stoff, der ihre Augen bedeckte, ihre Schreie verschluckte.

Von ihrem Bauch: *PIEP.*

Es war neun Uhr. Oder Mitternacht. Oder sechs Uhr morgens, sie wusste es nicht genau. Sie hatte jegliches Zeitgefühl verloren. Es gab nur noch ihren Sensor, der immer und immer wieder piepte, in schnellerer Folge, lauter – PIEP –, und ihr in Erinnerung rief, dass das hier ein Albtraum war; ein Schrei-Traum, der zum Leben erwachte: Sie saß in der Falle, die Werte sanken, sie war in diesem Raum eingesperrt, in einem London, in dem Black in der Luft hing. *Das Zeug ist da draußen. Könnte auch schon hier drin sein, woher soll ich das wissen? Könnte längst zu spät sein, Mist, verdammter …*

PIEP.

Ruhe, bleib ruhig … ruhig bleiben …

Sie versuchte, gegen die Angst anzukämpfen, aber sie stieg in ihr auf, und Lucy war den Dingen ausgeliefert. Der Wert unter 5. Kein Booster mehr, kein Hoodie, und sie war wieder dort: damals, gefangen in ihrem Badezimmer. Damals war jetzt, und – PIEP – wann hört das endlich auf, verdammt? Sie konnte keinen Schalter umlegen, damit das aufhörte. Nur dieses PIEP, das nicht aufhörte. PIEP, nicht ein einziges Mal …

PIEEEEP.

Und das reichte schon.

Es war zu viel, alles zu viel, es kam über sie, und sie spürte, wie es sie zerriss. Eine Million Lucys, die schrien, schrien, schrien, und sie ließ es geschehen. *Könnte irgendwo sein, irgendwo, verdammt. Nicht bloß hier, nicht bloß jetzt,* sie schloss die Augen und schrie und …

Sie war wieder fünfzehn.

Zu Hause, in dem Zimmer, das sie sich mit Jack teilte. Sie hatte seine Sachen nicht angerührt. Noch nicht, es war gerade einmal fünf Tage her, doch sie konnte es immer noch nicht fassen, es kam ihr nicht real vor. Sie hockte auf der unteren Matratze des Doppelstockbetts. Drei Bullen sahen sie an: zwei fette Typen und eine Frau. Sie war groß, gut gekleidet und lehnte mit der Schulter an dem Lennox-Lewis-Poster. Damals hatte Lucy langes Haar. Sie hatte es sich aus dem Gesicht gekämmt, während sie auf das Foto in ihrer Hand starrte. Grobkörniges Bild, die Aufnahme einer Überwachungskamera: das Gesicht eines Mannes. Hässlich.

Einer der dicken Polizisten tippte mit seinem Wurstfinger auf das Foto. »Kennst du den?«

Sie nickte.

Noch ein Foto, wieder der Wurstfinger. »*Und den?*«

Klar. Den kannte sie auch.

»Also Kumpel von deinem Bruder? Mit denen hat er geboxt? Oder Drogen, war er darin verwickelt …?«

Sie schaute auf, mit blitzenden Augen. Jack? Drogen? *Verpiss dich, Bulle.*

»Was ist nun? Alles Verdächtige beim Tod deines Bruders, wir müssen mit denen reden, dringend, wir versuchen, sie zu finden, aber wir wissen nicht …«

Also erzählte sie es ihnen. Von der Autowerkstatt in Limehouse, ziemlich heruntergekommen, bei der Bahnstation, ja? Dort arbeiteten sie.

»Und das weißt du woher? Bist du auch manchmal dort, sind das Freunde oder …?«

Sie hatte mit den Schultern gezuckt, stellte das richtig: Sie war nur einmal dort gewesen, hatte Öl für Dads Van gekauft, hatte die Typen gesehen, weiter hinten in der Werkstatt. Hatte sie nie vergessen.

Ihr war nicht entgangen, wie die Typen sich angesehen hatten. Und dann sie.

»Moment, du hast die nur einmal gesehen? Einmal? Aber woher …«

»Ich merke mir Gesichter«, hatte sie ihnen gesagt. Noch ein Achselzucken. »Weiß auch nicht, warum. Es ist einfach so.«

PIEP.

Und dann war ein Monat vergangen, und sie war in einem anderen Raum. Dunkel, keine Fenster. Auf dem Tisch vor ihr lag ein Stapel Fotos, lächelnde Kinder. Kinderfotos von irgendwelchen Promis. Zwei Männer mit ähnlichen Brillengestellen und Klemmbrettern beobachteten sie, während sie den Stapel in Windeseile durchging, laut Namen aufzählte, ohne Pause: *bamm, bamm, bamm.* Neunundvierzig von fünfzig, ihr war nur ein verdammter Fußballspieler nicht eingefallen; wer war das überhaupt?

PIEP.

Sechs Jahre später. Inzwischen Constable Lucy Stone. Ein Coffee Shop: der Starbucks in der Palmer Street, in der Nähe der Special Investigation Unit, unmittelbar neben den großen Stahltüren, die Lucy im Verlauf der nächsten Jahre so zu hassen lernen sollte. Ihr gegenüber saß eine Polizistin. Es war dieselbe Frau wie damals in ihrem Zimmer: groß, gut gekleidet. Lucy nippte an ihrem Tee. Bedankte sich bei der älteren Frau, dass sie gekommen war, völlig unerwartet, war dankbar. Erzählte ihr, wie sie nach der Uni zur Met gegangen war. Aber sie wollte ins Morddezernat, das war ihr größter Wunsch, wegen ihres Bruders Jack. »Sie erinnern sich noch an den Fall, ja?«

Aber etwas lief schief. Eine Aktennotiz, ein Eintrag bei ihrem Namen. Diese Gesichtserkennungstests, Jahre zuvor. Man schickte sie zur SIU; sie hatte kein Mitspracherecht. Furchtbar war das, sie hasste es, jeden Tag dort zu hocken und auf die verdammten Bildschirme zu starren – Augentropfen, langweilig. Sie hatte alles versucht: formale Versetzungsanträge, Leute, die Beziehungen hatten. Nichts tat sich. Verzweiflung. Sie war kurz davor, alles hinzuschmeißen. Doch dann hatte sie sich an die große Polizistin erinnert, die an dem Lennox-Lewis-Poster gelehnt hatte, an die Frau, die an Jacks Fall dran gewesen war, die ihn letzten Endes gelöst hatte.

»Ich dachte, Sie könnten da vielleicht etwas für mich tun, Ma'am, irgendetwas, ich wäre ihnen auf ewig dankbar ...«

»Ich denke, da lässt sich was machen«, hatte Marie Wilkes ihr geantwortet.

PIEP.

Und damit war sie wieder im Jetzt, steckte immer noch mit dem Kopf in diesem Sack, die Handschellen an den Handgelenken. Sie hockte am Boden, zitternd. Dachte an Wilkes. An die einzige Person, die sie noch hatte. Wilkes hatte ihr geholfen, sich um sie gekümmert. Und was hatte sie im Gegenzug getan, wie hatte sie es ihr vergolten? Mit Schuldgefühlen. Lügen. Einem verdammten zerschlagenen Fenster im Büro. Ihr fiel King ein, der stirnrunzelnd dastand, die Hände in den Taschen vergraben, und sagte »Tja, was das betrifft ...« und ... »degradiert« und »Andy Sykes«. Das war alles ihre Schuld, ja, so war es, verdammt, und jetzt war sie wieder an diesem Punkt, saß in der Falle, Wert unter fünf, gefangen in einem Raum – *Scheiße, verdammte.* Und sie schrie ...

Ein klickendes Geräusch.

Sie hörte, wie die Tür aufging.

Sie werden dich schlagen, Lucy.

Sie hörte auf zu schreien. Holte tief Luft, hielt den Atem an, doch sie zitterte noch. Hörte Schritte: Turnschuhe auf Betonboden, die Schritte kamen näher. Sie atmete wieder aus, verdrängte die Panik. Sammelte sich. Es fiel ihr leichter, jetzt, da der Typ gekommen war. Fühlte sich vertraut an, wie bei einem Fight. Als wäre dieser harte, kalte Boden ihre Ecke, und sie saß auf ihrem Hocker, schlug die abgewetzten Lonsdales zusammen, sah, wie das andere Mädchen in den Ring stieg. Sie versuchte, das Mädchen einzuschätzen, starrte sie quer durch den Ring an.

Also los jetzt. Komm zur Sache, Orangener Turnschuh, du Wichser.

Die Tür fiel mit lautem Klang ins Schloss.

Oder ist das dein Freund? Der Schlag-unter-die-Gürtellinie-Typ, der mich von hinten überfallen hat? Sie wusste es nicht, nicht mit dem Sack über dem Kopf. Es war ja auch egal. Sie wusste, was kommen würde. Wusste, dass die beiden etwas von ihr wollten, irgendwelche Informationen. Das war der Grund, warum sie noch am Leben war, so musste es sein. Und sobald sie diese Infos preisgab, was es auch immer sein würde, verdammt, war sie erledigt. *Wiedersehen, Lucy.* Also: Das war das Spiel. Gib nichts preis. Null. Der Teufel soll sie holen. Sie musste den Mund halten, ganz gleich, was als Nächstes passierte.

Aber das wird wahrscheinlich höllisch wehtun.

Lucy schloss die Augen. Lauschte auf die Schritte, die näher kamen.

Sie hörte Jacks Stimme in Gedanken, eine Erinnerung: die Boxhalle, am Abend ihres ersten Fights. Er hatte ihr etwas erzählt, während sie ihre Hände umwickelte. *Denk dran, Luce, du wirst was abkriegen. Kommt vor. Immer. Aber hab keine Angst. Was zählt, ist, wie du das wegsteckst, okay? Wie du reagierst. Rhythmus. Timing.* Er hatte ihr mit seiner großen Hand durchs Haar gewuschelt. *Starkes Kinn, Champ. Starkes Kinn.*

Sie nickte sich selbst zu, biss die Zähne zusammen.

Starkes Kinn.

Ein Geräusch neben ihr: Metall, das über Beton schabte.

»Hinsetzen.«

Seine Stimme klang kratzig. Die Stimme eines Survivors. Rau, kehlig. Der Kehlkopf war vernarbt, wie alles andere auch.

Sie streckte die gefesselten Hände aus, ertastete das runde Bein eines Metallstuhls. Sie wusste, was der Typ vorhatte: Für ihn war es leichter, sie zu schlagen, wenn sie auf einem Stuhl saß. Ihr Kopf wie ein Golfball auf dem Tee beim Abschlag. Nicht, dass sie je Golf verfolgt hätte; was für ein Scheiß, das war ja sogar noch schlimmer als Fußball. Sie schüttelte den Kopf. Schnaubte.

»Nein.«

Sie bieten einer Lady Ihren Platz an? Komm schon, Kumpel. Ritterliches Benehmen ist out.

»Hinsetzen.«

Wenn du drauf bestehst.

Sie zog sich hoch. Setzte sich, starrte in die schwarze Leere vor ihren Augen. Sie wusste, dass er irgendwo neben ihr stand. Vielleicht zwei Schritte entfernt. Drei, vier? Sie konnte es nicht genau sagen, dieser verdammte Sack machte es ihr unmöglich, die Distanz zu ermessen. *Ich muss aber die Reichweite finden, muss wissen, wo er ist, wie weit weg er von mir steht.*

»Wem haben Sie davon erzählt?«, wollte er wissen.

Sie überlegte. *Wem soll ich was erzählt haben? Geht es um Johnson? Um Cates? Oder um das, was Cox getan hat?* Sie beschloss, nicht nachzufragen. *Gib nichts preis.*

»Und«, sagte sie, »was macht Ihr Kiefer?«

Seine Faust krachte gegen ihre Schläfe, und sie ging zu Boden, fiel vom Stuhl. *Scheiße.* Sie schmeckte Blut. Wünschte, sie könnte ausspucken, aber dieser Sack roch schon so widerlich genug. Sie ließ das Blut aus dem Mundwinkel laufen, übers Kinn. *Dann bist du es also* wirklich, *Orangener Turnschuh.*

Jacks Stimme: *Was zählt, ist, wie du darauf reagierst.*

Sie schüttelte den Kopf. Atmete aus.

Kletterte wieder auf den Stuhl.

Die gefesselten Hände ließ sie unten, Handgelenke auf den Knien. Es hatte keinen Sinn, Deckung zu suchen. Er würde einfach anders zuschlagen, würde den Angriff variieren, und das war nicht, was sie wollte. Überhaupt nicht.

»Los jetzt!«, grollte er. »Raus damit. Wem haben Sie noch davon erzählt?«

»Denn ich schätze, dass ich Sie ganz gut erwischt habe, und ...«

Wieder ein Schlag. Härter. Wieder lag sie am Boden, keuchend. Sah Sterne.

Jack. *Rhythmus ...*

Lucy holte Luft. Setzte sich aufrecht hin. Lächelte unter dem Sack, ein kleines Fick-dich-Grinsen, von dem sie wünschte, er könnte es sehen. *Starkes Kinn, ja? Und du schlägst zu wie ein verdammtes Fliegengewicht.* Sie schüttelte den Kopf, umfasste das Stuhlbein. Zog sich hoch, es musste klappen, *scheiß auf den Schmerz.* Saß da, schwankte leicht.

»Was soll ich erzählt haben?«

»Cates«, erwiderte er. »Wer weiß noch von ihm?«

»Tja«, meinte sie. »Das Ding ist ...« Sie brach den Satz ab. »Verpiss dich.«

Timing.

Er setzte zu einem weiteren Schlag an, aber diesmal passte sie ihn ab, tauchte ab, und dann sprang sie vom Stuhl, warf sich auf den Typen, die gefesselten Hände zum Angriff erhoben. Sie kegelte ihn zu Boden und war auf ihm, drückte mit den Knien, schlug mit den aneinandergefesselten Händen auf seinen Kopf ein. *Fick dich.* Er bekam ihre Hände zu fassen, aber sie quetschte ihm die Knie zwischen die Beine. *Wie gefällt dir das?* Sie schüttelte seine Hände ab, traktierte ihn mit den Ellenbogen, rammte sie ihm ins Gesicht, immer und immer wieder. *Fick. Dich. Fick. Dich.* Sie hörte ihn schreien, aber sie machte weiter. *Du wolltest es ja nicht anders.* Nächster Ellenbogen. *Hast versucht, mich umzubringen.* Noch ein Schlag. *Du Bastard!*

Er rührte sich nicht mehr.

Sie schlug ein letztes Mal zu und rollte sich dann von ihm herunter. Hockte keuchend am Boden.

Bleib unten.

Also dann …

Tiefes Durchatmen. Alles um sie herum immer noch schwarz. *Ich muss wieder was sehen. Wo ist dein kleines Messer?* Sie klopfte ihn ab, die Hände immer noch in Handschellen, fasste mit den Fingern in seine Taschen. *Da.* Sie ertastete es, zog es heraus, klappte es auf. *Vorsicht jetzt.* Sie setzte mit der Klinge am Saum des Sacks an, das Messer in beiden Händen zugleich. Versuchte zu schneiden.

Die Klinge glitt ab.

Komm, noch mal.

Sie versuchte es wieder. Steckte die Klinge tiefer in den Stoff, bis sie die Spitze an ihrer Schläfe spüren konnte. *Okay.* Sie wusste, dass sie sich beeilen musste. Der Schlag-unter-die-Gürtellinie-Typ könnte noch in der Nähe sein, mochte jeden Moment auftauchen. Sie hielt die Hände ruhig, setzte mit der Klinge an.

Bitte.

Sie hörte, wie der Stoff nachgab. Ein Lichtschimmer drang durch den Riss. *Genial.* Sie machte weiter, zog die Klinge höher, bis aus dem ersten kleinen Riss ein Loch wurde und aus dem Loch ein langer Schnitt. Und dann legte sie das Messer zur Seite und umfasste den Saum des Sacks. Sie verdrehte den Kopf, schnell. Hörte, wie der Stoff riss. Licht flutete herein.

Gott sei Dank.

Sie stand auf. Blickte sich um. Ein großer Raum. Sie wusste genau, um was es sich handelte: ein verlassener Pub. Zapfanlage und Regale mit Gläsern und Flaschen waren verschwunden, die Wände kahl, aber die lange Holztheke war unverkennbar. Die Fenster waren von außen vernagelt. Auf dem Fußboden lag überall Müll. Alte Zeitungen, Graffiti-Sprühdosen, zerbrochene Alkoholflaschen. *Irgendwelche Obdachlosen. Vielleicht waren es auch Kids.* Keine Möbel, abgesehen von dem Metallstuhl. Und zu ihren Füßen lag ein Mann auf dem Boden, Blut lief ihm aus der Mundöffnung der Survivor-Maske.

An den Füßen: orangene Turnschuhe.

Er stöhnte. Seine Lider flatterten. Lucy starrte ihn an.

Du Wichser. Dich kriege ich dran, aber zuerst …

Ihr Gerät piepte.

Zuerst brauche ich einen Booster.

Und zwar jetzt, verdammt.

Lucy bückte sich, ließ das Messer fallen und durchsuchte wieder die Taschen des Mannes, diesmal suchte sie den Schlüssel der Handschellen. *Da sind sie nicht, da auch nicht.* Sie wollte seine Jeans abtasten, hielt inne: ein Geräusch. Sie drehte sich um, schaute auf.

Ein Mann mit blauer Survivor-Maske stand am anderen Ende der Theke.

Scheiße. Keine Zeit für einen Fight, also …

Sie sprang auf, lief davon. Rannte durch die Tür hinaus in einen Gang. Bog um eine Ecke und gelangte zum Haupteingang. Sie rüttelte am Türknauf: verschlossen. *Komm schon.* Sie wich zurück, schnellte wieder vor und warf sich gegen die Tür. *Bamm.* Sie prallte zurück. Versuchte es wieder. *Bamm.* Ein drittes Mal, mit aller Kraft. *Komm schon, komm schon*, und …

Die Tür flog auf. Lucy stürmte ins Freie, hinein ins Morgenlicht.

Blieb dann stehen. Starrte zum Himmel hinauf.

Oh, verdammte Scheiße!

Es ist hier. In der Luft.

Sie war in Mayfair. Ihr Blick fiel auf ein altes Fachwerkhaus, das zwischen Backsteingebäuden eingeklemmt war. Sie erkannte es auf Anhieb. Sie kannte diese Straße. Sogar diesen Pub: Hier war sie schon einmal gewesen, vor Jahren, damals alles superschick. Mit Brettern vernagelt seit der Geißel. Das hier war Einzugsgebiet des MIT19, also ihre Gegend. Und am Abend zuvor hatte es irgendwo in der Nähe ein Nachahmungsattentat gegeben. Kings Stimme: *Leute versprühen Aerosole. Soho, Barbican. Mayfair.*

Mayfair. Genau dort stand sie im Augenblick.

Und atmete die Luft ein.

War dem Gift ausgesetzt.

Fuck.

Ich brauche einen Booster. Und zwar jetzt, verdammt.

Sie lief los. Warf einen Blick zurück, sah, wie der andere Typ aus dem Pub stürmte. Sie erhöhte das Tempo. Gar nicht so einfach, mit gefesselten Händen zu laufen, aber sie hielt sie dicht vor die Brust, achtete darauf, nicht das Gleichgewicht zu verlieren, lief weiter. Sie rannte die Straße hinunter, überlegte fieberhaft.

Eine Apotheke, ich muss eine Apotheke finden, aber wo, zum Teufel …?

Dann wusste sie, wo eine war. In der Audley Street. Sie bog rechts ab, folgte einer Gasse, gelangte in einen kleineren Park. Durchquerte ihn im Sprint. Sie versuchte, ruhig zu bleiben, aber London Black konnte überall sein. In der Luft, es schwebte, haftete irgendwo. Wartete nur darauf, dass sie vorbeilief, es einatmete, sich das Zeug einfing, Gott …

Ich brauche einen Booster. Jetzt, sofort.

Schnell ein Blick über die Schulter. Der Typ verfolgte sie immer noch. Sie erreichte die andere Seite des kleinen Parks. *Fast geschafft.* Rannte durch ein Tor – *fast* – in die Mount Street.

Blieb stehen. Augen geweitet.

Das Restaurant vor ihr war mit durchsichtiger Plastikfolie eingepackt. Überall gelbes Absperrband. Warnschilder. Männer in grünen Schutzanzügen und Gesichtsschutz versprühten Chemikalien auf Fenstern, nahmen Proben, verbrannten Leinen.

Der Ort des Attentats.

Sie atmete ein, hielt die Luft an. *In der Luft. Es ist in der Luft. Nicht atmen, du darfst nicht atmen.* Sie wirbelte herum. Der Schlag-unter-die Gürtellinie-Typ kam durch den kleinen Park in ihre Richtung gelaufen, also lief sie rechter Hand weiter, hielt auf den westlichen Ausgang zu. Sie rannte schnell, flog vorbei an Bänken, Schildern, Bäumen. Ihre Beine pumpten, ihre Lunge brannte. *Nicht atmen, halt die Luft an, Luft anhalten, nicht atmen, verdammt ...*

Sie sah das Ausgangsschild. Großes Eisentor, an beiden Seiten rote Telefonzellen.

Luft anhalten ...

Sie stürmte durch das Tor. Lief die Straße hinunter, kam an eine Kreuzung, bog dort rechts ab. In der Ferne das grüne Kreuz der Apotheke, blinkend. Erst da merkte sie, dass sie gar nicht wusste, wie spät es war. Konnte sechs, acht oder auch zehn Uhr sein. *Hoffentlich habt ihr geöffnet. Bitte, Gott.* Zu viele Leute auf dem Gehweg, daher lief sie auf der Straße weiter, sprintete an Taxis, Fahrrädern und Autos vorbei. Schaute zurück. Ihr Verfolger hatte Mühe mitzuhalten, fiel zurück.

Ich muss mich beeilen ...

Ihre Augen tränten. Sie brauchte unbedingt Luft, aber sie durfte es nicht riskieren zu atmen, sie musste weiterlaufen, weg von hier, weit weg. Es war einfach nicht sicher, es war in der Luft, schwebte …

Es ist in der Luft …

Sie erreichte die Apotheke. *Geöffnet. Genial.* Sie stieß die Tür auf, trat ein. Atmete ein und aus. *Puh.* Stand keuchend in der Filiale. Schaute sich um. Schick. Dicker Teppichboden. Holzregale, Produkte in Vitrinen: Parfums, Kämme, Rasierpinsel. Eine Vitrine mit echten Schwämmen. Sie entdeckte ein Schild weiter hinten, goldene Lettern: *Rezepte.* Sie lief dorthin, schlug mit den Handschellen auf die gläserne Theke.

Der Apotheker erschien. Kahlköpfig, dicke Brillengläser.

»Booster«, sagte sie. Ihre Augen blitzten auf. »Ich brauche einen Booster.«

Er sah sie sprachlos an. Die Brille rutschte ihm ein Stück weit auf die Nase.

»Haben Sie … ich meine, das ist rezeptpflichtig, und …«

Gott verdammt.

»Ich bin Polizistin.« Sie hielt ihm die Handschellen hin. »Ich brauche Elemidox. *Jetzt.* Okay?«

Ein fragender Blick, dann nickte der Mann. Fing an, Schubladen aufzuziehen, ging Schachteln, Fläschchen, Spritzen durch.

Jetzt machen Sie schon …

»Ah, hier.« Er holte eine Packung hervor. Legte sie auf die Theke. Lächelte Lucy an. »Elemidox. 30 ml.«

Oh, verdammt noch mal.

Demonstrativ hielt sie ihm die Handschellen hin. »Sie müssen die Packung für mich aufmachen.« *Verflucht.* »Machen Sie alles fertig. Und bitte beeilen Sie sich …« Sie sah, wie er mit der Packung herumhantierte, die Ampulle herausholte. Er schüttelte sie, klopfte leicht an das Glas.

Kommen Sie, machen Sie schon …

Die Tür flog auf. Lucy schaute auf.

Schlag-unter-die-Gürtellinie stand auf der Schwelle.

Oh, verdammte Scheiße.

Sie blickte wieder auf den Booster, aber der Apotheker entfernte gerade erst das Siegel, zog dann die Spritze auf. *Beeilung, Mann.* Sie wollte ihm alles aus der Hand reißen, sich selbst die Spritze setzen, aber das konnte sie nicht. Sie hatte nicht genug Zeit, nicht während ihr Verfolger auf sie zukam, über den dicken, grünen Teppich.

Okay, dann also du zuerst.

Sie hielt die gefesselten Hände hoch. Hielt sie auf Höhe der Augen, dicht vor die Wangen, schützte ihr Gesicht.

Kuckuck-Stil. Hat Jack mir beigebracht. Willst du mal sehen?

Er holte zum Schlag aus. Sie wich aus. Tauchte noch einmal ab. *Du bist zu langsam.* Ein dritter Schlag. Sie tänzelte. Er setzte erneut zu einem Schlag an, und sie landete einen Jab, mit den Handschellen aus Stahl, *bamm. Kuckuck!* Sie sah, wie er vor Schmerz schreiend zurücktaumelte. Er schüttelte die Hand. Fluchte.

Willst du noch mehr, ja?

Offenbar ja. Er stürzte sich regelrecht auf sie. Schlug nicht mehr zu, sondern versuchte, sie zu packen. Sie entzog sich ihm, blieb in Bewegung. Durfte sich nicht aufs Ringen einlassen; nicht so, nicht in Handschellen. Immer schön den Gegner umkreisen, versuchen herauszufinden, wie man ihn abwehren konnte, wie man den Booster in die Venen jagte.

Ich brauche einen Booster.

Ein schneller Blick zurück zur Theke, aber das nutzte er aus, kam heran, packte sie an den Schultern. Er fing an, sie durchzuschütteln, also versetzte sie ihm einen Kopfstoß, gut gezielt, und schickte ihn taumelnd zurück in eine Glasvitrine. *Kracks.* Naturschwämme purzelten zu Boden. Sie drehte sich um, wollte den Booster schnappen, *schnell, ich brauche diese Injektion,* aber da war er schon wieder auf den Beinen, griff erneut an und stürzte sich auf sie. Sie versuchte, ihm seitlich auszuweichen, aber er erwischte sie, wirbelte sie herum, schleuderte sie gegen die Regale, *Mist*, Glas zerbrach.

Ugh …

Er packte sie erneut. Sie versuchte, einen Punch zu landen, traf ihn am Kinn, aber es fehlte die Wucht, *die verdammten Handschellen*. Er bekam sie mit einer Hand am Hals zu fassen, dann mit der anderen. *Fuck*. Drückte zu. Sie stieß gegen seine Brust, wollte ihn abschütteln, aber er war zu kräftig. Jetzt drängte er sie zurück. *Bekomme keine Luft*. Zur Theke, weiter zurück. *Brauche Luft*. Und sie sah ihm in die Augen. *Normale Augen?* Im Rücken spürte sie die Kante der Theke, rutschte halb weg, ihr schwanden die Sinne, um sie herum wurde es dunkel …

Nein.

Sie rammte ihm das Knie zwischen die Beine.

Er ließ sie los, taumelte zurück. Sie rang nach Luft, *Gott sei Dank*, dann sah sie, wie er sich mit einem Knurren wieder auf sie stürzte und heftig nach ihr schlug. Aber sie konnte ausweichen, schnappte sich den Booster, drehte sich um und …

Hi, na?

Stach ihm damit in den Hals.

Kuckuck.

Er schrie.

Umfasste die Spritze, zog sie heraus.

Das Blut spritzte auf den Teppichboden, Scharlachrot auf Grün. Der Apotheker schrie auf. Schlag-unter-die-Gürtellinie bückte sich schwankend, griff nach einem der Schwämme, presste ihn gegen den Hals, während er sich schleppend zurückzog. Das Blut tropfte immer noch auf den Teppich, als er zur Tür hinaus auf die Straße wankte.

Lucy sah ihm hinterher.

Überlegte, ob sie ihn verfolgen sollte. Sie wollte es, aber das konnte sie nicht, vorerst nicht.

Ich brauche den Booster.

»Noch eine«, sagte sie zu dem Apotheker, der hinter seiner Theke kauerte. Sie sah zu, während er die Spritze aufzog, dann riss sie sie ihm aus der Hand. »Danke.« Sie schob ihr Unterhemd hoch. Zielte mit der Kanüle. Stach in die Bauchdecke.

Scheiße, tut das weh.

Während ihr Körper die Flüssigkeit aufnahm, schloss sie die Augen. Atmete bewusster. Tief ein, tief aus. Alles Mögliche ging ihr durch den Kopf, was sie vor zwei Jahren getan hatte, all das. Das, was damals geschah. Sie keuchte vor Schmerz. Und dann schwor sie sich, dass sie noch lange nicht erledigt war, dass sie das Antidot finden und die Schuld begleichen würde.

Fick dich, Orangener Turnschuh, fick dich, Schlag-unter-die-Gürtellinie, Johnson und Enoch Clapham und ihr anderen Bastarde, fickt euch ins Knie. Ich bin immer noch hier. Und lebe noch.

Und jetzt gehört ihr Wichser mir.

19. KAPITEL

Lucy schaute zur Spitze der riesigen Steinsäule hoch.

So verdammt alt. Sie erinnerte sich, dass Simon sie einmal während eines Spaziergangs darauf aufmerksam gemacht hatte: *Passt nicht so richtig hierher, Luce, was meinst du? Altes ägyptisches Monument. Und das hier, an der Themse?* Sie war trotzdem beeindruckt gewesen. So etwas Altes hatte sie noch nie zuvor gesehen. Okay, Stonehenge war vielleicht noch älter. Aber da war sie sich nicht sicher. Simon wüsste das bestimmt. *Auf jeden Fall richtig alt.* Die Säule war sechzig Fuß hoch, und auf allen Seiten waren Käfer und Eulen in den Stein gehauen, und die Spitze ragte in den Nachmittagshimmel. *Wie ein riesiger Booster aus Stein. Damals gab es noch keine Nervengifte.*

Sie blickte sich um. Es war still hier, unweit des Flusses. Leere Sitzbänke. Ein paar Touristen blieben stehen, machten Selfies, verdrückten sich wieder; ansonsten niemand zu sehen. Guter Treffpunkt. Nur fünf Minuten Fußweg vom New Scotland Yard. Gut abgeschirmt vom Straßenverkehr am Embankment. Also perfekt, um ungesehen einen Detective des MIT19 zu treffen.

Oder wenn der nicht mit einem gesehen werden wollte …

Sie warf einen Blick auf ihr Handy. Halb eins.

Sie sind spät dran. Schon eine Viertelstunde.

Bitte versetzen Sie mich nicht.

Sie nahm einen Schluck aus der Colaflasche. Ihr Kopf pochte. All diese Schläge, vermutlich. Aber jetzt hatte sie zumindest wieder Koffein in ihrem Kreislauf. Das war tatsächlich das Erste gewesen, was sie gemacht hatte, kurz nachdem sie einen London-Black-Soforttest in der Apotheke gekauft hatte. Mit angehaltenem Atem hatte sie auf den Teststreifen geguckt, bis der grüne Punkt aufleuchtete. *Nichts passiert. Bin also noch nicht tot.*

Von Mayfair aus hatte sie die U-Bahn genommen, Jubilee Line, dann die Circle Line. Sie suchte den Parkplatz bei ihrer Wohnung ab, fand ihren Kapuzenpulli auf dem Pflaster, ein bisschen feucht vom Nieselregen, aber scheiß drauf, es regnet ja gefühlt ständig, oder? Danach hatte sie dieses Treffen arrangiert.

Wieder ein Blick aufs Display.

Sechzehn Minuten zu spät.

Bitte kommen Sie. Bitte ...

Ein Flugblatt am Boden erregte ihre Aufmerksamkeit. Sie bückte sich danach, hob es auf. An den Rändern schwarze Mohnblumen, oben stand in Fettdruck:

Offizielles Programm der London Strong Week

Sie zog die Stirn in Falten. Heute war *was* für ein Tag, Donnerstag? Die Woche war fast herum, Gott sei Dank. Es wurde ihr allmählich zu bunt. Sie überflog das Programm. Heute also wieder eine Kranz-Zeremonie, morgen Abend eine Schweigeminute, und dann, bang, finito. *Und dann können all die Nicht-Vulnerablen endlich damit aufhören, so zu tun, als interessiere es sie, verdammt noch mal. Und ich habe erst einmal eine Verschnaufpause. Ein Jahr lang muss ich keine schwarzen Mohnblumen oder diese verfluchten Armbänder sehen, oder das ganze gestrickte Zeug zum Gedenken und ...*

»Die Nadel der Kleopatra.«

Wie bitte?

Lucy schaute auf. Vor ihr stand Marie Wilkes und betrachtete die Säule. »So heißt sie«, meinte sie. Gut gekleidet wie immer. Kostüm, hochhackige Schuhe, dunkelblaues Schultertuch mit einem Logo, das entweder aus Cs oder Gs bestand, oder aus beidem; Lucy wusste es nicht. »In Ihrer SMS stand, ich soll zur ›alten ägyptischen *was auch immer*‹ kommen. Mir war zwar klar, was Sie meinten, aber Sie hätten ruhig – oh, verdammt, Lucy. Ihr Auge …«

Was?

Ihr linkes Auge war dunkelrot verfärbt. Nicht nur Tränensäcke, alles war verfärbt. Sie fasste sich ans Auge, spürte die Schwellung, zuckte mit den Schultern. *Ein echtes Veilchen, Ma'am. Kommt vor. Die Handgelenke tun mir mehr weh; diese verdammten Handschellen.* »Schon okay«, antwortete sie. »Hab schon mehr einstecken müssen.«

»Ja, gut …« Wilkes schien davon nicht überzeugt zu sein, doch sie zuckte mit den Schultern, setzte sich auf die Bank. »Ich schätze, ich weiß, warum Sie mich hierhergebeten haben. Es geht um John Johnson, richtig? Ed hat es mir erzählt.« Sie verschränkte die Hände. Lucy fiel auf, dass sie keine Armbanduhr mehr trug. »Sie bitten mich um Hilfe, und …«

»Nein, Ma'am.« Sie schüttelte den Kopf. »Darum geht es nicht.«

»Ach, wirklich?« Sie wirkte tatsächlich überrascht. »Um was geht es dann?«

Lucy holte hörbar Luft.

»Ich bin gekommen, um mich zu entschuldigen, Ma'am.«

Wilkes sah sie verblüfft an. »Sie wollen sich entschuldigen? Wofür …?«

Eigentlich für alles. Lucy zog an den Kapuzenbändern. Musste daran denken, was Wilkes alles für sie getan hatte. Dann fiel ihr die Armbanduhr ein. Das schlechte Gewissen. Das war im Grunde blöd gewesen, sie hatte es damals schon gedacht. Dann wiederum, wenn man ehrlich war, hatte sie keine Wahl gehabt, oder? Sie brauchte den Fall, um die Schuld zu begleichen, und Wilkes hatte Nein gesagt, also … *Ja, okay, klar. Da war die Sache mit Hurst.* Sie hatte Hurst ausgeknockt und einen wahren Shitstorm ausgelöst. Und dafür hatte Wilkes den Kopf hinhalten müssen. Eine Gehaltsklasse zurückgestuft, und jetzt war der verdammte Sykes der DCI. Alles ihre Schuld, keine Frage. *Aber dieser Hurst ist und bleibt ein Wichser. Er hat es nicht anders verdient, oder? Verdammt, ich würde ihn wieder zu Boden schicken, wenn ich's könnte, diesen Bastard. Also …* Sie seufzte. Blickte hinüber zum Fluss. Schließlich sagte sie: »Ihr Fenster, Ma'am.« Sie sah Wilkes an. »Es tut mir leid, dass ich Ihr Fenster zerdeppert habe. Ich habe das nie ausgesprochen, aber es tut mir leid. Wirklich. Sie haben sich das alles verdient, das haben Sie wirklich, und ich habe es eingeschlagen.«

Wilkes nickte. Der Anflug eines Lächelns.

»Ja, danke, Lucy.«

Lucy zuckte mit den Schultern. *Gern geschehen, Ma'am.* Sie nahm einen Schluck von ihrem Getränk, ließ den Blick wieder über den Fluss schweifen. Beobachtete, wie sich das London Eye drehte. Mit den Gedanken war sie bei den nächsten Schritten. *Ich muss King zurückrufen. Ich habe eine Spur, nämlich diesen Johnson. Aber die Sache ist ein bisschen kompliziert, weil …*

Wilkes räusperte sich.

»Also«, begann sie, »zu diesem John Johnson. Ich wollte Ihnen das längst sagen. Weil ich da eine Idee hatte.«

Lucy sah sie überrascht an. »Ma'am?«

»Eine Idee, wie ich Ihnen helfen könnte. Aber … diese Männer, die Sie entführt haben. Glauben Sie, einer von denen war Johnson?«

»Nein.« Lucy schüttelte den Kopf. Sie war zu einem anderen Schluss gekommen. Hatte die letzten Stunden nachgedacht, zuletzt während der U-Bahn-Fahrt von ihrer Wohnung nach Brompton, als sie aus dem Fenster gestarrt hatte, auf dem Schoß ein vegetarisches Take-away-Gericht. *Orangener Turnschuh ist nicht Johnson. Das kann nicht sein.* Ein militanter Survivor mit einem Tattoo von der ›Hand Gottes‹? Sehr unwahrscheinlich, wie sie zugeben musste. Und dann: die Augen von Schlag-unter-die-Gürtellinie. Sie hatte ihm in die Augen gesehen, als er sie würgte. *Normale Augen. Das war kein Survivor, auch nicht Johnson, keine MLF.* »Das glaube ich nicht, Ma'am.«

»Johnson würde Sie also nicht wiedererkennen?«

Ein Achselzucken. »Kann ich nicht genau sagen.«

»Aber Sie wollen ihn immer noch sprechen?«

Sie dachte an die SMS, die King ihr noch in der Nacht geschickt hatte; die Nachricht, die sie gelesen hatte, als sie ihr Handy aus dem feuchten Kapuzenpulli auf dem Parkplatz gezogen hatte: »Cates und Johnson waren Halbbrüder.« Sie nickte. »Ja, Ma'am. Ich will ihn unbedingt sprechen.« *Ich denke immer noch, dass Johnson Cox umgebracht hat. Aus Rache für seinen Bruder. Bin mir nicht sicher, wie die Puzzleteile zusammenpassen, aber, ja.*

Ja, ich will diesen John Johnson sprechen.

»Also, wie gesagt, ich hatte da eine Idee. *Aber*«, betonte sie, als Lucy bereits lächelte, »die hatte ich nicht allein. Ich habe Ed gebeten, zu uns zu stoßen. Das ist doch in Ordnung für Sie, oder? Da kommt er übrigens.«

Wilkes zeigte die Straße hinunter.

Lucy drehte sich um, schaute vorbei an der Säule. Sie sah, wie King am Embankment die Straße überquerte und sich geschickt einen Weg durch das Gewirr aus schwarzen Taxis bahnte. *Leichtfüßig für so einen großen Kerl. Gute Fußarbeit, würde ich sagen.*

»Seine Frau hat ihn wegen eines Anwalts verlassen«, ließ Wilkes sie wissen. »Hatte ich Ihnen das schon gesagt?«

Lucy verneinte mit einem Kopfschütteln. *Aha, deshalb hat er im Beisein dieses Facer die Nerven verloren.*

»Was für ein Jammer. Aber Sie beide scheinen gut miteinander auszukommen.« Ein bedeutungsvoller Blick. »Und irgendwie ist er ja auch ein toller Typ …«

Über so was denke ich im Augenblick nicht nach, Ma'am.

King wich einem Fahrradfahrer aus, erreichte den Gehweg, lief die paar Stufen herunter und kam zu der Bank, auf der sie saßen. Anzug, Krawatte gelockert, olivfarbene Regenjacke. Der Stoppelbart war verschwunden, wie sie gleich bemerkte. Sie schnupperte. *Wieder das Aftershave.* Er sah auf Lucy herab, deutete auf ihr lädiertes Auge. »Nettes blaues Auge.« Ein Grinsen. »Haben Sie es schon mit Eis probiert?«

»Sie hätten die anderen sehen sollen.«

Er lachte. »Ganz bestimmt.«

»Wie ist Ihr Meeting gelaufen?«, wollte Wilkes von ihm wissen. »Können wir loslegen?«

Er nickte. »War Maries Idee«, erklärte er Lucy. »Eine clevere Idee, wie ich zugeben muss.«

»Danken Sie nicht nur mir«, warf Wilkes ein.

»Stimmt. Das haben wir auch Veronica Cox zu verdanken. Hab sie heute getroffen. War sehr hilfreich. Sie hat einen guten Draht zur MLF.«

Lucy hatte wieder Schulkrankenschwester Hängebacke vor Augen, die ihr lächelnd ein Sandwich mit Cheese and Pickle reichte. *Oh, sehr nett von Ihnen.*

»Nicht zu Johnson direkt, fürchte ich, aber zu seinem Stellvertreter. Er heißt Winter. Tommy Winter. Taffer Typ. Hat lange in Pentonville gesessen, bevor er der MLF beitrat. Veronica hat heute Abend ein Treffen mit ihm vereinbart.« Ein Blick zu Wilkes, dann zurück zu Lucy. »Aber sprechen werden nur Sie mit ihm, Lucy, sonst funktioniert es nicht. Sie treffen diesen Winter, und mit etwas Glück kommen Sie über ihn an Johnson ran.«

Sie strahlte über das ganze Gesicht. *Genial. Gefällt mir.*

»Die Sache ist nur die«, fuhr er fort, »die MLF mag keine Polizei, also müssen Sie sich irgendeine Story zurechtlegen. Dass Sie sich für die Rechte der Survivor einsetzen oder so was in der Art.«

Wilkes nickte. »Und wenn Sie sich doch irren und die MLF hinter der Entführung von letzter Nacht steckt, dann wissen diese Leute sofort, wer Sie in Wahrheit sind und …« Ihre Stimme verlor sich.

Und man wird mich nicht mehr wiedersehen.

»Und das ist immer noch nicht alles«, sagte King. »Da wäre noch etwas.« Er schnitt eine Grimasse. Sah Wilkes an. »Sagen Sie es ihr.«

Was soll sie mir sagen?

Was?

Wilkes seufzte. »Da wäre noch eine Sache, Lucy …«

Das schmeckt mir gar nicht. Ganz und gar nicht, verdammt.

Lucy ging die Gasse hinunter, die Stirn zerfurcht. Es war dunkel. Die Straßen verlassen. Was ja verständlich war, es gab für niemanden einen Grund, in diesem hässlichen Teil von Lambeth herumzulaufen, jedenfalls nicht zu dieser Uhrzeit. Nichts außer halb verfallenen Lagerhäusern aus Backstein, die Fensterscheiben eingeschlagen, ein paar stinkende Pfützen. Leere Graffitidosen, haufenweise. Sie trat gegen eine Sprühflasche, hörte, wie sie übers Pflaster schepperte. Sie dachte über den Plan nach. Dachte an King, der fünf Minuten Fußweg entfernt bei der Vauxhall Station in seinem Toyota saß.

Das ist die einzige Möglichkeit, hatte er ihr während der Fahrt erklärt. *Schauen Sie, Sie brauchen irgendeine Story, wenn Sie Johnson treffen möchten. Jetzt haben Sie eine. Schwafeln Sie einfach etwas von den Rechten für die Survivor, und schon lässt man Sie rein.* Sie hatte aus dem Fenster der Beifahrertür geschaut, aber er redete weiter. *Hören Sie zu. Diese Story als Vorwand ist wichtig. Wenn diese Typen rauskriegen, dass Sie Polizistin sind? Die bringen Sie glatt um, Lucy. Ohne mit der Wimper zu zucken, verdammt.*

Hier war sie also.

Immer noch suspendiert. Wilkes hatte sich klar ausgedrückt: Dies war alles inoffiziell, nicht genehmigt.

Aber jetzt war sie undercover tätig.

Ja, gut, okay, nur … diese Story, die ich denen auftischen soll? Das wird nicht klappen, bestimmt nicht, verdammt.

Ihr Display leuchtete auf, sie warf einen Blick darauf. Fast am Zielort. Veronica Cox hatte ihr die GPS-Koordinaten geschickt, und Winters Bedingungen: *Nur sie. Allein. Und gehen Sie nicht davon aus, dass wir Masken tragen, verdammt.* Davor hatte sie Angst, Angst, all diese Gesichter zu sehen. Denn sie wusste, dass die Schuld sie erfassen würde. So lief es immer. Sie redete sich zwar ein, dass alles okay war, dass sie sich keine Sorgen zu machen brauchte, sie hatte es ja auch in der Zentrale der SRA gemanagt, oder? *Also schaffst du das noch einmal. Du musst es schaffen, um nicht aufzufliegen, du hast keine andere Wahl, denn …*

Sie blieb stehen.

Weiter vorn, in den Schatten: ein Rascheln.

Ein Prickeln lief ihr über die Arme.

»Hallo?«

Keine Antwort.

»Ist da jemand?«

Ein Fuchs sprang hinter einem Mülleimer hervor. Sie sah, wie das Tier verschwand.

Oh …

Im selben Moment war sie in Gedanken wieder in der Goswell Road. Mitternacht. Nach dem letzten Attentat, dem großen, als alles aus dem Ruder lief. Keine Leichenwagen mehr, keine Menschen, die tot auf der Straße zusammenbrachen, und die Stadt war schwarz von schwelenden Bränden, schwarz wie die Nacht, verdammter Mist. Sie kam gerade aus einem Takeaway, war auf dem Weg nach Hause, allein. Bog um eine Ecke. Sah einen Fuchs, der auf sie zulief. Er hatte etwas in der Schnauze.

Sah seltsam verformt aus. Sie runzelte die Stirn. Blinzelte. Und begriff:

Eine Hand.

Oh Gott, das ist eine Hand, die Hand eines Kindes, oh …

Schon war sie wieder im Jetzt. Doch sie stand vornübergebeugt, stützte sich mit beiden Händen auf den Knien ab, schwer atmend.

Gott verdammt …

Sie atmete tief durch. Atmete lange aus, richtete sich auf. *Komm schon. Konzentrier dich.* Noch einmal tiefes Durchatmen, dann reckte sie das Kinn leicht vor und ging weiter. *Es ist nicht wie damals. Es ist hier und jetzt, und du musst das erledigen. Du musst, verdammt.* Sie folgte dem Verlauf der Gasse, stapfte direkt durch eine der Pfützen, platsch. Sie trat gegen Spraydosen, mit nassen Sportschuhen, bis der blaue Punkt auf ihrem Display direkt über dem Stecknadelkopf des GPS schwebte.

Hier ist das also.

Sie schaute auf.

Vor ihr befand sich eine Tür. Keine Hausnummer, bloß ein Seiteneingang zu einem der Lagerhäuser. Großes Gebäude, gelber Backstein, alt. Graffiti am Mauerwerk. Sah verlassen aus: die meisten Fenster von außen vernagelt, sonst dunkel. Ein verblichener Zettel war an der Tür befestigt, es ging offenbar um Pfändung. Schwer zu entziffern, weil die Tinte im Regen verlaufen war.

Bin ich hier richtig?

Sie klopfte. Lauschte.

Nichts.

Kings Stimme in ihrem Kopf: *Die werden Sie umbringen. Ohne mit der Wimper zu zucken.*

Sie klopfte erneut.

»Hey? Jemand da?«

Stille. Doch dann öffnete sich die Tür einen Spalt breit.

Na also.

»Kommen Sie rein«, zischte jemand. »Schnell.«

Sie nickte, tastete sich ins Innere. Dunkelheit. Nirgends ein Licht, abgesehen von der matt leuchtenden Campinglampe, die der Mann vor ihr in der Hand hielt. Er war ein Riese. Größer als King. Größer als der Salatsoßen-Typ. Er trug eine Camouflage-Hose und einen Hoodie, dunkelblau oder schwarz, das konnte sie im Dunkeln nicht erkennen. Sein Gesicht lag in Schatten verborgen.

Die Tür ging wieder knarrend zu.

»Dutton«, sagte der Mann. Tiefe Stimme, kratzig wie bei allen Survivorn. Er streckte ihr eine massige Hand entgegen, überzogen von roten und weißen Narben. Lucy schüttelte sie. »Freut mich«, sagte er. »Wirklich. Sorry wegen der Dunkelheit.« Er schwenkte die Lampe. »Im Augenblick sind wir ohne Strom. Wir sind … inoffiziell hier.«

Lustig. Ich auch.

Sie schaute sich um. Ein eher schmaler Raum, der aber offenbar so lang war, dass sie in der Dunkelheit nicht die gegenüberliegende Wand sehen konnte. Klamm war es. Eine Art Werkshalle. Stahlträger an der Decke, von denen dicke Ketten herabhingen. Fußboden von Glassplittern übersät, alte Kartons, zerbrochene Fliesen. Sie schnupperte, nahm Schimmelgeruch wahr.

In der Ferne: ein schwaches Hämmern. Metall auf Metall.

»Folgen Sie mir.« Dutton deutete mit seiner prankenartigen Hand, wandte sich zum Gehen. »Passen Sie auf, wo Sie hintreten. An diesem Ort kann man sich leicht den Knöchel verstauchen.« Sie folgte ihm durch eine Tür in ein wahres Labyrinth aus leeren Räumen. Beim Gehen versuchte sie, sich zu merken, wie der Weg verlief: *rechts, links, links.* »Ganz schöne Müllhalde hier.« Er hustete, ein trockener Husten. »War mal eine Textilfabrik. Schätze, sie wird bald umgebaut. Wohnungen. Oder sie reißen alles ab und ziehen irgendeinen verdammten Bürokomplex hoch.«

»Hm«, machte Lucy.

Rechts, links, links, rechts ... Oder sind wir zweimal rechts abgebogen, dann links und dann rechts? Scheiße ...

»Da wären wir«, sagte er und führte sie in einen rechteckigen Raum, am anderen Ende eine zweite Tür, in der Mitte eine große leere Kabeltrommel, die auf der Seite lag. »Hauptquartier der MLF. Jedenfalls für ein paar Tage.« Er stellte die Lampe auf der Kabeltrommel ab, deutete auf einen rostigen Metallstuhl. »Setzen Sie sich doch. Tommy hat gerade noch was zu erledigen, also sind im Augenblick nur Sie und ich hier. Tut mir leid, wenn ich Sie damit enttäusche.« Er trat an das Fensterbrett eines vernagelten Fensters. Blieb dort stehen, mit dem Rücken zu ihr, und hantierte mit irgendetwas herum. »Ich bin übrigens der Chef der Security. Ich beschütze Tommy und den Rest der Kommandoebene. Sorge für Sicherheit. Sind in erhöhter Alarmbereitschaft. Müssen im Augenblick vorsichtig sein. Wir können niemandem mehr trauen.«

»Ah, okay«, sagte Lucy.

Wieder metallene Geräusche in der Ferne. Lauter als zuvor.

»Ein Bier?« Er wandte sich ihr wieder zu, die Dose in der Hand. Machte sie auf.

»Oh«, machte sie, »danke, aber ich darf nicht. Booster.« Sie bedauerte sofort, was sie als Letztes gesagt hatte. *Mist. War das jetzt schlecht? Das erinnert ihn nur an damals, als es für ihn keine Booster gab, und deshalb ist er ja ...?* Aber er zuckte bloß mit den Schultern, nahm einen Schluck aus der Dose. Dann setzte er sich gegenüber von ihr auf einen Stuhl, der unter dem Gewicht des Hünen ächzte.

»Also«, begann er. »Ehe Sie mit Tommy sprechen. Vorher müssen Sie mir noch etwas sagen.« Seine Stimme veränderte sich, wurde ernst. Er verschränkte die Arme vor der Brust, sah

Lucy an. Ein durchdringender Blick. Mit diesem Blick hatte Jack sie früher bedacht, als sie klein war, wenn er herausfinden wollte, ob sie ihm eine Lüge auftischte. Die Hälfte seines Gesichts lag noch im Schatten, aber sie konnte die andere Hälfte sehen. Narben: dick aufliegend, rötlich. Sie wollte den Blick abwenden, doch sie verdrängte die Schuld. *Jetzt nicht, verdammt.* »Wenn Sie möchten, meine ich.«

Lucy nickte.

Kings Stimme: *Die werden Sie umbringen, Lucy. Ohne mit der Wimper zu zucken.*

Dutton nahm noch einen Schluck aus der Dose. Beugte sich vor. Stirn gerunzelt.

»Welcher ist Ihr Lieblingsfilm?«

Oh, verdammter Mist.

»Ich meine, schauen Sie sich eigentlich Ihre Filme selbst an? So zum Spaß? Oder machen Sie das lieber nicht? Ist das seltsam, sich selbst zu sehen? Sorry, diese Fragen hören Sie bestimmt ständig, vermute ich, aber ich wollte nur ...«

Wieder Kings Stimme: *Das ist die einzige Möglichkeit. Sie brauchen diese Story als Vorwand.*

Dann bin ich wohl jetzt diese Schauspielerin.

Sie rutschte ein wenig auf dem Stuhl hin und her. Rang sich ein Lächeln ab. »Ich liebe alle meine Filme.« Sie sprach so lebhaft, wie es eben ging. »Sie sind wie ... meine Kinder.« *Ich kann nicht glauben, was ich da für einen Mist erzähle! Und Kinder sollte ich aus dem Spiel lassen ...*

Er nickte. »Ah, verstehe.«

Das hat funktioniert? Mehr braucht es nicht, verflucht?

Sie beugte sich auch ein wenig vor, zum Schein der Campinglampe.

Dutton entfuhr ein Laut des Erstaunens. »Oh, sieht aber gar nicht gut aus ...«

Was?

Ach so. Klar. Das Veilchen. Hm ... »Hab mich beim Dreh verletzt«, erklärte sie. Ein nachdrückliches Nicken. »Bei einer Kampfszene.«

Nachvollziehbar, oder?

Siehst du, du schaffst es. Gar nicht so schlecht, die Schauspielerei, ich schätze, ich könnte ...

»Ich dachte, Sie drehen einen Jane-Austen-Film?«

Sie starrte ihn an. *Ruhig bleiben.* »Ist ein actionreiches Remake.«

Er runzelte die Stirn, aber ehe er etwas dazu sagen konnte, öffnete sich die Tür, die in Lucys Blickfeld lag. Ein Mann betrat den Raum. »Tut mir leid, wenn ich zu spät bin«, sagte er. »Ich bin Tommy Winter.« Kein auffallend großer Mann. Massig, zu viel Fettgewebe statt Muskeln. Auf einer Hand prangte ein Tattoo, riesige Buchstaben: MLF. *Das hat bestimmt wehgetan.* Sein Gesicht sah noch schlimmer aus als das von Dutton, aber sie hatte sich im Griff, zuckte bei diesem Anblick nicht zusammen. Schob die Schuld einfach von sich – *ich versuch's, verdammt noch mal –*, schüttelte ihm die Hand.

»Hi«, sagte sie.

»Freut mich«, antwortete Winter. »Bin ein Fan von Ihnen.«

Ich sehe doch gar nicht aus wie sie.

Aber trotzdem danke.

Er redete weiter: »Also. Veronica Cox meinte, Sie hätten Interesse an der MLF. Wie kann ich Ihnen helfen?«

Sie lächelte, diesmal war es echt. *Endlich kommen wir zur Sache.* »Ich arbeite gerade an einem Projekt. An einem Biopic. Ich bin die Produzentin. Wir sind noch in der Frühphase, aber es ist schon alles sehr aufregend. Es soll um John Johnson gehen. Um seine Story.« Sie sah, wie er die Stirn runzelte. »Wir haben versucht, ihn ausfindig zu machen, aber ...«

»John Johnson lebt sehr zurückgezogen.«

»Klar, verstehe.« Sie setzte einen flehenden Blick auf. »Veronica hoffte, Sie könnten mir da vielleicht weiterhelfen.«

»Hm.« Winter erhob sich, trat ans Fensterbrett. Sie hörte, wie Gläser klirrten. »Ich fürchte, wir sind hier schlecht ausgestattet, um jemanden zu bewirten«, sagte er. »Aber kann ich Ihnen trotzdem etwas anbieten?«

»Ein Wasser wäre nett.«

Er lachte. »Wir trinken hier kein Wasser. Ein Lager? Oder einen Whiskey? Leider miserabel, wenn ich ehrlich bin, aber …«

»Nein, danke, sehr nett von Ihnen, aber alles okay so.«

Hinter ihr Duttons Stimme. »Sie darf nicht, Tommy. Eine Vulnerable. Booster.«

Winter hielt beim Einschenken inne. »Merkwürdig.« Er schüttelte den Kopf. »Wusste ich noch gar nicht …« Er dachte einen Moment nach, dann sagte er zu Lucy: »Ah, ich erinnere mich. Sie waren damals auch in London, richtig? Bestimmt, denn ich hatte Tickets, weil ich Sie im Old Vic sehen wollte, meine Frau und ich, Exfrau, um genau zu sein. Das muss ein paar Wochen nach dem großen Attentat gewesen sein. *Spotlight*, wissen Sie noch? Mit diesem Typen aus dieser Show, dem Blonden?« Er warf Dutton einen fragenden Blick zu. »Dann war sie also doch in London damals. Und sie gehört nicht zu den zweiundsechzig, denn die Liste haben wir ja gesehen.« Zu Lucy gewandt: »Oder?«

Fuck.

»Ein Wasser wäre nett … oder eine Cola …«

Ihr Sensorgerät piepte.

Scheiße, verdammte …

Winter griff nach der Lampe, hielt sie hoch. Starrte Lucy an. Runzelte die Stirn.

»Sie sind gar nicht sie«, sagte er langsam. »Eine Doppelgängerin, aber Moment. Ihr Kinn ist ein klein wenig anders.«

Komm schon, zeig, was du als Schauspielerin kannst …

Lucy stand auf. Ihre Augen blitzten vor Entrüstung auf. »Wie *können* Sie es wagen …«

Er zog ein Messer.

Sie spürte Duttons Hand auf ihrer Schulter, er zwang sie wieder zurück auf den Stuhl.

Winter stand unmittelbar vor ihr, die schwarzen Augen geweitet, sein vernarbtes Gesicht war nur wenige Zoll von ihrem entfernt.

»Sie sind nicht sie«, wiederholte er. »Ich weiß es. Also – wer, zum Teufel, sind Sie dann?«

Nur ruhig. Ruhig bleiben.

Winter verzog den Mund zu einem höhnischen Grinsen. »Eine von Claphams Leuten, was?«

Seine Klinge schimmerte im Schein der Lampe.

Clapham? Der alte Wichser? Sie schüttelte den Kopf. »Nein.«

»Ach nein? Oh, okay, also gut.« Er sah Dutton an. »Sie sagt Nein …« Zu Lucy gewandt: »Aber ich glaube ihr nicht, verdammt.« Ein finsterer Blick. »Ihr widert mich alle an. Abschaum seid ihr. Euer ganzes Herumschnüffeln? Ich habe es satt, verflucht. Und jetzt das hier?« Er drohte ihr mit dem Messer. »Was meinst du, Tommy? Was sollten wir jetzt tun?«

Dutton grummelte etwas vor sich hin. Mit seiner prankenartigen Hand quetschte er Lucys lädierte Schulter.

Verdammt, das tut weh …

Winter redete weiter. »Die verdammte ›Hand Gottes‹, ja? Ich sollte dir die Hände abschneiden, oder nicht? Ihr seid doch so scharf auf Gottes verdammte Hände, dann kannst du ja seine nehmen. Oder warte. Ich hab's!« Er richtete die Klinge auf ihr Gesicht. »Ich schneide dir dieses miese Kreuz in deine verdammte Stirn. Dann wollen wir mal sehen, wie dir das gefällt. Wenn alle

326

dich anstarren, auf dich zeigen. *Und tuscheln.*« Er flüsterte in die hohle Hand vorm Mund: *pst pst pst pst.* Und grinste. Noch einmal das Spielchen: *pst pst pst pst.* Dann nahm er die Hand vom Mund und fuhr Lucy an: »Wie wäre das? Gefiele dir das?«

Sie runzelte die Stirn. Atmete tief durch.

Könnte klappen.

Oder …

Blitzschnell griff sie nach der Lampe, warf sie auf den Betonboden, wo sie zerbrach. Dunkelheit. Sie hörte, wie Winter nach vorn schnellte und zustieß, aber sie wich der Klinge aus. *Hast mich verfehlt.* Dutton schrie auf, und sie befreite sich aus seinem Griff. Wirbelte herum, kam frei – *los jetzt* –, rannte zurück durch die Tür, lief in Richtung der Gasse, schnell – *schneller* –, kam wieder durch eine Tür, noch eine, noch eine …

Und jetzt …

Sie bog scharf links ab. Blieb stehen.

Lehnte mit dem Rücken an der Wand. *Leise jetzt.* Stockdunkel, ihr Herz raste.

Nicht atmen.

Und dann stürmten sie an ihr vorbei. Sie konnte nur erahnen, wie die beiden fluchend durch die Dunkelheit stolperten und durch das Labyrinth aus Räumen zurück zur Eingangstür liefen.

Sie atmete einmal tief ein. Atmete wieder aus.

Okay.

Schön leise jetzt.

Sie lief den Weg zurück, den sie gekommen war, versuchte, nicht auf den Müll am Boden zu treten. Sie kam wieder in den Raum mit der Kabeltrommel, lief weiter. *Es muss doch noch einen anderen Ausgang geben.* Kurz darauf schlich sie durch einige kleine Räume, alles im Dunkeln. Die Räume waren leer, es roch nach feuchtem Dreck.

Ihr Sensor piepte.

Scheiße. Sie erstarrte. Lauschte: nur das metallene Hämmern, irgendwo weiter vorn. Sie tastete nach ihrem Gerät. Wusste, dass der Wert bei 6,5 war. Es musste so sein, sie hatte es noch überprüft, als sie aus dem Toyota gestiegen war. Der letzte Booster hatte ihre Uhr zurückgestellt, aber der Wert sank offenbar schon wieder schnell. *Und was jetzt? Am besten schön leise sein.* Sie entfernte das Gerät von ihrer Haut, schob es in die Tasche. Holte das Handy raus, tippte eine SMS an King – »Bin aufgeflogen. Kommen Sie, schnell. Nicht zurückrufen – Funkstille!« –, dann schlich sie weiter.

Leise.

Vorsichtig tastete sie sich an einer Wand entlang, trat bewusst leise auf. Es gab nur zwei Richtungen, vor oder zurück. *Und diese Bastarde sind hinter mir, also* ... das hämmernde Geräusch wurde lauter. Sie sah einen schwachen Lichtschimmer. Kam an eine weitere Tür. Spähte um die Ecke.

Ein großer Raum, bislang der größte in diesem Gebäude. Hohe Decke, rostige Stahlträger, kreuzweise montiert. Wieder überall Müll. Weiter rechts, an einer Wand, standen fünf Campinglampen in einem Kreis. In der Mitte ein Gegenstand von der Größe eines Autos, abgedeckt mit einer schwarzen Plane. Daneben plauderten zwei Männer im Schein der Lampen miteinander. Sie sah sie nur von hinten. Raue, kratzige Stimmen. Survivor. Einer der beiden war dünn, trug einen Camouflage-Kittel und eine Hose; der andere hielt einen großen Hammer in der Hand.

Lucy kniff die Augen zusammen, um bei diesen Lichtverhältnissen besser sehen zu können. Am anderen Ende der Halle gab es eine offene Tür.

Sie drehte sich um. Lauschte. Hörte Rufe in der Ferne, die lauter wurden.

Die kommen zurück.

Mist.

»Will nicht klappen«, meinte Camouflage zu Hammer. »Hau noch mal drauf, genau da.« Er zeigte auf die Stelle.

Lucy sah hinüber zu der Tür auf der anderen Seite der Werkshalle.

Ich könnte es schaffen. Sie stehen mit dem Rücken zu mir. Aber wenn sie sich umdrehen …

»Hab ich doch schon versucht«, hörte sie Hammer sagen. »Aber, wenn du meinst …« Er schlug zu. Der Klang wurde von den Wänden zurückgeworfen. »Siehst du?«

Ich habe keine andere Wahl.

Scheiß drauf.

Sie schlich sich in die Halle. *Vorsichtig, schön vorsichtig jetzt.* Hielt den Blick gesenkt, blinzelte angestrengt in der Dunkelheit, hielt Ausschau nach Hindernissen. *Jetzt bloß nicht stolpern.* Sie hob einen Fuß an, ein prüfender Blick, dann setzte sie den Fuß auf. *Ein. Schritt. Nach. Dem. Anderen.*

Tiefer in der Halle bückte Hammer sich. Holte wieder zu einem Schlag aus.

»Kannst du vergessen«, grummelte er. »Der Ukrainer hat uns beschissen.«

Camouflage hielt irgendetwas in der Hand. »Wenn ich das treffe«, meinte er, »dann muss es funktionieren.«

Lucy bewegte sich auf Zehenspitzen fort, hielt den Atem an. *Halbe Strecke geschafft.*

Dreht euch jetzt bitte nicht um …

Hammer: »Ach ja? Das möchte ich gern erleben, Kumpel, wie *du* das hinbiegst.«

Camouflage: »Und du solltest endlich mal eine Aufgabe zu Ende bringen.«

Der Ausgang war nur noch wenige Schritte von ihr entfernt. *Fast geschafft …*

Hammer: »Ich tu doch, was ich kann, Mann. Wie wär's, wenn du dich jetzt verpisst, John?«

John?

Sie drehte den Kopf in Richtung der beiden, schaute zurück.

John Johnson?

Sie trat auf eine Fliese. Ein Knacken. Das nachhallte.

Scheiße …

Camouflage schaute auf.

Sie sah sein Gesicht, gerötet und vernarbt. Spürte, wie sich die Rädchen in ihrem Kopf in Bewegung setzten.

Ihre Augen weiteten sich.

Moment mal …

»Hey!«, rief Hammer. »Was hast du hier zu suchen, zum Teufel?«

Sie rannte zur Tür. Lief hindurch, kam in einen Gang, folgte diesem Gang, bog in einen anderen, gelangte an eine Kreuzung. Sie war aufgeschmissen, konnte nur raten – *rechts, links* –, stolperte halb über all den Müll am Boden, sprang über Gegenstände hinweg. *Nur weiter, los.* Sie sah eine große Tür, lief darauf zu, drehte den Knauf – *bitte, Gott* –, und sie ging auf. Lucy stürmte hinaus in die Nacht.

Sie befand sich in einer stillen Seitenstraße.

Hinter ihr: »Hey, du, komm zurück …«

Sie schaute nach vorn, sah, wie der Toyota vorbeiraste. Sie sprintete hinter dem Auto her, sah, wie es abbog, in Richtung der GPS-Koordinaten.

Fuck.

»Ed!« Sie rannte weiter, riss beide Arme hoch, gestikulierte wie wild. »Warte doch! Ich bin hier!«

Sie schaute zurück. Hammer stürmte hinter ihr ins Freie.

Ed!

Komm zurück …

Bitte …

Bremslichter.

Das Auto stand. Fuhr zurück. Lucy lief darauf zu, sprang in den Wagen, zog die Tür zu, und schon fuhren sie los, auf und davon.

»Oh Mann«, keuchte sie. »Das war … ich meine …« Sie atmete aus. »Verdammt knapp, würde ich sagen …«

»Alles in Ordnung?« Er sah zu ihr herüber. Runzelte die Stirn. »Lucy?«

Sie nickte, atmete immer noch schwer. Dann drehte sie sich auf dem Sitz um und sah, dass Hammer mit der Dunkelheit verschmolz. *Tschüss.* Einen Moment sagte sie nichts, sah nur durch die Heckscheibe, versuchte, wieder ruhiger zu atmen.

Sie rasten über Lambeth Bridge.

»Haben Sie Winter gesehen?«, wollte er wissen.

Es war sogar noch besser. Sie sah ihn an. »Ich habe John Johnson gesehen. Hab sein Gesicht gesehen.« Sie hielt inne, musste Luft holen. »Und, Ed … das war gar nicht John Johnson.«

»Was?«

Sie schüttelte den Kopf.

»Ich spreche von diesem Mann, Ed. Dort in der Werkshalle. Von dem Gründer der MLF. Das ist nicht Johnson.«

Er starrte sie an.

»Aber dann …«

»Der Mann dort in der Halle? Das war Rob Cates.«

20. KAPITEL

»Schon nach vier«, sagte King, als er auf seine angeschlagene Armbanduhr sah. »Ich dachte, Sie wollten, dass wir uns gleich am Morgen treffen.« Ein Grinsen. »Sind wohl noch etwas länger faul im Bett geblieben, wie?«

Lucy bedachte ihn mit einem anklagenden Blick. *Bin nicht in der Stimmung für so was.* Nicht nach der ganzen Arbeit. Als sie letzte Nacht nach Lambeth zurück in ihre Wohnung gekommen war, hatte sie die Hände nicht einfach in den Schoß gelegt. Im Gegenteil. Schließlich war sie gegen halb drei eingenickt. Doch dann war sie wieder schreiend aus dem Schlaf hochgefahren, hatte die Tränen fortgewischt, hatte sich wieder an die Arbeit gemacht. Booster um sieben Uhr. Brompton um acht. Und dann noch mehr Arbeit. Anrufe, Lesen, Nachdenken; und das alles, bis sie sich auf den Weg gemacht hatte, um King hier zu treffen. Jetzt, gegen vier Uhr. Sie war erledigt. »Nein«, meinte sie. Nahm einen Schluck aus der Colaflasche.

Nein, Ed. Ich bin nicht länger faul im Bett geblieben.
Ich war dabei, diesen verdammten Fall zu lösen.

Sie standen hinter St Paul's Cathedral. Südfassade, mit Blick auf den Fluss. Wobbly Bridge in der Ferne – eigentlich die Millennium Bridge, aber die Londoner fanden immer irgendeinen Spitznamen –, im Hintergrund der zentrale Schornstein der Tate Gallery. Jede Menge Leute. Schon fast dunkel, verdammte Winterzeit. Sie schaute hinunter zur Themse. Und erinnerte sich an etwas, das Simon einmal gesagt hatte, als sie beobachteten, wie die Sonne schon um vier Uhr verschwand: *London im Winter, Luce? Das ist nur LDN. Lange. Dunkle. Nächte.*

King zeigte auf die Colaflasche. »Ich dachte, wir wollten uns einen Kaffee holen?«

Sie zuckte mit den Schultern. *Das habe ich nicht gesagt. Ich habe gesagt, wir gehen in einen Coffee Shop. Aber okay, gehen wir los.* »Hier entlang«, sagte sie. Sie folgte dem Verlauf des Gehwegs, zwängte sich an Touristen, Kinderwagen und Männern in Anzügen vorbei. King passte sich ihrem Tempo an. »Also«, meinte sie, »erzählen Sie mir von dem Lagerhaus.«

»Da gibt es nicht viel zu erzählen.« Ein Seufzen. »Alles leer. Der Richter hat bis Mittag gebraucht, ehe der Durchsuchungsbefehl vorlag. Doch da hatten sie sich längst aus dem Staub gemacht. Und immer noch nicht viel bei den Aufnahmen aus der U-Bahn. Salford lässt zwar die Peitsche knallen und treibt die Super Recognizer an, aber sie scheinen Ihren Mann nicht entdecken zu können. Übrigens, wir haben versucht, die Überwachungskameras auszuwerten, wo Sie entführt wurden.« Er warf ihr einen Blick zu, die grünen Augen fragend. »Mount Mills, oder? Bei der Goswell Road?«

Lucy schaute weg.

Warum fragst du das, Ed. Weil du glaubst, dass ich in der Nähe von Brompton wohne? Weil wir uns dort getroffen haben, im Brompton Café? Und jetzt fragst du dich wohl, was ich dort zu suchen hatte, auf einem Scheißparkplatz in Clerkenwell? Oder hast du Wilkes gefragt, und sie hat es dir gesagt: »Oh, nein, Lucy wohnt in Clerkenwell.« *Und dann hast du dich gefragt, wieso dann Brompton?*

Sie schnupperte: kein Aftershave. War enttäuscht, fasste sich wieder, schob all das von sich.

Du wirst nicht erfahren, warum es Brompton ist, Ed. Ich habe dich auch nie gefragt, was der Ausraster bei Facer sollte.

Ach komm schon, Lucy. Hör auf damit.

Fokussier dich, verdammt.

»Immer noch nichts von Clapham?«, fragte sie.

Er wich einem Radfahrer aus. »Nein. Ich habe es gestern Abend versucht, auch heute Morgen, vor einer Stunde noch einmal, wie Sie es wollten. Voicemail. Ich habe ihm gesagt, dass wir mit ihm über die MLF reden müssen, sofort. Nichts. Seltsam, oder? Vor ein paar Tagen konnte er es gar nicht abwarten, uns diese Mappe zu zeigen, und jetzt können wir ihn nicht dazu bewegen, mich zurückzurufen?«

Ein Nicken. *Ja, das ist seltsam.*

»Wie dem auch sei«, sagte er, »Sie sagten, Sie hätten da was?«

Lucy blieb stehen. Sie befanden sich vor einem modernen Bürokomplex, auf halbem Weg zum Fluss. Geschäftsleute gingen durch die Drehtür aus Glas. Sie sah King an, nickte.

»Der Mann, den ich letzte Nacht gesehen habe. Das war nicht Johnson, sondern Cates. Er hat Cox umgebracht. Das weiß ich jetzt. Bin mir absolut sicher.«

»Ja, das stimmt schon.« Er runzelte die Stirn. »Hören Sie, ich weiß, dass Sie gesagt haben, dass das Ihrer Meinung nach Cates war. Aber Sie haben sein Gesicht nur für eine Sekunde sehen könn…«

Echt jetzt, Ed? Du hast doch meinen Partytrick schon gesehen.

»Mehr brauche ich nicht. Eine Sekunde reicht. Nicht einmal eine Sekunde.«

»Okay, aber … er ist ein Survivor. Sind Sie sicher …«

»Ja.« Sie sah ihn an. Fühlte sich erschöpft und so verdammt müde. »Das funktioniert auch bei einem Survivor.«

Vertrau mir, Ed.

Vertrau mir in diesem Fall.

»Wenn Sie es sagen. Okay, Sie dachten, dass Cox diesen Cates umgebracht hat. Aber jetzt glauben Sie … Cates hat Cox ermordet?«

»Ich weiß, dass es so war.«

»Sie *wissen* es?«

Sie nickte. *Ich weiß es.* Sie hatte es an diesem Morgen herausgefunden, während sie ihr vegetarisches Gericht aß und über den Schrei-Traum der vergangenen Nacht nachgedacht hatte. Sie hatte diesen Albtraum schon vorher gehabt, etliche Male. In diesen Träumen lief sie über die Westminster Bridge. Menschenmengen, alle dem Gift ausgesetzt, überall greifende Hände, Haut, die sich löste. Aber diesmal war es anders gewesen. Diesmal hatten alle Leute das Gesicht von Rob Cates getragen. Alle – Hunderte Menschen. Genau darüber hatte sie nachgedacht, als sie einen Pilz auf ihrem Teller aufspießte. Und dann wusste sie plötzlich, was zu tun war.

»Ich habe den Caterer angerufen«, sagte sie.

»Was?« Er lachte. »Kommen Sie. Das haben wir doch schon gemacht, gleich als Erstes. Zwölf Kellner, ohne Masken. Wir haben diese Leute durchleuchtet. Haben sie vernommen, das ganze Programm. Und wir haben uns angesehen, was für einen Hintergrund der Besitzer der Catering-Firma hat; seine Familie, dasselbe bei jedem einzelnen Angestellten. Nichts. Alles umsonst.« Er breitete seine großen Hände aus. »Also, was haben Sie ihn denn gefragt?«

Sie sah ihn ernst an. »Ob irgendjemand unmittelbar vor Cox' Party gekündigt hat.«

Und das hatte ihn niemand gefragt, Ed.

King sagte nichts.

»Und er sagte ›Ja, stimmt, jetzt, da Sie mich danach fragen‹. Er erwähnte einen Typen. Der war nämlich eine Woche vorher aufgekreuzt; Bewerbungsgespräch, Arbeitsbescheinigungen, all das. Und dann verpisst er sich einfach wieder.« Sie nahm einen Schluck aus der Flasche. »Aber er behielt die Uniform.«

»Sie denken also, dass ...?«

Komm schon, Ed.

»Es waren nicht zwölf Kellner. Sondern dreizehn.« Sie wusste es, und das wusste auch Rob Cates. Er wusste, dass das niemandem auffallen würde, absolut niemandem, verdammt. Nicht den Gästen, nicht einmal den anderen Kellnern, weil nämlich niemand länger als nötig in das Gesicht eines Survivors schaut. Jeder schaut weg. Vor Entsetzen. Es erinnerte die Leute an etwas Furchtbares, an etwas, das sie verdrängen und tief vergraben wollten. So war das eben. Und so war es auch bei den Schrei-Träumen: Hunderte von Survivor-Gesichtern, und alle sahen sie gleich aus. *Alle sahen aus wie Rob Cates.*

Eine Stimme in ihrem Kopf, und es war Sykes' Stimme, der verdammte Mistkerl: *Fleischklumpen bleibt Fleischklumpen.*

Und Cates wusste das.

Er wusste es, weil … das jetzt sein Leben ist.

Er ist seither so gut wie unsichtbar.

King hatte die Stirn in Falten gezogen. »Aber woher wollen Sie wissen, dass es wirklich dieser Cates war? Hätte doch jeder sein können, oder nicht? Dieser Depp hat sich doch für den Job gemeldet. Und hat es sich dann anders überlegt, weil er einen besseren Job ergattert hat. Er beschließt ›Scheiß drauf, ich behalte die Klamotten‹ und gibt sie nicht zurück.« Sie sah, wie er über diese Variante nachdachte. »Aber er muss einen Namen hinterlassen haben, richtig? Jetzt sagen Sie nicht, es war Cates? Oder Johnson?«

Sie schüttelte den Kopf. *Nein, er hätte nie seinen richtigen Namen angegeben.*

»Rudy Peters.«

»Okay, gut, da haben Sie's, irgendeine arme Sau, die …«

Sie hatte ihr Handy aus der Tasche des Hoodies gezogen und etwas eingetippt, hielt ihm jetzt das Display hin. »Ich stelle Ihnen Sir Rudolph Peters vor«, sagte sie zu ihm. »Verstorben 1982.« Sie beobachtete, wie er scrollte. »Er war Biochemiker.« King schaute auf. Starrte sie ungläubig an. Sie nickte, nippte wieder an ihrem Getränk. »Er entwickelte das Gegenmittel für eine chemische Waffe namens Lewisit während des Zweiten Weltkriegs.«

Clever von dir, Rob Cates.

Ein bisschen zu clever, was?

»Verdammt«, entfuhr es King. Er gab ihr das Handy zurück, das so klein in seiner Hand aussah. »Das ist … aber … Schauen Sie, wir dachten doch, dass Johnson diesen Cates gerächt hat. Wenn nun aber Johnson in Wirklichkeit Cates ist, wo steckt dann der echte Johnson? Und warum sollte Cates Cox umbringen?«

Ein kleines Grinsen. »Genau das will ich Cates fragen. Und deshalb sind wir hier.«

»Cates kommt *hierher?*«

Sie schüttelte den Kopf. *Nicht Cates.* Sie warf einen Blick auf ihr Handy: Viertel nach. *Perfekt. Und jetzt …* Sie schaute auf. Lächelte. Zeigte auf den Eingang des Gebäudes. »Da kommt er.«

Enoch Clapham drückte gegen die Drehtür aus Glas.

Genau passend, du furchtbares verdammtes Skelett.

Clapham kam aus der Tür und betrat den Gehweg. Gestreifter Anzug, rote Krawatte, Schuhe aus Krokodilleder: ein Geschäftsmann. Keine Anzeichen des großen Kreuzes aus Metall, aber Lucy ahnte, dass er es trug, verborgen unter seinem Oberhemd. Er straffte die Krawatte, hängte sich einen Lederbeutel über die knochige Schulter und ging dann linker Hand Richtung Fluss.

»Dieser Wichser«, grollte King. »Denkt nicht mal im Traum daran, mich zurückzurufen.«

Er wollte ihm hinterher, aber Lucy hielt eine Hand hoch. »Warten wir einen Moment.« *Wir wollen doch nicht, dass Clapham sich wieder in seinem kleinen Loch verkriecht.* Sie verfolgte, wie der Prediger das Ende des Büro-Komplexes erreichte und links in eine Seitenstraße abbog. »Jetzt«, meinte sie. Und ging hinter ihm her.

»Ich verstehe nicht ganz«, ließ sich King vernehmen, als sie um die Ecke bogen. »Wohin geht er …«

»Zu einem Geschäftstreffen. In einen Coffee Shop.« Sie deutete weiter voraus. »Genau dort hinten.«

»Woher wissen Sie das?«

»Ich habe in seinem Büro angerufen.« All das hatte sie am Morgen ausgeheckt, nachdem King ihr mitgeteilt hatte, dass Clapham nicht zurückrief. Und da fiel ihr etwas ein, das sie während der Arbeit an dem Fall gesehen hatte. Sie ging online, und da war es, in jedem einzelnen ›Hand Gottes‹-Video. Unten am Bildschirmrand standen kleine Buchstaben: © Schwert Gottes GmbH. *Claphams Firma.* Sobald sie das wusste, war der Rest ein Klacks gewesen. Auf der Website des Companies House fand sie alles, was sie brauchte. Ein offiziell eingetragenes Büro? Genau neben St Paul's. *Kinderkram.* »Ich habe vor ein paar Stunden angerufen.«

»Und die haben Ihnen einfach so gesagt, wo und wann er ein geschäftliches Treffen hat?«

Sie zuckte mit den Schultern. *So in der Art.* »Ich kann recht überzeugend sein.«

Weiter die Straße hinunter schaute Clapham auf seine Uhr. Er beschleunigte seine Schritte. Ging an einem anderen Büro-komplex vorbei, an einem Parkplatz, einer Sandwichkette. Am Ende der Straße ragte ein Kirchturm hoch zwischen den modernen Gebäuden aus Glas und Beton auf; eine alte Kirche, das Mauerwerk rußverschmiert, moosbewachsen. Lucy sah, wie Clapham die Stufen zur Kirche hinauflief und eintrat.

King runzelte die Stirn. »Sagten Sie nicht gerade, es wäre ein Coffee Shop …?«

Vertrau mir, Ed.

Sie nahm die paar Treppenstufen, drückte die Tür zur Kirche auf. Innen alles hell: weiße Wände, hohe Decken. Sehr große Buntglasfenster. Eine Kanzel. Aber keine Kirchenbänke, nur quadratische Tische, an denen Leute saßen und Kaffee tranken, etwas aßen und plauderten. Sie erinnerte sich, dass Simon sie einmal hierher mitgenommen hatte: Er hatte die ganze Zeit von einem alten Wappen geredet, das an der Wand hing, aus der Zeit von einem der Charles- oder James-Könige; sie wusste es nicht mehr genau. *Ich wollte eigentlich nur meinen Espresso trinken, Si.* »Sehen Sie?«, sagte sie zu King gewandt. »Der Coffee Shop.«

Er nickte. »Sieht zwar nicht so wie Ihr kleines Café in Ihrem Viertel aus.«

In meinem Viertel? Ich habe dir nie gesagt, dass ich in Brompton wohne, Ed.

Sie blickte sich um, entdeckte Clapham an einem Tisch in der Ecke, sah, dass er in seinem Lederbeutel kramte. Er saß mit dem Rücken zu ihr. »Kommen Sie«, sagte sie zu King, ging vorbei an den Kaffee trinkenden Gästen und hielt auf Claphams Tisch zu. Sie rückte sich einen Stuhl zurecht und nahm Platz. »Tut mir leid, dass ich zu spät bin«, sagte sie. »Aber danke, dass Sie sich die Zeit genommen haben.«

Clapham starrte sie entgeistert an. »Officer?« Sein Blick glitt zu King, dann zurück zu ihr. Ein dünnes Lächeln, aber in seinen Augen sah Lucy etwas anderes aufflackern. *Zorn? Angst?* »Es freut mich, Sie beide zu sehen, aber ich fürchte, ich habe jetzt einen Termin …«

»Mit der Managerin einer Werbeagentur? Die Sie vor ein paar Stunden angerufen hat? Sie möchte Werbeanzeigen in Ihren Videos unterbringen, und andere Firmen stehen schon Schlange? Das große Geld?« Sie grinste. *Ich konnte förmlich hören, wie dir der Speichel aus den Mundwinkeln lief. Du hast mich fast angebet-*

telt für diesen Termin. »Leider bin ich gar nicht mehr so scharf auf den geschäftlichen Teil, sorry.« Ein Achselzucken. »Allerdings bleibt es dabei, dass der Kaffee auf mich geht …« Sie nickte dem Barista zu. »Wenn Sie irgendetwas möchten, bitte, nur zu, die Runde geht an mich.«

Aus den Augenwinkeln nahm sie wahr, dass King sie ansah.

Was ist, Ed? Ich hab dir doch gesagt, dass ich in seinem Büro angerufen habe.

»Danke«, antwortete Clapham, »aber ich fürchte, ich muss aufbrechen.« Er griff nach seinem Lederbeutel, wollte ihn sich umhängen. »Meine Kinder bedürfen meiner Zuwendung und …«

»Johnson«, sagte sie. Beugte sich vor. »Der Mann, den Sie John Johnson nennen. Ich muss ihn sprechen.« Clapham hatte gerade den letzten Gegenstand in dem Beutel verstaut. »Ich wüsste nicht, wie ich Ihnen da weiterhelfen sollte, Officer …«

Lucy entging nicht, dass Clapham unwillkürlich mit den Fingern nach dem verborgenen Metallkreuz tastete. Sie musste wieder an Tom Winter denken, der sie mit einem Messer bedroht und ihr gesteckt hatte, wie satt er es hatte mit all diesen Schnüfflern von der ›Hand Gottes‹: Er hatte es so sattgehabt, er war sogar bereit gewesen, sie zu verstümmeln, nur um seiner Wut Ausdruck zu verleihen. *Doch, du weißt etwas, Clapham. Vielleicht weißt du nicht, wo Winter im Augenblick steckt, aber du weißt genau, wie man an ihn herankommt, verdammt.*

Also spuck's aus.

»Sie haben Ihre Spitzel«, sagte sie. »Ich weiß es. Also sagen Sie es mir. Wie kann ich diesen Mann finden?«

»Spitzel?« Er zuckte mit den Schultern. »Wir müssen unsere Feinde kennen, und die Teufel sind Feinde Gottes und der Menschen. Aber Vorsicht ist stets geboten. Es werden Fehler gemacht. Selbst jene Kundschafter, die Mose nach Kanaan schickte, kehrten mit falschen Berichten zurück, und dafür mussten sie sich Gottes Pfeil stellen und …«

Ich hab keine Zeit für diesen Mist.

Cates ist der Mörder, er hat das Antidot, und ich brauche es. Punkt.

Also sag es mir endlich, verflucht.

»Wie *finde* ich ihn?«

»Ich fürchte, dafür bräuchte ich ein paar Tage.«

Sie lehnte sich auf ihrem Stuhl zurück: verschränkte die Arme, starrte ihn finster an. Sie dachte an das, was King gesagt hatte: *Vor Kurzem konntest du es kaum abwarten, uns auf die MLF hinzuweisen. Eigentlich müsstest du dich doch jetzt freuen, wenn wir diese Leute ins Visier nehmen. Überglücklich müsstest du sein. Warum bist du also plötzlich stumm wie ein Fisch?*

King starrte sie an, aber sie ignorierte ihn. Dachte weiter nach.

Ich weiß, dass du furchtbar bist, Clapham. Hinterhältig.

Was wäre also die schlimmste Erklärung für dein Verhalten?

Sie fuhr sich durchs Haar. Dachte an Hammer, der auf etwas eingedroschen hatte. Etwas Großes, etwas Verborgenes. Und sie dachte an Cates: *Wenn ich das treffe …* Beide Typen fielen ihr wieder ein, die mitten in der Nacht an etwas herumwerkelten, an etwas, das so geheim war, dass sie es in einer alten verlassenen Lagerhalle in Lambeth verstecken mussten …

Und dann wusste sie es.

»Ein Attentat«, sagte sie.

Clapham zuckte zusammen, und da wusste sie, dass sie richtiglag.

»Es geht nicht um die üblichen Nachahmungstäter«, sagte sie zu ihm. »Da ist etwas Größeres im Gange, richtig?« Sie sah, dass er sich unter ihrem Blick wand. »Und Sie wollen nicht, dass wir das unterbinden.« Sie zog an den Schnüren des Hoodies.

Du willst, dass es passiert, du verdammter Scheintoter. Denn das würde perfekt zu deiner widerwärtigen Botschaft passen, oder? Survivor sind böse, Survivor sind der Feind. Und wenn ein paar von denen etwas Schlimmes tun? Tja, dann hast du wieder mehr Besucher auf deiner Website, stimmt's? Zusätzliche Schafe in deiner Herde, und du wirst noch mehr von deinen verdammten ›Hand Gottes‹-T-Shirts verkaufen. »Deshalb haben Sie uns in letzter Zeit gemieden.«

Hier schaltete sich King ein. »Sie hätten mich zurückrufen können, Sie Arschloch.«

Clapham schwieg und starrte vor sich auf die Tischplatte. Tassen klapperten an den anderen Tischen, die Leute plauderten, lachten.

»Wenn etwas passiert«, sagte er schließlich, »dann ist es Gottes Plan. Wer bin ich, dass ich eingreifen würde?«

Gottes Plan? Verflucht, was für ein Blödsinn.

King ballte die Hand zur Faust. »Ein Terrorakt? Sind Sie noch ganz bei Trost, Mann?«

»Was Gott beabsichtigt, muss richtig sein.« Ein unerträgliches Lächeln breitete sich in Claphams Gesicht aus. »Denn Er ist es, der es so beschlossen hat, verstehen Sie? Wenn die Teufel etwas im Schilde führen, was auch immer das sein mag, dann nur, weil unser Vater in seinem wundersamen, unbegreiflichen Ratschluss ...«

Lucy hämmerte auf den Tisch.

Genug davon.

Sie stand auf. Starrte Clapham mit blitzenden Augen an. »Wenn Sie etwas wissen«, sagte sie, »dann sagen Sie es mir. Und zwar jetzt, verdammt. *Sofort!*« Sie machte eine Pause. »Denn sonst finde ich Mittel und Wege, um Sie zur Rechenschaft zu ziehen, verstanden?«

Los, stell mich ruhig auf die Probe.

Er holte Luft. Sah Lucy an, wandte den Blick ab. Schließlich sagte er mit matter Stimme: »Kann sein, dass mir etwas zu Ohren gekommen ist. Meine Quellen, nun ja, sie drücken sich nicht immer klar und deutlich aus, wissen Sie? Aber es *mag* sein, dass mir etwas zu Ohren gekommen ist über, sagen wir, eine Explosio…«

»*Wo?*«

»Am Eye.« Er fing an, leise zu kichern; versuchte, es zu unterbinden, schaffte es aber nicht. »Das passt genau. Denn, verstehen Sie, das Auge ist die Pforte des Teufels, und …«

»*Wann?*«

Er grinste. »Während der Schweigeminute.«

Oh, Mist.

King packte sie an der Schulter, seine grünen Augen waren geweitet.

»Lucy! Das ist in einer Viertelstunde.«

»Festhalten!«, rief King ihr zu.

Der Toyota raste über die Waterloo Bridge.

Lucy hielt den Atem an. Warf einen Blick auf ihr Handy. *In fünf Minuten, verdammt.* Sie schaute aus dem Beifahrerfenster, sah das Eye. Sie kamen näher. *Beeilung, verdammt, Beeilung.* Sie hatten den Alarm eingeschaltet, rasten an Bussen, Autos und Vans vorbei. Am Embankment sah sie Blaulicht, andere Polizisten: zu weit entfernt, die schafften es nicht. *Aber wir können es schaffen, schneller, komm schon, schneller, verdammt …*

»Fuck!«, entfuhr es King. »Dieser verdammte Clapham. Wenn er uns das nur früher gesagt hätte …«

Fahr, Ed.

Das Funkgerät knackte. »… alle Einheiten … Code Zero … wiederhole, London Eye …«

Los, komm schon.

King trat auf die Bremse. Ein schwarzer Lieferwagen behinderte sie.

»Fahr endlich!«, brüllte er. Er hupte. »Verdammt noch eins, fahr weiter, du Idiot.«

Sie trommelte mit dem Daumen gegen die Scheibe.

Beeilung.

King: »Fahr weiter!«

Komm schon …

Endlich fuhr der Wagen weiter, und sie flogen über die Brücke, das Eye auf der rechten Seite. King bog rasant in einen Kreisverkehr, dass die Reifen quietschten. *Noch vier Minuten.* Sie fuhren an Waterloo vorbei, dann die Straße hinunter. Die Leute gafften, das Blaulicht blitzte auf, die Sirene heulte, *fast da …*

Mit quietschenden Bremsen kamen sie vor dem London Eye zum Stehen.

Die Stimme eines Taxifahrers, zwei Jahre war es her: *Was dagegen, wenn ich Sie hier absetze?*

»Kommen Sie«, sagte sie. Sie umfasste den Türgriff, sprang aus dem Auto, schaute hinauf zum Riesenrad. Das Eye war erleuchtet, ein Kranz aus weißen Lichtern schnitt einen Kreis in den schwarzen Himmel. Das Rad rotierte nicht: Es hielt an. Sie rannte darauf zu, sprintete, *noch drei Minuten*, und vorher musste sie Cates finden. *Wo, zum Teufel, steckt er, er muss hier irgendwo sein …*

»Sehen Sie nur!«, rief King.

Sie schaute sich um, sah die Touristen am Boden vor dem Riesenrad liegen, die alle die Hände über den Köpfen verschränkt hatten. Sechs bewaffnete Survivor standen bei ihnen, richteten ihre Waffen auf die Leute. Lucy scannte die Gesichter, während sie rannte, hielt Ausschau nach Cates, sie musste Cates finden, unbedingt …

Du nicht, du bist es auch nicht, du auch nicht …

Sie erkannte Dutton an der Größe. Auch Winter, der finster dreinblickte.

Von Cates keine Spur.

Mist.

King: »Wohin sollen wir …«

»*Cates.* Cates hat den Zünder.«

»Aber wie … die sehen doch alle gleich aus …«

Fuck, fuck, fuck …

Sie entdeckte Hammer. Weiter abseits starrte er auf etwas, das an einer der Gondeln befestigt war. Etwas Großes, Klobiges, von der Größe eines Autos. Sie sah noch mehr von diesen Konstrukten; zwei, an anderen Gondeln. Die Konstrukte waren mit einer Art langem Kabel verbunden. Sie sah, wie Hammer sich umdrehte und jemandem etwas zurief. Sie folgte seinem Blick und …

Cates.

Sie zeigte auf ihn. »Da ist er!«

Dort, weiter oben beim Einstieg, in der Nähe einer offenen Gondel: Rob Cates.

Er hielt sein Handy in der Hand.

King lief in seine Richtung, aber sie war schneller, sprintete in vollem Tempo, nahm alles um sich herum nur noch verschwommen wahr. Sie sprang über ein Geländer, noch eins, erreichte die Rampe am Eingang, war fast bei Cates. Aber da entdeckte Hammer sie, rief etwas. Cates erstarrte. Schaute sich hastig um, saß in der Falle. Sie war fast bei ihm, doch er rannte zu einer der Gondeln, und dann bewegte es sich. Das Eye rotierte wieder, die Tür seiner Gondel schloss sich langsam, während Lucy noch über die Plattform rannte, schnell – *schneller* –, sie holte auf – *Mist* – und schaffte es gerade noch. Im letzten Moment sprang sie in die Gondel, ehe die Tür ganz zuging.

Sie schloss sich mit einem klickenden Geräusch.

Lucy schaute auf. Rob Cates starrte sie an, in der linken Hand das Handy.

»Bleiben Sie, wo Sie sind«, sagte er.

Lucy musste zu Atem kommen. *Einatmen, ausatmen.* Sie machte einen Schritt in seine Richtung.

»Sie wollen das nicht ernsthaft tun, Rob.«

Die Gondel ruckelte, und sie stiegen in die Höhe, schwebten langsam hinauf in den pechschwarzen Himmel.

»Natürlich will ich das tun.«

Sein Gesicht war vernarbt, schlimmer als bei den meisten, aber sie wusste trotzdem, dass er es war. Sie sah das Foto aus der Datenbank der SIU vor ihrem inneren Auge. *Dasselbe Gesicht. Du bist es.*

»Nein«, sagte sie. »Nein, ich bitte Sie.«

»*Doch.* Ich muss das tun. Es muss getan werden. Sie müssen es *sehen.*«

Sie schaute durch das Glas der Gondel. Sah die Gondel, an der das klobige schwarze Gerät hing, erkannte das lange schwarze Kabel. Sie rieb über ihr Tattoo und versuchte nicht darüber nachzudenken, was sich in den Behältern befand, was passieren würde. *Konzentrieren. Konzentrier dich auf Cates.*

»Sie alle müssen es sehen.« Ein Seufzen. »Ich wollte es mir eigentlich vom Boden aus ansehen, aber so sei es denn ...«

Okay. Dann habe ich wohl keine andere Wahl.

Sie ballte die Hände zu Fäusten. Machte noch einen Schritt auf ihn zu. Das Kinn leicht eingezogen, den Blick auf den Mann geheftet.

Du forderst es ja förmlich heraus ...

Er zog eine Pistole.

Eine Erinnerung blitzte auf: ihre Wohnung, vor zwei Jahren. Mangas Waffe, die auf ihr Gesicht gerichtet war.

Fuck ...

Sie spürte, wie sich ihr Pulsschlag beschleunigte. Panik erfasste sie – verdammt, *verdammt* –, dann wehrte sie dieses Gefühl ab.

Ruhig bleiben.

»Ich weiß, dass Sie Cox getötet haben«, sagte sie. »Ich weiß auch, warum. Weiß, was er getan hat. Er hat Booster zurückgehalten.«

Sie starrte auf sein Handy, während sie sprach.

Wenn ich jetzt springe … und es richtig time, sein Handgelenk zu fassen kriege … nein, zu weit weg, scheiße …

Cates lachte.

»Jeder liebte ihn«, sagte er. »Flinders Cox, Englands Held. Oh, was für ein großartiger Mann. Geld für Kirchen. Rechte der Survivor. Gott verdammt!« Er spie aus, ein großer Flatschen Rotze klebte am metallenen Boden. »Aber ich wusste Bescheid. Ich wusste, was er getan hatte. Und deshalb, ja, habe ich ihn umgebracht. Ich habe ihn umgebracht, bevor er seinen Ruhm genießen konnte. Rammte ihm ein Kruzifix in sein verdammtes Auge.« Ein Grinsen. »Und wissen Sie auch, warum? Warum es ein Kruzifix war?«

Sie schüttelte den Kopf.

Wagte sich einen halben Schritt weiter vor.

Noch ein bisschen näher heran … nur ein klein wenig …

»Aus der Bibel. Matthäusevangelium. Kennen Sie die Stelle? *Du Heuchler, zieh zuerst den Balken aus deinem Auge …* Was für ein Heuchler, verdammt. Ja, genau das war er. All diese schicken SRA-Dinner, die Benefizveranstaltungen. Widerlich.« Die Gondel stieg höher, immer höher und höher. »Er erschuf die Survivor. Wir sind seine Kinder, er kreierte uns. Er sorgte dafür, dass wir existieren, es ist unaussprechlich …«

Noch ein Schritt.

Fast da …

»Bleiben Sie mir vom *Leib!*« Er richtete die Waffe auf sie.

Die Themse weit unter ihnen war dunkel. Schwarz wie Kohle.

Cates redete weiter. »Aber wissen Sie, was am schlimmsten war? Er hat mich nicht einmal wiedererkannt. Hat mich nicht einmal *gesehen*. Er sah nur das hier.« Er fuhr sich mit den Fingern über die vernarbte Haut. »Einen Fleischklumpen. Ein Fleischklumpen ist ein Fleischklumpen, ist ein Fleischklumpen.«

Wieder ein Ruckeln. Die Gondel blieb stehen. Sie befanden sich am höchsten Punkt des Kranzes, hoch über London.

Ich bin so dicht bei ihm …

Rasch schaute sie hinab auf die anderen Gondeln. Cates bemerkte es. Runzelte die Stirn.

»Schauen Sie nicht *dort* nach unten«, sagte er. »Da gibt es nichts zu sehen. Schauen Sie *dorthin*.«

Er zeigte über den Fluss.

Auf Big Ben: der wie eine riesige Nadel in den Himmel ragte.

Oh.

Oh, Mist.

Und dann begriff sie: *Er will auch das Parlament in die Luft jagen.*

Cates lächelte hintersinnig. »Sie verstehen nicht«, sagte er. »Wie sollten Sie auch?«

»Ich verstehe genau, was passiert. Wirklich, Rob, ich schwöre …«

Oh Gott, ich tu es …

Er lachte plötzlich, laut. Hielt die Waffe immer noch im Anschlag. »Wie wollen Sie das denn *tatsächlich* begreifen?«

Sie starrte ihn an. Aus dunklen Augen, eines dunkelrot verfärbt.

Sie holte Luft. Atmete aus.

»Weil ich jemanden verloren habe«, sagte sie.

Dann sprang sie.

Bekam sein Handgelenk zu fassen, riss Cates mit zu Boden. Er hielt das Handy fest, aber die Waffe fiel scheppernd zu Boden, und sie streckte die Hand danach aus. *Ich muss sie haben!* Sie reckte sich. *Hab sie gleich.* Doch er packte sie mit langen Armen, kräftigen Händen. Zerrte sie zurück. Ihre Finger kratzten über den Boden der Gondel, aber er war einfach zu stark, sie verlor den Halt, kippte rücklings, und dann packte er sie, drehte ihr einen Arm auf den Rücken – *scheiße*. Er hatte sie. Dann zog er sie hoch, drückte ihr Gesicht gegen das Glas der bodentiefen Scheiben.

In der Ferne ertönte eine Glocke.

Oh Gott, oh Jack ...

»Sehen Sie nur«, keuchte er an ihrem Ohr. »Ja, sehen Sie genau hin. Ich will, dass Sie das *sehen*.«

Der Augenblick der Schweigeminute war gekommen.

Nein.

Nein, nein, nein. Fuck, FUCK ...

»Jetzt!«, rief er.

Und dann tippte er auf sein Display.

21. KAPITEL

Oh Gott, oh Jack ...

...?

Ein Augenblick verstrich.

Lucy öffnete ein Auge.

Ist es schon ...? Bin ich ...?

Was geht hier vor, verdammt?

Sie merkte, dass Cates den Griff lockerte. Sie schüttelte seine Hand ganz ab, bückte sich blitzschnell und hob die Waffe auf. Richtete den Lauf auf ihn. »Hände hoch!«, rief sie. »Schön hochheben. Los, *jetzt.*«

Er ignorierte die Aufforderung. Stand einfach nur da und blickte über den Fluss.

»Sehen Sie nur«, sagte er dann.

Sie folgte seinem Blick. Zuerst nur ein flüchtiger Blick, dann schaute sie genauer hin, starrte.

Riesige Lichtkegel schnitten durch den Nachthimmel. Suchscheinwerfer, die vom Lambeth-Ufer aus über die Stadtsilhouette strahlten: acht, neun, zehn. Sie konnte sie nicht alle zählen. Und all diese Lichtkegel zeigten auf Big Ben.

Sie erleuchten Big Ben? Aber ...

»Jetzt!«, rief er. »Schauen Sie zu.«

Am oberen Rand des riesigen Ziffernblatts: eine Bewegung. Sie kniff die Augen zusammen. Etwas entfaltete sich dort, flatterte in die Tiefe. Riesige Banner, rot und schwarz, fielen über die Ziffernblätter des Turms herab, bedeckten die Uhren von Big Ben. Einen Moment blähten sich die Transparente in der leichten Brise, und dann sah Lucy, was die Banner darstellten.

Oh ...

Die Gesichter der Survivor.

Riesige gerötete, vernarbte Gesichter. Große schwarze Augen starrten herab auf London.

Sie schüttelte den Kopf. *Aber ... die Bomben? Clapham sagte doch ...?*

»Jetzt werden sie uns sehen«, sagte Cates. Mit ruhiger Stimme. »Alle werden uns sehen. Sie können nicht mehr weggucken, dieses Mal nicht. Keine Masken, keine kleinen ›Hand Gottes‹-Sticker, die uns überkleben.« Er warf einen Blick auf sein Handy, tippte etwas ein, lächelte dann. »Hier, schauen Sie.« Er wandte sich ihr zu, hielt ihr das Handy hin. »Dieses können wir von hier aus nicht sehen. Schauen Sie nur.«

Sie ließ die Waffe nicht sinken, streckte aber die freie Hand nach dem Handy aus, nahm es ihm aus der Hand. Sah auf das Display.

Unter ihnen war der große Innenkreis des London Eye verdeckt. Von einem weiteren Banner: das Auge eines Survivors, riesig und schwarz, hing von einer großen schwarzen Röhre. Beleuchtet wurde das Auge seitlich von den Lampen, die an den Gondeln hingen. Klobige Scheinwerfer, von der Größe eines Autos.

Oh ...

Claphams Stimme: *Meine Quellen, nun ja, sie drücken sich nicht immer klar und deutlich aus, verstehen Sie?*

Sie ließ die Waffe sinken.

Atmete tief ein. Dann aus.

Blickte hinüber zu Big Ben. Sah die Gesichter der Survivor, Gesichter, die sie seit gut zwei Jahren gemieden hatte. Sie war diesen Blicken ausgewichen, wie einem Punch im Ring, denn das waren sie im Grunde: ein Schlag in die Magengrube, ein harter Treffer, voller Schuldzuweisungen, die ihren geschunde-

nen Körper bearbeiteten. *Wamm, wamm, wamm.* Sie spürte, dass es sie innerlich zerriss. Sie wollte das nicht zulassen, versuchte, die Tränen zurückzuhalten. Aber sie konnte es nicht verhindern. Sie weinte, weil sie es nicht begriff. Sie konnte es einfach nicht begreifen, würde es nie verstehen: *dass ich immer noch hier bin und lebe, atme, und nicht zerstückelt wurde, Asche in der Themse …
Aber warum nur?*

Warum bin ich immer noch hier, Si?

Warum bin ich immer noch hier, du aber nicht?

Sie schloss die Augen.

Hörte ein Kreischen. Zuerst dachte sie, das Eye würde sich wieder in Bewegung setzen, aber so war es nicht, es war ein anderes Kreischen, ein Kreischen in ihrem Kopf.

Und schon war sie wieder dort, vor zwei Jahren, im Badezimmer, auf dem Fußboden. Dort hatte sie stundenlang gelegen, die Knie an die Brust gezogen, war vor- und zurückgewippt. Dann wieder dieses kreischende Geräusch: Metall auf Holz, Möbelstücke, die weggeschoben wurden. Die Tür ging auf. Nur einen Spalt breit, gerade genug Platz, um einen Booster hindurchzuschieben. Die Spritze landete auf ihrem Fuß. Simons Stimme: *Spritz es dir, Luce.* Also tat sie es, dort im Bad, und dann drückte sie die Tür auf, sah ihn. Die Angst in seinen Augen. Auf dem Bett: vier Schachteln, übereinander. *Ich glaube, ich bin okay,* erklärte er. *Am Ende war ich dem Zeug ausgesetzt, nur ein bisschen. Aber ich denke, ich bin okay.*

Ist schon in Ordnung, Luce.

Doch Stunden später dieses Engegefühl in seiner Brust. Man hätte meinen können, dass er es sich nur einbildete, aber sie ahnte es. Sie ahnten es beide. Der Speichelfluss setzte ein. Die Pupillen verengten sich. Danach alles wie verschwommen, und plötzlich war sie in einem Isolierzentrum, überall angespannte, grimmig dreinblickende Schwestern, Ärzte mit Klemmbrettern, ein Krankenpfleger, der sie zurückstieß, kräftige Arme, raue Stimme: *Zeit zu gehen, Miss, bringen Sie mich nicht dazu …*

Später hockte sie am Boden, auf dem kalten, dreckigen Boden der Lobby, und fingerte an ihrem Ring herum, während um sie herum Frauen jammerten und Familien schluchzten. Und sie war wieder in der Hölle: eine Totenwache, und sie alle wussten, was passieren würde, sie alle, denn niemand geht in ein Hospiz, um sich dort zu erholen. *Oh Gott, Si …*

Plötzlich war sie wieder im Hier und Jetzt.

Sie hatte die Augen noch geschlossen, aber sie war im Jetzt. Hier. *Aber hier dürfte ich eigentlich nicht sein, nein. Denn es war alles meine Schuld, Si, meine Schuld, und ich müsste fort sein, und du müsstest hier sein, Si, und ich begreife einfach nicht, verdammt …*

In der Ferne wieder ein Glockenschlag.

Lucy öffnete die Augen.

Atmete lange aus. Sah durch die Scheibe auf die Stadtsilhouette.

Auf der anderen Seite des Flusses flatterten Banner zu Boden. Die Scheinwerfer gingen aus. Der Himmel über der Themse war wieder dunkel.

»Es ist vorbei«, sagte Cates. Er atmete bewusst tief ein und aus, ehe er sich Lucy zuwandte. »Sie können über mich verfügen. Ich musste das nur in die Wege leiten. Sonst hätte ich mich schon vor einer Woche gestellt, besudelt von Flinders' Blut.« Er griff in seine Tasche und lachte leise, als sie die Waffe wieder auf ihn richtete. »Sie wollen mich für das erschießen?« Zum Vorschein kamen eine Schachtel Zigaretten und ein Feuerzeug. »Etwas übertrieben, denken Sie nicht?« Er bot ihr eine an, zuckte mit den Schultern, steckte sich eine in den Mund. »Wir haben die Rauchmelder deaktiviert«, erklärte er. »Mussten wir, denn sonst hätte das Rad angehalten.«

Sie sah zu, wie er sich die Zigarette anzündete. Wischte sich eine Träne fort. Runzelte die Stirn.

Ich müsste eigentlich happy sein.

Ich habe den Mörder, dort steht er. Habe ihn geschnappt. Du hast es geschafft, Lucy. Du allein!

Mit einem Ruckeln setzte sich das Eye wieder in Bewegung.

Cates machte es sich auf der Bank in der Mitte der Gondel bequem. Blies den Rauch in die Luft. »Zu meiner Verteidigung ...«, sagte er. »Flinders hat versucht, mich umzubringen. Wussten Sie das?«

Lucy schüttelte den Kopf, aber sie hörte gar nicht mehr richtig hin. Sie stand an der großen Scheibe, die Arme verschränkt, und starrte auf das schwarze Wasser der Themse.

Ich habe den Mörder gefasst, aber was tut es eigentlich noch zur Sache?

Fühlt sich nicht danach an, als könnte ich dadurch die Schuld begleichen ...

»Ja«, fuhr Cates fort. »Das war vor zwei Jahren.« Er nahm noch einen Zug. »Ich ging zu ihm, zu Beginn der Geißel, und zeigte ihm das neue Reagens. Er gab mir recht bei meinen Forschungsergebnissen. Versprach, dass wir es geschafft hätten, dass das der Durchbruch wäre, dass die neue Produktionsreihe anlaufen würde. Booster für alle.« Ein Kichern. »Ich fuhr zurück in die miese kleine Bude, die John und ich uns am Shepherd Market teilten. Ich weiß noch, dass ich dachte, ich müsste John jetzt eigentlich überreden, Omelette zu machen. John machte das beste Omelette weit und breit. Ich habe nie ein besseres gegessen. Eine frühere Freundin hatte ihm das beigebracht. Sie soff ein bisschen zu viel, aber sie konnte ein verdammt gutes Omelette zubereiten ...«

Es hieß immer, Cox sei ein Held. Er war der Mann, der London Black aufgehalten hatte.

Cates nahm die Zigarette aus dem Mund. »Aber dann fielen mir meine Pupillen auf. Stecknadelkopfgroß. Bei John das Gleiche. Wir wussten, was das bedeutete. Offenbar hatte es in der Nacht ein Attentat gegeben, oder wir waren durch eine unsichtbare Gaswolke gelaufen, hatten etwas angefasst, wer weiß? Zu spät für Booster. Wir waren am Arsch. Krankenhäuser konnten wir vergessen, wir wussten ja, dass wir toxisch waren. Wir hätten das Zeug nur verbreitet. Also schlossen wir uns ein. Warteten auf den Tod.« Er drehte die Zigarette zwischen den Fingern, starrte auf das glimmende Ende. Ein Seufzer. »Was soll man auch anderes machen?«

Die Gondel bewegte sich wieder abwärts, hinunter ins Schwarz.

Aber wenn Cox wirklich ein Monster war …

Er erzählte weiter. »Bei mir fing es mit hohem Fieber an. Ich war im Wahn. Wie es genau bei John war, kann ich nicht sagen.« Ein Achselzucken. »Etwa eine Woche bekam ich kaum was mit. Und dann war es vorbei, und ich war noch am Leben. Nur John nicht. Ich fand ihn in seinem Zimmer. Überall das Blut. Hautfetzen. Verdammte Scheiße.« Er hielt inne. Atmete tief aus. »Ich machte ihn sauber und überlegte, was ich als Nächstes tun könnte. Ich brauchte nur einen Moment am Handy, um zu begreifen, dass es zu einem Engpass an Boostern gekommen war. Die Welt stand am Abgrund. Ich rief Flinders an. Er meinte, er wolle mich sprechen, müsse etwas erklären. Ob ich ihn treffen könne?«

Wenn Cox ein Monster war, dann kann ich die Schuld nicht dadurch begleichen, indem ich seinen Mörder fasse, oder?

»Auf dem Weg zu ihm wurde ich überfallen. Eine Messerattacke. Ich floh zurück nach Hause. Sie verfolgten mich. Hämmerten gegen die Tür. In der Wohnung lag Johns Leiche, also zog ich dem Toten meine Jacke an. Setzte ihm meine Mütze auf. Er sah eigentlich gar nicht wie ich aus, John. Wir sahen unseren

Vätern ähnlich, nicht unserer Mum. Aber was jetzt? Tja ...«
Wieder ein Schulterzucken. »Ich lehnte den Toten von innen
gegen die Wohnungstür. Wie man sich eben gegen eine Tür
stemmen würde, wenn man versucht, einen Einbrecher aufzu-
halten. Dann versteckte ich mich. In einem Schrank, wie ein
verdammtes Kind. Ich hörte, wie die Wohnungstür aufgebro-
chen wurde. Blieb in meinem Versteck. Zwei Minuten, fünf,
zehn. Als ich rauskam, sah ich, dass die Tür aus den Angeln ge-
kracht war, und Blut am Boden. Johns Leiche war nicht mehr
da. Sie dachten wohl, sie hätten mich getötet. Und das hatten sie
ja auch, in gewisser Weise.« Er nahm einen letzten Zug, blies den
Rauch aus, drückte den Stummel auf der Holzbank aus. »Es gab
keinen Rob Cates mehr. Zu riskant, denn sie würden erneut
versuchen, mich umzubringen. Ich erstattete Anzeige bei der
Polizei, und damit hatte es sich. Ich war von da an John.«

Lucy blickte hinab in die Themse: die wie eine riesige Grube
aussah, dunkel schimmernd, bereit, sie jeden Moment zu ver-
schlucken.

Nur eine Sache kann jetzt noch die Schuld begleichen.

Nur eine Sache, und es muss stimmen, es muss einfach stimmen.
Bitte, Gott, bitte mach, dass es wahr ist ...

Sie wandte sich Cates zu.

»Also ließen Sie ihn damals am Leben, wegen des Gegenmittels?«

Bitte ... bitte, Gott ...

»Natürlich«, erwiderte er. »Warum sonst?«

Oh, danke. Sie lächelte. Ein breites Lächeln, das erste richtige
Lächeln seit Jahren, und ihre Wange drückte ihr das lädierte
blaue Auge zu. Ihr war zum Lachen und zum Weinen zumute,
beides gleichzeitig. Es war erstaunlich, verdammt, denn es war so
weit. Es war endlich so weit – *verflucht* –, sie konnte die Schuld
begleichen. *Oh Gott, ich danke dir ...*

Er nickte. »Ich hasste Flinders, aber ich respektierte ihn als Wissenschaftler. Er stellte uns ein Antidot in Aussicht. Ich glaubte ihm. Und wartete zwei Jahre lang. Verfolgte alles. Wussten Sie, dass er sogar mein altes Labor benutzte, um die Arbeit voranzutreiben? Dieses kleine Labor unter dem Eisenbahn-Bogen ...«

Ich hatte recht. Das geheime Labor, das Antidot, es stimmte alles, oh, ich danke dir ...

Sie lächelte erneut. »Also ist es ...«

»Es ist großartig«, sagte er. »Besser als ein normales Antidot. Es wirkt prophylaktisch. Eine Injektion, und damit hat es sich. Man ist kein Vulnerabler mehr. Verdammt genial. Und wenn man bedenkt, dass jemand, der so böse ist, so etwas zustande bringen kann. So etwas Brillantes, so Gutes ...«

Lucy starrte in sein Gesicht, sah ihn vor sich, konzentrierte sich nur auf ihn. Ein gerötetes Gesicht, vollkommen gerötet: die zerfurchte, rote Stirn, die scharlachrote Nase, die schlaffen Wangen. Überall Narbengewebe: gerötetes Kinn, geröteter Hals, rote Hände. Und dann, mitten auf seiner Brust, ein kleiner roter Punkt.

Sie runzelte die Stirn.

Halt ...

Sie löste sich aus ihrer Starre, aber da war es schon zu spät. Sie hörte, wie hinter ihr die Glasfront zersplitterte. Cates ging zu Boden, lag lang ausgestreckt da, und Blut pulste aus der Schusswunde, lief ihr über die Hände, als sie versuchte, die Blutung zu stoppen – *fuck* –, zudrücken – *oh, fuck ...*

»Egal«, keuchte er. »Es ist vorbei.«

Nein, nein, warten Sie ... ich brauche doch das Gegenmittel. Sie haben es doch ...

Sie beugte sich über ihn, flehend: »Wo ist es jetzt? Wer hat es? Haben Sie das Antidot irgendwo versteckt? Wenn ja, *wo?*«

Er hob den Blick, die schwarzen Augen geweitet.

»Was? Das Antidot?« Er hustete Blut. »Aber ...«

Aber?

Die Lider fielen ihm zu. Ein letztes angestrengtes Keuchen.

»... aber ich habe es doch ... auf Flinders Schreibtisch gelassen ...«

22. KAPITEL

»Sagen Sie mir endlich, wohin wir fahren«, meinte King. »Immerhin fahre ich, verdammt.«

»Links.« Das Atemschutzgerät dämpfte ihre Stimme. Es war ihre beste Maske, die schwarze mit den 40-mm-Filtern. Wiederverwertbar. Sie hatte das Teil online gekauft, nachdem die Geißel vorüber war. Man konnte ja nie wissen, nur für den Fall. *Und hier haben wir so einen verdammten »Fall«, was?* »Da.« Sie zeigte mit dem Finger, die Hände geschützt von Gummihandschuhen aus Butyl. »Da vorn links.« Sie sah, dass er verdutzt war.

Ich sage dir nicht, wohin wir fahren, Ed.

Denn sonst würdest du mich nie dorthin fahren.

King bog ab, drehte scharf das Lenkrad. »Dann sagen Sie mir wenigstens, warum Sie … Sie wissen schon.« Er hielt sich eine große Hand vor sein eigenes Gesicht: *warum Sie so eine verdammte Maske tragen.*

Sie zuckte mit den Schultern. Sagte nichts, starrte nur aus dem Fenster der Beifahrertür, während sie am Charterhouse Square vorbeifuhren. Alles sah bläulich aus. Neblig. *Die blöden Linsen in diesem Gerät, kann kaum richtig gucken, was für ein Scheißding.* Die Maske kniff an den Ohren. Sie zog an den Gummibändern, dachte an vergangene Nacht. Es war sechs Uhr gewesen, als sie endlich das Gespräch hinter sich gebracht hatte, das jeder über sich ergehen lassen musste, der unmittelbar den tödlichen Schuss eines Scharfschützen miterlebt hatte. *Ja doch, Herr Oberschlau vom Arbeitsschutz, ich habe schon mal von PTBS gehört, glauben Sie mir.* Dann war sie mit einem Taxi zu ihrer Wohnung gefahren. Noch im Taxi fielen ihre Werte von 6,2 auf

5,6. *Ein Sturz wie von einer Klippe, verflucht.* Und als sie dann zu Hause im Bad vorm Waschbecken stand und sich das letzte Blut von Rob Cates von den Händen schrubbte, hatte der Sensor wie verrückt gepiept.

Der Absturz von 5,6 auf 4,9 dauerte gerade einmal sechzig Sekunden.

Sie wusste, was das bedeutete.

Es bedeutete, dass es das dann wohl war. Heute war ihr letzter Tag, sie konnte es fühlen. Es mochte noch sechs Stunden dauern, vier, zwei. Und dann wäre sie erledigt. Aus und vorbei. Das Notfall-Kit würde vielleicht noch für die Dauer dieser Autofahrt reichen, aber wenn es wieder zu den üblichen Nachahmungstaten kam, in einer Woche, in zwei Wochen? Keine Chance. Es konnte so schnell etwas schieflaufen: ein Riss, eine Unachtsamkeit. Schon war's passiert. Nein, sie würde in der Wohnung festsitzen, allein mit ihren Gedanken und der Schuld und den kahlen schwarzen Wänden. Sie würde in einem Fick-dich-Lucy-Schrei-Traum festsitzen, der Wirklichkeit geworden war und niemals enden würde. *Ein Tag, um das Gegenmittel zu finden. Mehr bleibt mir nicht.*

Es gab keine Morgen mehr.

Sie seufzte. Sah hinüber zu King. »Clapham? Haben wir ihn schon?«

»Drei DCs sind an ihm dran. Aber wenn wir ihn haben, kapiere ich immer noch nicht, was Sie …«

Sie winkte mit einer behandschuhten Hand ab. *Das brauchst du nicht zu verstehen, Ed. Findet ihn einfach, verdammt.* »Und das Gewehr?«

»Das überprüfen wir noch.«

Sie kamen am Smithfield Market vorbei. Für den Bruchteil einer Sekunde glaubte sie, ihren Dad zu sehen, einen blaustichigen Geist, der allein zwischen all den Schweineköpfen und hängenden Rinderhälften wandelte, auf der Suche nach seinem preiswerten Black Pudding. Sie blinzelte, und das Trugbild war fort. Sie wandte sich wieder King zu: »Aber es war ein Gewehr der Polizei?«

Ein Nicken. »Der Chief Super hat gerade eine Pressekonferenz gegeben. Offizielle Bekanntgabe: ›Ja, die Kugel, die Rob Cates getötet hat, stammt aus den Beständen der Met. Die Untersuchungen laufen noch, aber ganz nebenbei haben wir den Mord an Flinders Cox aufgeklärt. Haben Sie vielen Dank, wie wäre es dann also, wenn Sie sich alle wieder verpissen und uns unsere Arbeit machen lassen, ja?‹« Er grinste. »Okay, ein bisschen medienfreundlicher wird es schon gewesen sein, aber in diese Richtung ging der Wortlaut in etwa.« Er drückte aufs Gaspedal, weil er noch vor Rot über die Ampel wollte. »Doch hinter den Kulissen hat man den Vorfall längst abgeschrieben. Ein Dutzend Schützen des Einsatzkommandos hat gesehen, dass Cates kurz vorher eine Waffe auf Sie gerichtet hatte. Alle waren nervös. Ein Finger am Abzug rutschte ab. Ein Unfall.«

Ein Unfall?

Komm schon, Ed.

»Wieder links«, sagte sie. Und schaute weiter aus dem Fenster, als der Toyota am Embankment abbog. Sie dachte an Rob Cates, an das Lächeln, das seine vernarbte Haut spannte, als er ihr von dem Antidot erzählt hatte. *Großartig. Er sagte, es sei großartig. Eine Injektion, und man ist kein Vulnerabler mehr. Aber vergiss es, wen interessiert's, wichtig ist doch, dass dadurch die Schuld beglichen wird, oder? Nur das zählt. Nur das. Denn sonst …* Sie zog mit dunkelroten Gummifingern an den Bändern der Kapuze. Und runzelte die Stirn. *Oder will ich es bloß für mich allein? Geht es dir darum, Lucy? Die Werte sinken rapide, deshalb brauchst du einen Ausweg? Um dich selbst zu retten. Du machst diese verdammte selbstsüchtige Sache, und deshalb hätte es dich treffen sollen, dich und nicht ihn, und du wirst es nie begleichen können, niemals, und ...*

King räusperte sich.

»Ich muss Ihnen was beichten«, sagte er. »Sorry. Kann es nicht länger für mich behalten.«

Sie sah ihn an. Holte tief Luft. Nickte. Atmete aus.

Dann schieß los, Ed.

»Wegen Brompton«, fuhr er fort. »Ich habe da ein bisschen recherchiert.« Er hielt inne. »War eigentlich gar nicht meine Absicht. Geht mich ja auch nichts an, ich weiß. Aber dann haben Sie heute Morgen die SMS geschickt, mit der Adresse.« Er nickte mit dem Kopf, in Richtung Goswell Road. »Da stand *bei meiner Wohnung.* Aber ... Ihre Wohnung liegt eine halbe Stunde entfernt von Brompton.«

Oops.

»Und dann konnte ich mich nicht zurückhalten. Hab's versucht, aber ich bin nun mal Detective. Verdammt, es hätte mich sonst um den Verstand gebracht. Also hole ich eine Karte raus, und da war es. Ihr kleines Café, das diese vegetarischen Gerichte kocht, der Ort, an dem wir uns immer treffen.« Er wagte einen Blick in ihre Richtung. »Liegt direkt neben dem Friedhof von Brompton.«

Das Auto raste am Embankment entlang.

Lucy sagte nichts.

Drehte den Kopf weg. Schloss die Augen, dachte an den Friedhof. Große Eisentore, Schotterwege, deren Steinchen unter den Schuhsohlen knirschten. Simon hatte ihr den Friedhof einmal gezeigt, als Vorbereitung für seine nächste London-Tour. Er liebte diesen Ort, verdammt. *Das ist London, Luce. Genau hier. Fühlst du es nicht auch? All diese Londoner, Hunderte Jahre Geschichte, und jede Menge Leute und Storys. Toll, oder?* Das war dann der Ort, den sie ausgewählt hatte. Sie suchte den Grabstein aus: einen alten, oben mit Schädel, spinnenartige Schrift. So hatte er es gewollt. Inzwischen war der Stein unten verdeckt, halb verschüttet unter kleinen schwarzen Teilen aus Plastik: die Verschlusskappen ihrer Booster. Sie hatte sie alle aufbewahrt, hatte sie mitgebracht, eine nach der anderen, immer und immer wieder. Jeden Morgen, draußen war es noch dunkel, nahm sie die U-Bahn von der Goswell Road. Es waren inzwischen Hunderte, ein richtiger Haufen, der sich auf dem kalten Boden gebildet hatte. Ihre Zeichen. Ein Versprechen.

Die Gasmaske verschluckte ihr Seufzen.

Darüber will ich nicht sprechen.

»Ich habe Ihnen ja von meiner Tochter erzählt«, sagte er. »Und ich weiß, dass Sie auch jemanden verloren haben.« Seine Stimme hatte einen weichen Klang.

Du denkst, du weißt jetzt alles, Ed. Glaubst, dass du alles herausgefunden hast.

Hast du aber nicht.

Jedenfalls nicht alles.

Denn du weißt noch nichts über das, was damals geschah. Kannst du auch nicht wissen, denn das weiß niemand …

Sie wollte sich mit der behandschuhten Hand durchs Haar fahren, tat es aber nicht. Sie durfte die Dichtung der Maske nicht beschädigen.

»Ich kann nichts dafür«, sagte King. »Ich sehe Sie, und denke an mich …« Er redete weiter, von »Offenheit« und »das hat mir geholfen« und dann wieder das Wort, das sie nicht hören wollte: »Therapie«. Aber sie achtete nicht länger auf das, was er sagte. Sie hatte die Augen wieder geöffnet, sah stur geradeaus, während sie über die Waterloo Bridge fuhren, vorbei an der alten ägyptischen Säule, an Embankment Station.

Okay. Das müsste nah genug sein.

Ist die Mühe wert.

»Ich brauche das Antidot«, sagte sie unvermittelt.

King hörte auf, über Therapien zu sprechen. Er sah zu ihr herüber, die Stirn zerfurcht. »Klar«, meinte er, »ich weiß, Sie reden ja dauernd davon, dass Sie es finden wollen. Aber ganz ehrlich, Lucy, sind Sie *sicher*, dass Sie Cates richtig verstanden haben? Weil es nämlich immer noch so verdammt unwahrscheinlich klingt ...«

Du hörst nicht richtig zu, Ed.

»Die Booster wirken nicht mehr.« Eine Pause. »Nicht bei mir.«

Sie verfolgte durch die Maske, wie er eins und eins zusammenzählte.

»Moment, deshalb auch der ganze ...«

Ja. Deshalb komme ich in diesem Aufzug.

Sie griff in ihre Tasche. Holte den Booster heraus. Machte die Kappe ab, hielt die Ampulle hoch. »Sobald ich mir das hier spritze, tickt meine Uhr, klar?« Sie wandte sich von ihm ab, zog den Pulli hoch. Ihr ganzer Bauch war dunkelrot verfärbt: Einstichstellen der Booster, dazu Prellungen von Orangener Turnschuhs Schlägen; eins ging ins andere über. »Deshalb muss ich schnell machen. So schnell, wie es eben geht, verdammt.« Sie sog den Atem ein. Injizierte sich den Booster, drückte den Kolben der Spritze, keuchte. Sie verfolgte, wie das Medikament in ihrem Körper verschwand, während ihre Hand zu zittern begann. *Du hast es nicht anders verdient, hast den Schmerz verdient. Oh Gott, wie das wehtut.* Sie zog die Spritze raus. Machte die kleine Verschlusskappe wieder drauf. Atmete lange aus, ehe sie sich wieder King zuwandte: »Und jetzt anhalten. Genau hier.«

Er runzelte die Stirn.

»Hier?«

Ja, Ed.

Natürlich hier. Wo denn sonst, verdammt?

Sie sah aus dem Fenster der Beifahrertür, während er zum Gebäude abbog.

Sie hielten vor New Scotland Yard.

Lucy stieg aus dem Toyota. Warf die Beifahrertür zu. Ging auf den Eingang zu.

»Warten Sie, Lucy …«

Sie hörte, wie King nach ihr rief. Aber sie ignorierte ihn, schritt weiter über den Gehweg in Richtung New Scotland Yard. Regen setzte ein. Grauer Himmel. Besser als blau. Diese verfluchten Linsen der Maske, sie hasste diese Dinger. Sie hatte die Maske im Auto gelassen. Auch die Handschuhe. *Das brauche ich nicht. Noch nicht. Noch ein Tag bleibt mir, nur noch einer übrig. Ich muss mich beeilen, muss Gas geben, verflucht …*

»Schauen Sie«, sagte King, als er sie einholte und sich ihrem Tempo anpasste, »Sie können da jetzt nicht einfach reinplatzen …«

»Ach nein?«

»Nein.« Er schüttelte den Kopf. »Okay, gut, Sie haben Cates gefunden. Das haben Sie gut gemacht, aber es *ändert* ja nichts. Nicht in diesem Fall. Regeln und Vorschriften, so lautet das Spiel, oder nicht? Und Sie sind offiziell immer noch suspendiert …«

Lucy unterbrach ihn mit einem finsteren Blick.

Ich bin wohl immer noch radioaktiv, was?

Dann besorg dir eine Bleischürze, Ed.

Ich geh da jetzt rein, verdammt.

Sie schoss durch die Drehtür, hinein in die glänzende Lobby. »Jemand hier hat Dreck am Stecken«, ließ sie King wissen, während sie sich durch eine Gruppe Journalisten schob, die in der Lobby warteten. »Kann nicht anders sein. Denn wer hätte sonst das Foto mitgehen lassen?«

Er sprach absichtlich leise.

»Nun ja, Cates könnte doch zum Beispiel ...«

Komm schon, Ed. »Nein.« Sie schüttelte den Kopf. Beschleunigte ihre Schritte. »Vielleicht hatte er es übersehen. Oder er hat es wahrgenommen, aber stehen lassen.« Sie stürmte an der Rezeption vorbei, machte keine Anstalten, sich dort mit Namen einzutragen. »Aber er hat es definitiv nicht gesehen, hat es stehen lassen. Und dann soll er es sich noch einmal anders überlegt haben und ist zurück zum Ort seines sorgfältig geplanten Mordes? Das würde niemand machen.« *Und bestimmt nicht unser cleverer Rob Cates.*

Zwei uniformierte Beamte schlenderten auf sie zu. Lucy zwängte sich einfach zwischen beiden hindurch, sodass der Kaffee in den Bechern überschwappte.

»Aber wieso?« King hatte Mühe, Schritt zu halten. »Wieso sollte ein Polizist dieses Foto mitgehen lassen?«

»Das weiß ich noch nicht.« Ein Stirnrunzeln. »Aber die Antwort ist *da irgendwo*. Ich weiß es. Das Foto, Cates wird erschossen. Die Antwort muss hier sein. Da ist ein Bulle drin verwickelt.« Sie erreichten das Ende des Korridors, bogen links ab. »Schauen Sie. Wer würde das Gegenmittel stehlen wollen? Einer wie Clapham.« *Dieses verfluchte wandelnde Skelett.* »Nur woher sollte Clapham wissen, dass es dort war? Wer soll ihm das gesagt haben? Etwa Cox? Oder Cates? Eher unwahrscheinlich.« Sie hielten sich immer noch links, eilten einen weiteren Gang hinunter, vorbei an Sekretärinnen, Uniformierten, Anzugträgern. »Aber was, wenn es ein Polizist war? Ein Polizist, der Clapham beschattet? Er hat uns ja selbst gesagt, dass es Bullen in seiner kleinen Herde gibt.«

»Okay, also, Cates bringt Cox um ...«

»Und dann entdeckt ein Polizist das Antidot, begreift, was er da sieht, und klaut es für seinen verehrten Vater Enoch.«

Sie blieb stehen.

Sie befanden sich vor der Abteilung des MIT19. Eine blaue Plastikfolie verdeckte die Stelle, wo einst das Bürofenster gewesen war.

King gab sich verwundert, als Lucy auf die Tür zuhielt. »Da können Sie nicht rein. Wenn Sie das tun, verstoßen Sie massiv gegen die Auflagen Ihrer Suspendierung, und außerdem …«

»Es gibt hier einen Polizisten, der korrupt ist«, wiederholte sie. »Und ich weiß auch, wer das ist. Schauen Sie hier.«

Sie holte ihr Handy aus der Tasche ihrer Jeans. Tippte etwas ein. Ein leichtes Schwindelgefühl machte sich bemerkbar, weil sie die ganze Nacht in ihrer kleinen Wohnung aufgeblieben war und gearbeitet hatte. Nachforschungen angestellt hatte. Sich jedes verdammte ›Hand Gottes‹-Video angesehen hatte, das über einen Zeitraum von etwa zwei Jahren gepostet worden war. Und die kleinen Räderwerke in ihrem Kopf begannen wieder zu arbeiten, während sie nach dem Bindeglied suchte. In den letzten Videos agierten Schauspieler. Aber als sie genauer hinsah und zeitlich weiter zurückscrollte, gab es so gut wie keine Schauspieler mehr. Lucy sah, wie alles begonnen hatte, sah der echten ›Hand Gottes‹ zu: kleinere Treffen, meistens in schäbigen, beengten Kellerräumen, Leute, aufgebrachte und aufgeputschte Anhänger. Gespannt verfolgten sie, was Clapham ihnen entgegenschrie; sie grinsten, hingen ihm an den Lippen. Und viele schlugen denselben schreienden Tonfall an, zitterten am ganzen Leib, versetzten sich in eine Art Trance, verinnerlichten all den Hass, den Clapham verbreitete. *Es war so verdammt beängstigend, das zu sehen.* Und während sie also in der Nacht auf ihr Handy gestarrt hatte, mit müden Augen, umgeben von der Düsternis ihrer vier Wände, hatte der Partytrick Wunder gewirkt: *Der ist Türsteher, der ist Boxer. Der ist Lehrer.*

Und dann ein verdammter korrupter Bulle.

Sie hielt King das Handy hin.

Siehst du, Ed?

Auf dem Display, in weißer Robe, das Gesicht verzerrt beim Schreien …

Der künftige DCI Andy Sykes.

»Oh, fuck!«, entfuhr es King.

Lucy nickte. *In der Tat, oh, fuck.* »Verstehen Sie jetzt?« Sie wartete eine Antwort gar nicht erst ab, sondern stieß die Tür auf und betrat den großen Einsatzraum.

Jede Menge Leute.

»Alle Mann an Deck«, sagte King ihr an der Tür. »Anweisung des Chief Super. Nach dieser Pressekonferenz will er, dass die Cox-Akte geschlossen wird und irgendwo verstaubt. Schlussbericht, direkt auf seinen Tisch. Deshalb sind auch alle hier.«

Alle? Perfekt. Sie blickte sich um. Sog die Luft ein. Es roch nach Körperausdünstungen. In Nischen saß ein gutes Dutzend DCs, die Männer hatten die Jacketts ausgezogen und die Ärmel hochgekrempelt. Einer der DCs nickte ihr zu, aber sie beachtete ihn nicht weiter, sondern marschierte einmal quer durch den Raum. *Hier bin ich, Sykes.* Sie eilte an ihrem miesen kleinen Schreibtisch vorbei, hinüber zu dem Büro mit der Fensterfront, das Sykes sich geschnappt hatte. Wie ihm das gelungen war, wusste niemand; wahrscheinlich hatte er jemanden bestochen. *Der verfluchte Sykes.* Die Bürotür war zu. Sie machte sie einfach auf.

Niemand da.

Wo steckt der Kerl?

»Wenn Sie ihn finden«, fragte King hinter ihr, »was dann?«

»Ich habe einen Plan.« Sie machte kehrt, wich einem beleibten DS aus – *Hoppla, hier komm ich* – und ging den Gang hinunter, vorbei an Besprechungsräumen, in die sie kurz hineinschaute. »Sind Sie sicher, dass alle da sind?«, fragte sie King und ignorierte die bösen Blicke der Kollegen der Haushaltssitzung, in die sie einfach so geplatzt war. »*Wirklich alle?* Sind Sie da absolut sicher?«

»Müssten alle hier sein.« Er zuckte mit den Schultern. »Die Mail des Chief Super haben alle bekommen. Ist so was wie Fraktionszwang, oder?«

Genau. Also, wohin hast du dich verkrümelt, Sykes?

Fuck, ich habe keine Zeit für diesen Mist.

Sie ging weiter, stürmte regelrecht den Korridor hinunter, vorbei an Wilkes' Büro – *hi, Ma'am* –, überprüfte jedes Zimmer, an dem sie vorbeikam. Wahllos zog sie Türen auf. Ein vollgepfropfter Raum mit Laptops und Stapelstühlen für die Medienrecherche. *Nein.* Sie öffnete eine weitere Tür. *Auch nichts.* Noch eine. *Nein, verdammt.* Sie hatte fast das Ende des Korridors erreicht – *wo, zum Henker* –, sie rannte fast schon – *scheiße, verdammte* –, gelangte zur Küche und ...

Hier steckst du also.

Sykes stand neben dem Wasserkocher und starrte gemeinsam mit einem dünnen DC auf sein Handy. Lucy sah, wie die beiden sich über irgendetwas amüsierten. Sykes zeigte aufs Display, machte eine spöttische Bemerkung und murmelte irgendwas, was sie auf die Schnelle nicht verstand.

Jetzt gehörst du mir, du Wichser.

»Sykes«, sagte sie laut.

Er schaute auf. Musste zweimal hinsehen.

»Was machen Sie hier, zum Teufel?«

»Ich weiß Bescheid über Sie«, ließ sie ihn trocken wissen. Verschränkte die Arme. »Die ›Hand Gottes‹. Das Gegenmittel.«

Sykes schickte den dünnen DC mit einer ungeduldigen Geste fort. »Später, Kumpel.« Starrte dann Lucy an. »Ich weiß nicht, worauf Sie hinauswollen, Stone.« Zu King, der hinter ihr aufragte, sagte er: »Und ich bin doch sehr erstaunt, dass *Sie* da mitmachen. Unser neuer Mann. Ich hatte Sie für cleverer gehalten.« Er deutete mit dem Handy auf Lucy. »Wollen Sie sich wirklich auf die Seite dieser durchgeknallten Person stellen?«

King hatte noch Lucys Handy und hielt es Sykes hin.

»Das sind nicht zufällig Sie, Andy?«

Sykes runzelte die Stirn, beugte sich vor. Starrte aufs Display. »Ja, okay …« Ein Schulterzucken. »Scheiß drauf. Und wenn schon? Was ist daran auszusetzen?« Ein selbstgefälliges Grinsen. »Ist doch nichts Illegales, oder? Ich lasse mir doch nicht vorschreiben, wie ich meinem Gott huldige.«

Huldigen? Gott?

Du bist ein verdammtes wandelndes Verbrechen, das aus Hass begangen wird, Sykes.

Er wackelte mit seinem Handy. »Ist nicht mal gegen den Kodex, oder irre ich mich?«

»Vielleicht nicht«, gab sie zurück. »Aber etwas vom Tatort verschwinden zu lassen verstößt klar gegen den Kodex.«

Sykes grinste hämisch. »Sehen Sie, was ich meine?«, sagte er zu King. »Sie hat sie nicht mehr alle.«

Lucy ging darauf nicht weiter ein. »Der Abend, an dem Cox ermordet wurde. Ich habe Sie bei der Treppe gesehen.« *Du hast dich wie ein verdammter Wichser benommen. Dürfte dir schwerfallen, dich genau zu erinnern, weil du dich ja immer so benimmst.* »Ich bin danach nach oben gegangen. Hab mir den Tatort angesehen. Wohin sind Sie dann eigentlich? Den Rest des Abends, wo waren Sie da?«

Ein Schnauben. »Wollen Sie mich verarschen? Das ist privat und geht Sie nichts an.«

Lucy sagte nichts, sondern schaute ihn nur vorwurfsvoll an. Sie registrierte, wie sich seine Augen bewegten, wie er blinzelte. Da wusste sie, dass er mit irgendeiner Geschichte kommen würde, sie war sich absolut sicher, hatte das zigmal gesehen. *Ich bin ein Profi, Sykes. Wenn du lügst, merke ich das, verdammt.*

»Also gut«, meinte er und ließ ein übertriebenes Schulterzucken folgen. »Wollen Sie es wirklich wissen? Ich habe mich auf den Weg gemacht, um nach Veronica Cox zu sehen. Offizielle Betreuung der Angehörigen, schon vergessen? Ich habe meinen verdammten Job gemacht. Hab sie nach Hause gefahren. Vielleicht bin ich ein bisschen länger geblieben?« Er zwinkerte King zu. »Habe mich um sie gekümmert …«

Du bist so ein hinterhältiger Arsch.

Krankenschwester Hängebacke würde sich nie auf einen Mistkerl wie dich einlassen.

Kings Augen blitzten auf. Seine Miene verfinsterte sich, als er seine massigen Arme verschränkte.

»Und danach«, fuhr er fort, »habe ich eine geraucht und bin zu mir nach Hause gefahren. Warum fragen Sie?«

Sie machte einen Schritt in seine Richtung. »Sie lügen, Sykes.« Noch ein Schritt. »Sie widerwärtiger Idiot.« Sie stand nun vor ihm, nah genug, um seinen Atem riechen zu können, der nach schalem Bier roch. *Ich habe keine Zeit für diesen Scheiß.* »Sie lügen, und ich kann es beweisen.«

»Ach wirklich?« Er schüttelte wieder leicht sein Handy. »Wie wollen Sie das denn machen?«

Ihr Blick glitt zu seinem Handy.

Das willst du wissen? Dann guck zu.

Sie riss ihm das Handy aus der Hand.

»Hey!«, rief Sykes, aber da war es zu spät. Lucy rannte bereits den Gang hinunter, in Richtung Einsatzraum. Im Laufen zog sie aus der Hosentasche die Büroklammer, die sie extra dafür mitgenommen hatte, und bog sie auseinander. Sie ging ihren Plan durch. *1. Schritt: Schnapp dir sein Handy und sieh nach.* »Halt!«, rief Sykes hinter ihr her, »das ist mein Handy, verdammt, Sie

Schlampe, das können Sie nicht machen ...« Aber sie tat es. Holte die SIM-Karte mit der Büroklammer aus dem Gerät. Dann warf sie das Handy einfach weg. *Willst du es wiederhaben? Hier, es gehört dir.* Sie lief zu einem Tisch in der Ecke, auf dem ein Gerät von der Größe eines Tablets mit einem Laptop verlinkt war. *Hallo, alter Freund.* Sie setzte sich, steckte die SIM-Karte in den Slot.

2. Schritt: Standortbestimmung über GPS. Also ... Sie klickte mit der Maus. *Datum?* Wieder ein Mausklick. *Uhrzeit?*

»Diese Irre!«, fluchte Sykes. »Ich schwöre bei Gott ...«

Er wollte sie von hinten packen, aber King ging dazwischen, hielt Sykes zurück. »Lassen Sie sie machen.«

Sie klickte weiter.

Jetzt diesen Button. Bamm. Und dann ...

Auf dem Bildschirm wurde eine Karte sichtbar, am unteren Rand die Videosteuerung.

Genial.

»So«, sagte sie, »der Abend des Mordes.« Sie stellte den Schieberegler auf Mitternacht.

Auf der Karte tauchte ein blauer Punkt auf: Mayfair.

»Das ist Cox' Villa. Okay, dann wollen wir doch mal sehen, wohin Sie *wirklich* gegangen sind ...«

Sie klickte auf den Play-Button.

Ein Punkt nach dem anderen ploppte auf. Drei weitere bei Cox' Villa, dann bewegten sich die Punkte ostwärts. Lucy verfolgte gespannt, wie sie London durchquerten: vorbei an Soho, die Charing Cross Road hinauf, die Theobalds Road hinunter. Die Punkte erreichten Clerkenwell, verharrten dort.

»Da«, meinte King. Zeigte auf die Karte. »Da wohnt Veronica.«

Lucy klickte auf Pause. »Stimmt.« Sie drehte sich auf ihrem Platz um und sah Sykes an. »Und, wo wohnen Sie? Sie können es mir ruhig sagen. Ich weiß es sowieso jeden Moment, es muss hier irgendwo sein ...«

Er funkelte sie böse an. »In Epping«, spie er.

»Genial. Also Epping. Okay. Dann nach Norden, ja?«

Wollen wir doch mal sehen ...

Sie klickte mit der Maus.

»Hören Sie auf damit«, fuhr Sykes sie an. »Sofort, sage ich!«

Die Punkte bewegten sich wieder.

Doch sie verliefen in westlicher Richtung, zurück in Richtung Mayfair.

Siehst du, Ed? Jetzt genau hingucken ...

Die Punkte verliefen wieder durch die Theobalds Road, hinunter zur Charing Cross Road.

Kamen nach Soho.

Verharrten dort.

Hö?

Lucy sah angestrengt auf den Bildschirm. *Wie jetzt, hast du dir auf dem Weg ein Pint gegönnt? Oder ...?* Sie verschob den Regler: auf ein Uhr morgens. Halb zwei. Zwei Uhr. *Mist, verdammter.* Drei Uhr, halb vier, vier. *Das kann doch nicht sein ...*

Keine weiteren Bewegungen. Alle Punkte blieben bei ein und demselben Ort in Soho.

Das verstehe ich nicht ...

»Wo genau ist das?«, wollte King wissen. Er zeigte auf die Stelle mit der Ansammlung der blauen Punkte.

Sie zoomte näher heran. Las den Namen: »The Velvet Rope.«

Oh.

Oh, Mist.

Ein verdammter Strip Club.

Aber ...

»Sind Sie nun zufrieden, Stone?« Sie drehte sich nicht um, konnte es nicht ertragen, Sykes' Gesichtsausdruck zu sehen. »Ich habe Ihnen ja gesagt, dass das Privatsache ist, aber Sie hören ja nie zu, was?« Ein leises Lachen. »Sie sind am Arsch, vollkommen. Schmeißen erst mit Stühlen um sich, und jetzt dieser Irrsinn.« Er machte eine Pause. »Sie bleiben jetzt schön hier. Sie beide. Ich werde das dem Chief Super mitteilen.«

Fuck. Fuck, fuck, fuck …

»Fuck«, kam es von King.

»*Wie blöd*«, entfuhr es Lucy.

Sie schloss die Augen. Ihr war speiübel. *Aber es muss Sykes sein. Es muss stimmen, wer soll's sonst sein? Clapham, gut, aber da muss ein Bulle seine Finger mit im Spiel haben, sonst ergibt es keinen Sinn, verflucht …* Sie strich sich fahrig durchs Haar. *Und mir bleibt keine Zeit mehr, die verdammte Zeit rennt mir davon.*

Sie holte tief Luft. Atmete wieder aus.

Ruhig jetzt. Ich muss mich konzentrieren.

Sie spielte mit den Bändern ihres Hoodies. Wünschte, sie hätte das nicht getan. Aber scheiß drauf, daran konnte sie sowieso nichts mehr ändern. *Was also jetzt?* Da gab es noch vergangene Nacht, den tödlichen Schuss auf Cates. Aber das würde schwierig werden, das wusste sie. Es war dunkel, alle hasteten durcheinander, wie leicht konnte sich da jemand ein Gewehr besorgen. *Nein.* Sie schüttelte den Kopf. *Nein, es muss da noch etwas geben, eine andere Spur, etwas, das ich übersehen habe. Etwas, das mir entgangen ist …*

Oh.

Sie öffnete die Augen, drehte sich zu King um.

»Die Überwachungskameras«, sagte sie. »Sind die Jungs noch dran?«

Er zuckte mit den Schultern. »Fast fertig, denke ich. Wieso?«

Wieso? Weil jemand etwas übersehen haben muss. So muss es gewesen sein. »Wo wird das Material gesichtet?« Sie stand auf und ging in Richtung des Einsatzraums, folgte dem Verlauf des

Gangs. *Bestimmt in einem dieser Zimmer.* Sie ging schneller, als sie in den nächsten Korridor kam. »Wo hat Salford alles installiert?« *Wohl kaum drüben bei der SIU, unmöglich. Sykes ist auf dem Weg zum Super, holt ihn hierher …*

King holte sie ein. »In dem Zimmer, in dem Jenkins vorher war.«

»Jenkins?«

»Den haben Sie gerade gesehen … Brille, dunkles Haar, eher klein. Er hat Ihnen schon mal Kaffee geholt …«

Ja, klar, der junge Medien-DC. Stimmt. Also dann hier …

Sie öffnete eine Tür. Der Medien-DC war fast damit fertig, die Stühle aufeinanderzustapeln. Im Zimmer standen jede Menge Schreibtische: an die zwanzig. Überall Laptops, alle zugeklappt.

»Das Material von den Überwachungskameras«, sagte Lucy. »Wie ist der Stand der Dinge?«

Der Medien-DC starrte sie einen Moment an.

Jetzt machen Sie schon, heraus damit.

»Wir sind fertig«, sagte er schließlich. »Damit sind wir durch.« Zu King gewandt fügte er hinzu: »Die Super Recognizer sind schon gegangen. Vor ein paar Stunden. Wir haben alle U-Bahn-Stationen gecheckt, jede einzelne Kamera. Das war kein Spaß.« Er zeigte auf die Stühle. »Bin gerade dabei aufzuräumen.«

Sie schüttelte den Kopf. *Das ist noch nicht beendet.* »Was ist mit dem Rest? Irgendwelche Anhaltspunkte, wo ich überfallen wurde? In Mayfair, der Pub?«

»Sorry, Ma'am.« Der Medien-DC zuckte mit den Schultern. »Darüber weiß ich leider nicht Bescheid.«

Verdammt. Also keine Zeit dafür.

Und ich heiße nicht Ma'am. Nur die Ma'am ist Ma'am. Ich heiße Stone.

»Wo steckt Salford?«, wollte sie wissen. »Ich brauche ihn.« *Salford wird das wissen, ganz bestimmt.*

Wieder nur Achselzucken. »Den habe ich heute noch gar nicht gesehen.«

»Was, überhaupt noch nicht? Hat er angerufen oder ...?«

Der junge Mann schüttelte den Kopf. »In den letzten Tagen schien es ihm nicht so gut zu gehen, ehrlich gesagt. Dann heute, Fehlanzeige. Kein Anruf. Ist nicht zum Dienst erschienen.«

Hm. Merkwürdig.

Sie wandte sich King zu. »Aber sagten Sie nicht vorhin, es seien alle Mann an Deck?«

Er nickte. »Nicht gerade der Tag, an dem man sich verdrückt.«

Sieht Salford gar nicht ähnlich. Kein bisschen. Im Gegenteil ...

Eine Erinnerung von vor zwei Jahren blitzte auf: Die Geißel ging damals in die dritte Woche. Es war der Abend, an dem die Booster gestohlen wurden, *jene* Nacht. Sie waren gerade zurück von Mangas Laden an der Ecke. Sie stand im Schlafzimmer, telefonierte und beobachtete, wie Simon sich den Designer-Gürtel umschnallte, den mit der großen Schnalle aus Metall. Salfords Stimme in ihrem Ohr: »Keine Sorge, ich bin dran, irgendwann spendieren Sie mir ein Pint.«

Lucy runzelte die Stirn.

Immer wenn ich mich verdrückt habe, ist Salford für mich eingesprungen, hat mich gedeckt.

Moment mal ...

Ihre Augen weiteten sich. »Ed? Ich brauche Sie. Kommen Sie mit.« Sie eilte zur Tür hinaus, rannte den Flur hinunter. Lief dann quer durch den Einsatzraum, blieb bei Kings unordentlichem Schreibtisch stehen. Sie trommelte mit dem Daumen auf die Tischplatte, als King zu ihr aufschloss, im Schlepptau den jungen DC. »Loggen Sie sich ein«, sagte sie zu King. »Beeilung. Ehe Sykes zurückkommt.« *Und bevor meine Werte sinken.*

Er zuckte mit den Schultern. »Okay ...« Er quetschte sich

hinter seinen Schreibtisch, fing an zu tippen. Drückte Enter, schaute fragend auf. »Okay, eingeloggt. Und was jetzt? Was soll das alles, Lucy? Ich verstehe nicht …«

»Wann wurde Rob Cates getötet?«

Er starrte sie erschrocken an. »Ich meine, Sie wissen … das war doch erst letzte Nacht …«

»Nein, nein«, wiegelte sie ungeduldig ab. *Komm schon, Ed.* »Ich meine, beim ersten Mal. Vor zwei Jahren. Er hat seinem toten Bruder doch seine Jacke angezogen, in der gemeinsamen Wohnung am Shepherd Market, und dann hat er den Toten als Cates gemeldet. Das meinte ich. Wann war das genau?«

»Äh …« Er tippte und klickte mit der Maus. »Am 19. November 2027.«

Das war der Abend, als das Iso-Zentrum in Stepney in die Luft flog.

»Und jetzt checken Sie den Dienstplan damals. Wer hatte damals Dienst?«

Er klickte mit der Maus. Schaute auf. Runzelte die Stirn.

»Sie, Lucy.«

»Aber ich war nicht da«, sagte sie. »Ich hatte mich abgeseilt.«

»Okay, also dann …«

»Schauen Sie, Cates hat erzählt, dass er den Todesfall bei der Polizei gemeldet hat. Er hat den Mord an sich selbst gemeldet. Aber Sie konnten nichts darüber finden, richtig? Nur die Meldung eines Sterbefalls, mehr nicht. Wo? Beim General Register Office? Also nicht bei uns. Es gibt keinen offiziellen Polizeivermerk.«

Ein Achselzucken. »Ja, aber ich sagte ja schon, die Aufzeichnungen damals waren chaotisch.«

Komm schon, Ed.

»Dürftige Berichte, oder Fehler? Überarbeitete Polizisten pfuschen herum? Gut, okay. Aber absolut nichts? Null? Rein gar nichts in unseren Datenbanken?« Sie schüttelte den Kopf. »Das glaube ich nicht. Das ist nicht chaotisch, da wird was vertuscht.«

Und wenn ein Bulle den Tod von Cates vertuscht, dann will er vielleicht auch dessen Foto verschwinden lassen ...

»Also, ich weiß nicht, Lucy.« King breitete die riesigen Hände aus. »Wie soll das alles mit Clapham in Verbindung stehen? Und mit Ihrem Antidot? Das verstehe ich nicht.«

Lucy zuckte mit den Schultern. *Weiß ich auch nicht. Noch nicht. Aber es muss so gewesen sein, wie ich vermute.*

Du glaubst mir nicht, Ed?

Dann hör dir das an.

Sie wandte sich noch einmal an den Medien-DC.

»Sie sagten vorhin, Salford geht es nicht so gut, ja?«

Ein Nicken. »Er wirkte träge. Schien kaputt zu sein. Ich dachte, vielleicht hat er sich eine Erkältung eingefangen ...«

»Wie war er gekleidet? War irgendetwas ungewöhnlich an ihm?«

»Nun ...«

Bitte mach, dass ich richtigliege, bitte ...

Der junge Mann wirkte unschlüssig. »Das Ding ist, Salford trägt doch eigentlich immer diese Krawatten, richtig? Immer. Aber die letzten beiden Tage hatte er einen Rollkragenpulli an. Kam mir ein bisschen seltsam vor. War ein neuer Pullover, das Preisschild hing sogar noch dran. Marks and Sparks ...«

Lucy musste bei dieser Verballhornung der Kaufhauskette lächeln.

Genial.

Ein Rollkragenpullover.

Um den Hals zu verbergen.

Um die Stelle zu verbergen, wo ich ihm die Kanüle in seinen verdammten Hals gerammt habe.

Sie schaute zu King auf.

»Es ist nicht Sykes«, meinte sie, »es ist Salford.«

»*Salford?*«

Sie nickte. *Salford ist Schlag-unter-die-Gürtellinie, dieser Bastard.* Sie zupfte an den Kapuzenbändern, merkte, wie sich ihre Gedanken überschlugen. *Allmählich ergibt es einen Sinn.* »Das Material von den Aufnahmen aus der U-Bahn. Wissen Sie noch, wie lahmarschig die BTP war? Aber das war sie gar nicht. Sie schickten alles an Salford, stimmt's? Da hat sich alles verzögert. Er hat einfach alle Infos zurückgehalten und abgewartet, bis er sich alles nach seinen Wünschen zurechtlegen konnte.«

»Also ...«

Sie sprach inzwischen lauter. »Salford hat doch die Arbeit unter den Super Recognizern aufgeteilt, oder?«, fragte sie den jungen DC. »Aber ich wette, dass er bestimmte Aufnahmen für sich selbst behalten hat. Er meinte, er mache sich auch an die Arbeit, leiste seinen kleinen Beitrag. Stimmt's?«

Er nickte.

»Eine Station«, sagte er. »Aldgate.«

Bingo.

Und genau dorthin ist Orangener Turnschuh gelaufen, nachdem er mich angegriffen hatte.

»Okay, was also jetzt? Sollen wir ...«, begann King, aber Lucy war bereits aufgestanden und strebte zur Tür.

»Kommen Sie«, rief sie über die Schulter. »Gehen wir.«

Wir fahren nach Aldgate, Ed.

Und wir müssen uns verdammt beeilen.

23. KAPITEL

»Er ist die Stufen hinaufgelaufen«, sagte King. »Was jetzt?«

Sie standen in der Aldgate Station, bei den Ticketautomaten. Lucy blickte angestrengt auf ihr Handy. Die Karte, die ihr der junge Medien-DC geschickt hatte, war eine Qual: 132 Standorte der öffentlichen Kameraüberwachung gequetscht auf ein einziges PDF. Ein Albtraum, das an einem Handydisplay zu lesen. *Okay, gut, die Kamera bei der Treppe war RY734, was bedeutet ...* Sie schaute hinauf zur Decke. Entdeckte eine Kamera. »Sagen Sie ihm, die nächste ist die RZ829.«

»Okay.«

Sie sah, wie King die Nachricht übers Handy weitergab. Ungeduldig tippte sie mit dem Fuß auf den Boden, nahm einen Schluck aus ihrer Colaflasche. Wässrig, bah. Sie wünschte, sie hätte echten Espresso, nicht dieses Filterzeug. Aber Filterkaffee war alles, was der Kiosk an der Station zu bieten hatte, und sie hatte nun mal keine fünf Minuten, um noch schnell in einen Costa-Laden zu springen. *Keine Zeit übrig. Null. Bin schon runter auf 7,2, dabei hatte ich den letzten Booster gerade mal vor einer Stunde, verdammt.* »Und sagen Sie, dass er sich beeilen soll.«

Na los, Medien-DC, geh dieses Material der Kameras durch. Ich sterbe hier, verflucht.

»Okay«, meinte King ins Handy. Nickte. »Verstanden.« Dann wandte er sich Lucy zu. »Wir haben ihn. Bei den Ticketschranken. Zeitpunkt: 23:09. Er trägt immer noch die Maske.«

Gut. Als Nächstes müsste er dann ja ...

Sie durchquerte die Halle mit den Ticketautomaten und ging auf den Eingang des Bahnhofs zu. Dort entdeckte sie zwei Kameras, die über dem Zugang zu den Bahnsteigen hingen. Sie warf wieder einen Blick auf ihr Display. *Und ihr beide heißt …* »RX492 und RZ166«, sagte sie zu King. Sie versuchte, die Winkel der Kameras einzuschätzen: Eine wies links in Richtung Aldgate High Street; die andere nach rechts. Ein Lächeln in ihrem Gesicht. *Genial. Die beiden haben ihn eingefangen, egal wo er hinging. Und dann können wir auch sehen, wo er abgebogen ist, schauen uns die Kameras oben auf der Straße an und verfolgen ihn weiter. Oder vielleicht ist er auch direkt in einem der Gebäude verschwunden, was genial wäre, einfach großartig, denn dann bräuchten wir nur …*

»Ja, sage ich ihr.« King beendete das Gespräch. Wandte sich verwundert Lucy zu.

Hast du mir was zu sagen, Ed?

»Nichts auf der Kamera zu sehen.« Er zeigte auf das Gerät, das nach links ausgerichtet war. »Also muss er beim Ausgang aus der Station nach rechts abgebogen sein. Geht ja nicht anders. Aber *diese* Kamera dort?« Er zeigte auf die RZ166. »Können wir vergessen. Das Band ist schwarz. Also …«

Fuck.

King zuckte mit den Schultern. »Bleibt uns also nur die Wahl, alle Straßenkameras zu checken. Eine nach der anderen. Und irgendwann wissen wir dann, in welche Richtung er gegangen ist.«

Sie schüttelte den Kopf.

Dafür ist keine Zeit, Ed.

Wir müssen einen anderen Weg finden. Und zwar schnell.

»Kleiner Erkundungsgang«, sagte sie. Sie trank die Cola aus, warf die Flasche weg und eilte hinaus in den Regen. Auf dem Gehweg setzte sie sich die Kapuze auf, blickte sich um, suchte nach Hinweisen. Jeder noch so kleine Hinweis wäre ihr recht. *Ich muss dich finden, Orangener Turnschuh. Und zwar jetzt, verdammt.* Sie legte etwa hundert Schritte zurück, blieb dann stehen. Schaute sich um. Moderne Büroblocks, eine Kirche, eine Hand voll Sandwich-Shops. Über ihr ragten die großen Wolkenkratzer auf: Gherkin, Walkie Talkie, Cheesegrater. Die Straßen verliefen in alle Richtungen.

Er könnte überallhin sein, zig Möglichkeiten.

Die können wir nicht alle überprüfen.

Keine Zeit dafür, verdammt ...

Sie holte tief Luft, wehrte das aufsteigende Panikgefühl ab, atmete aus. *Okay, gut, gehen wir's an. Warum Aldgate? Dafür muss es doch einen Grund geben.* Sie wandte sich King zu, der gerade zu ihr aufschloss. »Stellen Sie sich vor, Sie wollen jemanden umbringen. Sie tun das im Auftrag einer anderen Person. Sie vermasseln den Job. Wohin würden Sie gehen?«

Ein Achselzucken. »Beim Auftraggeber entschuldigen? Ihm die schlechte Nachricht lieber sofort überbringen?« Er blickte sich um. »Denken Sie, er hatte einen Termin mit Clapham in seinem Kalender stehen? In einem dieser Büroblocks, vielleicht ...«

»Nein.« *Clapham würde sich mit keinem treffen. Zu riskant. Er würde höchstens telefonieren.* »Eher nicht.«

»Ist er dann vielleicht gleich nach Hause?«

»Hier? Wohnt er in einem dieser Büros?«

»Tja ...« Wieder ein Achselzucken. »Wenn ich ehrlich bin, ich würde in irgendeinen Pub gehen.«

Hm. Sie holte ihr Handy hervor, tippte etwas ein. *Pubs in der Nähe von Aldgate ...* Sie drückte auf den Button. Auf ihrer Karte ploppte ein Dutzend Punkte auf. *Verflucht. So viele.* Sie zog an den Schnüren der Kapuze. Schloss die Augen. Dachte an Orangener Turnschuh, wie er sich in irgendeinem vollen Pub zur Theke durchwühlt, ein Pint bestellt, ein bisschen mit der Kellnerin plaudert.

Sie schüttelte den Kopf.

Ein Pub? Ed King würde in einen Pub gehen. Ja.

Aber wenn man Orangener Turnschuh ist? Die ›Hand Gottes‹.
Du tötest, weil der verdammte Enoch Clapham dir gesagt hat, dass
es Gottes Plan ist? Weil du selbst davon überzeugt bist, dass es Gottes
Wille war, dass ich dreißig Meter von der Rolltreppe in die Tiefe
stürze; klatsch, große Blutlache in der U-Bahn-Station. Aber dazu
ist es nicht gekommen, weil du's versaut hast? Du würdest nicht in
einen Pub gehen. Und du würdest nicht zu Clapham gehen, um
dich zu entschuldigen.

Sie öffnete die Augen. Blickte hinüber zur Kirche: eine alte
Kirche, roter Backstein, kleiner, eingefriedeter Kirchhof.

Das Kreuz-Tattoo von Orangener Turnschuh blitzte in ihrer
Erinnerung auf.

Du würdest bei Gott um Entschuldigung bitten, oder?

»Kommen Sie«, sagte sie King. »Ich glaube, ich weiß, wohin
er gegangen ist.« Sie lief den Gehweg hinunter, schlüpfte durch
das schmiedeeiserne Tor, stieg dann die paar Treppenstufen bis
zu der grünen Kirchentür hinauf. Ein Seiteneingang, vermutlich
die Sakristei. Sie klopfte. Keine Antwort. »Polizei!«, rief sie.
»Hallo?«

Ihr Sensor piepte.

Scheiße. Das dürfte dann 7,0 sein.

Ich muss mich beeilen.

Sie klopfte wieder. Lauter als zuvor.

Na los …

Die Tür öffnete sich. Ein älterer Mann mit randloser Brille
und einer mottenzerfressenen Strickjacke sah die beiden blin-
zelnd an. »Tut mir furchtbar leid«, sagte er, »aber ich fürchte, die
Kirche ist geschlossen. Es ist Samstag, verstehen Sie?« Er hüstelte
in die Armbeuge. »Aber wenn Sie sich einfach nur ein bisschen
umschauen möchten, würde es mich freuen, wenn ich …«

»Polizei«, sagte Lucy. »Wir müssen uns umsehen.«

»Oh, verstehe, nun, dann ...«, antwortete Strickjacke umständlich, aber da hatte Lucy sich bereits an ihm vorbeigezwängt und betrat das Gebäude.

Innen war es düster. Es roch muffig. An einer Mauer prangte eine Steinmetzarbeit, die Büste eines Mannes: langer weißer Gabelbart, der ihm über den gerüschten Kragen fiel. Seine gefalteten Hände schwebten über einem grinsenden Totenschädel.

»Das ist Robbie«, erklärte ihr Strickjacke, als er ihrem Blick folgte. »Robert Dow. Herrliches Bildnis, nicht wahr? Er starb 1612, aber erst im Jahr 1623 ließen die Merchant Taylors dieses wundervoll ...«

Keine Zeit dafür, Strickjacke.

»Haben Sie den schon einmal gesehen?« Sie hielt dem älteren Mann ihr Handy hin, wies auf das Foto, das ihr der junge Medien-DC geschickt hatte. »Ein Survivor. Ungefähr Ihre Größe.« *Er mag scharfe Gegenstände, schlägt Leute, die Handschellen tragen.* »Ich denke, dass er zum Beten hierherkommt.«

Strickjacke nahm die Brille ab, betrachtete angestrengt das Display.

Komm schon ...

»Nun«, sagte er, »ich fürchte, aus dieser Perspektive kann ich nicht viel erkennen. Sie sagen, er gehört zur Kirchengemeinde?« Wieder ein niesender Husten. »Wenn Sie sich vielleicht an den Pfarrer wenden ...«

Lucy zog die Stirn in Falten. »Sie sind gar nicht der Pfarrer?«

»Oh, nein, meine Liebe«, erwiderte Strickjacke. Er sah regelrecht erschrocken aus. »Ich bin nur der Küster, bedaure. Ich schaue nach dem Rechten, kümmere mich um kleinere Reparaturen, diese Dinge.« Er zog ein vergilbtes Stofftaschentuch aus der Hosentasche und fing an, die Brillengläser zu reinigen. »Aber dafür weiß ich eine Menge über die Geschichte dieser Kirche, dies und das, Dinge, die ich über die Jahre so aufgeschnappt habe, und deshalb ...«

»Sind Sie ganz sicher, dass Sie diesen Mann nicht kennen?« Lucy hielt ihm erneut das Handy vor die Nase. »Schauen Sie noch einmal hin. Er trägt orangene Turnschuhe. Hat eine Tätowierung am Handgelenk, so ein seltsam aussehendes Kreuz mit einem zweiten Querbalken.«

Strickjacke hielt im Putzen der Brille inne.

»Ein Doppelkreuz?«, hakte er nach.

Hab ich das nicht gesagt? Sie nickte. Ihr entging nicht, dass er plötzlich nachdenklich wurde, zu Boden schaute und anfing, an einer mottenzerfressenen Stelle seiner Strickjacke herumzuzupfen. *Na, hat dir das auf die Sprünge geholfen?*

»Ja, mag sein ... aber er ist streng genommen kein Kirchgänger, wenn ich also ehrlich sein soll, ich kann Ihnen da nicht ...«

»Wer ist der Mann?«

Spuck's aus, Strickjacke.

Er seufzte. Setzte die Brille wieder auf. »Mein Gehilfe. Lucas. Er ist seit zwei Jahren bei uns, hilft mir bei den körperlich anstrengenderen Aufgaben. Lucas ist ein Survivor, und er hat eine Tätowierung am Handgelenk, ein Doppelkreuz. Das ist mir aufgefallen, als er hier auf dem Kirchgelände gearbeitet hat.« Er sah von Lucy zu King, dann wieder zu Lucy. »Er ist ein sehr ... zurückhaltender junger Mann, unser Lucas. Still, aber ein guter Arbeiter. Er hat unseren Kirchhof regelrecht ins Herz geschlossen.« Der ältere Mann runzelte die Stirn. »Ich hoffe doch sehr, dass er sich nichts hat zuschulden kommen lassen ... Ich meine, seine Papiere sind alle in Ordnung, und ich wäre *bestürzt*, wenn ich mir vorstelle, dass ...«

King unterbrach den Küster. »Haben Sie seine Kontaktdaten? Adresse, Handynummer ...?«

Strickjacke zuckte mit den Schultern. »Er lebt ja hier. Im Kellergeschoss.«

»*Hier?*«

»Ja, in der Krypta. Wir hatten hier einmal eine Unterkunft für Obdachlose, aber die mussten wir vor einigen Jahren dichtmachen. Jammerschade. Danach diente uns das Untergeschoss als Lagerraum, und als Lucas dann kam, da dachte ich, vielleicht könnte man …«

Genial.

»Zeigen Sie uns seine Unterkunft«, sagte Lucy.

»Ist er jetzt hier?«, wollte King wissen.

Strickjacke deutete an, dass er überfragt war. »Ich denke, nein. Ich habe ihn heute noch nicht gesehen. Ehrlich gesagt habe ich auch nicht genau darauf geachtet. Heute ist nämlich sein freier Tag.« Er wandte sich Lucy zu. »Wenn Sie mir folgen möchten. Und ich denke, dass Ihnen die Kirche von innen gefallen dürfte, da gibt es wirklich eine Menge …« Er führte die beiden durch eine Flügeltür ins Kirchenschiff, bog in ein Seitenschiff ab und plauderte die ganze Zeit über die Geschichte des Gebäudes: »… vermählte sich hier im Jahr 1683 … einige Bereiche restauriert, georgianischer Stil … archäologische Grabungen aus dem Jahr 1980, und wenn Sie möchten, könnte ich Ihnen …«

Lucy lächelte, während sie dem Küster folgte.

Bin gleich bei dir, Orangener Turnschuh.

Sie blieben vor einer roten Tür stehen, auf halbem Weg durchs Seitenschiff. »Hinter dieser Tür befindet sich die Treppe, die hinunter in die Krypta führt«, erklärte der Küster. »Gehen Sie nur runter, wenn Sie mögen.« Er öffnete die Tür. Sie quietschte in den Angeln. »Lucas' Bereich ist ganz am hinteren Ende. Er hat dort nicht viel mehr als ein Bettlager. Unten gibt es keine weiteren Türen, deshalb gehe ich auch nicht allzu oft nach unten. Er soll seine Privatsphäre haben, verstehen Sie? Achten

Sie bitte auf die Treppenstufen, denn gleich wird es ein bisschen dunkler …«

»Danke«, sagte King.

Lucy schwieg, nickte bloß, stieg die Stufen hinunter in die Dunkelheit. Hinter ihr die Stimme von Strickjacke: »… derweil schaue ich rasch, ob ich den Bericht der Ausgrabungen irgendwo finde …« Sie erreichte den unteren Treppenabsatz. Tastete am Mauerwerk nach einem Lichtschalter. Fand einen, knipste ihn an.

Über ihr ging eine nackte Glühbirne an.

»Verdammt«, sagte King, als er die letzte Stufe nahm. »Ziemlich düster hier unten.«

Sie blickte sich um. *Ist wie ein alter Tunnel.* Geschwärzte Backsteinwände auf beiden Seiten verjüngten sich zu einer leicht gewölbten Decke. Es roch feucht nach altem Erdreich und Schimmel. Modrig. Keine Möbelstücke, nur Spinnweben, Schmutz. Der Bereich unmittelbar hinter ihnen war zugemauert. *Also geht es nur in eine Richtung.* Sie spähte in die Dunkelheit.

»Seien Sie vorsichtig«, wisperte King. »Er könnte hier sein.«

Ich hoffe es doch, Ed.

Bleib dicht hinter mir, wenn du Angst hast.

Sie holte ihr Handy aus der Tasche. Aktivierte die Taschenlampe. Dann atmete sie bewusst ein und ging los, King folgte ihr auf den Fersen. Es war kalt hier unten: Ein Prickeln lief über ihre Haut. Die Glühbirne hinter ihnen wurde matter, je weiter sie vorankamen. Sie ließ das Licht des Displays über den Boden und die gebrochenen Steinplatten gleiten. Dachte daran, dass ihre Werte sanken – *verdammt* –, verdrängte den Gedanken, ging weiter, starrte in die Dunkelheit vor ihnen. *Komm schon, er muss hier sein, bitte, Gott, ich brauche das wirklich, verdammt …*

Sie gelangten ans Ende des Korridors, gingen um die Ecke und …

Haben wir dich.

»Schätze, das ist sein Lager«, meinte King.

Lucy starrte in den winzigen Raum, der im Dunkeln vor ihnen lag. Es war im Grunde kein Raum, sondern nur eine Nische in der Mauer der Krypta, kaum größer als das Badezimmer in ihrer kleinen schwarzen Wohnung. Es roch streng, als würde dort etwas verrotten, verwesen. Sie kniff die Augen zusammen, entdeckte eine wacklige Kommode mit Schubladen, auf der ein halbes Dutzend abgebrannter Kerzen stand. Daneben ein Feldbett, nicht gemacht. Auf dem zerknitterten Laken ein Haufen Kleidung. An der geschwärzten Backsteinmauer: ein riesiges Doppelkreuz.

Hab ich dich, Orangener Turnschuh. In deinem kleinen Bau.

»Absolut«, sagte sie.

»Vielleicht brauchen wir einen Durchsuchungsbefehl für diese Schubladen.«

Sie tat das als unbedeutend ab. *Da müssen wir vielleicht gar nicht reingucken. Schauen wir doch mal, was für andere Trophäen wir finden, ja?* Sie trat näher an das Feldbett. *Hm, nichts Besonderes.* Sie leuchtete weiter mit dem Handy, entdeckte einen Stapel Schachteln am Boden. Sie runzelte die Stirn. *Was, zum Teufel?* »Schauen Sie«, sagte sie halb zu King gewandt. »Die Schachteln dort.«

»Ja, aber sind das nicht …?«

Sie nickte. »Booster.«

»Aber ich dachte, er ist ein Survivor? Sind Sie sicher, dass das Booster sind?«

Klar bin ich mir sicher, Ed. Sie betrachtete die Schachteln näher. Glänzender weißer Karton, großes Cox-Labs-Logo auf dem Deckel. *Glaub mir, ich kenne diese verdammten Schachteln. Aber … hier?* Sie zog an den Bändern der Kapuze, dachte an Orangener Turnschuh. Sie hatte seine Augen gesehen: große schwarze Augen eines Survivors. *Keine Frage.* Und seine Stimme

hatte kratzig geklungen, wie bei einem Survivor. *Aber warum,
zum Teufel, gehörte ein Survivor zur ›Hand Gottes‹? Das ergibt
doch keinen Sinn, nicht wirklich …*

»Verdammt«, fluchte King. »Sehen Sie sich *das* mal an.« Er
zeigte auf etwas oben auf der Kommode. »Sieht nicht gut für
Salford aus.«

Sie sah hinüber zur Kommode. Dort lag Salfords Dienstausweis. Die Lederhülle glänzte im Schein der Display-Lampe. Sie
trat näher an die Kommode: Blut. Jede Menge. *Scheiße.* Einen
Moment lang stand sie schweigend da, versuchte, sich einen
Überblick zu verschaffen. *Heißt das, Salford ist tot? Hat Orangener Turnschuh ihn umgebracht? War es der gezielte Schuss auf Cates? Wenn es nach Clapham geht, schon. Wir müssen zurückverfol-
gen, wer das Gewehr hatte, sie dürfen es nicht darauf ankommen
lassen, dass Salford petzt, also: Leb wohl, mein treuer, handzahmer
Bulle?*

Salford, du armer Scheißkerl.

»Das müssen wir melden«, sagte King. »Kein Empfang hier
unten. Ich bin gleich wieder da.« Er gab Lucy ihr Handy zurück,
ging in Richtung Treppe. Verschwand in der Dunkelheit, redete
aber weiter. »Und wenn ich schon mal oben bin, wird der Küster
mir alles haarklein erklären müssen. Wir schreiben ihn zur Fahn-
dung aus, und dann können wir anfangen …«

KRACK!

Sie hörte, wie King zu Boden ging.

Was, zum Teufel …

Sie richtete die Handy-Taschenlampe zum Gang: und erhaschte einen Blick auf Orangener Turnschuh, der davonrannte.

»Hey!«

Sie lief ihm hinterher.

Sprang über King hinweg. Stürmte durch den Gang, flog die
Treppenstufen hinauf, ihre Schuhsohlen hämmerten auf den

Stein, tonk, tonk, tonk. Sie kam oben an, lief durch die Tür, ins Seitenschiff.

Da …

Er rannte das Kirchenschiff hinunter, hielt auf die zweiflüglige Tür der Westfassade zu.

Genau dort entdeckte sie Strickjacke, der im Begriff war, die Kirche zu betreten, auf dem Arm einen Stapel Papier.

»Machen Sie die Tür zu!«, schrie sie.

Der Flüchtige legte noch einen Zahn zu.

Strickjacke stand einfach nur da und starrte ins Innere der Kirche.

»Tür zu!«

Scheiße, verdammte …

Plötzlich kam Bewegung in den Küster: Er ließ den Stapel Papier fallen, drückte die Tür zu, ließ sie ins Schloss fallen. *Genial.* Orangener Turnschuh machte einen Satz nach vorn, packte die Türgriffe, rüttelte daran: verschlossen. Mit beiden Fäusten hämmerte er gegen das massive Holz, einmal, zweimal, dann hielt er inne. Murmelte etwas vor sich hin.

Er drehte sich um, sah Lucy.

Sie kam das Seitenschiff hinunter auf ihn zu.

So, jetzt gehörst du mir.

»Hi, na?«, rief sie. Grinste. »Komm ruhig.«

Er ballte die Hände zu Fäusten.

Also gut.

Sie ging einfach weiter auf ihn zu. Kam an einer Kirchenbank vorbei, an noch einer. Dann hatte sie das Ende des Seitenschiffs erreicht, bog um den letzten Pfeiler, näherte sich der zweiflügligen Tür. »Letzte Chance«, rief sie, »um der Abreibung zu entgehen.«

Er gab einen knurrenden Laut von sich.

Lucy hob die Fäuste, zog das Kinn leicht ein. *Gut, du hast es nicht anders gewollt.* Sie machte noch einen Schritt auf ihn zu. Wieder einen. Sie war fast bei ihm, spürte, wie das Adrenalin flutete, und das Denken im Boxring gewann die Oberhand: *Achte auf seine Reichweite, er ist schnell, muss einen Jab landen, ihn aus dem Gleichgewicht bringen, denk an den Rhythmus, ans Timing, und dann …*

Plötzlich rannte er los und lief das Mittelschiff hinunter.

Gott verdammt …

Sie rannte hinter ihm her, durch das Seitenschiff, versuchte, ihm den Weg abzuschneiden. Aber er war zu schnell, donnerte das Kirchenschiff hinunter, bog rechts ab, zur Tür hinaus.

Komm zurück, du Mistkerl …

Sie flog durch die Tür, gelangte ins Freie, in den hinteren Bereich des Kirchhofs. Auf allen Seiten hohe, schmiedeeiserne Zäune. Dann sah sie ihn. Er sprintete quer über das Gelände, hielt auf den Zaunabschnitt im hinteren Winkel zu.

Er will darüberklettern.

Sie rannte ihm hinterher, sprintete, die Lungen brannten. Er gelangte zum Zaun, fing an hochzuklettern.

Los jetzt, schneller, komm schon, mach schon …

Er hatte den Zaun jeden Moment überwunden.

Bin fast bei ihm …

Sie rannte noch schneller, war am Zaun, sprang hoch. Packte ihn am Pullover. *Hab ich dich, du Stück Scheiße.* Er wehrte sich, wollte sich weiter nach oben ziehen, aber Lucy war kräftig – all die Klimmzüge zahlten sich aus. Sie riss an ihm, fest – *fester* –, spürte, dass er losließ, und sie gingen beide zu Boden, auf dem harten Erdreich.

Ich darf jetzt nicht loslassen …

Er versuchte, wieder auf die Beine zu kommen, aber sie schlang beide Arme um seine Beine, zog ihn zurück, lag auf ihm. Sie packte sein Handgelenk, wollte den rechten Arm zu Boden drücken, aber er wand sich wie verrückt unter ihr, drehte sich, trat nach ihr. *Halt … ihn … fest.* Er schlug ihr ins Gesicht – *fuck –*, noch einmal. Aber sie hielt sein rechtes Handgelenk umklammert – *nur nicht loslassen –*, kassierte wieder einen Treffer, wollte das andere Handgelenk packen – *gleich hab ich ihn –*, streckte die Hand ein Stück weit aus, *mach schon …*

Endlich hatte sie es geschafft. Sie drückte beide Handgelenke zu Boden, und er saß in der Falle, bekam ihre Knie zu spüren.

Sie starrte in seine schwarzen Augen. Rang nach Luft.

Lächelte.

Hab ich dich.

»Sie sind festgenommen«, keuchte sie. Sie zählte ihm seine Rechte auf, das Blut tropfte ihr aus der Nase, lief ihr übers Kinn. Aus den Augenwinkeln sah sie, dass die Kirchentür aufflog, linker Hand. King stürmte ins Freie, rannte in ihre Richtung.

Wurde aber auch Zeit, Ed. Sieh mal, wen wir hier haben.

»Der verdammte Scheißkerl!«, fluchte King. Sein Kiefer schwoll allmählich an. »Und dabei war es fast wieder verheilt.« Er rieb sich das Kinn, schnitt eine Grimasse. »Du verdammter …« Er holte Handschellen hervor, bückte sich, legte Orangener Turnschuh die Handschellen an. »Ich sollte dir einen verpassen, damit du mal siehst, wie sich das anfühlt.«

Lucy erhob sich. Richtete sich langsam auf, beide Hände auf den Knien, keuchte.

»Seine Maske«, sagte sie. »Schnappen Sie sich die.«

Wollen wir doch mal sehen, ob wir beide uns vielleicht schon einmal über den Weg gelaufen sind.

King nickte. »Nehmen Sie sie ab«, wies er Orangener Turnschuh an. »Sie haben die Gelegenheit, das selbst zu tun, wenn Sie wollen.« Er machte eine Pause. »Nein? Also gut …« Er bückte sich, machte den Reißverschluss auf, zog die Maske weg.

Und sog geräuschvoll die Luft ein.

Lucy starrte auf das Gesicht des Mannes.
Was, zum Teufel, hat das zu bedeuten?

»So etwas ist mir noch nicht untergekommen«, sagte Dr. Hodges. Dann murmelte er etwas vor sich hin, das Lucy nicht verstand.

Sie runzelte die Stirn. Presste sich das Handy ans Ohr: schlechter Empfang in dieser Kirche, warum auch immer. Anders als in Aldgate, dabei war sie doch mitten in London, verdammt. Und Hodges war voll wie eine Strandhaubitze; das hatte sie schon geahnt, als er das ›Hallo‹ am Telefon verschliff. *Gott, Doc, schon voll um halb zehn? Ich weiß, dass Sie durch die Hölle gegangen sind, aber trotzdem ...* Sie schaute quer durchs Kirchenschiff. Sah den Mann an, der immer noch in sich zusammengesunken ganz außen in der Bank hockte, den Kopf gesenkt über den Händen und Handschellen. Er hatte immer noch nichts gesagt. *Ich muss ihn zum Sprechen bringen, und zwar schnell. Also los, Doc, helfen Sie mir.* »Können Sie das noch einmal sagen? Das ist Ihnen also noch nicht untergekommen, aber ...?«

»Ich sagte, möglich ist es. Theoretisch.« Hodges machte eine Pause. »Das, was Sie geschickt haben ... ist das echt? Also tatsächlich echt?«

»Habe ich selbst geschossen«, antwortete sie und dachte an das Foto, das sie ihm geschickt hatte. Sie wusste, dass es nach einem Fake aussah, nach einem halbherzigen, nachbearbeiteten Bild, mit dem man auf Klickfang gehen will. Aber trotzdem, da war es nun mal: das Gesicht von Orangener Turnschuh, ohne Maske. Ein normales Gesicht, fast jedenfalls, einmal abgesehen von den Survivor-Augen. Kantiges Kinn, Knollennase. Breite Stirn. Aber dann fing es an seiner linken Schläfe an: Streifen rissiger, vernarbter Haut zogen sich über die Wange, verästelten sich bis hinab zu seinen Lippen. Doch dann hörten sie auf. *Aber*

London Black hört nicht einfach so auf. Nie und nimmer. Du bist übersät von Narben, vom Kopf bis zum Fuß, ausnahmslos. Und genau deshalb müssen Sie mir endlich erklären, womit ich es hier zu tun habe, Doc. Sie nickte. »Ja, das Foto ist echt.«

Und jetzt Finger weg von der verdammten Flasche.

Uns läuft die Zeit davon.

»Okay. Klar. Hm.« Lucy hörte, wie Glas klirrte. »Tja, so etwas habe ich noch nie gesehen. Oder von gehört. Aber es … wäre möglich. Ja. Man braucht eine schwächere Variante des Stoffs. Viel schwächer. Dann Elemidox, verdammt starke Dosis, sofort.« Sie stellte sich vor, wie er die Fingerspitzen wie ein Zeltdach zusammenführte, unmittelbar neben einer halb leeren Flasche Sherry. »Aber das … schafft man nicht einfach so. Man braucht ein richtiges Labor. Ist schwierig. Und man muss dem Zeug ausgesetzt gewesen sein, dann der Booster. Bamm, bamm. Und man braucht Wissen. Einen Spezialisten.« Er ließ das letzte Wort wieder verschleifen. »Er ist doch wohl kein Arzt, oder? Ein Forscher vielleicht?«

»Er arbeitet für eine Kirche.« *Und als Handlanger für einen durchgeknallten Hochstapler-Prediger.*

»Dann …« Er seufzte. »Dann hat ihm das einer angetan.« Wieder stieß Glas gegen Glas. »Irgendein schrecklicher Mensch.«

Lucy hatte Enoch Clapham vor Augen, der seine Schäfchen schreiend aufstachelte.

Komisch. Ich kenne einen schrecklichen Menschen.

Aber warum, Clapham? Warum tust du das?

Sie beendete das Gespräch, ging hinüber zu der alten Kanzel aus Holz. Dort lehnte King und tippte eine SMS mit einer Hand, während er sich eine Packung gefrorene Erbsen gegen den Kiefer drückte. Er schaute nicht auf, tippte weiter. »Jenkins hat sich gemeldet«, ließ er sie wissen. »Die Datenbanken wurden gecheckt.«

»Und?«

»Kann man vergessen. Sehen Sie selbst.« Er reichte ihr das Handy.

Sie warf einen Blick auf das Display. *Lucas Benjamin. Geb. am 4. April 1998, in London. Eltern Walter P. und Patience G., beide 2007 verstorben. Nicht straffällig. Keine Verwarnungen. Keine Vorladungen.*

»Ein Waisenkind«, sagte sie. *Interessant.* Sie gab ihm das Handy zurück.

»Ja. Nun, nicht gerade Oliver Twist, oder?« King tastete seinen lädierten Kiefer ab, zuckte zusammen. »Ein mieser hinterhältiger Wichser ist das. Übrigens, wir haben Clapham gefunden. Er hält sich in Wapping auf, frühstückt gerade dort. Warmes Frühstück, wie ich hörte.« Der Anflug eines Grinsens. »Keine Ahnung, ob es vegetarisch ist.«

Lucy lächelte. *Genial.* »Nehmen wir ihn fest.«

»Wofür? Nur weil er bösartig ist, hat man noch lange keinen Grund, ihn festzunehmen.«

Das müsste man ändern. Sie seufzte. Schaute hinüber zu Orangener Turnschuh, der immer noch mit gesenktem Kopf dasaß. *Jetzt hast du endlich gelernt, dein Kinn einzuziehen, was?* »Dann müssen wir ihn dazu bringen, dass er Clapham verpetzt. Das ist der einzige Weg.« *Dann mal los.* Sie wollte zur Kirchenbank gehen, aber er hielt sie an der Schulter zurück.

Hey, was soll das, verdammt?

»Macht sich nicht gut in der Akte, wenn Sie ihn vernehmen«, meinte er. »Suspendiert, keine Berechtigung …« Er ließ sie los. »Hey, ich bin nur der Bote. Sie wissen, dass ich recht habe. Hier.« Er warf ihr die Packung mit den Erbsen zu. »Bleiben Sie hier. Ich bringe ihn zum Reden.«

Lucy sah ihn verdutzt an.

Das hier solltest du besser nicht versauen, Ed. Wir haben keine Zeit mehr.

Und behalt deine blöden Erbsen.

Als er das Kirchschiff durchquerte, warf sie die Packung auf eine der Bänke. Sie holte ganz bewusst tief Luft, zupfte an den Schnüren der Kapuze, atmete aus und blickte hinauf zur Kirchendecke. Sie war himmelblau und weiß. *Sieht aus wie ein Kuchen*, dachte sie, *Zuckerguss und Rosen, riesige Putten aus Gips mit großen flatternden Schwingen. Könnte im Augenblick auch einen Schutzengel brauchen.* Sie rieb über ihr Tattoo, der Daumen war noch kalt von den gefrorenen Erbsen. *Ich weiß, damit hattest du ja nichts zu tun, Jack, aber dieser Typ da muss reden, da ist mir jede Hilfe recht ...*

King war inzwischen bei Orangener Turnschuh. Beugte sich zu ihm herunter, tippte ihm auf die Schulter. »Alles okay, Kumpel?«

Keine Antwort.

»Du hast mich zweimal zu Boden geschickt. Zweimal. Was bedeutet, jetzt reden wir mal miteinander. Für wen arbeitest du?«

Orangener Turnschuh schaute auf. »Ich gehorche meinem Vater«, sagte er. Er sprach so leise, dass Lucy ihn von der Kanzel aus kaum verstehen konnte. Sie wagte sich näher heran.

»Dein Vater ist tot«, sagte King. Er zog die Stirn kraus, dann folgte er Orangener Turnschuhs Blick zu dem farbigen Bleiglasfenster über dem Altar. »Oh, ach so, du meinst *Gott?* Okay, nun, gut zu wissen. Aber du hast Detective Stone auch mit einem Messer in die Brust gestochen. Hast versucht, sie von einer fahrenden Rolltreppe zu stoßen. Das gehört sich nicht.« Er machte einen missbilligenden, schnalzenden Laut. »Einen Polizisten töten wollen? Dafür wirst du verdammt lange sitzen, Lucas, und da tut es nichts zur Sache, wie gut du dich mit dem unsichtbaren Typen dort oben verstanden hast.« Er ließ die Handknöchel knacken. »Also solltest du endlich damit anfangen, den Mund aufzumachen. Sag mir, für wen du arbeitest.«

Ein Flüstern. »Ich gehorche meinem Vater.«

Seine Hände zitterten, wie Lucy auffiel.

Er hat Angst. Aber nicht vor dir, Ed. Da ist noch etwas anderes ...

»Dann die Sache mit Salford«, fuhr King fort. »Zuerst dachte ich, ihr zwei wärt Kumpel.« Wieder knackten die Knöchel. »Aber so ist es wohl nicht, weil du ihn verdammt noch mal umgebracht hast, wie? Jede Menge Blut da unten, die Jungs von der Forensik werden dich lieben. Damit hätten wir dann, Moment: einen Mord, zwei Mordversuche, zwischendurch Körperverletzung? Lebenslang. Kein Freigang.« *Knack.* »Oder du fängst an, mir etwas zu erzählen. Und zwar hier und jetzt.«

»Ich gehorche meinem Vater.«

Lucy runzelte die Stirn.

Wir haben keine Zeit für diesen Mist.

Sie ging zu der Kirchenbank, packte King an der Schulter, zog ihn zurück bis zur Kanzel. »So wird das nichts. Die Drohungen. Sehen Sie ihn nur an.« Sie nickte in Richtung Orangener Turnschuh, der wieder den Kopf gesenkt hatte. »Er meint nicht Gott, er redet von Clapham. Ich weiß es. Clapham nennt sie seine kleinen Kinder, oder? Aber er muss das *aussagen*, verdammt. Sie müssen anders an die Sache herangehen.« *Und zwar bald.*

»Okay, ja ...«

Kings Handy klingelte. Er warf einen Blick aufs Display. Wirkte verdutzt.

»Das ist Wilkes«, ließ er sie wissen. »Bin gleich zurück.«

»Nein, warten Sie«, sagte sie, doch da schritt er schon zur zweiflügligen Tür, das Handy am Ohr.

Mist.

Sie holte ihr Handy hervor. Führte es über den Sensor. Überprüfte den Wert. *6,7.*

Könnte jeden Augenblick schnell absinken.

Sie sah hinüber zu Orangener Turnschuh.

Er blickte hinauf zu dem bunten Bleiglasfenster, hatte die Hände gefaltet, wippte mit dem Oberkörper leicht vor und zurück. Murmelte etwas vor sich hin. Sie sah, wie sich seine Lippen bewegten: *Ich gehorche meinem Vater.* Sie schloss die Augen, strich sich mit den Fingern durchs Haar. Dachte zwei Jahre zurück, an alles, was sie getan hatte, alles, bis zum bitteren Ende, bis zu der Sache, die damals geschah. *Bin schlimmer als du, Orangener Turnschuh. In gewisser Weise bin ich schlimmer als du, das weiß nur niemand. Keiner von ihnen.* Sie dachte an Wilkes. An all die beschissenen PTBS-Broschüren, die sie sämtlich zerknüllt und weggeschmissen hatte, ohne auch nur einen Blick hineinzuwerfen. Dachte an King, der von Therapie schwafelte und davon, wie ihn das gerettet habe, all dieser Mist von *Vertrauen* und *Transparenz* und verdammter *Offenheit.* Sie atmete lange aus. Öffnete die Augen.

Ach, scheiß drauf.

Probieren wir es doch mal mit verdammter Offenheit.

Sie ging schnurstracks zur Kirchenbank. Stand vor Orangener Turnschuh, nahm ihm den Blick zum Buntglasfenster. *Jetzt wirst du* MICH *ansehen, klar?* Sie ging in die Hocke. Starrte ihn an, Tränensäcke unter den Augen. Ein Auge dunkelrot verfärbt.

Sie atmete bewusst ein.

»Es wird dich *verschlingen*«, sagte sie zu ihm.

Er schwieg, aber sie sah, wie Leben in seine schwarzen Augen kam: Die Pupillen reagierten.

»Wenn du nicht redest? Wenn du dich nicht öffnest, nicht redest und beichtest? Dann wird es dich mit Haut und Haaren verschlingen. Glaub mir, so wird es kommen.«

Orangener Turnschuh begann, mit einem Fuß auf den Mosaikfußboden zu tippen.

»Du siehst verängstigt aus«, sagte sie. »Und das solltest du auch sein. Eine *Scheißangst* müsstest du haben. Denn solange du nicht endlich den Mund aufmachst, wird das, was du getan hast, von dir Besitz ergreifen, verstehst du das?« Sein nervöses Fußtippen wurde schneller; *tapp, tapp, tapp.* »Alles, was du getan hast, wird von dir Besitz ergreifen, das Schuldgefühl wird dich erdrücken, und du wirst ein Gefangener sein, kapierst du das? Ein Gefangener, kein Weg hinaus, du sitzt fest, mit dir allein, nichts als lange dunkle Nächte, für immer und ewig.« Sie hielt inne. »Glaub mir, Lucas.«

Vertrau mir und rede endlich mit mir.

Er seufzte. Es klang wie ein Keuchen, als die Luft durch seine vernarbte Lunge pfiff.

»Einmal«, wisperte er. »Einmal habe ich ihm nicht gehorcht.«

Sie nickte.

Gut. Für den Anfang. Aber jetzt bleib dran, gib mir etwas …

»Es war *damals*. Die Geißel. Gottes Pfeile. Ich wusste, dass ich es abkriegen könnte. Ich hatte … Angst.«

Er sprach langsam, schien bei jedem Wort Mühe zu haben.

»Und dann rief Vater mich an. Einfach so. Sagte, *komm.*« Lucy dachte an Clapham, stellte sich vor, wie er den Jungen mit knochigem Finger zu sich lockte. »Vater hatte mich nie angerufen, noch nie. Also ging ich zu ihm. Und er fragte mich: ›Glaubst du an die Hand Gottes, an die Lehre?‹ Und ich sagte ›Ja. Ja, Vater, ja, das tue ich.‹« Er unterbrach sich. »Er sagte, das wäre gut. Und dann gab er mir einen Booster. Aber er sagte ›Nimm das nicht. Du darfst es dir nicht verabreichen. Du musst an Gott glauben.‹ Er sagte, ich müsse ihm gehorchen, müsse tun, was Gott verlangt, was in der Schrift steht.« Dann wie auswendig gelernt: »Gehorche deinem Vater in allem, denn das gefällt Gott.« Wieder eine Pause. »Aber …«

Seine Stimme verlor sich. Er schaute auf seine Sportschuhe.

»Red weiter«, sagte Lucy.

Wieder ein pfeifendes Atemgeräusch, dann: »Aber ich hatte Angst. Daher wurde ich schwach. Nahm das Mittel. Und Gott wusste es, Er wusste, dass ich Vater nicht gehorcht hatte, und deshalb bekam ich sofort … das hier.« Mit den Fingern strich er sich über die vernarbte Wange. »Ich lief zurück zu Vater, warf mich vor ihm auf den Boden, sagte: ›Es tut mir so leid, Vater, ich werde gehorchen.‹ Er gab mir noch einen Booster und sagte, Gott habe mir vergeben. Gott werde mich heilen, aber ich dürfe das nie wieder tun. Nie wieder ungehorsam sein. Und wenn ich es tue, wird es wiederkommen. Und jetzt weiß ich nicht …«

Sie starrte ihn ungläubig an.

So hat Enoch Clapham dich also zu seinem kleinen Gehilfen gemacht.

Okay. Damit kann ich leben.

»Lucas?«, sagte sie leise. »Das war ein Trick.«

Er schaute auf.

Sie redete weiter. »Er hat dich getäuscht. Dieser Booster, den du genommen hast?« Ein Schulterzucken. »Das war kein echter Booster. Das war London Black. Er hat dich getäuscht, verstehst du? Dich manipuliert, damit du tust, was er sagt, die ganze Zeit.«

»Nein. Vater würde nie …« Er schüttelte den Kopf.

Mach weiter, du musst ihn nur noch ein wenig pushen …

»Doch, Lucas. Er würde es tun. Ich habe mit einem Arzt gesprochen, einem Experten. Habe ihm dein Foto gezeigt. Das ist die einzige Erklärung, warum du Narben wie diese haben kannst.« Sie hielt ihr Handy hoch. »Ich kann ihn noch mal anrufen, wenn du möchtest.«

»Nein …«

Er wippte wieder leicht mit dem Oberkörper vor und zurück. Runzelte die Stirn: wirkte wütend.

Nur noch ein bisschen, du hast es fast geschafft, Lucy …

»Ist das nicht schrecklich? Gemein? Der Mann, den du Vater nennst, der Mann, dem du gehorchst, was er dir angetan hat?«

So, jetzt …

»Wie denkst du *jetzt* über deinen geliebten Vater Clapham, willst du *wirklich* …«

Sie unterbrach sich. Der Ausdruck in seinem Gesicht veränderte sich. Da war keine Wut mehr.

Nur Verwirrung.

»Haben Sie gerade … Vater Clapham gesagt?«

Sie hörte ein Rascheln hinter sich: King kam von seinem Gespräch zurück. Er räusperte sich, aber sie gab ihm zu verstehen, damit zu warten. *Jetzt nicht, Ed.* »Ich weiß es, Lucas«, sagte sie. »Enoch Clapham, der Mann, der …«

»Nein.«

Nein?

Was, zum Teufel?

Was heißt hier ›Nein‹, *verdammt noch mal!*

Orangener Turnschuh schüttelte den Kopf. »Vater weiß, dass ich Anhänger der ›Hand Gottes‹ bin. Das ist gut, sagt er. Dabei mag er Vater Clapham nicht einmal. Ich weiß, dass er ihn nicht leiden kann, jedenfalls nicht mehr, wegen der Er…« Er hielt abrupt inne. Sah sie finster an. »Sie haben überhaupt keine Ahnung, oder?«

Aber …

King packte sie am Arm, zog sie zurück bis zur Kanzel. »Der Transporter ist unterwegs. Ist in fünf Minuten hier.«

»Nein.« Sie zog die Stirn kraus. »Sagen Sie denen, sie sollen warten, Ed. Er leugnet es, ich brauche mehr Zeit …«

»Schön, gut, dann versuchen *Sie* es doch!« Er machte eine fahrige Handbewegung. »Denn was mich betrifft, *ich* bin raus aus der Sache, suspendiert, verdammte Scheiße.«

Oh, Mist. »Du meine Güte.«

»Ja, Stone, *du meine Güte.*« Er schnaubte. »Das war Sykes. Ist schnurstracks zum Chief Super, genau wie er es gesagt hatte, verdammt. Suspendierung mit sofortiger Wirkung.«

Lucy sah, wie er sich wieder die Packung Erbsen schnappte und gegen den Kiefer drückte. Er wandte sich von ihr ab.

»Wie blöd«, sagte sie.

Dann bleiben mir also noch fünf Minuten.

Fünf Minuten, und dann ist Orangener Turnschuh weg. Niemand sonst glaubt an das Antidot, also wird alles den verdammten Bach runtergehen, was für ein Mist ...

Sie atmete bewusst ein.

Sah den Mann auf dem Boden an. *Warum lügst du? Du lügst ganz bestimmt. Es muss Clapham sein, da bin ich mir sicher.* Sie starrte auf sein Gesicht: So etwas hatte sie noch nicht gesehen. Und diesen jungen Mann hatte sie auch noch nie irgendwo gesehen, das wusste sie. Der Partytrick verriet ihr das. *Und dennoch ...* Sie verspürte etwas, das an ihr nagte. Nachdenklich zupfte sie an den Schnüren des Hoodies, versuchte, sich Klarheit zu verschaffen. Etwas kam ihr vertraut vor, ganz so, als hätte sie Bruchstücke von diesem jungen Mann gesehen. *Die Nase? Könnte seine Nase sein. Oder vielleicht die Kieferpartie, aber das ergibt doch keinen Sinn. Der Partytrick irrt sich nicht, nie, wie kommt es dann also ...*

Und dann hatte sie es.

Was, wenn ...?

Sie fing an, auf ihrem Handy zu tippen.

Vielleicht. Könnte sein. Bitte, Gott, mach, dass es stimmt ...

Sie ging zurück zu Orangener Turnschuh. Hielt ihm das Foto auf dem Display vor die Nase.

»Das ist er doch, stimmt's? Dein Vater? Dein echter, biologischer Vater?«

Sie hielt den Atem an.

Komm schon, komm schon ...

Er schaute aufs Display, sah dann weg. Sagte kein Wort, aber das brauchte er auch nicht. Sie wusste es augenblicklich: Sie hatte recht.

Oh, verdammt, ja.

Hätte es längst wissen müssen.

Lucy lächelte.

Auf ihrem Display war ein Foto von Geoff Hurst.

24. KAPITEL

Pass auf, Hurst. Hier komme ich, verdammt.

Der Toyota raste über die Aldgate High Street. Scheibenwischer an, höchste Stufe: Es goss in Strömen. Lucy sah, wie Büroblocks vorbeisausten. Sie atmete ein, wieder aus, zog den Reißverschluss ihres Pullis halb auf. Ihr Herz klopfte dumpf und schnell. Von der Kirche zum Auto waren es nur ein paar Straßen gewesen, aber sie war die Strecke gerannt, regelrecht gesprintet. War losgelaufen, sobald Orangener Turnschuh abgeholt wurde. *Keine Zeit zu verlieren, keine Sekunde, verdammt.*

King saß am Steuer und keuchte. Er warf ihr einen Blick zu. »Dann ist es also Hurst? Und nicht Clapham?«

»Da vorn links«, sagte sie ihm. Zeigte in die Richtung. *Fahr einfach, Ed.*

»Hätte es gern gesehen, wenn's Clapham gewesen wäre, wenn ich ehrlich bin.« Er bog scharf links ab. »Der ist so bösartig wie nur was.« Ein Fußgänger konnte sich im letzten Moment auf den Gehweg retten. »Aber wenn unser Kumpel eben ein Kind von Hurst ist, dann bedeutet das … Was, dahinten rechts? An der Ampel? … Dann bedeutet das doch, dass immer noch Cates Cox umgebracht hat.« Wieder nahmen sie eine Kurve. »Aber alles andere? Es ist also Hurst, nicht Clapham?« Er hatte knapp einen Radfahrer verfehlt. Autos hupten.

Okay, ist ja gut, ich übernehme das Reden, du fährst.

»Nicht *Cox*«, sagte sie. »Es war Hurst, nicht *Cox*.« Sie holte Luft. *Ich sage das nur einmal, Ed, also hör gut zu.* »Cates gelingt der Durchbruch, klar? Er erzählt Cox davon. Dann erzählt Cox es Hurst. Es muss so gewesen sein. Er musste das tun, weil Hurst das Geschäftliche leitet, die Arbeitsabläufe und all das, Sie wissen schon. Ich schätze, Cox hat Hurst nahegelegt, den Schalter umzulegen, dann hat er sich in sein Labor verkrümelt und angefangen, an dem Gegenmittel zu arbeiten.« Sie malte sich aus, wie sich Flinders Cox mitten in der Nacht, im grünen Schutzanzug, über ein Reagenzglas beugte. *Sie hätten sich nie träumen lassen, dass er so etwas Böses tun würde, was, Mr Cox? Sie haben diesem Mann nur vor den Kopf geschaut.* Sie hörte Helen Cox' Stimme im Geist, vernuschelt von Heroin. *Flinders? Flinders hat sich nicht für seine Mitmenschen interessiert. Es ging ihm immer nur um seine wertvollen kleinen Chemikalien.* »Aber Hurst versaut alles. Er lässt zu, dass es zu dem Mangel an Boostern kommt, und dann steckt er sich die Millionen vom Schwarzmarkt in die eigene Tasche.«

Das Auto schoss unter einem Eisenbahnbogen hindurch.

King schaute wieder kurz zu ihr herüber. »Okay, Cates erzählte Cox also von seinem Geistesblitz, aber dann wird er dem Stoff ausgesetzt. Bekommt Fieber, ist im Delirium. Schließlich rappelt er sich wieder auf …«

Augen auf die Straße, Ed!

»Cates wacht auf, ruft Cox an. Cox ruft Hurst an, ist wahrscheinlich genauso verwirrt wie Cates. Jetzt muss Hurst seine Spuren verwischen und Cates zum Schweigen bringen. Er schickt Lucas, aber Lucas vermasselt es und erwischt den falschen Bruder. Salford übernimmt den Fall, Hurst macht ihn sich gefügig. Schüchtert Cox ein, den Mund zu halten.« Sie zuckte mit den Schultern. »Und die Sache ist erledigt!«

Würdest du dich dann bitte beeilen, verdammt?

Wir haben noch was vor.

King nahm wieder eine Kurve. Weiter voraus kam der Tower in Sichtweite, dann die Tower Bridge. Lucy sah, wie sich einige Touristen auf den Gehweg retteten, um der Wasserfontäne auszuweichen, die die Reifen des Toyotas erzeugten, als das Auto in den Kreisverkehr fuhr. Weiter auf The Highway, in Richtung Wapping.

»Aber«, warf King ein, »warum sind wir dann immer noch hinter Clapham her …?«

Vertrau mir, Ed. »Wir brauchen Clapham, um an Hurst ranzukommen.« *Da wir gerade davon sprechen.* Sie holte ihr Handy hervor, tippte etwas ein. Drückte den Call-Button, hielt sich das Gerät ans Ohr. *Jetzt mach schon, geh ran, geh ran …*

»Ja, hallo?« Blutiger Nasenpfropfen klang erschöpft. »Sind Sie das …«

»Habe ich nun recht?«

Ein Seufzen. »Sie haben die SMS vor gerade erst zehn Minuten geschickt. Es ist samstagmorgens, verdammt noch mal …«

Na und? »Ich muss das wissen. *Jetzt.*«

Der Toyota donnerte über The Highway.

Wieder ein Seufzen. »Ja«, sagte er. »Ich habe das überprüft. Sie liegen richtig. Aber …«

Aber was?

Blutiger Nasenpfropfen räusperte sich. »Ich sage Ihnen das alles inoffiziell. Ist das Beste, was ich machen kann. Und die Dokumente, um die Sie mich gebeten haben? Kann ich Ihnen nicht schicken. Ich kann gar nichts schicken, auch keine E-Mails, zu riskant. Kundenvertraulichkeit. Ich würde meine Zulassung verlieren. Sie brauchen eine offizielle Anfrage, vielleicht einen Durchsuchungsbefehl, und selbst dann …«

Er brach ab.

»Blutiger Nasenpfropfen …«

Ein Blick von King. »Nur einmal«, sagte er. »Sagen Sie wenigstens einmal ›Fuck‹, verdammt, und ich *verspreche* Ihnen, dass Sie sich gleich viel besser fühlen …«

Sie ignorierte ihn. Blickte auf ihr Handy. Das Display war schwarz.

Der Akku? Kann nicht sein, ich hab doch eben noch geladen, also …

Oh, fuck.

Der verfluchte Sykes.

»Ed? Ihr Handy. Haben Sie was dagegen, wenn ich …?« Sie schnappte es sich von der Konsole, tippte aufs Display. Nichts passierte. Sie tippte nochmals, zog die Stirn in Falten, legte es dann zurück. »Wie blöd.« *Dieser gottverdammte, stinkfaule Säufer mit seinem scheiß Fedora.*

»Was ist?«

»Eigentum der Met.« Sie runzelte die Stirn. »Die haben sie deaktiviert. Aus der Ferne.«

Er starrte sie an, die grünen Augen geweitet. »Dieser Bastard. Äh … mein eigenes Handy liegt bei mir zu Hause. Und Ihrs?«

Lucy zuckte mit den Schultern. »Hab nur das hier.«

Wen sollte ich schon anrufen?

»Fuck«, schimpfte er. »Also keine Handys mehr.« Er trat auf die Bremse, fuhr dann rechtzeitig vor dem Gegenverkehr nach Wapping. Ein Taxi hupte sie an. »Was ist, wenn Clapham sich verdrückt? Er saß zwar immer noch beim Frühstück, als wir losgefahren sind, aber jetzt kann ich ja nicht den DC kontaktieren, der ihn observiert …«

Sykes, du Arschloch. Sie sah, wie eine Reihe Luxusapartments an ihnen vorbeirauschten. Zupfte an den Bändern der Kapuze, überlegte, wo ihr Wert im Augenblick liegen mochte. Sie wusste, dass es in der Kirche noch 6,7 waren, und das war zwanzig Minuten her, daher war er jetzt bestimmt auf 6,6 gesunken? *Oder 6,5, woher soll ich das ohne das Handy wissen? Weiß es erst, wenn das nächste Piepsen bei 6,0 kommt, und dann könnte der Wert in den Keller gehen, ein Absturz wie von einer verdammten Klippe …* Sie wandte sich King zu. »Fahren Sie, Ed. Schneller.«

»Okay, okay.« Er trat aufs Gaspedal, und sie flogen nur so durch Wapping, nahmen das Kopfsteinpflaster ziemlich sportlich – *klack, klack, klack* –, alte Lagerhäuser und gelber Backstein zogen verschwommen vorbei.

Bitte mach, dass er noch da ist ...

»Links«, gab sie vor. Sie hielt sich an der Schlaufe auf der Beifahrerseite fest, während King rasant in eine Seitenstraße abbog und wieder Gas gab. Linker Hand ein öffentlicher Platz mit grünem Zaun, rechter Hand eine alte Kirche. »*Da!*« Sie zeigte nach vorn. »Sehen Sie das? Den Coffee Shop, den alten Pub?«

Sie kamen quietschend zum Stehen.

Okay, Clapham, hoffe, du bist noch da ...

Lucy öffnete die Beifahrertür, sprang hinaus in den Regen. Sprintete durch die Pfützen zum Coffee Shop, betrat den Laden.

Wo ist er ...?

Sie blickte sich um. Sah Eltern, die Tee tranken; Kinder verputzten ihr Essen, spielten. *Komm schon. Du musst hier sein, verflucht seist du!* In der Ecke saß ein Mann, verdeckt hinter einer Zeitung. Sie ging auf diesen Tisch zu, griff nach der Zeitung, zog sie runter. *Nein. Mist.* »Hey!«, rief der Mann, aber sie war schon weitergegangen, suchte die Tische noch einmal mit wachem Blick ab, jeden einzelnen, hoffend, betend, *bitte ...*

Keine Spur von Clapham.

So ein Mist.

Die Tür quietschte in den Angeln: King kam herein. Sie hatten Blickkontakt. Sie schüttelte den Kopf: *Er ist weg.* King runzelte die Stirn, hielt eine Kellnerin auf. »Wir suchen einen Mann, dünner Kerl, sieht aus wie eine wandelnde Leiche. Hat gerade hier sein Frühstück gehabt, ein warmes ...«

Lucy wandte sich ab.

Sie verschränkte die Arme, starrte aus dem Fenster, hinaus in den prasselnden Regen. Sie hätte kotzen können. *Ich brauche*

Clapham. Der Plan würde aufgehen, ich weiß es. Hab alles durchdacht, aber ich brauche ihn, unbedingt. Denn Hurst steckt in der Sache mit drin. Alte Schulkameraden mit Verbindungen nach ganz oben, verdammt. Aber wir sind ja sowieso suspendiert, offiziell. Können nichts machen, haben nicht mal mehr Handys, verdammt, und die Zeit läuft uns davon und …

Da!

Da bist du ja!

Auf der anderen Straßenseite ging Enoch Clapham gerade über den öffentlichen Platz mit dem grünen Zaun.

Lucy rannte los.

Sie wartete nicht auf King, stürmte einfach aus dem Shop. In vollem Tempo: raus aus der Tür, über die Straße, zu dem Platz. *Komm zurück, Clapham.* Bei dem schmiedeeisernen Tor mit den Metallspitzen blieb sie stehen, schaute sich keuchend um. Alles ruhig. Kahle, knorrige Bäume, leere Bänke. Dann sah sie Clapham wieder. Er folgte dem Verlauf eines kleinen Pfads, der sich durch das trostlose Gras schlängelte. Gegen den Regen hatte er den Kragen seines langen schwarzen Mantels aufgestellt.

»Clapham!«

Er drehte sich um. Starrte sie an, ging dann unbeirrt weiter. *Du stiehlst dich nicht einfach so davon, Enoch.*

Sie hielt geradewegs auf ihn zu, achtete nicht auf den Pfad, ihre Turnschuhe schmatzten über den dunklen, aufgeweichten Boden. Sie holte Clapham auf halbem Weg über den Platz ein. Passte sich seinem Schritttempo an, rang nach Luft.

»Rufen Sie Geoff Hurst an«, sagte sie. »Das müssen Sie tun. Jetzt.«

Er ging weiter, den Blick stumpf geradeaus gerichtet. Einen Moment sagte er nichts, schließlich doch, ruhig: »Wussten Sie,

Officer, dass Wapping früher einmal ein gefährliches Pflaster war? Ein Slum. Berüchtigt. Von Krankheiten heimgesucht.«

Sie zog die Stirn kraus.

Ist mir egal. »Hurst. Rufen Sie ihn an. Tun Sie es.«

»Und heute?« Ein Lächeln spannte seine wächserne Haut. »Alte Lagerhäuser wurden umgebaut. Um uns herum Luxuswohnungen im Wert von Millionen.« Er kicherte. »Ist das zu glauben? Die Leute wollen unbedingt hier leben, genau hier, wo wir jetzt stehen, als es damals …«

Ich habe keine Zeit für diesen Scheiß.

Sie stellte sich ihm in den Weg. Matsch von ihren Turnschuhen spritzte auf seine tadellos sauberen Lederschuhe. Sie griff in ihren Hoodie, wollte den Dienstausweis zeigen, aber er war weg, Mist. *Dieser verdammte Hurst, dieser Mistkerl von Sykes. Alles Wichser.* Daher hob sie einfach ihre Hände, die Handflächen zu Clapham gewandt: *Halt.* »Sie. Rufen. Jetzt. Hurst. An.« Sie funkelte ihn an. »Sofort, verdammt.«

Er warf einen Blick auf seine Lederschuhe. Seine Miene verfinsterte sich. »Ich fürchte, ich weiß nicht, von wem Sie sprechen«, sagte er. »Wenn Sie mich dann entschuldigen würden …« Er ging um sie herum, setzte seinen Weg fort.

Ach ja?

»Natürlich kennen Sie ihn«, rief sie ihm nach. »Sie erpressen ihn.«

Clapham blieb stehen.

Drehte sich um.

Lucy konnte beobachten, wie seine demütige Fassade zu bröckeln begann. Seine Augen flammten auf, sie brannten wie an dem Tag, als er vor seiner Gemeinde gestanden und einen aufgewühlten Mob in weißen Roben aufgeputscht hatte. »Wie können Sie es wagen!«, stieß er hervor. »*Sie* beschuldigen *mich?* Mich, den Sendboten unseres Großen Vaters aller Länder, unseres Herrn? Sie begehen einen schweren Fehler, Officer, wenn Sie jemanden verärgern, den Er auf Erden wirken lässt, um Sein Wort zu verkünden …«

Sie lächelte.

Da haben wir dich also endlich. Den wahren Enoch Clapham.

Ein Rascheln hinter ihr, King holte sie ein, schwer atmend.

Sieh nur, wen ich gefunden habe, Ed. Er glaubt, er ist furchterregend.

Aber ich bin hier diejenige, die furchterregend ist, Clapham.

Sie ging auf den Prediger zu. Brachte ihr Gesicht nah an seins, starrte ihn aus dunkel umschatteten Augen an. »Sie haben mir schon gesagt, dass Sie Hurst nicht kennen«, sagte sie. Ihre Stimme hatte einen harten Unterton. »Das haben Sie uns im alten Pub erzählt. Aber Sie kennen ihn. Sie haben für seine fragwürdige kleine Vermittlungsagentur gearbeitet, für jene Agentur, die Körperschaftssteuerbetrug begangen hat. Und dafür haben Sie gesessen.« Ein Schulterzucken. »Also habe ich mich gefragt, warum Sie lügen, was Hurst betrifft. Komisch eigentlich, oder? Der Mann scheffelt Millionen, kauft sich einen verdammten Fußballverein. Schätze, ein Depp wie Sie müsste sich deswegen die Lunge aus dem Hals schreien.«

»Ich habe Freunde«, antwortete Clapham, und seine Stimme glich einem Zischen. »Freunde bei der Polizei …«

»Und dann hat mir eins Ihrer geliebten kleinen Kinder auf die Sprünge geholfen.«

Die kratzige Stimme von Orangener Turnschuh hallte in ihrem Kopf nach: *Dabei mag er Vater Clapham nicht mal … jedenfalls nicht mehr, wegen der Er…* Sie lächelte. Sie hätte das fast überhört, war so sehr damit beschäftigt, das Geheimnis um Orangener Turnschuh zu lösen, dass es ihr fast entgangen wäre. Aber kurz danach hatte sie es kapiert, als sie hinter der Kirche in Aldgate stand, mit geschlossenen Augen, und grübelte, wie es ihr je gelingen könnte, an Geoff Hurst heranzukommen. Plötzlich hatte sie begriffen, was Orangener Turnschuh wirklich hatte sagen wollen:

Wegen der Erpressung.

»Cox Labs muss sich einer Rechnungsprüfung unterziehen«, ließ sie Clapham wissen. »Ich habe mich ein bisschen mit dem Rechnungsprüfer unterhalten. Die Firma überweist pro Quartal Geld an die ›Schwert Gottes Ltd‹. Autorisiert von Geoff Hurst höchstpersönlich. Und das hat überhaupt erst zu der Prüfung geführt. Flinders Cox ist dahintergekommen, dachte, dass da was nicht stimmt.«

Ein höhnisches Grinsen. »Das sind alles wohltätige Spenden, Officer, und es ist schmählich, dass Sie …«

Sie unterbrach ihn. *Keine Zeit für diesen Scheiß.* »Aber was war vor der ›Schwert Gottes Ltd‹? Was war, bevor es Ihr kleines fingiertes ›Hand Gottes‹-Outfit gab? Dieselben Quartalszahlungen, exakt dieselbe Summe. Aber damals ging das Geld direkt an einen gewissen Gavin Morley. An Sie. Tituliert als Beratungsgebühren. Aber ich weiß nicht recht, ›Beratungsgebühren‹ klingt schon ein bisschen merkwürdig, finden Sie nicht?« Sie grinste. »Wenn man bedenkt, dass Sie zu der Zeit im Knast saßen.«

Seine Finger tasteten nach dem verborgenen Doppelkreuz.

»Die ›Hand Gottes‹ ist *nicht* fingiert«, sagte er. Seine Miene verfinsterte sich. »Das Geld wird dazu verwendet, das Wort zu verbreiten. Und die Menschen hören uns zu. Sie sind erpicht auf Gottes heilige Wahrheit.« Er breitete die knochigen Arme aus. »Unsere Videos gehen *viral*, Tausende und Abertausende Streams. Ich kann inzwischen stets bei meinen Kindern sein, rund um die Uhr, bei ihnen zu Hause, wenn sie im Auto sitzen, sie sehen mich auf dem Handy …«

Lucy starrte ihn böse an. Verschränkte die Arme.

Du kannst es immer noch nicht sagen. Bringst es immer noch nicht über die Lippen.

Alles nur Theater? Eine Fassade, um Geld zu waschen und miese T-Shirts zu verhökern? Oder glaubst du wirklich an diesen Scheißmist, den du verzapfst? Mit dem du die Gedanken der Menschen durchseuchst und ihre schlimmsten Befürchtungen für deine Zwecke nutzt?

Sie holte hörbar Luft.

»Tut nichts zur Sache«, sagte sie. »Was Sie damit machen, ist vollkommen egal. Es ist und bleibt Erpressung. Es ist immer noch illegal. Sie werden wieder in den Knast wandern, alles wird konfisziert und sich in Luft auflösen.« Sie zuckte mit den Schultern. »Oder? Sie rufen Hurst an. Sagen ihm, Sie wissen, dass er ein Antidot hat. Dass Sie wissen, dass er es versteckt, zurückhält. Sie haben Beweise dafür, denn Sie wissen es von seinem Sohn. Der zu ihren geliebten Kinderlein gehört.« Sie sah, wie seine Hand von der Brust zur Manteltasche wanderte. »Sagen Sie ihm, Sie werden es in die ganze Welt hinausposaunen. Sie werden es in einem Ihrer Videos unter die Leute bringen. Es sei denn, er rückt damit heraus. Sie wollen ein Treffen, so schnell wie möglich. Sie wollen Bedingungen aushandeln, von Mann zu Mann.«

Sie standen im strömenden Regen.

Er holte sein Handy aus der Manteltasche.

»Und, Clapham«, ergänzte sie. »Dieses Treffen ...« Sie machte bewusst eine Pause. »Es muss jetzt sofort sein, verdammt.«

Keine Zeit mehr zu verlieren. Keine verfluchte Sekunde.

Er sah sie wütend an. »Wer erpresst hier nun wen, Officer?« Er wandte sich ab, fing an, eine Nummer zu wählen.

King zog sie ein wenig beiseite. Seine Augen waren geweitet, sein Blick fragend.

Kommst du bei alldem noch mit, Ed?

Er sah kurz zu Clapham hinüber. »Weswegen erpresst er Hurst?«, flüsterte er.

Wen interessiert das? Sie zuckte mit den Schultern. »Ich schätze, es hat etwas zu tun mit dieser Steuerhinterziehungsgeschichte. Hurst hatte ihn reingelegt, und jetzt rächt Clapham sich. Vermute ich.« Sie wischte sich den Regen aus dem Gesicht, es goss wirklich wie aus Eimern. »Es könnte aber noch einen anderen Grund geben. Schätze, Hurst hat so einiges am Laufen.« *Dieser verfluchte Scheißkerl.* »Aber im Grunde ist es doch egal, oder?«

»Okay, aber Sie sind bereit, sich nur auf die Erpressung zu konzentrieren? Lassen Sie dieses Arschloch machen, was es will? Soll er ruhig seinen elenden Mist verbreiten?«

Sie hielt einen Finger hoch, lauschte auf das, was Clapham am Handy sagte. Er versuchte es auf die harte Tour: *Nein, ich sage dir, Geoff ... jetzt wirst du mir zuhören ...* Sie musste grinsen. *Pack ihn dir, Enoch.* »Natürlich nicht«, sagte sie zu King. »Seien Sie nicht albern. In der Kirche habe ich unseren Medien-DC angerufen, hab ihm gesagt, er soll Blutiger Nasenpfropfen anrufen, sich die Details durchgeben lassen, dann alles weiterleiten.«

Er legte den Kopf leicht schräg.

Was ist, Ed?

»Erledigt.« Clapham wandte sich ihnen wieder zu, ließ das Handy in der Manteltasche verschwinden.

»Und?«

»Er will sich mit mir treffen. Er ist im Büro drüben in Stepney. Meinte, er könne es in einer Viertelstunde schaffen, aber danach muss er zum Flughafen, und dann habe er erst wieder nächste Woche Zeit. Ich habe ihm gesagt, dass wir uns heute treffen.«

Sie nickte. *Genial. Eine Viertelstunde. Perfekt, müsste klappen.*

Aber das kann ich nicht mit Sicherheit sagen. Die Werte könnten jeden Augenblick absinken, deshalb müssen wir los, und zwar jetzt sofort, verdammt. »Kommen Sie«, sagte sie zu Ed und lief bereits in Richtung des Toyota.

»*Officer?*«, rief Clapham hinter ihr her. »Sie sollten vielleicht noch wissen …«

Sie blieb stehen. Drehte sich zu ihm um. »Was sollte ich wissen?«

Der Regen kam nun von der Seite. Harte Tropfen brannten in ihrem Gesicht.

»Er sagte gerade: keine Bedingungen. Keine Verhandlungen. Er wird nichts zahlen, keinen roten Heller.« Er grinste, ein gemeines kleines Grinsen. »Er will nur, dass ich komme und ihm zusehe.«

Ihm zusehen?

Wobei denn?

»Es gibt nur eine einzige Dosis des Gegenmittels. Und die wird er vernichten.«

Ihr Sensor piepte, während der Toyota über die Wapping High Street raste.

Lucy konnte spüren, dass ihr Herz dumpf pochte. *Sechs. Runter auf 6, wahrscheinlich stürzt der Wert jetzt ab, verdammt.* Sie sah aus dem Fenster, sah Gebäude vorbeifliegen, Läden, Apartments. *Schneller!* Im Regen wirkte alles verzerrt. *Beeilung, verflucht.* Die Sirene heulte, Blaulicht, das volle Programm. Sie hielt vor Anspannung den Atem an; sie wären in fünf Minuten vor Ort. *Nur abwarten, verdammt. Ein paar Minuten noch, fast geschafft, komm schon, schneller, schneller verdammt …*

King sah zu ihr herüber.

»Also gibt es doch ein Gegenmittel«, sagte er. »Es existiert wirklich.«

Klar. Sagte ich ja. A, nicht U.

Fahr schneller, Ed.

Sie flogen an dem alten Pub vorbei, rasten über eine rote Metallbrücke. »Festhalten«, warnte King und bog rasant ab auf The Highway. »Aber warum sollte Hurst es an sich nehmen? Das Antidot ist doch Eigentum seiner Firma.« Er erhöhte das Tempo, überholte einen Bus, sauste an einem Taxi vorbei. Lucy hielt immer noch den Atem an. »Und wieso ...« Er fuhr mit Bleifuß, raste über eine rote Ampel, bog links ab. »Warum will er es *vernichten*? Es müsste doch Millionen wert sein ...«

Komm schon, Ed. Verstehst du nicht?

Das Auto schoss über die A13.

»Er tut es schon wieder«, sagte sie.

»Es?«

Fahr einfach. Und hör zu. »Für andere stellt es vielleicht ein Vermögen dar. Aber für ihn?« Sie schüttelte den Kopf. Sah durch die Windschutzscheibe, während sie die Autobahn herunterdonnerten. *Beeilung.* »Millionen Menschen weltweit, die sich boostern. Jeden Tag ein Booster. Ein Leben lang.« Sie klammerte sich an den Türgriff, als sie eine enge Kurve nahmen. »Dann die Geräte, die Cox-Bögen, Teststreifen. Alles aus den Cox Labs. Die ganze Palette.« Sie schwieg einen Moment. »Und das alles geht verloren, wenn es ein Antidot gibt. Sobald eine Injektion reicht und man kein Vulnerabler mehr ist.«

»Gott verdammt.«

Nein, Ed. Lass Gott außen vor. Das ist teuflisch.

Sie näherten sich ihrem Ziel. Kamen in Stepney an, rasten an vernagelten Pubs, heruntergekommenen Wohnblocks vorbei. Ausgebrannte Gebäude, die während der Straßenunruhen in Brand gesetzt worden waren. Rote X an den Türen. Sie hörte ein Piepen. *Fuck. 5,9. Aber wir sind so nah dran. Moment noch, bitte, fast geschafft ...*

King räusperte sich.

»Wenn wir gleich da sind ...« Ein Blick in ihre Richtung. »Wir müssen vorn rein. Sind Sie ...?«

Lucy nickte. »Alles okay.« Aber ihre Hände hatten schon angefangen, leicht zu zittern. Sie schob sie in die feuchten Taschen ihres Hoodies. Redete sich selbst ein, stark zu sein, dagegen anzukämpfen. Sie musste die verdammte Schuld begleichen, Punkt. *Ist ja nur ein verdammter Parkplatz. Hab ich schon mal gemacht. Nur gleichmäßig atmen.*

Einatmen, ausatmen.

Der Toyota nahm eine Kurve, und da waren sie auch schon: die fünf Schornsteine der Firmenzentrale von Cox Labs.

Mir bleibt keine Wahl. Du schaffst das.

Du musst es tun.

Sie ließ die Kapuze unten, scheiß aufs Versteckspielen: *Zieh dich warm an, Vergangenheit.* Sie sah den Parkplatz. Fast leer, nur ein einsames silberfarbenes Auto. Ihr Herz hämmerte in der Brust. Sie fuhren auf die Fläche – *gleich da* –, rasten über die Bodenschwellen – *auf die Plätze* –, fuhren langsamer – *fertig* –, hielten an – *los.*

Hier komme ich, verdammt.

Sie sprang aus dem Auto.

Die Sohlen ihrer Sportschuhe berührten den Boden, und fort war sie, rannte, sprintete durch ihre eigene Vergangenheit. Sie ließ die Augen offen, sah Bilder aufblitzen: die Explosion, dicken schwarzen Qualm, Flammen, die in den dunklen Himmel züngelten. Sie sah noch einmal, wie sie zu Boden stürzte, spürte noch einmal die kleinen Schottersplitter an den Händen. Auch Simon war gestürzt, und sie rannte jetzt an sich selbst vorbei, erhöhte das Tempo, trieb sich an, *schneller ...*

Es ist das Jetzt, es ist jetzt, konzentrier dich ...

Sie spürte die Hitze. Die Menschenmengen, die in ihre Richtung liefen, über ihr zusammenschlugen wie eine Woge, all die Menschen, die auf sie einprasselten wie Schläge, die ihr Körper einstecken musste. Wieder einer, noch einer, noch einer – *ah* –, und sie zwängte sich an allen vorbei, erkämpfte sich einen Weg hindurch, kann nicht stehen bleiben, darf nicht stehen bleiben ...

Halbe Strecke geschafft ...

Sie hörte die Schüsse der Soldaten, das Rat-tat-tat. Menschen schrien: Patienten, Kinder. Tote um sie herum. Irgendwo jammerte eine Frau, ein Wehklagen, gellende Schreie: *Oh! Tot, tot, tot ...*

Aber sie rannte weiter.

Lauf weiter, du musst dranbleiben ...

Musst es ...

Und dann stürmte sie durch die Tür zur Lobby.

Kam schlitternd zum Stehen.

Geschafft.

Dort stand sie, keuchend, das Haar verklebt vom Regen. Wischte eine Träne fort. Blickte sich um.

Am anderen Ende der Lobby: Geoff Hurst.

Groß, sonnengebräunt, Haar tadellos frisiert. Gebügeltes weißes Oberhemd, rote Chinohose. Sie spürte, wie sich ihr kleines Räderwerk in Bewegung setzte. Sie hatte ihn so schon einmal irgendwo gesehen. Sie wusste es, es war so verdammt frustrierend, aber im Augenblick tat es nichts zur Sache. Denn dort stand er, genau in ihrer Blickrichtung.

Hi, Geoff. Kennst du mich noch?

Er starrte sie einen Moment an.

Dann machte er auf dem Absatz kehrt und rannte davon.

Oh, nein, das wirst du nicht tun, verdammt.

Irgendwo hinter ihr Kings Stimme, aber es war keine Zeit mehr, sie war sowieso schneller. *Na los, Ed, lauf mir nach.* Ihre

Lungen brannten, die Beine schmerzten, aber sie konnte nicht stehen bleiben, konnte nicht warten, sie musste weiterlaufen. Sie jagte ihn über einen Korridor, eine Treppe hinunter. *Niemand zu sehen.* Sie bog links ab, noch einmal links, keine Lampen, alles verwaist, nur ihre Schritte, die von den dunklen Wänden widerhallten.

Er wird es vernichten. Ich muss ihn aufhalten.

Er war schnell, doch sie war schneller. Sie holte auf. Raste an Schildern vorbei, an Schutzanzügen, Masken – *komm, los, fast geschafft –*, bog um eine Ecke, noch eine, und dann …

Fuck.

Die Labore.

Sie nahm das Symbol für chemische Kampfstoffe wahr, all die Warnhinweise, aber es bestand kein Zweifel, er lief genau darauf zu, verschwand hinter den Türen. *Natürlich läuft er dorthin, zu den Kampfstoffen, dort vernichtet er es, ich muss ihn daran hindern.* Sie blieb dran. *Ich muss es schaffen!* Sie stürmte durch die Dekontaminationsdusche, die Luftschleuse. Niemand zu sehen, überall Ausrüstung. Er stieß einen Stuhl um, sie sprang drüber, wich einer Apparatur aus, noch einer, rannte vorbei an herabhängenden roten Luftschläuchen, eine Luftschleuse nach der anderen, durch Laborräume, orange, grün, blau.

Gleich da … so dicht dran …

Hinein ins graue Labor, aber er lief noch weiter, hielt auf die letzte Luftschleuse zu.

Das Schwarze Labor.

Dort gab es keinen Ausgang. Sie wusste es, hatte es von weiter oben gesehen. Eine Sackgasse – *perfekt –*, und sie rannte durch die letzte Luftschleuse, hinein ins Labor, *hab ich dich*, sah, wie er stehen blieb, *jetzt gehörst du mir*, und …

Was, zum Teufel …

Sie blieb mit dem Fuß irgendwo hängen und stolperte, fiel

hin, landete auf dem harten schwarzen Boden. Hörte, wie ihr Fußknöchel knackte – *Mist* –, dann ein lautes Krachen, *oh Gott*, und ihre Knöchel pochten, beide. Es fühlte sich an, als stünden sie in Flammen. *Das tut weh, verdammt.* Sie versuchte, wieder auf die Beine zu kommen, aber sie schaffte es nicht, konnte ihre Beine nicht bewegen, saß fest.

Sie drehte den Kopf, schaute zu ihren Füßen: Ein riesiger Kühlschrank aus Metall quetschte ihre Fußknöchel ein, drückte sie zu Boden.

Oh …

Ihre Wange brannte, und sie fasste sich ins Gesicht, spürte einen kleinen Glassplitter. *Was ist das jetzt wieder, verdammt?* Schaute sich um. Sah ein zersprungenes Reagenzglas auf dem Fußboden. Auf dem Etikett: ein Totenschädel, gekreuzte Knochen, **TOXISCH – LB.**

Fuck, fuck, fuck …

DRRRRRRING

Ein Alarm ging los. Überall um sie herum blinkten Lampen.

Ein Erinnerungsfetzen: Sie starrte von oben auf die Labore, verfolgte den Lockdown-Test.

Black in der Luft …

Hinter ihr ging ein riesiges Stahltor krachend zu, blockierte die Luftschleuse.

DRRRRRRRING

Sie streckte die Hand aus, umfasste ihr Bein, zog. *Wie das wehtut, verdammt.* Zog noch einmal. Nichts. Sie saß fest, war eingeklemmt, musste auf die Beine kommen, musste Hurst stellen. Aber sie konnte es nicht, denn sie lag wie festgenagelt am Boden. Ihr Sensor piepte, noch einmal zerrte sie am Bein – *fester*. Dieser Schmerz, gottverdammt, sie musste sich aufrappeln, aber …

Der Alarm hörte auf.

Stille.

Und dann, vom anderen Ende des Labors, Hursts Stimme, mit einem merkwürdigen Singsang, bei dem man die Wut bekam:

»Hoppala!«

25. KAPITEL

»Das ist alles Ihre Schuld, wissen Sie das?«

Lucy hörte, wie er leise lachte. *Eine Falle. Er hat mich in eine Falle gelockt.* Sie wollte ihm einen Punch verpassen, wollte ihn zu Boden schicken wie am Flughafen. Aber das war unmöglich, keine Chance, sie war eingeklemmt – *scheiße. Und es tut so schrecklich weh.*

Sie biss die Zähne zusammen. Stemmte sich auf die Ellenbogen, schaute sich um. Sie konnte Hurst nicht sehen, weil alles Mögliche ihr die Sicht versperrte: Tische, Laborausstattung, dicke rote Luftschläuche, die von den orangenen Deckenventilatoren herabhingen. Sie streckte die Hand aus – *tut so weh* –, bekam die Schläuche zu fassen, zog sie zur Seite. *Da bist du also, du Arsch.* Er lehnte an der gegenüberliegenden Wand, grinsend, hinter ihm türmten sich Metallregale voller Laborbedarf auf: Mikroskope, Reagenzgläser, große Glasbehälter mit Chemikalien. Sie versuchte noch einmal, ihre Beine freizubekommen, spürte einen stechenden Schmerz.

Ich muss wieder auf die Beine kommen …

»Ihr Fehler, Clapham da reinzuziehen«, sagte er. »Der kleine Saukerl rief mich noch einmal an, als Sie schon auf dem Weg hierher waren. Das hätten Sie vorausahnen müssen, Sie und Ihr zahmer Hüne dort drüben.« Er drehte den Kopf. Sie wusste, dass er durch das Panzerglas zu King sah, der in einem der anderen Laborbereiche festsaß. Er war ihr also keine Hilfe. Und keine Handys bedeutete keine Verstärkung. Black in der Luft. *Verdammt, ich bin ja so was von am Arsch …*

Sie kämpfte gegen die aufsteigende Panik an, rang sie nieder.

Fokussier dich.

»Und außerdem«, redete Hurst weiter, »sind Sie ja ein Bulle. Sie müssten eigentlich Ihren Job machen. Leute dingfest machen, die *tatsächlich* das Gesetz gebrochen haben, wissen Sie?« Er grinste selbstgefällig, zog etwas Kleines aus der Tasche seiner Chinohose, drehte den Gegenstand zwischen den Fingern. »Gegen welche Gesetze soll *ich* verstoßen haben? Vor zwei Jahren? Ein Anruf, geschäftlich. Ich optimierte den zeitlichen Ablauf, um die Verbesserungen bei der Produktion auf den Weg zu bringen. Alles absolut legal. Ich habe Flinders nicht mal belogen. Sagte ihm, ich hätte den Durchbruch eingeleitet, und das tat ich auch.« Ein kleines Grinsen. »Nur, *wann* es so weit wäre, das habe ich allerdings nie gesagt.«

Der Schmerz war unerträglich. Sie merkte, wie ihr allmählich die Sinne schwanden.

Hörte Jacks Stimme in ihrem Kopf: *Steh auf, Champ.*

Aber ich schaff's nicht, Jack …

Hurst redete unbeirrt weiter. »Und dann der Mord? Ich ging nach oben, um mit meinem Geschäftspartner über die neue Firmenstrategie zu sprechen. Und fand ihn tot vor.« Ein Achselzucken. Er fingerte mit dem Ding herum, das er in der Hand hielt. »Da fiel mir ein Gegenstand auf seinem Schreibtisch auf, der Firmeneigentum war. Und als guter Treuhänder der Firma nahm ich diesen Gegenstand an mich. Ich tat nur meine Pflicht. Mochte ja eines Tages vielleicht von hohem Wert sein. Verstehen Sie?« Er hielt den Gegenstand hoch: eine Spritze, mit Verschlusskappe, in der Ampulle eine hellgrüne Flüssigkeit.

Lucy starrte auf diese Spritze.

Das Antidot.

A für Antidot. Oh Gott, da ist es.

Ich muss es retten, es muss noch einen Weg geben …

»Und was meinen außerehelichen Bengel betrifft, den Halb-Fleischklumpen …«

Sie blickte sich suchend um, links, rechts, brauchte irgendetwas: eine Waffe, ein Werkzeug, einen Hebel, um den Kühlschrank hochzudrücken. *Mist. Nichts.* Sie versuchte, Hurst auszublenden, um sich zu konzentrieren, doch einzelne Sätze drangen bis zu ihr: »… dieses Miststück hätte besser den Mund gehalten, ihr Mann hätte nie … dieses verfluchte Kind drangsaliert mich seit Jahren … letzten Endes war er mir doch noch nützlich …« Sie hätte schreien mögen, aber was hätte das gebracht? Der Laborraum war versiegelt. Glaswände zogen sich hinauf bis zur Decke, wo die verfluchten orangenen Ventilatoren saßen. Niemand würde sie hören, es gab keinen Weg hinein oder hinaus und …

Moment mal.

Sie schaute hinauf zu dem Deckenventilator direkt über ihr.

Er saß in einer Halterung aus Drahtverspannung, die an den Deckenelementen befestigt war, einige Meter von der gegenüberliegenden Seite des Labors entfernt. Luftschläuche hingen von dort oben herab, fünf oder sechs, dicke rote Windungen, die aussahen wie riesige Slinkys aus Schraubenfedern.

Zwei davon könnte sie zu fassen bekommen.

Was, wenn …

Ihr Gerät piepte.

»… und ich *sagte* ihm noch, er soll die Finger von der Spritze lassen«, sagte Hurst. »Ich habe ihn gewarnt.« Er starrte auf das Antidot, während er sprach, drehte die Ampulle wie einen Kugelschreiber zwischen den Fingern. »Er ist ein erwachsener Mann und hat seine eigene Entscheidung getroffen. Genau wie *Sie* Ihre getroffen haben.« Wieder ein leises Lachen. »Erst greifen Sie mich am Flughafen an, obwohl ich Sie durch *nichts* provoziert habe, jetzt jagen Sie mich in dieses Labor. Sie hätten es besser wissen müssen. Ich habe Sie ausdrücklich gewarnt, nicht in die Gefahrenzonen zu laufen, als Sie das Firmengelände betraten. Dafür gibt es zehn Zeugen. Aber Sie konnten es ja nicht lassen ...«

Sie streckte die Hand aus, bekam die Schläuche zu fassen.

Ihre Fußknöchel brannten.

Wenn ich jetzt daran ziehe ...?

Sie probierte es. Die zuvor locker hängenden Schläuche spannten sich.

Sitzen so fest. So verdammt fest. Und selbst wenn ich den Ventilator abreiße, könnte er irgendwo hinfallen. Auf ihn, auf mich, zwischen uns. Ein Schuss im Dunkeln. Und dann die Platten an der Decke, die könnten auch runterkommen, die ganze verdammte Deckenverkleidung ...

»Nein«, sagte er und betrachtete immer noch das Antidot, »Sie mussten mich bis hierher scheuchen. Und dann das Kabel, über das Sie gestolpert sind? Wie ungeschickt.« Er gab einen missbilligenden, schnalzenden Laut von sich. »Wir sagen den Laboranten ständig, dass sie aufpassen sollen, aber, nun ja, Unfälle passieren.« Ein übertriebenes Schulterzucken. »Wir haben hier auch Prototypen von London Black, zum Experimentieren. Grässliches Zeug. War das vielleicht sogar eine Probe davon, die Sie eben umgeworfen haben? Es heißt, man erstickt am eigenen Blut.«

Ihre Haut begann zu prickeln.

Wieder ein Piepen.

»Nun, ich schätze, Sie sind einfach besessen von mir«, sagte er. Seufzte. »Sie wären nicht die Erste.«

Sie sah sein unverschämtes Grinsen.

Du bist widerwärtig, Hurst.

Sie sog die Luft ein, fing an, an den Schläuchen zu ziehen. Ihre Fußknöchel pochten, aber sie ignorierte den Schmerz, zog fest daran – *noch fester* –, so kräftig, wie sie konnte. Sie spürte, dass ihre Schultergelenke brannten. Dachte an die Klimmzüge in ihrer kleinen schwarzen Wohnung, spätabends. Sie hatte einen Klimmzug nach dem anderen gemacht, ohne Pause, bis ihr die Tränen über die Wangen liefen und ihr Geist brannte – wegen der Sache. Das, was damals geschehen war, immer wieder diese verdammte Sache. Klimmzug um Klimmzug, bis sie kraftlos zu Boden sackte, keuchend, zitternd, überwältigt von Schuldgefühlen.

Oh Gott, oh Jack, hilf mir jetzt, verdammt, ZIEH, *verdammt …*

Die Halterung des Abluftventilators fing an zu wackeln.

»Komisch irgendwie.« Hurst betrachtete sein Spiegelbild im Glas der Abzugshaube. »Salford meinte, Sie hätten dieses sonderbare Schuldgefühl. Einen Komplex.« Er lachte, ein sarkastisches kleines Kichern. »Gott, haben Sie das noch nicht mitbekommen? Schuldgefühle waren gestern. Tun Sie einfach das, was für Sie am besten ist. Jeder andere macht das doch auch …«

Sie riss so stark an den Schläuchen, wie es nur ging.

Eine Schraube löste sich.

Der Abluftventilator samt Halterung hing bereits schief.

»Ein Jammer, wirklich.« Hurst wandte sich ihr wieder zu. »Ich hätte Sie gern in Monaco gehabt.« Ein Grinsen. »Wissen Sie, was die über die Verrückten sagen …«

»Hey«, rief sie. »Hurst.«

Sie sah seine makellos weißen Zähne. Dachte an sein protziges Büro, an die Chesterfield-Sofas, den Ferrari-Schreibtischstuhl. Dann an die Geißel. Alles kam ihr gleichzeitig in den Sinn, der Mangel an Boostern, die weinenden, schreienden Menschen, die Leichen, die auf offener Straße verbrannten, die Unruhen und das Blut und der Tod.

Und Lucy sagte nur:

»Fick. Dich.«

Dann riss sie erneut an den Schläuchen, ein letztes Mal. *Nimm das, verdammt.* Sie spürte, wie die Schläuche nachgaben. Sofort schützte sie ihren Kopf mit beiden Händen, kniff die Augen zusammen und hörte, wie die ganze Luftabzugsanlage herunterkrachte. Alles um sie herum brach plötzlich in sich zusammen. Teile fielen auf sie, auf ihren Kopf, *verdammt,* der Schmerz schoss von den Fußknöcheln hoch, *wie das wehtut, verflucht,* dann ein schrecklicher Schrei. Es klang wie ein Tier, das schrie, vor Schmerz schrie …

Dann: Stille.

Sie wagte, wieder Luft zu holen.

Nahm noch einen Atemzug.

Nahm die Hände vom Hinterkopf. Schaute sich um.

Das Labor lag in Trümmern. Überall Chaos. Platten der Deckenverkleidung, gebrochenes Glas. Irgendein Dunst hing in der Luft. Sie schnupperte, nahm den Geruch von faulen Eiern wahr. Sie drehte den Kopf so, dass sie ihre Beine sehen konnte. Der blöde Kühlschrank hatte sich ein wenig bewegt. *Vielleicht …?* Ihre Fußknöchel pochten immer noch, aber sie streckte den Arm aus, zog an ihrem Bein. Erst kam das eine frei, dann auch das andere.

Oh, Gott sei Dank.

Jetzt aber …

Sie kroch auf allen vieren.

Ihr war schwindelig. Das kam von dem Teil, das ihr auf den Kopf gefallen war. Ihre Sicht war verschwommen. Sie stieß einen Hocker zur Seite und zog sich am Boden vorwärts, mit beiden Händen suchte sie Halt am kalten schwarzen Fußboden, zog die Beine nach.

Ihr Gerät piepte.

5,6? Oder 5,5, könnte sein, es sinkt so rapide.

Simons Stimme: *Fünf heißt Leben, Luce …*

Sie kroch um eine Apparatur herum, die von einer der Deckenverkleidungen umgeworfen worden war. Ihr Kopf pochte, ihre Kraft ließ nach, und eine Sekunde lang war es wieder so wie vor zwei Jahren: Dieser Raum gehörte noch zur Station des Isolierzentrums, und sie schlich durch die Reihen von Feldbetten, vorbei an all dem Blut, den Hautfetzen. Ihr war übel, Patienten schrien, und irgendwo war ihr Dad und …

Konzentrier dich.

Sie schüttelte den Kopf. Zwang sich zurück ins Hier und Jetzt. Schob einen Stuhl beiseite, und dort war er: Geoff Hurst lag mit dem Gesicht nach unten in einer großen roten Lache. Er rührte sich nicht mehr. Um ihn herum glitzerten Glasscherben von zerbrochenen Chemikalienbehältern.

Das Antidot … wo ist es …?

Sie entdeckte es, wenige Fuß entfernt von Hursts ausgestreckten Fingern.

Da ist es.

Die rote Lache wurde langsam größer, floss zäh in Richtung der Spritze.

Könnte Säure sein, verdammt …

Sie atmete bewusst ein, wieder aus, und kroch weiter. Überall Glas, aber ihr blieb keine Wahl, sie hatte keine Zeit mehr. Der Kapuzenpulli schützte ihre Arme, aber sie spürte, wie sich kleine Glassplitter in die Handflächen bohrten, in die Handgelenke. *Es tut so weh, verflucht.* Sie schaute auf. Irgendwelche Dämpfe hingen in der Luft, und ihre Augen tränten. Sie sah, dass die Lache fast die Spritze erreicht hatte, deshalb beeilte sie sich, kroch, so schnell sie konnte, ihr ganzer Körper brannte, Fußknöchel, Kopf, Handgelenke, *mach schon, schneller …*

Sie streckte die Hand aus.

Packte die Spritze.

Hab ich dich.

Zog die Hand zurück, drückte die Spritze an sich. Lächelte. *Gesichert.*

Dann piepte ihr Monitor.

5,4.

Und dann fiel es ihr wieder ein: das Black.

Winzige unsichtbare Partikel davon hingen in der Luft. Waren bereits in ihren Lungen, an ihrem Körper, ihrem Gesicht, an den Händen, überall, und ihre Werte sanken rapide, die Wirkung des letzten Boosters war fast verpufft. Sie schloss die Augen. Erinnerte sich an Gesichter, die sie gesehen hatte, an sterbende Patienten, deren Haut sich ablöste, dachte an das Blut, das ihnen aus den Augen lief, aus den Nasen, Mündern.

Oh bitte, nicht auf diese Weise.

So will ich nicht enden …

Sie hörte Hursts Stimme in ihrem Kopf: *Tun Sie einfach das, was für Sie am besten ist, jeder andere macht es doch auch.*

Sie atmete tief ein.

Betrachtete die Spritze.

Es weiß doch sowieso niemand.

Sie versuchte, den Gedanken zu verdrängen, aber das gelang ihr nicht. Es stimmte. Sie wusste, was es war, wusste, dass niemand sonst an die Existenz des Gegenmittels glaubte, dass nie jemand je daran geglaubt hatte. *Ich hab's ja gesagt. Hab's King gesagt, Wilkes, aber mir hört ja niemand zu.* Sie strich sich einmal durchs Haar, besudelte ihr Gesicht mit dem Blut an ihren Handgelenken. *Und ist es nicht das, was du die ganze Zeit wolltest, Lucy? Ging es nicht eigentlich genau darum, tief in deinem Innern? Du wusstest es die ganze Zeit. Du hast dir selbst einzureden versucht, dass es nicht so war, aber es war nun mal so, musste so sein. Es ging nicht um die Schuld, nicht wirklich, es ging um einen Ausweg, um eine Möglichkeit weiterzuleben. Es war nicht dein Fehler, es lag an den Genen, und es war einfach Pech, es war nicht dein verdammter Fehler …*

PIEEEEEEP.

Die Kanüle glänzte.

Ein Stich.

Eine Injektion, und du lebst.

Sie atmete ganz bewusst ein und aus. Ihr Sichtfeld war einge-
schränkt, sie sah nur noch verschwommen. Ihr war schwindelig.

Was soll ich nur tun, Jack?

Dann begann sich alles zu drehen, und sie spürte, dass ihre
Kräfte schwanden, dass sie wegdämmerte, als wäre es mitten in
der Nacht, und sie hatte seit Tagen nicht geschlafen. Als säße sie
in ihrer kleinen schwarzen Wohnung, die Beine gekreuzt, und
fühlte, wie die Dunkelheit sie vereinnahmte, wie sie sie zurück-
drängen wollte. *Fick dich, Schlaf …*

Konzentrier dich, verdammt, bleib wach, du musst …

Sie sackte kraftlos zu Boden.

Ihre Lider flatterten zu: schwarz.

Jetzt bin ich in der Hölle.

*Die Hölle ist der Fußboden in der Lobby eines Isolationszent-
rums. Kalt und dreckig. Ich sitze dort, kauernd, die Augen gerötet.
Bin müde, so verdammt müde. Fünfter Tag. Kann hier nicht weg,
darf es nicht, sitze einfach nur da, befingere meinen Ring, weine,
sehe zu, wie die Pfleger kommen und Namen rufen. Frauen jammern, und oh! Tot, tot, tot. Ich weiß, dass Si dort drin ist, irgendwo.
Dass er auf einem miesen Feldbett liegt, seine Haut löst sich ab, und
er blutet, stirbt, stirbt mir weg, verdammt, weil er mich gerettet hat,
mir das Leben gerettet hat. Und jetzt ist er dort drin, und ich bin
hier und …*

Jemand ruft meinen Namen, und ich schaue auf.

Und es ist er.

*Er steht dort. Si, oh Gott, es ist Si. Er steht dort drüben, oh, ich
danke dir, und ich höre den Arzt sagen »Survivor«, und ich springe*

430

*auf, laufe zu ihm, umarme ihn. Und er trägt eine Maske, aus dieser
blöden weißen Gaze, und ich weiß, was passiert ist, weiß, was sich
darunter verbirgt, verdammt. Es ist mir egal, ich habe ihn nicht
verloren, er ist immer noch hier, und es ist okay, oh, ich danke dir,
Gott, verdammt, okay. Ich küsse ihn, so fest, wie ich kann, aber er
wendet sich von mir ab …*

Und dann sind wir zu Hause.

*Wir sind zu Hause in unserer kleinen Wohnung, und es ist De-
zember. Dunkel, Nacht, kalt. Küchentisch. Seine Whiskeyflasche ist
zu einem Viertel geleert; er trinkt inzwischen viel, was soll er auch
groß tun, verdammt? Im Krankenhaus haben sie ihm gesagt, sorry,
nicht seine Schuld, nichts Persönliches. Aber Patienten mögen das
nicht, ist hart für sie, das versteht er natürlich? Der Vorgesetzte der
Stadttouren nahm ihn beiseite, wenn er ihm einen guten Rat geben
darf, ja, Sie verstehen das, oder? Und er sieht mich stirnrunzelnd
an, hat die Maske noch auf, aber ich weiß trotzdem, wie er mich
ansieht, und ich weiß auch, was er denkt: über mich, über das, was
er für mich getan hat, was er hergegeben hat.*

Und jetzt ist Januar.

*Kalt, erst drei Uhr nachmittags, aber es ist dunkel, und sein
Wodka ist halb leer, und ich merke, dass er mich ansieht, finster, und
ich weiß, was er denkt: Alles wegen dir. Ich sehe so aus wegen dir.
Der Vorwurf ist die ganze Zeit da, hängt in der Luft, dick, wie ein
verdammter Dunst, und ich lächele Si an, versuche alles, alles Mögliche, verdammt, aber nichts hilft. Er wendet sich ab, nimmt wieder
einen Drink, noch einen.*

Jetzt ist Februar.

*Die Ginflasche ist leer. Draußen dunkel, Fenster schwarz. Er
stiert mich über den Tisch hinweg an, die schwarzen Augen brennen
sich in mich, hassen mich, und es ist so furchtbar, es ist nur noch
furchtbar, jetzt reicht's, verflucht. Und ich stehe auf, weine, sage es
noch einmal: »Ich bin's, Si. Ich bin's, und ich sehe dich. Sehe dein*

Gesicht, und es macht mir nichts aus, egal ob jung, alt, gerötet, vernarbt, ganz egal, weil ich immer weiß, dass du es bist. Es ist dein Gesicht, so funktioniert der Partytrick, ja? Ich bin das Mädel, das Gesichter sieht, und ich sehe. Immer. Noch. Dich.«

Und dann schmeißt er die Flasche durch die Wohnung.

Krach. Sie knallt gegen die Wand, hinter meinem Kopf. Abertausend Scherben auf dem Tisch, dem Boden, auf meiner Kleidung. Winzige glitzernde Edelsteine überall.

Und jetzt starre ich ihn an.

Nehme den Ring ab.

Lege ihn auf den Tisch.

Ich verlasse das Zimmer, und er sagt: »Halt, nein, Luce, ich hab's nicht so gemeint, bitte.« Er streckt die Hand nach mir aus, und ich will mich ihm entziehen, weiche ihm aus, wie man einem Punch im Ring ausweicht, aber seine Finger streifen meine Bauchdecke, und ich spüre die Fingerspitzen, spüre die Berührung auf meinen verfärbten Einstichstellen, den Rötungen und Schwellungen von den Boostern, von seinen Boostern, doch ich gehe weiter, zur Tür hinaus, den Flur hinunter. Gehe raus in Richtung Pub, zu dem blöden Pub, wo wir immer hingehen, zu Harry. Und ich denke darüber nach, die ganze Zeit. Ich kenne ihn, ich weiß doch, wie er tickt. Und ich fange an, mir Sorgen zu machen.

Schreibe ihm eine SMS, aber nichts.

Rufe ihn an.

Habe plötzlich das Gefühl, dass da etwas nicht stimmt, absolut nicht stimmt. Ich weiß es, fühle es, also laufe ich wieder los, zurück in die Goswell Road. Ich renne die Straße hinunter, weiche den Autos aus, renne verdammt schnell und denke: Warum hast du das bloß getan, verflucht? Bitte, Gott, hilf mir. *Und dann biege ich um die Häuserecke, komme zu unserem Wohnblock und sehe sie, oh, Gott im Himmel, ich sehe eine Rettungssanitäterin, eine hübsche Blondine mit langem Hals. Und sie sieht mich, versucht, mich auf-*

zuhalten. Aber ich zwänge mich an ihr vorbei, bin schon im Trep-
penhaus, sprinte den Korridor hinunter, stürme durch die rote Tür,
und dann bin ich da und sehe den Gürtel, seinen Gürtel, oh Gott,
Si, und er ist straff gespannt, verdammt, er ist oben an der Klimm-
zugstange befestigt, und ich sehe seine Füße wenige Zoll über dem
Fußboden, und ich schreie, schreie im Spiegel, und ich sehe mich
selbst schreien, und es ist die Sache, es ist das, was damals geschah,
was geschieht, und ich schreie, SCHREIE mir die Seele aus dem Leib,
verflucht, und …

Sie öffnete die Augen.

Und sie wusste es.

Ich weiß, was ich tun muss.

Ich begleiche die verdammte Schuld.

Lucy zog ihren Hoodie aus. Machte die extra gefütterte Innentasche auf, die Tasche, die sie hatte einnähen lassen. Sie warf
einen letzten Blick auf das Antidot – *es sieht so wunderschön
aus* –, dann schob sie es in die Tasche. Machte sie wieder zu. Sie
dachte an das, was damals geschehen war. Was sie getan hatte.
Wieder einmal. Dachte an all das, von Anfang an bis zum Ende,
bis zu der Sache, die damals geschah. Eine Träne fiel auf den
schwarzen Laborboden. Dann rollte sie den Pulli auf, warf ihn
so weit weg, wie es ging, auf eins der Regale, außer Reichweite,
wo er sicher lag.

So.

Ihr Sensor piepte.

5,1.

Sie schob ihr Unterhemd hoch. Schaute auf die kleine
Scheibe, auf den kleinen weißen Kreis inmitten all der hässlichen
dunkelrot verfärbten Schwellungen. Sie konnte das Logo erkennen: Cox Labs. *Genug davon, es reicht.* Sie umfasste den Sensor
an ihrer Bauchdecke, zog die feinen Nadeln aus der Haut, warf

den Sensor in die Lache. Sie hörte, wie es zischte. *Kein Piepen mehr.*

Sie sog die Luft ein.

Einatmen, ausatmen.

Und sie spürte, wie die Schuld von ihr abfiel.

Alles war weit weg. Die Schuld war beglichen, ein großer schwarzer Berg zerfiel zu Asche.

Ende, aus.

Es ist vorbei, verdammt.

Sie betrachtete ihr Handgelenk. Sah ihr Tattoo, blutig verschmiert. Rieb mit dem Daumen darüber, dann schloss sie die Augen. *Pass auf, Jack. Hier bin ich. Ich komme, bin bald bei dir. Vielleicht können wir einen kleinen Sparringskampf machen, vielleicht finden wir ein Paar Handschuhe für mich, was?* Ein breites Lächeln. *Es ist okay, alles okay, wirklich, sogar besser als nur okay. Denn ich habe es getan. Ich habe die Schuld beglichen, endlich, und ich habe keine Angst, überhaupt keine, und hier bin ich schon und …*

Moment.

Sie spürte, wie es wieder in ihrem Kopf zu arbeiten begann, die kleinen Rädchen.

Spürte, wie der Partytrick einsetzte.

Und dann fiel ihr plötzlich ein, wo sie Geoff Hurst schon einmal gesehen hatte: nur ein einziges Mal, vor zwei Jahren. Er las eine Zeitschrift in einem kleinen Zimmer. Grässliche braungraue Tapete, künstliche Palmen. *Das Wartezimmer von Dr. Hodges. Aber das würde ja bedeuten …* Ihre Augen öffneten sich schlagartig. *Das bedeutet ja, dass Hurst ein Vulnerabler ist. Es muss so sein. Und er war in London während des großen Attentats, ich weiß es. Und das bedeutet, dass die Booster bei ihm auch keine Wirkung mehr haben, unmöglich. Aber er war hier drin, mittendrin, und hatte keine Angst vor Black, deshalb …*

Sie hörte die Stimme von Kaffeemann Nr. 6: *Wir haben ein paar Angestellte, die jetzt Ultra-Prototypen verwenden.*

Sie blickte hinüber zu Hurst, der reglos am Boden lag. Dann kroch sie in diese Richtung. So schnell, wie es ihr im Augenblick möglich war, durch die Glassplitter – *das tut weh* –, keine Zeit zu verlieren – *nun mach schon* –, achtete darauf, nicht mit der Lache in Berührung zu kommen – *Beeilung, verdammt.*

Sie war bei ihm. Packte ihn an der roten Chinohose, drehte Hurst auf den Rücken. Mühsam zog sie sich hoch, kroch auf seinen reglosen Leib, der wie ein Floß in der großen roten Lache schwamm. Sie betrachtete sein Gesicht, aber er hatte kein Gesicht mehr, es war nur noch eine verunstaltete rote Fratze; es roch grässlich – *gottverdammt.* Sie klopfte ihn ab, ihre Hände glitten über seine Kleidung, ihre Finger durchwühlten seine Taschen. *Komm schon, komm schon.* Sie durchsuchte die Chinohose, das Oberhemd. *Bitte.* Klopfte das Jackett ab – *nein* – und die außen aufgenähten Taschen – *Mist* –, das Futter und – *da.* Sie ertastete etwas. Schmal, fest. Zog es heraus. Hielt es hoch: eine Spritze. Sie las, was auf dem Etikett stand: COX LABS – ELEMIDOX ULTRA © – 25 ml.

Ultra.

U, nicht A.

Sie riss die Verschlusskappe ab. Machte die Kanüle bereit, schob ihr Unterhemd hoch, suchte eine Stelle auf ihrer Bauchdecke.

Sog die Luft ein.

Beim Ausatmen betonte sie jedes Wort einzeln, und der Schmerz ließ jede einzelne Silbe wie ein Keuchen klingen:

»*Du. Hast. Es. Nicht. Anders. Verdient.*«

Und dann spritzte Lucy sich das Mittel.

26. KAPITEL

Drei Wochen später

»Aber ich dachte, Sie würden jetzt besser schlafen?«

Wilkes beäugte die schäumende Colaflasche.

Lucy zerdrückte den leeren Espressobecher, warf ihn in den vollen Starbucks-Mülleimer. Sie zuckte mit den Schultern. Ja, sie schlief tatsächlich besser. Fünf Sitzungen hatte sie hinter sich, und die Schrei-Träume belasteten sie nicht mehr jede Nacht. Sie besaß sogar wieder ein richtiges Bett, von IKEA. Hatte es selbst zusammengebaut, nachdem sie die Wohnung neu gestrichen hatte. *Also, ja, Ma'am. Ich schlafe besser.* Sie nahm einen Schluck aus der Flasche. *Ist aber immer noch ein verdammt guter Drink, wie ich finde.*

Sie setzten sich an einen freien Tisch am Fenster.

»Dann ist es also offiziell?«, fragte Lucy.

Wilkes nickte. »Offiziell, leider.«

Irgendwie schade.

»Tja«, meinte Lucy, »der neue DCI kann Ihnen nicht das Wasser reichen, Ma'am. Wer auch immer es werden mag.« Sie nahm noch einen Schluck, lächelte dann. »Aber Sie werden eine fantastische Chief Superintendent sein!«

Wilkes lachte. »Ist das nicht komisch? Wie sich herausstellt, ist es doch nicht gerade förderlich für die eigene Karriere, wenn man ein alter Schulkamerad von Geoff Hurst ist.« Sie spielte mit ihrem Teebeutel, nahm dann den ersten Schluck. Ihr Lippenstift hinterließ einen roten Fleck am Tassenrand. »Und da Sie gerade den neuen DCI erwähnen …«

Lucy gab sich unbeteiligt. »Darf ich ehrlich sein, Ma'am? Ich bin heilfroh, dass es nicht Sykes ist.« *Dieser verdammte Sykes.* Sie wünschte, sie hätte dabei sein können, als es passierte: Ein Fernsehreporter hatte Sykes eine geknallt. Während einer Live-Sendung, vor laufender Kamera, draußen vor dem Firmensitz von Cox Labs. Der junge Medien-DC hatte ihr erzählt, die gerötete Wange habe man noch am nächsten Tag sehen können.

Tja, das war dann wohl die Hand Gottes, was?

»Andy Sykes?« Wilkes machte eine wegwerfende Handbewegung. »Das hätte ich nie zugelassen, auch wenn man ihn nicht zum DC heruntergestuft hätte. Wissen Sie was? Ich schätze, er ist bald fort, wenn sich der Staub gelegt hat nach seinem Prozess. Was für ein Saufkopf.« Sie grinste. Nahm einen Schluck Tee, berührte ihre goldene Armbanduhr. Sie schien einen Moment nachzudenken, ehe sie sagte: »Von heute an sind Sie wieder offiziell mit an Bord, Lucy.«

Ein Nicken. Lucy fühlte nach ihrem Dienstausweis, der gut verwahrt in der Tasche ihres Hoodies steckte.

Ja, das bin ich.

Gott sei Dank, verdammt.

»Und da dachte ich, nun ja, Sie waren DI mit gerade einmal neunundzwanzig Jahren.« Ein Lächeln. »Also ... was würden Sie sagen, wenn man DCI mit dreißig wird?« Ihr Blick fiel auf einen weißen Farbklecks auf dem Ärmel von Lucys Kapuzenpulli. Wilkes runzelte die Stirn. »Allerdings müssten wir dann doch mal wieder kurz bei Max Mara reinspringen ...«

Lucy starrte sie einen Moment sprachlos an.

Dann grinste sie über beide Ohren.

»Das wäre ja genial, Ma'am. Wirklich. Ich danke Ihnen sehr, Ma'am.«

Aber vielleicht trage ich dann immer noch den Hoodie.

»Um Gottes willen«, stöhnte Wilkes. »*Immer* noch Ma'am?

Sie müssen sich endlich dazu durchringen, Marie zu mir zu sagen ...«

Oh. Ja, gut ...

Lucy richtete den Blick auf ihre Colaflasche.

Einen Moment lang dachte sie an die Floristin in Bethnal Green, drei Türen von Dads Laden entfernt. Sie versuchte, sich die Frau bildlich vorzustellen, die dort vor all den Jahren gearbeitet hatte. Das war das einzige Gesicht, das der Partytrick nicht hervorzuzaubern vermochte, das Gesicht, an das sie sich nicht *richtig* erinnerte ... Aber andererseits, wie sollte ihr das auch gelingen? Sie war ja erst drei, als es passierte. Als der Krebs sich einnistete und ihr Mum geraubt hatte. *Aber sie sah aus wie ich. Das sagen alle. Jack. Selbst Dad. So sehe ich in Wirklichkeit aus, nicht wie diese Schauspielerin. Ich sehe niemandem ähnlich. Nur ihr, ich sehe aus wie sie.*

Sie seufzte. Schaute wieder auf, sah, wie Wilkes den letzten Schluck Tee nahm. Dachte über diese Frau nach: die große, gut gekleidete Polizistin, die sie gerettet hatte. Wilkes hatte sie aus der schrecklichen SIU geholt, hatte sie beim MIT19 mit offenen Armen empfangen. Die Shoppingtouren fielen ihr wieder ein, die Gespräche spätabends. Und all die Broschüren, zwei Jahre lang. Tat nichts zur Sache, wenn Lucy diese Broschüren weggeworfen hatte, sie tauchten immer wieder auf ihrem miesen kleinen Schreibtisch auf, immer wieder, Tag um Tag. *Die einzige Familie, die ich noch habe. Sie war die Einzige, die mir geholfen hat, die Einzige, der überhaupt etwas an mir lag.*

Sie, Ma'am.

Lucy zuckte mit den Schultern. Ließ ein Lächeln erahnen.

»Ich mag es, Sie mit Ma'am anzureden«, sagte sie, »Ma'am.«

Zwei Stunden später ging sie durch das Tor zum Brompton-Friedhof.

Es war still. Ein bisschen frostig; kalter Wind im Dezember. Beim Gehen vergrub sie die Hände in den Taschen des Pullis. Ihre Fußknöchel schmerzten nicht mehr. *Verdammtes Wunder*, hatte der Arzt zu ihr gesagt. *So etwas dauert eigentlich immer zwei Monate. Das verheilt ja schnell bei Ihnen.* Sie hatte das als unbedeutend abgetan. Zog ihre Socken wieder an, dann die schmutzigen schwarzen Sportschuhe. Und dann dachte sie darüber nach, wie die anderen Wunden heilen sollten.

Und jetzt war sie hier, wieder in Brompton.

Zweite Wegkreuzung, bieg rechts ab an dem Grabmal aus rotem Marmor …

Sie kam an einem alten Grabstein vorbei, die Inschrift war verwittert. Eine Erinnerung: Simon, der sie auf einen grünen Platz in der City aufmerksam machte und ihr erzählte, dass dies früher einmal eine Begräbnisstätte gewesen sei. *Ist das zu glauben, Luce?* Dreihundert Jahre alt, vielleicht sogar älter, sie wusste es nicht mehr. Sie fragte sich, ob das auch eines Tages in Brompton passieren würde, dass all diese Kreuze und Grabmale fort sein würden, fortgeschleift, und alles wäre plötzlich eine leere grasbewachsene Fläche, ein Zwischenstopp auf einem Stadtrundgang, ein Ort für einen süßen Stadtführer aus Australien, der ein hintersinniges Lächeln aufsetzt und sagt: »Weißt du eigentlich, auf was du gerade wandelst, Kumpel?«

Jetzt links bei dem Engel, dann noch drei Grabstellen weiter und …

Sie blieb stehen.

Da war er: Simons Grabstein. Oben der Schädel, die schräge, spinnenartige Inschrift. Sie sah die Haufen schwarzer Booster-Verschlusskappen, die den Grabstein unten halb verdeckten, es waren Hunderte. Einer der Haufen war verrutscht, die Kappen lagen verstreut am Boden. Lucy ging auf die Knie, fing an, sie wieder aufzuschichten. Ihre Finger taten noch weh: all die Glassplitter, lauter Schnittwunden, und dann die Säure, die ihr die Fingerkuppen verätzt hatte, als sie Hursts rote Hose angefasst hatte. Aber sie machte einfach weiter, hob auch die letzte Kappe auf, legte sie auf den kleinen Haufen und stand dann wieder auf.

Sie atmete tief durch.

Okay. Gut, also dann …

Sie schloss die Augen, dachte an die Sache, die damals geschehen war.

Es war tragisch. So verflucht furchtbar, es hatte ihr das Herz zerrissen. Sie wusste, dass sie damit nie fertigwerden würde. Nie! Es würde immer präsent sein, in den Winkeln ihrer Träume, ein Splitter in ihren Gedanken, den sie nicht mehr loswurde. Aber darüber konnte sie jetzt sprechen. Ja, es half wirklich, darüber zu reden. King hatte recht gehabt. Fünf Sitzungen hatte sie bereits hinter sich, jede Menge würden noch kommen, aber scheiß drauf, die Zeit dafür war reif.

Sie rief sich Simon in Erinnerung, seine ausgeprägten Wangenknochen, die himmelblauen Augen.

Ich habe dich geliebt, Si. Liebe dich noch, wenn ich ehrlich bin.

Aber … du hast mich hintergangen.

Ein Stirnrunzeln.

Hast mich überrumpelt. Mich eingesperrt. Ich habe nie verlangt, dass du dich zum Märtyrer machst. Das wollte ich nie, deshalb war es nicht fair, dass du mir all das vorgehalten hast, immer und immer wieder. Und dann das mit der Flasche? Verflucht noch mal, Si. Überall Scherben, Splitter auf meiner Kleidung, ich hätte mich schneiden können. Beim nächsten Mal wäre es vielleicht passiert. Deshalb bin ich gegangen, deshalb habe ich mich zu diesem Schritt entschieden, und ich hatte das Recht dazu.

Also …

Ja. Ja, Si. Ich musste die Schuld begleichen.

Musste sie begleichen, denn erst jetzt, erst jetzt, da ich sie beglichen habe, begreife ich es endlich.

Lucy öffnete die Augen. Kniete nieder, starrte auf den Grabstein.

Sie spürte, wie ihr eine Träne über die Wange lief.

Jetzt erkenne ich die Wahrheit.

Dann sprach sie es laut aus, mit fester Stimme, für Simon:

»Im Grunde gab es da nie wirklich eine Schuld.«

Der Wind frischte auf.

Sie setzte die Kapuze auf, zog an den Schnüren. Erhob sich. Blickte auf die kleinen Haufen Verschlusskappen. »Die klinischen Studien haben gestern angefangen«, sagte sie. Ein schmales Lächeln. »Ich war als Erste da.« Sie griff in ihren Hoodie, holte eine Verschlusskappe hervor: weiß. »Die habe ich aufbewahrt. Für dich, Si.« Sie legte sie oben auf den Grabstein, dann holte sie Luft, beugte sich vor. Drückte einen Kuss auf den Stein.

Und dann wandte Lucy sich ab und ging davon.

Sie traf King letzten Endes vor den Toilettenräumen des MIT19.

Den ganzen Nachmittag hatte sie schon nach ihm Ausschau gehalten. Hatte ihn gesucht, nachdem sie von Brompton zurückgekehrt war, aber er hatte dauernd zu tun, war immer mit irgendjemandem im Gespräch. Sie wollte ihn aber allein sprechen. Kein Medien-DC, ohne Wilkes, keine Leute aus der Personalabteilung mit irgendwelchem Papierkram, den sie unterschreiben musste. *Nur Ed King.* Und jetzt war er endlich da, gut 1,90 Meter, glatt rasiert, mit der ramponierten Armbanduhr, die er ab und zu berührte.

»Ed?«

Er schaute auf. Sie konnte das Aftershave riechen.

Du hast es also wieder aufgetragen.

Und er wusste, dass heute mein erster Tag ist, zurück im Dienst …

Lucy schenkte ihm ein Lächeln. »Ich wollte Ihnen noch etwas sagen«, fuhr sie fort.

»Klar, nur zu.« Er warf einen Blick auf seine Uhr. »Aber … muss ein bisschen die Zeit im Blick behalten. Ist es wichtig?«

Sie dachte darüber nach. Dachte daran, dass sie das während der letzten drei Wochen ständig geübt hatte, dass sie ständig überlegt hatte, auf welche Weise sie es formulieren könnte. Und letzten Endes kam immer dasselbe dabei heraus. *Weißt du noch, als wir uns das erste Mal getroffen haben, Ed? Und ich zu dir gesagt habe, dass ich dich von Bristol kenne? Die Schlange vor dem Kaffeeautomaten? Und dann war Sykes wieder unerträglich, natürlich war er das, wie immer, und sagte ›Oh, Lucy, Super Recognizer?‹ Nun ja … das stimmt nicht. Nicht ganz jedenfalls. Ich meine, klar, der Partytrick hätte funktioniert, er lässt mich nie im Stich. Aber was dich betrifft? Da brauchte ich keinen Partytrick. Es ist so, Ed, ich habe mich an dich erinnert, weil … ich dich süß fand. Und jetzt, da ich ja wieder was trinken kann, da habe ich gedacht, dass du vielleicht Lust hast, einen mit mir im Carpenter's zu trinken? Ein Pint, dann vielleicht ein gemeinsames Abendessen? Muss ja nicht Pommes frites sein, versprochen …* Sie nickte. »Ja, es ist wichtig.« Sie nahm die Tür zu den Toilettentüren aus den Augenwinkeln wahr. *Nicht gerade der romantischste Ort. Tja, egal, scheiß drauf. Ich hab's versucht, oder?*

»In diesem Fall? Um ehrlich zu sein, ich habe Ihnen auch etwas Wichtiges zu sagen.«

Sie versuchte, ein Grinsen zu unterdrücken. Schaffte es nicht.

Wusste ich's doch.

Ich wusste es, verdammt.

»Aber«, sagte er, »Sie zuerst.«

Sie schüttelte den Kopf. *Komm schon, Ed. Ritterliches Benehmen war gestern.* »Nein, Sie.«

»Also gut, nun, mir soll's recht sein.« Er holte hörbar Atem. Sah ihr in die Augen.

Ist schon okay. Immer heraus damit.

»Wissen Sie noch, in der Zentrale der SRA?«, fing er an. »Der Anfall, den Sie da hatten? Ich war es, der das alles brühwarm an Wilkes weitergeleitet hat. Es war nicht Sykes. Das war ich.«

Lucy starrte ihn fassungslos an.

Was, zum Teufel …?

Er redete weiter. »Und jetzt, da es Ihnen besser geht, wollte ich es Ihnen sagen.« Ein Seufzen. »Ich hab mich schlecht gefühlt deswegen, aber ehrlich gesagt, ich dachte, es wäre das Beste. Ich wusste, dass Sie Hilfe nötig hatten. Ich meine, es war ja so offensichtlich, und ich konnte nicht einschätzen, ob Wilkes das alles ignorierte.« Er breitete seine großen Hände aus. »Wirklich, Lucy. Ich wollte nur das Beste für Sie …«

Sie runzelte die Stirn.

Na ja, ich denke, das ist schon okay. Ich meine, gute Absichten, stimmt schon, aber …

»Aber, wenn ich ehrlich bin«, fuhr er fort. »Also richtig ehrlich, meine ich, Offenheit und Transparenz, Sie wissen ja? Es gab noch einen anderen Grund.«

Ja?

Ja, Ed?

»Die Sache ist die, ich hatte Veronica zum ersten Mal vernommen, und … Nun ja, klingt jetzt bestimmt blöd, das ist mir schon klar, denn ich hatte sie ja gerade erst kennengelernt. Aber schon damals dachte ich, dass … ich weiß auch nicht, dass ich vielleicht …«

Hinter ihm ging die Tür zur Damentoilette auf.

Veronica Cox betrat den Flur.

Was?

Sie bemerkte Lucy nicht. Stand halb verdeckt hinter King, mit krauser Stirn, und fummelte an einem teuer aussehenden Ohrring herum. »Tut mir leid, Ed«, sagte sie, »ich musste dieses blöde Ding hier einsetzen, aber ich rufe kurz im Restaurant an und –« Erst da bemerkte sie Lucy. Blieb stehen.

Die beiden Frauen sahen einander an.

Oh.

Und da ergab alles einen Sinn: Warum er an einigen Tagen Aftershave aufgetragen hatte, an anderen nicht. *Du hast es benutzt, wenn du wusstest, dass du sie treffen würdest, was? Die knallrote Wasserflasche im Gebäude der SRA, dann das arrangierte Treffen in Lambeth. Ach du scheiße, und ich dachte die ganze Zeit …*

Sie unterbrach den Blickkontakt, schaute weg. Es fühlte sich an wie ein Schlag in die Magengrube. Schlimmer noch, da sie nicht im Geringsten in die Deckung gegangen war. Sie hatte ihre Deckung weit offen gelassen. *Schlechte Taktik, Lucy.* Sie sah ihn wieder an. Nahm den breiten Kiefer wahr, die grünen Augen. Er erinnerte sie ein bisschen an Jack, er hatte ja sogar auch geboxt, verdammt. Sie mochte diesen Kerl wirklich, und jetzt diesen Schlag kassieren zu müssen tat weh. Aber dann machte sie sich plötzlich bewusst: Sie hatte keinen dieser Anfälle mehr. *Warte mal einen Moment. Das ist doch Veronica Cox. Die ehemalige Rettungssanitäterin, die hübsche Blondine mit dem langen schlanken Hals. Sie steht dir genau gegenüber, starrt dich an, und du verlierst nicht die Nerven, hast keine dieser Flashbacks, rast nicht mehr davon, um dir auf der verdammten Toilette die Seele aus dem Leib zu schreien. Dann … ist das doch genial, oder nicht?* Sie atmete bewusst ein und aus. Wandte sich Veronica zu. »Hi«, sagte sie.

»Hi«, erwiderte Veronica. Sie sah zu King, dann zurück zu Lucy. Ein halb verlegenes Lächeln. »Äh …«

»Danke übrigens noch für das Cheese-and-Pickle-Sandwich«, schob Lucy nach.

»Oh, ja. Nun. Ich war froh, Ihnen helfen zu können. Ed meinte, Sie sind Vegetarierin, daher dachte ich …«

Lucy nickte. »Nett von Ihnen«, sagte sie. »Wirklich.« Zu King: »Gut, also, Ed. Es wird Zeit, und Sie sollten vielleicht besser …«

»Danke. Ich fühle mich jetzt besser, wirklich.« Er schenkte ihr ein Lächeln, dann ging sein Blick zu Veronica. »Sollen wir?«

Veronica nickte, hakte sich bei King unter, und sie gingen gemeinsam los.

Lucy sah ihnen nach, wie sie den Flur hintergingen.

Sie holte tief Luft. Atmete ruhig aus.

Dachte einen Moment nach, kam aber dann zu dem Schluss:

Es ist okay so.

Doch, ist es.

Im Grunde ist es besser als okay, weil heute Dienstag ist. Und dienstags ist Sparring-Abend. Sie dachte an die Zeit, als sie zuletzt zum Sparringskampf wollte, damals vor zwei Jahren. Bevor alles seinen Lauf nahm. Bevor das schwarze Rechteck auf dem Teststreifen sichtbar wurde und ihre kleine Welt in sich zusammenstürzte. Sie erinnerte sich, wie sie am Boden lag, unter das Bett griff und versuchte, einen Boxhandschuh zu fassen zu bekommen, der hinter einem Stapel von Simons London-Büchern verschollen war; verloren, wo er zu Staub zerfallen würde.

Sie nickte sich selbst zu, fuhr sich mit den Fingern durch ihr kurzes braunes Haar. *Es ist okay, wirklich. Ich brauche keinen Ed King. Im Augenblick brauche ich niemanden, jedenfalls noch nicht. Ich bin frei. Frei von der Schuld, frei von Si, von allem. Ich kann zu einem Sparring-Abend gehen, kann meine Pommes essen, mir einen Drink genehmigen, und scheiß drauf, ich kann glücklich sein.*

Am Ende des Flurs warf Veronica einen Blick über ihre Schulter.

Lucy winkte der hübschen Blondine mit dem Schwanenhals kurz zum Abschied zu.

Dann senkte sie den Blick.

Lächelte.

Ihre Hände zitterten nicht.

Ihre Hände waren ruhig, verdammt.

DANKSAGUNG

Mein Dank gebührt weitaus mehr Leuten, als ich tatsächlich auflisten kann, aber ganz besonders:

Craig Taylor, denn ich bin ihm für immer für all das dankbar, was er mir beigebracht hat. Ich danke ihm auch für seine Betreuung und die enthusiastische Unterstützung. Vielen Dank, Craig.

Laurence King und Amanda Saint, beide sind wunderbare Lehrer.

Dieses Buch ist bei einem Jericho-Writers-Schreibkurs für Romane entstanden, den Craig und Amanda gestaltet und geleitet haben. Ohne diesen Kurs gäbe es meinen Roman schlichtweg nicht. Mein Dank geht auch an das hilfreiche und inspirierende Team von Jericho, darunter Harry Bingham, Esther Vincent, Maria Pace, Polly Peraza-Brown und insbesondere Rachael Cooper, deren Engagement ausschlaggebend war.

Ich möchte mich auch bei meinem wunderbaren Agenten Jordan Lees bei The Blair Partnership bedanken, der an dieses Buch glaubte, als er es das erste Mal las, und mir danach unermüdlich mit Rat und Tat zur Seite stand. Ein riesiges Dankeschön, Jordan.

Mein Dank geht auch an Harriet Wade bei Pushkin, deren Begeisterung für das Projekt mich von Beginn an umgehauen hat. Ich bedanke mich darüber hinaus bei Liz Woabank für ihre Erfahrung und Geduld. Aber auch bei allen anderen bei Pushkin, insbesondere bei India Edwards, Kirsten Chapman, Elise Jackson, Tara McEvoy, Poppy Luckett und Jo Walker (ich liebe das Cover, das er entworfen hat). Nicht zu vergessen Lin Vasey, durch die das Lektorat zu einer angenehmen Sache geworden ist.

Bedanken möchte ich mich aber auch bei meinen Freunden und Kollegen (insbesondere bei denen, die sowohl meine Freunde als auch meine Schriftstellerkollegen sind).

Auch bei den Autoren und Musikern, Schauspielern und Filmemachern, die mir während des Schreibprozesses Anregungen gegeben haben. Erwähnen möchte ich Ernest B. Gilman, dessen Werk mich fasziniert. Mein Dank gebührt London und den Londonern, in der Vergangenheit, der Gegenwart und Zukunft. Und Rikki Harden: Wir haben es geschafft, und ich hoffe, dir gefällt dein Cameo-Auftritt.

Ich danke auch dir, Lucy, weil du mir beigebracht hast, einfach weiterzumachen und durchzuhalten … verdammt noch mal.

Besonders bedanken möchte ich mich natürlich bei meiner Familie, insbesondere bei meinem Vater Bob und bei meinem Bruder Dave; auch bei meiner Schwiegermutter Betsy, die mir vor allem zu Beginn meiner Arbeit an diesem Buch sehr geholfen hat; bei meiner Mutter Barbara, die mich unterstützte, wo sie nur konnte, und tatsächlich die Erste war, die diese Seiten gelesen hat. Mein Dank geht an meine wunderbare Frau Emily, die die Erste war, der ich von Lucy erzählt habe und die mir bei jeder Station auf der langen Reise bis hin zur Veröffentlichung zur Seite gestanden hat; ich danke auch meiner Tochter Mia, die jeden meiner Tage mit Freude und Liebe erfüllt.